I0666132

1

Cristina

El Color de la Esperanza

Sandra M. Gomez, MD

Ediciones

Guajira

Ediciones Guajira
Birmingham AL 35223

Queridos Cristy y Cami,
recuerden que el miedo
es el origen de todos los males,
y que lo último que se pierde en la vida
es la esperanza...

Ediciones Guajira

Copyright @ Sandra M. Gomes, MD 2012
ISBN9780615481562
Certificado de Registro de la
Biblioteca del Congreso número TXu 1-797-787

Ediciones Guajira
3522 Oakdale Dr
Mount Brook AL 35223, USA

It matters not how strait the gate
How charged with punishments the scroll
I am the master of my fate,
I am the captain of my soul...

William Ernest Henley

La Niña

1

El timbre de la escuela repiqueteó como todos los días a las tres y media de la tarde. El sonido de docenas de libros y libretas desapareciendo de los pupitres y entrando en las mochilas estudiantiles apagaban las últimas indicaciones de los maestros cuyas voces se perdían en la vorágine de la hora más esperada del día, la conclusión de la jornada escolar.

Cristina no tuvo necesidad de recoger ningún libro. Como en el resto de las otras clases solo tenía que estar presente en ellas; con su pequeño *lap-top* trabajando en proyectos con varios maestros. Aunque había ultimado todas las clases con las mejores notas, debía cumplir con una de las tantas reglas requeridas por la Cámara de Educación del Estado que exigía su presencia física en la escuela. No obstante ella sabía que la falta de padres que se preocuparan de velar por su futuro era el motivo primordial por el que todavía la obligaban a acudir a este colegio.

Con solo 9 años de edad la niña había terminado el grado doce, pero se le había prohibido entrar en la universidad por posibles problemas de madurez cronológica, sin embargo al final de este curso cumpliría los diez años y finalmente se graduaría de un bachillerato en Ciencias y Letras que le quedaba corto hacía mucho tiempo. Varias universidades del país se estaban peleando su admisión. Todas ofrecían becas e incentivos económicos, y aunque ella prefería Harvard, la última palabra la tendría su madrastra, Doña Gabina Malpaso de Quiroga. En fin, donde quiera que el destino la llevara ella sabía que triunfaría, se lo había prometido a su padre en su lecho de muerte y nada ni nadie impedirían que cumpliera su promesa.

Cristina pensaba constantemente en su padre. Trataba de recordar los momentos compartidos con él para grabar en su privilegiada memoria todas las cosas de que hablaron y los consejos que le diera este para poder sobrevivir la gran carga de su belleza e inteligencia. Debió haber escrito sus consejos y recomendaciones, pensó la niña, y ahora tendría una guía a dónde acudir cuando dudara, pero no lo hizo porque nunca pensó perderlo tan pronto.

Salió al pasillo llevando su colorida e inconfundible mochila a la espalda cuyo peso la hacía caminar encorvada, eran tantas su obligaciones extracurriculares que no tenía tiempo de ir a guardar los libros en su armario escolar entre una clase y otra. Rosi decía que la mochila pesaba más que ella misma y siempre le andaba buscando a ver que podía sacarle para aliviar su carga. Rosi era la única persona en el mundo que se preocupaba por su bienestar. Desde que nació la cuidó y fue para ella como la mamá que nunca conoció. Su madre había muerto cuando ella solo tenía cinco meses, según le contó su padre. Tal desgracia ocurrió a consecuencia de un tumor cerebral que apareció de la nada y que se la llevó en solo tres cortas semanas, después de anunciarse con un terrible dolor de cabeza como único síntoma.   Era por esa razón precisamente que Cristina había decidido ser médico, para evitar que otros niños perdieran a sus mamás como la había perdido ella.

☐ Cristina.

Oyó que la llamaban y se detuvo mirando hacia donde venía la voz. Se topó de frente con el entrenador de *Football,* el señor Anderson. Por la mañana al llegar al colegio se había encontrado una nota del señor Anderson en su pequeño armario. Los armarios estudiantiles se hallaban situados a cada lado del pasillo principal de la escuela por donde todos los alumnos tenían que pasar cada mañana para llegar a sus clases. Al principio de llegar ella a este colegio se encontraba notas pegadas en su puertecita de metal con insultos y burlas, pero luego de un tiempo, cuando los responsables de semejantes bajezas se dieron cuenta de que ella no les hacía caso alguno, cesaron de aparecer.

☐ Señor Anderson, perdóneme, se me había olvidado por completo su nota.

Habría podido decirle que iba a su encuentro en ese momento o inventarle cualquier cuento, pero todavía no había aprendido a mentir. Rosi decía que las personas aprendían   a mentir a muy temprana edad, si no aprendían de niños luego les era imposible hacerlo; y si ella no había aprendido todavía era muy posible que nunca lo lograra.

☐ No te preocupes, yo sé que tú eres una personita muy ocupada. ¿Crees que tienes unos minutos, quisiera consultar algo contigo?

☐ Seguro, acompáñeme a la entrada, mi nana me está esperando y se preocupará si no me ve salir.

◻ De acuerdo.

Ambos se dirigieron a las amplias puertas de entrada del colegio donde encontraron a Rosi parada en medio del raudal de muchachos que salían del mismo; los más pequeños corrían hacia la larga fila de autos que los esperaban, los mayores que ya tenían sus propios automóviles caminaban de prisa entre risas y divertidos comentarios hacia el aparcamiento a recoger sus vehículos para largarse del lugar lo antes posible.

◻ Rosi, voy a estar con el señor Anderson por un rato. ¿Me puedes esperar?

◻ Si mi amor, aquí te espero.

◻ Señor Anderson, esta es Rosi, mi nana.

◻ Mucho gusto Rosi.

◻ Lo propio. No se preocupen, yo espero aquí.

◻ Gracias, no tomaré más de 10 minutos de su tiempo.

Diciendo esto ambos se dirigieron hacia el edificio que albergaba el equipo de *Football*. Allí estaban las oficinas de los demás entrenadores y los armarios donde los jugadores dejaban sus uniformes y el resto de su equipo.

El ◻Pabellón de *Football*", como era conocido por todos en la escuela, se localizaba en el costado derecho del edificio principal del colegio, justo al frente del *Stadium*, cuya cancha había sido recientemente reconstruida con hierba sintética y sobre la cual se podían ver los números que definían las yardas, los extremos de *touchdowns*, y el emblema de la escuela en el centro de la misma. A la entrada principal se llegaba siguiendo una rampa de unos 20 metros en zigzag, por donde salían los futbolistas corriendo hacia el campo en los días de juego, mientras la fanaticada gritaba y aplaudía en un carnaval de aullidos, luces, pancartas y testosterona. Una vez adentro, las oficinas de los entrenadores y del señor Anderson ocupaban todo el lado derecho de ese primer piso, que también incluía una pequeña sala de conferencias, a la izquierda se encontraban los vestidores y las duchas. El piso inferior albergaba un gimnasio lleno de pesas y equipos de ejercicios con un pequeño cuarto destinado a la enfermería.

Al llegar a la oficina de Anderson, este invitó a Cristina a sentarse y le dijo.

◻ Cristina, te he visto varias veces en las gradas gritando y animando a nuestro equipo, así que supongo te gusta mucho el *Football*.

Oh sí, me encanta y usted está haciendo muy buena labor este año, estamos invictos.

 Sí, los muchachos están jugando muy bien.

 Se hizo un silencio que Cristina pensó era la antesala de lo que de verdad Anderson quería decirle.

 Yo sé que tú ayudas a muchos profesores y alumnos en la escuela. También sé que diseñaste la coreografía de nuestras animadoras de *Football,* y de las bailarinas de la banda de música.

 Sí, la señora Humphrey me pidió que le diseñara la coreografía para las muchachas.

 Pues bien, yo necesito tu ayuda también. Veras, tengo varios jugadores que son muy buenos en el campo de *Football,* pero su rendimiento académico no es el mejor. Sabes que deben mantener un cierto nivel en sus calificaciones o de lo contrario no puedo dejarlos jugar. Quisiera que me ayudaras con algunos de ellos.

 Seguro, ¿Quiere que le diseñe un plan de estudio?

 No exactamente, lo que quiero es que los ayudes directamente, que seas su tutora.

 Cristina permaneció en silencio por unos segundos. Todos querían algo de ella, y ella con gusto se los daba pero el día tenía solamente 24 horas y de ellas casi todas las tenía ocupada. Además, no concebía como era que estos muchachos no se dedicaban más a sus estudios. La mayoría venían de familias ricas y el resto estaban allí con becas. Ninguno de ellos tenía otra cosa que hacer más que estudiar.

 Señor Anderson, yo le ayudaría con mucho gusto, pero mi tiempo es tan limitado que no me queda ni un instante vacío. Yo podría diseñarles un plan de estudio simple y sencillo a seguir, y con solo dos o tres horas diarias podrían   mejorar sus calificaciones en un par de semanas.

 Bien, si puedes diseñar ese plan, perfecto, se lo daré al resto de los muchachos que lo necesitan, pero Veras, hay un par de jugadores, el *quarterback* y uno de los *wide-receivers*, el mejor que tenemos, William Smith, que van a necesitar tu ayuda personal, aunque solo sea por un tiempo hasta que su situación se normalice. Paul Gallagher, nuestro *quarterback*, ingresará a la prestigiosa Universidad de Harvard, y aunque su familia es lo suficientemente rica como para meterlo allí sin importar sus calificaciones, yo sé que a él le gustaría ganarse la entrada por sí mismo.

 ¿Y por qué no estudia más?

Anderson no esperaba esa respuesta. Con una suave y condescendiente sonrisa en sus labios le dijo.

□ Veras Cristina, no pienses que soy condescendiente contigo, pero eres todavía muy jovencita y no entiendes que a la edad de estos muchachos es difícil mantenerse enfocado en los estudios, sobre todo cuando se es tan popular en la escuela como lo son ellos. En el caso de William, él está aquí con una beca y su ilusión es llegar a Harvard con su amigo Paul. Ellos son inseparables. Ten en cuenta que las distracciones a que ellos están expuestos son mayores que las del resto de los estudiantes. Los dos son buenos chicos y quiero ayudarlos. ¿Qué me respondes?

Cristina no contestó inmediatamente, tenía que pensar. La verdad era que no tenía tiempo para nada, pero desde que vio jugar por primera vez a Paul Gallagher había querido conocerlo; si era posible enamorarse a los ocho años, ella se había enamorado del bello *quarterback*. Nunca pudo entablar ningún tipo de conversación con él puesto que ninguno de los muchachos grandes se fijaba en ella, es más, la mayoría de los alumnos la consideraban algo así como una cosa rara. Sin duda esta era su gran oportunidad de conocer a las dos figuras más importantes del equipo y no podía dejarla pasar.

□ Me reuniré con ellos primero. Si veo que tienen buenas intenciones de estudiar y aplicarse entonces los ayudaré, yo no tengo tiempo para *prima donas*. Y esto lo estoy haciendo por ayudar al equipo completo, que le quede claro. Hable con ellos y explíqueles cuales son mis condiciones.

Estas palabras sorprendieron a Anderson, este esperaba encontrarse con una niña buena, obediente y deseosa de participar en las actividades del equipo, pero por el contrario se había topado con un geniecito que no iba a dejar que nadie la manipulara. Sonrió para sus adentros y se dispuso a seguirle la corriente.

□ Ya les hablé y les expliqué lo que implicaba contar con tu ayuda porque sabía que tú exigirías eso como mínimo. Lo hice antes de venir a hablar contigo ya que sé lo preciado que es tu tiempo y nunca pretendería que lo perdieras en alguien que no valiera la pena. Dime cuando y donde quieres reunirte con ellos y allí estarán.

□ ¿A qué hora terminan sus prácticas de *Football?*

□ Entre las cinco, cinco y media de la tarde.

□ Bien, los espero en la biblioteca a las siete de la noche, y que vengan preparados a estar allí por lo menos dos horas.

— Allí estarán, y mil gracias.

— No me dé las gracias todavía, vamos a ver qué sucede cuando nos entrevistemos.

— Confió en ellos y en ti, sé que todo saldrá bien.

— Una última cosa señor Anderson, no le diga nada a los demás profesores. Algunos de ellos están en lista de espera para usar mí tiempo y si se enteran que estoy haciendo esto por usted se van a enfadar.

— Por curiosidad y sin ofenderte me podrías decir ¿Por qué me estás haciendo este favor?

— Porque me encanta el *Football,* y creo que este año podemos ganar el campeonato.

Se detuvo un momento pensando si decía o no lo que tenía en la punta de la lengua y no la dejaba dormir desde hacía varios días. Al fin se decidió.

— Ahora quien le va a pedir que no se ofenda soy yo. El otro día uno de sus jugadores dejo su □cuaderno de jugadas□en el aula que comparte conmigo y lo estuve hojeando, pues bien, escribí un programa sencillo basándome en pura matemática y creo que puedo mejorar alguna de sus esquemas de juego.

Cristina abrió su mochila y sacó de ella un cuaderno.

— Aquí lo tiene, mírelo y dígame si puede hacer esos cambios que aunque parezcan insensatos le aseguro que la matemática no falla, pruébelos en los entrenamientos y luego dígame que le parecen.

Anderson se le quedó mirando con cara de incredulidad y asombro. ¿Qué sabría esa niña de *Football?* Decidió no decirle nada al respecto para no ofenderla, pero inmediatamente pensó que no miraría el cuaderno para nada. ¿Quién se creía esta chiquilla que era para estarle dando instrucciones a él de cómo manejar su equipo? Sin lugar a dudas era verdad lo que decían de ella, esta chiquilla era una cosa rara y no debería estar allí.

— Son muchas las cosas que se cuentan de ti Cristina, pero nunca pensé que fueras una personita tan preciosa.

Le dijo con algo de sarcasmo y condescendencia que Cristina no pasó por alto.

— No cante victoria todavía, y por favor acuérdese de no mencionar nada de esto a nadie.

— No te preocupes, no diré nada.

Cuando Cristina salió de la oficina del entrenador Anderson, había varios jugadores que estaban afuera esperando para hablar con él y la miraron como si fuera un bicho extraño. La verdad, pensó Cristina, que con su atuendo era justificable pensar de aquella manera. Solo ella y su padre sabían la razón por la que ella vestía así. Un cálido sentimiento de confianza y seguridad inundó su pequeño cuerpecito y le dio gracias a Dios por estos momentos cuando con un solo pensamiento podía sentir la presencia de su padre en su vida.

Debido a la muerte de su madre Cristina se apegó mucho a su padre el cual desde muy temprana edad notó que la niña era especial, sobre todo porque podía hacer cosas completamente increíbles para su edad. Con solo dos años y medios empezó a reconocer las palabras en los libros de cuentos que le leía su padre cada noche, jugaba ajedrez y, tocaba el piano al cual apenas alcanzaba. Cuando empezó el pre-escolar con solo cuatro añitos podía leer periódicos y revistas, sumaba, restaba, multiplicaba y dividía sin errores. Cuando cumplió los seis años y con ayuda de un Psicólogo Pediatra el padre de la niña convenció al director de la escuela que ahora atendía para que la dejaran tomar clases de cursos más adelantados y en un solo año la niña completó los requerimientos de seis. A los ocho años empezó la escuela secundaria y la terminó en un solo semestre, después del cual la habían avanzado al bachillerato en donde se encontraba en este momento. Aquí, en los primeros 6 meses pasó todos los exámenes que le pusieron por delante.

Su padre continúo con los dificultosos trámites para que empezara la universidad lo antes posible. Aunque con muchas objeciones, varias entidades académicas del país, y después de un sin número de exámenes psicológicos, habían llegado a la conclusión de que ningún daño le acaecería a la niña si se le dejaba seguir adelante, siempre y cuando se mantuviera bajo la tutela de un psicólogo infantil que pudiera monitorizar su desarrollo intelectual y así evitar desajustes en su edad cronológica normal. Así pues cuando todo estaba listo para que Cristina comenzara sus estudios en Harvard a los 10 años, su padre sufrió un infarto de miocardio fulminante a la temprana edad de 45 años y la vida de Cristina se paralizó.

Juan Francisco Quiroga Ugarte, padre de Cristina, nació en Salamanca, España, donde se crió e hizo su carrera de jurista en la acreditada y centenaria universidad, especializándose en leyes internacionales. De allí se incorporó al cuerpo diplomático español y el resto fue historia. Con su joven y bella esposa Alejandra Soriano López, también salmantina, viajó el mundo entero representando el nombre de su país con inteligencia, dignidad y clase. Cristina nació en *Washington* D.C, Estados Unidos, donde Juan Francisco ejercía las funciones de Cónsul. Juan Francisco insistió en que Cristina tuviera las dos nacionalidades, puesto que aunque amaba su país, él quería que la niña se criara y estudiara en los Estados Unidos.

La niña, como la mayoría de los hijos de diplomáticos, era alumna de la famosa Escuela Internacional de *Washington*, donde también asistían los hijos de políticos y personas influyentes de la capital y sus alrededores. Esta escuela ofrecía los trece grados, desde el jardín infantil hasta el último de bachillerato, Cristina los había completado todos en apenas 4 años. Su presencia en la escuela hizo a esta más popular de lo que antes era. Aunque Juan Francisco siempre cuido de no hacer de la inteligencia de su hija un chiste de carnaval, le fue inevitable mantener el secreto guardado por mucho tiempo; si bien logró mantenerlo dentro del área del distrito escolar.

El Cónsul Quiroga Ugarte, presionado por su cargo de diplomático que le exigía una vida social intensa, rápida y agitada, y por su alto concepto del deber, se volvió a casar cuando Cristina cumplió los 9 años. Su esposa Gabina Malpaso Rebote, provenía de una familia madrileña que sirvió en el gobierno del Generalísimo Francisco Franco hasta la hora de su muerte. Las conexiones políticas de los Malpaso pesaban mucho más que su nivel económico social, por lo que el casamiento de Gabina con el diplomático Quiroga fue una salvación para la familia de la novia. Pero no fue así para Cristina a quien su padre adoraba y quien se convertiría en blanco de envidias y muy disimulados maltratos por parte de la nueva madrastra. Cristina reconoció la aversión de su nueva madre inmediatamente pero se lo guardó para sí por no contrariar a su padre. Su nana Rosi también reconoció la mala calidad de persona de la nueva patrona, pero tampoco dijo nada para evitar problemas. Con la muerte de Juan Francisco el futuro de Cristina quedó en manos de Gabina. Hubo un momento en que Cristina pensó que su destino sería igual que el de Cenicienta, pero enseguida lo desechó, ella nunca se dejaría maltratar y abusar por su madrastra, además ella no necesitaba de ningún príncipe que viniera a salvarla. Dios le había dado suficientes herramientas para sobrevivir, solo necesitaba llegar a la adultez rápido.

Juan Francisco no dejó una gran fortuna, dos casas en Salamanca, una perteneciente a su difunta esposa y otra que había sido de sus padres ya difuntos, y una cuenta bancaria muy lejos de ser millonaria, fue todo su legado. La pensión de diplomático que heredó su esposa hubiera sido suficiente para vivir ella y la niña de una forma holgada y sin apuros, pero Doña Gabina se consideraba parte de la alcurnia madrileña y gastaba mucho más de lo que recibía. En los meses siguientes a la muerte de su esposo vació la cuenta bancaria y vendió las casas de Salamanca, por eso ahora estaba en la ruina y planeaba con cautela como sacarle a la inteligencia de Cristina lo suficiente como para seguir disfrutando de esta vida de opulencia y despreocupación a la que se había acostumbrado en solo unos meses de matrimonio.

Lo primero que hizo la señora Malpaso de Quiroga fue despedir a Rosi quien se negó rotundamente a irse del lado de la niña. La señora le planteó que si tanto la quería podría quedarse, pero sin sueldo, cosa que Rosi acepto sin reparos, ella nunca abandonaría a Cristina, así se lo había prometido a su madre y a su padre. Seguidamente la desvergonzada señora se puso en contacto con las universidades que le estaban ofreciendo becas a Cristina, y además con las distintas compañías y firmas farmacéuticas que financiaban las investigaciones de dichas universidades; quería saber cuál ofrecía más dinero por la niña. Afortunadamente ella no hablaba bien el idioma inglés y tuvo que pedir ayuda en el consulado español para estos trámites. Al darse cuenta en el consulado de lo que esta mujer tramaba se lo comunicaron a Rosi que enseguida lo discutió con Cristina.

Por muy inteligente que fuera Cristina, tenía solo nueve años y había muchas cosas que no podía hacer sin el consentimiento de su madrastra que era su único familiar, sin embargo con la ayuda del director de su escuela pudo entrevistarse con los representantes de la Universidad de *Harvard*, la que su padre ya había elegido para continuar sus estudios, a los cuales les contó las condiciones en que se encontraba. Les explicó que ella quería estudiar en Harvard pero que necesitaba, aparte del dinero de la matrícula y los libros, vivienda y un trabajo para que su nana Rosi pudiera seguir con ella. Sabía que su madrastra no se opondría a la compañía de Rosi porque definitivamente ella no iba a cuidarla y no gastaría ni un centavo en otra persona para que cumpliera esta función.

Para el asombro de los representantes de la tan prestigiosa universidad, Cristina les mostró un plan de cómo podrían ayudarla sin tener que desembolsar dinero en efectivo, cosa que su madrastra insistiría en controlar y del cual ella no recibiría ningún beneficio.

☐ Si la universidad me proporciona una vivienda cerca del campo desde donde yo pueda caminar o ir en bicicleta hasta las clases, nadie tendría que llevarme o traerme. Si le consiguen un trabajo a mi nana Rosi, también dentro del campo universitario, ella podría vivir conmigo y ganar un modesto sueldo con el que las dos podríamos mantenernos hasta que yo pueda empezar a trabajar.

Los señores se quedaron boquiabiertos ante la capacidad y madurez de la niña.   Por supuesto, después de cerrar la boca y salir de su asombro, los letrados accedieron a todo cuanto Cristina necesitaba y más. Con eso quedó cerrado el trato que solamente conocían, el Dr. Hamilton director de la escuela, los representantes de Harvard, Rosi y la niña.

Tremendo chasco se iba a llevar Gabina cuando se diera cuenta que no habría dinero para ella. Era de esperar que esta se opusiera pero la alternativa era hacerse ella misma cargo de la pequeña y eso Cristina sabía que no iba a suceder. No tengo por qué temerle al futuro, se repetía a sí misma, sé que mi papá y mi mamá estarán siempre conmigo para guiarme y protegerme. Tengo todo lo que necesito para triunfar y lo haré.

2

La elegante biblioteca de la Escuela Internacional de Washington se erguía en un edificio adyacente a la estructura principal. Contaba con cuatro pisos llenos de una exuberante cantidad de libros de todas clases y asignaciones, y una cantidad considerable de computadores donde los alumnos podían trabajar desde las siete de la mañana hasta las nueve de la noche. También contaba con un salón de conferencias y varias áreas privadas de estudio. En una de estas áreas esperaba Cristina a los chicos recomendados por el señor Anderson. El pequeño cubículo lo llenaba una mesa redonda con seis sillas y una pizarra blanca con marcadores, la misma se apoyaba en la pared exterior dejando espacio para una ventana que daba al costado del edificio desde donde se podía visualizar la escuela y los campos de deportes. Las áreas de estudios estaban dispuestas a continuación una de otra en forma de piezas cuadradas o rectangulares, según el tamaño, separadas por paredes de cristal. Estas pequeñas habitaciones de estudio tenían además la fachada de vidrio transparente, separándola del centro de la amplia pieza central, y algunas tenían ventanas que daban a la pared exterior. Además estaban diseñadas parcialmente a prueba de sonido para beneficio de los estudiantes. Era difícil conseguir una de estas áreas de estudio por lo que había que reservarlas con anticipación, pero como Cristina trabajaba con tantos estudiantes y maestros, tenía una designada siempre para su uso particular equipada con computadora e impresor.

Sentada en una de las sillas que daba de espaldas a la pared exterior, vio venir a uno de sus futuros alumnos. En cuanto lo vio lo reconoció, era Will Smith, el magnífico *wide-receivers* del equipo de *Football*, de la escuela. William Smith era un muchacho afroamericano, de facciones suaves y radiante sonrisa que mostraba unos dientes blancos y perfectos, con mandíbula cuadrada que lo hacía lucir muy varonil, muy guapo el muchacho, pensó Cristina, que nunca lo había mirado tan detalladamente. Con seis pies dos pulgadas, unas 175 libras muy bien distribuidas, y al parecer ni una sola onza de grasa en el cuerpo, era la pura imagen de un atleta/modelo de los que aparecían en la revista GQ. El joven venía acompañado de una muchacha también afroamericana muy linda.

Cristina pensó por un momento que la conocía, claro, era en la clase de cálculo avanzado donde la había visto antes. Siempre la saludaba con una sonrisa que Cristina le respondía con creces. Eran pocos los muchachos y muchachas del último año que le dirigían la palabra, pero esta muchacha, ¿Cómo se llamaba? siempre la saluda muy afectuosamente.

Ambos se acercaron y Will abrió la puerta para que entrara su compañera, Cristina inmediatamente se levantó de su asiento y extendiendo su manito como toda una adulta les dijo.

☐ Hola, mi nombre es Cristina.

☐ Hola Cristina, mi nombre es Alison, pero mis amigos me llaman Ali, tú y yo estamos en la misma clase de cálculo avanzado pero nunca nos han presentado formalmente.

☐ Si claro, siempre me saludas y eres muy amable conmigo, gracias, tengo mucho gusto en conocerte.

☐ Este es mi novio, Will, él es uno de los estudiantes que el señor Anderson te recomendó.

☐ Hola Will, yo te veo jugar todos los viernes, eres un excelente *wide-receiver*.

☐ Gracias, y también gracias por aceptar ayudarme.

En eso entró un muchacho de aproximadamente la misma talla de Will, moreno de ojos grandes y oscuros, casi negros. La expresión de su cara altanera y arrogante le daba un aire de distinción y seguridad que se afirmaban con los altos pómulos y el cuadrado mentón. Sus cejas formaban una tupida mota de pelo negro que se partía en medio y que se confundían con el cabello largo que le caía sobre la frente haciendo su mirada provocadora, zalamera y desafiante. Sus labios eran gruesos y rosado, su piel dorada por el sol dejaba ver la sombra de una barba tupida que llevaba varias horas sin cortarse. El conjunto era la viva fotografía de un Adonis.

☐ Hola, soy Paul Gallagher y tú debes de ser Cristina, el genio del colegio.

☐ Yo soy Cristina pero no soy ningún genio, soy una niña de 10 años de edad que ha tenido la gran suerte de tener un coeficiente intelectual alto, eso es todo.

☐ Okey, eres un geniecito entonces.

Diciendo esto, el apuesto muchacho se dirigió hacia sus compañeros olvidándose de Cristina.

☐ ¿Dónde se metieron? Ando buscándolos por más de media hora, ¿Por qué no me contestaron el teléfono?

▢ Porque tú dijiste que no te esperáramos que no sabías si ibas a estar listo a tiempo.

▢ ¿Y el teléfono, lo tienen roto?

▢ Hemos estado en la biblioteca todo el tiempo y recuerda que aquí la señal no es buena.

▢ Lo que no es nada bueno es ese teléfono de *Mickey Mouse* que ustedes usan.

▢ Perdón ¿Podríamos empezar?

Dijo Cristina dirigiéndose a los muchachos que parecían haberse olvidado de ella por completo.

▢ Si claro.

Dijo Alison dándose cuenta de lo que sucedía.

▢ Tomen asiento por favor.

Cristina esperó que estuvieran sentados y después de dejar pasar unos segundos de silencio tratando de obtener su atención, les dijo.

▢ Cuando el señor Anderson me pidió que los ayudara, porque al parecer están teniendo problemas manteniendo sus calificaciones al nivel requerido para poder jugar, mi respuesta fue, ¿Por qué no estudian más? Según él, ustedes tienen circunstancias especiales que les impiden estudiar tanto como deberían. También me insinuó que ambos están bajo mucha presión porque al ser las estrellas del equipo su popularidad los distrae de sus deberes académicos mucho más que al resto de los alumnos. Yo respeto al señor Anderson y no quise discutir con él, pero pienso que su respuesta no es válida, creo que la mayoría de los chichos de su edad tienen de una manera u otra un sin número de presiones a su alrededor ¿Por qué serian ustedes diferentes? Si no les importa quisiera que me dijeran con sus propias palabras por qué creen que están tan atrasados en sus clases. Puedes empezar tú.

Dijo Cristina señalando a Paul.

▢ Un momento, yo vine aquí a que me ayudaras con dos clases que estoy teniendo algunos problemas, yo no tengo por qué darle ninguna razón de mis actos a una niñita de 10 años.

▢Estoy loco▢pensó Paul, por qué le he contestado tan mal a esta niña; es que estas celoso de sus habilidades, quizás▢

Se hizo un silencio incomodo que rompió Cristina diciendo

▢ Nueve años, todavía no tengo diez. Y tú, William, que tienes que decir.

Alison lo miró como apuntándole ⸺Piensa bien lo que vas a decir antes de hablar⸻

⸺ Veras, yo tengo dificultad entendiendo los problemas de ciencia, también necesito ayuda para mejorar mi escritura y mi compresión en la lectura. Yo no le estoy dedicando todo el tiempo que debiera a mis estudios, esa es la verdad, sin embargo estoy dispuesto a hacer lo que tú digas por mejorar. Si no mejoro mis calificaciones no podré ir a la Universidad.

⸺ ¿Por qué no te ayuda Alison?

⸺ Porque yo también necesito ayuda Respondió Alison Yo sí le dedico tiempo a mis deberes académicos pero hay muchas cosas que no entiendo y pensé que tú podrías ayudarme. Yo sé que el señor Anderson no te habló de mí, pero te juro que lo único que haré será oír y aprender y no te quitaré tiempo.

Cristina guardó silencio y pensó en las respuestas de estas tres criaturas tan distintas. Paul era el típico niño rico y engreído que pensaba que se lo merecía todo, había muchos como él en esta escuela y ella no respetaba a ninguno de ellos. Will era el pobre becado que tenía que ganarse con su trabajo todo lo que quería y quizás su alianza con este niño rico lo había desviado de sus metas, y por último Alison, ella era la fiel compañera de Will que no estaba allí porque necesitaba ayuda si no por no hacer sentir mal a su novio. Parecía que Alison tampoco había aprendido a mentir muy bien porque Cristina notó el engaño bien intencionado enseguida.

⸺Muy bien, tú puedes marcharte dijo mirando a Paul Ustedes, muéstrenme el primer tema que quieran tratar.

⸺Un momento dijo Paul malhumorado ¿Qué es eso de que me marche? Tú tienes que asesorarme en las asignaturas que necesito, eso fue lo convenido con Anderson.

⸺Falso. Yo le dije al señor Anderson que yo hablaría con ustedes y si veía que estaban dispuestos a aplicarse y trabajar duro, los ayudaría. Tú no estás dispuesto a hacerlo, así que márchate y no nos hagas perder el tiempo.

⸺ Esto no se va quedar así.

Dijo Paul levantándose bruscamente y haciendo que su silla se cayera hacia atrás. Sin recogerla del suelo salió tirando la puerta la cual por poco se hace añicos.

⸺ Cristina, discúlpalo, él es un buen⸻

⸺ Perdón, mí tiempo es muy limitado, vamos a dedicarnos a lo que vinimos.

Con la misma cogió los cuadernos que Will y Alison le mostraron y comenzó la instrucción. Estaba enojadísima con el tal Paul pero trató de controlarse ante los chicos. Que impertinente y grosero, por muy buen *quarterback* que fuera, ella no le iba a consentir malacrianzas ni desplantes.

Su padre le había dicho en varias ocasiones ▯Mientras seas una niña y hasta cuando seas adulta, muchas personas tratarán de menospreciar tu talento solo por ignorancia y miedo. Tienes que ser fuerte y no dejarte arrastrar como una pluma en el viento. Dios te ha dado un regalo, úsalo siempre para bien. No le hagas mucho caso a los resentidos pero tampoco te dejes dominar por ellos, al final, la última palabra siempre la tendrás tú▯ Que falta le hacía su papá, pensó Cristina, y esto era solo el comienzo. Gracias a Dios que tenía a Rosi. No se dejaría caer, llegaría hasta donde su infinita inteligencia e imaginación la guiaran cumpliendo así la promesa que le hiciera a su padre.

En uno de los impresionante cubículos de cuidados intensivos del hospital Walter Reed, donde fue internado Juan Francisco después de su infarto, Cristina sostuvo su última conversación con aquel ser que no solo le había dado vida sino que era su vida. ▯Cristina▯había dicho su padre ▯Tienes que ser fuerte. Tienes todas las herramientas necesarias para triunfar. No te detengas por nada ni por nadie. Cuando tengas dudas guíate por tu intuición. Tu madre y yo seremos tus ángeles guardianes y siempre velaremos por ti. Prométeme que vas a ser feliz, que vas a cumplir todos tus sueños y que no te dejaras vencer por el miedo. El miedo es el origen de todos los males, sácalo de tu corazón y confía en Dios.▯Cristina se lo había prometido pero nunca pensó que tratar de ser feliz iba a ser tan difícil.

A veces su mente vagaba, como ahora, y soñaba que su padre estaba allí, hablando con ella. Lo interesante del caso era que nunca, en ninguno de sus viajes imaginarios, había dejado de atender la realidad de su presente. Por eso ahora, mientras mantenía esta conversación consigo misma podía seguir su labor de tutora con los chicos sin que estos se dieran cuenta que ella se había transportado al lugar donde los sueños se hacen realidad y donde ella podía compartir con su padre.

Casi a las nueve de la noche terminaron la primera sesión de estudio. Habían cubierto mucho material y las observaciones y recomendaciones de Cristina los dejaron visiblemente impresionados.

◻ ¿Cómo vas a llegar hasta tu casa? ¿Te viene a buscar alguien?

Preguntó Alison

◻ Sí, mi nana Rosi me está esperando abajo. Si bajan conmigo la pueden conocer.

Efectivamente cuando salieron de la Biblioteca Rosi estaba sentada en la escalinata delantera leyendo una revista.

Rosa María Espinosa Oquendo, nació en un pueblecito llamado Arroyo Blanco, de la entonces provincia de Camagüey, en Cuba. Había emigrado a los Estados Unidos con sus ancianos padres, de los cuales era responsable, huyendo del comunismo de Fidel Castro, el cual los despojó de todos sus bienes. El padre de Rosi había sido propietario de una finca donde criaba ganado cebú, y producía leche y carne. Su madre había sido ama de casa, Rosi era hija única. Antes de llegar Fidel Castro al poder, la vida de la familia Espinosa era placentera y feliz, con algunos lujos y con todas sus necesidades más que cubiertas, pertenecientes a una clase que les permitía disfrutar de una existencia desahogada y feliz; Rosi nunca sufrió carencias de ningún tipo.

Rosa María había terminado el bachillerato sin problemas académicos pero siempre bajo las presiones en que se encontraban los niños cubanos que no pertenecían a ninguna entidad gubernamental. Rosi no pudo entrar en la universidad porque nunca perteneció a la Asociación de Pioneros de Cuba, ni a la Juventud Comunista, requisitos indispensables para avanzar en Cuba, y sus padres tampoco formaron parte de los Comités de Defensa de la Revolución, ni su padre nunca fue Miliciano. En Cuba cuando uno no estaba integrado en el gobierno era considerado ◻contrarrevolucionario◻y bautizado como ◻gusano◻ A los gusanos se les perseguía y castigaba públicamente con manifestaciones de ◻repudio◻ por parte de la población ◻revolucionaria◻ se les excluía del derecho a trabajar y constantemente los sometían a vejaciones y encarcelamientos acusándolos de enemigos del régimen.

La decisión de irse de Cuba la tomó Rosi cuando vio un día como unos malagradecidos y resentidos del pueblo se llevaban a su padre preso acusado de ◻contrarrevolucionario◻ cosa que era completamente incierta. Su padre lo único que hizo toda su vida fue ayudar a las personas pobres de su pueblo y darles trabajo, pero ahora aquellos mismos a quienes ayudara se tornaban en su contra. Todo era parte de la nueva ola ◻revolucionaria◻que instigaba a los vagos e incompetentes que nunca obtuvieron nada por si mismos a arrebatarle al ciudadano trabajador lo que había logrado con el esfuerzo de toda una vida. Al no verle solución a semejante problema, Rosi aplicó para obtener una visa Americana y venir a vivir a los Estados Unidos. Durante los tres años que tuvieron que esperar para salir fueron víctima de todo tipo de bajezas e insultos por parte de la crápula comunista que a través del miedo dominaba la población.

Cuando Rosi y sus padres llegaron a Miami, los enviaron a Washington D.C donde a través de una iglesia Episcopal les dieron albergue y le consiguieron un trabajo a Rosi limpiando casas. Fue allí donde Alejandra la conoció, ya que Rosi limpiaba la casa de una de sus amigas. Alejandra y Rosi congeniaron al instante de conocerse, Alejandra tenía siete meses de embarazo y le propuso a Rosi un empleo fijo como nana de su bebé. Rosi aceptó encantada y fue así como sin saberlo se convirtió en la única persona que velaría por Cristina después de la muerte de sus padres.

☐ Rosi, estos son mis nuevos amigos Alison y Will.

Le dijo Cristina cuando llegaron donde Rosi la esperaba.

☐ Mucho gusto en conocerlos.

☐ Igualmente Rosi. Si usted quiere para la próxima lección nosotros podemos llevar a Cristina.

☐ Muchas gracias, pero no es necesario, vivimos muy cerca de aquí.

☐ ¿Cuándo quieres volver a reunirte con nosotros?

☐ Vamos a reunirnos mañana de nuevo, traigan toda su tarea y la hacemos aquí juntos. Los exámenes trimestrales son en 3 semanas y hay mucho que trabajar.

☐ De acuerdo, gracias y hasta mañana.

Rosi y Cristina empezaron a caminar hacia su apartamento en la calle 35 del Noroeste, justo frente al Instituto de Arte y diseño Corcoran, a solo unas cuatro cuadras de la escuela. La noche fría de fines de Octubre se colaba por debajo de sus largos abrigos, pero el cielo estaba despejado y la luna pintaba de plata la avenida *Whitehaven* haciendo el paseo agradable a pesar de la baja temperatura.

☐ Pensé que ibas a trabajar con dos jugadores de *Football*.

☐ Sí, eran dos, pero despedí a uno por impertinente.

☐ ¿Qué? ¿Cómo pudiste hacer eso? Acuérdate que la soberbia es un sentimiento vacío que no lleva a nada productivo.

☐ No te preocupes, solo quise darle una lección. Si la aprendió, regresará mañana, si no, pues no valía la pena ayudarlo.

— Eso me sigue sonando a soberbia.

— No Rosi, confía en mí. Este chico es un muchacho que todo lo que tiene lo ha obtenido muy fácilmente, y ahora que quiere hacer algo por su propia cuenta no está dispuesto a trabajar duro por ello. Déjalo que lo piense un poco, si de verdad quiere progresar volverá mañana, ya lo veras.

— Mi niña, cuando te oigo hablar así con solo nueve años me asusto.

— Y hasta yo. Pero acuérdate que tengo casi diez—

Las dos se echaron a reír.

Rosi y Cristina eran felices, sobre todo estando solas sin la presencia de la madrastra haciéndoles la vida imposible. La susodicha se había ido justo después de la muerte de Juan Francisco y no había vuelto a aparecer. Las llamó diciéndoles que estaba en la Riviera Francesa. Ellas no le creyeron, sabían que ya Gabina no tenía dinero para esas extravagancias; solo Dios sabía dónde estaba.

3

Cuando Cristina salió de su última clase al día siguiente lo primero que vio fue al señor Anderson y a Paul que aparentemente la estaban esperando en el pasillo. Durante la jornada escolar no se había acordado de aquel muchacho insolente que tanto la molestó la noche anterior, pero ahora que lo vio se puso un poco nerviosa sin saber por qué.

□ Cristina, tienes un minuto, Paul tiene algo que decirte.

Cristina se detuvo y levantando su vista se les quedó mirando desde sus cuatro pies, ocho pulgadas de estatura, deteniendo finalmente sus bellos ojos en los de Paul.

□ Cristina, quiero que me disculpes por la manera con que me comporté contigo ayer.

Cristina se quedó en silencio esperando el resto. El tono de voz de Paul no era muy convincente.

□ Quisiera que me admitieras de nuevo en tu grupo y me ayudaras.

Cristina no soltaba una palabra. Chiquitica y erguida parecía un pequeño David enfrentando a dos viles y malvados Goliat.

□ Cristina, lo que Paul quiere decir es que siente mucho haberse comportado de la manera que lo hizo y que está dispuesto a hacer lo que tú digas. Veras, si tú no lo admites, no puede jugar el Viernes, hoy es Martes, tú dirás. Él es el *quarterback* del equipo, sin él sería muy difícil ganar. Tu estas muy interesada en que el equipo gane el campeonato este año. Si no lo ayudas, no podrá jugar y perderemos, así que tú dirás. No lo hagas por él, sino por el equipo. Si no lo ayudas y perdemos el campeonato la culpa será tuya, ¿Tú crees que puedas vivir con ese cargo de conciencia?

□ Señor Anderson ¿Usted cree que yo soy una persona inteligente?

□ Tú eres la niña más linda que yo he conocido en mi vida.

□ Perdone, lo que yo le pregunté es que si usted cree que yo soy una persona inteligente.

Los muchachos que pasaban alrededor se iban quedando rezagados queriendo oír la conversación que se estaba desarrollando en el pasillo. Anderson inmediatamente se dio cuenta y dijo.

□ ¿Por qué no terminamos esta conversación en mi oficina?

⸺ Señor Anderson, yo lo respeto como maestro de esta escuela y como una persona mayor, pero no crea que por eso pueda intimidarme. Si el señor Gallagher quiere que yo lo ayude que me lo demuestre. Y usted, de ahora en adelante, si quiere algo de mí, déjemelo saber a través del director como lo hacen los demás profesores. Además quiero que esta misma tarde me devuelva el cuaderno que le di ayer. Puede dejarlo en la oficina del director.

En cuanto terminó de hablar se dio cuenta que una vez más la soberbia la había hecho actuar de aquel modo tan rudo y tan lejano a su verdadera personalidad. ⸺Ay Dios mío, que falta me hace mi papá⸺ pensó sintiéndose un poco avergonzada por su comportamiento del día anterior. Pero lo dicho, dicho estaba, así que con la misma se dio la media vuelta y se fue dejándolos a los dos sin saber qué hacer. Anderson estaba rojo de la ira pero Paul tenía una sonrisa de oreja a oreja. Miren la chiquitica esta qué bien se defiende, pensó, me gusta la chavalita.

⸺ *Coach*, yo que usted iba a buscar eso que ella le prestó y lo dejaba donde ella le dijo ahora mismo, con esta niña no se puede jugar.

⸺ Es una malcriada, engreída. Maldita sea la hora en que le pedí ayuda. Y tú vete a ver como arreglas esto.

Le dijo y se fue maldiciendo por el pasillo. Paul aprovechó para salir corriendo detrás de Cristina que ya salía del colegio en compañía de una señora.

⸺ Cristina, dame un minuto por favor. Eso que hiciste con el *coach* fue genial, no porque seas una niña te dejas manipular de nadie, eres muy valiente para ser tan chiquitica. Perdona mis malacrianzas y mis desplantes, voy a hacer lo que me digas pero por favor admíteme en el grupo de nuevo, te lo ruego.

Cristina lo miró de arriba abajo y en el proceso se encontró con la mirada de Rosi que le decía, ⸺La soberbia es mala consejera⸺ o en otras palabras ⸺Déjate de majaderías y ayuda al pobre muchacho⸺

⸺ Está bien, esta noche, en el mismo lugar y a la misma hora.

⸺ Gracias Cristy, hasta la noche.

¿Cristy? Nunca nadie la había llamado así, le gustó el apodo pero no dijo nada, solo se dio la vuelta y empezó a caminar rumbo a la casa. Rosi se le quedó mirando, nunca antes había visto esa expresión en la cara de la niña. Esta, muy risueña se viró hacia donde Rosi y le dijo.

□ Cuando yo sea grande me voy a casar con él.

Desde el primer día que Cristina vio jugar a Paul se había enamorado del Adonis futbolista. Por su puesto, el amor de una niña de apenas cinco o seis años de edad que era lo que tenía cuando entró en este colegio, estaba lleno de fantasías y sueños inconcebibles para un adulto, pero ella no sabía nada de eso. Aunque muy madura para su edad, y con una gran inteligencia, vivir era una carrera profesional de la que nadie se podía graduar antes de tiempo y Cristina todavía tendría que poner sus años como cualquier otro ser humano para adquirir experiencia y obtener su diploma de adulto.

Rosi la cogió por la mano y se la llevó casi arrastras riéndose pero evitando que Cristina la viera.

□ ¿Por qué te ríes Rosi? ¿No me crees cuando digo que me voy a casar con él?

□ Claro que te creo, pero de momento debemos dejar tu predicción de matrimonio como un secreto entre nosotras, todavía faltan muchos años para que eso suceda, y si se lo dices a este muchacho se va a llevar el susto de su vida.

□ Yo no lo creo Rosi, viste como me miró, el también se enamoró de mí, lo que sucede es que todavía no lo sabe, pero ya verás que el tiempo me dará la razón. Está bien, no vamos a decírselo a nadie por ahora pero veras que ocurrirá.

Entre las risas y las bromas Rosi sintió un frio que le subió por la espalda y tuvo el presentimiento de que la vida de aquellos dos seres acababa de unirse para siempre y que el futuro vendría acompañado de nubes negras cargadas de miedo y misterio. Sin embargo al momento desechó el pensamiento como algo ridículo y completamente imposible. Como siempre la imaginación de Cristina la hacía decir cosas como aquellas, por muy inteligente que fuera era solo una niña de nueve años que no sabía nada de la vida.

□□□

Cuando Cristina llegó al cuarto de estudio al día siguiente ya la estaban esperando Alison, Will y Paul. Sin entrar en explicaciones empezó a trabajar con ellos. Les explicó los problemas de matemáticas con los que tenían dificultad y les dio otros para practicar. Mientras ellos trabajaban ella leyó sus escritos para las clases de literatura y ciencias sociales, los corrigió y se los devolvió. Al final hicieron todas las tareas que tenían para el día siguiente hasta que terminaron alrededor de la 9 de la noche

☐ Cristy, eres un fenómeno. ¿A qué universidad piensas ir?

Le preguntó Paul, pero tanto Alison como Will se veían interesados

☐ Antes de contestarles quiero saber si pueden guardar mi respuesta en secreto.

Los tres se miraron entre ellos sonriendo, esta niña además de inteligente era comiquísima.

☐ Claro que te guardaremos el secreto.

Dijeron todos.

☐ Voy a ir a *Harvard.*

☐ Perfecto, ya no tengo que preocuparme de mi rendimiento académico porque te voy a tener a ti para que me ayudes.

Le respondió Paul. Cristina se le quedó mirando con una sonrisa entre suspicaz y pícara.

☐ Con una condición.

☐ Tú dirás.

☐ Quiero que seas mi compañero en el baile de graduación cuando ambos nos graduemos en *Harvard*, de aquí a unos seis años.

Los muchachos se echaron a reír; aquella niña era un encanto.

☐ Por supuesto que seré tu compañero en la fiesta de graduación.

Cristina abrió su gigante mochila y sacó de ella un papel que le extendió a Paul.

☐ Toma, este es el contrato, fírmalo.

Ahora sí que las carcajadas se oían en todo el recinto bibliotecario. Cristina por supuesto también reía, estaba encantada de ser tan popular entre estos muchachos grandes con los que nunca pensó poder conversar. Cuando diseñó el documento había dudado en enseñárselo a Paul, pero como su papá decía, ☐Si lo que deseas hacer no es ilegal, ni inmoral y no perjudicas a nadie, hazlo.☐

☐ Cristy, nosotros también queremos ir a Harvard y estaríamos encantados si tu quisieras seguir siendo nuestra tutora. Estamos dispuesto a firmar donde tú quieras.

Le dijeron Will y Alison a Cristina muy sonrientes.

☐ No, ustedes no tienen que firmar nada. Si quieren de ahora en adelante pueden ser mis hermanos. Yo no tengo hermanos, ni padres, solo a Rosi.

◻ ¿Y por qué yo no puedo ser tu hermano?

Le preguntó Paul.

Cristina pensó la respuesta antes de dársela. Era perfectamente legal y moral, además no perjudicaba a nadie, así que por qué no.

◻ Porque yo voy a casarme contigo cuando sea grande y uno no puede casarse con los hermanos.

◻ ¿Y por qué quieres casarte conmigo?

◻ Porque tú eres el mejor *quarterback* que he visto en mi vida, siempre tiras la pelota con gran precisión y fuerza, por eso siempre ganamos los juegos, además eres muy lindo.

◻ Pues te diré que tienes muy buen gusto y acepto tu proposición de matrimonio ahora mismo. ¿Quieres que firme en algún lugar?

◻ No todavía no podemos firmar nada porque soy muy pequeña. De aquí a seis años todos estaremos en Cambridge, Massachusetts. Allí la ley me permite casarme a los 14 años sin consentimiento paternal y con solo dos testigos, y así lo voy a hacer. Ya lo investigué.

Las risas y carcajadas eran tantas que uno de los bibliotecarios tuvo que venir a decirles que hicieran silencio

◻ Cristy eres la niña más linda del mundo.

Le dijo Paul levantándose, cogiéndola en sus brazos y dándole dos sonados besos en las mejillas. Alison y Will también vinieron a abrazarla y darle besos. Cristina estaba feliz, nunca ningún muchacho de esa edad le había demostrado tanto cariño.

Cristina no tenía amiguitos niños como ella. En vida de su padre, él acaparaba todo su tiempo, el resto se lo dividían los profesores del colegio. Aunque su padre al principio se aseguraba de que la niña tuviera el tiempo suficiente para jugar y hacer las cosas apropiadas para su edad, eso se fue quedando a un lado a medida que Cristina crecía.

Cuando salieron de la biblioteca la niña aprovechó para presentarle a Rosi a su nuevo amigo.

◻ Rosi, este es Paul, del que te hable ayer.

◻ Mucho gusto en conocerlo, mi nombre es Rosi y yo soy la nana de Cristina.

◻ Rosi, eres muy afortunada de cuidar de una preciosura como esta.

◻ Sí, ya lo sé.

Al despedirse quedaron de reunirse al día siguiente en el mismo lugar y hora. Los nuevos amigos de Cristina estaban muy contentos con su joven tutora y Cristina estaba encantada con sus nuevos alumnos.

Trabajaron todos los días de la semana en la biblioteca, con la diferencia de que cuando Will, Alison y Paul llegaban a la casa se iban a dormir o a hacer cualquier otra cosa que los relajara, pero Cristina todavía tenía muchas cosas que hacer, así que se desvelaba hasta tarde para compensar las horas que le estaba dedicando a sus nuevos amigos futbolistas.

Llegado el viernes los profesores que tenían que reportar el progreso de Will y Paul lo hicieron sin ningún problema, estaban asombrados del cambio de actitud de los muchachos. Anderson devolvió los papeles a Cristina por mediación del director y nunca más habló de lo acontecido, sabía que tenía que darle las gracias a la niña por su labor con los jugadores, puesto que los demás que habían seguido su método por solo cuatro días también habían mostrado una gran mejoría y todos ellos se sentían muy orgullosos de sus logros, pero él nunca le dijo nada al respecto, se sentía avergonzado ante su propio comportamiento para con la niña y en su vacía cabeza que solo entendía de *Football,* no concebía pedirle disculpas a una chiquilla de diez años.

El viernes cuando sonó el timbre de salida, Paul y Will estaban esperando a Cristina en el pasillo que quedaba en frente de su última clase y le pidieron que viniera con ellos. La llevaron hasta la cafetería donde se encontraban los otros jugadores que estaban siguiendo su método de estudio y todos le dieron las gracias y le prometieron ganar el juego en su honor. Cristina estaba en el país de la maravillas, la felicidad se le salía por las orejas, la mochila parecía haber perdido peso y los saltos que pegaba cuando vio a Rosi y le empezó a contar lo acontecido llamaban la atención de todos los que estaban a su alrededor.

Como se lo habían prometido, esa noche el equipo de *Football,* de la Escuela Internacional de Washington derrotó a uno de los equipos más fuertes de la liga y todos celebraron el gran triunfo. En medio de tanta alegría nunca nadie hubiera podido profetizar lo que el futuro les tenía deparado a Cristina y sus nuevos compañeros.

Con cada día que pasaba, más se acercaban los nuevos amigos y más mejoraban las calificaciones de todos, Alison incluida. El equipo de *Football,* de la Escuela Internacional de Washington ganó el campeonato regional invicto y Cristina recibió como regalo la pelota que se usó en el último juego. Anderson estaba tan contento con el resultado de la temporada que se olvidó por completo del impase anterior con la niña y la declaró miembro honorable del equipo.

□□□

En el último jueves de Noviembre, cuando se celebraba el día de Acción de Gracias, fecha extremadamente significativa para todo el país, Cristina y Rosi fueron invitadas a la cena familiar en casa de Will. Alison tenía que cenar con sus padres y el resto de su familia porque esa era la tradición, pero había prometido venir enseguida que pudiera zafarse de las garras de sus parientes.

La casa de los Smith estaba localizada en los suburbios de *Columbia Hights*, en el 2243 de la calle 13 del Noroeste, en Washington, D.C. Dicha casa estaba clasificada por los expertos en arquitectura como un edificio de estilo Neoplatónico, género significativo de principios del siglo XX en América. El inmueble era una reliquia que compraron en ruinas los padres de Will y que restauraron hasta el punto de convertirla en un monumento nacional, resguardado por las leyes que regía el Instituto para la Preservación del Arte Estadounidense. Sus paredes eran de ladrillos rojos con ventanas azul pastel y techo del mismo color, desde donde salían dos torres delanteras teniendo incrustadas en ellas dos ventanas. La entrada se adornaba con un arco neoplatónico encima del cual se asomaba un balcón con ventanas a cada lado y puerta central. La edificación constaba con dos pisos, el sótano y el ático. Este último lo había arreglado su padre para que Will tuviera espacio y privacidad.

Los Smith pertenecían a la clase media trabajadora, su mamá empezó de maestra de escuela elemental y con los años había alcanzado el puesto de directora de dicho centro, y el papá empezó de cartero regular y subió hasta el puesto de Jefe Ejecutivo de su distrito postal. Los Smith tardaron siete años en tener a Will, que era único hijo, cosa rara en familias afroamericanas de esa época. La madre de Will había perdido varios embarazos antes de nacer Will y después de la llegada de este no quisieron tentar la suerte.

Los padres de Will le habían proporcionado a su único hijo una vida tranquila y sin necesidades, cosa que el muchacho agradecía constantemente. Cuando Will entró en la Escuela Internacional de Washington con una beca para jugar *Football,* hizo que sus padres se sintieran muy orgullosos y fue evidente que sus esfuerzos no habían sido en vano.

Aunque Will les había hablado a sus padres de Cristina muchas veces, estos todavía no la conocían personalmente y estaban muy contentos de tenerla de invitada, especialmente ante la gran mejoría que habían tenido las calificaciones del muchacho desde que Cristina lo ayudaba.

Cuando Rosi y Cristina llegaron en un taxi ya Will las estaba esperando afuera.

□ Pensé que no llegaban.

□ Nos fue difícil conseguir un taxi, hoy nadie está en la calle.

□ Yo podía haber ido a buscarlas.

□ No importa, ya estamos aquí, si quieres puedes llevarnos de regreso.

Entraron y Will hizo las presentaciones pertinente. La Familia Smith tenía muchos parientes y la casa estaba llena. Cristina se fue con Will para que le enseñara su ático y Rosi se quedó conversando en la sala con las señoras.

□ Este es mi reino.

Le dijo Will a Cristina mostrándole un cuarto lleno de posters y artículos deportivos que colgaban del techo y de todas partes. Las paredes del cuarto estaban surcadas de ventanas y entre ellas, travesaños y recovecos donde yacían estantes para libros, trofeos deportivos y otros curiosos objetos que les daban un carácter único a la habitación. Cristina estaba fascinada.

□ Tienes un cuarto precioso.

□ Muchas gracias, está a tu disposición.

Cristina se mantuvo en silencio por unos minutos y luego se atrevió a decir

□ Gracias por invitarnos Will, esta es la primera vez que paso el día de Acción de Gracias sin mi papá y□ Bueno, me alegro de estar en familia.

□ Claro que esta es tu familia. Yo soy tu hermano y estoy muy contento que estés con nosotros.

Siguieron conversando y al rato los llamaron para cenar. La comida, que estuvo exquisita, consistió en el tradicional pavo asado, acompañado con puré de calabaza y jalea de arándano. Cristina, como siempre, comió mucho más de lo que parecía físicamente posible para una personita de su tamaño, pero ya Will estaba acostumbrado a verla comer en el colegio y así se los informó a los demás en la mesa.

 No se preocupen que se vaya a reventar, ella aguanta eso y mucho más.

 Desde que nació es así.

Dijo Rosi tratando de justificar el apetito de la niña.

 Pero nunca se enferma ni sube de peso, es algo así como un milagro.

 Por lo que tenemos entendido su sola existencia es un milagro.

Dijo el padre de Will, después de lo cual se hizo un silencio molesto y largo; este enseguida se dio cuenta de que Cristina bajaba la cabeza avergonzada.

Aunque su padre le había dicho una y mil veces que ella era un persona normal, cada vez que oía comentarios como este no podía dejar de pensar en que ella era algo así como bicho raro y extraño, un error de la madre naturaleza, sobre todo para los demás que no sabían cómo pensaba y sentía. Dios te dio dos grandes regalos hija mía, la inteligencia y la belleza. Durante tu niñez y adolescencia te será muy difícil sobrevivir con tus cualidades, pero una vez que llegues a una edad adulta las cosas mejoraran, ya lo veras Tenía que recurrir a estas lecciones que estaban en su memoria para poder seguir adelante.

 Eso lo dice porque no me conoce mejor, señor Smith, pero pregúntele a Will, soy una niña completamente normal.

 Te lo decía en forma de halago.

 Yo lo sé y se lo agradezco, pero si se pone a pensar, yo no he hecho nada para tener la inteligencia que tengo, a mí me la dieron mis padres a través de su genes, así que no puedo vanagloriarme de algo que no he ganado por mí misma. Mi trabajo consiste en saber emplear bien mis talentos para que mis padres, aun desde el cielo, puedan estar orgullosos de mí.

 Estoy seguro que lo están.

Una vez expuesta la peculiar existencia de Cristina, la velada continuó sin percances. Cuando ya habían terminado con el postre y estaban sirviendo el café, llegó Ali. Estaba muy linda, nunca la había visto vestida de una manera tan elegante. Ella fue directamente a donde estaban los padres de Will y luego de saludarlos con un beso, continuo haciendo lo mismo con el resto de la familia. Cuando terminó con ellos fue a donde estaba Cristina y le dio un besito, mientras lo hacía le dijo al oído

☐ Me alegro mucho de que estés con nosotros. Vine principalmente por ti.

☐ Gracias Ali, yo también estoy muy contenta de estar con ustedes.

4

Mientras tanto en la residencia Gallagher se sentaban a la mesa Agnes y Anthony Gallagher, padres de Paul, el abuelo Paul Anthony Gallagher, patriarca familiar, y su único nieto Paul. La mansión de los Gallagher se encontraba localizada a unas 30 millas del centro de la ciudad de Washington D.C., en el 334 de la avenida *Garnett Dr*, en la tradicional y afluente área de *Bethesda,* justo a las orillas del *Kenwood Country Club*, colindante con la carretera 190. *Bethesda* es la única región del estado de *Maryland* que no tiene definición geográfica en término de bordes o condados. Su nombre proviene de la Iglesia Presbiteriana de *Bethesda* fundada en 1820 la cual a su vez fue nombrada por el Manantial de Jerusalén en *Bethesda*, conocido en arameo como ⌐Casa de Piedad⌐ El significado de su nombre ha perdido con los años no solo lo que se refiere a piedad sino también los laxos con la iglesia.

Entre los aproximadamente 55,000 habitantes del área se encontraban una gran cantidad de personas influyentes como Michelle Bachelet, quien fuera Presidente de Chile, John R. Botton, embajador de los Estados Unidos en la ONU y Secretario de Estado, John Glenn, astronauta y Senador, J.W. Marriot, Presidente de la cadena de hoteles Marriot, y muchos más que ratificaban la categoría del lugar.

Anthony Gallagher, padre de Paul, era *Lobbiyist* en Washington D.C. El trabajo de estas personas consistía en representar intereses de industrias o entidades privadas ante el Congreso y el Senado Norte Americano, no oficialmente, sino a nivel particular. Los *Lobbyists* tenían una gran influencia ante los legisladores con los cuales gastaban una enorme cantidad dinero, tanto en sus campañas para reelección, como en regalos personales, en su afán de convencer a los políticos que hacían las leyes, que su punto de vista era el mejor. Por supuesto la idea que los *Lobbyists* tratan de vender a estos políticos es siempre la que hará incrementar los intereses de las industrias o grupos a quienes representan.

Anthony Gallagher no era buen *Lobbiyist,* pero su padre, el viejo Gallagher, no le había podido encontrar un lugar donde meterlo en su multinacional GALLCORP, así que se había conformado con mandarlo a Washington D.C, a él y a su esposa Agnes, y dejar que se divirtieran jugando a ser importantes lejos de sus intereses. El viejo Gallagher tenía todas sus esperanzas puestas en Paul como futuro dueño y señor de GALLCORP.

 Papa, tú empiezas, como siempre.

Le dijo Agnes al viejo Gallagher, ella era la única persona que podía irritarlo con su sola presencia hasta perder la compostura.

El comedor de la mansión Gallagher ocupaba una tercera parte del ala anterior de su primer piso, al que se llegaba por el salón principal de la entrada. Las paredes se vestían con paneles de roble ámbar-oscuro que a su vez se partían por moldes de una pulgada formando un conjunto de rectángulos alargados de cuyos centros colgaban costosas pinturas. Un exquisito candelabro de cristal *Zwarovski* colgaba en el centro de la colosal mesa de caoba estilo acordeón que sentaba holgadamente a doce personas. El juego de comedor del famoso diseñador John Seymour de Boston, que ahora descansaba sobre una alfombra *Sultanabad* hecha en Turquía, formaba el conjunto perfecto con la chimenea de mármol italiano que más que calentar, adornaba el lugar.

 Gracias Dios mío por darle sentido a mi vida con la presencia de mi único nieto Paul.

Dijo el viejo Gallagher. Esto era lo que el abuelo repetía todos los años, pensó Paul, desde que era muy pequeñito nunca le había oído dar gracias por otra cosa que no fuera él.

 Ahora tu Anthony.

Le indicó Agnes a su esposo.

 Gracias Dios mío por mi familia.

 Ahora tu Paul.

 Gracias Dios mío por la presencia de mi abuelo en mi vida.

Dijo Paul, sin mencionar a sus padres, cosa que pasó desapercibida únicamente para Agnes que solo escuchaba su propia voz.

 Ahora yo. Gracias Dios mío por todo lo que tengo, mi familia y mis bienes.

 No tienes que darle gracias a Dios por eso, sino a mí.

Le dijo el viejo Gallagher con una ironía que era ya inevitable cuando hablaba con su nuera. Esta nunca le gustó, pero con el pasar de los años se le hizo casi imposible tratarla, como único podía dirigirle la palabra era protegiéndose en una coraza de sarcasmo. Al principio le daba lástima con su hijo por haberse metido con semejante alimaña, pero la lastima se convirtió en aversión cuando se dio cuenta de lo débil y pusilánime que era su primogénito como para dejarse mangonear por una arpía como aquella. Anthony Gallagher era un monigote de su esposa y esto era algo que el viejo no podía resistir. Era por eso que se había hecho cargo de la educación de su nieto. Tenía grandes proyectos para su futuro y todos excluían a los ineptos padres.

La cena se desarrolló en absoluto silencio por parte de los comensales masculinos, y duró apenas unos 30 minutos durante los cuales solo se oyó la voz de Agnes elogiando la bajilla nueva de Lenox que había encargado para la ocasión, al mismo tiempo que criticaba la comida con su impertinente forma de hallarle falta a todo lo que hacían sus sirvientes. Al llegar la hora de los postres Paul se levantó y les dejó saber que se iba.

□ ¿Cómo que te vas? Esta es una ocasión familiar la cual no puedes abandonar.

Le dijo Agnes con su desagradable voz de bruja gritona.

□ Le prometí a Will que iba a pasar por su casa.

□ Otra vez con el maldito negro para arriba y para abajo.

Paul la miró como queriendo traspasarla con cuchillos afilados, pero una vez más pensó que no valía la pena. No le contestó, sino que se viró hacia donde estaba su abuelo sentado y le preguntó.

□ ¿Quieres venir conmigo Papa?

□ Encantado.

□ Anthony, como vas a dejar que tu hijo y tu padre se vayan, diles que se queden, hazles que se queden, ahora mismo.

Anthony miró a su esposa con cara de resignación y amargura pensando que no valía la pena responder, así que se levantó muy despacio y abandonó el comedor siempre llevando su copa de vino lleno hasta el tope en una mano y la botella de dicho brebaje en la otra.

□ Paul, no puedes irte, no puedes dejarme sola en este día.

Paul y su abuelo salieron del recinto sin prestar atención a los gritos de Agnes.

□ Yo tengo la esperanza que un día de estos mi padre se dé cuenta de la situación en que vive y se divorcie de mi madre.

□ Yo perdí las esperanzas en cuanto a tu padre se refiere hace mucho tiempo.

Paul no respondió. Era verdad que su padre era una persona débil y que se dejaba manipular por su madre como un trapo, pero él sabía que bajo aquella figura de mentecato había un hombre de buenos sentimientos. Aunque a decir verdad él no sabía mucho acerca de su padre, este era callado, introvertido, y la mayoría de las veces estaba ebrio, y Paul no se acordaba de haber tenido una conversación con él que durara más de 10 minutos. Lo que no entendía era como no había dejado a su madre ya, qué lo ataba a aquella mujer vacía y desagradable era un misterio que nadie podía entender.

Anthony si lo sabía, pero su hijo nunca se lo preguntó. Su matrimonio había sido un fracaso porque él nunca debió casarse con una mujer que no quería, pero cuando Agnes se embarazó, el viejo lo había hecho casarse diciéndole, ⌐Aunque sea por una vez en tu vida, afrontaras tu responsabilidad⌐ Anthony resintió la manera con que su padre lo trató en aquel entonces; su desquite consistió en mantener a Agnes en la familia para hacerle ver al viejo que el error había sido de él, no de Anthony.

Paul y el abuelo subieron a la limosina y Paul le dio la dirección al chofer.

⌐ ¿Cómo van las cosas con los estudios de Will?

⌐ Muy bien, de seguro le darán la beca para que pueda ir a Harvard conmigo. Mis calificaciones también están muy bien, la verdad era que quería hacerte ese regalo para navidad pero no me lo puedo callar por tanto tiempo.

⌐ Me alegra mucho lo que me dices. Yo ya estaba haciendo trámites para que ambos entraran, pero si pueden hacerlo por ustedes mismo, mucho mejor. ¿Están estudiando mucho?

⌐ Más que eso, tenemos una tutora que es una maravilla.

⌐ Y ya le echaste el ojo⌐

Le preguntó su abuelo en tono zalamero. Paul tenía fama de Don Juan en el colegio, las chicas se lo peleaban y consideraban un deber aguantarle todas sus majaderías de Adonis futbolístico con tal de pasearse de su brazo en los terrenos del colegio. Pero Paul no les daba el gusto, aunque salía con todas, no se ataba a ninguna ni dejaba que se exhibieran con él. De hecho él solo las necesitaba para una cosa⌐

⌐ No, no, es una niña de apenas 10 años, es un genio. Hoy la vas a conocer, ella esta cenando con los Smith. Es un encanto de criatura, ya verás.

⌐ ¿Cómo es eso de que tiene 10 años?

⌐ Pronto los cumplirá, pero como ya te dije, es un genio, de verdad, tiene un coeficiente intelectual incalculable. Ella también irá a *Harvard*, solo que ella tomará muchos más cursos que yo y hará varias licenciaturas y doctorados a la vez. Será Médico y Abogado.

El abuelo Gallagher no recordaba nunca haber oído a su nieto hablar tan entusiasmadamente de nadie, y se dijo que esta niña tendría que ser en verdad alguien muy especial. Sin saber por qué tuvo la intuición de que esta niña cambiaría la vida de Paul, pero no dijo nada. Había aprendido a guardarse sus corazonadas que en la mayoría de las veces no lo defraudaban. Esta vez sin embargo sintió un temor que no pudo explicar. Sin duda la vejez estaba empezando a hacer sus estragos en su forma de pensar y calcular el futuro.

El chofer de los Gallagher tomó la carretera 190 Sur que se convertía en la avenida *Wisconsin*, llego a la avenida *Massachusetts* e hizo una izquierda yendo en sentido Sureste, de ahí llegó hasta el círculo *Sheridan* que hoy parecía desierto. Desde allí tomó la avenida *Florida* hacia el Norte hasta llegar a la calle 13 donde hizo otra izquierda. En apenas 20 minutos llegaron a casa de Will, las calles de la capital estaban vacías, todos estaban celebrando el día de Acción de Gracias. Paul llamó a Will por su teléfono móvil para avisarle que ya estaban llegando. Cuando la limosina se detuvo ya Will estaba en la acera con Alison y con Cristina.

☐ Al fin llegas, ya casi no queda pastel de arándano.

☐ No protestes y saluda a mi abuelo.

☐ Como está señor Gallagher, muchas gracias por venir.

☐ No, gracias a ti por invitarme.

  Alison se adelantó y le dio un beso en la mejilla.

☐ Hola Papa, gracias por venir.

☐ El gusto es mío querida. ¿Y esta personita quién es?

  Dijo el abuelo Gallagher inclinándose delante de Cristina.

☐ Yo soy Cristina.

☐ Ah, que bien, tú eres la niña que ha hecho que Paul y Will mejoren sus calificaciones en tan poco tiempo.

☐ No exactamente. Yo les he sugerido que hacer, y ellos lo han hecho, el mérito es todo de ellos.

☐ La humildad es una virtud, sin embargo en tu caso tiene que ser muy difícil, me dicen que eres muy inteligente.

☐ Sí, quizás, pero yo no puedo adjudicarme esa virtud, yo nací así, en todo caso mis padres fueron los que me dieron la carga genética que tengo, o quizás fue Dios, no lo sé, lo que si se es que yo no tengo nada que ver con eso.

☐ Pues yo creo que tienes todo el mérito del mundo y desde ahora, si me lo permites, quisiera ser tu amigo, puedes llamarme Papa.

☐ Gracias Papa. Tú eres el abuelo de Paul ¿Verdad? Pues algún día serás mi abuelo también porque cuando yo sea grande me voy a casar con él.

☐ Me parece una excelente idea, yo siempre quise tener una nieta.

☐ Si quieres no tienes que esperar, yo puedo ser tu nieta desde ahora mismo. Will y Alison son mis hermanos.

☐ Ya veo. Pues, encantado de ser tu abuelo.

Todos entraron a la casa riéndose a carcajadas pero disimulando al máximo sus sonrisas para no ofender a Cristina. Los padres de Will ya conocían al viejo Gallagher. Will y Paul se hicieron amigos al momento de conocerse y después de tres años jugando juntos eran inseparables. El abuelo Gallagher nunca se perdió un juego en el que jugara su nieto. Los padres de Paul solo asistían cuando se anunciaba la presencia de alguien importante de la sociedad capitalina. Los padres de Will sin embargo siempre estaban allí para admirar y animar a su hijo.

5

Una fría y constante llovizna que oscurecía el cielo madrileño de Noviembre avisaba la llegada del invierno español. Adentro, en el elegante y aristocrático edificio del siglo XIX, en la calle Zurbano, número 84, la humedad antigua de la dinastía de los Habsburgo, peleaba por sobrevivir frente a la fuerza de los calentadores modernos que se habían instalado en el viejo inmueble años después de su fabricación.

La familia Malpaso ocupaba un piso que abarcaba la quinta planta completa. Era una construcción vieja pero sólida, que mantenía el linaje del Madrid de otros tiempos, los que muchos conocían como el Madrid de los Asturias. Durante el reinado de Carlos I, el monarca se dio a la tarea de embellecer la ciudad con edificios y palacios renacentistas, pero en verdad fue Felipe II quien convirtió a Madrid en la capital de España, y quien hizo de ella una de las capitales más significativas de Europa. Este edificio era de esa época de belleza imperial que se fue para nunca más volver.

□ ¿Qué vas a hacer por fin con tu hijastra?

Le preguntó Ignacia Rebote a su hija Gabina. Ambas tomaban una copa después de la cena en el salón de estar del hogar madrileño.

Gabina no le contestó. La madre estaba acostumbrada a que la ignorara, pero insistió.

□ ¿Le vas a poder sacar algún dinero?

□ No lo creo. Las becas que ha conseguido tienen un gran valor en dólares pero yo nunca veré un centavo de ese dinero. Todo estará repartido entre el precio de su matrícula, los libros, la vivienda y su manutención. Además, creo que le han dado un trabajo a la criada para que pueda cuidar de ella, no lo entiendo bien. Ya sabes cómo son los norteamericanos, hacen todo al revés de nosotros.

□ ¿Por qué no la traes para acá? Quizás aquí puedas sacar algo de ella.

□ No, aquí no hay dinero para fenómenos como ella. Además tendría que darle albergue y comida y yo no estoy para esos quehaceres. Déjala que se quede por allá, al menos no me va a costar nada.

□ ¿Qué vas a hacer con la casa de Washington?

☐ Esa casa pertenece a la embajada, con muebles y todo. Los libros de Juan Francisco los quería la chiquilla, pero como yo no tenía donde metérmelos, los empacaron y los guardaron en la embajada para cuando la muy mojigata los pueda reclamar.

☐ ¿Entonces no hay nada más de valor que puedas utilizar para vender?

☐ Nada más. La pensión es una miseria y para colmo la tengo que compartir con la piruja esa.

☐ ¿Y qué piensas hacer?

☐ Me voy a quedar aquí, de momento, hasta ver que resuelvo.

☐ Tu padre y yo no estamos en condiciones de mantener una persona con tus gustos, por mucho que queramos estirar los euros.

☐ Ay no empieces con tu cantaleta de miseria mamá, no pienso quedarme aquí más de lo necesario, a mi esta pocilga me da asco.

Ignacia no le contestó, los desplantes de su hija Gabina eran notorios, sobre todo con sus padres a los que nunca respetó. La culpa la había tenido ella misma por haberla criado del modo desenfrenado y pretencioso como lo hizo. Su esposo se lo advirtió muchas veces pero ella nunca lo escuchó.

Gabina se levantó y fue a servirse otra copa de brandy. Caminó hasta la ventana que daba a la calle Zurbano y se puso a escuchar desde el balcón entreabierto los ruidos del Bar Rio Tormes, que quedaba justo al lado de la puerta de entrada al edificio donde vivían sus padres. Cuantas veces había tenido que cruzar por la acera delante del cochino bar con sus amigas de la secundaria que se reían del lugar donde vivía. Cuanto odiaba los infelices que venían a tomarse una caña o un tinto al humilde establecimiento. ¿Por qué su padre nunca se mudó de semejante realengo?

Pensó en los trabajos y escaseces que pasó con su primer marido, un ☐escriturucho☐del diario ABC, con salario de repartidor de periódico, del que se enamoró como una idiota creyendo en las promesas de su cándido pretendiente que predecía premios y novelas que los llevarían hasta las más altas cimas de la literatura contemporánea española. Cuando quedó viuda y enterró los sueños en el mismo ataúd de su esposo, juró nunca más ser pobre. Sin perder tiempo en una viudez miserable y ridícula se inscribió en un curso para azafata que ofrecía la aerolínea Iberia, y una vez terminado este, pasó a trabajar para la compañía española, donde meses después conoció al apuesto diplomático Quiroga que viajaba frecuentemente en primera clase de Washington a Madrid.

En los poco meses que duró su noviazgo y su matrimonio vivió como una dama de la aristocracia madrileña, pero no pudo engañar a nadie en el círculo de amistades de su esposo, para ellos seguía siendo la azafata joven, bonita y pobre que trató de salir de su hueco pescando un cuarentón con futuro.

La última vez que había visto a los amigos de su difunto esposo fue el día del entierro. Después de dos semanas en Washington sin saber qué hacer, le avisaron de la embajada que la casa tenía que ser desalojada ya que el nuevo Cónsul estaba por llegar. Le ofrecieron ayudarla a conseguir un trabajo pero el idioma inglés no era su fuerte, y no sabía hacer mucho más. Pudo haber vuelto a la aerolínea, quizás, pero su arrogancia no se lo permitió. Por eso ahora estaba en la casa de sus padres, después de haber malgastado la pobre fortuna que le dejara su segundo esposo. Estaba como la Jacqueline Kennedy, matando hombres de un lado al otro, pero sin un mísero céntimo.

⬜ Lo que tengo que hacer es conseguirme otro marido.

Dijo como si hablara con ella misma.

⬜ Para eso necesitas dinero.

⬜ Sí, ya lo sé, no tienes que repetírmelo ¿Cuánto tú crees que valga este piso?

⬜ Gavi por favor, eso ni lo pienses, esto es lo único que tenemos tu padre y yo.

⬜ No seas estúpida mamá, no estoy hablando de un regalo ni mucho menos, sino de una inversión. Si ustedes me prestan el dinero, cuando yo me case puedo devolverles lo que me presten y hasta podría pasarles una manutención para que vivan mejor.

⬜ Eso que planeas no es tan fácil de conseguir hija.

⬜ Con tu negativismo nunca nada será fácil. No sé para qué digo nada aquí. Ustedes son unos perdedores que vivieron a la sombra de Franco y debieron haberse muerto con él y dejarme tranquila para siempre.

Las dos oyeron un ruido en el arco que separaba la sala de estar con el recibidor. El padre de Gabina estaba parado allí desde hacía unos minutos y había oído toda la conversación de su hija con su esposa.

⬜ Gabina, recoge tus cosas. Te quiero fuera de esta casa esta misma noche.

☐ ¿Qué dices? ¿A dónde quieres que vaya si no tengo un céntimo?

☐ No me importa, no te quiero aquí más. Ignacia, si la defiendes te puedes ir con ella también. Tienes hasta mañana por la mañana para irte. Si cuando me levante todavía estas aquí te tiro tus cosas a la calle por el balcón y llamo a la policía.

Lo dijo con un tono de voz suave y calmada, como acostumbraba a hablar. El señor Malpaso no era de gritos ni de peleas, solo que ya se había cansado de la malagradecida de su hija.

☐☐☐

En *Washington* D.C el invierno llegó como una visita no deseada a la cual no se le puede menospreciar. Las nubes grises le ganaban la batalla a un sol lejano que no podía calentar los sueños de los que ansiaban la primavera y con ella el retoño de los cerezos que la adornarían una vez más de esperanzas. El Potomac se vestía de melancolía despidiendo el otoño y desde sus orillas dejaba que la briza llevara el frio de sus aguas hacia todos los habitantes de esta excepcional metrópoli. Sin embargo con la Navidad la urbe se vestía de luces artificiales y sueños plásticos para que la promesa del año nuevo no se perdiera en el viento.

Ante el total abandono por parte de la viuda de Quiroga para con su hijastra, la embajada Española en *Washington* se vio en la obligación de hacer los trámites para dividir la pensión de retiro del Cónsul Quiroga y enviarle la mitad a su hija y la otra a la viuda. Así mismo los amigos de Juan Francisco buscaron un apartamento pequeño cerca de la escuela de la niña donde Cristina y Rosi podían vivir modestamente y sin lujos, pero con dignidad y sin necesidades.

El edificio de apartamentos estaba situado en el 1952 de la calle 35 que hacia esquina con la avenida *Whitehaven*, la misma que atravesaba el parque. El Colegio Internacional de Washington D.C estaba localizado en el Parque Robles de Dumbarton, colindando al norte con el Observatorio Naval, vivienda del Vice-presidente, y al sur con el Parque *Montrose*. La Avenida *Whitehaven* se conectaba en ángulo recto con la avenida Wisconsin por el Oeste y la avenida *Massachusetts* por el Este, atravesando el parque y pasando justo frente a la entrada del colegio. A Cristina y Rosi les tomaba unos quince minutos en verano caminar de la casa a la escuela. La avenida estaba rodeada de árboles y la vista de ambos parques era esplendorosa. En el otoño, el techo que formaban las hojas de los arboles cambiaban de color vistiendo el área de amarillo, naranja, rojo y marrón, lo que daba a su travesía la sensación de estar caminando por un cuento mágico de hadas y embrujos. El invierno sin embargo era gris, oscuro y frio, y *Whitehaven* no podía evitar vestirse de angustia y desasosiego   mientras esperaba que Abril la sacara de su melancolía.

☐ Rosi, esta navidad será muy difícil ¿Verdad?

☐ Bueno mi amor, desde la muerte de tu papá la vida no ha sido nada fácil, pero yo estoy segura que sobreviviremos.

☐ Me da vergüenza preguntarte esto, pero ¿Por qué crees que Dios se llevó a mi madre y a mi padre y me dejó sola?

☐ No tienes que avergonzarte, es una pregunta muy lógica, pero Dios no funciona con lógica, la fe no tiene lógica y es imposible saber cuál fue su propósito al hacerlo. Sin embargo en vez de concentrarte en lo que el Señor o la vida te quitaron, debes pensar en lo que te han dado. Gracias a Dios eres muy inteligente y saldrás adelante por tus propios medios. Serás una persona de provecho para la sociedad y ayudaras a muchas personas, además, no estás sola, me tienes a mí.

☐ Sí, ya sé, discúlpame. Sé que no debo dudar de lo que Dios dispone para mí, pero a veces quisiera ser la niña más bruta y fea del mundo con tal de   tener a mis padres conmigo.

☐ Debes de quitarte esas ideas de la cabeza. Tu mamá me dio todas las instrucciones habidas y por haber para que te criara como ella quería, que es lo que estoy haciendo, y tu padre te dio más lecciones en tus primeros nueve años de existencia que cualquier otro padre podría darle a un hijo en toda una vida. Además, ellos están constantemente velando por ti y guiándome a mí para que te ayude en todo lo que necesites. Debemos de estar felices porque eso es lo que ellos desearían. Ya verás que todo saldrá bien.

☐ Entonces vamos a poner un árbol de navidad y celebrar la llegada de San Nicolás como debe ser.

☐ Eso es. Ahora mismo vamos a bajar y buscar un árbol para adornarlo. Hay que celebrar la Navidad como Dios manda.

Rosi se levantó y fue a buscar los abrigos. En eso, sonó el teléfono.

☐ Aló.

◻ Cristy, es Will, te llamo para invitarlas a ti y a Rosi a que pasen la Navidad con nosotros.

◻ Que bueno que llamaste Will. Rosi y yo estábamos un poco tristes extrañando a mi papá, pero decidimos ir a comprar un árbol para adornarlo y así sentirnos mejor. Sabes, dice Rosi que en Cuba se celebra la Noche Buena, el día antes de Navidad, con una cena especial donde se reúne toda la familia. ¿Quieren tú y tus padres venir a comer con nosotros? También podemos invitar a Ali y a sus papás. Nuestro apartamento es pequeño pero estoy segura que podemos arreglarlo para que todos podamos sentarnos a cenar ¿Qué me dices?

◻ Cristy, yo creo que eso va a ser mucho trabajo para Rosi.

◻ No, no, Rosi estará encantada, también tendremos a sus padres aquí con nosotras.

Los padres de Rosi todavía vivían en el sótano del edificio de la iglesia que los acogió cuando llegaron de Cuba. Aquel sótano se había arreglado como vivienda para cuatro matrimonios mayores que vivían en comunidad pero con privacidad. A cambio del albergue ellos donaban su tiempo y su trabajo. Cuidaban a los niños pequeños durante los servicios de la misa, ayudaban en la rectoría, limpiaban, mantenían el edificio y hasta hacían pasteles y dulces que vendían los Domingos para ayudar con los gastos de la parroquia. Rosi soñaba con sacarlos de allí, y así se lo había prometido Juan Francisco, pero al morir este todos los planes se vinieron al suelo y ahora solo quedaba esperar y ver que más les deparaba el destino.

◻ Déjame preguntarle a mis padres y te aviso, yo también puedo avisarle a Ali.

◻ Bien. Si no pueden venir no hay problema, yo entiendo.

La mayoría de las conversaciones que Cristina mantenía con los adultos terminaban en ⌈yo entiendo⌋ era como queriendo decirles que no se preocuparan en explicarle cosas que solo se aprenden con los años.

Rosi llegó con los abrigos y Cristina le contó su idea de invitar a los Smith y a los Hopkins para la Noche Buena

◻ Me parece perfecto, solo que debemos de estar seguras cuantos van a ser para preparar la comida.

◻ Puedes coger algo de los ahorros si lo necesitas.

Algunas noches Cristina se quedaba en su habitación hasta muy tarde, trabajaba haciendo traducciones en el Internet para clientes que por supuesto no sabían su verdadera edad, mientras Rosi limpiaba las casas de personas adineradas de la zona, así lo que ganaban lo guardaban para emergencias o para ayudar a los padres de Rosi. Cristina llevaba las cuentas de los gastos de la casa con un presupuesto balanceado que las dejaba guardar algo y a la vez disfrutar de golosinas y pequeños caprichos sin los cuales sus vidas hubiesen estado carentes de las pequeñas cosas que hacen posible una verdadera familia.

☐ No te preocupes, tenemos suficiente para lo que deseas hacer.

☐ ¿Y a dónde vamos a buscar el árbol?

Aunque la ciudad de *Washington D.C.* tenía una infinidad de centros comerciales ellas debían   conformarse con visitar aquellos a los que se podía llegar a través del transporte público. En las muy contadas ocasiones cuando ninguna de las dos tenía mucho que hacer, se iban a pasear al *George Town Park*, o al *Union Station Mall,* o al preferido de Cristina, el *Old Post Office Pavillion*. Durante el mes de Noviembre y Diciembre, justo hasta el día antes de Navidad, a la entrada de todos estos grandes centros comerciales se podían encontrar vendedores ambulantes ofreciendo arboles de pinos de todos los tamaños y precios. Allí era donde Rosi pensaban llevar a Cristina para escoger el árbol navideño.

Una fuerte corriente que se deslizaba desde el Potomac hacia que la temperatura se sintiera mucho más baja de lo que realmente era. Los arboles ya desnudos de hojas le daban a la tarde un imagen lánguida e inhóspita, pero como se hacía de noche temprano, las luces que adornaban las calles y avenidas de la capital norteamericana subsanaban la oscuridad con sus alegres colores artificiales y hacían que la ciudad resplandeciera como un carrusel encantado.

Las estaciones del tren subterráneo también se adornaban con el espíritu navideño. Este sábado parecían desiertas puesto que tanto los integrantes de la Cámara del Congreso como la del Senado no perdían tiempo para cerrar sus puertas en Diciembre y sus miembros largarse a sus respectivos estados con el pretexto de las fiestas navideñas, así la ciudad se quedaba sin sus habitantes más importantes.

☐ Me alegro de que no haya mucha gente en la calle, así podremos escoger nuestro árbol sin tener que mezclarnos con el tumulto y sin apuros.

Dijo Rosi

□ Sí, pero a mí me gusta ver la gente caminado con sus paquetes de regalos.

□ No te preocupes, ya los veras, el hecho de que el tren este medio vacío no significa que las tiendas lo estén. Hay muchos que vienen en sus propios coches ahora que el tráfico está más ligero.

□ Rosi ¿Tú crees que nosotras podremos tener un coche antes de que yo me gradúe?

□ Por supuesto que sí, es más uno de los señores representantes de Harvard me preguntó si íbamos a necesitar un coche; pero yo les dije que no, me dio pena exigir tanto.

□ Debiste decirles que sí. Tenemos que encontrarles un apartamento a tus padres que no van a poder vivir dentro del recinto de la universidad ¿Cómo piensas ir a visitarlos? Allí el transporte público no es como aquí. La universidad es como un pueblo pequeño donde todo el mundo tiene su coche.

□ La verdad es que no me di cuenta. Cuando lleguemos allí vamos a ver si podemos arreglarlo.

□ ¿Tú les hablaste a esos señores de tus padres, y de que querías mudarlos cerca de nosotras?

□ No, me dio vergüenza solicitar tantas cosas.

□ Rosi, ellos nos dijeron que les pidiéramos todo cuanto necesitáramos. No te preocupes, ellos están haciendo un buen negocio conmigo. Con la cantidad de dinero que mi colaboración les va a traer pueden pagar por eso y mucho más.

Se bajaron en la parada del *Old Post Office Pavillion* y subieron por sus escaleras eléctricas hasta el corazón del centro comercial.

□ Quieres pasear por las tiendas un rato o nos vamos a buscar el árbol.

Le preguntó Cristina a Rosi con la esperanza de que esta dijera que sí.

□ No tenemos dinero para comprar nada mi amor, lo siento. Vamos a buscar el árbol y volver a casa para decorarlo enseguida. Veras que cuando esté terminado nos sentiremos mejor las dos.

Rosi no sabía que iba a hacer esta Navidad con Cristina, aunque hasta ahora se estaba portando muy tranquila, sabía que la ausencia de su padre le pegaría de un momento a otro y tendría que estar preparada. Por eso había aceptado hacer la cena de Noche Buena en la casa, para que la niña estuviera distraída y se olvidara de su pérdida.

Aun con toda su inteligencia, Cristina siempre creyó en la leyenda de San Nicolás que llegaba a la media noche entre la Noche Buena y la Navidad, con regalos para todos los niños buenos del mundo, no obstante su padre decidió aclararle la situación lo más suavemente posible antes de que esta se enterara de una manera más cruda. San Nicolás es más un concepto que una realidad Cristina. Hay muchos niños en el mundo que no tienen donde dormir ni que comer, que no tienen padres, que son maltratados y abusado por personas sin corazón, esos niños no conocen la existencia de San Nicolás, no porque sean malos sino porque les ha tocado vivir en condiciones infrahumanas. Los regalos no son tan importantes como el acordarnos de que hay personas que tienen mucho menos que nosotros a los que debemos ayudar. Además, los católicos celebramos el nacimiento de Jesucristo

Cristina lo había entendido como entendía todo lo demás. Como podía retener todo aquello sin alterar su vida emocional era un misterio, porque por muy especial e inteligente que fuera, seguía comportándose como una niña de diez años para algunas cosas y como una mujer adulta para otras.

Salieron a la calle por el lado oeste del centro comercial y caminaron una cuadra hacia la derecha llegando hasta la explanada donde los vendedores se calentaban las manos alrededor de un barril vacío que les servía de fogata. Los pinos navideños estaban dispuestos en hileras y por tamaños. Los había desde pequeñitos hasta muy, muy grandes. Cristina se paró delante de un árbol enorme y miró a Rosi como pidiéndole su opinión.

 Yo creo que ese es muy grande mi amor.

 Sí, ya lo sé, pero que lindo es ¿Verdad? Es tan grande que San Nicolás podría dejar todos los regalos que quisiera.

Rosi tuvo que hacer un esfuerzo para no empezar a llorar allí mismo. Definitivamente la Navidad iba a ser durísima para la niña.

 Pero puesto que somos solamente tú y yo podemos arreglarnos con uno más pequeño.

Respondió Rosi

 ¿Y tus papás? ¿Y si vienen Will y Ali y sus familias?

Ahora sí que la cosa se estaba poniendo difícil, pensó Rosi, definitivamente ellas no podían gastar esa cantidad de dinero.

 Mi amor, San Nicolás solo trae regalos para los niños.

 Rosi, acuérdate que yo se la verdad, mi papá me lo explicó. Es el espíritu de Navidad lo que cuenta. Yo sé que no tenemos dinero, pero aunque sea una cosita bien chiquita podemos tener para todos. Es más, podemos hacerlas nosotras mismas, solo tenemos que comprar las cajas y el papel para envolverlas.

◻ Qué tal si compramos el árbol, lo arreglamos y luego hacemos una lista de lo que necesitamos.

◻ Está bien, además tenemos que comprar los adornos. ¿Vamos a poder llevar el árbol en el *Subway* o tendremos que tomar un taxi?

◻ Primero vamos a elegir el árbol.

Terminaron escogiendo un árbol mediano que a Rosi le pareció todavía muy grande pero que al final accedió a comprar. Tomaron un taxi que no les cobró nada después de oír el cuento de Cristina y su primera Navidad sin su padre. Entre las dos lo subieron por las escaleras hasta el quinto piso donde vivían. El apartamento contaba con un salón familiar amplio, dos cuartos, cada uno con su baño, y una cocina pequeña. El cuarto de Cristina gozaba de un balcón pequeño a todo lo largo de la pared exterior que daba a la calle.

El salón familiar era lo suficientemente amplio como para albergar con facilidad un juego de butacones y sofá de piel color vino, una mesa redonda de cristal con cuatro sillas y un diminuto estéreo sobre el cual descansaba un televisor. El piano de cola de Cristina, regalo de su padre cuando cumplió los cinco años, abarcaba toda la esquina exterior del recinto que terminaba con una pequeña chimenea en la pared colindante con el apartamento vecino. Todas las habitaciones estaban cubiertas con una fina alfombra verde que comenzaba en la puerta delantera y terminaba a la entrada de la cocina y los baños, los cuales tenían piso de loza. Las paredes se adornaban con varias pinturas de Cristina, entre ellas su favorita, la de su perrita Sasha.

La primera vez que Rosi le mostró a Juan Francisco una pintura de Cristina este no se lo pudo creer. Fue en la víspera de su sexto cumpleaños cuando su papá le dijo que escogiera lo que quisiera para regalo. Cristina siempre había querido tener un perrito y eso fue exactamente lo que le pidió. En un libro de cuentos de los tantos que leía había visto a un pastor alemán del cual se enamoró como una loca a primera vista. Cristina pensó que si pedía un perrito no había garantías de que le trajeran el que ella quería, así que lo pintó para que su papá supiera exactamente el tipo de animalito que quería. De esa manera fue como llegó Sasha a sus vidas. El día de su cumpleaños Juan Francisco se apareció con una bolita completamente negra de donde salían cuatro paticas que parecían muy grandes para el tamaño del perrito y un hocico puntiagudo y precioso. Las dos orejitas negras era lo único que parecía erguirse firme en aquella bolita de pelo negro brillante.

⬜ Cristina, esta es tu perrita pastor alemán, yo sé que no luce como tú la pintaste pero⬜

⬜ Yo sé papi, ellos nacen así y luego cuando crecen cambian de color.

Como siempre la inteligencia y sabiduría de la niña los dejaba a todos atónitos. Cuando Juan Francisco se casó con Gabina, esta inmediatamente se opuso a la presencia de Sasha en la casa, pero en eso su esposo no cedió, aunque todos tenían cuidado de que Sasha estuviera siempre lejos de los alrededores de Gabina. Ese fue el impase en el que tanto Cristina como Rosi decidieron que su madrastra no era una buena persona.

Cuando Sasha las vio llegar se volvió loca de alegría, corrió a subirse en el sofá esperando que Cristina viniera a rascarle la barriga que era su saludo de costumbre.

⬜ Sasha, mira que árbol más lindo hemos comprado, vamos a adornarlo ahora mismo. Rosi, no tenemos adornos⬜

⬜ Vamos a poner el árbol en esta esquina de la chimenea y ahora bajamos a comprar los adornos.

⬜ ¿Sasha puede ir?

⬜ Mi amor, ya sabes que no la podemos entrar a la tienda, pero si quieres lo dejamos para mañana.

⬜ No Rosi, tenemos que hacerlo hoy, solo nos quedan tres días.

⬜ Si quieres, yo voy   hasta la esquina y compro los adornos en la farmacia de *Walgreens* si me prometes quedarte bien tranquilita con Sasha. Yo me llevo el teléfono y regreso enseguida.

⬜ Está bien, Sasha y yo te esperamos aquí.

Después de la muerte de Juan Francisco, cuando ambas se mudaron al apartamento Cristina le había dicho a Rosi.

⬜ Nana yo me puedo quedar con Sasha si tú tienes que ir a buscar algo a la calle.

⬜ Está bien, pero acuérdate que no puedes abrirle la puerta a nadie, y contesta el teléfono solo de los números que conozcas.

Así fue como Rosi empezó a dejar a la niña sola en la casa, aunque nunca por más de quince o veinte minutos. Por muy inteligente que fuera solo tenía diez años. El hecho de que Sasha se quedara con ella era un consuelo, ella nunca permitiría que nadie se acercara a Cristina.

Al minuto de salir Rosi sonó el teléfono

☐ Hola Cristy, te llamo para decirte que Ali y yo vamos a cenar contigo la víspera de navidad.

☐ ¿Y por qué tus padres y los de ella no?

☐ Ya sabes cómo son los viejos, no quieren salir con el frio.

Esa no era la verdad. Tanto Will con Ali les habían explicado a sus padres las condiciones económicas en las que se encontraba Cristina y les pidieron que no fueran para no hacerles gastar más de lo que podían.

☐ Está bien, entonces los espero como a las siete de la tarde, y no estén tarde.

☐ De acuerdo. Ali quiere saber si quieres que te llevemos algo.

☐ No, solamente no coman durante todo el día, Rosi va a preparar una típica cena de Noche Buena Cubana y estoy segura que les va a encantar.

☐ De acuerdo muñeca, nos vemos.

No había terminado Cristina de colgar el teléfono cuando este sonó de nuevo

☐ Aló ¿Will?

☐ No, es Paul. Estoy llamándote porque mi abuelo está en la ciudad y quisiera verte. Crees que puedes cenar con nosotros mañana por la noche.

Cristina tenía que trabajar en sus traducciones y escribiendo artículos durante las vacaciones de Navidad para poder ganar algo de dinero, además Rosi tenía que limpiar algunas casas e ir a ver a sus padres. ¿Cómo le hacía para poder ver a Paul y al abuelo?

☐ Paul, tanto Rosi como yo estamos muy ocupadas pero me encantaría ver al abuelo. Por qué no vienen a cenar con nosotros el 24 de Diciembre. Rosi está preparando una cena de Noche Buena para nosotras y sus padres. También vienen Will y Ali, si quieres puedes traer a tus papás también.

Esta era la primera vez que Cristina mencionaba a los padres de Paul. Los conoció un día en un juego de *Football,* y enseguida se dio cuenta de las tensiones que existían en la familia. La madre de Paul ni la miró, el padre le estrecho la mano y nada más; este le pareció una persona muy triste y la madre☐ Le pareció una persona mala.

☐ Cristy, lo que queremos es que tu disfrutes de una cena con nosotros. No queremos hacerte trabajar más de lo que ya lo haces.

☐ No, eso no es problema. A mí me encantará tenerlos aquí, es la primera Navidad que paso sin mi padre y creo que Rosi quiere rodearme de amigos para que no me sienta sola.

☐ En ese caso, deja que nosotros llevemos la comida.

☐ ¿Y ustedes que saben de comida cubana?

☐ Está bien, entonces déjame pagar por la comida.

☐ Paul, aunque en este momento parezca imposible, llegará el día en el que yo tenga mucho más poder adquisitivo que tu y no tendrás que preocuparte siempre de quien paga y quien no paga; por ahora Rosi y yo trabajamos precisamente para poder darnos el gusto de invitar a nuestra casa a todos nuestros amigos. Será un gran placer tenerlos con nosotros. No discutas más, los quiero aquí el 24 a las siete de la tarde ¿De acuerdo?

☐ De acuerdo mi niña linda.

Cada vez que Paul la llamaba ☐mi niña linda☐ se moría de emoción. Cada día lo quería más y cada día se apegaba más a él. Paul siempre sintió un gran cariño hacia su ☐niña linda☐ entre los dos existía una comunicación alarmante, no tenían ni que hablarse para saber lo que el uno y el otro estaba pensando. Paul era muy cariñoso con ella, cosa que nunca fue con nadie, la abrazaba y la besaba cada vez que estaban juntos, la sentaba en sus piernas y la arroyaba en su regazo cuando por alguna causa Cristina estaba triste, cosa que no era muy a menudo.

La preocupación que Rosi tenía por ser estas las primeras Navidades sin su padre se esfumaron cuando llegó a casa y vio lo alegre que estaba Cristina, y así fue como un día que presagiaba tristeza se convirtió en un proyecto fenomenal que mantuvo a la niña ocupada hasta la mismísima última hora antes de llegar sus invitados.

6

Un gran cielo azul cobijaba la capital estadounidense y el alba despertaba llena de luz con un sol que parecía haberse olvidado del invierno. La Navidad se olía en la fresca brisa que llegaba desde el Potomac a la simpática temperatura de solo 50 F.

El árbol de Navidad de Cristina, repleto de luces y bolas de colores centellaba en la pequeña sala del apartamento entonando villancicos de luz acompañados del suave susurro de las llamas provenientes de la chimenea. Los regalos estaban todos esparcidos alrededor del árbol. Rosi y Cristina habían pegado los muebles a las paredes haciendo espacio para la mesa que sostendría la suculenta cena cubana. Los padres de Rosi decidieron no venir por no dejar a sus amigos solos, además el párroco cenaría con ellos para luego asistir a la misa del gallo de media noche, así que aquí serian solo seis, sin contar con Sasha que se había posesionado del sofá durante los arreglos y no había quien la bajara de allí.

En una esquina estaba la mesa de cristal redonda donde se pondría el bufete. Rosi había alquilado en una sala de banquetes seis sillas, una mesa plegable que sentaba cómodamente a los seis comensales, además del mantel, la bajilla, los cubiertos y las copas de navidad. Ambas las habían decorado con un gusto exquisito y el conjunto le daba al lugar un aire de felicidad hogareña único.

Los primeros en llegar fueron Will y Alison. En cuando Sasha oyó el timbre de la puerta se lanzó disparada del sofá para recibir a los invitados. Esta era la primera vez que Will y Alison venían a la casa y Sasha no los conocía así que Rosi la aguantó por su collar hasta ver cómo reaccionaba al verlos.

☐ Hola, Feliz Navidad.

☐ Hola, pasen y Feliz Navidad a ustedes también.

Sasha tiraba de la cadena casi arrastrando a Rosi.

☐ ¿Y de quién es ese perro tan precioso?

☐ Esa es Sasha. Quédense quietos para que los huela y los conozca. Suéltala Rosi, ella no les va a hacer nada.

Rosi la soltó y Sasha vino corriendo a oler a los invitados moviendo su larga y peluda cola de un lado a otro. En menos de dos segundos ya Will estaba en el suelo jugando con ella y Sasha parecía que lo conociera de toda la vida.

☐ Que perra tan linda Cristy, por qué nunca nos digite que la tenías.

☐ No sé cómo se me olvidó, ella es mi hermanita y mi padre me la trajo cuando solo tenía cinco semanas de nacida.

☐ Es preciosa Cristy y muy cariñosa.

Dijo Alison que le encantaban también los perros.

Will y Alison dejaron sus regalos junto con los demás debajo del árbol y las felicitaron por lo elegante que lucía la sala. Luego Cristina se los llevó para su cuarto a enseñarles sus muñecas y sus juegos. Rosi les trajo un vaso de sidra asturiana para cada uno.

☐ ¿Esto tiene alcohol?

Preguntó Alison

☐ No, casi nada. Cristy la toma desde que era pequeñita.

☐ Acuérdate que nuestras costumbres son muy distintas a las de ellos Rosi, aquí los jóvenes no pueden tomar nada de alcohol hasta que no cumplen 21 años.

☐ Pero la sidra no tiene alcohol.

☐ Es un porcentaje mínimo, pero si tiene.

☐ Yo me la voy a tomar porque esta riquísima.

☐ Will, y cómo vas a conducir de vuelta.

☐ Mi amor, no te preocupes, esto es como un refresco de manzana, no me hace nada.

En medio de la leve discusión oyeron el timbre de la entrada y todos fueron a la sala a recibir al resto de los invitados.

Paul y el abuelo llegaron vestidos muy elegantemente. Cristina nunca había visto a Paul vestido de chaqueta y se quedó paralizada. En verdad el muchacho era guapísimo.

☐ Feliz Navidad a todos y especialmente a mi nietecita, gracias por invitarme a la cena de Noche Buena.

☐ Gracias por venir Papa.

Paul la agarró por el talle y la subió a su altura para darle un sonado beso en cada mejilla y arrullarla en sus brazos

☐ Estas preciosa mi niña linda.

☐ Tú también estas muy lindo.

Después de los saludos todos se sentaron en el salón a conversar en lo que Rosi le daba los últimos toques a la comida.

☐ Les tengo una sorpresa. Les voy a tocar un villancico de Navidad que me enseño mi papá cuando yo tenía 3 años.

Diciendo esto se dirigió a su piano, se sentó en su alta butaca y empezó a tocar y a cantar un villancico que le enseñara su padre cuando apenas podía alcanzar al teclado. A Cristina siempre le gusto cantar, desde pequeñita se aprendía la letra de las canciones que oía y las cantaba como si fueran de su propiedad. Se acostumbró a actuar delante de   los invitados de su padre. Muchos de los   invitados en cuanto oían a Juan Francisco anunciar a su hija pensaban, ¡oh no, por favor, no una niña cantando a esta hora! pero en cuanto Cristina empezaba a cantar y tocar el piano se olvidaban de lo que habían pensado unos minutos antes y se perdían en la música de la pequeña.

Esta noche es Noche Buena
Vamos al monte hermanito
A cortar un arbolito
Porque la noche es serena
Los reyes y los pastores
Andan siguiendo una estrella
Le canta a Jesús niño
Hijo de la virgen bella
Arbolito, arbolito
Campanitas te pondré
Quiero que estés muy bonito
Que al recién nacido te voy a ofrecer
Iremos por el camino
Caminito de Belén
Iremos porque esta noche
Ha nacido el niño Rey.

Todos se quedaron atónitos de asombro al oír la linda melodía y la voz alegre de Cristina, pero inmediatamente reaccionaron y empezaron a aplaudir.

☐ ¿Les gustó?

☐ Claro que sí, eres una maravilla.

☐ Cristy tienes una voz preciosa y tocas muy bien el piano.

☐ Yo me la voy a llevar conmigo ☐Dijo el abuelo☐ Rosi, lo siento mucho pero me voy a llevar a Cristy conmigo.

Pues tendrá que cargar conmigo también porque donde va ella voy yo.

Gritó Rosi desde la cocina.

 Toca algo más Cristy.

Cristina siguió tocando el piano y cantando y los invitó a todos a cantar villancicos. Cuando la cena estuvo lista Rosi los llamó a la mesa y   Cristina les explicó en qué consistía lo que iban a comer. El plato principal era el lechón asado, este era un lechoncito pequeño que Rosi había ido a buscar no se sabe dónde y que había adobado el día anterior con ajo, cebolla, comino y vino blanco, el cual horneo a fuego muy lento por las últimas seis a siete horas. El lechón venía acompañado de congrí, y yuca con un mojo hecho con aceite de oliva, ajo y limón. Además había ensalada de aguacate y plátanos maduros fritos.

Todos comieron como si no hubieran comido en tres días. La cena quedó de maravilla, Rosi estaba encantada y Cristina rebosaba de felicidad.

Los postres consistieron en turrones españoles de todos los tipos, cosa que los invitados nunca habían probado. Al final todos querían saber dónde podían comprarlos y Rosi les prometió conseguírselos.

Durante la sobremesa se sentían tan llenos que no podían moverse del lugar donde estaban sentados. Sasha estuvo todo el tiempo echada al lado de Cristina que disimuladamente le daba pedacitos de lechón   cuando nadie estaba mirando.

 Yo creo que esta noche me voy a quedar a dormir en el sofá porque no puedo moverme.

Dijo el abuelo Gallagher.

 Pues yo me tiraré en el suelo porque estoy igual.

Dijo Will.

 No se preocupen, de aquí a la media noche ya se les habrá pasado la llenura.

 ¿La media noche?

Preguntó Alison

 Sí, hay que esperar a la media noche para abrir los regalos.

Paul y el abuelo no habían traído ningún regalo y al darse cuenta se sintieron algo avergonzados. El abuelo se hizo una nota mental para a primera hora de la mañana enviarle un regalo a Cristina y a Rosi.

La media noche llegó más rápido de lo que pensaban, entre cuentos y risas. La verdad era que todos lo estaban pasando fenomenal y nadie se daba cuenta de la hora. Cuando Rosi le avisó con un gesto a Cristina que ya era la media noche, esta se paró delante del árbol y empezó a repartir paquetes. Eran casi las dos de la madrugada cuando se fueron los invitados. Rosi y Cristina estaban agotadas pero la alegría subsanaba con creces el cansancio.

☐ Rosi, nos ha quedado la fiesta perfecta. Gracias por cocinar tan rico y por atender tan bien a mis amigos.

☐ Mi amor, tus amigos son los míos también, además este grupo de ustedes es más que amigos, parecen familia cuando se juntan.

Al decir esto Rosi sintió ese frio que le subía por la espalda como presagiando un futuro difícil. La primera vez no le dio importancia pero ahora se quedó pensando que quizás su intuición le estaba anunciando algo que nadie esperaba. No quiso alarmar a Cristina; trató de quitarse de la mente semejantes preocupaciones y se fueron a dormir.

Cuán lejos estaba Rosi de saber que en ese mismo momento y mientras conducía hacia la casa con el abuelo, Paul trataba de buscarle una explicación a aquel amor tan grande que sentía por Cristina; nunca había querido a nadie como la quería a ella; aquel sentimiento de posesión y los celos que sintió durante la velada cuando Will y Ali y hasta el mismo abuelo la besaban y la cargaban, no eran normales. Me estoy volviendo loco, pensó el muchacho. ¿Por qué estoy sintiendo todo esto? Trató de pensar en otra cosa, pero la imagen de ella sentada en sus piernas y acurrucada en su regazo lo llenaba de felicidad, así que se dejó llevar por aquel abrumador sentimiento de dicha y pensó, ☐que sea lo que Dios quiera.☐

☐☐☐

El día de Navidad amaneció blanco y brillante. La temperatura había bajado considerablemente durante la noche y habían caído ocho pulgadas de nieve, suficiente para alegrar el corazón de todos los niños y demorar el tráfico por algunas horas. La Navidad con nieve era siempre más acogedora. Cristina y Rosi habían bajado a jugar al parque por la mañana junto con muchos otros niños.

Will vino a buscarlas como a las tres de la tarde. Rosi le daba gracias a Dios a cada momento por haber hecho esta Navidad tan feliz para Cristina. Casi a las ocho de la noche regresaron a la casa. La temperatura había descendido rápidamente y estaba por debajo de los 30 F, el frio se hacía sentir en los mismísimos huesos.

□□□

Después de enviar regalos para Rosi y Cristina, Paul y su abuelo se fueron el día 25 de Diciembre para San Ignacio, la preciosa isla del Caribe donde los Gallagher tenían una casa de veraneo, dejando atrás las protestas y los gritos de Agnes. ¿Cuándo entendería su madre que su comportamiento era insoportable? Pensó Paul. De pequeño recordaba las discusiones de sus padres por tonterías que a él, como niño, lo desesperaban. Hasta que un día llegó su abuelo, entró a la casa en medio de una de sus peleas, agarró a Paul por un brazo y se lo llevó con él.

Paul no sabía bien cuál era el arreglo, pero algo muy trascendental tuvo que haberles planteado el abuelo a sus padres para que dejaran que este se hiciera cargo de su crianza. En verdad aunque vivía con sus padres casi no los veía. Eso sí, no faltaban a sus juegos de Polo, pero Paul sabía que no iban a verlo a él sino a exhibirse ante la alta sociedad capitalina. Contadas veces fueron a sus juegos de *Football,* y mucho menos a los de *Baseball*, pero no le importaba, el nunca los extrañó porque el abuelo siempre estuvo presente.

Sin embargo, desde que Paul había cumplido la mayoría de edad la madre lo perseguía constantemente tratando de buscarle novia. Había hecho una lista de las muchachas más adineradas de la escuela y a diario lo atosigaba preguntándole con quien estaba saliendo y de quien era novio, pero Paul cambiaba de mujer como de calcetines, por lo que Agnes se resignó a esperar que estuviera en la universidad para empezar la búsqueda de una esposa perfecta y millonaria; nada menos podía esperarse para su hijo y ella se encargaría de eso.

Agnes tenía dos hermanas y un hermano menores que ella, todos casados y llenos de hijos, pero ella nunca lo mencionó. La primera vez que habló con Anthony le contó que era huérfana y que no tenía más familia, por lo que los Gallagher nunca se enteraron de la existencia de parientes y mucho menos hermanos, que por supuesto pertenecían a una escala social muy inferior a la de su nueva familia política. Al morir sus padres, cuando Paul era todavía un niño, Agnes cortó la poca relación clandestina que tenia con sus hermanos y no quiso saber de ellos nunca más. De hecho, después de casarse Agnes cortó toda comunicación con las pocas amistades de la infancia que aún conservaba, y con todo lo que le recordara la mediocridad de su estirpe. Solo una amiga ambiciosa como ella, que por cierto había estado presa por falsificación de documentos, le quedaba de su vida de soltera pobre. Ella les había dicho a los Gallagher que no tenía familia, que todos habían muerto. Si se lo creyeron o no, no le importó mucho, la verdad era que estos nunca le preguntaron.

Fiona Nelson y Agnes se había conocido en la escuela primaria, en *Nolensville*, un pueblecito cerca de *Nashville, Tennessee*. Las dos provenían de una clase social conocida despectivamente como ▢*white trash*▢o chatarra blanca, pero ambas siempre estuvieron dispuestas a salirse de ella costara lo que costara. En la secundaria básica empezaron sus robos de exámenes y falsificaciones de notas, cosa que continuaron en la escuela superior. No fue hasta que llegaron a la Universidad que sus trampas y chanchullos se hicieron a la luz. No solo falsificaron notas, sino que se metieron a la oficina de la secretaria del decano y robaron dinero de la caja chica, no una, sino varias veces.

Cuando Fiona empezó a derrochar el dinero, después del último robo, Agnes le aconsejó que tuviera cuidado que las iban a atrapar, pero Fiona no le hizo caso. Después de casi un año haciendo de las suyas, una cámara escondida las atrapó en medio de sus fechorías. Por suerte para Agnes su cara no pudo distinguirse en el video pero la de Fiona si salió clara e inconfundible.

Fiona Nelson se echó la culpa ella sola bajo la promesa de que Agnes la ayudaría cuando saliera de la cárcel. Así fue como al salir de la prisión la señorita Nelson fue a trabajar de secretaria en la sede de las oficinas de GALCORP en *New York*, pedido que le hizo su nuera al abuelo Gallagher alegando que Fiona era su única amiga de la infancia. Era así como Fiona mantenía informada a Agnes de todo cuando acontecía en la compañía.

▢▢▢

Un sol Antillano que calentaba su firme y tostada piel de Adonis, bañándola con el esplendor del mar caribeño, no dejaba de maravillar a Paul que en este momento se tendía en un amplio sillón plegable a la orilla de la playa. Cuánto daría el por estar siempre aquí, sin problemas ni presiones. En los últimos seis años había vivido físicamente con sus padres pero bajo las reglas del abuelo. Paul adoraba a su abuelo, era su héroe, su guía, la única persona en el mundo en quien podía confiar para lo que fuera. ¿Qué pasaría el día que le faltara?

Trató de quitarse esa idea de la mente y se trasladó a la magnífica noche de la víspera de Navidad en casa de Cristina. Esa niña le había robado el corazón, nunca tuvo hermanos pero le hubiera gustado tener una hermanita como ella. La historia de Cristina era triste y conmovedora, pero aun así ella mantenía una placida sonrisa en sus labios que inspiraba confianza. Comparado con Cristina él no tenía derecho a quejarse de nada, aunque él sabía que la niña no era del todo feliz. Detrás de su sonrisa se escondía muy calladamente la tristeza que acompaña a la soledad. Quizás algún día los dos pudieran ser felices.

☐ En que piensas tan profundamente.

Le peguntó el abuelo

☐ En nada.

☐ ¿Seguro?

☐ Bueno☐ Pensaba en Cristina, en la vida que ha tenido que vivir, primero perdió a su madre, después a su padre, tiene que ser muy difícil para ella.

☐ ¿Te interesa mucho el bienestar de esa niña, verdad?

☐ Pues sí, ella ha sido con nosotros, conmigo, con Ali y con Will, extremadamente generosa. Nos ha ayudado más de lo que puedas imaginar sin pedir nada a cambio. Creo que antes de empezar a trabajar con nosotros no tenía amigos. La mayoría la miran como un bicho raro por ser tan inteligente y todo el que se le acerca es porque quieren obtener algo de ella. Es posible que nosotros seamos los primeros amigos desinteresados que tiene.

☐ Sí, a mí me dio esa impresión también. Es como que tuviera que luchar a cada momento por mantener la sonrisa y la esperanza. Gracias a Dios que tiene a Rosi, esa señora parece una buena mujer y estoy seguro que la protegerá siempre de cualquier mal que le pueda pasar.

☐ Yo me alegro de que vaya a Harvard con nosotros. Quiero tenerla cerca para cuidarla y sé que Will y Alison piensan lo mismo.

☐ Eso está muy bien. Me alegro mucho que pienses así. Si alguna vez necesitas algo para ella no dejes de pedírmelo.

☐ No te preocupes, entre nosotros tres la mantendremos segura.

Con estas palabras Paul volvió a trasladarse a la noche del 24 de Diciembre y una placida sonrisa se volvió a dibujar en sus labios viendo como Cristina se desenvolvía perfectamente como anfitriona con apenas diez años de edad. Sin darse cuenta se encontró pidiéndole a Dios que la cuidara y que la hiciera feliz. También le pidió a Dios que la mantuviera siempre cerca de él, no quería apartarse de ella nunca, no sabía lo que le pasaba con aquella niña tan linda y tan buena, no se acordaba de haber querido tanto a nadie como la quería a ella; quizás fuera porque no tenía hermanos y veía en ella una hermanita a la cual tenía que proteger. Cuán lejos estaba Paul de imaginar lo que el destino les depararía.

☐☐☐

Las vacaciones de Navidad y año nuevo pasaron tan rápido como habían llegado. Una combinación de frio húmedo y cielo gris volvió a reinar en Washington D.C mientras que sus habitantes se disponían a vencer los meses más duros del invierno. Durante estos meses Will, Alison y Paul mantuvieron su contacto diario con Cristina que cada día se apegaba más a ellos. Sus evaluaciones mejoraron hasta el punto de alcanzar las máximas calificaciones en sus respectivas clases. Ya no les pesaba estudiar ni aplicarse, las enseñanzas de Cristina les habían abierto los ojos a un mundo nuevo donde el aprendizaje se disfrutaba y el conocimiento se empleaba.

El mes de Febrero trajo consigo las temperaturas más bajas de la estación y las más grandes precipitaciones de nieve, imponiendo tal inconveniente a aquellos que tenían que caminar por las calles o usar transporte público. Fue por eso que los cuatro amigos empezaron a reunirse en casa de Cristina. Al final de la jornada escolar, Paul o Will la llevaban en su coche hasta el apartamento para que Rosi no tuviera que venir a buscarla caminando en medio del frio, una vez en casa estudiaban y hacían sus tareas.

Fueron muchas las veces que los tres se quedaban a cenar con Cristina y con Rosi, y aunque los fondos económicos de estas no estaban muy abundantes, ellas nunca permitieron que los muchachos les dieran dinero por la comida. Cristina acudía a las clases por cumplir con el requisito de asistencia pero ya las había pasado todas, así que los maestros la dejaban usar su pequeña computadora *laptop* para que trabajara durante las clases. Muchos de los maestros hasta les daban sus propios trabajos para que se los revisara; estos pequeños encargos le representaban una pequeña pero importante entrada económica que verdaderamente necesitaba, la mitad de la pensión de su padre no daba para mucho.

Así pasó el tiempo. Marzo llegó prometiendo una nueva estación, la temperatura subía una o dos veces por semana insinuando el esplendor del renacimiento, pero volvía a bajar consumiendo la paciencia de quienes añoraban el sol de la primavera.

Los muchachos se enteraron por Cristina de que el cumpleaños de Rosi era el 20 de Abril. Esta era la excusa perfecta que estaban esperando para poder darle las cosas que tanta falta les hacían a las dos. Alison se ocupó de comprarle ropa, Will estuvo a cargo de hacer una compra gigante en el supermercado que les daría de comer por unos dos meses más hasta que se mudaran para la universidad, y Paul le compró un coche pequeño y usado pero en muy buenas condiciones, puesto que de otra manera estaba seguros que Rosi nunca lo hubiera aceptado. Con todo y la excusa tan maravillosa que tenían para hacerle todos estos regalos todavía tenían miedo de que Rosi o Cristina se ofendieran.

□□□

Rosi salió de su cuarto muy arreglada, se veía bien linda, pensó Cristina.

□ Cristy, deja ya de trabajar que nos queda una hora para arreglarnos.

□ Si ya voy, solo unos minutos más. Es muy importante que termine este escrito. Tú luces muy linda.

□ Gracias mi amor, pero apúrate.

Hoy era el cumpleaños de Rosi y ambas estaban invitadas a cenar con los muchachos. Cristina terminó su trabajo en el tiempo prometido y se dispuso a arreglarse para la ocasión. Hubiese querido arreglarse bien, con una bata linda y dejar su pelo suelto correr por su espalda, pero cada día que pasaba se acercaba más a la pubertad y los cambios que esto causaba en su cuerpo tenía que ocultarlos, como le había dicho su padre que hiciera. A las seis de la tarde en punto llegaron Will y Alison a recogerlas.

☐ Que puntual Will, me asombras.

☐ No digas eso, yo siempre estoy a tiempo, la que me demora es Ali.

☐ ¿Qué yo te demoro? Tú todavía no entiendes que las mujeres tomamos más tiempo en arreglarnos que los hombres.

☐ Estas muy linda Alison y tú también Will.

☐ Es que tú no sabes a dónde vamos, ya verás que sorpresa les tenemos.

☐ Feliz cumpleaños Rosi, hoy la noche es para ti.

☐ Gracias, gracias, no debían haberse molestado.

☐ Nada de eso, tú te mereces eso y mucho más.

Salieron dejando a Sasha desconsolada. Tomaron el ascensor y bajaron. En el lobby del edificio el portero les abrió la puerta y le dijo a Rosi

☐ Señorita Rosi se ve usted verdaderamente bonita esta noche.

☐ Gracias Alfredo.

La noche estaba despejada con una temperatura agradable para la cual no se necesitaban fuertes abrigos.

☐ ¿A dónde vamos?

Preguntó Rosi viendo que Will se dirigía hacia la parte de la ciudad donde están los monumentos nacionales

☐ Vamos al Restaurant *CityZen*.

☐ ¿Qué☐ .?

☐ Hurra, yo he oído mucho de ese restaurant. Rosi esto es tremendo regalo.

☐ Pero muchachos como es que han hecho semejante cosa, ese lugar en muy caro.

☐ Rosi, esta noche no tienes que preocuparte de nada, todo está cubierto.

Alison y Will creían que la   invitación era de ellos tres para Rosi, pero los dos ignoraban que el abuelo Gallagher los estaba esperando junto con Paul en el restaurant; era él quien serviría de anfitrión.

El Restaurant *CityZen* había sido reconocido por la revista ☐*Food and Wine*☐ como uno de los mejores restaurantes del mundo, su chef Eric Ziebold, había sido calificado además como uno de los mejores de Norte América por críticos y revistas especializadas en el mundo del buen comer. El *CityZen* estaba localizado en el número 1330 de la Avenida *Maryland* en el Suroeste, cerca del Monumento a *Washington*.

Will paró el coche frente a la entrada del Hotel *Mandarín Oriental* donde se encontraba el restaurant, y un botones se hizo cargo de aparcarlo. Cuando llegaron al restaurant los dirigieron hasta la mesa que ya ocupaban el abuelo Gallagher y Paul.

En cuanto Cristina vio al abuelo se lanzó como una flecha hacia él.

☐ Papa, que alegría que estas aquí, que contenta estoy de tener a mi abuelo conmigo esta noche. Mira Rosi quien está aquí, Papa.

☐ Muchas gracias por venir Sr. Gallagher pero me parece que todo esto es demasiado, no tenían que haberse molestado.

☐ No es molestia Rosi, es un placer. Además de celebrar tu cumpleaños estoy ansioso de ver a mi nieta comer. Aquí la comida es muy sabrosa Cristy, y el mismo Chef va a venir a decirnos que vamos a comer.

☐ Esto es un sueño señor Gallagher. No sabría cómo pagarle tanta generosidad.

☐ Fácil, considerándome parte de tu familia.

☐ Por supuesto que usted y los muchachos son nuestra familia.

Gallagher se dirigió al mesero.

☐ Por favor, puede decirle al señor Ziebold que mis invitados ya llegaron. Cuando tenga un momento quisiera que viniera hasta nuestra mesa. Yo sé que él está muy ocupado, no hay apuros.

☐ Enseguida señor Gallagher.

Cuando Cristina oyó el nombre del Chef le pareció conocido. ¿Sería este el mismo Eric que ella había conocido en una fiesta que asistiera con su padre en la Embajada de Chile? No, eso sería una coincidencia muy grande y su padre le había dicho que las coincidencias no existen. Sin embargo cuando vio un señor que se dirigía hacia su mesa vestido como Chef inmediatamente lo reconoció, era él.

☐ Muchachos, Rosi, este es el famoso y renombrado Chef Eric Ziebold, uno de los mejores del mundo. Esta noche él está preparando algo especial para celebrar el cumpleaños de Rosi.

Todos levantaron la vista y les expresaron el placer que era conocerlo. Ahí fue cuando la mirada del Chef se detuvo en la niña.

◻ ¿Cristina?

◻ Hola Eric, no sabía si eras tú, por eso no dije nada.

Todos se quedaron mirándola sin saber que estaba pasando. Fue Eric quien dijo.

◻ Cristina y yo nos conocimos durante una fiesta en la Embajada de Chile. Yo estaba sentado solo en una mesa y Cristina estaba en la mesa de al lado con sus padres. Cuando todos se pararon a bailar y caminar por el salón Cristina vino a sentarse conmigo para hacerme compañía, te acuerda linda.

◻ Sí. Tú y yo éramos los únicos que estábamos solos. Aunque yo creo que lo pasamos muy bien.

◻ Si señorita, muy bien. Fue un verdadero placer conversar contigo aquella noche. ¿Cómo están tus padres?

Un silencio molesto resguardado por los ruidos del restaurante se hizo sentir en la mesa. Cristina se dio cuenta que era ella quien debía contestar. Por un momento pensó que iba a empezar a llorar, sin embargo se acordó que sus padres preferirían que disfrutara esta noche y que no les arruinara la fiesta a los demás.

◻ Mi papá murió hace solo unos meses y acuérdate que su esposa no era mi mamá, así que ahora estoy con Rosi.

◻ Cuanto lo siento Cristina, no quise ponerte triste.

◻ No te preocupes, tú no sabías nada, además estoy segura que mi papá desde el cielo se está alegrando de nuestro encuentro. Hoy es el cumpleaños de Rosi, mi nana, y estamos celebrándolo.

◻ Entonces me voy a esmerar mil veces más para que todo salga perfecto. Ahora me voy a preparar la cena y luego regreso.

◻ Gracias Eric.

◻ Qué mundo tan pequeño y que coincidencia más agradable.

◻ Mi papá decía que las coincidencias no existen.

◻ Eso es verdad. Yo lo he aprendido con los años. Y hablando de años Rosi, se puede saber cuántos cumples.

◻ Paso de quince y no llego a cien.

Todos se rieron y la alegría volvió a la mesa. Por un momento Rosi pensó que la velada se había arruinado con el recuerdo de Juan Francisco pero gracias a Dios la niña había sabido superarlo y la comida había continuado jubilosamente.

Comieron los exquisitos manjares que preparó Ziebold, rieron, disfrutaron de la velada y planearon el futuro. Fue una noche inolvidable para todos, no obstante, ninguno de ellos pudo haber ni remotamente imaginado lo que el destino les depararía.

7

Por fin, a mediados de Abril llegó **Sakura.** La palabra japonesa Sakura se usa para designar el retoño de los cerezos en primavera, pero en realidad Sakura es un árbol. Durante el Periodo Heian, del 794 al 1191, la nobleza japonesa se dedicó a emular varias prácticas chinas, entre ellas la más popular fue la contemplación de flores. La corte reunía a poetas, cantantes, artistas y a la aristocracia para celebrar debajo de los nuevos retoños de flores primaverales los inigualables colores de la naturaleza. En Japón los cerezos se plantaban para adornar los jardines de los nobles de Kioto.

El retoño de los cerezos empieza en Okinawa en Enero, y llega a Kioto y Tokio a finales de Marzo o principios de Abril, alcanzando por último a Hokkaido unas semanas después. El festival de **Hanami** en Japón celebra la belleza de **Sakura;** la misma es presagio de la buena fortuna que representa la primavera. En el año 1912 Japón le regaló a los Estados Unidos de América 3,020 árboles de Sakura para celebrar la creciente amistas entre los dos países. Los árboles se plantaron en el Parque Sakura en *Manhattan*, y en *Washington   D.C.,* en el borde Oeste del rio *Potomac*, lo que se conoce como *Tidal Basin*

Después de los turbulentos años de la Segunda Guerra Mundial Japón volvió a repetir su regalo de árboles de Sakura a los Estados Unidos. Hoy en día el retoño de los cerezos en primavera se celebraba no solo en la capital Norte Americana sino en muchas otras ciudades importantes del país con festivales de todo tipo.

Para Cristina la primavera significaba la culminación de su sueño de entrar a la universidad. El curso actual terminaría a mediados de Mayo y ellas se mudarían para *Cambridge* la primera semana de Junio. Últimamente Cristina tenía que poner mucho de su parte para concentrarse en su trabajo que cada día aumentaba más. En el plano privado planeaba trabajar con varias compañías farmacéuticas que eran a su vez contribuyentes de la universidad, pero en el plano académico tenia asignaciones en casi todos los departamentos y facultades. Su agenda había sido diseñada por ella misma y era una verdadera locura que solo ella entendía y de la cual no podía desviarse ni un segundo si quería que todo saliera bien.

Le preocupaba mucho la posibilidad de no poder ver a sus amigos a diario, sobre todo a Paul, al que cada día se acercaba más. El acercamiento no solo venia de su parte. Cuando Paul descubrió que podía hablar con Cristina de cosas que no podía hablar con nadie más, y que ella lo entendía y ayudaba a discernir sus dudas con madurez e inteligencia, se dijo que por fin había encontrado el hermano que siempre ambicionó en la pequeña. Era verdad que Will era su mejor amigo al igual que Alison, pero había cosas que ellos no entendían ni consideraban importantes, en cambio Cristina lo concebía todo perfectamente.

Al principio Paul se sorprendía de cómo una niña tan joven podía intuirlo tan bien a él, un hombre de 18 años, pero con los meses su amistad se solidificó de tal manera que las dudas se hicieron a un lado y para los dos era absolutamente natural tener conversaciones de índoles personales y profundas.

En estos últimos meses cuando los amigos se reunían, gran parte del tiempo se ocupaba en hablar de a dónde iban a vivir y como iban a repartir el tiempo para poder seguir viéndose diariamente. Las calificaciones de Alison, Will y Paul eran tan buenas que ya no tenían que preocuparse de estudiar tanto. La última semana de Abril los tres recibieron la carta de aceptación de la Universidad de *Harvard* y con eso la expectativa y la inquietud se multiplicó, estaban todos locos por graduarse de una vez y empezar en un lugar nuevo.

Cristina no pudo asistir a la graduación porque su traslado a Cambridge requería muchos trámites. Rosi trató de contactar a Gabina para avisarle de su traslado, pero no lo consiguió, así que dejaron dicho en la embajada donde estarían por si ella aparecía y quería comunicarse con Cristina. También aprovecharon la ocasión para pedirle que siguieran conservando los libros de la niña hasta que ellas pudieran tener un lugar donde ponerlos, a lo que los funcionarios de la embajada accedieron sin problemas. Aunque Rosi era una persona responsable, completamente fiable y amorosa con la niña, Cristina sentía a veces un gran vacío que le producía el no tener familia. En estos momentos pensaba oír a su padre diciéndole que no se preocupara, que sus amigos eran su familia y que todo saldría bien.

☐☐☐

Gabina pidió su segundo Martini de la tarde mientras esperaba a Robledo en el bar *Park Blue* de la calle 58 en *Manhattan.* José ⬚Pepe⬚Robledo era ejecutivo de la Aerolínea Iberia, lo había conocido en una fiesta de la compañía en Madrid, a la cual fue invitada porque su nombre todavía aparecía en la plantilla de empleados de la misma. Esa misma noche Gabina se fue a la cama con Pepe y después de una velada en la que se esforzó al máximo para vender sus habilidades sexuales, se las arregló para que el ya maduro sesentón de aspecto tosco y figura grotesca, se la llevara con él para Nueva York.

Al principio tuvo que hacer un gran esfuerzo para acomodarse a las exigencias torcidas del susodicho señor, pero sobrevivió. Al final lo importante era que se había ido de casa de sus padres por su propia cuenta, y había aterrizado en Nueva York con un trabajo y un lugar donde vivir.

Aquella noche en que su padre la había echado de la casa quedaba guardada en el baúl de las venganzas, junto con todas las otras que se cobraría cuando llegara a la cima. En aquella incomoda y ridícula ocasión su madre había convencido a su padre para que la dejara estar allí hasta ver que encontraba y el pobre hombre accedió. Tuvo que aguantar dos meses de miradas acusadoras y reproches silenciosos por parte de los viejos pero gracias a Dios Pepe se cruzó en su camino y ahora se sentía cómoda y en el lugar perfecto para seguir ascendiendo.

Robledo le había conseguido un puesto de esteticista en la famosa tienda *Bloomingdales,* en la esquina de la calle 59 y la avenida *Lexington* en *Manhattan,* donde trabajaba en el mostrador de CLINIC vendiendo productos faciales y de maquillajes. Trabajaba ocho horas, cinco días a la semana, y sus horarios eran flexibles. Vivía en un apartamento pequeño en *Washington Hights,* cuyo alquiler pagaba Robledo. Le molestaba tener que lidiar con las otras chicas compañeras de trabajo, a las que consideraba simples y sin clase, pero por el momento no tenía otra alternativa. Se cansaba de estar montada en aquellos tacones altos que requería la tienda, todo el día atendiendo a cualquier tipo de mujeres que estaban muy por debajo de ella. Ese era uno de los grandes problemas que Gabina le encontraba a los Estados Unidos, aquí si una persona tenía el dinero para adquirir lo que quería, podía entrar en cualquier tienda y comprarlo sin que nadie le pusiera peros, estos americanos, pensaba

Gabina, no tienen sentido de la alcurnia ni saben lo que es la aristocracia o el linaje.

☐ En qué piensas preciosa.

Le preguntó Pepe que había llegado sin que ella se diera cuenta y ahora la abrazaba por la cintura desde su espalda y la apretaba hacia él.

☐ Me vas a tumbar de la banqueta hombre.

☐ Pues si te tumbo te recojo, ¿Cuál es el problema?

El hecho de que Robledo se creyera con el derecho de tratarla como su propiedad la desesperaba, pero tenía que aguantar.

☐ Quieres que todos se rían de mí.

☐ Eso nunca, el único que puede reírse de ti soy yo, ¿verdad muñeca?

☐ Como tú digas, tú eres el jefe.

☐ Ojala que todos pensaran así, estoy teniendo problemas en la oficina con el maldito gremio de las aeromozas. ¿Qué se creen esas tías? No son más que camareras de bar barato y quieren que se les pague como modelos. Pero conmigo están muy jodidas, las echo a todas y las reemplazo en un santiamén, ya se lo hice saber a la imbécil de su representante.

Gabina no dijo nada y esperó a que se le pasara el mal genio. No quería ni que se imaginara que una de las reemplazantes pudiera ser ella, eso había quedado en una pasado que había decidido borrar.

☐ Bueno, tomate un whisky y relájate hombre, no lo tomes tan a pecho que te va a dar un ataque al corazón.

☐ A mí nadie me va a dar nada, las que tienen que andar con mucho cuidado son ellas.

Tenía planeado para esta noche comenzar su campaña matrimonial, pero ahora dudaba si este era el momento adecuado. El tiempo pasaba y ella no se ponía más joven, debía arreglar este asunto lo antes posible.

☐ Yo podría estar ahora en tu apartamento esperándote para apapacharte, mimarte y cumplir con todos tus antojos cuando llegaras del trabajo.

☐ ¿De qué hablas?

☐ De ti y de mí, de nuestra relación y de nuestro futuro.

Robledo no contestó. Llevaba días preguntándose cuando el tema saldría a relucir y aquí estaba. En verdad, Gabina era una mujer guapa y elegante, con un algo de vulgaridad escondida que la hacía más apetecible para hombres como él. En un par de años más se retiraría, y necesitaría alguien que se ocupara de sus necesidades. Gabina era tan buena candidata como cualquier otra. Sabía que a ella la motivaba su posición económica mucho más que el amor o cualquier otra fantasía de esas que se inventan los imbéciles y los ingenuos, pero al final de cuentas el mundo era un gran prostíbulo donde siempre había que pagar por los servicios recibidos, por qué iba esta situación a ser diferente.

    □ Habla claro Gabina, ya sabes que no me gustan los rodeos.

    □ Lo que quiero decir es que deberíamos formalizar nuestra relación. Yo solo te quiero a ti y tú lo sabes, estoy sola en un país extraño y cada día me haces más falta. No quiero obligarte a nada, ni mucho menos, pero esta vida de amante no es para mí. Si vine hasta *New York* fue por ti, yo en Madrid me sentía bien a gusto con mi familia, pero desde que te conocí todo cambio y ahora□

    Debería haber sido actriz, pensó Gabina después de soltarle semejante estupidez.

    □ Quieres que nos casemos, verdad. Quieres ser la señora de Robledo, no es así.

    □ ¿Y qué tiene eso de malo?

    □ Nada, pero yo no estoy para matrimonios ni para hijos ni nada de esas bobadas, ya tengo muchos años para perder los que me quedan jugando a las casitas. Lo único que te puedo ofrecer es un casamiento simple por lo civil y nada más.

    Pepe Robledo era divorciado, durante su primer matrimonio tuvo tres hijos que se criaron con su madre y a los que nunca veía. Aunque seguía pasándole manutención a su primera esposa, hacia tanto tiempo que no la veía que ni se acordaba de ella, su contador era quien se ocupaba de esos menesteres.

    Gabina no podía creerlo, lo había conseguido. Con un impulso desmesurado se le tiró arriba, rodeo su cuello de toro con sus manos y después de abrazarlo largamente lo besó como nunca antes lo había hecho. □Me equivoqué de profesión, debí haber sido actriz□ pensó mientras se tragaba la repugnancia que le causaba besar aquella boca con olor a cigarrillo barato. Todavía tenía guardados en su arsenal muchos trucos para convencer a Pepe de que la hiciera su esposa.

    □ Lo que tú digas mi amor. No fiestas, no niños, no nada, solo tú y yo.

    □ Bien, déjame arreglarlo todo y en cuanto lo tenga listo lo hacemos.

Pepe arregló los papeles pertinentes para la ocasión en menos de una semana, una certificación de nacimiento de ambos, unos sellos en el consulado y un paseo al centro de la ciudad donde un juez del condado los casó en menos de veinte minutos fue todo lo que necesitaron para estar legalmente casados. No hubo luna de miel ni de nada parecido. Robledo se fue a trabajar y Gabina se quedó arreglando su traslado para el apartamento de su tercer marido, a ver si este se muere pronto y me deja la plata, pensó la desposada, ¿Sería capaz de matarlo? Eso tenía que pensarlo con más cuidado, ya tendría tiempo para ello ahora que no tendría que trabajar.

Gabina no creyó prudente avisar al Departamento de Trabajo y Seguridad Social de su cambio de estado civil, por lo que siguió recibiendo la mitad del retiro de Juan Francisco sin que nadie se diera cuenta. ¿Qué sería de la chiquilla? ¿Cómo estará viviendo y con qué? Por muy inteligente que fuera, pensaba Gabina, solo tenía 12 o 13 años, ¿O menos? Ojala tanto ella como la insolente de la criada estuvieran muriéndose de hambre y de frio en algún rincón de *Washington*.

La nueva señora de Robledo renunció a su trabajo y se trasladó al apartamento que su esposo alquilaba en el número 730 de la Avenida *Columbus* y la calle 95, a solo una cuadra del Parque Central. Aunque ella todavía no sabía mucho de Nueva York, conocía lo suficiente como para saber que esta no era el área más afluente de la ciudad, sin embargo para empezar estaba bien, ya se encargaría ella luego de buscar otro apartamento mejor situado y más a la altura de su marido. Robledo era el hombre más tacaño y ruin que había conocido, pero ella aprendió pronto a sacarle todo cuanto quería.

□□□

En la última semana de clases, y con todos los trámites de admisión terminados, Cristina y Rosi se prepararon para la mudada a *Cambridge, Massachusetts*. Aunque las clases no empezarían hasta mediados de Agosto, Cristina tenía mucho que hacer y que planear antes del comienzo del curso escolar.

La universidad estaría a cargo de la mudada, lo único que ellas tendrían que hacer era empacar los pocos objetos personales que poseían. Los libros de su padre se quedarían guardados donde estaban en *Washington D.C.* Cristina le propuso a Rosi traer a los padres de esta a vivir con ellas pero Rosi no lo acepto. La buena de Rosi sabía que Cristina iba a necesitar toda la tranquilidad del mundo para poder alcanzar la ambiciosa meta que se había trazado. Cristina iba a hacer las carreras de Medicina y Leyes a la vez.

Cuando llegó el camión de la mudanza ya ellas estaban listas para salir. Con mucho tacto tratando de no ofenderlos, Cristina les pidió a los hombres que harían la mudanza que tuvieran mucho cuidado con su gran piano ▢Me lo regaló mi padre▢les dijo ▢y tiene un gran valor sentimental para mí▢ Los empleados le aseguraron que no tenía nada que temer que todo llegaría a su nuevo destino perfectamente bien.

Iban a conducir hasta *Massachusetts* para poder llevar en el carro a los padres de Rosi. La distancia entre *Washington D.C.* y Cambridge era de aproximadamente 400 millas que harían sin problemas en unas ocho horas. Al llegar se quedarían en un hotel por una noche y al día siguiente cuando llegara el camión con la mudada se instalarían en lo que sería su residencia por los próximos seis años.

Cristina parecía tranquila y deseosa de comenzar su nueva vida, pero Rosi le tenía miedo al futuro. La niña no tenía a nadie más que a ella, sus padres estaban viejos y necesitaban su ayuda, que pasaría si faltara. Dijo un Padre Nuestro y trató de quitarse de la mente esas ideas pesimistas.

▢ Bueno, yo creo que estamos listas.

▢ Si Rosi, al fin nos vamos a nuestro nuevo hogar.

▢ Vamos a buscar a mis viejitos.

Cuando llegaron a la iglesia se encontraron con un montón de feligreses amigos de los Espinosa que habían venido a despedirlos. Después de una media hora de besos y abrazos pudieron sacarlos de allí llevando la bendición del párroco y de todos quienes los conocían.

La primavera estaba en su esplendor a fines de Mayo y ellos pudieron apreciarla en su totalidad en las siete horas que les tomó llegar a su nuevo domicilio. Habían tenido que para un par de veces para que tanto Sasha como todos los pasajeros usaran el baño, y para que todos ellos también pudieran estirar un poco las piernas. El viaje fue algo incómodo para los padres de Rosi y para Sasha que nunca había hecho un viaje tan largo en un automóvil; sin embargo el animalito se comportó como una reina, mostrando el linaje de su raza.

El apartamento que Cristina y Rosi ocuparían se encontraba en el número 4 de la Calle *Athens*, en *Cambridge*, muy cerca de la universidad. El edificio era antiguo pero bien cuidado. La vivienda tenía dos cuartos con sus respectivos baños, una sala comedor amplia y una cocina según Rosi perfecta. El aparcamiento lo tenían en el sótano. Ambos cuartos, la sala, e incluso la cocina tenían grandes ventanas que daban a la calle. El edificio ocupaba la cuadra completa y el apartamento de Cristina quedaba justo haciendo esquina entre las calles de *Mount Auburn* y la avenida *Massachusetts.* Los padres de Rosi vivirían en *University Park,* un nuevo complejo para personas de la tercera edad, a unas cinco millas al Oeste de la universidad. Cristina estaba encantada con su nuevo apartamento, sobre todo porque quedaba muy cerca del edificio donde vivirían Paul, Will y Alison.

Una vez en *Cambridge*, visitaron el apartamento para estar seguras que se podían instalar al día siguiente después que llegara la mudada. De allí se fueron al hotel a descansar. Había mucho que hacer el día siguiente. Rosi dejaría sus padres a primera hora en su nuevo domicilio y luego ella y Cristina irían al apartamento a esperar la mudada.

Will y Alison trataron de alquilar un solo apartamento para los dos, pero los padres de Alison se negaron rotundamente. Su edificio estaba localizado en el número 1213 de la avenida *Massachusetts*, en un edificio alto y moderno donde tendrían gimnasio, aparcamiento y portero. Paul ocuparía el *pent-house*, en el piso 21 del mismo edificio, el más alto del pequeño pueblo universitario. Su apartamento contaba con dos amplios cuartos con sus respectivos baños, sala, comedor y cocina, además de una amplia terraza que fue la principal razón por la que Paul lo escogió. Will y Alison vivirían en el mismo edificio pero en apartamentos tipo estudio, con un solo cuarto, una pequeña sala-comedor y una ínfima cocina la cual ninguno de los dos planeaba usar muy a menudo, pero ellos no llegarían hasta principios de Agosto, o sea una semana antes de empezar las clases.

Para ese entonces Cristina pensaba tener todas sus cosas en orden y su agenta balanceada a la perfección, cosa que le permitiría tener tiempo para sus amigos. Paul y Will jugarían *Football,* así que desde el principio de las clases tendrían que aplicarse para que sus estudios no sufrieran a causa del rigoroso horario de dicho deporte, no solo por las horas de prácticas sino por los viajes que harían al menos dos veces al mes, cuando jugaran en otras universidades.

◻◻◻

Rosi y Cristina trabajaron durante todo el día para ponerlo todo en orden lo antes posible.

◻ ¿Qué te parece tu cuarto mi niña?

◻ Me encanta Rosi.

◻ A mí también, Creo que aquí seremos muy felices.

La mudada con sus pocas pertenencias había arribado a tiempo. El apartamento ya estaba arreglado con sus pocos muebles cuando ellas llegaron y al final del día todo estaba ordenado y puesto en su lugar, incluyendo el gran piano de Cristina que ocupaba un lugar especial en esta nueva vivienda. La niña ocupaba el cuarto más amplio del apartamento puesto que en él tenía una mesa de esquina tipo consola, donde tenía su computadora, su *lap-top*, el impresor, el *scanner* y todo lo demás que necesitaba para funcionar sin problemas. Una de las bibliotecas de la universidad ya le había asignado un cuarto de estudio con computadora para su uso particular.

En la primera semana Cristina se reunió con distintos profesores de los departamentos de Biología, Bioquímica, Matemáticas, Física y Química para planear su licenciatura en pre-médica la cual esperaba terminar mucho antes de lo que los letrados habían estimado. También se reunió con diferentes profesores en los departamentos de Lenguas, Historia y Ciencias Políticas para planear su licenciatura en Historia, Ciencias Políticas e Idiomas que serían las que utilizaría para entrar en la escuela de leyes.

Harvard tiene un conjunto de bibliotecas alrededor del campo universitario para el uso de las diferentes facultades, pero todas están conectadas por la red virtual del internet. La Biblioteca *Houghton* era la que usaría Cristina por ser la más cerca de su apartamento. A la segunda semana de estar en *Cambridge* empezó a asistir a ella diariamente. Allí se reunía con profesores y estudiantes internos de algunas cátedras con los que trabajaría en varios proyectos de investigación. El resto del tiempo lo empleaba en estudiar por adelantado las asignaturas que tomaría al comenzar el semestre.

Rosi la llevaba por la mañana temprano, le traía el almuerzo y la recogía ya entrada la noche.

A veces, cuando se cansaba de trabajar, salía de su cubículo y paseaba por el salón donde tenían en exhibición los manuscritos antiguos. La Biblioteca *Houghton* estaba designada como depósito oficial de los libros y manuscritos más antiguos que poseía la universidad.

Era allí, en una de las salas donde se exhibían los manuscritos antiguos, que se encontraba cuando alguien se le acercó por la espalda y le habló.

☐ ¿Eres tú Cristina Quiroga?

Le preguntó un muchacho alto y delgado con gruesas gafas cubiertas por una mata de pelo que parecía nunca haber visto un peine.

☐ Sí. ¿Cómo lo sabes?

☐ Mi nombre es Lucas Peterson.

Le dijo el muchacho extendiéndole la mano. Su cara no se podía distinguir bien detrás de los gruesos espejuelos y el pelo que le llegaba a la nariz, pero su sonrisa era gentil y agradable, acompañada de hoyuelos que se le hundían en cada mejilla cuando sonreía, haciéndolo lucir simpático y alegre.

☐ Yo iba a ser la persona más joven de la universidad antes que tú y Winona llegaran.

☐ ¿Quién?

☐ Es una chica del Sur, creo que de *Georgia* o algo así, tiene solo doce años. Yo también tengo doce años pero soy casi nueve meses mayor que ella. Me dijeron que tu tenías solo diez años, ¿Es verdad?

☐ Si tengo diez, pero en Septiembre cumpliré los once.

☐ Yo cumplo los 13 en Septiembre.

Los dos se miraron solidariamente con esa curiosidad que da la agudeza infantil y se echaron a reír.

☐ Me alegro mucho de que hayas venido a saludarme Lucas Peterson. Ya me estaba haciendo a la idea de ser el único hazmerreir de todo el mundo; al menos ahora seremos tres.

De nuevo se echaron a reír, esta vez más alto y con más confianza. Siguieron conversando por largo rato mientras se contaban de dónde venían, como habían llegado hasta allí y que iban a estudiar. Lucas quedó de traer a Winona al día siguiente y encontrarse en el mismo lugar.

Cuando vino Rosi a buscarla Cristina le contó su encuentro con Lucas. Rosi le dio gracias a Dios en silencio y pensó que al menos Cristina tendría alguien de su edad con quien compartir. Aunque Rosi apreciaba sinceramente a Paul, Will y Alison, sabía que esa amistad no duraría tanto como Cristina esperaba puesto que la diferencia de edades entre ellos era mucha. A medida que pasara el tiempo y los muchachos se convirtieran en adultos la separación sería inevitable. A Rosi no le agradaba para nada que la niña hubiera puesto tanto amor en los muchachos   y que esperara tanto de ellos, no porque estos fueran malos, sino porque esa relación era completamente ilógica. Para los muchachos Cristina era solo una niña linda y simpática que los ayudó cuando lo necesitaron, pero para la niña ellos lo eran todo. En especial Paul, del cual estaba locamente enamorada, con ese amor puro de la infancia que se da sin pedir nada a cambio. Rosi temía que el arribo a la realidad le partiría el corazón.

¿Por qué seria ella tan pesimista? Pensó Rosi. Eran tantas las vicisitudes que el destino le había hecho pasar que había olvidado la esperanza. Cuanto extrañaba su país, sus amigos de la infancia, los familiares que dejó en su preciosa isla. Pero bueno, lo importante era vivir el presente lo mejor que se pudiera y estar preparada para el futuro. Cristina era mucho más fuerte de lo que todos creían, pensó Rosi, ella sobrevivirá. ¿Sobrevivir a qué? ¿Por qué aquella obsesión de que algo malo le pasaría a la niña? ¿No tenía ya suficiente con la pérdida de sus padres? No, esa era una pregunta prohibida, cuanto más uno pensaba que ya todo lo malo había pasado, que las cosas no podían ponerse peor, allí mismo llegaba Dios con su ininteligible sentido del humor a probar todo lo contrario, poniendo en juego la resistencia de las personas.

☐ ¿Qué te pasa Rosi? ¿Por qué lloras?

☐ No es nada mi niña, ya sabes lo sentimental que soy.

☐ Rosi, no me engañes, tú tampoco aprendiste a mentir.

☐ Le tengo miedo al futuro mi niña.

☐ ¿Y tú crees que yo no? ¿Tú sabes cuál es la diferencia entre un valiente y un cobarde?

Cristina no esperó a que Rosi le contestara, con su carita muy seria y con ese gesto que la hacía parecer mucho mayor de lo que era le dijo.

☐ Es que aunque los dos tienen miedo por igual, el cobarde se esconde, huye y evita el riesgo que lo acecha, mientras que el valiente da la cara, marcha hacia adelante y enfrenta el peligro. No tienes que preocuparte Rosi, yo soy valiente.

¿Habría retado al destino sin darse cuenta? El tiempo le daría la respuesta.

8

A las siete y media de la mañana del primer día escolar, los agradables 75 F de mediados de Agosto en *Harvard Square*, hacían que las idas y venidas de los estudiantes hacia sus respectivas clases fuera un paseo de placer más que una carrera en contra del tiempo. Aunque este era su segundo mes en Cambridge Cristina no dejaba de maravillarse de la belleza del lugar y del ambiente estudiantil tan distinto a sus previas experiencias.

Lucas había traído a Winona a la biblioteca el día después de haber conocido a Cristina, como lo prometió, y los tres se habían hecho grandes amigos. Eran los estudiantes más jóvenes de toda la universidad, los tres habían sufrido las mismas desagradables experiencias en sus anteriores centros de estudios y esperaban que esa conducta continuara aún más aquí, pero afortunadamente se habían equivocado y aunque se les miraba como algo un poco raro, nadie se había metido con ellos ni los había humillado todavía...

☐ No cantes victoria aún Cristina, apenas comenzamos.

Le dijo Lucas cuando ella hizo la observación

☐ No seas pesimista tú, aquí los estudiantes son adultos y tienen más madurez, veras que bien nos va a ir.

Lucas era estudiante de Física y Winona de Economía, cosa que para su edad era una gran hazaña, pero ambos sabían que no se podían comparar con lo que Cristina intentaba lograr. En estos dos meses de verano los tres estudiantes más jóvenes de *Harvard* se llegaron a compenetrar tanto que llegaron a sentirse como hermanos y tanto Lucas como Winona con solo 12 años, acogieron a Cristina como su hermanita menor tratando en todo momento de ayudarla y protegerla de todo cuanto pudiera perturbarla.

Cristina les contó de su amistad con Paul, Will y Alison y les prometió presentárselos en cuanto tuviera la oportunidad. Will y Alison habían llegado a Cambridge hacia unos tres días y todavía no terminaban de arreglar sus apartamentos, cosa que los atrasaría nada más empezar el curso si no se apuraban.

Paul sin embargo había llegado solo el día anterior y en su apartamento todo estaba arreglado previamente por encargo del abuelo. Su nuevo mayordomo, Renato, lo había dispuesto todo para que Paul se sintiera cómodo y pudiera dedicarse solo a sus estudios.

Renato viviría en un estudio, justo debajo del apartamento de Paul, con el cual se comunicaba por una escalera de servicio.

Cristina visitó a Will y a Alison el día después de estos llegar, aquí acordaron reunirse el primer día de clase a las cinco de la tarde en la biblioteca *Houghton*. Todavía no había podido hablar con Paul pero le había mandado un correo electrónico avisándole la hora y el lugar donde se reunirían. Cristina les contó a Lucas y a Winona de sus amigos y los planes que tenía con ellos.

☐ Yo creo que nosotros tres debemos de reunirnos también, sino todos los días por lo menos una o dos veces por semana. ¿Qué tú crees Cristina?

Dijo Lucas

☐ Por mí, perfecto, el asunto es arreglar los horarios de todos para poder aprovechar el tiempo. Yo me he propuesto dejar el domingo libre y si es posible el sábado también, aunque tenga que trabajar 20 horas al día durante la semana.

Respondió Cristina

☐ Esa es buena idea. Yo no necesito muchas horas de sueño, ¿Qué tal tu Winona?

☐ Por mi está perfecto también. Vamos a probar entre hoy y mañana como nos vas con nuestras clases y las reuniones con los profesores, una vez todo este coordinado entonces buscamos horas para nosotros tres. ¿Qué tal si nos reunimos en la biblioteca el miércoles, después de cenar?

Cristina recordó que se reuniría con Will, Ali y Paul el lunes a las cinco de la tarde.

☐ Por qué no vienen a mi casa y cenan conmigo y con Rosi, así la conocen. ¿Qué les parece?

☐ Si no es mucha molestia, perfecto.

☐ Por mi perfecto también, desde que llegué a este lugar estoy comiendo en la cafetería y la verdad es que estoy harto de esa comida.

☐ Entonces no hay más que hablar, los espero a cenar el miércoles a eso de las siete.

Con estas palabras se despidieron y se dirigieron a sus clases. Cristina estaba ansiosa de ver a Paul pero en cuanto entró en su primera clase se olvidó de todo y le entró de lleno a su habitual y rápido aprendizaje. El día se le hizo más corto de lo que pensaba y antes de darse cuenta eran las dos de la tarde y no había comido nada. Tenía todavía un par de reuniones a que acudir pero el estómago vacío no la dejaba pensar así que se fue hasta la cafetería de la Facultad de Letras donde se encontraba. Al llegar tomó una bandeja y se dispuso a coger algo de comer en la línea del bufete cuando alguien la agarró por detrás y la levantó.

☐ Mi niña, que ganas tenía de verte.

Era Paul que ahora le daba vueltas agarrándola por debajo de sus brazos. Al fin la depositó en el suelo y la abrazó con todo el cariño acumulado en los meses de verano. Cuando la soltó, la apartó de si con sus fuertes brazos y situándola justamente delante de él le dijo.

☐ ¿Cuánto has crecido?

☐ Dos pulgadas completas.

Le respondió Cristina toda orgullosa.

☐ Y también estas más linda, si es que eso es posible.

☐ Gracias Paul, que bueno verte de nuevo, te extrañé mucho...

Se volvieron a abrazar con ese cariño que siente la inocencia cuando todavía no se ha manchado con la desconfianza.

El resto de los estudiantes de la cafetería los miraban como pensando ¿De dónde habrán salido estos dos locos? Pero ellos estaban demasiado felices para darse cuenta de lo que sucedía a su alrededor. Por eso fue que no vieron cuando Will y Ali se les acercaron uniéndoseles en un gigante abrazo de grupo.

Después de los besos y abrazos, se fueron a sentar a una mesa cercana donde todos querían hablar a la vez, y de hecho era que lo estaban haciendo.

☐ Un momento, no entiendo nada.

Dijo Ali echándose a reír, pero su llamado de atención no sirvió de nada, todos siguieron hablando a la vez y para asombro de ellos mismos, todos se entendían a la perfección.

☐ Tenemos que reunirnos hoy mismo, quiero que veas las clases que tenemos y como le vamos a hacer para estudiar juntos todos los días.

☐ Yo tengo las mismas clases que ustedes, yo estaba sentada en la primera fila, abajo, por eso quizás no me vieron. Yo no quise mirar para arriba por no llamar la atención. Ya esta mañana todo el mundo me estaba mirando con asombro. Gracias a Dios el profesor llegó enseguida y la clase comenzó dejando a los curiosos con la duda. En cuanto sonó el timbre yo salí corriendo hacia mi próxima clase sin darle tiempo a nadie para preguntas. Ese profesor y yo nos reunimos la semana pasada y yo le pedí que no dijera nada de mi presencia en la clase. Él lo considero adecuado y así lo hizo.

☐ Yo llegué tarde, para variar.

Dijo Paul con una sonrisa burlona y maliciosa.

☐ Pues esto es la universidad, aquí tienes que ser mucho más puntual o te atrasarás enseguida.

Dijo Ali que era la más responsable de los tres. Ali había conocido a Paul antes de conocer a Will, de hecho fue Paul quien los presentó, adjudicándose así el mérito de la felicidad de sus amigos. Ali y Paul se querían como hermanos.

☐ Para eso tengo a Cristy ¿Verdad mi niña linda?

☐ Yo siempre te ayudaré en lo que pueda pero Ali tiene razón, aquí las cosas serán más difíciles.

☐ Entonces ¿Cuándo nos reunimos?

Preguntó Will, que había permanecido observándolos calladamente hasta ahora.

☐ Hoy mismo, en la Biblioteca *Widener* a las seis de la tarde.

La Biblioteca *Widener* es el centro del sistema de bibliotecas de la Universidad de *Harvard*. Es la biblioteca académica más grande del mundo con unos 3.2 millones de volúmenes y unas 50 millas de estantes de libros. Eleonor Elkins Widener financió la construcción de la biblioteca en honor de su hijo Harry Elkins Widener, graduado de la clase del 1907, quien muriera en el naufragio del transatlántico *Titanic* el 15 de Abril de 1912. Cristina le dio gracias a Dios por el privilegio de asistir a tan distinguida entidad académica.

De allí todos se despidieron y se fueron a atender sus quehaceres. Cristina pensó en lo que le había dicho a Paul, las cosas aquí serían más difíciles, tendrían menos tiempo para compartir y sin quererlo se alejarían. De solo pensar que no lo vería a diario le dolió el corazón, si es que esto podría suceder sin darle un infarto. Sin darse cuenta sintió el peso del tiempo, en solo dos meses había crecido dos pulgadas en tamaño pero muchos años en madurez, la cual ahora le decía que su sueño de estar siempre con Paul sería muy difícil de lograr. No quería ser pesimista, pero debía de ser realista, ella era solo una niña y Paul era el joven más codiciado de Harvard ya en la primera semana de clases. Si tan siquiera pudieran seguir siendo los mejores amigos☐

Cristina nunca había sentido por nadie lo que sentía por Paul, al principio sus sentimientos hacia él la llenaban de felicidad pero en los últimos meses de clases en Washington D.C. se dio cuenta que esos mismos sentimientos la llenaban de tristeza, sobre todo cuando veía a Paul rodeado de muchachas bonitas que se peleaban por su atención. Paul nunca andaba con la misma, Will se reía con picardía de sus hazañas amorosas y Ali lo regañaba y calificaba de irresponsable y promiscuo. En fin, si de la única forma que podría mantenerlo a su lado era como amigo, eso era exactamente lo que haría.

☐☐☐

Cuando Will, Ali y Paul llegaron al cuarto de estudio de la Biblioteca Widener, ya Cristina los esperaba con su agenda de clases y laboratorios lista para arreglarlo todo de manera que pudieran reunirse aunque fuera un par de veces por semanas. Los cuatro decidieron probar con esos dos días y ver como salían las cosas, pero al final de las primeras dos semanas ya los muchachos la empezaron a llamar diariamente con preguntas y problemas que requerían su intervención inmediata.

Acordaron reunirse tres veces por semana, pero eso también duró poco. La redacción de reportes era casi constante y todos requerían de las habilidades editoriales de Cristina. Al final terminaron reuniéndose todas las tardes en la Biblioteca *Houghton*, la más cercana al domicilio de Cristina y donde esta disfrutaba de una habitación de estudio asignada a su nombre por todo el tiempo que durada el curso escolar, cosa que era bien difícil en este centro.

Will y Paul se veían constantemente presionados de tiempo porque ambos, aunque nuevos en el equipo, se convirtieron en titulares inmediatamente después de empezada la temporada. Entre las prácticas y los juegos fuera, hacia donde partían los viernes por la noche y desde donde regresaban tarde el sábado en la noche o el domingo por la mañana, las actividades académicas se veían relegadas a un segundo plano, era por eso que requerían de la tutela diaria de Cristina para poder mantener las calificaciones requeridas para jugar. Cristina nunca se preguntó como los otros jugadores lo hacían, ella solo sabía que Paul y Will la necesitaban y eso era suficiente.

Los sábados y domingos cuando jugaban en casa, nunca los veía. Después del juego Will y Ali aprovechaban para estar solos sin las interrupciones de las clases y Paul se iba a su casa de playa en

Martha's Vineyard con la rubia de turno, muchas veces Will y Ali se iban con él. Al principio los celos que sentía Cristina hacia todas esas mujeres con quien andaba Paul no la dejaban dormir, pero con el tiempo se acostumbró a bloquearlo de su mente, pretendiendo que Paul existía solamente de lunes a viernes. Se repetía a si misma que Paul nunca seria para ella y que debía cambiar el modo en que lo quería, pero sus bien intencionados auto-consejos nunca trascendieron a la realidad, y sin poder evitarlo seguía locamente enamorada de él. Lo único que la ayudaba a no pensar en él era estar ocupada en algo, y en eso la ayudaron mucho sus jóvenes amigos Lucas y Winona.

Aunque todos estudiaban cosas diferentes, tenían mucho en común. La música los apasionaba a los tres y en cuanto pudieron se matricularon en la Facultad de Humanidades, subdivisión de Arte, sección de música, donde tomaban varias horas de clases a la semana. En menos de quince días idearon crear un grupo musical que interpretaría toda clase de música, tocarían los fines de semana con el fin de ganar un poco de dinero y a la vez aislarse del riguroso horario académico aunque fuera por unas horas. El grupo se llamó ⌐Los Albertos⌐ por aquello de ⌐*Albert Einstein*⌐ y muy pronto fue ampliamente reconocido en los círculos académicos. Cuando alguien requería música de cámara para una reunión intelectual, allí estaban los Albertos interpretando melodías clásicas que servían de fondo perfecto para dichas funciones. Sin proponérselo se acostumbraron a la modesta entrada de dinero, que pronto se hizo singularmente considerable, y a la mutua compañía. Rosi estaba feliz de que Cristina pasara tiempo con amigos de su edad. Aunque nunca le dijo nada a Cristina, Rosi sabía que esta vivía y moría por Paul, y esperaba que el tiempo y las circunstancias la ayudaran a olvidar tan descabellada idea.

En *Cambridge* las primeras hojas amarillas, rojas y marrón empezaron a caer a mediados de Septiembre y para Octubre los arboles ya estaban casi desnudos. La temperatura bajó de pronto y la Universidad de Harvard se vistió de invierno ante los ojos de sus miles de alumnos que no podían comprender como el tiempo había pasado tan rápido. El equipo de *Football* de Harvard ganó once juegos y perdió cinco, cosa que se consideró como una buena temporada pero que no fue suficiente como para participar en el campeonato estatal.

Para fines de Noviembre, tanto Paul como Will habían terminado su temporada futbolística y se preparaban para los deportes de invierno. En el día de Acción de Gracias el campo de la universidad se cubría de una sólida capa de nieve temprana acumulada durante la última semana, que con la ayuda de la baja temperatura reafirmaba su blanca presencia.

Cristina no habló con sus amigos grandes de planes para ese día, pensó que si no le habían dicho nada era porque tendrían sus propios compromisos, pero si invitó a Lucas y a Winona a que vinieran a comer con Rosi y con ella. Los padres de Rosi compartirían la cena también. Rosi los había ido a buscar el día anterior para evitar contratiempos de tráfico a última hora.

Tanto los padres de Lucas como los de Winona eran personas humildes y no podían pagar el pasaje para que estos fueran de vacaciones por solo tres días. Además ninguno de los dos quería separarse, entre ambos se había creado un laxo muy peculiar que Rosi calificó como amor pero del cual ellos todavía no se daban cuenta.

El último jueves de Noviembre, día de Acción de Gracias y fiesta primordial en el país, la chimenea del salón principal le daba un aire familiar y acogedor al apartamento de Cristina. Mientras Lucas tocaba el gran piano, Winona y Cristina cantaban villancicos para el deleite de los padres de Rosi. Ya Cristina había cumplido los 11 años en Septiembre y se notaba. Había crecido dos pulgadas más de estatura. Lo mismo pasaba con Lucas y Winona, pensó Rosi mientras los escuchaba con el amor de una madre. Este era un momento feliz, pensó Rosi, si pudiera retener el tiempo lo haría. La verdad era que el miedo al futuro seguía presente en su corazón pero ya se había resignado a recibir lo que viniera. Entre cuidar a Cristina y limpiar las casas de Will, Ali y Paul; quien mando a Renato, el mayordomo que le pusiera su madre para expiarlo, de vuelta a *New York* a los dos semanas de haber comenzado las clases, la mantenían ocupada todo el tiempo y a la vez se ganaba algo de dinero para ayudar a sus padres. Las cosas habían salido mejor de lo que esperaba, se dijo acordándose de Cristina y de su optimismo que siempre superaba el pesimismo de ella.

El pavo se sirvió y después de una oración de gracias dicha por el padre de Rosi todos empezaron a comer en silencio, no por nada en particular sino porque estaban hambrientos y la comida estaba exquisita. Rosi veía con placer como los muchachos comían con deleite y afán. Cuál de los tres más ávido. En eso pensaba cuando sonó el timbre de la puerta. Cristina se paró como disparada por un cañón de artillería medieval y fue a abrir seguida de cerca por Sasha. Cuál sería su sorpresa cuando vio a Paul y el abuelo parados delante de su puerta.

☐ Como no nos invitaron a la cena, nos invitamos nosotros mismos.

Dijo el abuelo entrando y abrasando a Cristina.

☐ Papa, esto es un milagro, soy la niña más feliz del mundo.

Los ojos se le llenaron de lágrimas y no sabía qué hacer. Paul la levantó por debajo de sus brazos y la elevó a la altura de su cara plantándole dos sonados besos en cada mejilla.

☐ ¿Cómo pensaste que te íbamos a olvidar en un día como este? Ahora deja de llorar y vamos a comer.

Detrás de Paul entraron dos señores vestidos de camareros y empezaron a arreglar una mesa con comida

☐ Ay Dios mío que es esto, pero si aquí hay comida de sobra.

Decía Rosi

☐ No te preocupes Rosi, que la comida nunca está de más, sobre todo con el apetito que se manda mi nieta.

Todos se rieron y en cuanto los camareros terminaron de organizar los nuevos manjares, siguieron comiendo. Cristina les presentó a sus amigos Lucas y Winona. El abuelo los saludó muy cordialmente pero Paul los miró con desconfianza y con algo de celo. ¿Quiénes eran estos intrusos que le estaban haciendo la competencia? Pensó Paul, quien vivía convencido de que Cristina era de su propiedad.

☐ ¿Cómo es que no me habías presentado a tus amigos antes?

Dijo Paul, con un resentimiento que no le pasó desapercibido a los mayores, sobre todo al abuelo que no sabía que pensar ante la situación. ¿Estaba su nieto celoso de estos niños? ¿Por qué actuaba Paul de esa manera?

☐ Es que estamos muy ocupados y nunca hemos tenido tiempo para reunirnos todos.

☐ ¿Ustedes también estudian leyes?

☐ Yo estudio Física y Winona Economía.

Contestó Lucas

☐ Entonces de que los conoces tú.

Preguntó Paul dirigiéndose a Cristina, todavía con el resentimiento en la voz.

□ Somos los estudiantes más jóvenes de la Universidad, y además tenemos un conjunto de Música de Cámara, tomamos clases juntos en la facultad de arte, en el departamento de música.

□ Yo pensé que no tenías tiempo para nada más. ¿Cómo es que tienes tiempo para hacer todo eso? Por algo nunca tienes tiempo para mí.

La voz de Paul cambió de tonalidad, ahora parecía más desafiante y algo recriminadora. Se hizo un silencio incómodo que Cristina no entendió.

□ Yo siempre he tenido tiempo para ti Paul.

□ Sí, de lunes a viernes, pero nunca los fines de semanas.

□ Los fines de semanas tú los pasas con tus rubias □bimbos□ recuerdas, eres tú quien no tienes tiempo para mí, a no ser que tengas algún problema en cuyo caso yo dejo todo cuanto tengo que hacer y me pongo a tu disposición.

El silencio se hizo aún más pesado. El abuelo salvó la situación diciendo.

□ Hoy no es día de recriminaciones, sino de dar Gracias a Dios. Yo por mi parte doy gracias a Dios por ti Paul, por ser la razón de mi vida, y también por mi nietecita Cristina y por todos los aquí presentes que hacen de esta cena un acontecimiento único. Y tu Cristy ¿Por qué das las gracias?

□ Yo le doy gracias a Dios por tener a mis padres en el cielo siempre velando por mí, por mi nana Rosi, la única madre que he tenido. Por todo cuanto Dios me ha dado. Por mis amigos, por mi abuelo, y por todos los aquí presentes. También por Will y Ali que aunque no están aquí forman parte de mi vida, pero sobre todo por Paul, que aunque a veces se enoja conmigo sin razón, como ahora, es y será siempre mi mejor amigo, al cual quiero con toda mi alma.

□ Yo le doy gracias a Dios por mi abuelo y por ti Cristy. Tú eres mi niña, nunca te olvides de eso, yo no te presto ni te comparto con nadie, tú eres mía.

Dijo Paul sin darse por enterado de las miradas de los demás comensales. Diciendo esto se paró y cogió a Cristina y la besó en ambas mejillas sentándosela en las piernas.

□ Ustedes pueden ser sus amigos, pero ella en mía ¿Verdad Cristy?

□ Así es.

Respondió Cristina desde el regazo de Paul, donde se acomodó con la intensión de quedarse allí por el resto de su vida. Sasha que había estado oyendo la conversación desde el sofá, se le pegó al lado a Paul, como guardia pretoriano protegiendo su reina.

A continuación todos se echaron a reír y empezaron a bromear con Paul, especialmente Rosi que enseguida reclamó la propiedad de Cristina y el abuelo quien también pidió un porcentaje de participación. En eso el timbre de la puerta volvió a sonar y Cristina otra vez salió como bala de cañón a abrir la misma.

☐ No nos invitaron, pero vinimos de todas formas. No es fácil deshacerse de nosotros.

Dijo Will quien entró seguido de Ali. En medio de risas y algarabías todos se sentaron alrededor de la mesa y siguieron comiendo y bromeando.

☐ Will, Paul estaba diciéndonos cuando ustedes llegaron que Cristina era solamente de él.

☐ Esos son sueños de Paul, Cristina es de los tres, a partes iguales.

☐ Un momento, Cristina es también nuestra.

Dijo Winona, refiriéndose a ella y a Lucas.

☐ Nosotros somos de su misma edad así que nos toca la mayor parte.

☐ Nada, en cuanto Lucas perfeccione su método de clonación, hacemos unas cuantas Cristinas y solucionado el problema.

Dijo Cristina muerta de risa.

La cena se convirtió en fiesta que duró hasta muy entrada la noche y donde todos disfrutaron de lo lindo. Cristina estaba feliz porque Paul había venido a pasar un día tan importante con ella, no la había olvidado, pensaba la niña.

Mientras tanto Rosi, aunque feliz por ver a Cristina tan contenta, se preguntaba por qué Dios se empeñaba en jugar con Cristina y con Paul de aquella manera. Mejor hubiera sido que este nunca hubiera venido a alentar los sueños imposibles de una niña enamorada. ¿Y por qué se comportaba Paul de una forma tan absurda?

Lo mismo pensaba el abuelo que muy discretamente y sin que nadie se diera cuenta observaba la interacción entre Paul y Cristina ¿Qué había entre estos dos seres que los cautivaba y atraía tanto a ambos? Paul no podía pensar en Cristina como algo más que una niña, pero Cristina, qué pensaría de Paul. El viejo se asustó al darse cuenta que la niña estaba enamorada de Paul y que este sin quererlo alimentaba sus ilusiones. Tendría que hablar con Paul a cerca de este asunto, no era justo hacer sufrir a la niña cuando esta se diera cuenta que no era correspondida de la misma manera, puesto que seguro se le partiría el corazón en mil pedazos y perdería a su mejor amigo.

Ya en el carro, y en camino a casa, el viejo Gallagher le dijo a su nieto.

☐ Paul, tienes que tener cuidado con Cristina.

☐ ¿Qué quieres decir? ¿Cuidado con qué?

☐ No te has dado cuenta que está enamorada de ti.

☐ ¿Qué dices, Cristina es solo una niña?

☐ Sí, es una niña pero muy madura y esta perdidamente enamorada de ti.

☐ No abuelo, no, esas son ideas tuyas. Cristina me quiere a mí como yo la quiero a ella, como un gran amigo.

☐ ¿Cómo puedes ser ☐gran amigo☐de una niña de solo once años?

☐ Porque como dices tú, ella es muy madura. Su edad cronológica no tiene nada que ver con su edad intelectual. Cristina es la única persona con la que yo he podido hablar de cosas que ni a ti te he dicho. Dudas, ideas, pensamientos, no sé cómo explicártelo. Yo siempre he podido hablar contigo de todo, pero con Cristy es diferente, ella intuye cuando me pasa algo, cuando estoy preocupado por algo, cuando necesito hablar, y sin esperar que yo aborde el tema, ella me lo hace saber siempre, y nunca falla.

☐ ¿Y eso te da derecho a poseerla?

☐ Lo de la propiedad es solo una broma, aunque me molesta que ande con esos dos prodigios.

☐ Ella también es una niña prodigio.

☐ No, no, esos dos son muy diferentes a Cristina.

☐ En qué sentido.

☐ Cristina es completamente inocente, no tiene un ápice de malicia en todo su ser.

☐ ¿Y qué te hace pensar que ellos sí?

☐ Esos quieren algo de ella, la necesitan.

☐ ¿Y tú no? Ellos podrían decir lo mismo de ti. Además, por qué tendrían que necesitarla, ellos son muy inteligentes también.

☐ Esos no le llegan a Cristina ni al tobillo.

☐ ¿Por qué hablas así si no los conoces?

☐ ¿Oye, tú de qué parte estas?

☐ Paul, aquí no hay partes. Quisiera que te oyeras hablar, pareces el novio de Cristina.

☐ Que tonterías dices abuelo, en todo caso su hermano mayor o su padre.

☐ Sus hermanos son Will y Ali, acuérdate que contigo se quiere casar.

☐ Esos son bromas, parece que no la conocieras. Yo no creo que Cristina llegue a casarse nunca, a no ser que se encuentre otro genio como ella, y si ese día llegara yo estaría allí para protegerla de cualquiera que trate de hacerle daño.

☐ ¿Y qué pasará si cuando crezca ya no te quiere como guardián?

☐ Cristina siempre me querrá a su lado, ella es incondicionalmente mía.

☐ ¿Tú estás oyendo lo que estás diciendo? Sinceramente me asustas Paul.

☐ Abuelo, por favor. Yo nunca le haría daño a Cristina, nunca, nunca. Y estoy seguro que ella siempre será mi mejor amiga. Además, no soy yo el único que reclama su propiedad, sino qué hacían Will y Ali ahí, llegaron sin avisar, ¿Por qué no me dijeron que venían?

☐ ¿Le dijiste tú a ellos que vendrías?

☐ Abuelo, te desconozco ¿Qué pasa contigo esta noche? ¿Ya no confías en mí?

☐ Paul, tú sabes que tú eres todo para mí, y que no hay nadie en este mundo que te quiera como yo, solo estoy avisándote para que no te coja de sorpresa cuando Cristina un día se te pare delante y te pregunte cuando es la boda.

☐ Abuelo, se te fue la mano en el vino, que cosas dices.

El abuelo no le respondió y Paul no rompió el silencio. ¿Qué le pasaba al abuelo? ¿Estaría celoso de Cristina?

☐ Abuelo, eres la persona que más yo quiero en este mundo, ni Cristina ni nadie te va a quitar tu lugar.

☐ Eso es lo menos que me preocupa, yo también siento algo especial por ella. Discúlpame si me inmiscuí más de lo debido en algo que te concierne solamente a ti, créeme no fue mi intensión molestarte.

☐ Ah, olvídalo, y por Cristy no te preocupes, el vínculo que existe entre nosotros es indestructible y para siempre.

El viejo Gallagher sintió como una corriente fría le subía por medio de la espalda y le llegaba hasta el cuello inmovilizándolo. Que pesar, definitivamente la vida le estaba pasando la cuenta trayéndole la vejez mucho más de prisa de lo que él esperaba. Dios mío, pensó, cuídalos a los dos del mundo que los rodea y no me lleves todavía, tengo que ayudarlos a sobrevivir su destino.

Siguieron en silencio hasta llegar al apartamento donde enseguida el abuelo se dirigió a la habitación de invitados con el pretexto de estar muy cansado.

☐ Hasta mañana, abuelo.

☐ Hasta mañana hijo, que Dios te bendiga.

Mientras tanto en casa de Cristina, y después de irse los invitados, Rosi acostó a sus padres en su habitación y se dispuso a recoger la cena. Cristina la ayudaba muy eficientemente, se le veía feliz. Cantaba bajito mientras recogía los platos y los traía para la cocina.

☐ Estas muy feliz esta noche, ¿Verdad mi niña?

☐ Si Rosi, mis amigos no me olvidaron, todos vinieron a darme la sorpresa y estar conmigo.

☐ Sí, la verdad es que no me lo esperaba.

☐ Sobre todo Paul, que trajo al abuelo y toda esta comida. Me encanta que haya llegado de sorpresa. También estoy muy contenta de que llegaran Ali y Will. Yo creo que Lucas y Winona también lo pasaron bien.

☐ Si mi amor, fue una velada muy agradable.

☐ Si pero ☐

☐ Pero ¿Qué?

☐ Nana te conozco mejor que nadie. Tienes un ☐pero ☐que no me has dicho.

☐ A veces creo que eres bruja Cristy.

☐ No te vayas del tema, cual es el ☐pero ☐ que te tiene tan preocupada.

☐ Me preocupa que cada día estés más enamorada de Paul.

Dijo Rosi y al momento se dio cuenta que no debía haberse expresado de esa manera tan brusca.

Cristina guardó silencio por un momento que a Rosi le pareció una eternidad. ¿La habría ofendido?

☐ Mi niña, perdóname ☐

☐ No Nana, tienes razón, y te agradezco que me lo hayas dicho. Ya tengo la suficiente madurez como para entender que para

Paul siempre seré su hermanita menor. Gracias por hablarme claro y hacerme ver la realidad. De hoy en adelante te prometo que pondré todo mi empeño en sacármelo del corazón.

☐ Me da mucha pena oírte decir esas cosas.

☐ No te preocupes, acuérdate que aparte de ser valiente, también soy muy fuerte y puedo hacer todo cuanto me propongo. Además hay otra cosa que tengo que hacer. Tengo que empezar a disfrazarme de fea.

☐ ¿Que dices?

☐ Mi papá me dijo que durante mi juventud tendría que esconder mi físico y exponer mi inteligencia, que la sociedad nunca me dejaría usar las dos a la vez. Una vez que obtenga mis títulos y haya demostrado mis facultades intelectuales, entonces, podre sacar a la luz mi físico. ¿Me entiendes?

☐ Si mi amor, a mí también me lo dijo. Qué mundo tan injusto este en que vivimos.

☐ No Rosi, no pienses así. Este mundo lo hacemos nosotros mismos con nuestras acciones.

☐ Que Dios te bendiga ese optimismo hija mía.

☐ Y hablando de bendiciones☐ Cuando fuiste a acostar a los abuelos Espinosa, yo fui al baño, y sabes qué, estoy teniendo mi primera regla menstrual.

☐ ¿Qué? ¿Ay mi niña porque no me lo digites antes?

☐ Porque no hubo necesidad. Pero eso quiere decir que mi cuerpo empezará pronto a cambiar así que tenemos que diseñar un atuendo que cubra mi pubertad. Yo creo que amplios overoles sobre holgados suéteres en invierno y anchas camisetas en verano será lo más sencillo. *Bracieres* deportivos para aplastar el busto y zapatos tenis de los más feos que encuentre; el pelo lo llevare cubierto con un sombrero o un pañuelo. Ah☐ Creo que necesitare también espejuelos que disfracen mi cara.

☐ Vas a parecer un payasito mi niña.

☐ Esa es exactamente la idea mi querida Rosi.

☐☐☐

Paul no podía conciliar el sueño, lo que le dijera el abuelo en el camino a casa lo puso de mal humor. ¿Cómo era posible que su abuelo pensara que Cristina estaba enamorada de él? Cristina era una niña, y sí, definitivamente, Cristy era suya y de nadie más.

Ninguno de los otros la quería tanto como él, nadie, ni Rosi. No dejaría que nadie le hiciera daño, estaría siempre a su lado. "Y si cuando crezca no te quiere como guardián". Imposible, ella lo quería a él más a que todos, así lo sentía muy dentro en su corazón. No se imaginaba la vida sin ella. Nunca.

Ya se las arreglaría para que nunca se casara ni se buscara novios, la retendría siempre a su lado; no había nada malo en eso. Entonces por qué no se podía dormir pensando que alguien se la podría quitar. Nunca. ¿Sería verdad lo que decía el abuelo, que Cristina estaba enamorada de él? A él le encantaba la idea, lo llenaba de regocijo saber que ella con su intelecto y sabiduría lo prefería a él; eso quería decir que Cristina era incondicionalmente de su propiedad.

9

El invierno en Harvard   llegó después de un otoño corto y atropellado. El azul del cielo se perdió bajo un gris interminable que oscurecía el pensamiento. El motor intelectual de los profesores y nuevos discípulos se atemorizaba con las bajas temperaturas y la perenne nieve que cubría las callejuelas de la pequeña ciudad universitaria. Los días se acortaban y las noches se hacían interminables, la ausencia de sol invitaba al recogimiento y las clases se convertían en espacios desiertos donde solo viejos y cumplidores profesores derramaban sus invaluables conocimientos a los pocos valientes estudiantes que el frio no lograba amedrentar.

Aquí era donde se separaban los niños de los hombres, aunque en este caso los niños; Cristina, Lucas y Winona, eran los que se comportaban con mayor responsabilidad y sentido del deber que los adultos. Algunos maestros invitaban a los escasos alumnos que asistían a clases a sus despachos particulares, y allí en la intimidad de antiguos estantes y añejas paredes de la centenaria universidad era donde el conocimiento pasaba de una generación a otra.

Los deportes de invierno se hacían populares después de las vacaciones de Navidad, puesto que los últimos días de Diciembre el estudiantado solo pensaba en irse de la escuela y disfrutar con sus familias las fiestas navideñas y el comienzo del año nuevo.

Cristina y Rosi no tenían a donde ir. Lucas y Winona, sin dar explicaciones que Cristina nunca se atrevió a pedir, también se quedaron. Habían conseguido un apartamento en el mismo edificio donde vivía Cristina y no perdieron tiempo en mudarse juntos. Nadie tuvo objeción con el nuevo arreglo domiciliario de los chicos, porque al parecer ninguno de los padres se interesaba mucho por ellos. Fue así como Rosi, de una manera u otra se convirtió en su madre postiza.

La última semana antes de las vacaciones hubo fiestas de Navidad en todos los departamentos de la universidad y ⬜Los Albertos⬜ fueron contratados para todas ellas. Lo cierto era que se habían hecho famosos en estos círculos sin que nadie supiera a ciencia ciertas quienes eran. Los tres niños se transformaban para sus presentaciones en serios adultos. Lucas vestía un viejo *frac* que compró en una venta de segunda mano y que Rosi le arregló hasta quedar como nuevo, las niñas vestían largos vestidos negros de mangas amplias hechos también por Rosi, que les daban una aire de distinción y clase inigualable, con el pelo recogido hacia atrás y unos espejuelos de grueso marco ocultando sus facciones parecían músicos salidos de una orquesta sinfónica, no tenían nada que envidiarle a ningún trío de música de cámara profesional. Varios profesores del departamento de música les guardaban el secreto y los ayudaban a conseguir contratos.

Ali y Will se fueron para Washington D.C. en cuanto pudieron, no sin antes despedirse de Cristina y rogarle que viniera con ellos, lo cual ella no aceptó alegando el deber que tenia de quedarse con la única familia que conservaba, Rosi y sus padres. Con Paul la cosa fue más difícil, este se empeñó en llevárselos a todos con él, a lo que Cristina tampoco accedió, esta vez usando la salud de los viejos como excusa.

En la mañana de su partida, Paul fue a ver a Cristina que desde temprano estaba trabajando en la biblioteca donde más tarde se reuniría con Winona y Lucas.

☐ Cristy, no quiero irme y dejarte aquí sola, este lugar es como un cementerio durante las vacaciones, no hay nada más que nieve y frio.

☐ No todos los estudiantes pueden irse de vacaciones Paul, Winona y Lucas se quedaran y entre los tres nos haremos compañía y descansaremos, que falta que nos hace. Además vamos a ir a ver todas las películas nuevas que saldrán en esta navidad.

☐ ¿Te gusta mucho estar con ellos verdad?

☐ Claro, son los únicos amigos de mi edad que tengo.

☐ Los quieres más que a mí.

☐ Yo nunca podre querer a nadie más que a ti Paul.

☐ Eso es lo que dices pero nunca me lo demuestras.

☐ ¿Y qué debo hacer para demostrártelo?

☐ Venir conmigo. Me voy a San Ignacio, a tirarme en la playa, tomar el sol, y olvidarme de todo lo que tenga que ver con estudios y obligaciones.

☐ ¿Y a quien llevas de acompañante?

☐ A nadie. El *Yacht Club* de San Ignacio está lleno de mujeres que☐

☐ Lo ves, tú tienes tus planes. ¿Qué haría yo allí sola?

Por mucho que Cristina se esforzó, le pareció reconocer un sutil matiz de celos en sus palabras; creo que metí la pata, pensó.

☐ ¿Estas celosa Cristy?

☐ Celosa no, un poco decepcionada sí. No me explico cómo es que puedes andar con una mujer diferente cada día. Tú eres un hombre inteligente, con un gran futuro. No entiendo la atracción a esa cultura tan promiscua en la que   viven envueltos la mayoría de los jóvenes de tu edad.

☐ Tú no lo entiendes porque todavía eres una niña.

☐ Estas completamente equivocado. Ya soy una mujer, al menos desde el punto de vista biológico, y como tal tengo un montón de hormonas corriendo por todo mi cuerpo, pero eso no quiere decir que me voy a costar con el primer muchacho que se me pase por delante.

☐ Un momento, de que hablas. ¿Tu acostarte con alguien? Ni lo sueñes. Esas ideas las has sacados de tus queridísimos amigos, los genios, porque yo estoy seguro que esos dos se traen algo entre manos.

☐ ¿Y si así fuera a ti que más te da? ¿Qué edad tenías tú cuando tuviste sexo por primera vez?

☐ ¿Cristina, como puedes preguntarme semejante cosa?

☐ ¿Por qué no? Tú y yo hemos hablado a acerca de temas mucho más serios que el sexo, puesto que al final eso no es más que una necesidad fisiológica que todos tenemos que satisfacer.

☐ ¿Qué? Cristina, voy a llamar a Rosi ahora mismo, y a Alison y Will, y al abuelo. Como puedes decir semejante cosa, tú tienes diez años y yo☐

☐ Ya tengo once años, y según el esquema de la madre naturaleza o la biología, o como le quieras llamar, ya estoy equipada con todo lo necesario para tener hijos; que por cierto es la función principal de la sexualidad, mantener la especie. No☐ No☐ No☐ No hables y escúchame. ¿A qué edad empezaron Will y Ali a tener sexo? ¿Qué hacen ustedes cuando se van para la playa los fines de semana☐ ? ¿Leer cuentos? Por favor Paul, estas insultando mi inteligencia. Creo que merezco un poco más respeto. A mí me importa un pepino que tú te acuestes con veinticinco mil mujeres, pero no me vengas tú a decir lo que yo debo o no debo hacer, porque eres la persona menos indicada para dar ese tipo de consejos.

Paul permaneció en silencio, la miraba como si acabara de conocerla, como si su niña se hubiera convertido de la noche a la mañana en□ Qué□ Se la imaginó por un instante en brazos de un hombre y estalló□

□ Escúchame tú a mí ahora. Yo podré ser un promiscuo o lo que tú quieras pero el cuento ese de niña inteligente y biología y toda esa verborrea no sirve conmigo. Yo te conozco como si te hubieran sacado de una de mis costillas y sé que estas celosa, y por eso hablas de esa manera, pero eso no te da derecho a ponerte a hacer cosas indebidas solamente por molestarme a mi□ Bueno, a mí y a todos los que te queremos y velamos por ti□ Eso es todo, queremos lo mejor para ti, yo quiero lo mejor para ti y no voy a permitir que te pongas a hacer tonterías solamente por contradecirme y molestarme.

Ahora fue Cristina quien cayó. Lo miró de una manera que nunca antes lo había hecho. Muy despacio se levantó de donde estaba y vino a sentarse en sus piernas, tomó la cara de él entre sus manos y acercó su boca a la de él□ Casi cuando estaba a punto de tocar sus labios movió su barbilla hacia arriba y lo beso en la frente diciéndole con un suave murmullo.

□ Yo creo que el celoso eres tu amor□

Paul se quedó plantado y aturdido, y Cristina aprovecho el momento para recoger sus libros y salir corriendo del cubículo de la biblioteca.

Una vez fuera le entró un ataque de risa y nerviosismo que no podía controlar. Estaba orgullosa de haberlo hecho□ De haber cogido el toro por los cuernos, como diría su padre. Iba por la calle corriendo y riéndose, al llegar a la casa se fue corriendo a donde estaba Rosi y le dijo.

□ Rosi, ya planté la semilla, ahora solo tengo que cuidarla para que retoñe en la primavera.

□ ¿Qué□ ? ¿Qué semilla? ¿Compraste una planta?

Cristina reía y reía de felicidad y Rosi no entendía nada□ .

La verdad era que durante las últimas semanas, y como se lo prometiera a Rosi, había tratado de apartase de Paul lo más posible poniendo excusas absurdas. Rosi sabía que su voluntad la traicionaba pero no podía hacer nada por ayudarla. Se seguían reuniendo a diario pero nunca los fines de semanas. Había días que Cristina añoraba la compañía de Paul más que el aire que respiraba y se ahogaba con el dolor de su ausencia, pero aun así se mantenía firme.

Nadie se daba cuenta de lo que pasaba por el corazoncito de la niña, solo Rosi sabía de su dolor.

□ Mi niña, desde que decidiste olvidarte de Paul eres muy infeliz, pero ahora te veo muy contenta. ¿Cuéntame que ha pasado?

Era el primer día de vacaciones, cuando el frio se podía oír en el silencio que dejaba la soledad, sin embargo en el semblante de Cristina brillaba el sol en todo su esplendor y Rosi no entendía nada de lo que estaba pasando.

□ A veces pienso que todo este esfuerzo que estoy haciendo no vale la pena Rosi. No importa lo que haga voy a sufrir. ¿Qué más da si sufro ahora o después?

□ Tengo que darte la razón. ¿Por qué no te olvidas de todo este □plan de olvido□y vuelves a ser la niña feliz que eras antes?

□ Cuando le prometí a mi padre que iba a ser feliz nunca pensé que fuera tan difícil, aunque en lo que a Paul se refiere, solo con tenerlo a mi lado me basta.

□ Pues olvídate de tu plan y adelante con la vida mi amor. Se vive solo una vez.

□ Creo que tienes razón Rosi, eso mismo es lo que voy a hacer.

Respondió Cristina todavía riendo y brincando en camino a su cuarto.

□□□

Rosi trajo a sus padres para la Noche Buena y todos cenaron en casa. El día de Navidad y después de abrir los regalos, los muchachos se fueron al cine a ver los estrenos anunciados y Rosi se fue con sus viejos para la vivienda de estos.

La semana siguiente los niños la aprovecharon metiéndose de lleno en el material nuevo de sus futuras clases. Aunque se instruían en carreras distintas les encantaba sentarse juntos, cada uno con su materia, a estudiar. Sin que se hiciera público, en este primer semestre ya los tres habían cumplido con los requerimientos de un año completo y esperaban que ante los hechos, sus profesores se animaran a dejarlos acelerar la ambiciosa agenda de su educación. Todo el que trabajaba con ellos los admiraba y apreciaba, pero de entre todos Cristina seguía siendo la que más daba y menos pedía.

□ Cristina, hasta cuando vas a estar ayudando a Paul y a Will.

Hasta que ellos no me necesiten más.

 Ese día nunca llegará, los he de ver sentados en sus lujosos bufetes llamándote para que les resuelvas los casos.

 Y si puedo, así lo hare. Pero no lo creo, los dos son muy capaces, serán muy buenos profesionales; lo mismo que Ali.

 Ella es la única que sirve del grupo.

 Por mucho que lo intentó, Paul no pudo quitarse de la cabeza lo que le dijera e hiciera Cristina el último día que se vieron. ¿Acaso Cristina lo estaba seduciendo? Ni loca que estuviera, qué más daba once, doce o trece, Cristina era una niña todavía. Que inteligencia ni ocho cuartos, ella era una chiquilla. Y él por poco comete la estupidez del año Estuvo a un milímetro de besarla en los labios. ¿Me estoy volviendo loco? ¿Qué pasa conmigo? Quizás Cristina tenga razón y soy un promiscuo que solo piensa en sexo. No soy un pedófilo, que Dios me libre de semejante bajeza; nunca podría mirar a ninguna niña con malas intenciones. Entonces ¿Por qué me comporto así con Cristina? ¿Por qué quieres protegerla tanto? Se preguntó Paul, porque como hombre conoces el mundo y sabes lo malo que hay allí afuera, en ese ambiente guiado por la fuerza más poderosa del universo; las hormonas. Cuando regrese hablare seriamente con ella, este impase tenemos que aclararlo.

 Así pasó la Navidad y llegó el año nuevo. El primer lunes de Enero las aulas de Harvard volvieron a llenarse de estudiantes dispuestos a vencer lo que quedaba de invierno con la promesa de una pronta primavera.

 ¿Cristy qué vas a hacer este fin de semana?

 Le preguntó Paul estando reunidos en la biblioteca con Ali y Will, a punto de terminar   la jornada de estudio. No había podido hablar con ella a solas desde que llego y ella se mostraba tan campante como si nada hubiera pasado. El tercer fin de semana de Enero se celebraba el día de *Martin Luther King Jr.*, por lo que los estudiantes tenían tres días de asueto.

 No me digas que tienes que trabajar.

 Pues fíjate que sí.

□ Estoy harto de ese trabajo tuyo que no te deja descansar. Por qué no dejas que te ayude, sabes que no me costaría nada, además el abuelo estaría más que feliz de hacerlo el mismo si tú lo dejaras.

□ Gracias Paul pero ya sabes que no voy a aceptar tu ayuda. Gracias a Dios tengo dos manos y dos pies y muchas otras cualidades con las que puedo ganarme el sustento, y estoy muy orgullosa de hacerlo.

□ Y dale con el orgullo. Aunque sea un fin de semana, por favor.

□ Y si te digo que estoy libre qué harías.

□ Te llevaría con nosotros. Nos vamos a esquiar.

□ ¿Quiénes son □nosotros□□ ?

□ Will, Ali, yo y una amiga mía.

Cristina sabía la respuesta, ¿Por qué había cometido la torpeza de preguntar? ¿Sería masoquista?

□ ¿Qué voy a hacer yo con ustedes? Todos son grandes y están en parejas. No, no, mejor déjame aquí con Lucas y Winona.

□ Si quieres los invito a ellos también.

□ Paul, no te preocupes por mí, yo estoy bien aquí con ellos. Ustedes vayan y diviértanse.

□ A veces me dan ganas de que crezcas de una vez para poder ir a muchos lugares juntos.

Cristina no contestó. Si hablaba se notaría el dolor en su voz.

□ Cristy, nosotros vamos también, te aseguro que lo pasaras bien.

Ahora era Will quien insistía

□ Will, por favor, yo sé que ustedes tienen las mejores intenciones del mundo, pero□

□ Déjenla tranquila los dos. Cristy, no te preocupes por ellos, si no te sientes bien yendo con nosotros no hay problemas, ya habrán otras ocasiones.

Con esto Ali miró a Will y a Paul como diciéndoles □Déjenla quieta□

Una vez más Cristina se quedó pensando en la imposibilidad de su amor por Paul. Por fin la llevaron a su casa y se fueron los tres a buscar □la amiga□de Paul.

Tenía que encontrar algo que hacer. Llamó a Lucas y le propuso reunirse para inventar algo. Este, que se pasaba la vida fantaseando sueños, estuvo allí en menos de cinco minutos con Winona.

☐ En estos meses la música clásica no nos va a dar mucho porque las fiestas en la universidad se terminaron, al menos por ahora. ¿Por qué no expandir nuestro repertorio?

☐ ¿Qué repertorio? ¿De qué hablas?

☐ De otros géneros. Los tres sabemos tocar varios instrumentos, y todos cantamos. Podemos hacer arreglos en los tres teclados eléctricos y sonar como una orquesta y así presentarnos en clubes y bares. ¿Qué les parece?

☐ No nos dejarían entrar, no tenemos edad para eso.

☐ ¿Y tú de veras crees que todos los que entran a esos lugares tienen la edad requerida? Además nosotros no vamos a tomar alcohol, solo vamos a tocar música.

Winona levantó los ojos al cielo y miró a su alrededor como diciendo ☐ya esta se me enloqueció también☐ Cristina al verla se echó a reír.

☐ Me gusta la idea ☐dijo Lucas.

☐ Ahora sí, a los dos les están fallando las sinapsis.

☐ Nos llamaremos ☐Los Enmascarados☐y usaremos un antifaz para que nadie pueda distinguir nuestras caras.

☐ ¿Y quién será el loco que nos de trabajo? Te recuerdo que el mayor del grupo eres tú y solo tienes trece años.

☐ Sí pero todos somos altos y bien formado, parecemos mayores, y si nos tapamos la cara muchísimo más.

☐ Eso es perfecto, además como dice Lucas si ajustamos los tres teclados electrónicos podríamos sonar como cualquier orquesta que escojamos, con estilos diferentes, desde Fox, Soul, Salsa, Jazz, lo que sea. Qué maravilla Lucas, eres un genio.

☐ Claro que lo soy, por qué crees que estoy aquí.

Respondió Lucas echándose a reír.

☐ Ustedes dos están locos, dejen que Rosi se entere, ella no nos va a dejar hacerlo.

☐ Seguro que sí, yo la convenceré.

La magistral idea de Lucas hizo que Cristina se olvidara, aunque fuera por unas horas, de su dolor. Los tres corrieron a buscar sus teclados electrónicos y comenzaron a ensayar. Cuando Rosi llegó le contaron sus planes y aunque al principio no estuvo de acuerdo, viendo a Cristina tan entusiasmada, se dejó convencer y prometió ayudarlos.

Por mediación de uno de los profesores del departamento de música y siempre guardando la máxima discreción, consiguieron presentarse en el famoso *Scullers Jazz Club* de Boston. El éxito no se hizo esperar y quedaron contratados para tocar todos los sábados como número de apertura de los famosos cantantes de Jazz que se presentaban en dicho local. Varias veces durante sus presentaciones, productores musicales se les acercaban para ofrecerles la posibilidad de grabar un disco, pero por supuesto ellos nunca aceptaron. Nunca hablaron directamente con ningún productor musical y eso los hacían más atractivos.

A través de un amigo de Lucas en la facultad de Física consiguieron un contrato para los domingos tocando toda clase de música caribeña. Y así, sin darse cuenta, lo que empezó como un pasatiempo se convirtió en un trabajo fijo. Los ingresos no eran exagerados pero si suficientes como para sentirse cómodos. No requerían de ensayos prolongados y nunca tocaban más de dos horas por noche. Rosi les servía de modista, manager, guardaespaldas, chofer y madre.

Aunque Enero y Febrero eran los meses más lentos del año puesto que la nieve y el frio lo entorpecían todo, para los chicos pasó mucho más rápido de lo esperado. La verdad era que no tenían ni un minuto de descanso. Así fue como Winona, inesperadamente les dijo.

☐ Escúchenme por favor, lo siento muchísimo pero no puedo más, tengo que dejar de trabajar tantas horas. Estoy extenuada, nerviosa, me duermo en las clases y mi rendimiento académico se deteriora cada día más.

En las últimas semanas Winona había cogido un tremendo catarro del cual no se había recuperado aun. Cristina y Lucas guardaron silencio, sabían que ella tenía razón, todos estaban sintiendo el rigor del horario descabellado en que vivían aunque ninguno de los dos se atrevía a decirlo. De hecho, pensó Cristina, me alegro de que Winona haya abordado el tema, definitivamente necesitamos un descanso.

☐ Yo hago lo que ustedes quieran.

Dijo Cristina, a lo que Lucas agregó.

☐ Es verdad que trabajamos demasiado pero también ganamos dinero y todos lo necesitamos. ¿Qué tal si disminuimos las horas de trabajo?

☐ Recuerda que firmamos un contrato.

Dijo Winona que por ser la más afectada físicamente era la más pesimista de los tres.

☐ Por eso no se preocupen, somos menores de edad y los dueños no pueden exponerse a que se sepa que están empleando menores. Yo me encargo de la parte legal.

☐ Entonces, echaremos por la borda todo lo que hemos conseguido en estos dos meses.

☐ Qué tal si por esto pierdes la beca y la oportunidad de realizar tus sueños.

Respondió Winona que estaba decidida a no ceder. Cristina se dio cuenta que la frustración de ambos los hacía especular con ideas que los alejaban al uno del otro.

☐ Por qué no cortamos los días. Podríamos seguir trabajando dos fines de semanas al mes y tener dos libres. Vamos a probar a ver qué pasa.

☐ Estoy segura de que los dueños se negaran, o tocamos todos los días o nos corren.

☐ Pues que nos corran, pero yo no puedo más.

Winona no pudo contenerse y empezó a llorar. Cristina y Lucas vinieron a su lado y la abrazaron para consolarla. Cristina miró a Lucas por sobre la cabeza de su amiga y le hizo señas de que dejara de presionarla.

☐ Saben qué, Harry Rhode está cansado de brindarme una casa de playa que la compañía Pfizer tiene en *Martha's Vineyard*. ¿Por qué no nos vamos este fin de semana para la playa y descansamos y nos olvidamos de todo? Yo me encargo de arreglar lo del trabajo.

☐ Buena idea. Vamos Winona, tenemos que preparar un maletín con nuestras cosas. En una hora estamos listos Cristina.

Winona levantó la vista y miró a Cristina con incredulidad, pero esta la abrazó con ternura y le dijo.

☐ No te preocupes, todo va a salir bien. Aunque Lucas no lo diga, todos nos sentimos abatidos y necesitamos un respiro. Ve con Lucas y regresen pronto.

Cuando los muchachos se fueron Cristina llamó a su amigo Harry.

La Firma Farmacéutica *Pfizer* es una de las compañías farmacéuticas más grande del mundo, es la primera en ventas de medicinas a nivel internacional, su base de operaciones está en la ciudad de Nueva York y su centro de investigación en Connecticut.

Es la compañía que produce medicamentos como el Lipitor, Lyrica, Difulcan, Zithromax y la muy famosa Viagra. Cristina trabajaba con ellos en un proyecto de vacunas antivirales allí en *Harvard*. Los ejecutivos de Pfizer se habían portado muy bien con ella, Harry Rhode hacía de liaison entre ella y la compañía Pfizer y no dejaba de llamarla semanalmente para preguntarle si necesitaba algo. Cuando recibió la llamada de Cristina se sintió muy complacido de poder ayudarla y poner la casa de la playa a su disposición.

Aunque Enero en Massachusetts era frio y oscuro, no necesariamente tiempo de playa, lo que ellos necesitaban era tranquilidad y un cambio de panorama.

☐ ¿Te mando un limosín para que los lleve?

☐ No, Rosi va con nosotros.

☐ De acuerdo, la casa estará lista con comida y todo lo que necesiten, además tendrán sirvientes, Rosi merece su descanso también.

Así fue como una vez que Cristina solucionó lo del trabajo, ofreciéndoles a los contratistas un plan que no pudieron rehusar, se fueron todos a la casa de la playa.

Martha's Vineyard es una hermosa y pequeña isla en la costa Noreste de los Estados Unidos, justo al sur de *Cape Cód*, ambas en el estado de *Massachusetts*. Es principalmente una playa de veraneo para millonarios, accesible solamente por aire o por mar. Esta pequeña isla alcanzó reconocimiento mundial el día 18 de Julio del 1969 cuando el entonces joven Edward Kennedy, mientras manejaba por el Puente *Dike* perdió control de su vehículo cayendo al vacío y matándose su acompañante Mary Jo Kopechne; ese fatal evento marcó la vida del menor de los hermanos Kennedy para siempre. En 1974 el famoso director cinematográfico Steven Spielberg usó como escenario la isla para la filmación de ☐Tiburón☐, película que lo lanzó a la fama, y el día 16 de Julio de 1999 el hijo del malogrado Presidente John F. Kennedy perdió la vida junto con su esposa y su cuñada cuando el avión que el mismo pilotaba se estrelló en el mar yendo hacia la residencia familiar de los Kennedy en *Martha's Vineyard*.

En los meses de invierno el pequeño pueblo costero servía de albergue a adineradas familia que poseían propiedades en la isla y a turistas exclusivos que detestaban el tumulto del verano. A Cristina y sus amigos les encantó el paisaje de invierno que se reflejaba en un Atlántico encrespado y desafiante. La parte posterior de la casa tenía como fachada el océano que entraba como una alfombra azul por los inmensos ventanales del salón familiar. De estilo Victoriano, la casa se rodeaba de jardines y caminos que llegaban hasta la playa dándole el aspecto de castillo encantado.

☐ Nunca pensé poder estar en una casa como esta. ¿Cuánto costara?

Preguntó Winona que no podía dejar de dar vueltas mirándolo todo.

☐ Uno, dos, tres millones, yo que sé. Lo único que te puedo decir es que cueste lo que cueste en este momento es nuestra y vamos a disfrutarla.

☐ De verdad es muy acogedora. Quizás algún día pueda tener una casa como esta, cerca de mar.

Dicho esto Cristina abrió las puertas de Cristal que daban al patio posterior y embrujándose en su abrigo salió a oler el Atlántico en pleno invierno; el inmenso mar olía a vida. Nunca antes había encontrado en el gran océano la paz que ahora la extasiaba. Algún día vendría aquí con Paul y al compás del indómito Atlántico le diría lo mucho que lo amaba. Cuanto lo quería☐

☐ ¿En qué piensas mi niña?

Rosi había salido tras ella y la observaba bebiendo cada instante de aquella naturaleza indómita, queriendo robarle su poder.

☐ En nada Nana, solo miraba lo lindo que se ve desde aquí. Mi padre siempre me dijo que había mucha más vida en el mar que en el resto del planeta; no creo que muchas personas sepan esa gran verdad☐

☐ Cristina, entra y cierra las puertas que nos congelamos.

Grito Lucas desde adentro.

☐ Pónganse los abrigos y vengan a disfrutar aquí conmigo. Nunca antes he vistos algo parecido.

Los chicos acudieron a la llamada de Cristina.

☐ Que maravilloso es nuestro planeta, verdad☐

Estas últimas palabras de Lucas sellaron el momento y todos se dejaron llenar de aquella energía indomable que les ofrecía el Atlántico.

El encrespado océano vestía de un azul profundo, el viento frio de invierno lo encabritaba alzando paredes coronadas con encaje de sal y espuma.

Cristina reconoció de inmediato y sin la más mínima arrogancia, como todo aquel despliegue de vida era para ella. El Universo se había detenido para que en este diminuto Sistema Solar que formaba parte de la pequeña Vía Láctea, el planeta azul brillara por unos instantes para que la esperanza entrara en el espacio más sagrado de su alma.

10

    Las cortas vacaciones sirvieron para recargar la energía de los niños y al volver continuaron con su pesada carga, aunque ahora le dedicaban menos tiempo a trabajar y más a estudiar. Fue Lucas quien propuso adelantar todavía más su agenda de clases. En verdad, los tres podían leer y retener la información mucho más rápido y con más eficacia que cualquier otro estudiante de la universidad; y eso que allí los había muy buenos. Sobretodo Cristina, que parecía como que cada día su intelecto se multiplicaba y podía coordinar diferentes conceptos para llegar mucho más rápido a conclusiones que a veces tomaban a otros meses o años. Lucas y Winona le guardaban el secreto porque estaban seguros que de haber conocido algunos de los maestros las habilidades de Cristina le hubieran hecho la vida imposible cuestionando sus métodos de aprendizaje. La mezquina mediocridad no perdona la existencia de la perfección y el refinamiento, por eso era tan importante para Cristina no revelar todas sus facultades a la vez.

    Will, Ali y Paul seguían requiriendo la asistencia de Cristina cinco veces a la semana. Los fines de semana los mayores se perdían y Cristina quedaba sola con Rosi y con sus fantasías. Desde que Winona y Lucas escribieron a sus padres y les contaron que vivan bajo la tutela de un adulto, Rosi, esta se hizo oficialmente cargo de los muchachos y aunque Lucas y Winona seguían compartiendo el pequeño apartamento en el mismo edificio, la mayoría de las comidas las hacían en el apartamento de Cristina. La trabajadora social que monitorizaba el progreso de Winona y Lucas se hizo gran amiga de Rosi; en sus visitas semanales se quedaba a comer con ellos. Durante la semana los chicos se reunían en la biblioteca, antes o después de que Cristina se reuniera con los amigos grandes pero una vez terminada la jornada de estudio cada uno iba para su casa a hacer las tareas individuales y a cumplir con los muchos compromisos que tenían.

    Paul nunca tuvo una frase amable para los niños a los cuales miraba con recelo y desagrado, sin embargo Ali era muy amable con ellos y siempre les brindaba su ayuda para lo que ellos quisieran. Will ni se daba cuenta de que existían.

☐ No sé qué tanta ayuda le brindas. Le dijo Paul a Ali. ¿No dicen que son tan inteligentes como Cristina? Si es así no creo que requieran nada de ti. Tampoco entiendo porque tienen que reunirse con Cristina todos los días.

Ali y Paul en la biblioteca esperaban por Cristina. Will estaba en cama con fiebre y un tremendo catarro de invierno.

☐ Tú no entiendes nada de nada Paul. Yo no les brindo ayuda intelectual sino humana. Esos niños están solos. ¿No te das cuenta del gran vacío que hay en sus vidas?

☐ Los dos geniecitos quizás, pero no Cristy, Cristy tiene a Rosi, a sus padres y a nosotros. Ella no tiene nada de vacíos ni ocho cuartos.

☐ Eso no es exactamente correcto.

Cristina había entrado sin que ellos la vieran llegar

☐ ¿Dónde estabas?

Preguntó Paul volviéndose a verla

☐ Haciendo algo, como siempre.

☐ Oye, y por qué dices que estoy incorrecto en lo que le estaba diciendo a Ali. Nosotros estamos a tu disposición siempre.

☐ Cuando fue la última vez que yo fui al cine con ustedes, o a la playa, o a comer a un restaurante, a un concierto, a un fiesta. ¿Dime Paul cuándo?

La pregunta los cogió desprevenidos. Ali fue la primera en contestar.

☐ Cristy tú eres todavía una niña y no puedes entrar con nosotros a discotecas, ni a la mayoría de la películas que vemos. Alguna vez recuerdo que te hemos invitado a la playa pero no has querido venir con nosotros. Tú no puedes tomar alcohol ni puedes acostarte tarde porque todavía eres una niña y además asumes muchas obligaciones que no te dejan tiempo para nada.

☐ Si yo no te estoy reclamando nada Ali, solo les estoy diciendo que nosotros somos amigos ☐académicos o de estudios☐ o como lo quieras llamar, pero no amigos "sociales". Como bien dices yo no puedo hacer nada de lo que ustedes hacen, sin embargo ustedes si pueden hacer lo que yo hago. No hay ley que les impida ir conmigo a ver una película de *Disney* y luego a comer en *McDonald*. ¿Por qué nunca lo han hecho? Porque no les interesa, no tienen paciencia para lidiar con niños y créanme que los entiendo, pero por favor, no me juzguen porque ustedes no saben nada de mi vida extracurricular.

☐ Pues explícanos esa tan difícil vida que llevas.

Dijo Paul entre malhumorado y curioso.

☐ No hay nada de difícil en mi vida, ni hay nada que explicar, solo que somos de generaciones diferentes y como bien dice Ali yo no puedo hacer las cosas que ustedes hacen. Yo no estoy recriminándoles nada, al contrario, soy muy feliz con tenerlos como amigos, sin embargo mi vida no se limita solo a los momentos en que estoy con ustedes. Y tú Paul es quien menos puede quejarse porque cuando tú me llamas yo dejo cualquier cosa que esté haciendo y corro a ver qué quieres.

Se hizo un silencio algo incómodo, sobre todo para Paul y Ali que no hallaban que decir porque sabían que la niña tenía razón.

☐ Tienes razón Cristy, discúlpanos.

Dijo Alison con tono de arrepentimiento y pesar.

☐ De acuerdo, de ahora en adelante te vienes con nosotros todos los fines de semanas.

☐ Paul, no has entendido nada, qué voy a hacer yo en una casa con dos parejas, mirar como hacen el amor o preguntarles cuando terminen como es que se hace eso, como para que me eduquen en ese campo. O quizás tú podrías explicarme cómo es que cambias de mujer cada semana y luego no te acuerdas ni como se llaman. Como es que cada vez que estás con una de ellas y llego yo, me dices que me espere un momento, la "despachas" como si fueran un ser inanimado y no me la presentas. Eso me confunde porque ¿Cómo es que mi mejor amigo, una de las personas que más yo quiero en el mundo, se comporta de una manera tan grosera con las mujeres, será que no las respetas para nada? Esa es la principal razón por la que nunca quiero ir con ustedes a la playa. Además, por lo que he visto ninguna de ellas es lo suficientemente inteligente como para darse cuenta de que las usas como objetos sexuales. ¿Cómo quieres que pueda compartir tiempo contigo en esas circunstancias?

Ahora el silencio era tal que solo se oían las respiraciones de los presentes, la de Cristina fuerte y profunda. Ali miró a Paul en espera de una respuesta. Nunca había oído a nadie hablarle así a su amigo, el cual, tal y como lo describiera Cristina, hacia exactamente lo dicho.

☐ De acuerdo. Nunca he hablado de eso contigo porque no pensé que tenías la edad suficiente como para discutir cosas que solo conciernen a personas mayores, pero si insistes☐ Pues sí, las trato como las trato porque ellas así lo aceptan. No tengo compromiso con ninguna y les advierto que no estoy interesado en ellas, pero si insisten en servirme de objeto sexual pues allá ellas. Yo tengo necesidades fisiológicas que necesito satisfacer, eso es todo.

☐ Paul, estás loco, como puedes hablarle así a Cristy. No le hagas caso; él no sabe lo que dice.

Le dijo Ali dirigiéndose a Cristina mientras con la mirada quería matar a Paul.

☐ No Ali, al contrario, está bien que me lo explique. No puede haber dos estándares; si soy madura para unas cosas también tengo que serlo para otras. No hay nada de malo en eso, además, ahora entiendo porque Paul se comporta de esa manera. Y lo que es más importante para mí, ahora él entiende porque yo no ando con ustedes como una amiga más, y porque él no puede requerir de mi presencia como lo hace con ellas.

Cristina miraba a Paul mientras hablaba, con una voz calmada y llena de sabiduría.

☐ Solo espero que nunca me trates a mí como las tratas a ellas.

☐ Por favor Cristina, como puedes decir semejante cosa. Tú eres solo una niña. Como voy yo a☐

☐ Lo de ser niña es cuestión de tiempo, en una ocasión ya te explique que estabas equivocado. Sin embargo, todavía no soy legalmente adulta, cuando ese día llegue e intente imitarlos, y esto va contigo y con Will también dijo Cristina mirando a Ali No me digan lo que tengo y no tengo que hacer; si es bueno para ustedes también será bueno para mí.

Se oyó abrir la puerta del cubículo y los tres se viraron a ver quién era. Will, con cara de enfermo y enrollado en varios abrigos acaba de entrar.

☐ ¿Qué haces tú aquí? Deberías estar en cama. ¿Cómo has salido con este frio?

Alison le dijo mirándolo con desaprobación

☐ Estoy cansado de estar en la cama, además me puse a leer las correciones que me hizo Cristy en mi último ensayo y después de corregirlo decidí venir para que me ayude.

Nadie respondió. El silencio se hizo demasiado largo para pasar desapercibido por Will que no se imaginaba lo que estaba pasando a su llegada.

☐ ¿Que está pasando aquí?

☐ Estábamos discutiendo la conducta sexual de Paul y la manera con que tú y Ali la aceptaban sin reparos, compartiendo con sus mujeres durante los fines de semana como la cosa más normal del mundo. Y como yo me estoy acercando cada día más al momento en que fisiológicamente, como diría Paul, empezaré a tener curiosidad y necesidad sexual, pues bien, ya tengo un patrón por donde guiarme.

☐ ¿Queeeeeé?

☐ En fin, déjame echarle una miradita a tu ensayo que con tanto hablar de sexo ya nos atrasamos y todavía tengo mil cosas más que hacer.

☐ No puedo dejarlos solos☐

☐ La culpa la tiene Paul☐

☐ No la culpa la tienes tú por no explicarle antes☐

Los tres gritaban y se decían cosas unos a otros; Ali trataba de explicarle a Will lo que había pasado y Paul no la dejaba, tratando de exponer su versión de los hechos, mientras tanto Cristina leía el ensayo de Will. Si Rosi hubiera estado allí la hubiera regañado por "soberbia", pero ya hacía mucho tiempo que tenía ese comentario destrozándole el corazón y tenía que sacarlo a como diera lugar; Paul le proporcionó la ocasión en bandeja de plata.

☐ Se me callan los tres ahora mismo, nos van a botar de la biblioteca.

Dijo Cristina alzando la voz por encima de la de sus amigos. Estos pararon de hablar y la miraron abochornados por su conducta. Hasta Paul, quien quería manipular el cuento para no quedar como un promiscuo cualquiera, tenía cara de bochorno y vergüenza.

☐ Will, luego ellos te lo cuentan, ahora vamos a ponernos a trabajar porque tengo un dolor de cabeza grandísimo y quiero llegar a casa temprano.

Con estas palabras los mayores se sentaron y la jornada de estudio continuó en silencio, interrumpiéndose solo cuando alguno de ellos tenía alguna pregunta qué hacer. Pero algo había cambiado y todos lo sabían. Al cabo de un rato que pareció durar siglos, Cristina dijo que quería irse pues el dolor de cabeza no la dejaba pensar. En verdad lo que la estaba matando era el llanto que tenía retenido en su garganta, tenía que irse pronto de ahí o se pondría a llorar delante de todos ellos y perdería todo el respeto que pensó haber ganado unos minutos antes.

☐ Vamos, yo te llevo a casa.

Dijo Paul en voz baja, casi un murmullo.

☐ No, está bien, quiero caminar, quizás un poco de aire fresco me haga bien.

Con la misma recogió su mochila, la cual pesaba hoy más que nunca, y salió de la habitación. No había llegado al primer piso y ya las lágrimas le corrían por ambas mejillas sin poder contenerlas. Le dolía el alma de una manera que nunca antes imaginó. Era como el despertar de un sueño maravilloso y reconocer que su vida era una pesadilla. Que tonta había sido. Rosi se lo había dicho varias veces pero nunca la creyó porque la esperanza pesa más que la realidad. Acababa de perder a Paul para siempre, quizás a Ali y a Will también. ¿Qué haría sin ellos ahora? Moriría. Se acordó de la promesa que le había hecho a su padre de ser feliz y le dolió mucho el reconocer que nunca la podría cumplir porque su vida sin Paul no valía la pena vivirla.

No podía llegar a casa de esta manera. Rosi se preocuparía mucho, además del sufrimiento que le causaría. Al llegar al edificio se sentó en la escalera a pensar que hacer. Era una tarde fría de invierno que luchaba con el cielo por tener un día más de luz. Así la encontró Lucas cuando llegó, había ido a buscar unas cosas al pequeño mercado que les quedaba cerca

☐ ¿Cristina, que te pasa? ¿Por qué estas así? ¿Qué te han hecho?

Cristina no le pudo contestar. Llorar sola era una cosa, pero llorar delante de Lucas le era muy difícil.

☐ Ven, deja que te ayude a subir a tu casa.

☐ No, a mi casa no, por favor, no quiero que Rosi me vea así.

☐ Está bien, entonces vamos a la nuestra. Winona esta esperándome.

Cristina se levantó y lo siguió como una autónoma. Que difícil era amar; ella había perdido a sus padres y aun con ese gran dolor había podido sobrevivir, pero esto era muy diferente. Toda su fuerza, todo su optimismo y toda su inteligencia la habían abandonado, no podía pensar, no sabía cómo era que respiraba ni como su corazón seguía latiendo, estaba convencida que de un momento a otro moriría y ansiaba el descanso que la muerte le traería.

No supo cómo llegó al apartamento de Lucas y Winona, solo veía bultos a su alrededor que se movían y la empujaban de un lado a otro. Sintió que alguien se sentaba a su lado y le ponían algo en las manos.

☐ Cristy, toma un poco de agua.

Como una muñeca-maniquí hizo lo que le decían.

☐ Cristy, ya estás aquí con nosotros, todo va a estar bien. Ven recuéstate en este sillón.

☐ Déjala Noni, está en shock.

El apartamento de Winona y Lucas era un pequeño estudio con una sola habitación, pero el salón familiar era amplio y cada uno de ellos tenía un sillón reclinable donde hacían sus tareas mientras miraban la televisión.

Cristina percibió una intensa luz proveniente de su pecho que le hizo abrir los ojos. Una fuerza inexplicable la rodeo delicadamente abrigándola y fue entonces cuando oyó la voz de su padre que le decía "Cristina tienes que seguir adelante, tienes que sacar fuerzas de tu manantial de vida y sobrevivir. Te prometo que al final serás muy feliz". Con un aullido que salió de lo más profundo de su ser se oyó gritar.

☐ Papi, por qué me dejaste sola☐

Lucas se sentó a un lado, Winona en el otro, y entre los dos la abrazaron muy delicadamente y la dejaron llorar hasta que el cansancio la venció y se quedó dormida entre suaves sollozos. Winona llamó a Rosi y le dijo que se quedarían a estudiar en su apartamento, que tenían mucho que hacer, cosa que Rosi aceptó sin preguntas pues era algo normal entre ellos.

☐☐☐

Unos momentos después de salir Cristina, Paul se paró de la silla de donde parecía haberse clavado y recogiendo sus cosas se fue sin decir nada a nadie.

☐ ¿Qué paso aquí Ali?

☐ Que hemos sido unos egoístas con Cristy. Nunca le hemos preguntado que esperaba de nosotros y lo que es mucho peor, somos tan brutos que no lo hemos deducido por nosotros mismo.

☐ ¿Qué estás diciendo?

Preguntó Will quien obviamente no había entendido nada. Pero Ali no lo oyó y siguió hablando como si estuviera confesándose ante un juez invisible e implacable.

☐ Que no hemos mirado por el bienestar de Cristina como debíamos haber hecho. Que solo nos hemos preocupado de darle cosas materiales que para nosotros eran importantes. Que nunca hemos sido sus verdaderos amigos porque nunca nos hemos interesados por su salud mental, por sus sentimientos, por sus temores, por su soledad. Bastante tiene la pobre niña con ser diferente a todos quienes la rodean y tener que enfrentarlo todo sin padres. Rosi la quiere mucho y la cuida, pero no es su madre, no es sangre de su sangre; nosotros tampoco lo somos. Que infeliz debe haberse sentido cada vez que la hemos abandonado y nos hemos ido a divertir confiados que cuando regresáramos nuestros papeles y nuestras tareas estarían perfectamente bien corregidas y nuestras calificaciones seguirían siendo de las mejores gracias a su ayuda y a sus desvelos. Me siento tan avergonzada que no se qué hacer, no sabría cómo empezar a pedirle perdón.

Ahora era Ali quien lloraba, con ese llanto suave de la culpa que no puede deshacerse. Will la miraba sin todavía entender en concreto que había pasado, pero si se daba cuenta que cualquier cosa que fuera era lo suficientemente grave como para abochornarlos a todos.

□ Vamos hasta la casa, allí me lo puedes explicar todo con más calma.

Ali se paró, recogió sus libros y ambos salieron en silencio.

□□□

El frio de Marzo era quizás el más impetuoso de toda la estación porque ya se presentía la llegada de la primavera y el invierno se negaba a morir. La temperatura baja e inclemente del tercer mes del año se afanaba por meterse en el alma de los mortales para enfriarles el espíritu. Paul, parado en la terraza de su apartamento no sentía nada. Su mirada estaba fija en un punto irreal y lejano.

No sabía ni cómo ni cuándo pero había herido a Cristina. Tampoco entendía la tormenta que se armó por algo tan inconsecuente como su vida sexual. ¿Promiscuo? Si él siempre usaba condón, él se protegía de todas las mujeres con quienes se acostaba; ellas sabían que con él no sacarían nada más que una noche de placer. Él nunca había tenido novia; no estaba atado a nadie. En cuanto a Will y Ali, cuál era el problema en que ellos lo aceptaran en compañía de estas mujeres. Cuando Cristina creciera, y para eso faltaba mucho, nunca sería como ellos, ella era una niña inocente que dedicaría su vida a estudiar y progresar.

"Que bruto eres Paul", pensó justo al terminar de justificarse consigo mismo. No entiendes nada, te comportas como un patán y lastimas a la persona que más te ha ayudado en tu vida, la única que no ha pedido nada de ti, una pobre niña que cuando te conviene la elevas a un estado de madures incierto y cuando no, la miras desde tu pedestal de adulto haciéndola sentir inferior a ti. ¿Cómo corregir semejante error? ¿Cómo volver a mirarle la cara a Cristina después de haber abusado de su cariño y su confianza por tanto tiempo sin darle el valor que merecía?

Cogió el teléfono y llamó a Ali

☐ Tengo que hacer algo pero no sé qué hacer, ayúdame por favor.

Cuando fue la última vez que pediste un favor a alguien, pensó Paul al oírse pronunciar esas palabras tan difíciles que hacía tiempo había eliminado de su vocabulario.

☐ Yo estoy igual que tú. Baja, esto tenemos que discutirlo entre los tres.

☐ Ya voy.

Cerró su celular y se dispuso a bajar, en eso sonó su teléfono.

☐ Ya estoy bajando.

☐ ¿A dónde estás bajando?

Era su abuelo; que vergüenza tener que contarle lo que estaba pasando

☐ Hola Papa, creía que era Ali, es que voy en camino a su apartamento.

☐ ¿Te sientes bien hijo?

☐ Sí, sí, por supuesto que sí, no hay ningún problema, todo está bien.

☐ Yo no te pregunté si había un problema Paul, pero ahora creo que si lo hay. ¿Qué pasa?

Cómo explicarle a su abuelo lo que había pasado

☐ Nada grave, un pequeño mal entendido, pero ya lo vamos a arreglar, no hay ningún problema.

☐ No tienes por qué contarme nada Paul, nunca me he inmiscuido en tu privacidad, solo quiero saber si hay algo que pueda hacer para ayudarte.

☐ Ese precisamente es el problema, que siempre hay alguien que me ayuda, me he acostumbrado a que hagan las cosas por mí, ya no puedo hacer nada por mí mismo y si lo hago término metiendo la pata. Es hora de que empiece a tomar responsabilidad por mis errores abuelo.

☐ ¿Que le hiciste a Cristina?

☐ ¿Por qué a Cristina?

☐ Porque hay dolor en tu voz, y solamente existe una persona a quien tú puedes herir fácilmente y esa es Cristina.

☐ ¿Por qué dices eso?

☐ Porque ya te lo dije una vez, ella está muy apegada a ti. Por muy inteligente que sea es solo una niña de once años rodeada de personas mayores que subestiman su capacidad emocional y no le prestan atención.

☐ Papa yo prefiero morirme antes de herir a Cristina, tú lo sabes. Hice un comentario que estaba fuera de lugar y la herí. No creo que haya nada que pueda hacer para que me perdone.

☐ Estás equivocado, Cristina tiene una mente privilegiada; ella misma buscará la manera de arreglarlo, no te preocupes. Trata de demostrar tu arrepentimiento con hechos, no con regalos.

☐☐☐

Lucas oyó el teléfono sonar y se apresuró a contestarlo para no despertar a Cristina

☐ Aló.

☐ Lucas, ¿todavía están estudiando?

Eran las dos se la madrugada y Cristina no estaba en casa, era normal que se quedaran hasta muy tarde estudiando pero Rosi siempre se preocupaba cuando despertaba y no la veía en casa, no podía evitarlo.

☐ No Rosi, es que estábamos tan cansados que nos quedamos dormidos, eso es todo.

☐ Está bien, ahora bajo a buscar a Cristy.

☐ No Rosi espera☐

Ya Rosi había colgado el teléfono y estaba en camino al apartamento de los niños. Tenía que despertar a Cristina.

☐ Cristy, despierta, Rosi viene para acá. Tienes que lavarte la cara y componerte un poco o se dará cuenta de que has estado llorando.

Cristina oía la voz de Lucas muy lejana. No sabía dónde estaba, le dolía el cuello y le picaban los ojos. Trató de incorporarse pero el cuerpo no le respondió, estaba entumida y mareada. Los parpados le pesaban y la boca la tenía seca como si estuviera llena de arena.

— ¿Qué horas es?

— Son casi las dos de la mañana. Te quedaste dormida y no quisimos despertarte.

Como un relámpago en medio de la oscuridad le llegó el recuerdo de las últimas horas.

— Lucas, perdóname, no quería importunarlos. Ayúdame a arreglarme un poco para cuando llegue Rosi.

Los dos oyeron como se abría la puerta y Rosi entraba.

— ¿Mi niña, que te ha pasado? ¿Por qué no me han llamado? Dios mío—

— Rosi, te lo voy a contar todo con lujo de detalles pero cálmate. Vamos a casa, dejemos a Lucas y Winona que descansen. Anda vamos. Lucas, mañana hablamos.

□□□

El cansancio de Cristina era mucho más mental que físico, y se quedó dormida de nuevo en cuanto Rosi la llevó hasta su cama. Al despertar pensó que hasta que no arreglara este problema con Paul no podría descansar en paz, por lo que se decidió a llamarlo enseguida. Era temprano y quizás estuviera durmiendo pero tenía que hacerlo ya.

— Paul.

— ¿Cristy?

— Cuando puedas ven por acá, quiero hablar contigo, tengo que darte una disculpa por el incidente de ayer, pero quiero hacerlo en persona, por favor. ¿Puedes venir?

— Disculpa tengo que darte yo a ti.

— Bueno, pues nos las daremos mutuamente, pero cuando puedas, pásate por acá, yo voy a estar en la casa todo el día. Si tienes algo que hacer no importa, hablamos luego, solo quiero conversar un ratico, lo podemos hacer durante la semana.

— Estoy allí en cinco minutos.

Cuando Paul llegó ya Lucas y Winona estaban allí, también estaban Ali y Will, con Rosi supervisando el evento desde la puerta de la cocina.

— Los he reunido aquí hoy porque ayer paso algo muy desagradable. Me puse a discutir con Ali y con Paul por tonterías y me enfadé muchísimo. Ustedes también se enojaron y salimos sin despedirnos ni hablarnos. Lo peor que uno puede hacer en la vida es irse a la cama enfadado con alguien, pues si mueres durante el sueño mataras también a la persona con quien te enfadaste. El asunto es que todos nosotros, estamos agotados mentalmente. Hemos querido hacer mucho en poco tiempo y se nos ha desbordado el cansancio haciéndonos decir y hacer cosas que normalmente no haríamos. Por mi parte, quiero disculparme con Ali y con Paul por haberme portado tan grosera, a veces herimos a las personas que más queremos sin darnos cuenta de lo que estamos haciendo. También con Lucas y Winona que se pasaron la noche en vela cuidándome; ustedes tienen suficientes problemas como para tener que cargar con los míos también, por favor acepten mis disculpas. Yo quisiera dejar el incidente atrás, por favor; ustedes dirán.

☐ Yo soy el culpable de todo☐ Por favor, déjame hablar.

Dijo Paul mirando a Ali que estaba a punto de empezar.

Desde que nos conocemos me he creído dueño de Cristina, como si fuera mi muñeca. Puesto que nos conocimos juntos, me refiero a Ali y a Will, no me molestan tanto cuando ella les presta atención a ellos, sin embargo desde que llegamos aquí Cristy se ha buscado unos nuevo amigos, muy razonablemente de su edad, y yo me he puesto celoso por estúpido que soy, eso es todo. Cristina☐ Le dijo mirándola seriamente a la cara☐ Por favor perdóname por haberte hecho pasar tan mal rato, no fue mi intensión herirte, puedes estar segura, y te prometo nunca más hacerte daño, por favor, perdóname.

☐ De acuerdo, yo te perdono a ti, tú me perdonas a mí. Lucas y Winona quiero pedirles disculpas porque ayer les hice pasar un mal rato, los preocupé y hasta los asusté con mi conducta, por favor, discúlpenme. Yo creo que ustedes más que nadie saben lo que es estar mentalmente hecho trizas, y lo fácil que es decir cosas indebidas después de una jornada de trabajo larga donde las neuronas se resisten a seguir funcionando. Por último a mi nana, que por poco le da un infarto cuando me vio con los ojos hinchados y toda temblorosa. Rosi, por favor perdóname, yo no quise preocuparte ni asustarte, por eso me quedé en casa de Lucas y Winona. Te prometo que nunca más lo haré.

Rosi no respondió nada, solo se quedó recostada en el marco de la puerta de la cocina mirándola intensamente como queriendo arrancarle la verdad que había detrás de tan preparadas palabras. La niña fue la única que entendió el significado de aquella mirada y pensó que era mejor dejarlo así, había que apagar un fuego antes de enfrentarse con el próximo.

□ Yo también quiero pedirte disculpas Cristy. Yo creo que ayer por la tarde experimente más dolor y vergüenza que nunca. Yo como mujer he debido entenderte mejor y ayudarte más. Por favor perdóname, tú sabes que tú eres mi hermanita del alma, mi amiguita, mi paño de lágrimas cuando no tengo nadie más con quien hablar, y por supuesto la mejor profesora que he tenido en mi vida. Perdóname Cristy, te lo suplico.

□ De acuerdo, yo te perdono a ti y tú me personas a mí.

Cristina sabía que Lucas y Winona querían decir algo pero este no era el momento más adecuado, ya luego tendría que oírles todas las objeciones que siempre tuvieron en cuando a su amistad con los muchachos mayores y que nunca habían verbalizado. Se hizo un silencio que todos agradecieron. Las palabras que flotaban en el aire tenían demasiado peso para tratar de absorberlas de prisa. El fuego se había apagado pero quedaban brazas que seguramente dejarían cicatrices.

□ Yo todavía no entiendo muy bien lo que pasó. Solo sé que Ali paso la noche llorando, que Paul respondió al primer timbre cuando Ali lo llamó y que nunca los había visto a ninguno de los dos tan moquicaidos como en las últimas horas. No sé qué hicieron ni que hiciste, ni que tienen que ver los geniecitos en todo esto pero me parece que lo que están intentando hacer es seguir adelante y tratar de olvidar el mal rato. ¿Entendí bien o no? ¿Tengo que pedirle perdón a alguien? Díganmelo porque este parece ser el día de los perdones. En cuanto a Madame Curie y Albert Einstein dijo dirigiéndose a Winona y Lucas. Disculpen el poco caso, la verdad es que como Paul, siempre he estado un poco celoso de ustedes pero eso cambiará, se los prometo.

No había nada más que decir, todos lo sabían, sin embargo sentían la necesidad de seguir hablando, ya fuera disculpándose o lamentándose, pero nadie hablaba. El silencio a veces dice mucho más que cientos de palabras y eso era exactamente lo que estaba pasando en este momento. Cada uno con sus remordimientos, sus dudas y sus errores pero todos callados.

□ Yo voy a cocinar porque tanto perdón y tanta disculpa me ha dejado hambrienta. ¿Quién se apunta?

□ Yo.

— Y yo también.

— Yo me muero del hambre.

— Según lo que cocines.

— Para mí cualquier cosa es buena—

Ese fue el final de aquel episodio de mal gusto que todos prometieron dejar en el olvido. ¿Podrían? El destino les daría la respuesta. Esa noche ya en su cama, Cristina pudo tocar con su amor la cicatriz que le había quedado ya para siempre en el alma. La primera de muchas, diría su papá, solo puede amar de veras quien ha sufrido y llorado por amor.

La Adolescente

11

New York, la única ciudad que nunca duerme, se levantaba queriendo tocar el firmamento sobre la noble roca que permitía ser socavada en lo más profundo de sus entrañas a la vez que sostenía los rascacielos que la adornaban y que le daban el nombre con que se conocía a través del mundo entero. Posada donde se albergaba el Mercado de Valores más importante del planeta, era a su vez cumbre de la moda, del deporte, de las ciencias y de las artes. Madre de los *Yankees*, de los *Mets*, de los *Knicks*, de los *Rangers,* de *Broadway*, de *Time Square*, de múltiples y fastuosos museos, cuna de la publicidad y corazón de doce millones de almas que palpitaban al compás de su extraordinaria existencia. *New York*, la capital del mundo, era el sueño del viajero y la esperanza del emigrante que venía a buscar una mejor vida en esa gran manzana.

Pero no todos sabían apreciar su hidalguía y sus encantos, para Gabina Malpaso de Robledo, *New York* era una caverna donde se escondía para ocultar su desdicha y su pobre subsistencia. El matrimonio con Pepe Robledo no había salido de la manera que ella esperaba. Había dejado de trabajar para meterse en un mundo cuadrado y viejo, donde cada pared se vestía con suaves desniveles acumulados por los años y las historias de otros pobres diablos que escribieron sus vidas con pinturas baratas y adornos olvidados.

Gabina nunca tuvo el lujoso apartamento que merecía como esposa de un alto ejecutivo de la aerolínea Iberia, nunca se codeó con las esposas de los demás jefes que siempre la vieron como una arrimada-arribista sin clase, que solo un bruto como Pepe Robledo podía haber recogido. Nunca asistió a una obra de teatro en *Broadway*, ni oyó a su coterráneo Placido Domingo cantar en la Casa de la Opera Metropolitana. Nunca visitó ningún museo ni asistió a ningún juego de nada; lo de Pepe era solo "comer, joder y cagar" como diría Camilo José Cela. Cuan caro había pagado Gabina por un plato de comida, un techo y algunos trapos viejos comprados de rebajas en las tiendas por departamento más baratas de la ciudad. Nunca tuvo ni una sola tarjeta de crédito porque Pepe no creía en crédito; uno solo debe comprar lo que puede pagar, le respondía a Gabina cuando ella insistía en la necesidad de poseer aunque fuera una de ellas.

Podría haber dejado todo esto y volver a Madrid, pensó Gabina, sabía que los estúpidos de sus padres, como siempre, la perdonarían y la recogerían, pero la idea de reaparecer como una perdedora no la podía soportar. Vivía rodeada por cuatro paredes rancias, con huecos que simulaban ser ventanas pero que no eran más que basureros por donde entraban los ruidos y los olores acumulados a lo largo del tiempo en aquel rincón de la urbe olvidado por sus habitantes. Las ventanas del dormitorio daban a las ventanas de los dormitorios de los edificios vecinos y las ventanas del pequeño salón de estar daban a una de las tantas calles ruidosas del *West Side.*, donde vivían otras almas que como ella soñaban con algún día mudarse para el *East Side*.

Siempre le mintió a su madre con quien hablaba esporádicamente, sobre todo cuando la soledad la oprimía y no tenía con quien pelear ni discutir. Con Pepe no podía hacerlo a menudo porque corría el riesgo de que la botara como un traste viejo.

☐ Cuanto me alegro de que me llames y me cuentes de todas la cosas que haces Gavi. Que maravillosa debe de ser tu vida viviendo en *New York*, por algo le dicen la capital del mundo.

Mi madre es tan imbécil, no la resisto, como puede ser tan idiota de creerse todo cuanto le cuento☐

☐ Y cuando piensan encargar un bebé. A mí me encantaría ser abuela.

☐ Mamá, no hables sandeces. Yo nunca voy a tener hijos, los muy idiotas me dan repulsión.

☐ Hija no hables así, los niños son una bendición, y hablando de niños Gavi, que me cuentas de tu hijastra, Cristina creo que se llama.

☐ La muy maldita mocosa sigue viviendo en *Cambridge* con la estúpida de la criada.

☐ Ya debe de estar terminando su carrera, ¿qué estudió por fin?

☐ Ni lo sé ni me importa, como si se convierte en payaso de circo, no pienso verla más nunca en mi vida. Desde que me casé y me quitaron la miseria que me daban como viuda de Juan Francisco no he sabido más de ella.

☐ ¿Pero tú sigues siendo su único familiar, verdad?

☐ Eso es solo en papeles mamá. La muy sabandija lo arregló todo para que todas esas compañías con las que colabora le pagaran sus estudios y sus gasto pero no hay nada en efectivo que yo pueda quitarle.

☐ Bueno, ya sé que   tú no lo necesitas pero yo me imagino que con lo inteligente que es seguro ha hecho una carrera que le dará dinero, y si tú tienes la custodia legal de ella pues sería tu trabajo el administrar ese dinero.

☐ ¿De qué hablas?

☐ Gavi, quiéralo o no, ella tendrá que contar contigo para trabajar y manejar su dinero cuando comience a ganarlo. Qué edad tiene ahora, 16 años o algo así, con esa edad no   puede ni abrir una cuenta en el banco y mucho menos tener una licencia de conducir. Para todo lo que haga te necesita a ti.

☐ No mamá, no seas estúpida, ella tiene a la tal Rosi, la criaducha esa que le hace todo.

Ignacia estaba tan acostumbrada a que su hija la llamara estúpida o imbécil que ya ni se daba cuenta que era un insulto, para ella era solo "la forma de ser de Gavi."

☐ Se lo hace todo porque tú quieres, porque tú se la diste, pero eres tú quien tiene el poder legal sobre esa niña, al menos hasta que cumpla la mayoría de edad. Digo, así es en España, me imagino que allá será igual.

Su madre tenía razón, como no se había dado cuenta antes. La chiquilla debería de estar terminando cualquier cosa que hubiera estudiado, que más daba, y pronto empezaría a trabajar; ¿Quién se iba a hacer cargo del dinero? Ella, por supuesto. No sabía cómo pero iba a buscar la forma de volver a tener el control sobre la mocosa. Llamaría a la Embajada Española en Washington; no esos eran otros perros que nunca la aceptaron. Le preguntaría a Pepe, el sabia de todas esas cosas legales, o☐ No, mejor no le preguntaba nada, si había dinero de por medio no pensaba compartirlo con él, sobre todo después de haberla metido en la pocilga que vivía. Tal vez esta era la oportunidad para salirse del sucio y depravado de su marido. No quería admitir ante su madre que esta tenía razón, eran tan pocas las veces que decía algo razonable que no valía la pena aceptarlo cuando de vez en cuando sucedía.

☐ No, las cosas aquí no son iguales que allá, ustedes siguen viviendo en la época del Generalísimo, tú no sabes nada de cómo son aquí la cosas.

☐ Bueno era solo una sugerencia, tú sabes más que yo de esas cosas. Y dime hija. ¿Has ido a ver a Plácido Domingo otra vez?

– Ya te lo he dicho mil veces que si mamá, que pesada eres.

Nunca permitiría que sus padres conocieran la verdad de su mediocre vida ni que conocieran al viejo gordo, sucio y calvo de su marido, primero muerta.

– En fin, te dejo que tengo muchos compromisos que atender.

– Adiós hija y que la virgen te acompañe.

Gabina no llegó a oír lo último que le dijera su madre, colgó el teléfono rápidamente y se quedó pensando. Tenía que averiguar rápido cómo era eso de que Cristina se iba a graduar e iba a empezar a trabajar, y si era verdad que ella manejaría el dinero. Quizás todo no estuviera perdido. Le iba a preguntar a Pepe como si fuera una mera curiosidad, quitándole importancia, a ver si el muy animal sabía algo de ese asunto.

Hablando de animales, oyó la puerta delantera que se abría.

– Gabina, vengo con un hambre de caballo, me he pasado el día lidiando con los del gremio de los pilotos. Que gente más jodida oye, cuando no es una cosa es la otra. Ninguno de ellos trabaja tanto como yo y se creen que porque saben volar los jodidos aviones son dioses. Que se vayan todos a la mierda, por mí los ponía a todos de patadas en la calle. Gabina

– Ya voy, estaba en el baño.

– Sírveme.

– ¿Que te sirva qué?

– Pues joder que va a ser. ¿Eres gilipoyas o qué? La comida mujer.

– No tenía nada para cocinar así que pensé que podíamos bajar a comer algo en algún restaurante de por aquí cerca, la verdad es que vivo metida en este apartamento como una presidiaria, nunca salimos a ningún lugar, te pasas el día trabajando y cuando llegas solo quieres comer y dormir

– Y joder.

– Que grosero eres.

– Mira te dejas de remilgos y de finuras conmigo que yo te conozco mucho mejor que los gilipollas a quienes engatusaste antes que a mí, ahora mismo baja y busca algo para que me lo prepares y déjate de hablar porquería, hoy no estoy para tus pleitos.

– Voy a pedir una pizza.

– Ni pizza ni ocho cuartos, que bajes y busques algo para que lo cocines ahora mismo. Este no es el palacio de la Zarzuela y tú no eres la reina de España, así que arriba que tengo hambre.

Dios mío cuanto lo odiaba, si pudiera matarlo y quedarse con todo lo que tenía, pero ni eso podía hacer, el muy maldito la hizo firmar un documento pre-matrimonial donde decía que en caso de divorcio ella no cogería nada. ¿A quién se lo habría dejado el muy perro? ¿A los hijos? No, ni los veía ni hablaba de ellos nunca

☐ *GABINA*...

—No grites, ya me voy.

☐ No quiero comida china, ni cubana, ni dominicana, ni italiana, quiero comida española así que vete a ver qué traes.

Esto no podía seguir así, se dijo Gabina, tengo que buscarle la salida a este infierno. Ella todavía era joven y bonita, aunque no tenía mucho tiempo para usar estos atributos, podría buscarse otro hombre y dejar a Pepe. Eso era, tenía que buscarse un amante que la sacara de aquella cueva de ratas. También tendría que averiguar lo que le había dicho su madre a cerca de Cristina, por mucho que no aguantara ni a la criada ni a la mocosa, si había dinero de por medio lo soportaría, lo que no soportaría mucho más era la situación actual con el cerdo de su marido.

☐☐☐

Los años no habían sido generosos con Agnes Gallagher, por mucha pintura que se pusiera y muchos tratamientos de belleza que se aplicara, seguía luciendo vieja, flaca, y fea. La cirugía plástica que se hizo le desfiguró la cara y la hizo lucir peor, pero la única que nunca lo vio fue ella, que se creía preciosa.

Cuando Paul empezó la universidad sus se habían mudado para New York. El empleo the *Lobbyist* que le consiguiera el viejo a Anthony se había perdido en su pasado como lo hizo su dignidad y su hombría.

☐ Tony, tengo una lista de las posibles candidatas que podría invitar para la fiesta de graduación de Paul. Todas de muy buena familia, del club por su puesto, y todas con grandes herencias. El problema ahora es decidir cual tiene más. Que tal los Hilton o los Vanderville, los dos tienen hijas de la edad de Paul y aunque un poco locas, los millones lo perdonan todo. Tony, te estoy hablando, respóndeme por favor, esto es algo muy importante, estamos hablando del futuro de Paul.

☐ Por el futuro de Paul no tienes que preocuparte.

☐ También en esto va el futuro nuestro.

No por favor, otra vez la cantaleta del dinero y de Paul y de mi padre y de los millones y de la herencia☐ Estaban desayunando en la terraza del *Pent- house* en *Park Avenue*, y como todas la mañana anteriores a esta se había prometido no tomar alcohol hasta la noche, pero como todas las mañanas Agnes saboteaba sus buenas intenciones y no tenía más remedio que empezar a beber temprano para poder aguantar un día más de la serpiente que tenía por esposa. Por qué no se habría divorciado cuando pudo, ahora era muy tarde. Su vida había sido un fracaso total y aunque a él no le importara ya nada, la vergüenza que sentía ante su padre y su hijo era el castigo que se merecía por haberse casado con esta arpía y por haberla aguantado por tanto tiempo. Nunca la quiso, si se casó con ella fue porque Agnes salió embarazada y su padre insistió en que naciera el bebé. Su hijo, su único hijo, nunca fue suyo, su padre lo había rescatado de manos de Agnes y de él, gracias a Dios, y lo había hecho un hombre a su imagen y semejanza.

Paul no lo quería, estaba convencido de ello, y a su madre mucho menos. Los toleraba porque no tenía que verlos tan a menudo pero en sus ojos no había nada de amor cuando los miraba, ¿Desprecio quizás? No, eso tampoco lo había visto en la mirada de su hijo, pero si algo de reproche por su cobardía. Sin embargo cuando miraba a su abuelo la cosa era muy distinta, ellos eran él uno para él otro. Cuanto hubiese dado él porque su padre lo hubiese querido aunque fuera la mitad de lo que quería a Paul☐ Pero no, en aquellos tiempos su padre estaba muy ocupado levantando la gran fortuna de los Gallagher y su madre☐

Tenía pocos recuerdos de ella. Se acordaba que lloraba a menudo pero nunca protestaba por nada; era servil y complaciente con su padre pero nada más, allí tampoco hubo amor. Su padre nunca la maltrató ni le levantó la voz pero tampoco recordaba haberlos visto besándose o simplemente tomados de la mano. En aquellos tiempos la soledad era la eterna compañera de su madre cuando su padre se iba por días y a veces por semanas, y entonces él la oía llorar de noche, desde su cuarto. En aquellas ocasiones se decía que cuando él fuera padre seria todo lo contrario al suyo, que se casaría por amor y que siempre estaría al lado de su familia. Él sabía que el llanto de su madre era producto de su soledad. Su madre siempre se sentía tan sola. ¿Pero por qué nunca se lo hizo saber a su padre? ¿Por qué no protestó y peleó y le dijo que lo necesitaba? Porque fue más fácil para ella coger una botella de ginebra y tomarse dos o tres vasos hasta quedarse dormida; lo mismo que hacia él ahora. Su cobardía le venía por la rama materna.

— Tony, me escuchas.

La voz de Agnes lo volvió a la realidad. No le contestó, solo la miró para que supiera que la estaba oyendo; ella le siguió hablando como si no hubiera interrumpido su discurso.

— Es muy importante que Paul se case con la mujer adecuada, que tenga clase y dinero—

— Así como tú—

A estas alturas del juego esto era lo único que podía hacer para tener un poco de satisfacción, mortificarla recordándole quien era y de donde venía.

— No seas estúpido, eran otros tiempos, la depresión le afectó mucho a mi familia que prácticamente lo perdió todo, y en cuanto a clase, te recuerdo que te conocí borracho en la casa de tu fraternidad.

— ¿Y por qué te acostaste conmigo en aquella misma casa y aquel mismo día?

— Porque me enamoré de ti como una tonta, yo que—

La carcajada irónica y maléfica de su esposo fue mucho más fuerte que su voz.

— Ja— ja— ja— Perdóname Agnes, es que hacía tiempo que no oía una sandez tan grande, y mira que tú las dices constantemente pero con esta sí que te pasaste de tus limites— ja— ja— ja—

— Puedes reírte todo lo que quieras, pero es verdad, en fin ya eso quedó en el pasado, y si a ti no te importa el futuro a mi sí. La esposa de Paul la escogeré yo y con eso tendré mi futuro asegurado. Yo que tú hacia lo mismo porque de tu padre creo que no cogeremos nada, sobre todo con tu conducta. Yo hago lo que puedo por llevarme bien con él y hacer lo que él quiera pero tú no te tomas esa molestia.

— Ya verás que tu molestia será una pérdida de tiempo. Mi padre no te puede ver ni en pintura.

— Que dices insolente, y como tengo una chequera con una interminable cuenta de banco a mi disposición y todas las tarjetas de crédito que quiero. Como vivimos en este palacio y tenemos muchos más por todo el mundo.

— Este palacio, como tú le llamas, al igual que los otros que están regados por el mundo, no son nuestros, son de él.

☐ En papel, pero quienes vivimos aquí somos nosotros. Además desde que Paul se fue a Harvard no has hecho nada más que beber y gastar dinero y tu papá nunca te ha dicho nada.

☐ No seas estúpida, no vez que todo lo que tenemos no los da para que no le molestemos, para que estemos fuera de su vista. Las pocas ocasiones en que nos reunimos parece como si le fuera a dar un ataque de apoplejía; sobre todo cuando tú empiezas a hablar en la mesa y no te callas y él se pone rojo como una langosta.

☐ Se pone rojo porque toma mucho vino. De eso te viene a ti lo de borracho.

Nunca conociste a mi madre, pensó Anthony; fue mejor así

☐ Haz lo que quieras y suerte. Ahora déjame leer el periódico tranquilo.

Nunca tendría el valor de enfrentarse a su patética realidad, pensó Anthony. Moriría uno de estos días con cáncer de hígado o con una cirrosis fulminante y nadie extrañaría su ausencia, pero pensaba llegar a la muerte completamente ebrio, él no necesitaría morfina ni drogas extrañas, solo alcohol, con eso sería suficiente. Quizás su padre y su hijo serian al fin, felices sin él.

☐ Que te parecen los Smith, son multimillonarios y tienen tres hijas, alguna de ellas debemos agarrar para Paul, no tienen clase pero tienen mucho dinero y están locos por entrar en la alta sociedad. Llamaré a Jesica para invitarla a la graduación. Solo faltan unos días así que tengo que arreglarlo rápido.

☐ Buena suerte.

☐ Tú me puede ayudar con tu padre es esto.

☐ Cuántas veces tengo que repetirte que yo a mi padre no le pido nada. Cada día eres más bruta.

12

La primavera llegó a Boston llena de color y claridad, los arboles vestidos de distintos matices de verde y las flores de mil colores, adornaban el campo de la universidad para hacer más llevadera la espera del verano cuando podrían irse a descansar unos y a trabajar otros. Cristina, Winona y Lucas habían crecido y se habían convertido en jóvenes adultos a la velocidad de la luz. Entre viejas paredes, libros antiguos, y modernas computadoras, los años volaron para estos niños que nunca aprendieron lo que era perder el tiempo. Winona se convirtió en una linda jovencita con su piel blanca y delicada, su pelo negro y su mirada sencilla y silenciosa parecía una figurita de porcelana. Lucas creció tanto que ahora todos tenían que mirar hacia arriba para hablar con él, seguía teniendo la mirada juguetona, alegre y despistada del inconfundible científico. Tenía cuanto juego electrónico había en el mercado y pasaba horas jugando solo mientras Winona lo sermoneaba por gastar tiempo en algo tan fútil.

Cristina también se convirtió en una joven adolescente preciosa, con su pelo negro y largo como las noches de invierno, donde se enmarcaba una cara de rasgos perfectos. Sus ojos parecían luceros sentados sobre los altos pómulos, y sus labios gruesos y sensuales le servían de base a una naricita alegre y juguetona con perfil fuerte y provocador. La piel morena y suave de su hermoso rostro mostraba un alma libre y apasionada que salía al galope a través de sus inmensos ojos azabaches que yacían protegidos por las tupidas cejas y las amplias pestañas. Su figura estilizada y flexible la mantenía con un régimen de ejercicios que practicaba rigurosamente a diario, corría, nadaba, bailaba□ De dónde sacaba tiempo para hacer todo eso ni ella misma lo sabía, pero lo hacía. Que mujer tan hermosa albergaba aquel cuerpo joven y esbelto□ Se había convertido es una bella mujer, de esas que posaban para pintores de museos.

Todo ese conjunto de provocativa belleza que formaba su persona, Cristina debía transformar en algo simple y escueto que pasara inadvertido a los ojos del mundo, pues como bien dijera su padre, la sociedad nunca aceptaría una mujer que reuniera tanta inteligencia y belleza a la vez. Se acostumbró a las bromas pesadas de los que la creían un ente anormal por el solo hecho de tener un alto coeficiente intelectual, pero esos mismos la toleraban porque la creían una niña de apariencia simpática y amable, algo estrafalaria y rara, pero que no molestaba a nadie. Si hubieran sabido que debajo de aquel disfraz se escondía una mujer bella las cosas hubiesen sido mucho más difíciles.

Con la ayuda de Rosi, Cristina diseñó un disfraz que aunque humilde y sencillo ocultaba sus encantos sin provocar sospechas. El pelo se lo encapuchaba con algún tipo de gorro o sombrero que siempre traía puesto, los ojos los escondía detrás de unas horribles gafas de marco grueso y negro que no se podían sostener sobre la diminuta nariz y se rodaban constantemente dándole un aire de científico excéntrico y despreocupado. Vestía siempre un overol que durante el invierno era de *corduroy* y durante el verano de *mezclilla*. Llevaba constantemente un grueso pulóver debajo del overol y una camisa holgada por encima de todo aquello para resguardar la forma de su busto erguido y el mínimo circulo de su cintura. Sus zapatos eran los más feos del mercado, pero eran también los más cómodos y baratos que había. Ni sus más íntimos amigos como Will, Paul y Alice sabían quién se escondía detrás de aquel disfraz por el cual la conocían ya todos en la universidad. Se habían acostumbrado poco a poco a su aspecto desaliñado y gradualmente pasó a ser algo normal. Solo Rosi sabía la verdad, y por supuesto Winona y Lucas porque ellos también se vestían de una manera algo especial por la misma razón que Cristina.

Los últimos años, que habían pasado entre bibliotecas, laboratorios y salones de clase, lo hicieron con una rapidez que ninguno de ellos notó hasta ahora, cuando ya estaban en la etapa final de sus sueños. Lucas había conseguido doctorados en Física Nuclear, Astronomía, Matemáticas y Filosofía, Winona los tenía en Contabilidad, Economía, Ciencias Políticas y también Filosofía. Cristina había terminado Derecho, Medicina, Farmacología y Genética. Los tres también tenían doctorados en Música, Winona además tenía Comercio Internacional, Lucas Antropología y Cristina Ciencias Políticas. Entre los tres eran un manantial de información y sabiduría andante. Esto solo era conocido por los más allegados a los muchachos y sus maestros. Por otra parte, entre el grupo de los amigos adultos, Ali terminaría con un doctorado en Contabilidad y Economía, Will y Paul terminarían cada uno con un doctorado en Derecho. Los tres le debían a Cristina sus títulos, puesto que los habían conseguido en tiempo record gracias a su insistencia y tutela.

Paul, Ali y Will se habían convertido en jóvenes adultos y seguían siendo sus mejores amigos. Aunque los intereses de ellos se alejaban cada día más de los de ella. Cristina todavía supervisaba y les ayudaba con todos sus trabajos. En algún momento durante todos estos años Ali y Will se habían mudado juntos para un apartamento y aunque los padres de ambos protestaron hasta más no poder, nadie pudo cambiar la decisión tomada por ellos; Will y Ali estaban atados por cadenas de amor que nada ni nadie podrían nunca romper; almas gemelas. Cuanto hubiese dado ella, pensó Cristina, porque Paul la quisiera como Will quería a Ali. Ella sabía que Paul siempre la querría, pero como una hermana o una buena amiga, nunca con el mismo amor con que ella lo quería a él. Por mucho que trató de dejar de amarlo nunca pudo, cuando se llenaba de fuerzas para hacerlo algo siempre sucedía que terminaba destruyendo sus mejores intenciones y volvía a soñar con su amor.

Soñaba despierta con estar en sus brazos, con besar sus labios y acariciar su rostro. Soñaba con sus ojos clavados en los de ella; había veces cuando estaban estudiando o colaborando en un trabajo, que se sentaban muy juntos y se hablaban mirándose a los ojos, en esos momentos tenía que aguantar una fuerza brutal que la empujaba a acercar sus labios a los de él y besarlo. Hubo ocasiones en que se perdía en su mirada y él le preguntaba, "Estas bien Cristy" y ella tenía que volver corriendo de su quimera para decirle, "Si, es que estoy un poco cansada". En esas ocasiones él la llevaba hasta su casa y al despedirse la besaba en la cara o en la frente y ella se alejaba como si estuviera cabalgando en una nube.

Paul era tan tonto, ¿Cómo no se daba cuenta de lo mucho que lo amaba? Quizás lo sabía y no decía nada porque lo tomaba como una pretensión de niña. Nunca permitiría que nadie la besara, sus labios estaban reservados para Paul, que algún día se daría cuenta de cuánto lo quería, y la amaría como a una mujer de verdad. Cada día se acercaba más la hora en que podría quitarse el disfraz de payaso y entonces sí que lo conquistaría. ¿Podría ella conquistar a Paul? No lo sabía, pero lo que sí sabía era que no se perdonaría ir por la vida con el vacío de no haberlo al menos, intentado. Cristina sabía que su secreto estaba bien guardado por Rosi quien nunca más habló del asunto desde aquella vez☐

Recordó aquella tarde de Febrero cuando en medio de un manto de nieve la Universidad se vio obligada a cancelar todas las clases por lo inmenso de la tormenta. Cristina llegó muy temprano a la biblioteca, apenas empezaba a nevar y puesto que no pensó que la tormenta fuera tan grande como la habían anunciado se quedó allí a esperar por los muchachos. Ali y Will la habían llamado diciendo que se habían quedado trabados en el tráfico de Boston por lo que no sabían si podrían llegar; solo Paul se presentó. Rosi estaba visitando a sus padres. Era un viernes, y aunque ya se esperaba la fuerte borrasca, era bien sabido por los alumnos de *Harvard* que la universidad no cerraba tan fácilmente sus puertas, sin embargo esta vez tuvo que capitular. Cristina y Paul estaban en su cubículo habitual de estudio viendo cómo caía la nieve formando una cortina blanca impenetrable.

☐ Yo creo que nos vamos a tener que quedar a dormir aquí.

Dijo Cristina que en sus adentro bendecía a la naturaleza por regalarle ese tiempo, a solas con Paul.

☐ Siempre y cuando no se rompa la calefacción, a mí me da lo mismo, nos tiramos en uno de esos sofás de cuero que tienen en la rotonda y a dormir.

☐ ¿Y qué comeremos?

☐ Oye Cristy, yo a veces creo que tú piensas solo con el estómago.

☐ Y que quieres que haga si tengo un hambre que muerdo, no desayuné por venir temprano.

☐ ¿Quieres que nos vayamos a mi casa? Puedo llamar a un restaurante para que nos preparen algo de comer y no los lleven allí.

☐ ¿Tú has visto la cantidad de nieve que está cayendo? ¿A dónde dejaste el coche? Definitivamente no podrás conducir en estas condiciones.

☐ Sí, tienes razón, no podemos hacer nada más que esperar.

☐ Rosi se fue a visitar a sus padres, estoy segura que no podrá volver esta noche.

☐ No importa, te quedas en mi casa.

☐ No, no te preocupes, me quedo con Winona y Lucas que están ahí mismo.

☐ Sigues prefiriéndolos a ellos, verdad.

☐ Paul, otra vez con eso. Ay no, por favor. Ellos viven en el mismo edificio mío, que a propósito está muy cerca de aquí. Es mucho más fácil para mí correr un par de cuadras que para ti conducir en esta nieve hasta tu casa. Es más, quizás tu debas quedarte en mi casa. Si nos vamos ahora mismo y corremos llegaremos enseguida.

¿Qué estás diciendo, tonta? Llegaran a la casa todos mojados y tendrás que quitarte el disfraz y Paul te verá☐ Quizás llegó la hora de que sepa quién soy en realidad☐ ¿Estás loca? Si te reconoce como mujer te tratará como lo hace con las demás y lo perderás para siempre☐ Dios mío, tengo que inventarme algo para arreglar este rollo☐

☐ De acuerdo, vamos.

☐ No, espera, acabo de darme cuenta de que no tengo llaves, las dejé en casa esta mañana y Rosi no está, no tenemos quien nos abra la puerta. Claro que podemos irnos a casa de Winona y Lucas.

☐ No, yo no voy. Mira vamos a quedarnos tranquilos aquí un rato hasta que esto pase, luego nos podemos ir a mi casa hasta que llegue Rosi y pueda abrirte.

Gracias Dios mío☐

☐ Está bien, entonces vamos a aprovechar el tiempo. Debemos empezar por el caso ND25JP42381, MacArthur vs Thayer como referencia☐

☐ No, no, no, no tengo deseos de hacer nada de eso ahora, mejor☐ conversamos un rato, hace mucho que no hablamos tú y yo.

☐ De qué quieres hablar.

☐ Del futuro. Pronto nos graduaremos y toda esta vida fácil de estudiante terminará y empezará otra más☐

☐ Más adulta☐

☐ Eso mismo, más profesional, si así lo quieres llamar. Papa quiere que me integre al grupo ejecutivo de GALCORP enseguida, pero yo creo que debería empezar por abajo. ¿Qué tu cree?

☐ Empezar por abajo sería bueno, no puedes dirigir si no sabes hacer todo lo que hacen a los que diriges. O por lo menos tener una idea de cuál es su trabajo y que necesitan para desempeñarlo mejor. Me parece más lógico que empieces por abajo.

☐ Se lo he dicho al abuelo mil veces pero dice que no, que mi lugar está en la sala ejecutiva junto a él. Quiere que lo aprenda todo rápido. Yo creo que lo que quiere es que este junto a él.

☐ Es muy posible. En ese caso lo único que tienes que hacer es prestar mucha atención; asimilar lo que hace y como él maneja la empresa y tratar de aprender lo más rápido posible las cosas que te serán necesarias para dirigir a GALCORP cuando él te lo pida. Estoy segura que lo hará muy pronto.

☐ ¿Y tú Cristy? ¿Ya decidiste a donde te vas? Yo quiero que te vayas a *New York*, por favor. Yo tengo un condominio en la quinta avenida, te puedes quedar conmigo☐

☐ Sí, ya decidí, me voy a *New York*, pero no me voy a quedar contigo, me buscaré un apartamento para mí y para Rosi hasta que pueda compra algo, los padres de Rosi también tendrán que venir a vivir con nosotros hasta que yo pueda empezar a hacer algún dinero.

☐ Por eso no te preocupes, yo puedo darte el dinero que quieras.

☐ No me preocupo, yo voy a empezar a hacer dinero muy pronto, las mismas compañías que me han patrocinado aquí seguirán trabajando conmigo, es más, varios ya me han ofrecido buscar apartamento y lo que necesite, pero tú sabes que a mí me gusta hacer las cosas por mí misma. No creo que tenga ninguna dificultad económica.

☐ Seguro que trabajaras tanto o más de lo que trabajas aquí. ¿Cuándo nos vamos a ver?

Estaban sentados muy cerca, Paul alargó sus manos y le tomó las de ella diciéndole.

☐ Te voy a extrañar mucho mi niña☐

☐ ¿Y yo a ti? Tú ya eres un hombre grande, te meterás de lleno en la vida corporativa, te buscaras una novia, te casaras y tendrás tus propios hijos y ya no necesitaras que yo sea tu niña☐

Cristina sintió como las lágrimas le corrían por las mejillas sin poder contenerse. Que tonta había sido dejando que sus sentimientos controlaran sus actos y la descubrieran de aquella manera tan incauta.

☐ No Cristy, eso no será así, estaremos juntos siempre. Vamos a encontrarte algo cerca de mi casa o en mí mismo edificio para estar más cerca; yo no voy a dejar que nada ni nadie me aleje de ti. No llores, ven☐

Paul la haló suavemente con sus manos y la atrajo hacia él sentándola en sus piernas. Hacía tiempo que no estaban así. Cristina había crecido mucho, y muy rápido, pensó el joven Gallagher. De aquella muchachita que se acurrucaba en su regazo ya no quedaba nada. Sin importarle lo grande que fuera la forzó a apoyar su cabeza sobre su hombro y la arrulló como lo hacía antes. Cristina se abrazó a él fuertemente y se quedó tranquila, sollozando bajito, y disfrutando el contacto de su cuerpo y el olor de su piel.

Esto era la verdadera felicidad, pensó Cristina. Así, como estoy ahora, quiero quedarme el resto de mi vida□

Paul se recostó para atrás en la butaca en que estaba sentado con la niña encima y empezó a acariciarle la cara mientras con el otro brazo la sostenía dulcemente junto a él□ CUIDADO□ Mucho cuidado□ ¿Qué me está pasando? No puede ser que Cristina me haga sentir así□

Tratando de no parecer brusco, se paró con ella en los brazos y la colocó en el butacón de al lado diciéndole.

□ Ya estás muy grande y muy gorda, ya no puedo contigo.

¿Qué dices imbécil? Le dijiste gorda□ Quisiste hacer un chiste y metiste la pata.

Cristina no dijo nada, solo levantó la vista hacia a él y por un instante ambos quedaron fundidos en una mirada de fuego que los llenó de una sensualidad inesperada. Cristina, levantó sus brazos y le dijo.

□ Siéntate a mi lado por favor.

Esta no era la Cristina que él conocía. ¿Quién era esta□ Mujer? Paul no pudo resistir el deseo de estar junto a ella y procedió a sentarse a su lado. La volvió a abrazar y levantándole la barbilla fijo sus ojos en los de ella

□ ¿Cristy?

□ Si Paul□

Sin darse cuenta de lo que hacía, Paul acercó sus labios a los de ella y los rozó levemente, atrayéndola más hacia él. No podía contenerse, la mirada de Cristina era inequívoca□ Ella lo deseaba tanto como él□

El sonido de la puerta abriéndose los hizo regresar bruscamente a la realidad. Cristina se desprendió de los brazos de Paul rápidamente y se incorporó. Will y Ali entraban en el cubículo tiritando de frio.

□ Que tormenta de nieve tan grande, nos hemos pasado una hora en menos de dos millas, la ciudad está paralizada, no se puede dar un paso. Pensé que no estarían aquí, pero vi el carro de Paul afuera y decidimos parar. De todas formas, no creo que hubiéramos llegado a la casa. Dejé mi auto al lado del tuyo, que por cierto tiene una capa de por lo menos 10 pulgadas de nieve encima□ La calefacción de mi carro se rompió, creo que si no nos bajamos aquí nos hubiéramos congelado.

Will había entrado al cuarto de estudio con el gorro de algodón y el abrigo llenos de nieve. Ali le siguió, venia tullida de frio, no podía hablar.

☐ Ali, siéntate aquí.

Le dijo Cristina tomando su abrigo que estaba colgado detrás de la puerta y poniéndoselo arriba a la chica.

☐ Quítate las botas, están todas húmedas☐

☐ No siento mis pies☐

Cristina le quitó las botas y empezó a frotarle los pies que a su vez estaban húmedos y fríos.

☐ Pensé que me moría, si no hubiésemos parado aquí no hubiera podido caminar, no me siento los dedos de los pies, ni las orejas, ni la nariz☐

☐ Espera un momento. Paul ve al baño y tráeme papel para secarla. Will quítate el abrigo y las botas tú también.

Los muchachos obedecieron, estaban en shock. Paul salió corriendo a traer lo que Cristina le encargara. Si no hubiesen llegado Will y Ali habría besado a Cristina☐ ¿Qué me está pasando? Estoy loco. Tengo que arreglar esto lo más pronto que pueda, estoy poniendo en juego nuestra amistad; yo no quiero perder a Cristy☐ ¿Qué voy a hacer? Me disculparé con ella☐ No, mejor será dejarlo así y esperar a ver qué hace ella. Idiota, ella es una niña ¿Qué quieres que haga? Tú eres el adulto, el único responsable de poner las cosas en su lugar.

En la habitación, las manos de Cristina frotaban los pies de Ali pero su mente corría a una velocidad desenfrenada ¿Qué pasó? Me iba a besar, yo sé que iba hacerlo; de hecho lo hizo, aunque muy levemente. ¿Y si lo hubiera hecho de verdad? ¿Si sus labios se hubieran abierto en mi boca? Habría desnudado mi alma ante él y no lo hubiera dejado ir hasta que☐ Tonta, hubieras perdido para siempre su amistad. Eso es lo único que lograrás si sigues comportándote de esa manera con él. Dios mío ¿Qué pensará de mí? No puedo quedarme sola con él nunca más. Pero tengo que hablar y aclarar lo que pasó. No☐ No tienes que aclarar nada, olvídalo, aquí no ha pasado nada. Si él quiere aclararlo que lo haga, tu solo tienes que esperar a ver lo que él hace, y si no hace nada, mejor. Bórralo de tu memoria y sique adelante. Si claro, eso es muy fácil de decir. ¿Pero cómo olvidar su piel, y su olor; sus manos acariciando mi cara?

Cuando sus labios tocaron los míos sentí que mi corazón se abría para dejar entrar la felicidad. Sentí mi cuerpo reaccionar como nunca antes lo había hecho☐ ¿Podre algún día tenerlo y amarlo como he deseado hacerlo todo mi vida? ¡Por mucho que sufra☐! La esperanza es lo último que se pierde, y la mía está brillando en mi cielo como un Sol gigante calentando mis ansias.

☐☐☐

Cristina le había contado el incidente a Rosi, porque si no lo contaba iba a explotar. Rosi la había escuchado en silencio sin decir palabra.

☐ ¿Por qué no me dices lo que estás pensando nana?

☐ No pienso nada mi amor, solo te escucho. Eres tan feliz en este momento que las palabras sobran.

Por favor, pidió Rosi a un Dios al que no entendía. ¿Por qué razón el destino se empeñaba en jugar con la vida de esta niña? ¿Es que acaso no era ya suficiente lo que le había sucedido en su corta vida? Sabía que no debía pensar de esa manera, pero en ocasiones como esta no podía contener la frustración que le causaba el no entender a ese Dios que debía amarlos y cuidarlos, en vez de ponerles obstáculos y causarles problemas.

☐☐☐

Paul nunca dijo nada a nadie de lo sucedido con Cristina, no lo hubieran entendido, ni él mismo se entendía. Mejor dejarlo así. El abuelo tenía razón, pensó el muchacho, está enamorada de mí y con mi actitud lo único que lograré será hacerle daño. Tengo que alejarme y dejarla tranquila, de lo contrario la haré sufrir y eso nunca me lo perdonaría.

¿Qué fue eso que sentí cuando roce sus labios? ¿Por qué no puedo quitarme de la mente ese instante? Si me hubiera dejado llevar por el instinto☐ ¿Hasta dónde hubiera llegado? Sin quererlo se imaginó haciendo el amor con Cristina, solo veía su cara, sus ojos, y sentía sus manos en su espalda atrayéndolo hacia ella. No, no puede ser, estoy loco de remate. ¿Qué voy a hacer?

Trató de encontrar la respuesta a su pregunta de la única manera que sabía; llamando a una de las tantas mujeres que lo acosaban constantemente e invitándola a estar con él. Tuvo sexo con ella☐ Y pensó en Cristina☐

Por mucho que trató, no logró quitarse la imagen de Cristina de su mente, por eso despachó rápido a esta mujer con quien había estado y busco otra, y así siguió haciéndolo por varios días en sus ratos libres hasta que se hastió tanto de su comportamiento que se detuvo, antes de poder suplantar el recuerdo de ella. Estaba perdido y muy enojado consigo mismo. No podía entender lo que había pasado. Sería posible que todos estos años al lado de ella lo hubiera confundido al extremo de sentirse tan fuertemente atraído hacia ella☐

13

Faltaba menos de un mes para que terminara el curso. Todos se graduarían. Estos seres maravilloso que construyeron su propio universo atando sus vidas con amistad y amor del bueno, tomarían distintos caminos hacia donde la vida los llevara y aunque seguirían siendo amigos, nunca más tendrían la proximidad física y emocional de los pasados seis años; Cristina no sabía cómo iba a poder vivir sin Paul, pero le quedaba una esperanza, que aunque pequeña era mejor que nada.

Pensó en aquel papelito que firmó Paul el día después de haberla conocido, donde decía que él la escoltaría a su fiesta de graduación. ¿Se acordaría Paul de tal ocurrencia? ¿Sería ella capaza de recordárselo? Su padre hubiera dicho "Tienes que agarrar el toro por los cuernos". Definitivamente se llenaría de valor y se lo preguntaría, aunque después callera muerta de vergüenza a sus pies.

¿Y si se lo preguntaba a Ali? Ella y Will fueron testigos de lo ocurrido entonces; todos rieron de su ingeniosidad y nadie la tomó en serio, a no ser Rosi, por supuesto, la única que podía con solo mirarla saber en qué pensaba.

Eso haría, ya estaba resuelto, le preguntaría a Ali, con quien no podría consultarlo sería con Winona y Lucas porque ellos le dirían que no lo hiciera. Nunca les gustó la amistad de Cristina con Paul, él había sido posesivo con ella hasta más no poder y ellos creyeron siempre que lo hacía por conveniencia propia, por no perder su único chance a convertirse en abogado; no lo respetaban para nada, y mucho menos cuando Paul se comportaba de una manera tan altanera y descarada con todos.

No tenía tiempo que perder; la fiesta era esta noche.

☐ ¿Cristy?

Dio un salto en la silla, llevaba rato soñando despierta y la voz de Ali la trajo a la realidad de una manera intempestiva.

☐ Hola, me quedé medio dormida esperándolos. Donde está Will?

☐ Ya viene, no encontramos lugar donde dejar el carro. *Cambridge* está lleno de familiares y amigos que asistirán a la gala de esta noche.

Eso era, pensó Cristina, Paul la había llamado temprano y citado en el lugar habitual de la biblioteca, él quería recordarle en frente de testigos, Ali y Will, que él sería su acompañante esta noche. El decano de la universidad la había llamado la noche anterior para informarle que sería ella quien daría el discurso de despedida de la clase graduanda. Era un gran honor para Cristina que la hubieran escogido a ella como oradora para tan significativa ocasión, y aunque el decano le advirtió que no lo comentara, se lo iba a contar a sus amigos con la promesa de que guardaran el secreto por unas horas. Usaría este comentario para informarle a Paul que se sentarían en la mesa presidencial; eso lo llenaría de orgullo.

Se veía sentada en medio de los catedráticos y grandes figuras de la universidad, con Paul a su lado, erguido y hermoso como un Adonis, atractivo, codiciado y totalmente suyo, aunque fuera por una sola noche.

☐ Es que estoy un poco cansada. Tengo mil cosas que hacer esta mañana y venir hasta acá a tan temprana hora del día me ha desequilibrado mi agenda. ¿Para qué quieren reunirse conmigo hoy? Cualquier cosa que tengan pendiente puede esperar hasta mañana. ¿Cuál es la prisa?

Comentó Cristina con el fin de que Ali no descubriera su ansiedad.

☐ No lo sé, Paul fue quien nos citó a nosotros y aunque igual que tú protestamos por lo temprano de la hora, nos dijo que era indispensable que estuviéramos aquí.

Gracias Dios mío, eso era, Paul la iba a invitar formalmente delante de los amigos, él quería hacer de esta una ocasión inolvidable. Que tonta había sido pensando que Paul no iba a cumplir su palabra.

☐ Ay Cristy, si vieras, ya tengo el vestido para esta noche, es precioso, me enamoré de él en cuanto lo ví en *Neiman Marcus*, la verdad es que me gasté mucho más de lo que debía pero☐ La ocasión lo amerita, tú no crees.

☐ Claro que sí, has trabajado muy duro para conseguir tu título y te lo mereces, además, dentro de poco no tendrás que preocuparte de precios, serás una economista excepcional y próspera.

☐ De tus labios al cielo☐ ¿Oye Cristy, y tú ya estas lista para la fiesta? Quieres que te acompañe a comprarte algo, o hacerte el pelo o el maquillaje, lo que tú quieras, yo encantada de transformarte en una niña linda.

☐ No, no te preocupes por mí, yo me las arreglo.

☐ Yo sé mi amor pero quiero ayudarte. Quiero que te compres un vestido nuevo, nada de que Rosi te lo haga ni mucho menos. Quiero que vayas a *Neiman Marcus* como fui yo y escojas algo que te quede bien, apropiado para tu edad.

☐ ¿Y cuál es mi edad?

☐ Quince preciosos añitos.

☐ Ali, me faltan solo unos meses para cumplir los 17 años. ¿A esa edad ya tú y Will eran novios, no?

☐ No, no, no, un momento señorita. ¿Qué me estas tratando de decir? ¿Qué ya eres un adulto? Pues no, por muchos títulos que tengas tú todavía eres una niña, no puedes compararte con nosotros, tú eres algo especial.

☐ Si no te conociera como te conozco te diría que me estabas discriminando. Qué más da la edad cronológica, la edad intelectual es la que cuenta.

☐ Está bien, digamos que eres toda una intelectual, madura y con experiencia. ¿Qué tiene eso que ver con comprarte un vestido?

☐ Ay Ali, no tiene nada que ver, solo estaba jugando contigo.

Sería mejor dejarlo así, ninguno de ellos entendería nada, para qué seguir batallando con algo imposible. Los hechos hablarían más que las palabras esta noche. Estaba tan ilusionada con arreglarse como una mujer y verse bien bonita para Paul. ¿Será posible que Paul me encuentre atractiva? Por qué no; hay que pensar positivamente.

☐ Quizás debas preguntarle a Paul que *frac* se pondrá para la ocasión y así no corres el riesgo de ponerte un vestido que no combine con su atuendo.

Cristina se le quedó mirando sin saber que decir

☐ Cristy☐ ¡Hola☐ !

☐ ¿Que decías?

☐ Te decía que debes preguntarle a Paul que *frac* llevará para que luego no descompaginen, yo estoy segura que él se pondrá un precioso *esmoquin* y tú debes llevar algo que este a su altura.

☐ ¿Ali, tú crees que él se acuerde de la promesa que me hizo?

Ay☐ Se le salió, no debía haberlo dicho de aquella manera, pero ya era muy tarde. Ahora Ali sabría que ella añoraba el momento con toda su alma.

☐ Por supuesto, y si no aquí estamos nosotros para recordárselo.

☐ Ay no Ali, no digas nada, me da pena. Cómo le voy a exigir a Paul que me lleve a la fiesta.

☐ Tú no le estas exigiendo nada, él te lo prometió y hasta te firmó un contrato. ¿Te acuerdas?

Qué si me acordaba, pensó Cristina, por supuesto que me acordaba, no había dejado de pensar en dicho contrato ni un minuto en estos últimos seis años. Ya no le cabía ninguna duda, Paul le iba a recordar su compromiso.

De pronto sintió como todos los músculos de la cara se le relajaban y una brillante sonrisa le iluminaba el rostro. Que feliz era, como podía haber dudado de la palabra de Paul, que tonta había sido.

Trasladada como estaba en su pensamiento, escuchó cómo se abría la puerta del cubículo de estudio. Aquel cuartico del último piso de la biblioteca tenía la historia de todos ellos grabada en sus paredes. Cuanto habían aprendido y discutido entre aquellos paneles de cristal. Dentro de muy poco todo pasaría a ser historia y Cristina estaba segura que la nostalgia la abrumaría. Escucho como se abría la puerta y entraban Will y Paul.

☐ Llevo veinte minutos buscando un maldito lugar para dejar el auto, y nada. Sin embargo Paul llega detrás de mí y se mete en uno que acaba de ser desocupado justo en frente de la biblioteca. No lo entiendo. ¿Cómo haces para tener tanta suerte siempre? Déjanos un poco para los demás, no seas avaricioso.

☐ Perdona hermano, pero no fue mi culpa, vi el carro salir y dejar el espacio vacío y me metí en él, no sabía que andabas buscando aparcamiento. Si lo quieres te lo doy.

☐ Si claro, ahora, después que me he calado la maldita lluvia corriendo dos cuadras hacia acá. La calle estaba llena de gente. ¿De dónde salió este temporal? Estaba pronosticado buen tiempo para hoy; los meteorólogos no saben lo que dicen.

☐ Will, cada día te pones más peleón y refunfuñón, te estás convirtiendo en un viejo.

☐ No es nada de eso, es que encima de quitarme el aparcamiento me has hecho levantar súper temprano y no entiendo por qué. ¿Qué pasa? ¿Cuál es la emergencia?

Paul se sentó frente a ellos y respiró profundamente. Bajó la vista por unos instantes y cuando la levantó, posó su mirada en

Cristina. Mostraba una mueca de inseguridad en su cara que los amigos nunca antes habían visto. Tomó otra profunda respiración y comenzó a hablar muy bajo

☐ Cristy, tengo algo que decirte que no te va a gustar mucho pero quiero que me escuches hasta el final, por favor. Y ustedes no hablen hasta que yo termine, está bien.

Nadie respondió, los seis ojos estaban clavados en Paul como saetas queriendo traspasar su mirada. El corazón de Cristina se detuvo.

☐ Cristy, no voy a poder llevarte a la fiesta esta noche, mi☐

☐ ¿Qué☐ .?

☐ ¿Que dices, estás loco☐ ?

Cristina fue la única que no dijo nada, se le quedó mirando. Con razón el corazón le había parado de latir, sabía que de un momento a otro caería al suelo muerta; así que se había acordado pero rompería su promesa. Que tonta soy de haberme hecho ilusiones.

☐ Les dije que me escucharan, por favor☐

Todos callaron, pero el silencio se oía mucho más fuerte que los gritos que pudieran haber dado, sobre todo Will y Ali que estaban fuera de sí.

Paul se viró hacia Cristina y le dijo.

☐ Cristy, Agnes se presentó anoche con una familia amiga de ella que tienen una hija y la han traído para que sea mi pareja esta noche. Yo no quiero ir con nadie, yo pensaba ir contigo, pero mi madre ha armado un escándalo apoteósico y si no la complazco me va a echar a perder la fiesta. No solo a mí sino a todos. Me ha prometido desmantelar la fiesta si no hago lo que ella quiere. Te podrás imaginar, con mi abuelo aquí no quiero dar un espectáculo. Solo quiero que la noche pase en paz y ya mañana será otro día. Will quiero que Cristy y Rosi se sienten contigo y Ali y con tus padres, yo sé que es un poco tarde para estar buscando puestos y mesas pero yo pago lo que haya que pagar, yo solo deseo que Cristy y Rosi estén bien. Al final todos vamos a estar juntos y la noche pasará rápido. Necesito que me hagas ese favor hermano.

Los seis ojos de sus compañeros seguían clavados en Paul. El silencio estaba lleno de insultos y reproches que dolían más que las palabras. Paul no sabía qué hacer. La verdad es que nunca pensó que respondieran de una manera tan absurda. Tomó la decisión unos días antes, aun sabiendo que se arriesgaba a perder la amistad de Cristina. No, eso no era posible, Cristina nunca se enojaría con él por algo tan simple, además,   la perspectiva de una noche de lujuria con cualquier mujer que le trajera Agnes lo terminó de convencer. La verdad era que tenía miedo de entrar al salón con una niña disfrazada de payasa, esa era la verdadera razón por la que no quería ir con ella, sin embrago la resistencia de sus amigos lo confundió, nunca pensó que su reacción fuese tan negativa.

Por supuesto que se acordaba haberle prometido a Cristina llevarla a la gala pero eso había sido seis años atrás, cuando Cristina era apenas una niña y la promesa fue en juego, nada serio. Como iban a esperar que él fuera con una niña a su fiesta de graduación, además Cristina se había convertido en todos estos años en una payasita desaliñada de la cual todos se reían. Mentira, embustero, te estás engañando a ti mismo. Te da vergüenza desearla, te avergüenza que esta niña estrafalaria te haya embobecido de la manera más absurda y ahora no puedas hacer nada para controlar lo que sientes.

¿Cómo podría el asistir a una fiesta con esa niña vestida de esa manera? Imposible. Ese fue el argumento que uso para convencerse a sí mismo de hacer lo que estaba haciendo. Además, la chiquita que le trajeron estaba muy bien hecha y le serviría para satisfacer sus necesidades fisiológicas de esta gran noche. Cuál era el problema, esta era su fiesta de graduación y quería celebrar en grande, no iba a abstenerse sexualmente por complacer a una cría que no entendía de esas cosas y que era lo suficientemente inteligente como para darse cuenta que lo que él estaba haciendo tenía mucha lógica.

Eres un patán. ¿Cómo puedes pensar de esa manera?.. Me voy a volver loco □

Eres un imbécil, reconócelo. La verdad era que se sentía incomprensiblemente atraído hacia Cristina, él, el Don Juan de la universidad, el hombre que todas las mujeres deseaban; ¡Qué vergüenza□ ! No podía permitir que se dieran cuenta de lo que le estaba sucediendo, de aquello que se había negado por tanto tiempo, de lo cobarde que se sentía al no poder controlar su atracción por aquella niña dulce y buena que lo único que hizo en su vida fue ayudarlo en todo. ¿Se habría convertido en un abusador de menores?

El silencio los ahogaba, nadie se movía, el callado reproche de todos caía como una tempestad sobre Paul que trataba de no perder el control de la situación.

Cristina no concebía como era posible que todavía estuviera respirando; quizás había muerto y no se había dado cuenta. No, no estaba muerta porque le dolía el corazón y ese dolor la mantenía viva. Así que esto era lo que querían decir cuando mencionaban que le habían "roto el corazón" a alguien; era la manera perfecta de describir lo que estaba sintiendo en este momento.

Su respiración se hizo profunda y lenta, su cerebro la estaba ayudando a sobrevivir este impase manteniendo los signos vitales, pero su corazón no colaboraba. Sus hombros se hundieron y sus pulmones quedaron atrapados por una caja torácica de hierro que no dejaba que se expandieran. No sentía las lágrimas de dolor en su cara. ¿Por qué no podía llorar? Porque lo estaba haciendo por dentro◻ Los ojos los sentía secos, no podía parpadear.

◻ ¿Cristy, te sientes bien?

"Papi por favor llévame contigo ahora mismo, te lo suplico"

Cristina oyó su propia voz pero sin saber de dónde salía ni que decía

◻ ¿Esa era la emergencia que tenías esta mañana?

Oyó como las palabras salían fuertes y sin el más mínimo matiz de dolor.

◻ Sí, era eso. Yo sabía que tú lo entenderías.

"Tú no sabes nada Paul"

◻ De acuerdo, si eso es todo me tengo que ir. Will no te preocupes por mí y por Rosi, eso yo lo arreglo.

◻ No, no, no, esto no se queda así. Paul, como puedes hacerle algo así a Cristy, estás loco o que te pasa. Esta niña lleva seis años esperando este momento y ahora porque tu madre se aparece con una de tus rubias bimbos la vas a dejar plantada.

◻ No Alison, no es así como lo pintas. Ya te dije que no quiero enfrentarme con mi madre precisamente hoy puesto que le destrozaría la fiesta a todos, especialmente a mi abuelo. Cristy entiende, ya vez lo bien que lo ha tomado. Cuál es el problema.

◻ El problema eres tu hermano.

Dijo Will con una voz muy baja y muy seria.

Se hizo otro silencio incómodo y pesado, ahora sí que moriría, pensó Cristina

◻ Will, Paul tiene razón, esto no es nada del otro mundo. Aquí no ha pasado nada, es más, podrías habérmelo dicho por teléfono. Tengo mil cosas que hacer antes de que llegue la noche y ya estoy atrasada. Yo llevo muchos años esperando este día, pero no por esa   tontería de ir con Paul a la fiesta, sino porque voy a terminar de estudiar y voy a empezar a trabajar, voy a ser independiente. Estoy feliz porque voy a ser un adulto que puede disponer de su vida como le dé la gana sin tener que contar con nadie, y esa felicidad nada ni nadie me la va a estropear. Así que arriba, todos felices y contentos que hoy es un día especial para todos. Nos vemos esta noche.

Cristina se levantó de la butaca donde estaba sentada y se dirigió a la puerta, antes de llegar a ella Paul le dijo.

□ Espera Cristy, quiero darte dinero para que compres un vestido bien lindo para la fiesta, también para Rosi.

□ No hace falta, ya lo tengo.

□ Y no querrías ir a la peluquería o a algo, no sé, de esa gente que le pone maquillaje a las mujeres.

□ Cristy, déjame que yo me encargue de eso.

Ahora era Ali quien hablaba.

□ Ella no necesita tu dinero, además ya yo le ofrecí llevarla de compras y maquillarla y hacerle todo lo que necesite para que vaya bien linda esta noche. ¿Verdad Cristy?

□ Señores, por favor □dijo Cristina□ Les recuerdo que tengo un coeficiente intelectual considerablemente alto, que tengo licencia para practicar medicina y derecho en todo el país, que tengo no sé cuántos títulos, que soy una de las personas más inteligente del planeta. Cómo pueden pensar que no puedo escoger un vestido y ponerme un poco de pintura en la cara. ¿Tan poco me conocen?

□ Cristy, esto es algo nuevo y desconocido para ti, solo queremos ayudarte.

□ ¿Y qué les hace pensar que necesito ayuda?

□ Cristy, no quiero que vayas con esa ropa con la que siempre andas, no quiero que seas el hazmerreír de todos esta noche. Necesitas un vestido de verdad. Por favor no vayas así vestida, todos se burlaran de ti.

Ay□ Metí las dos patas, pensó Paul

□ O sea que ustedes no aprueban mi atuendo. ¿Y por qué no me lo habían dicho antes?

□ Por no herirte. Por favor deja que te ayudemos.

□ Disculpen si esto suena arrogante pero□ Yo creo que ninguno de ustedes tres tiene el coeficiente intelectual suficientemente alto como para ayudarme a mí en nada. Si hasta ahora nunca lo han hecho que les hace pensar que pueden hacerlo ahora.

Ay□ Se le había salido la arrogancia una vez más. Llevaba mucho tiempo controlándola pero en este caso estaba justificada. No quería herirlos pero todos ellos la habían herido a ella y tenía que defenderse con la única arma que poseía.

De nuevo el silencio se hizo dueño del instante, esta vez más pesado. No les dio chance para que respondieran a semejante realidad. Por un momento sintió vergüenza de haberlo hecho, de haberlos humillado de esa manera tan ruda.

□ Yo sé que ustedes tienen buenas intenciones pero les aseguro que lo tengo todo bajo control. Los quiero mucho y nos vemos esta noche.

Cruzó la puerta antes de que pudieran decirle algo más. Trató de caminar despacio y normal, no quería que se dieran cuenta que estaba huyendo.

□¿Papi, donde estás? Llévame contigo ahora mismo, te lo ruego".

"No Cristina, todavía te queda mucha vida por delante. No te preocupes, tienes las herramientas necesarias para superar cualquier inconveniencia que el destino te depare"

No lloraría, no ahora. Tampoco correría a los brazos de Rosi a lamentarse. Si su papá le decía que podría, pues podría. ¿Cómo? no lo sabía, pero sabía que lo haría.

Lo que comenzó con una mañana de colores lista para ser vestida de felicidad con la confirmación de que Paul la acompañaría a la fiesta de graduación, terminó siendo una tempestad oscura que prometía devorar todo cuanto encontrara a su paso. Dios la estaba oyendo. Antes de llegar a la calle ya podía oír los truenos y ver los relámpagos que alumbraban siniestramente los pasillo de la biblioteca. Era un tormenta de primavera que saboteada por el moribundo invierno quería opacar el esplendor de este sol nuevo que llevaba meses durmiendo y que trataba de despertar para alumbrar y calentar las almas que esperaban su arribo.

La tormenta interior de Cristina era aún más fuerte porque se desplegaba dentro de las paredes de su pecho oprimiéndole el corazón que luchaba por palpitar. Tanto estudio, tanto conocimiento, tantas horas dedicadas a aprender como aliviar el dolor de otros y ahora no podía ni disminuir el de ella misma. Por qué no enseñaban en la escuela de medicina como apaciguar el sufrimiento de un alma herida si esto era peor que la más abominable de las enfermedades.

□ Mira por donde caminas, payaso.

Despertó al oír la voz que le gritaba desde un carro que pasó muy pegado a ella y que por poco la atropella. La lluvia le caía sobre el pañuelo con que escondía su pelo y puesto que no podía llorar Dios le mojaba la cara con esta lluvia fría y mezquina que se aferraba a no dejar que la alegría de la primavera entrara a su vida.

Se paró bajo un portal a revisar los daños que el agua había causado a los libros que llevaba en la mano; tenía que devolverlos en el departamento de Farmacología esta mañana y ahora estaban arruinados. "Cristy, tienes que tomar control de tu vida; nadie lo hará por ti, tú sabes cómo hacerlo, no me defraudes"

No defraudaría ni a su padre, ni a Rosi, ni a sí misma. Su padre tenía razón, sabría cómo hacerlo y seguiría adelante.

Con una resolución que no conocía se quitó la camisa, envolvió los libros con ella para protegerlos del agua y se fue corriendo en medio de la lluvia hasta el edificio del laboratorio de Farmacología. Luego tendría que arreglar lo de esta noche; para eso iba a necesitar un poco más de tiempo □ Y mucho más valor □

14

Mientras tanto en la biblioteca la tensión no había disminuido al irse Cristina, al contrario, si era posible, había aumentado. Los truenos y relámpagos de la tormenta primaveral retumbaban en el pecho de los muchachos como golpes ensordecedores; Ali y Will estaban enfurecidos, Paul avergonzado.

☐ Eres un☐ No sé ni que nombre llamarte. Cómo has podido hacerle eso a Cristy. La verdad es que creía saber de lo que eras capaz pero me equivoqué; sé que eres un egoísta patán que siempre ha vivido para sí mismo, pero que llegaras a este extremo nunca lo imaginé.

Dijo Ali mirando duramente a Paul, como queriendo acuchillarlo con la mirada

☐ No tengo otra alternativa, que quieres que haga.

Si ellos supieran la verdadera razón lo odiarían aun más; si supieran que deseaba a Cristina tanto que no podía soportar estar a su lado.

☐ Quiero que corras detrás de ella y que le pidas   perdón mil veces por lo que has hecho.

Dijo Will mirándolo fijamente a los ojos.

☐ Todos tenemos la culpa. Empezó a decir Ali, muy suavemente; con la resignación del que ha perdido. La hemos aceptado como un payasito porque nunca hemos compartido socialmente con ella, pero nos avergonzamos de su imagen y hoy se lo hemos hecho saber de la manera más cruel; esa que no le da la importancia a algo que puede ser vital para quien lo vive. No tenemos perdón, pero tú eres el peor de todos Paul. Le debes tu vida a esa niña y la has desechado por acostarte con una idiota que antes de la mañana siguiente olvidaras. En este momento todo lo que siento hacia ti es desprecio.

☐ Todos somos culpables, y ahora mismo vamos a alcanzarla para pedirle perdón.

☐ Lo siento pero yo no puedo ir con ustedes. Están armando una tormenta en un vaso de agua. Yo tengo que ir a buscar a mi abuelo al aeropuerto. Nos vemos esta noche.

Salió corriendo sin saber por qué huía de sus amigos. ¿O si lo sabía? Cuando Paul llegó a la calle la lluvia caía como una capa gris borrando las sonrisas de los transeúntes que la llenaban. La pequeña ciudad estaba atestada con familiares y amigos que habían venido para asistir a la graduación. El parte meteorológico había predicho un día soleado y alegre de primavera y los familiares de los graduandos estaban en masa en la calle, yendo de un edificio para otro, conociendo los lugares donde sus hijos, sobrinos y nietos habían pasado los últimos años de sus vidas haciéndose hombres y mujeres de provecho.

Corrió hasta donde estaba aparcado su Ferrari y se metió en él de un tirón. No se preocuparía por los insultos de Ali y Will, ellos estaban nerviosos por la fiesta y sus padres y todo ese lio. Cristina había entendido perfectamente bien y lo demás no importaba. ⬜Sigues mintiéndote a ti mismo, idiota⬜ ⬜

Cristina lo había tomado con una calma inesperada, no le había dicho nada, ni le había hecho ningún reproche. Él fue preparado para recibir los regaños e insultos de Cristina pero ella no dijo nada, como si no tuviera ninguna valor el hecho de no poder ir con él; eso fue extremadamente anormal, Cristina vivía para él, lo había sabido desde siempre y se había acostumbrado a esa idolatría indeleble que la niña le brindaba a diario, por eso ahora le molestaba que no la hubiese afectado su decisión. Bueno, ahora no tenía tiempo para pensar en eso, ya vería que hacer más tarde para calmar a Will y a Ali, los cuales estaban mucho más ofendidos que Cristina. ¿Se habría equivocado con Cristina? No, esos labios rosados y frescos que un día rozó levemente con los suyos no mentían. ¿Por qué entonces había reaccionado con tanta naturalidad? Porque ella también ocultaba lo que sentía, igual que lo hacia él. Si, a él no lo engañaba esa actitud relajada y segura; Cristina estaba muriendo por dentro como lo estaba haciendo él. ¿Cómo podré soportar el daño que le estoy haciendo, lo mucho que la estoy haciendo sufrir? Mejor era que sucediera ahora que ilusionarla para luego dejarla. ¿Y por qué habría de dejarla? ¿Por qué no podría tener una relación con Cristina como con cualquier otra muchacha? Con dieciséis, o diecisiete, o los años que fuera, ella era más madura que cualquier persona de mucho más edad. Nunca imaginó que esto sucedería⬜ Nunca⬜

⬜⬜⬜

Ya en la calle, y bajo un manto de agua helada, Ali preguntó.

☐ ¿Cómo la vamos a encontrar?

Ali y Will habían salido a la calle detrás de Paul y como este se habían encontrado con la tormenta. Llovía como si el cielo estuviera llorando la afrenta que Paul le hiciera a Cristina.

☐ Vamos a su casa, allí le preguntamos a Rosi o si no la llamamos por teléfono.

☐ Ella dijo que estaba muy ocupada, por qué no la llamamos de una vez a ver a donde está.

☐ No creo que conteste el teléfono ☐ Dijo Ali☐ Es más, estoy segura que no nos contestará. La hemos ofendido profundamente. Quizás está en una esquina llorando sola el dolor de verse abandonada por sus mejores amigos.

☐ Ali, porque siempre tienes que ser tan dramática y pesimista. Por qué piensas que está en ese estado.

☐ Porque eso es lo que haría yo si mi única familia me hubiera humillado como lo hemos hecho nosotros hace solo un momento.

En medio de la lluvia, del gentío en las aceras y las calles, los dos emprendieron caminos diferentes y se alejaron del lugar. Ya se nos fastidio la noche, pensó Will, pero si la encontraban la iban a llevar a comprarse un vestido aunque tuvieran que arrastrarla hasta el lugar.

☐☐☐

Cristina por su parte sabía que no podía perder tiempo, por mucho que le doliera el corazón tenía que buscar una solución rápida para la velada de esta noche. Paul merecía una buena lección, quizás Ali y Will también, por primera vez usaría sus encantos para sobrevivir con honor a la humillación que le habían hecho.

☐ William.

☐ Sí, ¿Cristina?

☐ Sí, soy yo. Discúlpame que te llame tan temprano pero tengo que pedirte un gran favor.

☐ Siempre te he dicho que puedes pedirme lo que quieras. Para mí es un honor que alguien como tú me necesite. Dime, en que puedo ayudarte.

Ay Dios mío, si Paul pensara como William. No creo que pueda perdonarle lo que me ha hecho; tengo que olvidarlo. Y por qué entonces sigo pensando en él, porque no será fácil. Debo de ser masoquista o algo parecido. "Cristy olvídate de Paul y concéntrate en lo que tienes que hacer."

☐ William, seré la oradora esta noche en la gala de graduación, me tendré que sentar en la mesa presidencial y no tengo a donde sentar a Rosi; no quiere de ninguna manera sentarse conmigo allí arriba, ya la conoces como es, tú crees que puedas encontrármele un puesto en la mesa de tus padres.

No quería que Rosi se sentara con Lucas y Winona, estos le tirarían en la cara la conducta de Paul como algo que ambos habían predicho que pasaría desde el principio.

Los padres de William conocían bien a Rosi y a Cristina, William se graduaba con un doctorado en Música Clásica y Contemporánea, su tesis doctoral consistió en   una sinfonía que escribió para la Orquesta Sinfónica de Boston y gracias a ella había quedado contratado para dirigir una nueva filarmónica que se estaba formando en Filadelfia. Su familia era una de las primeras familias de la ciudad y su apellido se remontaba a los primeros habitantes del lugar. Cristina había colaborado con William en la escritura de la sinfonía, en los últimos arreglos antes de presentar su tesis, y este le estaba profundamente agradecido. Cristina asistió a muchos de los conciertos de William siempre acompañada por Rosi, y los padres del muchacho les habían dado la bienvenida a ambas como si fueran de la familia. Hubo un tiempo en que William le insinúo a Cristina que esperaría por ella el tiempo que fuera para hacerla su esposa, pero Cristina había declinado tan galán ofrecimiento excusándose en su edad y en las muchas ideas que tenía para el futuro. Se recordaba de haberle dicho ☐William, quiero hacer tantas cosas que creo que voy a necesitar otra vida porque esta no me va a alcanzar. Dentro de mis planes no entra el matrimonio ni ninguna otra atadura que pueda interferir con mis propósitos. Pero me siento muy halagada por tu petición y quiero decirte de todo corazón, que siempre seré tu amiga.☐

☐ Por supuesto que puedo, mis padres estarán encantados de tenerla en nuestra mesa. ¿Y tú, con quien vas?

☐Gracias padre☐

☐ Con nadie, voy sola.

☐ Me harías el gran honor de dejarme ser tu pareja esta noche.

Que fácil había sido, cómo no se le había acorrido antes.

☐ No te importaría ir con una niña estrafalaria como yo.

☐ Tu dejaste de ser niña hace mucho tiempo Cristina, una persona que pierde sus padres y tiene que sobrevivir como lo has hecho tú no tiene tiempo de ser niña. En cuanto a lo estrafalario de tu atuendo, yo creo que es una estrategia tuya, una herramienta para subsistir en una sociedad que no perdona tu inteligencia ni tu belleza.

Como podía William saber todo esto y los demás no. Por qué Paul no se daba cuenta de lo que era su vida. Definitivamente por mucho que amara a Paul, su dignidad no la dejaría seguir haciéndolo por mucho tiempo. Ojala suceda, pensó dudando de sí misma.

☐ Claro que me encantaría que fueras conmigo, y☐ El honor es mío!

☐ Gracias Cristina, me haces muy feliz.

William nunca sabría que la felicidad y el agradecimiento eran de ella hacia él, pensó Cristina mientras agradecía al cielo una vez más por ayudarla a salir de una situación tan difícil.

☐☐☐

Rosi andaba arreglando el apartamento cuando oyó la llamada de la puerta. La tormenta que se ensañaba en quitarle el color a la primavera ahogaba todo sonido cotidiano, pero este persistente sonar del timbre era más fuerte que los truenos, su corazón se contrajo por un instante. ¿Quién podría ser tan temprano? Cristina había salido hacía más de una hora, pero Rosi sabía que ella tenía muchas cosas que hacer, a no ser qué☐ Dios mío no permitas que a mi niña se le parta el corazón cuando Paul le diga que no irá con ella a la fiesta. ¿Por qué siempre tenía que pensar mal? ¿Por qué era tan pesimista cuando de Cristina y Paul se trataba? Era como si una intuición maléfica que la estremecía de la cabeza a los pies se apoderara de ella en estas circunstancias. La primera vez había sido aquel día en que Cristina le dijo que se casaría con él y en dos o tres ocasiones más en que los vio felices y contentos jugando y retozando como dos niños pequeños. ☐Dios mío porque me abrumas con estos pensamientos ilógicos y negativos.☐

Abrió la puerta y se encontró de narices con Will. Una vez más había acertado, nada bueno estaba ocurriendo para que Will estuviera aquí a estas horas☐ Y empapado en agua☐ El por su parte entró en el apartamento bruscamente apartándola a un lado

☐ ¿Dónde está Cristy?

☐ Pensé que estaba con ustedes. Ha salido muy temprano para la biblioteca y dijo que se reuniría con ustedes allí. ¿Qué pasa?

☐ Sí, ya nos reunimos. Ella salió muy pronto sin decir a donde iba. Tengo que hablar con ella urgentemente.

☐ ¿Qué pasa? ¿Por qué tanta urgencia?

☐ Luego te lo explico Rosi, ahora por favor piensa donde pueda estar y llámala. Dile que venga hasta acá que tienes algo importante que decirle.

☐ No tengo nada importante que decirle.

☐ Tú no pero nosotros sí, no podemos dejar pasar más tiempo, por favor llámala, es extremadamente importante.

Con mucha calma, como resistiéndose al mandato del muchacho Rosi marcó el número del celular de Cristina; esperó unos segundos, varios timbrazos, pero Cristina no contestó.

☐ No contesta.

☐ Síguela llamando por favor.

☐ Si no me dices que pasa no llamo a nadie.

☐ Rosi, no te pongas terca, por favor, ahora te explico pero sigue llamándola.

Con el tiempo, Rosi se había convertido en la madre de todos, o por lo menos quien les hacia la vida más organizada. Ella se encargaba de limpiar el apartamento de Ali y Will, al mismo tiempo que les lavaba y arreglaba su ropa a cambio de un pequeño salario que al principio reusó recibir pero que finalmente tuvo que aceptar a cuenta de que los muchachos se negaron a aceptar sus servicios de gratis. Aunque Paul tenía quien arreglara y limpiara su casa, Rosi terminó haciéndolo también para él porque él se sentía mucho más cómodo con ella que con su mayordomo y su sirvienta. Estas dos personas las había puesto allí Agnes para controlar los movimientos de su hijo pero este se deshizo de ellas en la primera oportunidad que tuvo, pasando Rosi a ser su ☐ayudante ejecutiva doméstica☐ como le decían todos en broma; ella los quería bien a los tres y ellos le respondían con el mismo cariño.

Rosi repitió la operación varias veces pero Cristina seguía sin contestar. Rosi puso el teléfono encima de la mesa del pequeño comedor y se viró hacia Will con los brazos cruzados esperando la explicación prometida

☐ Está bien, te cuento. Esta mañana Paul le ha dicho a Cristy que no podía ser su pareja en la fiesta de esta noche por razónes personales o familiares, cosa que ella comprendió y tomó demasiado bien, yo pensé que se enfadaría con él pero no lo hizo, al contrario se mostró comprensiva y nos dijo que no había ningún problema, luego se fue y ahí fue cuando Ali y yo nos dimos cuenta del problema. Así que estoy buscándola para tratar de arreglar un poco lo que el insulso de Paul ha provocado.

☐ ¿Eso fue todo?

☐ Sí, eso fue todo.

☐ ¿Seguro?

☐ Bueno, en verdad nosotros le ofrecimos ayudarla, comprarle un vestido apropiado para esta noche, Ali quería llevarla a maquillar o yo que sé, queríamos solamente ayudarla, pero ella no acepto nuestra ayuda y se fue.

☐ ¿Y nada más?

☐ No, nada más. ¿Qué más quieres que pasara, que le dijéramos que parece un payasito☐ ?

☐ ¿Se lo dijeron?

☐ No.

☐ ¿Entonces cuál es el problema? Si ella dijo que no tenía importancia y se fue sin reprocharle nada a Paul entonces ¿por qué te preocupas?

Pobrecita mi niña, a donde estará metida, en que rincón se habrá escondido a llorar por ese desvergonzado. Yo sabía que esto pasaría, lo sabía y se lo dije mil veces pero ella nunca quiso oírme. Por qué tiene mi niña que sufrir todas estas angustias y sinsabores, es que no ha tenido ya bastante con la pérdida de sus padres.

☐ No sé, hay algo que no encaja. Yo pensé que se iba a poner brava con Paul y que lo iba a insultar pero no lo hizo, al contrario, lo tomó como la cosa más natural del mundo, y eso no es normal.

☐ Mira, aquí los del problema son ustedes, no mi niña.

Pero Will ya no la oía, estaba hablando con alguien en el teléfono, cuando terminó le dijo

☐ Ali tampoco la encuentra. ¿Dónde se puede haber metido?

☐ ¿Y Ali que tiene que ver con todo esto?

☐ No fui yo el único que la ofendió, también Ali.

Ahora era Rosi la que estaba enojadísima con todos.

☐ ¿Pero a ustedes que les pasa? Como han podido hacerle algo así a Cristina después de los sacrificios que ha hecho por los tres, las horas que ha dejado de dormir para tener sus cosas listas y arregladas cuando ustedes no podían hacerlo por ustedes mismos. Puedo decir sin lugar a equivocarme que ustedes son lo que son hoy en día gracias a ella, sin ella ninguno hubiese llegado a donde están. Cómo pueden olvidarse de todo precisamente ahora cuando ya no la necesitan. Esto es inconcebible, nunca pensé que ocurriera algo así, que fueran tan malagradecidos. Han hecho sufrir a mi niña y eso no se los perdonaré nunca jamás.

Rosi mentía, y lo sabía; siempre estuvo muy consciente de que esta amistad con los chicos mayores iba a terminar mal para la niña. Eran mundos muy diferentes y aunque los muchachos no se dieran cuenta, ya habían dejado de necesitarla; ya Cristina pasaba a un segundo plano.

☐ Rosi, por favor escúchame. Tú de verdad crees que nosotros queremos hacerle algún daño a Cristy?

☐ Está bien, digamos que esa no fue su intención, pero ya está hecho, y si ella les dijo que no había problema entonces déjenla tranquila; ella esta ocupadísima esta mañana.

☐ ¿Ocupada en qué?

☐ En lo que a ustedes no les importa.

Rosi estaba preparando la siguiente arremetida contra el muchacho cuando oyeron la puerta abrirse, Will la había dejado entrejunta al entrar. Era Ali que llegaba con cara de derrota.

☐ ¿Y, la encontraste?

☐ ¿Tú la vez conmigo? ¿No, verdad? Pues eso quiere decir que no la encontré.

Rosi notó como los ánimos entre ellos estaban bien cargados, las palabras aunque muy normales tenían un tono ofensivo y desafiante. Qué cosas tenía la vida, eran ellos y no Cristina quienes estaban mal. ¿Dónde estaría la niña? Dios mío, cuídamela, no la dejes sufrir☐ Cristina es mucho más fuerte de lo que todos nosotros pensamos, pensó Rosi; siempre aprovecha las circunstancias negativas para aprender, quizás era esto lo que necesitaba para de una vez y por todas olvidarse de ese amor absurdo de Paul.

☐ Bueno está bien ya. Se me tranquilizan los dos ahora mismo. Yo espero☐ , no☐ yo sé☐ que ninguno de ustedes trató de herirla, y si ya lo hicieron, hecho esta, pero si ella no dijo nada y se despidió bien con ustedes ¿por qué han de pensar que han hecho algo malo?

☐ Porque su normalidad no tiene nada de normal. Dijo Ali. Al menos debía haberse enfadado con Paul, pero ni eso hizo. ¿Te das cuenta? No es normal.

☐ Yo creo que le están dando muchas vueltas al asunto.

Dios mío cuídamela. ¿Dónde estará? ¿Por qué no contesta el teléfono? Tengo que encontrarla. Tengo que echar a estos fuera de aquí para salir a buscarla.

Rosi tiene razón. Dijo Will. Los equivocados somos nosotros. Estoy seguro que con lo ocupada que esta no ha tenido ni tiempo de pensar en la fiesta. Quizás mañana le hale las orejas a Paul, pero no creo que lo haga hoy- Se viró hacia donde estaba Rosi y le preguntó- ¿Qué tanto tiene que hacer Cristy hoy? Todo está parado con motivo de la fiesta.

Tenía que terminar varias cosas que estaban pendientes en algunos departamentos, creo que la oí decir, o algo así, no sé bien. Anoche alguien la llamó tarde y le dijo algo que la puso muy contenta pero yo estaba medio dormida y no entendí bien. Yo que ustedes no le daba mucha importancia al asunto. Como dice Will, si esta brava con Paul se lo hará saber en cuanto tenga tiempo.

Pero no tuvieron que esperar, por la puerta apareció Cristy y los miró a todos sorprendida. Rosi le dio gracias a Dios por habérsela devuelta sana y salva.

¿Qué pasa? ¿Qué hacen aquí ustedes?

Cristy, queremos hablar contigo

Ya les dije que no hay nada que explicar. Si siguen insistiendo me van hacer enojar de verdad y ya les dije que hoy es un día muy especial para mí y no voy a permitir que nadie me lo eche a perder. ¿De acuerdo?

Cristy por favor óyenos, no quisimos ofenderte

Ali, ya los oí, los que no me oyen a mí son ustedes. Tengo mil cosas que hacer y no puedo perder el tiempo en esta tontería.

El uso de esta última palabra lo hizo a sabiendas de que los molestaría; quería dejar claro que la decisión de Paul no era lo suficientemente importante como para alterar su ánimo. Sin embargo quería herirlos como antes ellos la hirieron, dejándoles saber que lo que para ellos representaba un mundo, para ella no era nada. Por lo menos por fuera, cualquiera que la estuviera viendo creería en sus palabras, menos Rosi, pero con esta tendría una discusión a solas más tarde.

No voy a permitir que te quedes en la casa. Tú tienes que ir a esa fiesta.

¿Y quién dijo que yo no iba?

Entonces te sentaras con nosotros   dijo Ali   Rosi también, por supuesto.

◻ Por mí y por Rosi no tienen por qué preocuparse, ya se los dije, y ahora, si me permiten tengo que ponerme a trabajar. Nos vemos esta noche.

Con la misma me metió en su cuarto y se sentó al frente de su computadora. Will la siguió.

◻ ¿Con quién vas y donde te vas a sentar?

◻ Eso no es de tu incumbencia Will.

◻ Lo vez, si estas enojada con Paul, pero lo que no quieres es dar tu brazo a torcer y decírselo en su cara. ¿Con quién vas?

◻ Will, yo te quiero mucho, tú eres uno de mis mejores amigos, mi hermano, lo mismo Ali y Paul, pero ustedes no son el centro de mi universo. Yo tengo muchos amigos que ustedes no conocen, como ustedes tienes muchos que yo no conozco.

◻ ¿Con quién vas?

◻ Te dije que a ti eso no te interesa y por favor déjame tranquila que tengo que terminar esto. Para tu información, yo soy la oradora de la fiesta de esta noche, yo daré el discurso de despedida a la clase graduanda y me sentaré en la mesa presidencial con un amigo mío que tú no conoces, Rosi se sentará con los padres de él. Esto está planeado desde mucho antes que Paul dijera que no podría ir conmigo. ¿De verdad tú crees que yo alguna vez pensé que Paul pudiera perder una noche con alguien como yo? Por favor. Ahora que ya tienes toda la información que necesitas puedes irte tranquilo. Seguro que nos veremos esta noche puesto que quiero ir saludar a tus padres y a los de Ali.

◻ ¿Con quién vas?

El tono de voz de Will había cambiado completamente. Ahora el enojado parecía ser él, como si Cristina lo hubiera ofendido con la información

◻ Voy con un hombre Will, con un hombre precioso, y bueno, que me gusta muchísimo y lo más seguro es que pierda mi virginidad esta noche; con quien mejor que con él. Sus padres me quieren mucho y siempre han sido muy amables conmigo, esta noche están encantados de tener a Rosi con ellos.

La voz de Cristina también había cambiado, su tono era bajo y calmado pero sus palabras sonaban fuertes y desafiantes.

◻ Que rápido le buscaste repuesto a Paul.

◻ Ni que fuera yo su novia o algo por el estilo. Yo nunca pensé ir con Paul, ya te lo dije, esto no tiene nada que ver con él.

◻ Tú planeaste todo esto para llamar la atención.

Pues fíjate que sí. Llevo meses planeando lastimarlos a todos y me ha salido muy bien el plan. Ya los herí, ya sabemos que lo planeé todo y que soy una mala persona, así que ya se pueden ir.

Los dos callaron mirándose a los ojos. Cristina no sabía de donde estaba sacando las fuerzas para enfrentarse a Will y Ali de la manera que lo estaba haciendo. No tenía sentido perder el tiempo en argumentos completamente contraproducentes, pero si ellos insistían en discutir, pues adelante.

 Entonces todo el lio con firmar el dichoso papel y toda la ilusión que tenías de ir con Paul fue una vil mentira.

 Yo tenía apenas diez años cuando eso sucedió, no pensaran que he estado soñando en ese momento todo este tiempo. Ustedes son mis amigos, mis mejores amigos; mis hermanos, y espero que lo sigan siendo por muchos años más pero eso no les da derecho a tomar decisiones por mí, y mucho menos a decirme con quien tengo o no tengo que salir. Yo nunca les he preguntado a ustedes que hacen o dejan de hacer, porque eso no es de mi incumbencia. Pues igual debe ser cuando a mí se refiere.

 Tú puedes decir de nosotros lo que quieras, y botarnos a patadas de aquí, pero yo no te voy a dejar ir a esa fiesta con alguien que nosotros no conocemos y sobre todo con las intenciones que tienes de perder la virginidad.

 ¿A qué edad perdiste tú la tuya Will, y tu Ali? Dijo mirando a la misma Yo nunca se los he preguntado. ¿Por qué? Porque no es un asunto mío, eso es algo totalmente privado de ustedes. De la misma manera deben ustedes respetar mi privacidad. El hecho de que me hayan mirado como a una niña todos estos años tampoco prueba que lo soy. Ustedes se han hecho una idea de mi completamente errónea y es hora de que la cambien. Ya yo crecí, ya soy una mujer, ya me puedo hacer valer por mí misma sin ayuda de nadie. ¿A qué viene todo esto ahora? ¿Cómo nunca se ocuparon de lo que hacía cuando se perdían por días o por semanas durante las vacaciones? Ah, es que sabían que estaba con Rosi, pues ahora sigo estando con ella y no es asunto de ustedes con quien entro o salgo, o voy o vengo. Vaya ya me arruinaron la mañana, pero no me van a arruinar el resto del día. Ali, vete tranquila que yo estoy bien. Will, no te metas en lo que no te importa porque no te queda el oficio de padre.

Al final de su bravuconería Rosi advirtió que la voz de Cristina estaba llena de dolor y no faltaba mucho para que se echara a llora por lo que los empujó a todos fuera del cuarto diciéndoles.

☐ Afuera, todos. Aquí la única que tiene que ocuparse de ella soy yo, como lo he estado haciendo desde que nació, así que déjense de tonterías y váyanse por donde mismo llegaron. Esta noche nos veremos en la fiesta. Ahora mi niña tiene que trabajar. Adiós.

Salieron sin poner resistencia. Ali se detuvo para decirle algo a Rosi pero esta no la dejó.

☐ Ali, sigue con Will, luego hablamos.

Les cerró la puerta en la cara y volvió al cuarto a ver si Cristina seguía viva. La encontró tirada a lo largo de la cama, apretando su rostro en una almohada que humedecía con sus lágrimas. Rosi no le dijo nada, la dejó llorar como si quisiera que el dolor se le fuera con las lágrimas. La abrazó tiernamente y la arregló como pudo en la cama. Allí se mantuvo un buen rato pasándole la mano por la cabeza pero sin decir palabra.

Al cabo de un rato Cristina paró de llorar y se incorporó

☐ Rosi, tráeme unas bolsitas de té para ponerme en los ojos, no quiero verme así esta noche.

☐ ¿Entonces lo que dijiste es verdad? Vas a ir con William.

☐ Sí, voy con él y tú te sentaras en la mesa con sus padres, ya sabes que nos quieren mucho.

☐ Si lo sé y me alegro que todo haya sucedido así, aunque te duela el corazón ya es hora que despiertes y empieces a obrar como el adulto que dices ser.

☐ No me lo reproches más por favor. Seguiré adelante, pero nunca podré dejar de amarlo, así que vete haciendo a la idea.

☐ No creo que tu padre hubiera aprobado lo que☐

☐ No metas a mi padre en esto Rosi. Y ahora por favor déjame un rato, todavía tengo mucho que hacer.

Rosi se retiró pensando en lo mucho que estaba sufriendo su niña, sin embargo ella no sabía qué hacer para aliviar su dolor así que lo mejor sería dejarla sola con sus sufrimientos, confiaba en que Cristina le buscaría solución a este problemas como lo hacía con todo lo demás.

Le contesté muy mal a Rosi, se dijo Cristina una vez esta se hubo marchado. Siempre terminamos hiriendo a quienes más queremos, y no debería ser así.

15

El Jet del abuelo Gallagher, estaba atrasado. La tormenta que se desplomaba sobre Boston había demorado todo tipo de transporte, tanto por tierra como por aire en la costa Noreste del país. Paul aparcó su Ferrari debajo del hangar y se sentó fuera a esperar por su abuelo. No tenía por qué preocuparse por Cristina, ella estaba bien☐ ¿Entonces por qué se preocupaba? No era preocupación, era solo un pensamiento☐ Se alegró de la manera con que Cristina había aceptado la noticia, de hecho le molestó un poco que lo tomara tan bien. ¿Y qué quería? ¿Qué se pusiera a llorar y a pataletear como una niña chiquita? Mejor así, lo que si debió hacer fue insistir en comprarle algo de ropa para que llevara a la fiesta, tanto para ella como para Rosi, no quería que se rieran de ella y muchos lo harían, empezando por su madre que nunca le gustó su amistad con Cristina. No entendía cuál era el problema que Agnes tenía con Cristina, siempre criticándole su atuendo y tratando de disminuir la realidad de su inteligencia, "Esa es una arribista, le decía Agnes, que lo único que quiere es tu dinero." Que poco conocía su madre a Cristina, lo menos que le importaba a la niña en este mundo era el dinero, pero hacérselo ver a su madre era perder el tiempo.

El Aeropuerto Internacional Logan de Boston quedaba solo a unas cuatro millas del centro de la ciudad; este pequeño aeródromo abrió sus puertas el 8 de Septiembre de 1923. Era el único aeropuerto de entre las grandes ciudades de los Estados Unidos que no servía de base de una de las importantes aerolíneas del país. Esto lo hacía más pequeño y personal. Estaba rodeado de agua y aterrizar en él no era nada fácil, especialmente durante el invierno cuando las pista se congelaban y no había como parar los aviones. Aparte de las cuatro terminales públicas, Logan contaba con una terminal paralela donde llegaban los jets privados. Paul se acordaba de la primera vez que aterrizó el avión de su abuelo en este lugar, se estaba muriendo de miedo pero no dijo nada, lo hizo con la misma calma como cuando lo aterrizaba en San Ignacio donde la pista, paralela al mar, era casi interminable.

El aeropuerto *Logan* se hizo trágicamente famoso el 11 de Septiembre del 2001, cuando dos aviones, uno de *American Airlines* y otro de *United Airlines*, que salieron juntos esa mañana desde él, fueron secuestrados por terroristas musulmanes quienes después de matar al piloto y al copiloto tomaron el mando de la cabina y condujeron ambos aeroplanos hasta *New York* donde los estrellaron contra las Torres Gemelas del *World Trade Center*. La tragedia nacional más grande de la historia Americana moderna.

El sonido del avión lo sacó de sus reflexiones. El *Eclips* 500 era una joya de la aviación, el abuelo había insistido en que él aprendiera a volar quizás antes que aprendiera a conducir un automóvil, por lo que Paul le estaría agradecido toda su vida. La libertad de poder subir al liviano aeroplano y volar a donde quisiera, era algo que muy pocos tenían la oportunidad de experimentar.

Paul vio como el avión hizo un perfecto aterrizaje y poco a poco fue disminuyendo la velocidad hasta quedar justo delante de las grandes puertas del hangar. Unos segundos después vio como la puerta se abría y su abuelo descendía por la diminuta escalerilla.

◻ Bienvenido abuelo.

◻ Gracias hijo, no sabes lo feliz que estoy de estar aquí contigo celebrando el fin de tus estudios. Estoy ansioso porque tomes las riendas de GALCORP.

◻ Abuelo, todavía me queda mucho por aprender para poder hacer lo que tú haces.

◻ Pues quiero que aprendas rápido.

Se abrazaron con un apretón que decía cuanto se querían.

◻ ¿Todo listo para esta noche?

◻ Todo listo, solo faltabas tú.

◻ ¿Y tus padres, están aquí ya?

◻ Sí, llegaron anoche. Están en el *Four Seasons*, en la suite presidencial.

◻ ¿Y yo?

◻ Tú estás en la suite continua.

◻ Hubiese querido alojarme en otro hotel pero tu madre se ocupó de hacer todo eso y yo por no oírla la dejé que hiciera lo que le diera la gana. Si supieras las ganas que tengo de salir de tus padres.

◻ No más que yo, créeme.

◻ ¿Y mi nieta como esta?

Ah◻ no había pensado en cómo decirle al abuelo que Cristina no estaría con ellos esta noche

◻ Bien, contenta porque ya termina.

Me alegro mucho. Ha trabajado tanto ese angelito que se merece ser feliz e independiente al fin.

 Sí, tienes razón.

 ¿Ali y Will?

 Bien también, contentos como nosotros.

 ¿Están sentados cerca de nosotros?

 Sinceramente no lo sé, Agnes se ocupó de todo eso.

 No sé qué fuera mejor para ellos, si estar cerca o lejos de tu madre. De cualquier manera los veremos esta noche.

 Si, por supuesto.

Montaron en el Ferrari y partieron a toda velocidad bajo la lluvia que todavía azotaba la ciudad. El hotel quedaba a unos 15 minutos del aeropuerto pero la lluvia lo haría más largo. Paul no quería hablar más de la fiesta ni de esta noche, de repente se dio cuenta que quizás su abuelo no aprobaría lo que hizo con Cristina; en fin, ya no había nada que hacer, además, su abuelo estaba allí por él solamente, ya vería a Cristina en el transcurso de la noche.

Se hizo una nota mental de llamar a Ali a ver si le habían comprado algún vestido a Cristy, y que había pasado con sentarse en la mesa de ellos. Cristina, lo que tenía de inteligente lo tenía de terca, y si se había empeñado en ir vestida de payaso, así lo haría.

Buscó algo que decir para que su abuelo no preguntara más por sus amigos.

 Papa, estaba pensando ir a pasar unos días en San Ignacio después de la graduación, qué te parece la idea.

 Me parece estupenda. Te mando el avión con Jeffrey o si quieres lo piloteas tú mismo, como desees.

 ¿Quieres ir conmigo?

 Sí, sí puedo me reúno contigo aunque sea por un par de días. Pero no creo que tú vayas a ir solo. ¿O tienes a alguien esperándote allá?

 No, no me espera nadie, solo quiero descansar, además si necesito a alguien con ir al club o a uno de los hoteles tengo.

 Sí, tienes mucha suerte con las mujeres. A propósito. ¿Qué ha dicho tu madre de que lleves a Cristina de pareja?

Fingió no oírlo y le respondió.

 Ya estamos aquí, bájate que yo voy a dejar el carro y te veo arriba.

 Deja que el mozo lo aparque.

No, tengo algo que buscar para mi frac de esta noche; ve subiendo tú que enseguida vengo.

Cuando su abuelo se hubo desmontado del carro arrancó lo más rápido que pudo y se perdió de vista en medio de la lluvia y el tráfico. Cómo no pensó en su abuelo cuando decidió no llevar a Cristina, ahora iba a tener problemas con él por culpa de ella, ya lo veía venir. ¿Qué podría hacer? Si la cosa se ponía muy mala, la sacaría de la mesa de Will y Ali y la sentaría con ellos y Agnes se tendría que aguantar, con su abuelo allí no se atrevería a decir nada de la niña. Se le iba a fastidiar la noche, ya lo sabía. Claro que siempre podía decirle al abuelo la verdad, que Agnes se apareció con esa familia y no podía hacerles el feo, su abuelo lo entendería. Es más, quizás hasta se le olvidaría el rollo de Cristina una vez llegara a su suite y su madre empezara a cacarear como una gallina, aturdiéndolo como siempre lo hacía.

Quería estar seguro de que todo estaba en orden con el asunto de Cristina, así que decidió llamar a Ali.

Aló.

¿Ali, arreglaste algo con Cristy?

No, no quiso que la ayudara.

¿Insististe?

Hasta donde pude.

¿Entonces, no va a la fiesta?

Sí, si va, ella es la oradora que dirá el discurso de despedida de la clase graduanda.

¿Y le compraste algo de ropa?

No, tampoco quiso, me dijo que no lo necesitaba.

Que terca es esa niña, veras la vergüenza que va a pasar cuando se levante a hablar delante de todo el mundo, se reirán de ella, lo sé; empezando por mi madre.

No se Paul, ella se ve muy confiada. Me atrevería a especular que ella sabía que todo esto iba a suceder y lo arregló antes de que tú le dijeras que no la llevarías.

No lo creo.

Bueno, ya no hay nada que hacer, como ella misma nos dijo a mí y a Will, esta noche es especial para todos y debemos disfrutarla al máximo y dejar las preocupaciones a un lado. Yo confió en que todo saldrá bien.

Se sentará sola en la mesa presidencial y todos la verán, ojala no se vista de payaso

No, no va sola, van con un amigo.

 ¿Qué qué? ¿Con quién?

Notó como el tono de su voz cambió y como le molestó el saber que Cristina tenía compañero para esta noche.

 No lo sé.

 ¿Por qué no le preguntaste?

 Claro que le pregunté pero, dice que nosotros no lo conocemos.

 Eso es mentira. ¿Cómo se va a haber buscado un acompañante en menos de una hora?

 Me dijo que ella nunca pensó que tú cumplieras con tu palabra de llevarla a la fiesta, por eso se buscó alguien con quien ir, mucho antes de que tú le dijeras que no la llevarías.

 Eso también es mentira. Eso no puede ser.

 Bueno, puedes preguntarle cuando la veas, yo te voy a dejar porque estoy en la peluquería. Nos vemos esta noche.

 ¿Espera a donde están sentados ustedes? Mi abuelo quiere saludar a tus padres y a tus suegros.

 No tengo idea, creo que cuando lleguemos allí nos indicaran donde esta nuestra mesa, pero no te preocupes, nosotros te encontraremos y lo traeremos hasta la mesa nuestra.

 De acuerdo, entonces nos vemos más tarde.

No creía lo que le había dicho Ali, Cristina quizás había dicho eso como excusa, pero no era posible que "su Cristina" lo hubiera suplantado por otro en tan corto tiempo. Y eso de que sabía que él no cumpliría el contrato; otra mentira. Ya se encargaría él de aclarar toda esta situación en cuanto llegara a la fiesta. ¿Por qué me molesta tanto que Cristina vaya con otro hombre que no sea yo? Pensó Paul, pues porque ella es mía, me pertenece, ella no hace nada sin mí, sin consultarlo conmigo. ¿Y si lo hizo para molestarme? ¿Molestarme de qué? Y a mí que me importa quién sea su acompañante.

El sonido del teléfono celular lo sacó de sus reflexiones, vio con desagrado que había un mensaje de su madre diciéndole que volviera al hotel inmediatamente; ya empezamos, pensó Paul, cuál será el problema ahora. Como pudo dio la vuelta y se dirigió al hotel, dejó el carro con uno de los porteros del mismo subiendo hasta la suite de sus padres. Allí se encontró con toda la comitiva esperándole. Al entrar, su madre no le dio tiempo de decir nada.

□ ¿Qué es eso de que tú vas a llevar a la chiquilla mocosa esa amiga tuya y la vas a sentar con nosotros en nuestra mesa?

□ No, yo no voy a llevar a nadie a ningún lugar.

□ ¿Tú no serás la pareja de Cristina esta noche?

Ahora era el abuelo quien preguntaba con algo de disgusto en la voz.

□ No papa, Cristina va con un amigo de ella.

□ Pero yo pensé que□

□ Sí pero no, ella cambio el plan en el último momento.

Era la primera vez en su vida que le mentía a su abuelo; no tenía otra alternativa.

Vio la cara de disgusto que puso su abuelo y una vez más se preguntó si habría hecho bien o mal al dejar a Cristina plantada. Giró su mirada hacia donde estaba Bamby, la hija del matrimonio amigo de Agnes, esta era rubia y esbelta, con una mirada medio tonta pero que decía a mil gritos "quiero estar contigo". Sí, había hecho bien, él no podía pasar una noche tan memorable sin satisfacer sus necesidades fisiológicas, se dijo a sí mismo con una sonrisa en los labios; esta tonta me hará olvidar a Cristina. Bamby por su parte parecía derretirse ante sus ojos. ¿Cómo tomarían sus padres el hecho de que ella no regresaría a dormir al hotel? Eso no era asunto suyo. ¿Estaría su madre jugando a casarlo? Ahí la cosa sí que estaba fea, porque si no llegaba con la muchacha al hotel le dirían que□ Ah, a mí que me importa lo que digan, Bamby es mayor de edad y yo no la obligaré a hacer nada que ella no quiera; el asunto es que todas "querían". Sí, la vida suya era muy, pero que muy buena, y se pondría mejor en los próximos meses, estaba loco por salir de la universidad y meterse de lleno en GALCORP; pero de ataduras y matrimonio nada, tenía una maravillosa vida por delante y pensaba vivirla a plenitud.

□□□

Gabina bajó con un maletín de mano y se dirigió a la esquina a coger un taxi, Pepe no había querido llevarla al aeropuerto, pensaba que lo que estaba haciendo era una tontería y una pérdida de tiempo. Después de muchos ruegos y promesas consintió en comprarle un pasaje, y le dio algo de dinero para que se quedara en un hotelito barato, a ella no le importaba. Lo importante era que se iba a Boston a buscar a su hijastra y a arreglar su futuro a costa del trabajo de la mocosa. No sabía cómo, pero la encontraría. Llamó al consulado y pidió una cita con el cónsul en Boston para el sábado por la mañana pero no fue posible, no podría verlo hasta el lunes, sin embargo no le dijo nada a Pepe puesto que si no, era posible que no la hubiera dejado ir hasta el mismo lunes. Necesitaba respirar un poco de aire fresco sin Pepe a su lado haciéndole la vida imposible. Un fin de semana en Boston no le vendría mal. El problema del idioma no le importaba, estaba segura que sus encantos femeninos hablarían claramente por ella. Se vio sentada en una barra llena de hombres, todos mirándola y deseándola□

　　Un taxi se detuvo ante ella y subió.

　　□ Al aeropuerto por favor.

　　□ ¿*What?*

　　□ AEREOPUERTO□ !!!

　　Este tarado no habla español, con la cantidad de dominicanos que hay por aquí.

　　□ AEREOPUERTO□ KENNEDY□ !!!

　　□ *You don't have to scream at me lady. Damn Latins, this city if full with these fucken people.*

　　— AEREOPUERTO□ KENNEDY□

　　□ I KNOW BITCH, I KNOW□ SHUT- UP□

　　□ Eres gilipoyas o qué, por qué me gritas imbécil. ¿De dónde carajos eres que no hablas español?

　　□ *Fuck you.*

　　□ Fokin tu madre, hijo de puta.

　　Cómo pude equivocarme de esta manera y terminar en esta pocilga con Pepe. Tengo que irme de aquí cuanto antes o me moriré de un ataque de rabia. ¡Coño, que todo me sale mal□ ! Y el pendejo de Juan Francisco venirse a morir cuando más lo necesitaba. ¿Qué carajos voy a hacer□ ? Estoy harta de toda esta gente y de este país y de esta ciudad y a la mierda con todos ellos, imbéciles...

　　Así siguió Gabina durante todo el camino al aeropuerto, maldiciendo y gritándole al taxista, este por su parte le hubiera dado una bofetada con buen gusto. □Estas mujeres americanas, depravadas, enseñando su cuerpo a todo el mundo, pensaba Ahmed, quien llevaba menos de un año en Nueva York. Algún día seremos los dueños de todo esto y estas putas morirán lapidadas como lo ordena el Corán□

　　Los dos hablaban un idioma que el otro no entendía, pero sabían que estaban insultándose mutuamente. Cuando llegaron al aeropuerto el taxista le preguntó a qué aerolínea iba pero como que Gabina no entendió la dejó en la primera que encontró. Gabina por su parte saltó del carro apenas este hubo parado, y cogiendo su maleta de mano brincó como un venado y se perdió en el gentío de la terminal dejando al árabe gritando y maldiciendo hasta que llegó un policía y lo mandó que se moviera.

Mal nacida, pensó el árabe, algún día tú y todos los infieles pagaran por toda su desvergüenza y Ala será adorado en el mundo entero; todos ustedes se convertirán al Islam o perecerán en la pira de los infieles.

—*Allahu Akbar... Allahu Akbar...Allahu Akbar...*

Gabina se acercó a un puesto de la primera aerolínea que encontró y preguntó dónde tomar su avión para Boston. Tuvo suerte, quien la atendió hablaba español. Le dijo que estaba en la terminal equivocada y que tenía que coger el autobús o caminar hasta la aerolínea *U S Airways*

☐ Maldición ☐ fue su respuesta☐ Dígame dónde está que yo llego.

Cuando trabajaba de azafata para *Iberia* nunca presto atención a los aeropuertos a donde llegaba. Lo de ella siempre fue buscar un bar donde hubieran hombres que pudiera conquistar.

☐ Bien, usted está en *Delta, U S Airways* es la segunda aerolínea hacia el Este, o cuando salga camine hacia su derecha hasta llegar a ella, no tiene pérdida.

Ni las gracias le dio, salió mandada por donde mismo había entrado, de pronto se acordó que el taxista podía estar esperándola afuera y se paró en seco, miró desde adentro y no lo vio así que salió y empezó a caminar hacia la derecha. Ya veía su aerolínea pero le quedaba lejísimo; no le importaba, el asunto era salir de aquel inmundo lugar.

☐☐☐

En Boston.

☐ Paul, Bamby quiere saber qué *frac* llevaras para buscar un vestido que convine contigo.

☐ Traje seis vestidos, quiero enseñártelos y me pongo el que más te guste.

Esta tiene una neurona y la utiliza para todo, la verdad es que ya me estoy cansando de estas mujeres seso hueco, pero para hoy no me queda más remedio, pensó Paul.

☐ Mi *frac* es negro.

Fue todo lo que le dio como respuesta.

☐ Ven conmigo a nuestra suite para enseñarte los vestidos que traje.

☐ No, tengo mucho que hacer todavía, escoge el que tú quieras y así está bien. Mamá, nos vemos esta noche.

☐ Cómo que nos vemos, tú tienes que llevar a Bamby.

☐ No, yo tengo que llevar a mi abuelo, ella ira con ustedes, allá nos reunimos.

No le dio tiempo a responder, salió de la suite lo más rápido que pudo y se dirigió a los elevadores; tenía que irse de ahí cuanto antes o se ahogaría.

☐ Paul.

Era su abuelo quien lo llamaba. Aquí viene el regaño. Se detuvo y se dio la vuelta para enfrentarlo.

☐ ¿Quieres tomarte una copa conmigo?

☐ No se la hora que es, pero tengo varias cosas que hacer, luego me visto y te vengo a recoger.

☐ ¿No llevaras a tu invitada contigo?

Paul reconoció el resentimiento en el comentario de su abuelo.

☐ No, ella ira con Agnes y el resto de la familia.

☐ Ya. ¿Y cuándo me ibas a informar que no llevarías a Cristina?

☐ No tengo nada que informarte, ella eligió ir con otra persona. No pensé que Cristina fuera tan importante para ti; creía que habías venido por mí.

☐ Es por ti, no por ella, por lo que pregunto.

☐ No te entiendo.

☐ Has cometido un grave error en no ir con Cristina.

☐ ¿Por qué? Abuelo, Cristina es una niña☐ Como quieres que vaya con una niña a una fiesta como la de esta noche; además fue ella quien escogió no ir conmigo, pero no te preocupes, ella estará allí y la iremos a saludar.

☐ Tengo el presentimiento de que te vas a arrepentir de lo que has hecho.

Abuelo, yo no he hecho nada, te repito que fue ella quien lo hizo, como tengo que decírtelo, además esto no es el fin del mundo. Cristina estará bien, es más, ella será quien dará el discurso de despedida esta noche y se sentará en la mesa presidencial, yo no hubiera podido sentarme con ella aunque quisiera.

 Está bien, como tú digas. Pero creo que debías haber insistido en ir con ella. ¿A qué hora vienes por mí?

 A las siete, no quiero ser de los primeros.

 ¿Y tus padres y sus amigos?

 Eso no es problema mío.

 Sabes, hay algo que no encaja en todo esto, no sé cómo explicarlo. En fin, ya no hay nada que hacer más que esperar. Nos vemos luego.

El viejo Gallagher se volvió y dirigiéndose a su suite dejó a Paul parado en medio del pasillo, pensando. Es raro, pensó, yo también siento que algo pasará, no sé lo que es pero algo ¿Por qué me molesta tanto que Cristina vaya con otro? Será la vergüenza ajena de verla encaramada en un pódium como un payaso tratando de dar un discurso Debí haber insistido en llevarla a comprarse ropa; ahora ya es muy tarde.

Después que Ali y Will se fueron, Rosi se sentó en la cama con ella y entre sollozos se quedó dormida mientras esta le pasaba la mano por la cabeza como siempre le hacía cuando quería calmarla. Durmió un buen rato, Rosi no se atrevió a despertarla, sabía que necesitaba el descanso para esta noche. Iba a ser una noche reveladora donde muchos se iban a quedar sorprendidos; ya era hora, pensó Rosi, que mi niña les muestre en verdad quien es.

Ahora eran casi las seis de la tarde

 ¿Rosi, por qué me has dejado dormir tanto?

 Porque necesitabas descansar.

 Sí pero tengo que arreglarme, William estará aquí a las 6:30 pm, tengo que llegar temprano para saber qué puesto nos han asignado y ver el programa para saber cuándo me toca hablar. Los padres de William te recogerán, debes estar lista a las 6:50 pm, no quiero que tengan que esperar. Me voy a dar una ducha rápida y me empiezo a arreglar.

☐ Esta noche será muy especial, al fin saldrás del capullo y te convertirás en una bella mariposa delante de todos☐ Cuando hubiese tu padre disfrutado este momento☐

☐ Tanto él como mi mamá estarán allí conmigo☐

Así se lo había pedido a su Dios. Necesitaría mucha ayuda para soportar el dolor de ver a Paul, elegante, gallardo y seductor, paseándose por el salón de fiesta con una de las tantas mujeres que usaba. Se había mentido a si misma todos estos años pensando que Paul cumpliría su palabra, pero muy dentro de su corazón siempre temió este momento, puesto que la realidad de ella y Paul era otra, completamente distinta a la que su imaginación había construido. La realidad le indicaba que este era el final. Su dignidad le haría comportarse debidamente una vez más.

Se iba a arreglar como nunca pensó hacerlo. Nunca concibió usar sus encantos físicos, era muy feliz con tener un intelecto privilegiado y no le daba importancia a la belleza externa, pero desgraciadamente este mundo no se regía por las mismas reglas que su corazón. Paul siempre menosprecio su inteligencia porque la tuvo a su disposición continuamente y sin que le costara ningún esfuerzo el conseguirla, pero su belleza nunca la había visto, ni tan siquiera se la habría podido imaginar, y eso era precisamente lo que usaría esta noche para sobrevivir.

Quizás Rosi pensara que era su soberbia y no su corazón quien la guiaba, pero a veces hay que darle escape al sentimiento que provoca violencia y furia, ellos eran parte del ser humano como lo eran el amor y la bondad, y esta noche Cristina los usaría por primera vez con toda la fuerza de su ser.

16

La fiesta de graduación de este año se llevaría a cabo en los salones del hotel *Four Seasons* en Boston, el hotel estaba lleno de invitados de todas partes del país y del extranjero. Esta fiesta tenia historia dentro de los ámbitos universitarios como la más costosa e importante de la bicentenaria institución. No todos los graduados eran invitados. Esta era en verdad una fiesta extraoficial, la otra, donde acudirían todos los graduandos se celebraría la próxima semana en el *auditórium* de la universidad.

Solo los estudiantes que mantenían notas por encima de los estándares pre-establecidos, y como siempre, los mayores contribuyentes financieros, ❑la crem della crem" como dirían los franceses, estaban invitados a esta extraordinaria gala. También eran invitados profesores de otras universidades, venia el alcalde de la ciudad, senadores, congresistas, figuras de la farándula, antiguos alumnos y todo el que tuviera el potencial de donar dinero a la institución, puesto que lo que todos sabían y nadie comentaba era que detrás de tal codiciada celebración estaba la verdadera razón de su existencia; recaudar fondos para la Universidad.

El abuelo Gallagher había sido contribuyente fiel desde el día que Paul pisó los recintos del establecimiento por primera vez, él sabía que los resultados de todas sus contribuciones darían sus frutos este día, donde él y su familia tendrían un puesto de honor entre los presentes.

Agnes venía preparándose para este momento, durante todos esos años que Paul estuvo estudiando allí, se veía rodeada de personas importantes que envidiaban su lugar, y allá muy lejos veía los padres de los amigos de Paul en sus mesitas chiquiticas e insignificantes.

Los padres de William no solo eran contribuyentes fieles de siempre sino que todos los varones de la familia que nacieron en los Estados Unidos se habían graduado de ella. La Familia Mombaten era de las primeras familias aristocráticas inglesas que se establecieron en las colonias americanas a fines de siglo XVIII, específicamente en Pensilvania. El bisabuelo de William, era primo del Gobernador de la India durante el reinado de la Reina Victoria, Lord John Mombaten, el mismo que negoció la independencia de ese pueblo con Mahatma Gandhi. Los Mombaten eran parte de la exclusiva realeza Americana donde la clase contaba mucho más que el dinero. Agnes Gallagher siempre quiso pertenecer a aquel grupo privilegiado, sin embargo nunca pudo conseguirlo.

El salón estaba espectacularmente adornado con ramos de orquídeas blancas traídas de California para la ocasión. La bajilla era de Lenox, y llevaba el emblema de la universidad, así como las copas de Bacarrá, las servilletas de hilo, y los manteles que cubrían las docenas de mesas que se arreglaban en torno a la mesa presidencial.

Los candelabros de Cristal Murano hacían que todo brillara como si mil soles pequeños se distribuyeran a través del recinto, emanando reflejos incandescentes como diminutos diamantes incrustados en ellos.

Los invitados empezaron a llegar justo a las siete de la noche, la antesala del salón se rodeaba con amplios ventanales que daban a un jardín interior estilo italiano, con fuentes y esculturas engalanando el panorama. La lluvia había cesado a las cinco de la tarde, y un sol nuevo y resplandeciente había hecho presencia, aunque fuese solo por unas horas, para secar las lágrimas del cielo, y augurar esperanza en esta fresca tarde de Mayo.

□□□

Cristina ya estaba en la mesa presidencial con William; después de este haberse recuperado del susto que se llevó cuando la vio □

William había pasado a buscar a Cristina a la hora convenida, cuando esta le abrió la puerta, William pensó que se caía de espaldas, que se mareaba, que se desmayaba. ¿Quién era aquella visión de mujer tan preciosa que tenía delante de él? Había algo familiar en su sonrisa, los ojos les eran conocidos □

□ ¿CRISTINA□ ?

Se oyó decir sin saber de dónde venía la voz; estaba soñando, aquella divinidad de mitología, aquella Venus de Milo, aquella figura de cuento, aquel ángel, no podía ser Cristina □

□ Cálmate William, no es para tanto.

□ ¿Qué dices? ¿Tú te has visto? ¿Te reconoces? Rosi□ ¿Quién es esta maravillosa mujer que mis ojos ven□ ?

☐ William, ya está bien, si sigues diciéndome cosas me voy a lavar la cara y quitar el vestido, por favor no exageres.

Estas siendo grosera con él, cállate y agradece sus cumplidos, pensó Cristina. Tu enojo no es con William, recuerda☐

El pobre muchacho no podía responder, se había quedado pasmado al ver a Cristina, y como hipnotizado por sus encantos, permanecía plantado frente a ella sin poder moverse.

Cristina misma se turbó un poco cuando terminó de arreglarse y se miró en el espejo. Ya no tendría que esconderse más detrás de un disfraz de payaso; hoy empezaba su nueva vida. Cuanto le hubiera gustado compartir este momento con Paul. Cuanto soñó con ser el objeto de sus cumplidos y piropos, que sabía ahora nunca llegarían. Cuando anheló poder entrar de su brazo ante la mirada de toda esa gente importante. Al menos se consoló al pensar que sus padres la estaban viendo y debían de estar muy felices al ver como lucia de linda; no era arrogancia, ni fantasía, era la pura verdad, estaba preciosa.

Sin darse cuenta se volvió a mirar en el espejo del salón familiar, cada vez que se miraba, ella misma se sorprendía. Llevaba su pelo negro y brillante recogido en un sencillo moño circular en medio de la cabeza, que dejaba a la vista su esbelto cuello, continuándose con los hombros desnudos, vestidos solo con ese inigualable color canela suave que solo poseen algunos privilegiados por Dios; como los de una diosa mediterránea. El vestido era negro de seda y chiffon, este se entrelazaba a la altura del busto acentuando el mismo, moldeando sus prominentes y perfectos pechos, y luego bajaba en cascada resaltando la curva de las caderas después de pasar por la pequeña cintura. El fino chiffon terminaba en otro cruce en la parte inferior de la espalda, dejando esta al descubierto, y cayendo luego como una cascada hasta cubrir los tobillos. Los pequeños y hermosos piececitos calzaban unas sandalias de tacón alto y fino, de cubierta transparente haciendo de ellos una de las partes más sensuales de su atuendo. El conjunto era el de una criatura irresistiblemente atractiva y sensual. Sus orejitas se adornaban con un par de diamantes de considerable tamaño y varios quilates; la única prenda que pudo salvar Rosi de la Madre de Cristina cuando Juan Francisco se casó con Gabina.

Su hermosa piel no tenía necesidad de maquillaje; su cutis perfectamente liso y suave servía de cambas a sus maravillosos rasgos. Cristina redondeo sus cejas con una pinza haciéndolas perfectas, le aplicó una leve sombra brillante a sus parpados, peinó sus pestañas para enmarcar sus ojos que simulaban luceros de color azabache, puso algo de rubor en sus mejillas y enmarcó sus labios en una línea casi invisible cubriéndolos de un brillo color salmón, haciéndolos seductores y sensuales.

Si Afrodita la hubiese visto se hubiese sentido ofendida, y si se le hubiese preguntado al espejo mágico ꞏcuál era la mujer más hermosa del reino☐ la pobre Blanca Nieves nunca hubiese resucitado. Definitivamente Dios había dotado a esta criatura con las mejores cualidades de su arsenal.

☐ ¿William☐ Aló☐ ?

El pobre muchacho no salía de su estupor

☐ William, dame las llaves del coche, conduciré yo o llegaremos tarde.

Diciendo esto le arrebató las llaves de las manos y tomándole del brazo lo condujo fuera del apartamento hasta el ascensor. William se dejaba llevar como un muñeco que no podía dejar de mirarla.

Cuando llegaron al carro que estaba aparcado en el garaje del edificio, Cristina tuvo que abrirle la puerta para que el chico se sentara en el lado del pasajero. Cristina dio la vuelta y se sentó en el volante.

☐ Cristina.

☐ Si William.

☐ ¿Eres tú?

☐ Pues claro que soy yo, deja de mirarme de esa manera, me estás haciendo sentir mal.

Cristina puso en marcha el coche y salió como un bólido hacia Boston, si no se apuraba llegarían tarde y eso era algo que Cristina no soportaba.

Aunque la lluvia había cesado un par de horas antes, la carretera seguía mojada y el tráfico estaba algo congestionado. Cristina aceleró lo más que pudo y cambiando de líneas como una legítima descendiente de Fitipaldi, llegó al hotel en menos de quince minutos.

Lo mismo que le pasó a William les sucedió al muchacho que les recogió el coche, al portero que les abrió la puerta, y las personas que estaban en el lobby del hotel. Todos se le quedaban mirando a ambos como si fueran celebridades. Cristina pensó que quizás hubiese sido mejor continuar cubriendo sus encantos pero.

¿Cuándo entonces iba a revelarlos si no era hoy? Ah□ La gente era muy exagerada, no era para tanto, en cuanto empezaran a llegar las demás mujeres ella pasaría a ser una más y asunto concluido. Por suerte o por desgracia eso no fue lo que sucedió, en el transcurso de la noche no hubo una mujer que pudiera ensombrecer sus encantos.

El presidente de la universidad así como otras personalidades que se sentaban en la mesa presidencial la recibieron sin poder decir palabra. Algunos trataban de ocultar su asombro pero nadie pudo hacerlo. Cristina tenía que decir algo o la noche se haría muy larga e incómoda.

□ Damas y caballeros, ustedes están acostumbrados a mirar a la verdadera Cristina, esta de esta noche es la de mentiritas□ Si me quito el vestido, los tacones y me lavo la cara sigo siendo la misma que ustedes conocen, así que por favor, les agradezco sus halagos pero vamos a olvidarnos de como yo luzco y concentremos nuestra atención en el acontecimiento que nos ha traído hasta aquí esta noche. Estoy tan contenta que casi no me lo creo.

□ Cristina, tú eres lo mejor que le ha sucedido a esta universidad desde su fundación. No quisiera ofender a nadie pero la verdad hay que decirla.

□ Es usted muy mable señor Cunill, pero yo les debo mucho más a ustedes que ustedes a mí; me aceptaron cuando muchos me pusieron todas las trabas habidas y por haber, y dejaron que desarrollara mi programa de estudio sin contender el modo en que lo hacía. Me dejaron traer compañías privadas para que financiaran estudios especiales sin ponerme obstáculos, y como esa miles de otras cosas. Sin ustedes yo nunca hubiese llegado a donde me encuentro hoy.

□ Esta será una noche inolvidable para todos.

□□□

La línea de carros al frente del hotel *Four Seasons* se hacía cada vez más larga. Los que fueron precavidos y llegaron temprano no tuvieron estos problemas. El comienzo de la comida se retrasaría, sin embargo esto era algo muy normal en fiestas de este tipo donde las *prima donas* que asistían se peleaban el lugar de ser los últimos en llegar.

Aunque los Gallagher y los padres de Bamby se alojaban en el hotel, también llegarían tarde, Agnes tenía que ser una de las últimas en aparecer, esperaba que todos se fijaran en su familia y la vieran caminar hasta una de las mesas situadas al frente, cosa que se consideraba de gran categoría. Agnes llevaba un modelo exclusivo de *Versace* que le había costado una fortuna, pero ni eso la hacía lucir mejor. Agnes era una mujer flaca, no delgada, flaca-consumida, con huesos grandes, cubiertos de una piel incolora que las lámparas de rayos ultravioleta habían transformado en pellejo color café, oscuro, desagradable y sin matices reales; una mujer fea.

Agnes había estudiado y planeado este día a la perfección. De aquí saldría Paul comprometido con Bamby Smith. Los Smith eran unos patanes que hicieron su fortuna recogiendo basura, de hecho eran los dueños de la compañía recogedora de basura más grande del país, pero tenían una cantidad de dinero incalculable y a los ojos de Agnes esto valía mucho más que clase o alcurnia. La verdad que los Smith se dejaron manipular por ella sin protestar. Era cierto que tenían mucho dinero pero a la hora de frecuentar y codearse con la ꞓrealeza americana□ se encontraban perdidos; nunca fueron admitidos en los altos círculos de la sociedad. La madre de Bamby, Joan Smith, estaba feliz con que su hija fuera la pareja de Paul, ella también tenía planes para esta noche.

□ Bamby, tienes que llevártelo a la cama esta misma noche, y si puedes preñarte, mejor.

□ No te preocupes madre, que lo tengo todo bien planeado.

Así era como las mujeres de esta comitiva se preparaban para una velada que cambiaría la vida de todos ellos. Los hombres también estaban preocupados porque ninguno confiaba en sus esposas. El abuelo Gallagher presentía la conspiración entre las mujeres pero confiaba en que tanto su nieto como él sabrían hacerle frente a cualquier maleficio que se presentara.

□ Abuelo, ya estoy listo, vamos bajando.

El viejo Gallagher no podía resistir el admirar la estampa elegante y el porte de su nieto, aunque Paul no lo entendiera, el abuelo lo elogiaba constantemente; la verdad es que era un hombre extraordinariamente buen mozo, con una elegancia y gallardía innata. Esa sonrisa de satisfacción que se pintaba en los labios del abuelo cuando tenía a Paul delante de él luciendo como un Adonis, gritaba a los cuatro vientos lo orgulloso que estaba de su nieto.

□ Sí, no quiero entrar con tu madre y con la amiga, parecen dos comadrejas en celo. ¿Tu padre viene con nosotros?

No, él fue el primero en bajar, me dijo que esperaría en el bar. Yo creo que esta noche mi padre va a necesitar más que su acostumbrada ración de alcohol para soportar a estas tres mujeres.

 La tal Bamby también es así.

 Abuelo, Dios las cría y ellas se juntan.

Los padres de Will y Ali deberían haber tenido una mesa normal, sus familias contribuyeron lo que pudieron mientras sus hijos estuvieron en Harvard pero nunca nada que podía compararse con los Gallagher, sin embargo Will fue *All American* durante los 4 años que estuvo jugando *Football,* para la universidad, al igual que Paul, y por ende tenía un lugar especial dentro de la geografía social del evento. Ellos fueron precavidos y llegaron de los primeros, localizaron su mesa y se sentaron a esperar. Aunque ninguno de los dos dijera nada, tanto Will como Ali estaban expectantes a la llegada de Cristina, por nada del mundo se lo perdonarían si esta llegaba hecha una facha desarreglada.

No tuvieron que esperar mucho, después que Cristina saludó a todos los comensales que compartirían su mesa se fue con William a saludar a sus padres y ver si Rosi estaba bien, un par de mesas más atrás estaban las familias Adams y Hopkins, los padres de Will y Ali. Después de saludar a los Mombaten Cristina tomó a William del brazo y se dirigió a la mesa de sus amigos, estos no la reconocieron hasta tenerla en sus narices y su reacción fue idéntica a la de los demás que conocían a Cristina, Shock

 Vamos a ver, no me digan que ustedes también se van a poner con esa tontería de que no me conocen.

Ninguno de ellos pudo decir palabra, el primero en reaccionar fue Will con una carcajada que llamó la atención de todos los que se encontraban a su alrededor

 Cristy, te quedó perfecto Mi hermano Paul se va a caer de espaldas cuando te vea

 Cristy, no puedo creer que seas tú.

 Yo te dije que no tenías por qué preocuparte. Mira este es William Mombaten, ni compañero de esta noche y un gran amigo; William ellos son Alison y Will con sus respectivas familias, ellos son mis hermanos; no preguntes como, pero lo somos.

Todos sonrieron y chocaron sus manos. Cristina fue hasta donde estaban los padres de sus amigos y les dio un beso, como de costumbre.

☐ Cristina, hija mía, estas preciosas, es increíble el cambio que has dado.

☐ No se dejen engañar por un vestido y un poco de pintura, yo sigo siendo la misma.

☐ Pues si no vienes hasta acá nunca te hubiera reconocido. Dijo la madre de Ali. Sabes Cristina, yo siempre supe que debajo de ese disfraz de "excéntrica" había una belleza inigualable como la que tengo delante de mis ojos.

☐ Ay mamá, no exageres, no hay manera que te hayas podido imaginar semejante belleza.

☐ Pues fíjate que sí, el año pasado cuando ustedes se quedaron a tomar clases en el verano vi a Cristina corriendo muy temprano. Un día que me levanté de madrugada a caminar. Ella no me vio a mí, iba ensimismada en su carrera pero yo supe que era ella.

☐ Y por qué no dijiste nada entonces.

☐ Porque pensé que Cristina tendría sus motivos para guardar el secreto de su apariencia.

En eso las luces del gran salón se apagaron y encendieron un par de veces como en el teatro, queriendo anunciar a los invitados que era hora de empezar la función.

Cristina, siempre del brazo de William, se trasladó a su mesa, y con el rabillo del ojo quiso mirar a ver si veía a Paul y a su familia pero no los encontró. Siguieron atravesando por medio de la pista de baile que se situaba en frente de la mesa presidencial, hasta llegar a su puesto. Al atravesar la pista todas las miradas de los hombres y mujeres allí presente se clavaron en la curvatura perfecta de su espalda y en el delicado contorno de su cuello. Cristina sentía todas esas miradas sobre ella y se preguntó si quizás hubiese sido mejor seguir siendo la Cristina que todos conocían, ella no estaba preparada para este tipo de reacción. Trató de alejar este pensamiento de su mente.

☐ Cristina, eres el centro de atención de todos.

☐ Ya veo, y no me agrada nada la situación William, te juro que no era mi intención hacerme notar. Sinceramente me siento bien incomoda.

☐ No te preocupes y disfruta la velada. No dejes que ellos te arruinen una noche tan especial.

☐ Sí, tienes razón. Gracias William, eres un gran amigo.

Al llegar a la mesa presidencial se sentaron y esperaron a que el maestro de ceremonia comenzara la presentación. El capellán católico dio la bendición de entrada y la cena comenzó.

A Cristina se le iban los ojos buscando a Paul pero la mesa estaba dispuesta de tal manera que ellos eran vistos por los demás comensales pero ellos mismo no podían ver todo el salón. Se resignó a esperar; si todos la hallaban linda Paul tendría que hacerlo también. Debería tener paciencia, la noche era joven, todavía quedaba tiempo para todo.

Cuando Agnes, Jesica y Bamby llegaron al salón tuvieron que entrar solas, Anthony estaba en el bar donde se había tomado la dosis indicada de Martini para soportar la velada y para generar el coraje de decirle a su mujer que no contara con él para bailes y tonterías de esas. Paul y el abuelo Gallagher estaban ya sentados cuando llegaron las tres mujeres. El padre de Bamby, ▫el Rey de la Basura▫como se le conocía en los círculos sociales, también entró solo; creía que lo que su mujer e hija pretendían hacer con el muchacho de los Gallagher era deshonesto, pero ya estaba cansado de luchar con ellas así que lo único que pudo hacer fue lo de siempre, desconectarse de ellas lo más posible. Su madre siempre le advirtió a cerca de su mujer, pero cuando uno es joven las hormonas son mucho más fuerte que la razón y en aquella época Joan era muy atractiva y los consejos maternos cayeron en oídos sordos.

La mesa de los Gallagher no era una de las mejores ni mucho menos. Agnes había llamado tantas veces al encargado de la distribución de los invitados, que aunque el viejo Gallagher era uno de los contribuyentes más grandes de la noche, el encargado de dicha misión se cansó de las exigencias y constantes llamadas de Agnes, así que se las arregló para que la familia de la vieja insolente que lo molestó hasta más no poder, terminara con la peor de las mesas del frente. Estaban en la segunda fila pero justo al lado de un altoparlante inmenso que no dejaba que nadie entendiera nada de lo que se decía en la mesa.

En cuanto Agnes se dio cuenta de la humillación a que su familia había sido sometida empezó a protestar y se levantó para ir en busca del responsable de semejante ofensa, pero el viejo Gallagher la miró de una manera que ella no recordaba haber visto nunca y le dijo muy bajo y despacio, ▫Agnes, siéntate y no te muevas de tu asiento en toda la noche.▫Había algo en el tono de voz de su suegro que la estremeció de arriba abajo; se aconsejó, y se quedó tranquila sin decir nada más. Fue tanta la fuerza de la orden que le diera el viejo que no sintió vergüenza ante sus invitados, temió quedarse sin todo lo que tenía y se encogió, permaneciendo callada en su asiento. El viejo alejó su vista de ella y la concentró en el pódium donde alguien estaba explicando el orden de los acontecimientos de la noche. Fue ahí donde la encontró, al principio no se dio cuenta que era ella, pero en unos segundo las reconoció☐ Se asombró de no haberse asombrado; él había sabido desde siempre que lo que Cristina llevaba como ropa era un disfraz. ¿Cómo lo presintió? Como todo lo que tenía que ver con Cristina; ella estaba en un nivel que solo ella misma podía ocupar, con ella se rompió el molde.

La voz del sacerdote lo sacó de sus pensamientos al comenzar la bendición de la cena. Una vez terminada la oración, la bulla de los camareros cargando platos a las mesas ahogó cualquier otra conversación que pudiera entablarse entre los comensales.

A cuenta de arriesgarse a que su abuelo lo regañara de nuevo le comentó.

☐ No veo a Cristina, creo que no vino.

☐ Si vino.

☐ ¿Dónde está?

☐ Búscala a ver si la encuentras.

☐ ¿Se ve muy extraña verdad? Nunca debí hacerle caso ni a ella ni a Ali. Tenía que haberle comprado un vestido y mandado a arreglar con algún profesional.

☐ Al parecer no le hizo falta.

☐ ¿Dónde está? ¿A dónde la vez?

☐ Búscala en la mesa presidencial.

☐ Abuelo por favor☐

No pudo seguir hablando, cuando desvió su mirada hacia el lugar sugerido por el abuelo sus ojos se encontraron con☐ No podía ser, aquella no era Cristina, aquella era la mujer más bella que él había visto en su vida☐ Vio como la encantadora mujer conversaba con un muchacho apuesto sentado a su lado, se veía feliz y le sonreía☐ Era ella... Se quedó paralizado, no podía articular palabra

☐ Ya veo que la encontraste.

☐ No puede ser ella.

☐ ¿Por qué no?

☐ Porque no, no es ella.

☐ Seguro que sí, mira la cara de tu madre, ella también la encontró y creo que le va a dar un ataque de un momento a otro. Esa nieta mía nunca deja de sorprenderme.

Agnes estaba roja de la ira, no solo la reconoció, sino que la vio sentada en la mesa presidencial, y la criada estaba en la primera mesa en medio de la pista con una familia conocida. ¿Cómo se llamaban? Estaba segura de haberlos visto en una revista o en algún periódico. Tenía la vista clavada en ella de tal manera que hubiera podido matarla con los ojos.

☐ ¿Que miras Agnes? Te has quedado muda de repente y no puedes dejar de mirar a la mesa presidencial.

Le dijo el abuelo Gallagher en un tono burlón y malicioso. Aquellos que creían que la venganza no se disfrutaba, no conocían lo que él estaba sintiendo en este momento. Dios le estaba regalando unos momentos de triunfo infinito sobre su maldita nuera; estas cosas no se planeaban, salían así ellas solitas.

17

El *Holiday Inn* del aeropuerto Logan era igual que cualquier otro hotel de aeropuerto; conveniente para vendedores que recorrían el país cada semana promocionando sus productos. Estaba bien por uno o dos días pero no para más. Gabina no tuvo otro remedio que quedarse en él puesto que no le alcanzaba el dinero para uno mejor. Cuando era azafata de Iberia se quedaba también en un *Holiday Inn*, la aerolínea no gastaba mucho en sus empleados y muchos de ellos lo resentían, pero así fue como conoció a Juan Francisco y hasta cierto punto, y hasta donde llegaba su humanidad, le estaba agradecida. Cuando él murió y se vio en la calle despotricó de la compañía hasta más no poder. Por qué había tenido ella tan mala suerte; por qué había gente que todo le salía bien y otros como ella que todo les salía mal. La culpa la tenían sus padres que siempre se resignaron a vivir a la sombra de Franco a quien su padre sirvió como un esclavo. ¿Y para qué? Para terminar en la pocilga donde vivan en Madrid. Por eso ella no le era fiel a nadie más que a ella misma.

Una vez instalada en su habitación llamó a Pepe para hacerle saber que había llegado. Su marido le respondió con un sonido que no pudo distinguir pero que intuyó era algo como ⊡está bien, déjame dormir⊡; ojalá y se muera en el sueño, pensó Gabina.

Al final de muchas peleas y regañadientes Pepe le había averiguado que Cristina se graduaría este mes y que esta noche precisamente era la fiesta de graduación en el Hotel *Four Seasons*, en el centro de Boston. Cuando le pidió a Pepe que le buscara un cuarto allí él le respondió con una carcajada.

⊡ Estás loca, una noche en ese hotel vale más de lo que gano yo en un mes.

Como siempre exagerando, pero no muy lejos de la realidad. Gabina se enfermó de saber que la muy mocosa estaría celebrando con la criada en un lugar donde quizás ella nunca podría entrar.

Como pudo se arregló un poco y salió a coger un taxi, a duras penas se entendió con el chofer que esta vez era africano, pero mucho más cordial que el árabe de New York, y que entendió a donde ella quería ir en menos de tres minutos; tiempo record. El africano que hablaba perfectamente ingles empezó a comentarle cosas que ella no entendía y a las cuales no prestaba atención pero el chofer no se daba cuenta y ella lo dejó que hablara. No sabía lo que iba a hacer cuando llegara al hotel. Este lio del idioma la tenía harta; que brutos eran estos americanos, ninguno sabía hablar español, que gente más inculta☐

Cuando el taxi paró en frente de la gran entrada del lujoso hotel, Gabina pensó hacer lo mismo que le había hecho al árabe en el aeropuerto Kennedy, pero se aconsejó y le pagó. No sabía si la dejarían entrar al hotel o no; siempre su complejo de inferioridad como guía oculto de su vida, la hacía vacilar. Gabina nunca tuvo un buen concepto de sí misma aunque demostrara lo contrario.

La noche estaba fresca y despejada, la lluvia del día había limpiado el ambiente y se respiraba un aire fresco muy distinto al que ella respiraba en su apartamento del *Upper West Side*. Aunque su aspecto no era exactamente la de un huésped del *Four Seasons*, el portero le abrió la puerta y le hizo una reverencia indicándole que pasara. Se acordó que en este país no le ponían mucha atención al atuendo de las personas, que gente tan estúpida, pensó.

El lobby principal estaba decorado en un género continental algo abrumador para el que no estuviera acostumbrado a ese estilo. Las sillas y los sofás eran todos victorianos y descansaban en alfombras persas, sin embargo las columnas eran romanas y el arte más bien modernista, por supuesto Gabina no se dio cuenta de estos detalles. Se encaminó hacia donde ella pensaba que era la recepción y le habló en español a la muchacha que atendía detrás del mostrador de mármol.

☐ Mi hija está en esa fiesta de graduación que se está celebrando aquí esta noche, y yo necesito entrar a verla.

☐ ¿Perdón?

Vaya, la chavala habla español; empezamos bien.

☐ Mi hija, está adentro en una fiesta de graduación y yo necesito verla, es algo muy urgente.

☐ Tiene usted invitación.

☐ No, acabo de llegar del extranjero y ella no sabe que estoy aquí, es una sorpresa.

☐ ¿Es una sorpresa o una emergencia?

☐ Bueno a usted que más le da, es mi hija y exijo verla ahora mismo.

Le grito Gabina en una forma completamente irracional. La empleada que la estaba atendiendo en recepción llevaba más de diez años trabajando en el hotel, era de origen mexicano pero nacida en

Los Ángeles, California, y en todo ese tiempo no recordaba haberse encontrado con alguien tan impertinente como esta mujer. El manager del hotel pasaba por la recepción en ese momento y no pudo evitar oír los gritos de Gabina.

—*May I help you madam?*

☐ Quiero que me lleven a donde está mi hija ahora mismo.

La recepcionista tradujo lo que Gabina decía y al mismo tiempo le indicó al manager que no se preocupara, que ella se ocuparía del asunto. Se notaba que aquella señora no estaba diciendo la verdad, lo mejor sería llamar a seguridad para que la acompañaran afuera discretamente. Las personas que estaban en el *lobby* del hotel, se viraron al oír los gritos de Gabina.

☐ Señora cálmese, vamos a tratar de ayudarla.

☐ ¿Y qué le dijiste al hombre este? Tú crees que no entiendo pero lo entiendo todo. No me voy de aquí hasta que no me digan dónde está mi hija. Y que no me toque nadie porque me caigo aquí mismo en el suelo y digo que uno de ustedes me empujó y entonces van a tener que pagarme como nueva.

La recepcionista levantó una mano indicando a alguien que viniera e inmediatamente llegaron dos señores muy serios y se le pararon al lado a Gabina mientras la muchacha le explicaba en una voz suave y calmada.

☐ Señora, estos dos señores la van a escoltar hasta la puerta, compórtese y la dejaremos ir, pero si sigue llamando la atención no tendremos más remedio que llamar a la policía para que se la lleven. En este hotel no se admite un comportamiento como el suyo. Por favor, hágame caso y salga por su propia cuenta.

☐ Pero con quién te crees que estás hablando imbécil. Puedes llamar a la mismísima guardia civil si quieres, yo de aquí no me muevo.

Los empleados se seguridad la aguantaron por ambos brazos y la sacaron por una puerta lateral al mostrador de recepción. Gabina iba dando gritos y soltando palabrotas, que aunque nadie entendía, todos las podían intuir. Una vez detrás, Gabina fue advertida una vez más de lo que le sucedería si continuaba con ese comportamiento, pero ella hizo caso omiso a lo que le decían, y cada vez gritaba más alto.

☐ Yo sé mis derechos, no pueden tocarme porque les meto una *demanda*...

Así transcurrieron los siguientes cuarenta y cinco minutos hasta que llegó la policía y se la llevaron arrestada por desorden público.

Pepe Robledo estaba en el séptimo sueño cuando el timbre del teléfono empezó a sonar y lo despertó

☐ Quien es el hijo de putas que me está llamando a esta hora. Como no sea que se cayó un avión de Iberia, mañana por la mañana voy a poner de patas en la calle a quien coño sea. ¿Qué pasa?

☐ El señor José Robledo.

☐ Sí, soy yo, que carajos pasa.

☐ Lo estamos llamando de la Estación de Policía Metropolitana en Boston, Massachusetts, en donde tenemos a una mujer que dice ser su esposa, arrestada por desorden público.

☐ Y a mí que me importa, le dije que no fuera y se fue, ahora que se las arregle como pueda.

☐ Señor, su esposa desea hablar con usted. Un momento por favor.

Robledo oyó como en un sueño la voz de Gavian

☐ Pepe, estos imbéciles me han metido aquí a la fuerza, tienes que sacarme. No sé cuánto es la fianza, pero creo que podemos demandarlos porque me agarraron por los brazos y me trajeron casi a rastras.

☐ Y eso que, paleta. Estas en los Estados Unidos de América, no estás en el pueblo de donde saliste. Esos tíos pueden hacer contigo lo que les dé la gana. Te dije que no fueras, que no tenías nada que buscar en ese maldito lugar pero no quisiste escucharme, ahora jódete.

☐ Pero Pepe, me van a dejar presa.

☐ Na☐ solo te van a dejar esta noche, mañana por la mañana te dejaran ir. Oye y no me molestes más, no tengo tiempo para tus porquerías.

Con la misma le colgó el teléfono y la dejó berreando y diciendo oprobios. Ojalá que se quedara por allá, pensó Pepe, ya ni para la cama me sirve.

Por su parte a Gabina se la llevaron de vuelta para su calabozo en el que pasó las próximas horas dando gritos, maldiciendo, y bajando a cuanto santo había en el cielo. Era tanto el griterío, y lo que molestaba, que la dejaron ir como a las dos o tres de la madrugada porque ya no la soportaban más.

La fiesta de graduación en el *Four Seasons* transcurría sin el menor percance, el rumor que emanaba de las mesas se convertía en un sonido alegre donde las vibraciones bocales de todos emitían una energía positiva, al menos esa fue la opinión científica que dio Lucas cuando le preguntaron si estaba disfrutando de su fiesta de graduación.

La madre de Winona había venido desde California, entre los tres chicos habían reunido el dinero para comprarle el pasaje, su padre se había casado otra vez y ahora vivía en algún lugar del sur, Winona no lo veía desde que tenía siete u ocho años. Rosi fue a recoger a la mamá de la niña al aeropuerto y la trajo hasta la casa. La señora no se asombró al ver que Winona vivía con Lucas. Era una señora sencilla y callada, muy parecida a su hija, y que en sus buenos tiempos fue muy bonita, eso se le veía fácilmente. El padre de Lucas trabajaba en los pozos de petróleo de Alaska y también había venido con el dinero que los muchachos reunieron y le mandaron. La madre de Lucas los había abandonado cuando Lucas tenía apenas dos años y nunca más supieron de ella. Su abuela paterna lo crió como si fuera su hijo, pero ella estaba ahora en un asilo de ancianos; después de un par de infartos cerebrales había quedado paralizada del lado derecho del cuerpo y no podía hablar. El padre de Lucas ganaba un buen salario como obrero del petróleo pero con su madre en el asilo, y el pagando los gastos, lo que le quedaba a fin de mes no le daba para mandarle mucho a Lucas y mucho menos para visitarlo.

Entre los tres reunieron lo suficiente como para comprar una mesa esta noche de graduación donde se sentarían Winona y su mamá, Lucas y su papá, con Rosi y sus padres acompañados de Cristina. Durante todos estos años Cristina había soñado que iría a la fiesta con Paul, pero Lucas y Winona la convencieron para que asegurara un segundo plan, por si acaso. Los padres de Rosi decidieron no ir y Rosi terminó sentándose con los Mombaten. Al final los acontecimientos se habían desenvuelto de una manera que ninguno de ellos esperaba y la mesa de los muchachos que podía sentar a diez comensales tenía seis sillas vacías. Cristina le propuso a William ir a sentarse con sus amigos un rato después que acabaran las formalidades de la noche y este dijo inmediatamente que sí.

Cuando Cristina se dio cuenta de que Paul la había encontrado, lo saludó con un leve movimiento de cabeza y una bella sonrisa, pero seguidamente fue bombardeada con comentarios, preguntas y observaciones de sus compañeros de mesa y por los próximos veinte minutos estuvo completamente absorta en la conversación que se llevaba a cabo a su alrededor. Cuando se vino a dar cuenta ya el maestro de ceremonia estaba anunciando su participación en la velada y tuvo que pararse entre los aplausos de los presentes y dar su discurso de despedida.

Hubo un momento durante el día, poco después de que Paul le dijera que no iría con ella a la fiesta, que pensó que no podría hacer lo que de ella demandaba la dirección de la universidad, pero sin saber de dónde, había sacado fuerza para vivir de minuto a minuto aquel día tan difícil, y aquí estaba, casi al final de la jornada, sintiéndose bien y segura. Por supuesto que hubiese querido que nada de esto hubiese ocurrido y estar al lado de Paul en este momento, pero Dios tenía un sentido del humor difícil de entender, y aunque no llegaba a comprenderlo completamente, sabía que de la manera en que habían sucedido los acontecimientos del día, era la manera en que mejor terminaría la noche.

Parada delante del pódium, donde una cámara de frente proyectaba su imagen a las mesas de los costados que no podían alcanzar a verla, se vio en el reflector y tuvo que sonreír al comprobar que definitivamente se veía muy linda.

Gracias papi

Distinguido señor Presidente, señor Decano, profesores, alumnos y familiares, personalidades que nos honran con su presencia, es para mí un gran honor el poder estar hoy aquí frente a ustedes despidiéndome en nombre de todos los graduandos de esta, nuestra *alma mater...* "

Agnes pensó levantarse e irse, esto era una derrota personal que no podía soportar, después de años criticando a la insulsa de la mocosa esa, ahora la veía triunfadora y bella delante de todos y quería hacerse invisible e irse de allí, la presencia de Cristina la ofendía terriblemente, la odió desde el día que la conoció; la odió porque Paul la quería, y eso ella no podía resistirlo. Pero el viejo Gallagher la miró como diciéndole, Sé lo que estás pensando y si te mueves te mueres Con una humildad que más que obediencia era derrota, bajó la cabeza y se quedó dónde estaba maldiciendo por dentro su suerte, pero sin atreverse a decir o hacer nada.

Los ojos de Paul no se habían apartado de Cristina desde que la descubriera. No había tocado su comida, Bamby le había estado hablando desde que llegó a la mesa y se sentó a su lado, pero si al principio no le hacía caso, ahora ni la oía. La señora Smith miró a su hija como diciéndole, ¿Qué esperas, por qué no te hace caso? Pero Bamby solo supo encogerse de hombros como diciéndole no sé qué pasa mamá, estoy haciendo todo lo que puedo, pero este hombre no reacciona.

Paul no se daba cuenta de nada de lo que pasaba a su alrededor, estaba hipnotizado por Cristina. ¿Qué le estaba pasando? ¿Por qué se sentía de esa manera? Tenía unos deseos locos de correr hasta ella y llevársela de allí. Quería tocarla y abrazarla y ¿Besarla ? Que estúpido he sido, la he tenido delante de mí todos estos años y nunca me di cuenta hasta hoy de que Tiene que ser mía, y solamente mía, para siempre. Me la tengo que llevar de aquí, pronto, no puedo dejar que me la quiten, me la tengo que llevar bien lejos donde nadie pueda alcanzarnos ni molestarnos ni decirnos que podemos o no hacer.

¿Por qué había Cristina ocultado sus encantos por tanto tiempo? ¿Por qué se los había ocultado a él? Y qué importaba todo eso ahora, lo único que importaba era que tenía que llevársela de allí ahora mismo. Oía la voz de Cristina muy lejana y lo único que entendía era que lo llamaba diciéndole, ven a buscarme y vámonos los dos de aquí para siempre. Tantas veces que la había tenido en sus brazos como una niña, y cuantas más se asustó de haberse sentido atraído por ella; algo que en su momento lo hizo sentir como un depredador infantil. Se había recriminado a sí mismo mil veces el hecho de sentir atracción por aquella niña; cuantas veces tuvo que aguantarse para no apretarla contra su pecho y besarla. Se acordó de aquel día de inviernos en que estando solos en la biblioteca, rozo su labios por un instante Debió dejarse llevar por sus instintos, Cristina no habría protestado Pero nunca hablaron del asunto y así quedo todo. Hubo un tiempo que pensó que se estaba volviendo loco, ¿Cómo era posible que él sintiera todas esas cosas por aquella chiquilla desaliñada y alegre que era un angelito? Esta era la respuesta, la atracción era real, y era mutua, y no había nada de malo en ello, la Cristina que él conocía no era una niña, era una mujer maravillosa, atractiva y sensual. Sintió un dolor en el lado izquierdo de su pecho y pensó que su corazón le decía; corre hacia ella y llévatela para siempre.

¿Y si estuviera equivocado? Imposible, aquella mujer era la que siempre busco y nunca encontró, teniéndola a su lado por tantos años. Oyó como el salón rompía el silencio en un aplauso prolongado y fuerte donde todos se ponían de pie☐ Ya había terminado. Ahora, levántate y ve por ella.

Los aplausos seguían, vio cómo su madre, Bamby y la madre de esta eran las únicas que estaban sentadas sin aplaudir y las tres lo miraban con miedo y rabia. Paul se levantó de su asiento

☐ Paul, siéntate ahora mismo, no me hagas esto.

Le dijo Agnes.

Pero Paul no la escuchaba ya, se abría paso entre las mesas y las personas que seguían aplaudiendo. Al llegar a la mesa presidencial vio como todos felicitaban a Cristina y vio al hombre que estaba a su lado. ¿Quién era este payaso que la tomaba del brazo y la conducía hacia el otro extremo de la mesa?

☐ Cristy.

Su voz era más una súplica que una llamada.

Ella se detuvo y lo miró, y esa mirada que había guardado por todos estos años y que nunca antes se permitió darle, ahora la dejaba salir de su alma y se la daba llena del deseo y del amor acumulado en aquel espacio infinito que era su corazón, pero claro que Cristina no se daba cuenta de lo que hacía, ni como lo miraba, Cristina estaba en la gloria...

Pero no, pensó Cristina☐ No sucumbiría tan fácilmente ante Paul, él la había humillado y eso no se lo perdonaría fácilmente.

William también se detuvo y la miró extrañado.

☐ ¿Estás bien?

☐ Sí, es mi amigo Paul, ven que te lo presento. Paul, este es William Mombaten, William este es Paul Gallagher.

William estiró su mano derecha esperando que Paul hiciera lo mismo pero este se quedó mirando a Cristina y no le hizo caso al muchacho.

☐ Tenemos que hablar.

Le dijo Paul mirándole directamente a los ojos.

☐ Ahora mismo.

Cristina no sabía qué hacer, quería irse, volar y perderse en los brazos de Paul para siempre pero no podía hacerlo.

☐ Tú dirás.

☐ Necesito hablar contigo en privado.

☐ Pues ahora no va a poder ser. A propósito ¿Vino el abuelo?

☐ Sí, él también quiere hablar contigo.

☐ En cuanto pueda voy a saludarlo, los veo en unos minutos.

Con la misma se viró y empezó a caminar con William, pero Paul la siguió y tomándola del brazo la apartó de William.

☐ Paul, te dije que voy en unos minutos☐

☐ Suelta el brazo de Cristina.

Ahora era William quien en un tono de voz de pocos amigos se dirigía a Paul.

☐ Tú no te metas, esto no es asunto tuyo.

☐ Paul, por favor, como puedes ser tan maleducado.

Le dijo Cristina soltándose de la mano que aguantaba su hermoso brazo.

☐ Ya te dije que voy en unos minutos. Vamos William.

Se viró y salió caminando dejando a Paul parado como un poste en la plataforma de la mesa presidencial. Le dolió el corazón cuando lo dejó plantado y se fue. No sabía de dónde había sacado las fuerzas para hacer esto, pero sabía que lo había hecho bien. Así que Paul estaba molesto, eh? Ahora después de descubrir que la payasita no era tal, ahora que se había dado cuenta que era una mujer hecha y derecha capaz de cautivar las miradas de todos con su belleza.

☐ Me dijiste que nos íbamos a sentar un rato con Winona y Lucas.

☐ Y eso es exactamente lo que vamos a hacer.

☐ Y como le dijiste a ese caballero que ibas en unos minutos.

☐ William, el abuelo de ese caballero, como tú le llamas, no tiene la culpa de que él sea un mal adecuado, su abuelo es una persona encantadora que yo conozco desde hace muchos años, y que siempre ha sido muy bueno conmigo.

☐ Cristina, el tal Paul luce ofendido, celoso, yo que sé. ¿Existe algo entre tú y él?

☐ Por supuesto que no William, él es un gran amigo mío, nos conocemos hace muchos años. Sinceramente no sé qué le pasa, por qué se comportó de una manera tan ruda contigo.

☐ Pues yo si lo sé, te quería comer con la mirada. Parecía un esposo más que un amigo.

☐ William, sí eso fuera verdad, cosa que no creo, no es problema tuyo, déjalo, sabrá Dios si está bebido o algo así. Ya mañana yo hablaré con él y le haré saber lo mal que se portó contigo, pero ahora vamos a volver a ser felices, ésta es nuestra fiesta de graduación, te imaginas, es el día más feliz de mi vida y no voy a dejar que nada ni nadie me lo arruine.

Siguieron caminando, siempre Cristina del brazo de William, saludando y parándose a recibir felicitaciones, dirigiéndose hacia donde estaban Lucas y Winona.

□□□

Paul no podía moverse. Que estúpido había sido, cómo podía haber reaccionado de una manera tan absurda. Es que no podía soportar ver a Cristina con aquel mequetrefe. No sabía lo que le estaba pasando. ¿O si sabía? Claro que sabía, era difícil admitirlo pero lo sabía; estaba enamorado de Cristina. No, imposible. Lo que sucedía era que quería cuidarla, protegerla, evitarle problemas que se le vendrían encima justo ahora, dejando atrás la payasita y convirtiéndose en mujer, eso era, quería protegerla. Tenía que hablar con Ali y Will, entre todos la protegerían.

La siguió con la mirada hasta que se le perdió entre los demás invitados. Estaba solo parado en la tarima presidencial, algunos lo miraban como diciendo. ¿Y este que hace aquí? Se bajó de allí y se dirigió a su mesa. Antes de llegar ya sintió la mirada de su abuelo que se había levantado de la mesa y venia hacia él como si supiera lo que acababa de sucederle.

□ ¿Te encuentras bien hijo?

Le preguntó el abuelo con algo de sarcasmo en sus palabras, cosa que Paul notó inmediatamente. Hasta su abuelo se estaba riendo de él por ser tan estúpido.

□ ¿Por qué tendría que estar mal?

□ Porque no pensaste antes de decirle a Cristina que no la traerías a la fiesta, que esta se presentaría del modo que lo ha hecho esta noche, dejándonos a todos boquiabiertos por el shock; incluyendo a tu adorada madre.

□ ¿Cómo sabes que fui yo quien le dijo que no la traería?

□ Porque sé que ella nunca te hubiera desairado. Fuiste tú quien jamás pudo pensar lo que sucedería esta noche.

□ Te mentí.

□ Lo sé, pero en este caso te voy a perdonar. Me parece que ya tienes bastante por esta noche.

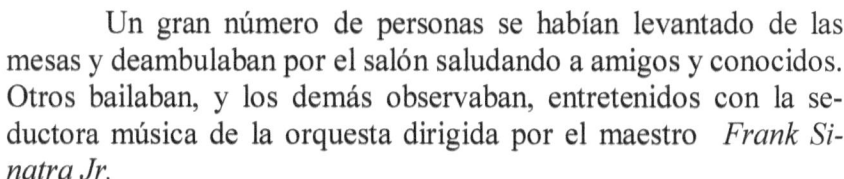

Un gran número de personas se habían levantado de las mesas y deambulaban por el salón saludando a amigos y conocidos. Otros bailaban, y los demás observaban, entretenidos con la seductora música de la orquesta dirigida por el maestro *Frank Sinatra Jr.*

☐ ¿Dónde está Paul?

Preguntó Bamby

☐ No sé dónde se habrá metido. Anthony, tienes que buscar a Paul. La gente ya está empezando a irse y no sabemos dónde está ni él ni tu padre.

Anthony Gallagher se levantó de la mesa y se dirigió hacia la salida del salón donde varias personas empezaban a congregarse. Hacía más de media hora que ambos habían desaparecido sin decir a donde iban y no creía que volvieran. Si Agnes pensó que iba a buscar a su hijo y al abuelo estaba muy equivocada. Sin contestarle se levantó de la mesa y se abrió paso por entre las personas que se acumulaban en las puertas de salida, y una vez en la antesala de la estancia, tomó una de las escaleras que llevaban al lobby, de allí se fue directamente al bar y pidió un Martini; el primero de muchos, se dijo a sí mismo. Todos los consumidos antes de la cena ya los había gastado con el solo hecho de estar sentado en la mesa con las tres arpías☐ Algo le decía que esta noche iba a ser inolvidable y él no estaba preparado para recibir sorpresas estando sobrio.

☐ Creo que Paul se fue y nos dejó aquí plantadas.

Volvió a opinar Bamby

☐ No, Paul tiene muchos amigos y me imagino que estará saludándolos, ya Anthony fue a buscarlo, enseguida vienen.

Agnes no podía pensar que Paul se hubiera ido y la hubiera dejado plantada con sus invitados. La culpa de todo la tenía el maldito viejo que siempre le consintió todas sus malacrianzas. En cuanto a Anthony tampoco creía que regresaría.

☐ Yo creo que lo mejor es esperarlos en la *suite*. Aquí hay tanta gente que no podremos encontrarlos.

☐ Señora Gallagher usted me prometió que Paul seria mi pareja en la fiesta y ni se ha dignado mirarme. Me ha humillado delante de mis padres y eso no se lo voy a perdonar. Cuando lo vea dígale que estaré esperando sus disculpas en mi habitación.

Giró su mirada hacia donde estaban sus padres y les dijo.

□ Vámonos, nosotros no tenemos nada más que hacer aquí.

□ Agnes, nunca pensé que tu hijo fuera tan maleducado. Su falta de respeto para con Bamby no tiene perdón. Dile cuando lo veas que estaremos todos, esperando sus disculpas, en nuestra habitación.

Agnes no se iba a dejar sermonear por una analfabeta como Joan.

□ Joan, déjate de hacerte la ofendida y de hablar de mi hijo, si tú □venadita□ hubiera hecho bien las cosas no estaríamos en esta situación.

□ Te prohíbo que le llames venado a Bamby.

□ Y yo te prohíbo que llames maleducado a mi hijo. Dale gracias a Dios que te invité, pero me equivoqué, ustedes solo son buenos para recoger basura.

□ Un momento, con quien crees que estás hablando, atrevida□

Las personas de alrededor las miraban con desdeño.

18

Cristina se había quedado asombrada con la reacción de Paul, se sentía halagada y a la vez redimida, les había probado a todos que ella no necesitaba ayuda para comprarse un vestido y ponerse un poco de color en la cara, pero sobre todo, y de una forma muy simpática, le satisfacía que Paul se hubiera quedado medio bobo cuando la vio, y que hubiera venido a buscarla en cuanto pudo. Que magnifica lección le di, pensó ella sonriendo para sus adentros, hasta William se había dado cuenta de que algo no andaba bien con Paul. ¿Sería posible que las cosas estuvieran ocurriendo tan rápido y tan bien?

Cristina buscaba con la vista la mesa de los Gallagher pero no lograba encontrarla. Lo hacía mientras hablaba con el padre de Lucas, un señor muy interesante e inteligente. Rosi conversaba con la mamá de Winona y esta le agradecía todo lo que hacía por su hija. William también hablaba con el padre de Lucas y se interesaba por el tan discutido asunto del petróleo de Alaska, de cuanto había y que significaba para los Estados Unidos.

Alaska asienta en su subsuelo entre 5.60 y 16 billones de barriles de petróleo, dependiendo de quién se tome la información, sin embargo lo que sí es verdad es que su obtención disminuiría la dependencia de petróleo que tenemos con el Medio Oriente. Si los políticos se pusieran de acuerdo todo sería más fácil, pero creo que eso sería esperar demasiado de esos individuos.

☐ Le ha hablado Lucas de sus proyectos al respecto.

☐ Sí, parece que quiere irse para allá conmigo, yo creo que es una pérdida de talento, pero el hará lo que crea más conveniente. Lo importante es que sea feliz con lo que haga, no importa donde lo haga.

Cristina, que aparentaba estar muy interesada en la conversación dio un salto cuando al levantar la vista vio al abuelo y a Paul parados delante de la mesa. No pudo contenerse y se puso de pie yendo a saludar al viejo que la acogió en sus brazos cálidamente, como lo haría con su verdadera nieta.

☐ Papa, que alegría verte, le dije a Paul que te iría a saludar☐

– Yo sé que has estado muy solicitada así que vine yo a verte, estas preciosa.

– Gracias Papa. Mira este es mi amigo William Mombaten, este es el papá de Lucas y esta es la mamá de Winona–

Tomó unos minutos en hacer las presentaciones y mientras estaban en eso se aparecieron Ali y Will que venían a verlos también. Saludaron al abuelo y siguieron las presentaciones. Cristina veía por el rabillo del ojo que Paul no le quitaba la vista de encima a ella, y William no le quitaba la vista de encima a él; que cómico, pensó Cristina.

– Cristy, párate y date la vuelta que quiero verte bien.

– Will, estate tranquilo.

– No, tengo que mirarte bien. Tú estás segura que no te buscaste una Ada madrina y que a media noche te vas a convertir en la otra Cristy.

Todos se echaron a reír y Cristina le contestó.

– Mucho antes de la media noche, ya me están doliendo los pies y me está entrando sueño, así que será más pronto de lo que tú crees, es más, creo que oigo la calabaza llegando– !!!

– Nada de sueño señorita, mis padres han preparado algo para después de la fiesta en nuestro honor. Todos los presentes están invitados, por supuesto.

– Como es tu apellido muchacho, Mombaten creo que dijiste. No serás tú hijo de Philip Mombaten de Filadelfia.

– Soy hijo y nieto de Philip, ellos son dos. Usted conoce a mis padres.

– Conozco más a tu abuelo que a tu padre, pero hace mucho que no lo veo.

– Pues ellos están aquí esta noche, los dos. Venga por favor a la pequeña fiesta que nos prepararon mis padres, seguro que mi abuelo se alegrara al verlo.

– Pues fíjate que si te voy a aceptar la invitación.

Paul miró a su abuelo sin poder creer lo que decía. Iría él solo, pensó Paul, porque yo a la fiesta del fulano este no voy ni aunque me amarren, además lo menos que quiero es estar cerca de Cristina; se había burlado de él todos estos años, ocultándole quien era. ¿Por qué le había hecho esto a él? No se lo podía explicar, y menos se explicaba el hecho de que su abuelo no se diera cuenta de que Cristina se había reído de todos, los había engañado a todos.

– Conoces a mi nieto, William.

Sí, Cristina nos presentó hace un momento.

La voz de William seguía dura pero solo Cristina se daba cuenta de lo que estaba pasando.

 Paul, el abuelo de este joven y yo trabajamos juntos cuando ambos éramos niños, haciendo de todo en la calle, tratando de sobrevivir a la gran depresión que azotó al país hace tantos años.

 Estoy seguro que el también estará encantado de verlo.

 Parece ser que todos se están yendo, creo que nosotros debiéramos hacer lo mismo.

Dijo Rosi tratando de evitar una confrontación que veía venir entre Paul y William. Ella no sabía los pormenores del problema pero lo que si veía era   que Cristina estaba en medio de todo aquello.

Todos se levantaron y se despidieron unos de los otros prometiéndose reunirse más tarde en la fiesta de los Mombaten. Paul agarró a su abuelo del brazo y casi que lo arrastró al otro lado del salón.

 Papa, como puedes decir que iras a esa fiesta. Yo no voy a ir. Tendrás que ir solo.

 ¿Y por qué no quieres ir?

 Porque estoy cansado y quiero irme a dormir.

 Es la segunda vez que me mientes esta noche, no creo que debas seguir haciéndolo.

 Es que no te das cuenta lo que ha hecho Cristina, se ha burlado de mí, se ha ocultado de todos, nos ha engañado.

 No te entiendo. A ver, fuiste tú quien le dijo a ella que no la llevarías a la fiesta. Fuiste tú quien rompió el compromiso que hiciste con ella años atrás. ¿De qué te quejas? Cristina ha hecho lo que tenía que hacer para sobrevivir, sin padres, solo con Rosi ¿Tú crees que la hubieran tomado en serio si su belleza hubiese opacado su inteligencia? Aunque el movimiento feminista ha hecho mucho por las mujeres, seguimos viviendo en un mundo de hombres; Cristina nunca hubiera podido llegar a donde ha llegado siendo una mujer bella.

 ¿Pero por qué ocultármelo a mí?

 Porque tú a las mujeres las tratas como calcetines. Nunca hubieras sido su amigo de saber que detrás de esa inteligencia inigualable existía una mujer preciosa como ella.

 Gracias por tener ese gran concepto de mí.

Le contestó Paul entre sarcástico y malhumorado.

□ Hijo, el único responsable de tu reputación eres tú.

Paul no le contestó. Cuanto daría por poder conversar con Cristina a cerca de lo que estaba pasando. Se acordó de los interminables diálogos que tenían acerca de temas importantes y como ella siempre lo oía y le ayudaba a ver con claridad las cosas que no entendía. Una muy ligera sonrisa se formó en sus labios recordando las veces en que discutían y no podían ponerse de acuerdo □ Era en esos momentos en que se sentía más atraído a ella, pues cuando se enojaba los ojos le brillaban de una manera única y los feos espejuelos que usaba no podían ocultar el fuego de su mirada. Que imbécil había sido □

Pero todavía no estaba dicha la última palabra. Si Cristina quería jugar al gato y al ratón, pues la iba a complacer. Por muy inteligente que fuera, no tenía la experiencia necesaria para enfrentarse a él; vamos a ver al final quien gana □

□ Está bien, tú ganas. Vamos a la fiesta de los Mombaten.

□ Paul □ No juegues con Cristina como lo haces con todas las mujeres que conoces. Cristina no entra en ese grupo, de acuerdo.

□ De acuerdo, pero déjame recordarte que yo también la quiero, y nunca le haría nada que pudiera herirla o disgustarla. Es más, ya se me pasó el shock de verla convertida en toda una mujer y todo está normal y bien, como antes.

□ No te creo.

□ ¿Abuelo, qué pasa? Ahora resulta que Cristina esta primero que yo.

□ Nadie esta primero que tú, pero no quiero que vuelvas a mentirme; nunca antes lo has hecho. Esta noche han ocurrido muchas cosas que no esperábamos, por eso no voy a tener en cuenta tus mentiras, pero no lo hagas más. La verdad es mucho más poderosa que la falsedad y siempre sale a la luz y triunfa.

Paul asintió con un leve movimiento de cabeza. El no tenía por qué mentirle a su abuelo, pero tampoco tenía que dejarse humillar por Cristina. Si esta quería jugar a ser adulta tendría que atenerse a las consecuencias.

□□□

La fiesta de los Mombaten se celebraba en el *Harvard Club of Boston*, institución que se fundó en el 1905 por catedráticos y antiguos alumnos, con el fin de tener un lugar donde reunirse y rememorar aquellos momentos vividos en camaradería académica, que dormían acumulados en el baúl de los recuerdos. El lugar había evolucionado con el tiempo, tanto que hoy en día era uno de los clubes más prestigiosos de Boston, con una membrecía selecta; formada por graduados y profesores, y difícil de entrar y pertenecer a ella. Los Mombaten aunque oriundos de Filadelfia sostenían fuertes lazos con Boston y la universidad, no en balde era la Alma Mater de todos los barones de la familia. El lugar contaba con varios salones de fiesta, dos restaurantes, biblioteca, salones de conferencias, bares y todos los requerimientos de un establecimiento de su clase. La fiesta de esta noche se celebraba en el salón principal, recinto que se rodeaba de amplios miradores que tenían de fondo la bahía de Boston. En noches de luna llena, el astro parecía colgar sobre el mar. El bar era de roble fino y cubría casi en su totalidad la única pared interior del lugar, alrededor de él se agrupaban los invitados entre saludos, felicitaciones y copas.

Cristina miraba buscando a Paul y al abuelo pero no los encontraba, trataba de hacerlo sin que William se diera cuenta, no quería ofenderlo, pero estaba como loca por verlo. ¿Qué habría pasado con Paul? ¿Estaría de verdad ofendido con ella? ¿Por qué? Si fue él quien la dejo plantada. ☐Ay Dios mío, cuando se me quitara este hombre de la cabeza☐ Que ilusa había sido, como pensar que con ponerse un vestido y pintarse la cara lo iba a conquistar. En estos momentos Paul estaría con su compañera de turno haciendo sabrá Dios cuantas cosas. Tenía que despertar de aquel sueño que había durado ya más de seis años, en que ella era la heroína y Paul su adorado Príncipe, y empezar a aceptar la realidad de su presente, y el vacío que él dejaría en su futuro.

Se dijo a si misma que siempre lo querría, nunca podría amar a otro hombre como amaba a Paul, pero si lo único que podía retener de él era su amistad, esta sería bienvenida. Pronto todos tomarían rumbos diferentes y aunque se mantuvieran en contacto, la distancia disminuiría el afecto hasta llegar a la tan patética tarjeta de navidad una vez al año.

Me meteré de lleno en mi trabajo y mis estudios. Terminaré en un año o menos todas las rotaciones que tengo que franquear, todas las prácticas, los exámenes, los requerimientos legales, las licencias y todo cuanto pueda abarcar, y así mi mente estará ocupada las 24 horas del día. Volvería a disfrazarse ocultando todo cuanto pudiera causarle problemas de envidia, y navegaría por el incierto mar de la ciencia médica, esquivando egos y previniendo rivalidades. Al final, cuando todo estuviera hecho, cuando ya nadie pudiera detenerla, entonces sería ella misma, la verdadera, la que le prometió un día a su padre llegar a la cima de su potencial.

□ Cristina, quiero presentarte al Dr. Miller, Neurocirujano del hospital□

□ Ya nos conocemos. Cristina, no puedo creer que esta bella mujer seas tú□ Esta usted preciosa doctora Quiroga.

Dijo Miller sonriendo.

□ A la media noche me viene a buscar la carrosa y me convierto en la otra.

Todos rieron con el chiste y siguieron conversando.

Con mucha naturalidad Cristina paseaba la mirada por el salón buscando a Paul. Al fin lo localizó, estaba parado frente a ella con una mujer de su brazo, el abuelo conversaba animadamente con Philip Mombaten.

□ Cristina, te quedaras con nosotros en Boston o nos abandonaras por los engreídos de *Berkeley.*

□ Todavía no lo sé Dr. Miller.

Con una sonrisa burlona y maléfica vio como Paul se le acercaba con su compañera de turno, quería correr e irse de ahí pero el Dr. Miller no dejaba de hacerle preguntas.

□ Yo quisiera que te quedaras con nosotros, ya sabes el manejo del departamento y todos apreciamos lo mucho que puedes aportar al programa.

Paul interrumpió groseramente al Dr. Miller.

□ Buenas noches a todos. Cristina ésta es Bamby, Bamby ésta es Cristina, la niña que te dije había estudiado conmigo.

□ El genio.

Dijo la tal Bamby con un sarcasmo crudo, mirando a Cristina de arriba abajo con la envidia chorreándole por los ojos.

□ Hola, mucho gusto. Paul este es el Dr. Miller, Profesor de Neurocirugía del *Mass General*, Dr. Miller este es Paul Gallagher y su amiga Bamby.

□ Mucho gusto□

Piensa Cristina, piensa rápido y encuentra una excusa para largarte de aquí. No resisto su mirada insolente. Dios mío ayúdame. Por qué Paul me está haciendo esto□

El Dr. Miller se viró a saludar a alguien que llamó su atención y Cristina quedó sola delante de la pareja. Le parecía estar en un desierto, desamparada y sola a expensas de la maldad que salía de los ojos de aquella mujer.

☐ ¿Y tú no tienes pareja?

☐ Sí, está allí en aquel grupo, con sus padres y el abuelo.

☐ Qué triste debe ser verse abandonada☐

☐Trágame tierra, Dios mío llévame contigo, papi ayúdame☐☐ No respondas, no vale la pena, no le des la satisfacción de entablar una querella; todo saldrá bien, acuérdate que tu eres una dama☐

☐ Sí, muy triste.

☐ A los hombres no les gustan las mujeres inteligentes, ¿sabías?

☐ Sí, ya me he dado cuenta.

☐ Fíjate lo que hizo Paul, te prometió traerte a la fiesta pero al final te dejó plantada y vino conmigo.

¿Hasta cuándo podría aguantar las estupideces de esta tonta? Pensó Cristina.

☐ Tienes razón.

☐ Nunca conseguirás un hombre, siempre estarás sola.

Paul no abrió su boca durante el intercambio de palabras, solo las observaba con curiosidad; no podía creer que Cristina mostrara tanta ecuanimidad, en otras circunstancia ya se hubiera comido a la venadita.

☐ Qué pena, verdad.

Sintió que alguien la tomaba del brazo y la halaba ligeramente.

☐ Con permiso, necesito a Cristina.

Diciendo esto, William la tomó del brazo y la condujo hasta donde estaba el abuelo Gallagher y la familia Mombaten.

☐ Cómo se te pudo ocurrir invitar a esta chiquilla para ser tu compañera, estás loco o qué te pasa. No me has mirado en toda la noche por culpa de ella. Por suerte te diste cuenta a tiempo y me fuiste a buscar. No te arrepentirás, te haré todo lo que quieras, será una noche inolvidable.

Ya me estoy arrepintiendo, pensó Paul, que no pudo resistir la furia que le invadió el alma al ver a Cristina en brazos del mequetrefe de William. Bamby tenía sus manos entrelazadas con las de él. Paul se puso en marcha, dirigiéndose hacia donde estaba Cristina, Bamby se sintió arrastrada por él, pero no le soltó el brazo;

no se lo iba a dejar quitar otra vez. Al llegar, Paul se situó al lado del abuelo con Bamby incorporándose al grupo.

◻ ¿Philip, sabias que Cristina es nieta mía?

◻ No.

◻ ¿Nieta suya? ¿Cómo es eso?

Preguntó Bamby que había pasado toda la noche queriendo inmiscuirse en las conversaciones del abuelo. Pero este no le contestó; ni la miró, y siguió hablando con su amigo

◻ Yo conozco a Cristina desde que era una niña. Yo quería tener una nieta y ella quería tener un abuelo, así que decidimos emparentarnos, y nos salió muy bien, verdad Cristy.

◻ Así es, Papa es el mejor abuelo del mundo.

◻ Entonces es posible que terminemos emparentados, porque William me dijo que quería preguntarle algo a Cristina, no sé si lo habrá hecho ya◻

◻ Papá como puedes ser tan indiscreto.

Exclamó William.

◻ Yo no he dicho nada malo hijo, solo que la perspectiva de tener a Cristina de nuera me hace feliz, eso es todo. Tú qué dices Cristina.

La tensión entre Cristina y Paul se podía cortar con tijeras.

◻ Así que te casas, que bien, te deseo que seas muy feliz.

Quien habló fue Paul que salió del grupo y del salón a una velocidad insultante, haciendo que todos lo siguieran con la mirada, viéndolo correr hacia la entrada. Bamby caminaba detrás de él gritándole y diciéndole que se detuviera, mientras Paul la ignoraba.

Cuando llegó a la calle llamó al muchacho del aparcamiento para que le trajera sus llaves. El Ferrari era el carro más accesible de la fila, siempre era así, Paul dejaba la propina al llegar, le ponía en la mano a quien aparcaría su carro un billete de alta denominación y le decía ◻mantenlo listo para salir enseguida◻ Ya lo conocían y se mataban por aparcar su auto.

Cogió las llaves que le diera el chico y saltó al Ferrari pisando el acelerador hasta abajo haciendo que las anchas llantas sonaran y levantaran una pequeña montaña de humo que hizo imposible saber hacia dónde se dirigía. Le pareció ver a Bamby dando gritos en la acera, estúpida◻ Más estúpido había sido él, cómo era posible que de la noche a la mañana perdiera a Cristina, él, que se supo su dueño desde siempre. Esto no podía estar pasando, tenía que hablar con Cristina ya, ahora mismo. Cogió su teléfono y marcó el número de Will.

□ ¿Paul? De dónde me llamas, acabo de verte aquí ahora mismo.

□ Necesito que me hagas un favor, ve hasta donde esta Cristina y discretamente dile que venga contigo para□ lo que quieras□ y cuando estén donde nadie los pueda oír le das tu teléfono, tengo que hablar con ella urgentemente.

□ Explícate porque no te entiendo□

□ No hay nada que explicar, solo haz lo que te pido y no preguntes.

□ Ya me metí en problemas esta mañana por hacer lo que me pedias, y no pienso hacerlo otra vez, una vez al día es suficiente.

□ Will, tienes que hacerme este favor.

Will se quedó en silencio por unos segundos que a Paul le parecieron horas. Trató de localizar a Cristina en el salón pero no la veía por ningún lugar.

□ No la veo, no creo que este aquí.

□ ¿Y el mequetrefe del William, esta?

□ ¿Celoso?

□ No seas ridículo. ¿Está o no esta?

□ No, tampoco lo veo. Cristina estaba muy cansada, quizás la fue a dejar a su casa porque tampoco veo a Rosi.

□ ¿Y mi abuelo?

□ Él está en la mesa de los Mombaten□ Espera□

□ ¿Qué pasa□ ?

□ Es la mujer con la que tú andabas, acaba de llegar a la mesa donde está tu abuelo y está gritando como una loca. ¿Tú te fuiste y la dejaste aquí sola?

Que lio□ Y todo por mi culpa, pensó Paul

□ Déjalo entonces.

Paul no esperó la respuesta de Will, siguió manejando como un loco hacia Cambridge, hacia el apartamento de Cristina. ¿Qué le digo cuando llegue? No lo sé, ya se me ocurrirá algo.

□□□

Momentos antes Cristina había empezado a despedirse de los allí presentes

▢ Papa, ya me voy, estoy muy cansada. Me fui a despedir de los profesores y me he quedado con ellos por casi una hora. Quizás pueda verte mañana, si te vas a quedar▢

▢ Qué te parece si desayunamos juntos mañana por la mañana, como a las nueve, en aquel lugarcito cerca de tu casa que tanto te gusta, Café Henrieta creo que se llama.

▢ Buena idea, nos vemos mañana. Me voy antes de que me agarre alguien más y entonces sí que me voy a morir, no siento los pies▢ Primera vez en mi vida que me pongo estos tacones altos▢ Que desastre▢

▢ Yo no me he ido porque Paul se fue sin mí. Acabo de escuchar las quejas de la tal Bamby, Paul la dejó sola. Que mujercita tan desagradable.

▢ Quieres que te llevemos, William nos va a llevar a mí y a Rosi a la casa, podemos dejarte en tu hotel.

▢ Si no les es molestia, te lo agradecería.

▢ Que molestia, ni molestia, es un placer poder pasar unos minutos más contigo. Déjame localizar a William.

Como si los hubiese oído, el muchacho apareció frente a ellos.

▢ William, vamos a pasar por el Hotel del abuelo primero, para dejarlo allí y luego nos llevas a nosotras.

▢ Estupendo, vamos.

▢▢▢

Eran las once de la noche cuando Paul, resguardado por la oscuridad de los árboles de la calle vio llegar a Cristina en compañía de Rosi y William. Este se bajó y prontamente vino a abrirles la puerta para que ambas desmontaran. El muchacho quería subir pero Cristina no se lo permitió, le dijo que estaba muy cansada y que mañana podrían hablar.

Después que ellas entraron en el lobby del edificio William montó en su carro y se perdió en la noche.

Ahora es mi momento, voy a subir▢ ¿Pero qué le digo? Que fui un idiota no llevándola a la fiesta, que estoy enojadísimo porque me mintió todo estos años, que no puedo dejar de mirarla y que no puedo sacármela del pensamiento▢ Eso es Paul, has el ridículo una vez más y todo se arreglará. No, no podía presentarse allí así como así, necesitaba un plan. ¿Un plan para qué? Para explicar su comportamiento, o para pedirle disculpas a Cristina☐ ¿Disculpas, por qué? Porque te has comportado como un patán, animal. Tenía que decirle que la quería para él solo☐ ¿En condición de qué? De esposa☐ Eso es, que tenemos que casarnos lo antes posible☐ ¿Casarme yo? Sí, casarte so bruto, si no la vas a perder. No voy a perder a nadie, ella me idolatra, me adora, lo sé, lo he sabido siempre. ¿Por qué se comporta de esa manera ahora? ¡Porque la dejaste plantada animal☐ !

El sonido del teléfono lo trajo a la realidad

☐ Aló.

☐ ¿Estás bien?

☐ Abuelo, si claro que estoy bien.

☐ Dejaste a la venadita sola y te fuiste. Tuve que aguantarle que me gritara y me dijera mil oprobios de ti. ¿Dónde estás?

☐ Estoy☐ No sé, manejando por alguna autopista.

☐ Por qué no vienes y charlamos un poco.

Paul temió que el abuelo no entendiera lo que le estaba sucediendo.

☐ No, estoy muy cansado, mañana hablamos.

☐ Qué tal si desayunamos juntos en ese lugarcito de Cambridge que se llama Henrieta o algo así, como a las nueve de la mañana.

Paul lo pensó un momento, tenía que ordenar sus ideas ante que pudiera explicárselas a su abuelo, además a quien mejor que a él para contarle lo que le sucedía.

☐ A las nueve estaré allí.

☐ Buenas noches entonces, y vete a dormir, no es bueno que andes deambulando solo por las calles.

☐ Si me voy al hotel me agarrará la tal Bamby, me voy a mi *Pent-house*.

☐ Está bien, nos vemos temprano.

Cuando el viejo Gallagher hubo terminado su conversación con Paul marcó el número de Ali.

☐ Hola Sr. Gallagher, ¿Está bien? ¿Pasa algo?

☐ Nada hija es que no tuve tiempo de compartir con ustedes y quería saber si podíamos desayunar mañana por la mañana, en ese lugar que tanto les gusta☐

☐ Henrieta.

☐ Ese mismo, crees que pueden llegar allí como a las ocho y media, ya sé que es muy temprano, pero tengo que regresar a *New*

York mañana mismo y si no los veo ahora me parece que pasará mucho tiempo antes de que volvamos a reunirnos.

◻ De acuerdo, allí estaremos.

Bueno, se dijo el abuelo, vamos a ver como salen las cosas mañana por la mañana.

Entendía exactamente lo que le estaba pasando a Paul, y también lo que le sucedía a Cristina. Los dos estaban desesperados por estar juntos pero se comportaban como *Mr. Darsi y Elizabeth Benet*. Mucho orgullo entre los dos. Por la mañana intentaría suavizar la situación entre los dos. Tenía que ayudarlos a que se dieran cuenta que no podrían vivir el uno sin el otro.

Al llegar al piso donde estaba su habitación se encontró con Agnes parada delante de la puerta esperándolo.

◻ ¿Dónde está Paul?

◻ No lo sé.

◻ Por favor no te sigas riendo de mí, ya bastante lo has hecho esta noche. Te acaba de dejar frente al hotel y seguro vendrá enseguida◻

◻ No, estas equivocada. Se fue de la fiesta sin mí. Me ha traído al hotel William Mombaten, el compañero de Cristina. Yo no tengo ni idea donde esta Paul.

◻ Dejó plantada a Bamby y se fue sin ella. La muy idiota ha llegado diciendo oprobios de él, y la madre y el padre están esperándolo para arreglar cuentas. Se ha comportado groseramente con mis invitados y eso no se lo voy a dejar pasar. Esta noche él sí que me va a oír.

◻ Suerte. Me voy a dormir.

El abuelo se alejó con una sonrisa burlona en sus labios. Esta nuera suya era la mujer menos sofisticada que conocía, y al parecer nunca aprendería.

¿Dónde se habría metido su nieto? Se le veía a que estaba desesperado. Estaba pagando bien cara la equivocación que cometió al no traer a Cristina a la fiesta.

Él siempre supo que Cristina estaba locamente enamorada de Paul, pero nunca pensó que Paul estuviera total e irremediablemente enamorado de Cristina. Su comportamiento lo delataba, no podía ocultarlo; los celos lo estaban destrozando.

◻Pobre nieto mío,◻pensó el viejo, ◻creo que es la primera vez en su vida que ama de verdad, y no puede controlar sus emociones.◻

El abuelo Gallagher estaba en lo cierto, Paul estaba perdido, confundido, y enredado en sentimientos que no entendía.

Tengo que hacer algo para ayudarlos a los dos, de lo contrario no sé qué pasará. Conociéndolos como los conozco no creo que ninguno de los dos de su brazo a torcer.

Tengo que ver cómo me las arreglo para estos dos seres tan especiales y que tanto quiero, estén juntos.

19

El alba se presentó vestida de primavera. El cielo reflejaba el color azul del Atlántico Norte sin que la más mínima nube empañara el firmamento. Una suave brisa llegaba desde la bahía haciendo que la nueva vegetación de Mayo se balanceara en una danza eterna, lenta y sensual. El Sol, después de haber dormido todo el invierno, se regocijaba iluminando el amanecer y pintando de colores los jardines nuevos de la ciudad. La calma después de la tormenta del día anterior quería hacerles olvidar a los bostonianos, el reciente y crudo invierno que habían pasado.

El abuelo ansiaba llenarse de ese brío único que traía la nueva estación, iba a necesitar ayuda para resolver el problema de sus nietos; Cristina y Paul.

El pequeño restaurante Henrieta era uno de los más viejos y famosos de *Cambridge*, era un negocio de familia, con recetas exclusivas, que mantenía el sabor casero de los platos que se servían. No tenía ningún tipo de lujo, ni era caro, pero para comer allí había que ser asiduo y conocido de los dueños.

El abuelo Gallagher pensaba y pensaba y le daba vueltas al problema que se había decidido a arreglar entre Paul y Cristina, no sabía exactamente como lo haría, pero sabía que la idea de juntarlos era buena, y que quizás con Ali y Will presentes, podrían abordar la cuestión de una manera simple e informal, y así tratar de sacar a la luz la verdadera causa del disgusto; el destino se encargaría del resto. A Will y Ali los necesitaba como apoyo, para darle validez y cordura a su plan. Ellos fueron los primeros en llegar.

□ Señor Gallagher, usted nos ha citado aquí para algo en especial. ¿Verdad?

Le preguntó Ali después de haberle dado un sonado beso en la mejilla y haberse sentado con una taza de café.

□ Absolutamente.

□ ¿Algo que tiene que ver con Paul quizás?

□ Así es.

□ Yo siempre lo he dicho, las mujeres son brujas, lo saben todo□

Dijo Will.

No somos brujas, somos más observadoras, prestamos atención a cosas que ustedes ni cuenta se dan que están sucediendo.

 ¿Y qué observaste tú anoche Ali?

El abuelo pensó. Esto va a ser más fácil de lo que yo creía

 Me pareció que Paul estaba muy inquieto, como nervioso y enojado. Pensé que sería la muchacha que le impuso su madre como acompañante, pero creo que era algo más, y bueno, esto es solo una especulación mía, pero creo que su enojo tenía algo que ver con Cristina.

 Para eso no hay que ser brujo.

Le respondió Will.

 Está claro que la decisión de no llevar a Cristy a la fiesta le salió mal, asombrosamente mal Se estaba halando los pelos. Cuando le hice una broma al respecto por poco me come Y mientras más se enojaba él más me reía yo. Esta bueno que le pase.

 Tienes toda la razón, está muy bien que le pase por haberle hecho eso a la niña.

 Y encima de todo eso, William, la pareja de Cristy, es un hombre precioso y se veían muy lindos juntos. Hubo un momento en que pensé que Paul le iba a caer a golpes al pobre chico.

Dijo Ali.

 ¿Por qué creen ustedes que Paul reaccionó de esa manera?

 Porque él siempre tiene que tener la mujer más linda del lugar.

Contestó Will, pero fue Ali quien respondió de la manera que el abuelo esperaba.

 Yo creo que estaba celoso.

Ahí estaba la verdad, pensó el viejo Gallagher. Todos estos años Cristina había vivido enamorada de Paul, y éste se aprovechó de ese sentimiento tan puro de la pequeña para convertirla es su esclava, sin embargo la situación había cambiado en solo unas horas, y Paul no podía resistir el perderla de aquella manera tan simple.

 A Paul le molesta que Cristina se haya convertido en mujer porque ya no puede manipularla como antes.

Dijo Will, y Ali le respondió.

 Lo que le molesta a Paul es haberse dado cuenta que lo que él siente por Cristy no tiene nada que ver con cariño de hermano o amigo; Paul quiere a Cristy como mujer, y eso a él no le había ocurrido jamás. Es más, yo diría que tiene miedo de sentir lo que está sintiendo por Cristy.

☐ ¿Tú me estás diciendo que Paul está enamorado de Cristina?

Preguntó Will.

☐ Eso es exactamente lo que creo. Es más, yo creo que él siempre la ha querido de una manera diferente, y que ese amor ha ido evolucionando hasta el punto que ayer, cuando se dio cuenta de lo que le estaba pasando, no lo pudo soportar. Yo no creo que él sepa lidiar con una situación en la cual él no tiene el control.

☐ ¿Y Cristina?

☐ Cristy se portó como una reina. Tenía usted que haberla visto cuando Paul le dijo que no podría llevarla. En aquel momento la vi envejecer veinte años. ¿Verdad Will?

☐ Sí, fue una situación terrible. Yo por poco le voy arriba a Paul, con la facilidad que le dijo, ☐lo siento, no puedo llevarte☐ y luego nos pidió que la sentáramos a ella y a Rosi con nosotros.

☐ ¿Y ella que dijo?

☐ Casi nada, dijo que estaba muy ocupada, que la hubiese podido llamar por teléfono para esa ☐tontería☐ y luego se fue, no sin antes recordarnos que ella era mucho más inteligente que todos nosotros.

☐ Así que ella se ofendió también.

☐ Más que ofensa creo que fue dolor. Ni tú ni Paul se dieron cuenta, pero cuando la vi salir tan de prisa, supe que lo hacía porque si se quedaba allí un minuto más iba a empezar a llorar delante de todos nosotros.

☐ ¿Y Paul no se dio cuenta de esto?

☐ Paul se da cuenta solamente de lo que él quiere.

☐ Sin embargo yo puedo asegurarles que él se sentía verdaderamente apenado por la situación que creó, hasta concibió la posibilidad de retractar su decisión. No tengo evidencias para probarlo pero creo que así fue como sucedió.

El abuelo no podía creer que Paul hubiera hecho lo que hizo, por eso se sintió en la obligación de defenderlo.

El mesero llegó con los desayunos en el mismo momento que Paul aparecía por la entrada.

☐ Buenos días.

Dijo Paul en un tono muy bajo sentándose al lado del abuelo y mirando a Ali y a Will con extrañeza.

No me dijiste que tendríamos compañía.

 ¿Te molesta que estemos aquí?

Le respondió Ali

 ¿Cómo crees? Era solo un comentario.

 Anoche te fuiste de prisa y no pudimos despedirnos, me pareció bien reunirme con todos ustedes una última vez antes de que cada uno coja su rumbo.

El camarero se acercó a Paul y le preguntó

 Puedo traerle café, té, jugo

 Un café.

Se hizo in silencio algo incómodo.

 ¿Estaban hablando de mí?

 ¿Por qué piensas eso?

 Porque es obvio; en el momento que llegué se callaron.

Fue Ali quien contestó. Ali era la única persona, aparte de Cristina, que le decía las cosas a Paul sin rodeos, la única que no le importaba si Paul se enojaba con ella. Lo quería como un hermano y a los hermanos se les dice la verdad.

 Pues tienes razón, estábamos comentando la peculiaridad de lo que sucedió ayer, incluyendo la fiesta y sus invitados.

Si Ali pensó que Paul iba a morder el anzuelo se equivocó, este se limitó a mirarla y esperó a que continuara, pero fue el abuelo quien lo hizo.

 Estábamos hablando de la dinámica entre tú y Cristina.

 Peculiaridad, dinámica, rodeos Por qué no son claros y me dicen que cometí un grave error no llevando a Cristina a la fiesta y que me salió mal la jugada. Porque eso es exactamente lo que todos están pensando. Pero se equivocan. Lo que me molestó de Cristina fue la farsa en la que nos ha mantenido durante todos estos años haciéndose pasar por fea. ¿Por qué el engaño? Según ella nosotros somos su única familia, entonces ¿Por qué esconderse? Y el cuento ese de que las mujeres bonitas no pueden triunfar en un mundo de hombres, esta gastado. Tú eres muy linda Ali, y nunca has tenido que esconderte de nadie. Yo todavía no lo entiendo ni lo entenderé jamás y así mismo pienso preguntárselo en cuanto la vea.

 Pues aquí la tienes

Le dijo Will que miraba hacia la entrada del pequeño café sin poder desviar sus ojos de aquella bella mujer Vio como Cristina franqueaba la puerta y todos los presentes se quedaban mirándola con admiración. Vestía un modelo de hilo blanco con finos tirantes de piel que hacían juego con una cinta, también de piel, que dividía el vestido por debajo del busto acentuando la diminuta cintura y realzando la curva de su seno después de rodear sus caderas provocativamente, el conjunto terminaba unas pulgadas por encima de las rodillas, desde allí hacia abajo se continuaban las piernas bien moldeadas y morenas, que finalizaban en unas sandalias de tacón alto, de la misma piel que los tirantes y la cinta; era una visión salida de una catálogo de *Ralph Laurent*. El pelo lo llevaba suelto y le caía sobre los hombros desnudos como una cascada azabache y brillante destacando su esbelto cuello. Todas las personas que estaban en el local detuvieron lo que estaban haciendo para admirarla; solo sus pasos con un taconeo rítmico y coqueto rompían el silencio de las miradas.

Con la sonrisa alegre y despreocupada se siempre se acercó a la mesa donde estaban sentados sus amigos con el abuelo. Primero le dio un beso a este, luego a Ali que estaba a su izquierda, a Will y por último a Paul, al lado del cual se sentó.

Se había propuesto actuar lo más normalmente posible, quitándole importancia al hecho de que Paul la dejó plantada y rompió su palabra. A la vez estaba dispuesta a hacer que el muchacho se arrepintiera de lo que le había hecho y que le pidiera perdón. No lo iba a perdonar tan fácilmente como otras veces; la había herido y humillado, ahora tendría que atenerse a las consecuencias.

En situaciones como esta, Rosi siempre le recordaba que la arrogancia era enemiga de la bondad, sin embargo esta vez estuvo de acuerdo con Cristina, esto no podía pasársele por alto a Paul.

☐ Traigo un hambre que muerdo.

Les dijo como si hubiese estado con ellos desde el principio. Desde adentro de la cocina se oyó una voz que le preguntaba.

☐ ¿Cristy, lo de siempre?

A lo que ella contesto mirando hacia donde salía la voz

☐ Doble☐ Vengo hambrienta☐

Cuando viró su cara se encontró con cuatro pares de ojos clavados en su persona. Se dirigió al abuelo.

☐ ¿Qué, no me digas que todavía me encuentras rara papa?

☐ Te encuentro preciosa mi amor.

☐ Gracias, pero ya pronto te acostumbraras. No voy a seguir disfrazándome de payaso.

Paul, que la tenía a su lado tuvo que virar su cabeza para mirarla a los ojos.

☐ ¿Me puedes decir por qué has tenido que esconderte de nosotros por todos estos años? ¿Por qué te has disfrazado de payaso durante todo este tiempo?

☐ Yo no me disfrace por ustedes, sino por resto del mundo.

☐ ¿Y por qué no te vestías normalmente cuando estabas con nosotros?

☐ Porque siempre que estaba con ustedes estaba en algún lugar de la universidad. Te recuerdo lo que un día te dije hace ya varios años, ustedes nunca hicieron vida social conmigo, siempre nos veíamos en alguna biblioteca de la escuela, en algún aula, en la cafetería, pero nunca fuera de allí.

☐ ¿Y cuando íbamos a tu casa a estudiar?

☐ Es que nunca pensé que a ustedes les importara mi aspecto físico. Claro que ayer por la mañana me di cuenta que no era así.

☐ ¿Por qué lo dices Cristy?

Preguntó el abuelo queriendo sacarle la verdad que su nieto necesitaba oír.

☐ Porque ayer por la mañana todos se ofrecieron a comprarme vestidos, y llevarme a salones de belleza☐ Estaban preocupados de que me presentara en la fiesta con mi atuendo habitual, no querían sentir la vergüenza de mi presencia junto a ellos, pareciendo una payasa.

☐ Eso no es verdad, queríamos ayudarte.

Dijo Paul, que había separado su silla de la mesa y se encontraba completamente virado hacia ella mirándola de frente.

☐ Y les dije que no se preocuparan, que yo sabía vestirme y pintarme y hacerme todas esas cosas. Si ustedes no me creyeron eso no fue culpa mía.

☐ ¿Y de dónde sacaste al mequetrefe ese con quien andabas?

☐ Cuidado Paul, no seas grosero, William no es ningún mequetrefe ni mucho menos, es un chico excelente y te portaste muy mal con él.

☐ ¿Y por qué nunca vimos al tal William contigo en ningún lugar?

☐ Porque el tiempo que yo les dedicaba a ustedes era sagrado, y nunca consentí que nadie nos interrumpiera; para vuestro beneficio.

Hizo una pausa abarcándolos a todos con su mirada y finalmente poniendo sus ojos en Paul.

□ ¿Cómo puedes recriminarme tal tontería? Yo tengo miles de amigos que ni tú, ni Ali ni Will conocen, al igual que ustedes tienen amigos que yo no conozco, y eso no significa que entre nosotros haya menos o más amistad o cariño.

□ Por lo que a mí concierne □ dijo Will□ Te pido mil disculpas por haber dudado de tus capacidades□ Debí haberme dado cuenta que tú lo haces todo bien, incluyendo lo que nunca antes has hecho. Yo solo quería ayudarte, lo mismo que Ali y Paul, sencillamente menospreciamos tu talento de □facionista□ □

□ ¿Eso fue lo que te pasó a ti también Paul? ¿Por eso no quisiste ir con Cristy a la fiesta, porque pensabas que se iba a presentar vestida de payaso?

Preguntó el abuelo mirando muy seriamente a Paul, quería que este saliera de una vez de atrás de la pobre excusa que le había dado Will.

□ No abuelo, ya te dije que Agnes se presentó aquí con esa gente y me metieron por la cabeza a la tal Bamby. Lo que hice lo hice por evitar problemas y resulta que todo salió al revés.

□ ¿Y por qué salió al revés? La muchacha que estaba contigo parecía muy contenta y tú también. ¿Cuál fue el problema?

□ ¿Eso es Paul, cual fue el problema, por qué dices que todo salió al revés?

El viejo Gallagher quería guerra y Paul se dio cuenta. Qué pretendía su abuelo, qué dijera a gritos que estaba celoso del infeliz del William, que se sentía despreciado por Cristina, que no podía concebir como fue que ella no murió cuando él le dijo que no la llevaría a la fiesta. ¿Eso era lo que él quería? Pues aquí estaba□

□ De acuerdo abuelo, tú ganas. Pude haber dicho que no a la mujer que Agnes me trajo, pero lo tomé como excusa para no llevar a Cristina. Sí, es verdad que no quería ir con ella, pensé que no podría resistir la vergüenza de que todos la miraran vestida de payaso. Luego pensé que Cristina se iba a pelear conmigo y decirme mil cosas cuando supo que no cumpliría con lo acordado, pero al contrario, lo tomó como la cosa más natural del mundo y eso me molesto grandemente. Y para rematar la noche, acá la susodicha□ dijo mirando a Cristina como queriendo comérsela□ se presenta con el figurín-mal-hecho del tal William, y qué me creo yo, que ya ella lo tenía todo planeado para dejarme plantado a mí.

¿O sea que tú me puedes dejar plantada a mí, pero yo no puedo hacerlo contigo?

 Permíteme que acabe de hablar, por favor.

Nadie habló, querían saber lo que Paul tenía que decir.

 Como les estaba diciendo, cuando decido tratar de darle una disculpa y voy a hablar con ella, esta se niega a venir conmigo, y el otro infeliz me sale de gallito. ¿Qué querían ustedes que hiciera? Irme de allí para no tener que matarlo, y todo por tu culpa, por dejarme creer siempre que eras

 ¿Fea?

 Que eras mi amiga incondicional, la que no me juzga, la que me perdona y entiende. Ahora me doy cuenta que estaba equivocado.

 Lo siento, no sabía qué te iba a ofender tanto que fuera a la fiesta con William. Al contrario, pensé que te estaba haciendo un favor dejándote libre de tu compromiso.

Paul no respondió, solo se viró hacia su abuelo y le dijo.

 Ya tienes la explicación de lo que sucedió. Pero estoy de acuerdo con ella, no es tan grande el asunto. En fin de cuentas Aquí no ha pasado nada.

Se quedaron todos en silencio mirándolo como a un reo que acaba de confesar su crimen. El silencio lo rompió Cristina con una sonrisa diciéndoles.

 Discúlpenme, pero me parece que esto es una tontería, y que no vale la pena discutirla más. Tengo un hambre que muerdo y quisiera disfrutar mi desayuno. ¿De acuerdo?

Al ver que nadie hacia ningún comentario se viro hacia Paul diciéndole.

 Paul, ya dejé de ser niña, soy adulta, soy independiente, y me se manejar muy bien sola. No creo que esto tenga tanta importancia. Por supuesto no me gustó nada que fueras grosero con William, pero por lo demás, aquí no ha pasado nada.

 ¿Entonces, te casaras con él?

 No lo sé. Me lo ha pedido muchas veces pero todavía no le he dado una respuesta.

 Lo harás, y será mucho más rápido de lo que te imaginas, te pondrá el mundo a tus pies y serás muy feliz.

Ahora habló Will tratando de forzar una situación que se les había ido de las manos, necesitaba hacer algo para que Paul reaccionara. El abuelo no podía descifrar si las palabras de Cristinas eran ciertas o solamente las usaba para vengarse de Paul. Le dolió el pensar que la vida los separaría por tan insignificante tontería, pero Cristina parecía estar diciendo la verdad.

□□□

Agnes esperaba a su marido en el restaurant del Hotel para desayunar, los Smith estaban sentados con ella, todos callaban. Donde se habría metido Paul, y el perverso de su suegro. Agnes no podía concebir como la situación con Paul se había deteriorado hasta el punto en que estaba. Se sentía humillada delante de los Smith, a los cuales les prometió la cabeza de su hijo en bandeja de plata.

El restaurante donde se servía el Bufete era amplio y acogedor, con paredes en colores pastel que combinaban con la gran alfombra que lo cubría. Como en el resto de la edificación, los ventanales estaban presentes en todas las paredes dejando entrar el torrente de luz de la mañana. Muchos padres de graduados se habían hospedado en el hotel también y todos parecían haberse citado para el desayuno esta mañana. Agnes no quería mirar a nadie, no quería que le hablaran; cuando cogiera a Paul lo iba a abofetear, esta vez sí que no podría salvarlo el animal del abuelo. No se reiría de ella.

□ ¿Señora Gallagher, ha visto a Paul esta mañana?

Es que era tan bruta la tal Bamby que no se daba cuenta de la situación. ¿Para qué carajos preguntaba?

□ Paul tiene su condominio en Cambridge, él no se quedó aquí, se fue a dormir a su casa.

Lo dijo con una voz dura y déspota como quien le dice a una rata que se desaparezca.

□ Pero vendrá a darme una disculpa ¿Verdad? El desaire que me ha hecho es de muy mal gusto, espero que usted lo reconozca y lo haga rectificar su error.

Agnes la miró como a un parásito que quisiera aplastar con el pie y partir en mil pedazos. Tenía que deshacerse de esta gentuza lo antes posible, ya tendría tiempo de buscarle esposa a Paul luego, pero de momento lo primero era quitárselos de arriba. Miró hacia la entrada del restaurant a ver si veía a Anthony, pero este no aparecía por ningún lugar. Debería estar durmiendo la borrachera de anoche. ¿Dónde estaría el imbécil de su suegro? Ojalá se hubiera ido ya, no estaba para familia.

Con un ademán brusco y haciendo ruido a propósito con la silla, se levantó y miró a Bamby diciéndole

☐ Mi hijo no va a pedirte ninguna disculpa, si eres una mojigata que no sabes atrapar a un hombre ese no es mi problema. No quiero verlos más, a ninguno de los tres, me han hecho quedar en ridículo delante de mi familia y eso no se los voy a tolerar. Ah, y olvídense de una membrecía en el club, allí no serán bien recibidos. Mientras yo pertenezca a él, ustedes no podrán poner sus cochinas patas allí.

Con la misma les dio la espalda y se fue. Quería gritar y pelearse con alguien, tenía tanta rabia por dentro que hubiera podido matar con sus propias manos al ingrato de su hijo.

20

Gabina salió del hotel después de darse una ducha y vestirse. Llamó un taxi y ya adentro le entregó al chofer un papel con el nombre y la dirección del hotel *Four Seasons*. El turno de por la mañana no la reconocería, y esta vez se comportaría de una manera más sensata. Iba a aparentar el papel de la madre abandonada por la hijastra mezquina, que no quería ayudarla porque esta vino a ocupar el lugar de su madre; si, eso era, así lo haría. Aquí había Gabina para rato, se lo restregaría a Pepe en las narices.

Les tomó menos de 10 minutos llegar. Era la mañana del domingo y los bostonianos estaban en la iglesia; la mayoría de ellos descendientes de irlandeses, eran más católicos que el mismísimo Papa.

Cuando se bajó del taxi, el portero del hotel le abrió la puerta y no la reconoció, se dio cuenta que era otro, el de la noche anterior ya se había ido. Entró sutilmente tratando de pasar desapercibida y se dirigió a uno de los conjuntos de sofás y butacas que formaban los distintos ambientes del lobby del hotel, tenía que situarse en un lugar estratégico donde pudiera ver la conserjería sin que la vieran a ella. Se dirigió al sitio adecuado y allí se sentó como quien espera a alguien. Mirando de reojo la conserjería se dio cuenta que no conocía a nadie de los que estaban allí, este era el turno de la mañana y nadie la reconocería a ella tampoco. Se levantó cautelosamente y se acercó a la recepción.

☐ *¿May I help you, Madame?*

☐ ¿Habla español?

☐ Si claro, en que puedo servirla señora.

☐ Estoy buscando a mi hija, ella estuvo en la fiesta de graduación de anoche. Yo no pude asistir, mi vuelo lo cancelaron y ahora es que vengo llegando. Podría decirme dónde puedo encontrarla, su nombre es Cristina Quiroga.

☐ Discúlpeme señora, pero no podemos dar información referente a nuestros huéspedes.

Otra vez la misma cantaleta de ayer, ¿qué hacer?

☐☐☐

Agnes tenía que sacar su rabia de alguna manera, de lo contraria iba a explotar. Caminaba rápido como queriendo encontrar a su adversario y al pasar por el mostrador de recepción oyó el nombre de su rival y se detuvo.

 Disculpe, oí que estaba preguntando por Cristina Quiroga.

El padre de Agnes se ganaba la vida en la frontera con México, entrando de contrabando cuanto artículo hubiera que fuera ilegal, incluyendo personas, drogas, armas, medicinas, electrónicos, etc. Allí conoció a su madre, que también estaba en el negocio del tráfico de ilegales, con la que se enredó financiera y personalmente convirtiéndola en su pareja poco después de su primer negocio sucio juntos. Cuando Agnes nació el negocio les iba bien, no había los problemas que existían hoy en día, y los Moreau podían tener sirvientas que se traían de la frontera a muy bajo precio. Agnes terminó con una niñera mexicana y con dos idiomas; aunque ella se guardó siempre el secreto. Cuando el padre de Agnes fue detenido y puesto en prisión, la madre se mudó para otro pueblo y empezó una nueva vida con el dinero que había acumulado. Así fue como la madre tuvo lo suficiente para mandar a Agnes a la universidad, aunque no así a los otros hermanos menores. Cuando Agnes se casó con Anthony se cortaron todos los lazos familiares. Agnes vivía avergonzada de su origen.

Cuando oyó el nombre de Cristina se sobresaltó, la visión de verla en el mismo lugar que ella, le dio mareo, pero no pudo dejar de mirar y ahí fue cuando vio a Gabina. Paul le había contado que la madrastra era una mujer relativamente joven, comparada con su esposo, y que siempre trató muy mal a su hijastra, tanto así que ya estaba completamente fuera de su vida. Agnes titubeo ante la posibilidad de que aquella mujer no tuviera nada que ver con Cristina, pero Los enemigos de mi enemigo, son mis amigos pensó, y en verdad no tenía mucho que perder pero sí que ganar.

 Sí, usted la conoce.

 No mucho, pero ella estaba en algunas clases con mi hijo.

 Entonces usted estuvo en la fiesta de anoche. ¿Vio a Cristina?

 Sinceramente no me fije. Pero quién es usted.

 Yo soy su madrastra.

 Ah Yo pensé que usted había muerto.

 No, quien murió fue su madre biológica, yo soy la segunda esposa de su padre.

☐ Sí, sí, yo lo sé, pero ella dijo que usted también había muerto.

☐ Infeliz mocosa. Pues como ve estoy vivita y coleando.

☐ ¿Por qué diría ella algo así?

☐ Porque me odia, porque piensa que le robé el puesto a su madre, y por mucho que he tratado de ser buena con ella, nunca me ha correspondido. No sé qué voy a hacer con ella, me ha abandonado completamente, no quiere ni verme. Después que le di todo cuanto pude, con la miseria   que dejó su padre para las dos, y ahora que está bien y con dinero, no se ocupa de mí. Que ingrata puede ser la vida☐

Las dos se miraron por algunos segundos sin decir nada, estudiándose y sopesando la verdad de las palabras que se habían intercambiado. Ambas se dieron cuenta de que la otra mentía, y esto les dio ánimos para seguir indagando en la posibilidad de una alianza.

☐ ¿Usted sabe dónde puedo encontrar a Cristina?

☐ Creo que sí, ella vive en un apartamento en Cambridge, con su criada.

☐ La criada es una alcahueta de la chiquita, le consiente todo y la deja hacer lo que quiera, por eso es que esta tan mal criada. Donde queda eso de ¿☐cambriche☐?

☐ Está cerca, es el pueblecito donde está la universidad, de hecho yo voy para allá ahora mismo, si quiere la puedo llevar.

☐ No sabe cuánto se lo agradecería señora, usted sí que es una dama.

☐ No es nada, no se preocupe. Voy a buscar al chofer y ya vengo, espéreme aquí.

Aja☐ Se jodió la Cristina, la iba a coger con las manos en la masa. Y Pepe tendrá que comerse sus palabras, pensó Gabina. ¿Quién será esta vieja fea? Me parece que la odia tanto como yo. ¿Por qué será? ¿Y a mí eso que me importa? Pues si te importa porque quizás haya dinero por el medio. Esta vieja parece que tiene plata, con chofer y todo. Yo creo que ahora sí que la pegué.

Cuando Agnes regresó a buscarla, ya el chofer las estaba esperando, y ambas montaron ayudadas por este. La limosina era amplia, toda tapizada en piel negra, fina y suave, con armaduras de acero pulido. Gabina nunca había estado en un carro como aquel, ni cuando se casó con Juan Francisco; esta era la clase de vida que ella quería y se merecía, pensó Gabina, y aunque tuviera que matar, la conseguiría, sobre todo si esta vieja la ayudaba.

□ ¿Y cómo me dijo que conoce usted a mi hijastra?

Agnes hubiese querido no tener que hablar con aquella mujer que provenía de una clase muy inferior a la suya, pero con tal de molestar a Cristina haría lo que hiciera falta

□ Ella fue compañera de mi hijo aquí en Harvard, la he visto de vez en cuando, pero no la conozco personalmente.

Gabina se dio cuenta que mentía y que odiaba a Cristina, quizás la vieja no aprobara la amistad de su hijo ricachón con la pobretona de su hijastra.

□ ¿Y cómo es que usted no vino a la graduación de su hijastra?

□ La muy ingrata no me avisó, me tuve que enterar por terceros. Ella nunca me quiso, como todas las hijastras, pensó que le robaba el puesto a su madre. Mi difunto esposo, que en paz descanse, la consintió mucho, y cuando él murió ella se convirtió en un gran problema para mí. Nunca escuchó mis consejos, siempre trató de evitarme, hasta el punto que se fue con la criaducha sin avisarme, y no la he visto ni una sola vez en los últimos seis años. El único motivo por el que la busco ahora es porque le prometí a su padre velar por ella y ayudarla. Mi difunto esposo fue un gran diplomático de mi país, su fortuna la consumió toda la chiquilla en menos de seis meses, y lo que le quedó se lo robó con la ayuda de la criada. ¿De qué manera si no podría ella haber estudiado en una universidad tan cara como esta, y cómo podría haberse mantenido todo este tiempo?

Agnes también sabía que Gabina mentía, pero quizás esta era una buena historia para contarle a Paul. No pensaba subir a esta inmunda al condominio de su hijo, la dejaría abajo en el coche esperando, le pediría la dirección de Cristina a Paul y hasta dejaría que su chofer la llevara hasta allí.

Sin darse cuenta ambas se sumieron en un silencio largo, cada una formando su plan y preparando su papel para la obra de teatro en que se verían envueltas en unos minutos.

Las calles de Cambridge estaban vacías, la universidad dormía la mañana bajo el primer sol de primavera y todo parecía en calma. Las primeras flores y las nuevas hojas de los arboles con su verde esperanza pintaban el camino y hacían que el diminuto e importante pueblo pareciera una pintura de Monet. El coche disminuyó la velocidad y se aparcó paralelo a la acera de un edificio moderno y alto donde vivía Paul y sus amigos; pero eso no tenía por qué decírselo a esta mujer, solo le daría la información necesaria y se la quitaría de encima lo antes posible. Le molestaba su aspecto y le olía a colonia de puta barata.

☐ Hemos llegado, espéreme aquí en el coche que enseguida le traigo la dirección.

☐ No se moleste, puedo subir con ustedes, su hijo debe de tener un condominio muy lindo, juzgando por la fachada.

☐ No, espere aquí, ya vuelvo.

Se lo dijo en forma de orden y Gabina se dio cuenta, en otras circunstancias la hubiera pateado a la infeliz, pero ahora la necesitaba, y no podía disgustarse con ella.

☐ De acuerdo señora, como usted diga.

Cuando Agnes tomó el ascensor empezó a ensayar lo que le diría a su hijo, iba preparada para sentarse a conversar con Paul y echarle el cuento de la madrastra despreciada, y de cómo Cristina le había robado todo el dinero que le dejó su esposo. Ahora no estaba el viejo aquí y Paul la creería, era su madre, no le quedaría más remedio.

En el último piso, bajó del ascensor y tocó el timbre de la puerta. ¿Por qué no tenía ella la llave de la casa de su hijo? Porque el viejo zorro lo había criado independiente y despegado de ella, pero eso se iba a arreglar bien pronto. Se dio cuenta que se había perdido en sus pensamientos, había pasado un largo rato y todavía no había obtenido ninguna respuesta en la puerta. Apretó el timbre otra vez, esta vez dejó que sonara por unos minutos, pero tampoco obtuvo respuesta. ¿Dónde estaría Paul? ¿Con el abuelo? Volvió a tocar, esta vez además del timbre golpeo la puerta con sus nudillos, haciéndose daño con los fuertes golpes. ¿Dónde carajos estaba Paul? Cogió el teléfono de su cartera y marcó su número, le respondió un mensaje que decía que su contestador no estaba conectado; maldito chiquillo, que error tan grande había cometido dándoselo al abuelo como lo hizo, ahora estaba sufriendo las consecuencias. No iba a regresar al carro diciéndole a la fulana esta que no lo había podido ver, eso nunca. Dejó pasar algunos minutos más para que su cuento fuera lo suficientemente convincente y bajó.

☐ Mi hijo estaba con su prometida, lo he despertado, los dos se acostaron muy tarde por la fiesta. Me dijo que él hace mucho que no ve a su hija y que no sabría darle la dirección.

☐ ¿Y ahora qué hago?

Lo que te dé la gana imbécil, ya ese no es asunto mío, le quiso decir Agnes pero se contuvo.

☐ Mi chofer puede llevarla hasta la estación de autobuses o hasta el aeropuerto, si lo desea.

Gabina la miró fijamente traspasándola con sus ojos

☐ Señora, creo que es hora que usted y yo hablemos sin tapujos.

☐ ¿Perdón?

☐ Señora, yo no tengo su dinero, pero conozco su clase, puesto que de ahí mismo vengo yo.

☐ De que habla usted, insolente, bájese.

☐ Señora, déjese de remilgos conmigo, no sé por qué pero odia a Cristina tanto o más que yo, eso se le ve a la legua. No sé lo que le dijo su hijo, no sé siquiera si lo vio, pero si sé que usted y yo podríamos estar buscando la misma cosa, así que antes de desecharme como un trapo sucio, escúcheme lo que quiero proponerle.

Agnes la miró como se mira una lagartija, con asco y desprecio, pero se mantuvo callada por unos segundos sopesando las posibilidades que le brindaba esta descarada. La verdad era que no tenía nada que perder, si no le convenía lo que esta mujer le propondría, la dejaría allí plantada y desaparecería de su vista para siempre, pero si la escuchaba era posible que pudiera aprender algo que le sirviera para apartar a la chiquilla de Paul.

☐ Prosiga.

☐ Mire, a mi esa insulsa ni me va ni me viene, pero se va a graduar pronto y empezará a trabajar. Todavía es menor de edad y lo será por un par de años más, yo soy su albacea legal y aunque en estos últimos años se las ha arreglado para no darme ni un centavo de lo que coge de todas estas gentes para quienes trabaja, de ahora en adelante el dinero que empiece a ganar lo manejaré yo. ¿Me explico?

☐ Usted acaba de decirme que Cristina usó todo el dinero que su padre le dejó para sus estudios, no la entiendo. ¿O es que usted solo está interesada en el dinero?

Dijo Agnes, sin esperar respuesta

☐ De acuerdo. Vera, lo que yo quiero es sacarla de la vida de mi hijo a como dé lugar. La muy sabandija está pegada a él como una sanguijuela y no lo va a soltar muy fácilmente. Encima de eso, mi suegro también la quiere mucho, y no me va a permitir que los separe muy fácilmente.

☐ Aquí es exactamente donde yo puedo ayudarla. Podría decir que su hijo la violó, y como ella es menor de edad yo lo denunciaría y le pondría una demanda millonaria.

☐ Un momento, con quien cree usted que está hablando, usted no va a decir nada de mi hijo.

☐ Señora, permítame que le siga explicando. Por supuesto que yo no voy a decir ni a poner ninguna demanda en contra de su hijo, pero esto no tienen por qué saberlo ni él ni su suegro. Usted le dice a su hijo que Cristina lo único que quiere de él es su dinero, que si no lo consigue lo mete en la cárcel.

☐ ¿Y cómo piensa hacer usted todo eso?

☐ Lo primero que hay que hacer es encontrarlos y lo segundo separarlos. Usted le mete un cuento a su hijo, y yo le meto otro a Cristina, un cuento tan horrible que ninguno de los dos quiera verse jamás, que se odien; así usted se queda con su hijo y yo hago un poco de dinero que mucha falta que me hace con la chiquilla.

☐ ¿Y cuánto me va a costar todo esto?

☐ Tres millones de dólares.

☐ TRES MILLONES DE DOLARES☐ ¿Usted está loca o que le pasa☐ ?

☐ Señora, los millones no tiene que pagarlos usted, sino su suegro, no dice que él defiende a su hijo en todo, pues en cuanto usted le cuente que hay una demanda contra su nieto por violación de una menor, que se puede arreglar sin ir a los tribunales con solo tres millones de dólares, su suegro se los dará.

☐Esta mujer piensa como yo☐-se dijo Agnes- ☐Pero no tiene los recursos que yo tengo, así que podré usarla y luego desecharla☐

☐ De acuerdo. ¿Cuando empezamos?

☐ Ahora mismo, si es verdad que su hijo está arriba como dice, vuelva y túmbele la puerta hasta que le abra, y luego explíquele el porqué de su insistencia en verlo, dígale que la demanda está ya puesta, y que hay que solucionar el problema rápidamente antes de que se convierta en un escándalo, también llame a su suegro, y cuéntele todo el lio.

Hizo una pausa para coger aire y organizar sus ideas; ya se veía gastando el dinero que obtendría de esta vieja rica.

No ha mencionado a su esposo, así que deduzco que no sirve para nada, con el mío sucede lo mismo, así que no tiene que preocuparse por él.

 ¿Usted ha hecho esto antes?

 Eso a usted no le interesa, lo único que usted tiene que saber es que yo he llegado muy alto sola, con mi inteligencia y mi capacidad para sobrevivir, y una vez más voy a salirme con la mía.

 ¿Cómo piensa localizar a Cristina?

 De eso va a tener que ocuparse usted también. En cuanto averigüe donde está, me llama y me lo dice y yo empiezo a trabajar por mi lado.

 Muy bien. ¿A dónde se hospeda usted?

 Acabo de salir de un mugriento hotel del aeropuerto y no pienso volver a él. Usted se ocupará de que yo me aloje en un lugar apropiado para mi categoría, y desde allí esperaré su llamada.

 Un momento, yo no puedo ponerla en ningún hotel ni mucho menos, eso no entró en el trato.

 Habrán cosas que no entraron en el trato que usted va a tener que asumir, yo no tengo nada de dinero, pero usted Pues se le ve a la legua que puede disponer de todo lo que quiere.

Gabina aprendió muy pronto en la vida que la vanidad de las personas era su mayor debilidad y una vez más la uso contra esta vieja. Por su parte Agnes no permitiría que Gabina se enterara de su arreglo financiero con el viejo Gallagher; para todos, ella era una millonaria que disponía de la cantidad de dinero que deseara en el momento que así lo quisiera.

 De acuerdo, pero mis finanzas las maneja mi contador, y no quiero tener que explicarle porque me gaste tanto en un hotel que nunca pise.

 Usted sabrá. Lo dejo a su discreción, pero acuérdese que nos conocemos, no me trate de jugar una mala pasada porque usted no sabe de lo que soy capaz si me siento traicionada.

 ¿Me amenaza?

 La prevengo.

Las dos pensaron lo mismo la una de la otra. Ambas desconfiaban puesto que como decía el refrán, el ladrón juzga por su condición y ninguna de las dos sabía cuál de ella era la peor.

Gabina pensó, a esta vieja le voy a sacar mil veces más de lo que hubiera podido sacarle a Pepe. Me llegó mi hora de triunfo. Cuando tenga el dinero lo primero que voy a hacer es mandar a matar al puerco de mi marido, quiero que lo hagan en mi presencia para que su postrero recuerdo sea mi risa sobre su desgracias. Después me iré a Madrid a restregarle en la cara a mi padre lo poca cosa que es. Por último voy a hundir a la criada, quizás la mande a matar también, y a la chiquilla la voy a hacer que trabaje para mí por todo lo que le resta de vida.

21

Los planes del abuelo no salieron como él esperaba. Paul se comportó civilizadamente y Cristina estuvo riendo y haciendo cuentos todo el tiempo después del intercambio de explicaciones, pero durante el transcurso del desayuno, no hubo ninguna interacción entre ellos. Quizás se había equivocado, pensó que con solo juntarlos se arreglaría el problema pero no fue así; lo mejor sería esperar.

Todos sentían como una etapa maravillosa de sus vidas llegaba a su fin. Seguirían en contacto pero ya no sería igual. Paul no sabía cómo iba a poder vivir sin Cristina pero no dejó que nadie lo notara.

☐ Creo que no puedo levantarme de la silla por un rato, estoy llena hasta las orejas.

Dijo Cristina pasando la mano suavemente sobre su abdomen como un Buda feliz.

☐ Yo estoy igual. Creo que van a tener que llamar a una ambulancia.

Le contestó Will.

☐ Eso les pasa por comer con los ojos en lugar de con el estómago.

Les respondió Alison a ambos.

Se sentía la tensión entre Paul y Cristina que por cierto no volvió a dirigirse a él durante todo el desayuno. Ali y Will trataban de suavizar el momento con bromas que no daban resultado.

☐ Me alegro mucho que hayamos podido disfrutar de este magnífico desayuno. Yo me voy a New York hoy mismo y no sé cuándo volveré a verlos, pero por favor que sea pronto.

☐ No te preocupes papa, serás el primero en saber mi dirección en New York.

☐ Nosotros también te informaremos en cuanto decidamos a donde nos vamos.

Respondió Alison.

☐ Si quieren trabajo con GALLCORP no tienen más de decirlo.

☐ Gracias papa, si hace falta te llamaremos, pero tenemos un par de ofertas que ambos estamos considerando y nos parecen muy buenas. De todas formas, te informaremos a donde estaremos enseguida que lo sepamos.

Paul sintió que le tocaba el turno de hablar pero decidió quedarse callado.

☐ ¿Y tú que harás Paul?

Le preguntó Alison que no sabía qué hacer para romper el hielo.

☐ Trabajaré en GALCORP.

Lo dijo con desgano, y algo de apatía, se veía que no deseaba hablar con nadie. El abuelo pensó que no tenía sentido prolongar esta incómoda situación y se levantó de la mesa. Uno a uno, todos se fueron levantando y empezaron las despedidas, los besos y los abrazos.

☐ ¿Cristy, tu vienes con nosotros?

Preguntó Will.

☐ No, yo la llevo.

Respondió Paul.

Todos esperaron que Cristina rechazara la oferta pero no fue así. Lo hizo ver como algo muy natural, pero no pudo evitar la sonrisa que le salió del alma. Cuidado, no bajes la guardia, no te dejes convencer cuando estés a solas con él, la ofensa que te hizo fue muy grande y tendrá que comportarse debidamente si quiere volver a ser tu mejor amigo. Claro que es posible que me muera antes de que suceda, porque sinceramente no sé cómo voy a vivir sin él, pensó Cristina.

Una vez en el automóvil Paul le preguntó.

☐ ¿Adónde te llevo?

☐ A casa.

La distancia del restaurant al apartamento de Cristina era solo de 3 cuadras, y ambos permanecieron en silencio durante el corto tiempo que les tomó llegar.

Paul detuvo el carro en frente de la entrada del edificio y esperó que Cristina bajara. Ella se desmontó sin decir una palabra y él se fue de prisa sin romper el silencio.

Cristina entró en el lobby y esperó a que Paul desapareciera, entonces salió a la calle y empezó a caminar sin rumbo fijo. ¿Qué les sucedió? ¿Cómo era que habían llegado a esta situación tan☐ ilógica? Seis años de su vida tirados a la basura y su corazón roto e irreparable☐

Ensimismada en sus pensamientos caminó y caminó sin darse cuenta a dónde iba o a dónde estaba. ¿Por qué seguía el destino castigándola de esta manera? ¿Qué culpa estaré pagando? De todas las teorías que formuló acerca de cómo terminarían Paul y ella, nunca imaginó que pudiera pasarles lo que les estaba ocurriendo. ¿Quizás deba llamarlo y ser sincera con él? No, no te humilles, no reduzcas tu estima personal de esta manera. Ya eres adulta, actúa como tal. Si pude sobrevivir la muerte de su padre, sobreviviré esta situación también.

□□□

Cuando Paul dejó a Cristina buscó de prisa la calle *Cambridge*, viró a la derecha y se dirigió hacia el Este buscando la autopista 93, una vez allí la tomó en dirección Norte y dejó que el Ferrari alcanzara su potencial de velocidad. Iba volando, pero no se daba cuenta, pasaba calles y calzadas, lugares que nunca había visto, sin saber a dónde se dirigía. Al llegar al cruce con la carretera 28, la tomó hacia el Este hasta llegar a *Foss Park*, donde se detuvo. No entendía cómo era que las cosas habían llegado a este extremo. ¿Por qué? ¿Qué paso, qué hizo? Tenía que hablar con Cristina aunque fuera la última vez que lo hiciera, no podía quedarse así sin□ Nada□ Años de convivencia tirados a la basura, destrozados e solo unos minutos, y ese vacío que dejaba su ausencia.

El orgullo no lo dejaba coger el teléfono y llamarla. Ese orgullo con el que había vivido todos estos años, y que alimentaba con la arrogancia y frivolidad que formaban parte central de su carácter. Nunca le había dolido el alma, nunca sintió dolor por nada abstracto, y le molestaba no poder ahora controlar ese dolor. Aquello era lo peor que había sentido en su vida. No sé que es este peso en mi pecho que me aplasta, solo sé que me lastima y se me clava como punzantes aguijonazos en todo mi cuerpo.

Sería mejor morir□ Si se iba a morir ya no interesaba nada, no tenía nada que perder□ Cogió el teléfono y la llamó.

□ ¿Tienes algo que hacer ahora mismo?

Cristina, sorprendida con la llamada no pudo contestar de inmediato. □Ayúdame Dios mío.□

□ Pues tanto como tener□ Tener, no, no tengo nada de importancia que hacer hoy, pero quisiera descansar. Esa fiesta de anoche me dejó agotada. Tú sabes que yo me acuesto temprano y me levanto con las gallinas, y hoy estoy medio aturdida por el cambio de horario, eso sin contar el dolor que tengo en las piernas por haberme pasado la noche de pie; cuando llegué a la casa y me quité los zapatos no pude caminar por un buen rato.

Le respondió con la naturalidad usual entre ellos. ¿De dónde había sacado ella todo ese cuento y por qué se estaba justificando con Paul? Le sorprendió poder ser tan dura con él.

☐ ¿Crees que puedo ir a hablar contigo unos minutos?

Por qué le había pedido permiso. Mejor se hubiera presentado allí y tumbado la puerta.

☐ Sí, como quieras.

☐ Estaré allí en 20 minutos.

Cerró el teléfono y partió hacia *Cambridge*. Tenía exactamente 15 minutos para pensar lo que iba a decir, de lo que dijera dependería su futuro. Mejor dejarlo que salga virgen y sin correcciones, de todas formas después de esta conversación no habría nada más☐

☐☐☐

Cristina no sabía a dónde estaba y tenía exactamente 15 minutos para llegar a la casa, ponerse un pijama y tirarse en el sofá de la sala para dar la impresión de haber estado descansando. Salió corriendo para su casa, había caminado casi una milla; apúrate Cristina, apúrate☐

Llegó al edificio en 5 minutos, subió corriendo las escaleras sin esperar el ascensor. ¿Dónde pusiste la llave? En el marco de la puerta. Entró al apartamento y trancó. Corrió a su cuarto, se quitó el vestido y todo cuanto traía arriba, se puso un pijama, una bata de casa y unas pantuflas que tenia de *Eeyore*, pero se dejó el pelo suelto. Corrió hasta la sala y se tiró en el sofá cogiendo el control de la televisión y tratando de buscar algo que usualmente veía. Encontró a los *Yankees* jugando contra los *Red Sox*; perfecto.

Cogió una almohada y se tiró a todo lo largo en el sofá para mirar el juego. Lo había hecho todo en diez minutos, todavía tenía diez más para pensar, que iba a decir o hacer. El timbre de la puerta la hizo dar un brinco; ya llegó. Este tiene que haber venido volando. Se le acabó el tiempo, tomó dos o tres respiraciones profundas y fue hasta la puerta.

Abrió, Paul estaba parado muy serio con las manos en los bolsillos. Parecía más maduro, más adulto. Su sonrisa siempre lo hizo lucir guapísimo, pero esta expresión seria, con las mandíbulas apretadas haciendo resaltar sus altos pómulos y su cuadrado mentón, lo hacía aún más bello□ □Dios mío, esta precioso□ Me voy a morir□ □Pensó Cristina.

□ ¿Puedo entrar?

□ Sí, pasa. Estaba media dormida cuando llamaste.

□ ¿Quieres que me vaya?

□ No, por favor, entra.

Ella se sentó en el sofá, encaramó las piernas cruzándolas como un Buda y lo miró esperando que el hablara.

Eran a penas las once de la mañana, el sol brillaba en lo alto del cielo. La puerta del balcón estaba abierta y por ella entraban los olores de la primavera. El murmullo de la calle era casi imperceptible. Estaban rodeados de paz natural, aunque por dentro ambos se afanaban por sobrevivir la erupción volcánica de sus almas.

□ Cristina, sé que he hecho muchas cosas indebidas e injustas, sé también que me he portado como un patán, que mi arrogancia te ha herido, que□

□ Olvídalo Paul.

No, no, tonta, déjalo que siga, no digas nada. Mantente calladita a ver qué pasa.

□ Por favor, permíteme terminar. Sé que he sido egoísta contigo, que quizás nunca le di valor a todo lo que hacías por mí, pero lo que siempre, siempre, siempre ha sido cierto, es que te he querido como no he querido a nadie en mi vida. Sé que te ofendí inmensamente, y no vengo a implorar tu perdón, todo lo contrario, creo que merezco mucho más de lo que me está pasando; mi castigo será perder tu amistad, pero quiero que te quede bien claro, que continuamente, desde el día que te conocí, siempre te he querido, y nunca dejare de hacerlo. Tú has sido lo mejor que le ha pasado a mi irresponsable y desordenada vida.

□ Paul□ Espera□ Hablemos□

□ No Cristy, no hay nada más que decir. Acaso no te has dado cuenta que yo no puedo vivir sin ti, que anoche por poco mato al tipo ese con quien andabas, que me porté como un chiflado cuando vi que estabas con él, cuando no quisiste venir conmigo. Tan inteligente que eres y todavía no te has dado cuenta que estoy perdidamente enamorado de ti, que lo he estado desde siempre. Nunca pude controlar esa atracción hacia ti, al principio me daba vergüenza conmigo mismo porque tú eras solo una niña, pero luego se convirtió en una obsesión. He salido con miles de mujeres tratando de liberarme de tu amor, tratando de poner en perspectiva mis sentimientos hacia ti, pero nunca he podido hacerlo.

□ ¿Por qué no me llevaste a la fiesta Paul?

Le preguntó Cristina que seguía sentada, mirándole a los ojos, con una voz muy suave, envuelta en un amasijo de dolor.

□ No lo supe hasta después que te vi. Sentí vergüenza de que yo, el Don Juan de la facultad de Derecho, tuviera como pareja un *nerd* vestida de payaso. Tenía miedo que todos se rieran de mí y, fui un cobarde, por favor perdóname□ Pero y tu□ ¿Por qué no peleaste y me dijiste mil cosas cuando te lo dije? Yo iba dispuesto a pelear contigo, a darte todos los argumentos del mundo, a verte llorar por mi decisión, a sentirme grande y poderoso con tu pena, a desquitarme de todos los malos ratos que había pasado pensando ilógicamente en ti, pero tú no hiciste nada de eso, al contrario, lo aceptaste de la manera más civilizada, creo que dijiste un par de cosas y te fuiste□ ¿Cómo pudiste hacer eso? ¿Dime Cristy, cómo pudiste hacerlo?

□ Porque en el momento en que entendí lo que me estabas diciendo mi corazón dejo de latir y sentí que me moría allí mismo, porque el dolor no me cavia en el cuerpo, porque si me llego a quedar un minuto más no hubiera podido aguantar las lágrimas y hubiera llorado delante de ti como una tonta□ La niña tonta, enamorada de ti todos estos años, sabiendo que nunca me querrías como a una mujer□ Creo que mi padre, que siempre está conmigo, me tomó de la mano y me sacó de allí para que no muriera delante de todos ustedes. De allí me fui a caminar bajo la lluvia, y lloré, y saqué todo el dolor que tenía acumulado por años□ Cuando llegué a la casa Will y Ali estaban esperándome, y por algún milagro de Dios que todavía no entiendo, mis ojos estaban secos y nadie notó mi dolor. Cuando al fin se fueron, Rosi me llevó hasta mi cama y me acosté a llorar con ella, la única que siempre ha sabido mi secreto, y así me quedé dormida. No sé cómo tuve fuerzas para vestirme e ir a la fiesta, no pensé que podría, pero una vez más saqué el valor de no sé dónde y lo hice, me vestí y me fui; cuando noté tu reacción al verme, me alegré que te arrepintieras, me alegré que me vieras con un hombre guapo como William, y que no pudieras hacer nada al respecto. Tú sabes cuantas veces te he visto yo a ti con mujeres que no sirven para nada, y me he tenido que tragar las lágrimas y fingir una ecuanimidad que no sentía☐ Qué sabes tú lo que yo he sufrido por ti☐

☐ Tienes razón, no quiero hacerte perder más tiempo. Ya dije lo que vine a decir. Te deseo lo mejor. Sé que triunfaras y que serás muy feliz. Adiós Cristina.

Un relámpago que opacó el brillo de la estrella solar apareció de la nada entrando por el balcón con su luz electrizante y poderosa. Inmediatamente después llegó el trueno, ensordecedor y desafiante; lo que empezó como una mañana primorosa se había convertido en una tormenta infernal☐ Y por encima de todo ese estrepito se oyó el grito de Cristina que salió de los más adentro de su ser.

☐ Paul☐ No te vayas☐ . No me dejes☐ Paul por favor no me dejes☐ !!!

La tormenta se enfurecía más y más a cada instante, la oscuridad ensombreció el rayo y los rodeo dejándolos desamparados☐ Paul corrió hacia Cristina y la envolvió entre sus brazos. El amor dolía, quemaba las entrañas, pero el contacto de sus cuerpos los hizo olvidar el dolor y la tempestad. Se quedaron abrazados mientras afuera el cielo lloraba y la luz se perdía por los rincones de la sombras.

Ninguno de los dos sabía cuánto tiempo habían pasado abrazados. Ninguno intentó desprenderse del otro por temor a romper el hechizo que los envolvía. La tormenta se escapó tan repentinamente como llegó y la luz de la primavera volvió a brillar.

Cristina había mantenido sus ojos cerrados durante todo este tiempo; su cara se perdía en el cuello de Paul, sus labios aun cerrados saboreaban la dulzura de su piel. Con mucho cuidado y muy suavemente Paul levantó su barbilla y separó a Cristina de su pecho, un poco, solo lo suficiente para poder mirar sus ojos.

☐ Cristy☐

☐ Sssssss☐ . No, no digas nada, por favor, solamente abrázame y déjame apoyarme en tu pecho.

Paul la obedeció. Todavía le dolía el alma pero ahora el sufrimiento se mezclaba con la felicidad que le traía el tener a Cristina en sus brazos☐ Y sobre todo, sus palabras. Ella lo quería, ella lo quería y lo había perdonado.

Después de una eternidad donde ambos se perdieron disfrutando del contacto único del amor, se separaron lentamente y se miraron a los ojos como nunca antes lo habían hecho. Paul fue el primero que hablo.

☐ Te quiero Cristy, y te amo. Te amo tanto que no creo poder vivir sin ti ni un momento más☐

☐ Tú no sabes el tiempo que llevo esperando oír esas palabras de tus labios. Yo me enamoré de ti el día en que te conocí. He tratado de sacarte de mi corazón una y mil veces, sin embargo nunca he podido. Me quedaba la esperanza de poder disfrutar de tu compañía, como mujer, en la fiesta de graduación, y cuando me dijiste que no me llevarías creí morir. Salí corriendo para no empezar a llorar y a gritar de dolor delante de ustedes. Nunca pensé que amar doliera tanto.

☐ Perdóname Cristy, perdóname por favor☐ Todos estos años te he tenido a mi lado sin darme cuenta lo que significabas para mí. Cuando te vi con ese hombre me volví loco, quería matarlo, no entendía lo que me estaba sucediendo. Tengo que agradecerte que hicieras lo que hiciste, de lo contrario nunca hubiera sabido que te amaba. Creo que yo también te amo desde el primer día que te vi, pero nunca lo admití. Hubo veces en que me sentí avergonzado de sentirme atraído hacia una niña☐ Pero siempre me decía☐ La quiero como a una hermanita chiquita☐

Tomándole la cara con sus dos manos, Paul la beso despacio y suavemente en los labios. El contacto los hipnotizo a los dos dejándolos pegados uno al otro en medio de una eternidad colosal. Se separaron un instante para mirarse a los ojos, y Paul la atrajo sentándola en sus piernas y haciéndola que se recostara en su pecho mientras que el acariciaba su pelo.

☐ No puedo vivir sin ti Cristy, no puedo. No quiero separarme de ti nunca más.

☐ Yo tampoco podría vivir sin ti ni un segundo más; prométeme que estaremos juntos para toda la vida.

☐ Te lo prometo mi amor, te lo prometo. Nunca más nos separaremos.

Volvieron a besarse. Este fue un beso húmedo, y llego de sensualidad. Paul no recordaba nunca antes haber besado así a nadie, ni haber sentido esa entrega total que Cristina le ofrecía. Era como si hubiera nacido de nuevo con ella.

Ahora fue Cristina quien se separó de él, y con la picardía que la caracterizaba le dijo.

— Siempre anhele tus besos pero nunca imagine que tu boca fuera tan rica.

— La tuya es mucho más, y estoy seguro que todo lo demás es rico también.

— ¿Señor Gallagher, está usted haciéndome proposiciones deshonestas?

— Absolutamente. ¿Qué me contesta señorita? ¿Quisiera convertirse en la señora Gallagher? De esa forma no tendría que hacerle proposiciones, solo tendría que tomarla en mis brazos y hacerle el amor donde quiera y cuantas veces quisiera—

Cristina— no— entendió— ¿O sí?..

— Acabo de proponerte que vivas conmigo por el resto de tu vida, no me hagas esperar por favor—

— La respuesta es— .Si— Si— .Si— Mil veces si—

Se volvieron a besar, perdiéndose cada uno en brazos del otro.

— Entonces no perdamos tiempo. Hagámoslo ahora mismo.

— ¿Qué?

— Casarnos.

Cristina no podía creer lo que estaba oyendo

— Tengo que decírselo a Rosi.

— Como quieras, pero no voy a dejar que nadie se interponga a nuestros deseos.

Cristina se le agarró del cuello y se apretó contra su cuerpo gritando de felicidad. Paul la envolvió en sus brazos y la acaricio suavemente, atrayéndola mucho más hacia él. De nuevo se perdieron en ese mundo donde el amor todo lo puede y se olvidaron de la realidad—

□□□

Ya en el carro de Paul, Cristina le preguntó.

— ¿A dónde vamos?

— A San Ignacio.

— ¿Cómo?

— Con el abuelo.

Mientras Cristina llamaba a Rosi y le daba la buena nueva, Paul llamó a su abuelo que saldría para New York en unos minutos y le dijo que lo esperara un momento, que Cristina y él se iban también. El viejo Gallagher no preguntó nada, solo le dijo

Aquí los espero.

Sinceramente no le importaba lo que hubiera pasado entre ellos, el hecho de que querían irse juntos a cualquier lugar era ya un triunfo. Cristina no podía pensar en otra cosa que no fuera Paul, sus besos, sus caricias, su mirada, su fortaleza, su resolución precipitada y maravillosa.

Cristina había oído hablar tanto de aquella isla maravillosa en el Caribe, donde tantas veces el abuelo la había invitado y a la cual siempre anhelo conocer Quien le hubiera dicho que la llegaría a conocer de una manera tan especial como esta. ¿Qué pasaría después? En verdad ella no tenía ningún tipo de compromiso con nadie. Todos sus proyectos estaban concluidos y aunque nadie lo supiera, ya había aceptado las plazas en *New York* donde trabajaría simultáneamente en tres hospitales y terminaría su especialidad de Cirugía General y Neurocirugía en menos de un año.

El *Golfstream* G650 se introdujo en el mercado en el 2008, se hizo expeditamente y sin competencia alguna. Era más alto, largo y ancho que cualquier otro avión de su clase, podía transportar hasta 18 personas cómodamente si se usaba como avión comercial, sin embargo la mayoría de ellos los utilizaban compañía y empresas privadas para sus ejecutivos. También, lo utilizaban celebridades, políticos y atletas famosos entre otros. El de los Gallagher estaba equipado ricamente con una cabina para ocho personas, amueblado con sofás, butacas de fina piel, y una mesa de trabajo; además contaba con todo el equipo especial de comunicación, navegación y seguridad, el cual no tenía nada que envidiarle a los Jets de tamaño regular; podía acomodar una tripulación de cinco personas contando con el piloto y copiloto, pero el viejo Gallagher no era muy exigente en este sentido y solo viajaba con una tripulación de tres, el piloto, el copiloto y una azafata. Paul había aprendido a pilotar este avión al igual que otros que tuvieron anteriormente, y muy a menudo lo hacía, especialmente para viajar a San Ignacio. Con un motor *Roll-Royce* BR725 podía volar 7000 millas náuticas sin necesidad de tener que rellenar su tanque de gasolina. Podía conectar Dubái con *New York*, o Londres con Buenos Aires en un vuelo directo.

 Este avión es una maravilla.

Exclamó Cristina una vez sentada con el abuelo y con Paul en la cabina.

☐ ¿Ustedes saben que velocidad puede alcanzar este aparato?

Nadie respondió así que ella continúo.

☐ Esta maravilla de la aeronáutica puede alcanzar casi Mach 1, exactamente *Mach* 0.925.

☐ ¿Y qué es eso del *Mach?* Yo siempre lo he oído pero nunca sé exactamente qué significa, solo sé que va muy rápido. ¿Cómo es ese lio Cristy?

☐ Papa, el ☐*Mach*☐se obtiene dividiendo la velocidad en que un objeto se desplaza a través de un medio determinado, ya sea gas o fluido, por la velocidad en que viaja el sonido en ese mismo medio. Se le llama *Mach* por el Físico y Filósofo Australiano Ernst Mach, quien fuera el primer hombre en concebir el concepto de medir la cantidad de algo que no tuviera dimensiones.

Los dos se le quedaron mirando unos segundos y rompieron a reír.

☐ No tengo ni idea de lo que acabas de decir pero te creo ☐ dijo el abuelo.

☐ ¿Por qué te aprendes esas cosas Cristy, para que te sirven?

Le dijo Paul algo confundido, cosa que le sucedía siempre que Cristina hablaba de un tema que él no podía dominar; lo peor del caso era que pasaba muy a menudo☐ ¿Cuándo se acostumbraría a la inteligencia de Cristina? El solo tenía que acostumbrarse a su amor, lo demás no tenía ninguna importancia.

☐ Yo no me aprendo nada, pero si lo oigo, o lo leo, aunque sea una sola vez, se me queda en la memoria, no sé cómo se me queda grabado. Además, lo que uno sabe siempre le sirve para algo. Ahora mismo los he hecho reír a ustedes, eso para mí vale mucho.

☐ Y cambiando de tema.

Dijo el abuelo.

☐ ¿Cristy, le avisaron a Rosi de que venias con nosotros?

☐ Sí.

☐ ¿Y no se opuso?

☐ ¿Qué si se opuso? Me armó tremenda bronca, no quería dejarme venir de ninguna manera.

Dijo Cristina.

☐ ¿Y cómo la convencieron?

□ Ella hace días que anda buscando algo especial para regalarme por mi graduación, yo le dije que si me dejaba venir, ese sería el regalo más grande que pudiera hacerme en toda su vida□

Esto lo dijo Cristina con una voz mezcla de felicidad y sosiego, como alguien que anhela algo que está cerca pero que no se puede tocar todavía. Paul, que estaba sentado frente a ella en una de las amplias butacas, se paró, la sacó del asiento en que estaba y de un solo movimiento se la colocó en sus piernas abrazándola y haciéndola reposar sobre su pecho. Cristina se acurrucó encima de él como un caracolito y cerró los ojos para soñar despierta.

□ Ella es mía abuelo, sola mente mía, y nadie, nunca me la podrá quitar. ¿Verdad Cristy?

Ella solo movió la cabeza en un gesto afirmativo y siguió disfrutando de la proximidad de su amor.

El abuelo empezó a decir algo pero Paul lo interrumpió.

□ Abuelo, se me olvido decirte; Cristy y yo nos casaremos en San Ignacio.

El viejo no podía creer lo que estaba oyendo. ¿Estaría soñando? Tanta felicidad no podía ser posible□ Vio como los jóvenes estaban viviendo uno de esos momentos que tiene la vida, donde se borra el derredor, no se oye ningún sonido, ni se ve a nadie más que con quien compartes semejante experiencia□ Los ojos de Paul se ataron a los de Cristina y con una fuerza mágica la atrajo despacio hacia él, fue entonces cuando sus manos subieron por el cuello de ella y se enredaron en su cabello a la vez que la atraía más y más, Cristina se dejaba llevar hacia él, imitando sus acciones y enlazando su cuello hasta que sus manos lo rodearon, así se quedaron por unos instantes que parecieron siglos y muy lentamente sus labios se tocaron, siempre parecía como si fuera la primera vez□ La sensación de amor que experimentaron era nueva para ambos□ Al fin Paul la atrajo un poco más y sus labios se sellaron en un beso infinito que detuvo el tiempo y borró el espacio; se convirtieron en un solo ser, cedieron ante la gran fuerza de su amor y se perdieron en aquella galaxia húmeda y sensual que eran su bocas□

□ Anselmo.

Ambos dieron un brinco ante la intrusión de aquella voz que no sabía de donde venía. Se habían olvidado por completo que estaban frente al abuelo y al darse cuenta se echaron a reír porque era lo mismo que el viejo Gallagher hacía.

☐ Mira, estoy en camino a San Ignacio, necesito un gran favor y no admito negativas.

Se hizo una pausa después de la cual el abuelo siguió diciendo en el teléfono.

☐ Voy con mis nietos para allá, llegaremos en unas tres horas, necesito que los cases en cuando lleguemos☐ No, no, la muchacha no está embarazada, no seas mal pensado, pero si están a punto de comerse la manzana☐ La manzana Ignacio, es que se te olvido el Génesis y la Biblia☐

Se hizo un silencio largo que correspondió a la respuesta del interlocutor del abuelo al otro lado de la línea.

☐ No puedo darte detalles, si☐ son circunstancias especiales, si no, no te estuviera llamando☐ No, no hay ningún problema, ya te explicaré cuando lleguemos☐ ¿Dos testigos? Yo soy uno y búscate otro que nos sirva☐ Anselmo déjate de majaderías y escucha, mi nieto y su prometida van a casarse en San Ignacio y tu vas a ser quien los case, no hay nada irregular o ilegal, todo está bien, solo que están sedientos el uno del otro y no creo que pueda detenerlos por mucho más tiempo, si no los casas caerán en el pecado por tu culpa.

Dijo el viejo mientras les guiñaba el ojo a los muchachos.

☐ Tú arregla las cosas y luego te cuento.

Se hizo una pausa un poco más larga esta vez.

☐ No, una vez casados los dejaré en la casa para que pasen su luna de miel allí, yo tengo que regresarme a *New York*☐ No lo sé, el tiempo que ellos quieran, me imagino, todavía no hemos hablado de eso☐ No, ellos van a vivir en *New York*☐ No, sin fiesta, tomaremos algo en la casa después que los cases y nada más, yo tengo que regresar lo antes posible☐ Exactamente☐ Claro que sí☐ Nos vemos en un rato☐

Cristina y Paul se habían quedado mudos☐

☐ Llamé a Anselmo para que se prepare, quiero los case en cuanto lleguemos.

Se volvieron a besar, esta vez con más pasión y menos reparos; no podían saciarse el uno del otro; una fuerza magnética los unía.

☐ Ya está bien de besos. Tenemos que arreglar las cosas.

☐ ¿Qué cosas?

Preguntó Paul con una sonrisa irreconocible en sus labios.

Yo que sé. Tu madre va a poner el grito en el cielo, y Rosi . Bueno, a ella la contentaremos luego.

 Por mi madre no te preocupes, a mí nunca me ha importado lo que ella dice y no pienso empezar ahora. En cuanto a Rosi

 Con Rosi no hay problema, se enfadara pero se le pasará. Ella es la única persona que supo desde el principio que yo te amaba. Aunque por fuera finja estar brava conmigo, por dentro está muriendo de felicidad, estoy segura.

En eso entraron la azafata y los pilotos llevando una bandeja con copas y una botella de champan.

 Lo siento Dijo el piloto pero no pudimos evitar oír la conversación, y en fin, creo que debemos celebrarlo, esta es la primera vez que participo de un acontecimiento como este volando a 30,000 pies de altura.

 ¿Y quién está pilotando el avión?

 Por eso pagó usted tanto por este aparato, porque puede volar solo.

Paul destapó la botella y Cristina sirvió las copas Todos brindaron por la felicidad de los novios.

Una vez más el viejo Gallagher sintió aquella impresión de alarma que había sentido antes cuando pensaba en el futuro de los muchachos, y aunque trató de quitársela de la mente no pudo hacerlo, los ojos se le llenaron de lágrimas que trataba de reprimir

 ¿Abuelo, qué te pasa?

 Nada hijo, es que estoy muy feliz.

Era la primera vez que le mentía a su nieto y eso no era buen augurio. Le pidió a Dios con todas sus fuerzas que estuviera equivocado, y que lo dejara disfrutar de la felicidad de aquellos dos seres jóvenes que eran la única alegría de su vida.

22

A Agnes no le quedó más remedio que llamar a Will y Ali; su número de teléfono lo había cogido del celular de Paul, en una de las pocas visitas que este hiciera a su casa durante el curso de todos estos años, ellos seguro que sabrían dónde estaba Paul. No concebía como su hijo podía ser amigos de aquellos negros, en fin, ya estaban a punto de separarse para siempre. Una vez que Paul empezara a trabajar en GALCORP ella se encargaría de que ninguno de estos imbéciles pobretones volviera a comunicarse con su hijo; esa era el arma secreta que tenía guardada hacía mucho tiempo.

☐ Aló.

☐ Soy la señora Gallagher, ando buscando a mi hijo.

Will y Alison estaban en camino a Boston, habían quedado en almorzar con sus padres, cosa que sería casi imposible después del suculento desayuno que acababan de tener con los Gallagher y Cristina. Del restaurant habían ido a cambiarse al apartamento y a recoger las cosas de *memorabilia* que se habían hecho para la clase graduanda de este año, para llevárselas a sus familiares.

☐ Yo no sé dónde está Paul, señora.

Paul se había llevado a Cristina cuando todos salieron del restaurant; a donde se habrían metido, pensó Will; casi seguro Paul se está escondiendo de su madre.

☐ No me mienta, dígame dónde puedo encontrarlo ahora mismo. Tenemos una emergencia en la familia.

¿Le habría pasado algo al abuelo? No, si no ya Paul o Cristy los hubieran llamado. ¿Le habría pasado algo al padre de Paul, o esta vieja estaba inventando esta mentira para localizarlo? Las pocas veces que Agnes Gallagher llamó a Will en estos últimos años era cuando después de agotar todos los medios posibles para comunicarse con su hijo, no le quedaba más remedio que acudir al amigo, ella sabía que siempre andaban juntos, pero esta vez se equivocó.

☐ Lo siento señora pero no tengo ni idea donde pueda estar.

☐ Me está mintiendo y lo sabe, se cree que soy estúpida. ¿Me va a decir que no lo ha visto desde anoche?

☐ Sí, estuve con él hace un rato, desayunamos juntos, pero de eso hace casi dos horas. Nosotros estamos en camino a Boston a reunirnos con nuestros padres, yo no sé dónde está Paul.

☐ ¿Y la chiquilla, la Cristina esa, saben dónde está?

La cosa se complica, pensó Will☐

☐ No señora.

☐ Deme su teléfono, necesito hablar con ella de urgencia.

¿Que estaría pasando?

☐ No puedo dárselo sin su consentimiento señora.

☐ Mire lo que le voy a decir, mal educado, me lo da ahora mismo o se va arrepentir por el resto de su vida. No sea impertinente y démelo de una vez.

Agnes gritaba en el teléfono, estaba fuera de sí, como podía este desgraciado negro hablarle a ella así, se las iba a pagar.

☐ Ya le dije que no puedo señora. Que tenga buenos días.

Con la misma le colgó el teléfono y se viró hacia Alison que lo miraba con curiosidad

☐ Era la madre de Paul, anda buscando a Cristina y Paul. ¿Qué habrá pasado?

☐ Llámalos a ver por dónde andan y qué pasa.

Lo que ellos no sabían era que a 30,000 pies de altura les sería imposible localizarlos. Quizás, de haberse podido comunicar con ellos las cosas hubiesen salido de otra manera, pero el destino es un viejo majadero y tozudo que no cambia de rumbo fácilmente.

☐☐☐

Agnes no quería que Gabina se enterara del desplante que le había hecho el muchacho así que una vez más recurrió a ese talento que usaba diariamente desde que tuvo uso de razón para sobrevivir; la mentira.

☐ Parece que no andan juntos, mi hijo está con su abuelo y cuando están juntos el cochino viejo le desconecta el teléfono para que no pueda hablar conmigo, él es el único culpable de que Paul me contradiga. En cuanto a su hijastra, no tengo ni idea de dónde puede estar; tampoco sé dónde vive.

☐ Entonces déjeme en el hotel y en cuanto tenga alguna noticia me avisa.

☐ Señora, yo no puedo tenerla en un hotel indefinidamente.

☐ Yo no estoy diciendo eso, lo que quiero decirle es que esto tenemos que arreglarlo pronto. Usted se va a comunicar con su hijo hoy mismo. ¿Verdad? Eso es todo lo que necesitamos. Cuando usted le cuente a él lo acordado, solo dos cosas pueden suceder, o él la cree y se aleja de Cristina, con lo que usted habrá ganado, o no la cree, en cualquier caso, él la llamará en algún momento, y ahí usted puede descubrir a donde se ha escondido la muy puñetera.

Agnes lo pensó rápido. Lo del hotel no era problema, a ella nunca nadie le revisaba sus cuentas, solo las pagaban, pero si esta mujer no localizaba a la chiquilla le pediría dinero a ella, y no estaba dispuesta a darle ni un centavo. Tendría que hablar con Fiona a ver qué hacían con la tal Gabina.

☐☐☐

Cuando el Golfstream aterrizó en el aeropuerto de la isla, ya el padre Anselmo los estaba esperando. Nadie supo cómo ni cuándo llegó aquel cura a la islita, algunos decían que había venido con los primeros conquistadores, y otros, que había nacido allí hacía muchos años. No tenía una edad definida, parecía nunca haber sido joven, y su piel curtida por el sol y el mar lo hacían parecer más un marinero que un sacerdote, sin embargo todos los respetaban como si fuera un patriarca. Entre sus amigos se contaban los grandes magnates y los más pobres pescadores. Anselmo y el viejo Gallagher se conocieron cuando este vino a comprar una propiedad destinada a vacacionar en la isla, después que su amigo Miguel Montenegro le hablara de San Ignacio. Montenegro fue quien los presentó y desde entonces se hicieron buenos amigos. Aquí había Gallagher moldeado a su nieto sin interferencias de su madre, y para los dos la isla representaba paz y libertad.

El día resplandecía, el sol brillaba con gusto, la vegetación tropical que vestía la isla de verde no tenía nada que envidiarle al mejor paisaje irlandés. El Caribe, según algunos científicos, es uno de los mares más azules del planeta, su poca profundidad en combinación con su porcentaje de sal lo convierten en un *espejo del cielo*. Su nombre viene, según Américo Vespucio, de *Caraibi*, palabra que usaban los indígenas para los ☐hombres sabios☐ Así le llamaron los nativos a los primeros europeos que llegaron a las islas, antes de que estos empezaran a matarlos y hacerlos sus esclavos.

El avión paró justo delante del hangar de los Gallagher y un segundo después se abrió la portezuela lateral dejando ver al abuelo, seguido de Paul llevando de la mano a Cristina.

☐ Me imagino que estos son los novios.

Les dijo el sacerdote estrechando la mano de Gallagher mientras miraba a los chicos.

☐ Yo no los veo muy desesperados.

☐ Es que tú no llevas dos horas con ellos en ese pequeño avión tratando de entretenerlos.

☐ Papa, que calumnia☐

Replicó Cristina riendo, luego desprendiéndose de la mano de Paul fue hacia donde estaba el padre Anselmo y le plantó un beso que cada mejilla diciéndole.

☐ Yo soy Cristina, tengo mucho gusto en conocerlo y de entrada le doy las gracias por haber aceptado casarnos.

Paul la alcanzó y pasando su brazo sobre los hombros de Cristina le dijo.

☐ No vuelvas a irte de mi lado así como lo has hecho, nunca más.

Bromeaba, pero a Cristina le pareció oír también un matiz de posesión en la voz del muchacho.

☐ Hola padre, como esta.

☐ Pues ya ves, tenía razón cuando eras chico y te decía que yo te casaría, te acuerdas.

☐ ¿Qué si me acuerdo?

Dijo Paul ahora dirigiéndose a Cristina

☐ Este buen párroco que vez aquí, me quería casar con una loca que vivía en la playa y de la cual todos los niños huíamos cuando aparecía. ¿Qué fue de la vida de Cunda?

☐ Cunda está más cuerda que todos nosotros juntos. Al final se juntó con uno de los pescadores del puerto y se tranquilizó. Ahora sus hijos viven en el continente y es toda una señora.

Contestó el cura.

Cristina miraba hacia todos lados como queriendo abarcar con la mirada todo cuanto la rodeaba para guardarlo en su infinita memoria y nunca olvidar estos instantes, cuando estaba a punto de ser la esposa de Paul. *Gracias papi*, dijo mirando al cielo, cosa que no pasó desapercibida para el cura.

☐ ¿A quién le hablas criatura, a Dios?

☐ Bueno, él debe estar oyendo también pero yo le hablaba a mi padre, yo creo que toda esta felicidad en gran parte se la debo a él, y a mi madre también, ellos son los ángeles que cuidan de mí aquí en esta vida.

☐ De ahora en adelante te cuidaré yo.

Le dijo Paul atrayéndola hacia él y besándola apasionadamente en los labios sin ni siquiera darse por enterado de la presencia de los demás. Era como si viajara en una nube de un planeta lejano donde solo existían él y Cristina; como la quería, como podría haber vivido tanto tiempo sin ella. Sentía que se le partía el corazón cuando tenía que mirar otras cosas que no fueran sus ojos, o usar su boca para otra cosa que no fuera para besarla; podría vivir por una eternidad alimentándose de los besos de esta maravillosa criatura.

☐ Ya veo lo que quieres decir viejo amigo. Arriba muchachos que hay que casarlos pronto.

☐☐☐

La construcción de la Iglesia de San Ignacio comenzó en el año 1895 por órdenes directas de Roma, tras la mediación del entonces primer Cardenal Criollo, Eduardo Pérez Serantes, quien en su primer viaje a las Américas tuvo la suerte de parar en aquella maravillosa isla de la cual se enamoró, su ascensión en la jerarquía eclesiástica le impidió ser párroco de la misma, sin embargo se las arregló para que uno de sus seminaristas preferidos, Anselmo Rodrigo de Hidalgo, lo fuera.

El edificio de la Iglesia se componía del templo parroquial, el patio, la torre del campanario, la sacristía y las habitaciones privadas del padre Anselmo. El templo parroquial abarcaba una superficie de aproximadamente cinco mil metros cuadrados, las paredes laterales se vestían con Vitrales traídos de Guipúzcoa, España, que narraban el *Vía Crucis*. El vitral principal del fondo coronaba el altar. A los costados del altar se erguían dos capillas, a la derecha la Capilla Bautismal de la Caridad, donada por la familia Montenegro y a la izquierda la Capilla de Santa Barbará. La sacristía quedaba al lado derecho de la parroquia, y se componía de dos habitaciones amplias, una de trabajo y otra de archivo. El patio parroquial se enclaustraba entre estas dos edificaciones y se cubría con una enredadera de uvas que proporcionaban sombra durante los calientes mediodías antillanos. El campanario se erguía sobre la parroquia a unos 50 metros del suelo, y era costumbre en los días de primera comunión que el padre Anselmo llevara a los recién iniciados al sacramento, hasta la parte más alta del mismo, donde todos podían tocar la gran campana aunque fuera por unos momentos. Al final del patio y cerrando el complejo parroquial, se encontraban las habitaciones del sacerdote; el padre Anselmo también tenía una pequeña casita junto al mar, donde los pescadores varaban sus barcos en tiempo de ciclones, puesto que la Bahía de San Anselmo era la única que se libraba de los mismos.

A Cristina aquella simple iglesia de pueblo le pareció maravillosa, mucho más bonita que cualquier catedral famosa del mundo. Soñaba despierta viéndose caminar hacia el altar del brazo del abuelo con un vestido blanco de novia y un velo que llegaba hasta la playa y se confundía con el mar, donde Paul la esperaba ansioso y feliz. Sin embargo y aunque no hubieran flores, mi vestido, mi cantos, ni invitados, fue la ceremonia más linda que el padre Anselmo había visto en los últimos años, porque durante todo el sacramento los novios mantuvieron sus miradas perdidas uno en el otro y el padre sintió que el mismo Dios estaba tirando de una cuerda mágica a través de él, para unir aquellas preciosas vidas. La parte oficial del matrimonio la llevó a cabo Arturo Fraga, abogado de reputación y amigo de la familia. Las despedidas se hicieron al frente de la parroquia donde ambos esposos dijeron sus adioses corriendo hacia el carro que los llevaría hasta su nido nupcial en la Playa de la Morena, donde se encontraba la Villa de los Gallagher.

☐ ¿Cuál era el apuro Paul?

Le preguntó el sacerdote al abuelo cuya mirada seguía clavada en la carretera por donde se perdieran sus nietos

☐ No me pareció que la chica estuviera embarazada.

☐ No, no es eso, es que tienen enemigos que de esperar y hacer públicas sus intenciones, se opondrían y no los dejarían ser felices.

☐ ¿Puedes explicarme eso en cristiano?

☐ Mi nuera no quiere a la chica, y sabes que no es una persona buena.

☐ ¿La bruja? Esa no es ni persona. En fin, me alegro haberlos ayudado. ¿Tú te quedas unos días?

☐ No, me voy ahora mismo, tengo cosas que hacer que no pueden esperar. Creo que en los próximos días voy a tener que dedicar todo mi tiempo a proteger a estos muchachos. No creo que nadie tenga idea de que vinimos hasta acá, pero por si acaso alguien te llama, tú no sabes nada, ¿Entendido?

— Cuenta conmigo. Hace mucho tiempo aprendí a mentir por causas buenas y sé que el señor me perdona.

— Dales una vuelta mañana, por favor, y me llamas.

— No te preocupes hombre, van a estar bien. Nunca antes he visto esa mirada en tu nieto, y la niña parecía que emanara luz; no hay muchos que logren amar así.

— Ojala puedan hacerlo por el resto de sus vidas.

Ahí estaba otra vez, la sensación de inseguridad y de miedo que sentía en el pecho cuando del futuro de su nieto se trataba, y ahora había llegado. «Dios mío protégelos» pensó el viejo, «no permitas que sufran, te lo ruego» El teléfono celular lo hizo volver a la realidad y en ese preciso momento se dio cuenta de que Dios no lo había oído.

— Sí.

— ¿Papa, donde esta Paul?

Era la bruja.

— No lo sé. Creía que estaba con ustedes.

Respondió queriendo darle a sus palabras un tono de seguridad.

— Con nosotros no está. ¿Dónde estás tú?

— En mi oficina.

— ¿Un Sábado?

— Agnes, no tengo tiempo para ti en este momento, así que dime qué quieres y acabemos.

— No sé dónde está Paul, lo llamo y lo llamo pero no me contesta.

— ¿Y que tú quieres que yo haga?

— Que lo busques y lo encuentres, llámalo tú, a ti te contestará.

— Por si no te has dado cuenta, Paul es un adulto, y yo estoy muy viejo para empezar a ser niñero. Adiós Agnes.

Le colgó el teléfono y se le quedó mirando. ¿Y si tirara el teléfono al mar, se ahogaría su nuera?

— ¿La bruja?

Preguntó Anselmo

— La misma.

— No creo que pueda llegar hasta aquí.

☐ No pero ellos tendrán que volver a reanudar sus vidas, y entonces el escándalo que va a dar esta mujer va a ser enorme. Mejor me voy y empiezo a trabajar en esto.

☐ Mientras estén aquí no tienes que preocuparte, yo los cuido.

☐ Gracias Anselmo. Quiero que este matrimonio sea el inicio de una gran vida para ambos, no voy a permitir que nadie les quite su futuro.

23

El ventanal que hacía de pared exterior de la alcoba dejaba que la luz del Caribe entrara lozana y plena, posándose sobre el cuerpo desnudo de Cristina. Las cortinas de seda blanca se batían al compás de la briza antillana y hacían que las formas anatómicas de la joven se confundieran en un manto de albor y transparencia.

Habían alcanzado la casa de la playa por puro milagro, puesto que Paul, tratando de llegar pronto, hizo volar el Mercedes por la pequeña carretera y más de una vez estuvieron a punto de irse contra los pinares que la rodeaban. La Playa de la Morena era una de las más privadas de la isla, y para llegar a ella había que cruzar un puente sobre lo que era un bajío de arena, que se convertía en brazo de mar cuando subía la marea.

A Paul le tomó un segundo desmontarse del carro e ir a abrir la puerta para coger a la novia en sus brazos y entrar corriendo por el portal delantero. Gracias a Dios la puerta estaba abierta y desde allí corrió hacia la alcoba donde depositó a Cristina en la cama. Una vez allí, se alejó de ella y se dejó caer en una butaca cercana exhausto de alegría y deseo. Ella, muy despacio se incorporó y siempre sin dejar de mirarlo se fue quitando su ropa con movimientos seductores y coquetos hasta quedar completamente desnuda. Así fue como se dirigió a los ventanales que daban a la playa dejándose envolver por la brisa.

Paul no podía moverse, la observaba como quien observa a una diosa a la cual se idolatra pero no se puede tocar. Cristina al ver su inmovilidad empezó a caminar hacia donde él estaba, muy bonitamente, moviendo sus caderas en un ritmo sensual que volvía loco al muchacho.

 Ven Paul Ven a mí, ahora

Cristina se sorprendió del poco pudor con que se expresaba y la facilidad con que se estregaba a lo desconocido.

Paul se paró y caminó hacia ella, la tomó en sus brazos y la apretó contra su cuerpo mirándola siempre a los ojos; no podía dejar de mirarla, si lo hacía, quizás el encanto se rompería. Así se quedaron por unos instantes que parecieron siglos hasta que ella, más agresiva que él, le acercó su boca besándolo como nunca antes nadie lo había hecho. No supieron cómo llegaron hasta el lecho, pero Cristina sentía el cuerpo desnudo y fuerte de Paul pegado al suyo como queriendo sostenerla en sus brazos hasta fundirse en ella☐

Se acariciaron, se descubrieron, se saborearon el uno al otro, con esa ansiedad que sienten los que llevan esperando milenios para hacerlo. Cristina sintió como algo húmedo salía de su cuerpo y se deslizaba entre sus piernas, y como Paul, con mucha delicadeza y amor, se introducía dentro de su ser y de su alma, haciéndola gritar de placer☐ Los dos volaban en un mundo de goce deleitándose mutuamente hasta perder el sentido☐

No había en el mundo otra sensación como aquella. Cómo era posible que los seres humanos pudieran ser capaces de sentir tanta dicha. Se creyeron trasladados a un lugar donde no hacían falta las palabras, el sabor de la piel y el calor de los labios exclamaban con señales nuevas lo que estaban sintiendo, la sensualidad cantaba, y el cuerpo moría rendido ante el estímulo del amor mutuo, y nacía una y otras vez, para morir de regocijo una y mil veces más.

Cuan perfecta era la creación divina que permitía que el amor se tradujera en aquella sensación de disfrute y goce inagotable. La piel era el universo infinito que recorrían una y otra vez descubriendo en cada momento nuevos encantos.

La noche los sorprendió rendidos y abrazados, y allí, envueltos en el hechizo de lo que acababan de descubrir juntos, se juraron amor eterno. La playa fue testigo de cuanto se amaron, y la luna los alumbró con su melena plateada consagrando una unión que ya nada ni nadie podría romper.

Cristina no quería abrir los ojos, pensó que soñaba y no quería despertar, sin embargo al sentir la cálida caricia de la mano de Paul sobre sus senos, sus labios se abrieron en una sonrisa de placer. No soñaba, al contrario, nunca había estado tan despierta como en este instante. Abrió los ojos para encontrarse con los de su esposo, que apoyado en un brazo, la arrullaba con su mano suavemente, como los pétalos de una rosa, rozándole apenas los senos y bajando por la línea media de su abdomen para llegar al pubis, encubierto por sus propias piernas.

☐ Te quiero☐
☐ Y yo a ti☐

☐ Me gustas, te deseo, quiero acariciarte con mis manos y mi boca hasta que tu cuerpo se quede grabado en mi memoria para siempre☐

☐ Yo tengo tu sabor en mi boca y ya huelo a ti, a tus caricias, a tu aliento☐ No entiendo como pude vivir tanto tiempo sin ti porque si ahora te alejaras de mi moriría☐

☐ Nunca, por ninguna razón, jamás, me alejaré de ti. No puedo respirar sin ti, el solo hecho de pensarlo hace que me duela el corazón☐ Pero no hablemos de eso, eso nunca sucederá, nada ni nadie podrá separarnos jamás☐

☐ Yo lo sé mi amor, lo sé, y es como único puedo seguir viviendo, porque sé que siempre estaré a tu lado.

Paul volteó su cuerpo y se dejó caer sobre ella muy tiernamente, queriendo penetrarla de nuevo.

☐ ¿No estás cansado?

☐ Nunca☐ ¿Y tú?

☐ Jamás☐

Volvieron a hacer el amor por enésima vez, hasta quedarse dormidos entre el cansancio y el placer.

☐☐☐

La mañana llegó resplandeciente, presagiando todavía más felicidad, si es que eso era posible. Cristina fue la primera que despertó, se complacía recordando cada instante, cada segundo de aquel amor que la poseía ya para siempre. Paul la tenía enredada con sus piernas y brazos y no se podía mover; ni quería hacerlo, no quería irse de allí jamás. Quería que el tiempo se detuviera y que se quedaran así para la eternidad☐

☐ ¿Estas despierta?

Preguntó Paul muy suavemente en su oído.

☐ No lo sé, quizás estoy soñando.

☐ No estás soñando, estas en mi brazos y eres mi esposa.

☐ Tú esposa☐ Nunca pensé que este día llegaría.

☐ Pues ya lo vez, llegó☐ Señora Gallagher

Cristina se volvió a acurrucar en sus brazos, tenía su cabeza escondida en el cuello de Paul y respiraba su olor y saboreaba su piel y se volvía a envolver en él☐

☐ ¿Quieres más☐ ? Me vas a matar☐

Dijo Paul en una voz que quería aparentar una sensatez que no sentía.

□ Querer si quiero, pero no creo que pueda. Debemos estar deshidratados e hipoglicémicos.

□ ¿Hipo qué?

□ Hambrientos□

□ Sí, creo que si tengo algo de hambre.

□ Voy a preparar algo y ya vengo.

Cristina trató de incorporarse pero él la aguantó

□ No vas a ningún lugar sin mí; vamos los dos.

Paul se levantó algo tambaleante y miró a Cristina que tenía las piernas separadas y flexionadas en la rodilla□

□ No puedo caminar.

□ ¿Qué?.. ¿Qué te pasa mi amor, que tienes?

Paul la sostuvo entre sus brazos y trató de dar un paso con ella pero ella no se podía mover□ Y así fue como empezó Cristina a reír, con una risa alegre y juguetona que no podía parar.

□ No puedo mover las piernas, parece como si hubiera estado montando a caballo toda la noche□

Paul se contagió de la risa de ella y se carcajeaba como si le estuvieran haciendo cosquillas.

□ ¿Eso de caballo es un insulto o un piropo?

Se reían tanto que volvieron a caer en la cama entre risotadas y lágrimas producidas por la risa. Paul fue quien empezó con las cosquillas y ella le siguió, era una lucha a muerte, o así parecía para quienes oían sus gritos y su algarabía□

Entre el ruido de las risas oyeron como alguien golpeaba la puerta.

Se quedaron inmóviles, como si alguien los hubiera sorprendido en un acto ilegal, se miraron y volvieron a reír.

□ Somos marido y mujer, no estamos haciendo nada malo.

Gritó Paul entre risas y medias palabras.

□ Ya lo sé, solo quería saber si quieren comer algo.

Se miraron, quien podría ser aquella mujer.

□ Si nos prepara algo de desayuno, estaremos listos en veinte minutos.

Alcanzó a decir Cristina.

□ Que sean treinta, y prepare mucho, estamos hambrientos.

Agregó Paul.

□ Sí señor.

Como pudieron se levantaron, Cristina caminando encorvada con las piernas separadas y Paul riéndose de ella. Se metieron juntos bajo un agua tibia casi caliente que hizo que Paul volviera a prepararse para hacer el amor.

☐ Eres incansable.

☐ Estoy enamorado, que quieres que haga.

☐ Entonces vamos a hacer el amor aquí y ahora.

☐ Sus deseos son órdenes, señora Gallagher.

Volvieron a dejarse llevar por ese deseo compartido que los enloquecía y los hacía sentir de un modo sublime y encantado, hasta llegar a la cima, donde ambos quedaron rendidos, aguantándose el uno del otro y recostándose contra la pared del baño para no caer.

Paso una hora y media antes de que pudieran llegar a la cocina desde donde salía un olor a chorizo, huevos revueltos, pan recién horneado, y café.

☐ Buenos días, yo soy Elisa, para servirles, sigan hasta el patio trasero, allí tengo la mesa puesta para ustedes y ya mismo les llevo la comida.

☐ Gracias Elisa, huele exquisito lo que estás haciendo.

Le dijo Cristina, Paul se limitó a seguir a su amada por toda la casa hasta llegar al patio. El olor del mar se le metió en los pulmones y su pecho se abrió ante tal estimulo, a ella le sucedió lo mismo, y como siempre, se leyeron el pensamiento y se abrazaron y besaron a la luz del Sol tropical que se filtraba a través de los pinos y coloreaba el lugar haciéndolo resplandecer.

Cuando Elisa llegó con los primeros manjares seguían besándose, no se habían dado cuenta de su presencia, solo existían ellos, el Sol y el mar Caribe☐

☐ A ver niños, a comer que les hace falta alimentarse.

☐ ¿Elisa, quien te dijo que vinieras a cuidarnos, el abuelo?

Le preguntó Cristina muy sonriente, sin soltar a Paul.

☐ Sí, y no. Yo trabajo para la señora Mercedes Montoya. Su vecina, ella es muy amiga del Padre Anselmo y del señor Gallagher, así que cuando su abuelo le pidió al padre que le buscara alguien especial para cuidar de ustedes, él pensó en mí y aquí estoy..

☐ ¿Qué pasó con Acela y Mundo, los sirvientes del abuelo?

☐ Ellos están aquí, pero ellos no saben cuidar de unos recién casados como ustedes, para eso me necesitan a mí.

☐ Pues muchas gracias de nuevo Elisa, es un placer tenerte aquí con nosotros.

☐☐☐

El sol de primavera había emigrado al Caribe dejando a la ciudad de los rascacielos cubierta con nubes grises que más que lluvia auguraban peligro.

☐ Sr. Gallagher, su nuera está en el teléfono, es la décima vez que llama en menos de media hora, le he dicho que ya le di sus mensajes pero sigue llamando, y ahora me amenazó con echarme del trabajo si no la comunico con usted inmediatamente.

☐ Dalila, cuantas veces te he dicho que no le hagas caso.

☐ Ay señor pero es que su nuera cada día está más agresiva, y pienso que como no puede echarme del trabajo, uno de estos días me manda matar.

☐ Eso no lo dudo, sobre todo si tuviera los medios, pero no los tiene, así que despreocúpate y pásamela, de lo contrario soy yo quien va a mandar a matarla a ella.

Dijo el viejo Gallagher llevándose el auricular al oído.

☐ Aló.

Antes de que empezara a hablar ya sentía la incomodidad de su voz, y la estupidez de sus palabras entrándole en sus oídos como alfileres afilados, produciéndole un agudo dolor de cabeza. Se lo estaba esperando, pero nunca pensó que llegara tan pronto.

☐ ¿DONDE ESTA PAUL? Y no me digas que no sabes porque sé que mientes. Aquí hay algo que no entiendo, llevo llamándolo cada 10 minutos por las últimas 36 horas y no me contesta, ¿DONDE CARAJOS ESTA☐ ?

☐ Cuidado con lo que dices Agnes.

☐ ¿DONDE ESTA MI HIJO?

☐ No me grites o te cuelgo el teléfono.

Agnes estaba tan fuera de sí que podría haberlo matado a través del teléfono, pero se contuvo; por ahora. Este viejo maldito se iba a arrepentir de haberla humillado durante todos estos años. Hizo silencio y esperó a que él hablara.

☐ ¿Que deseas?

☐ Estoy preocupada por Paul, no me responde el teléfono.

Trató de hablar lo más calmada que pudo, con un matiz de preocupación.

☐ Conociéndolo como lo conozco te diría que no te contesta a propósito por haberlo llamado tantas veces; quizás apagó el teléfono para que no lo molestaras más.

☐ Estoy preocupada. Yo nunca sé dónde está, tu si lo sabes siempre, o sea que si ahora no lo sabes es que algo malo le ha pasado, y si lo sabes, me lo estas ocultando para hacerme rabiar.

En eso tenía razón Agnes pero por supuesto no se lo dijo.

☐ Yo no sé a dónde está pero trataré de encontrarlo. ¿Algo más?

☐ Sí, tenemos una crisis familiar en nuestras manos, es por eso que quiero encontrar a Paul en cuanto antes.

Ya estaba otra vez esta maldita mujer inventando cuentos.

☐ ¿Qué pasa ahora Agnes? ¿Cuál es la crisis?

☐ Te acuerdas de la mocosa esa, la tal Cristina, pues bien, ella está desaparecida también. Su madrastra la anda buscando y dice que cuando la encuentre va a demandar a Paul por secuestro y violación de menores, ella está convencida de que están juntos. Como veras, estoy muy alarmada.

El viejo Gallagher sintió como si un elefante se posara en la parte izquierda de su pecho y le sacara la vida por la garganta, pero hizo un gran esfuerzo para que su voz sonara uniforme y tranquila.

☐ ¿Y eso que tiene que ver con Paul? No creo que estén juntos.

☐ Juntos o no lo van a demandar por violación de una menor y secuestro, eso es delito federal, te podrás imaginar que con cargos como esos nunca le darán su licencia de abogado, sobre todo si esto llega a los tribunales. Lo peor de todo es que yo también estoy convencida de que están juntos y de que alguien los está apañando.

☐ ¿Y cómo llegaste a esa conclusión?

☐ Llamé a sus queridos amigos negros☐ lo dijo así despectivamente con la intención de fastidiar a su suegro☐ Y no me quisieron dar el teléfono de ella. Esos dos me odian y seguro que los están encubriendo. Yo siempre supe que esa chiquilla era una cualquiera que andaba tras el dinero de Paul, pero nadie me quiso escuchar y ahora mira en el lio en que nos hemos metido.

☐ ¿Cómo sabes todo esto?

La presión del pecho no se aliviaba, pensaba que iba a dejar de respirar en cualquier momento; quiso llamar a Dalila para que avisara al 911, pero prefirió esperar y morir si fuera necesario, esto no podía estar pasándole a su nieto, no podía ser verdad. ¿Sería esta la sensación que siempre lo embargó cuando pensaba en el futuro de Paul junto a Cristina? Había estado tan ciego como para no darse cuenta que la relación entre ellos estaba destinada a no existir, pero. ¿Por qué? ¿Qué le habían hecho estos muchachos al mundo para que el destino jugara con ellos de esta manera? Debió haber prestado más atención a sus instintos.

□ Porque la muy estúpida de la madrastra me llamó, no sé cómo consiguió mi número de teléfono, pero me imagino que se lo dio la tal Cristina, se lo debe haber robado a Paul o algo así, en fin. Me dijo que si quería evitar el escándalo que le buscara a la chiquilla en 24 horas o de lo contrario iría a la policía a levantar cargos contra Paul y luego iría a los periódicos amarillistas con el cuento.

Se hizo un silencio que Agnes interpretó como bueno para ella□ El viejo había caído y así caería Paul también.

□ Espera, hay más, esta señora está exigiendo tres millones de dólares en efectivo, como mínimo, y los quiere ahora mismo. Si pasan más de 24 horas pedirá más dinero y por supuesto venderá todo el cuento a los periódicos amarillista. A mí lo de los millones no me importa, pero el futuro de mi hijo está en juego y no puedo dejar que esto suceda.

□ Voy a tratar de comunicarme con él, pero por favor deja de llamarlo. Ya te llamaré yo cuando tenga noticias.

□ La madrastra me dijo que Cristina había planeado todo esto, especialmente lo de hacerse pasar por fea y luego aparecer luciendo como lo hizo, y todo esto por atrapar a Paul, pero parece que ahora no quiere compartir el dinero con la madrastra y claro, ella está encolerizada con la chiquilla. Papa, por favor no le digas nada a Paul, no le eches a perder su graduación por culpa de esta insulsa y su hijastra. Vamos a arreglar esto entre nosotros.

□ Te llamo.

El viejo colgó el teléfono y se le quedó mirando. Dalila estabas parada frente a él y lo miraba con susto.

□ Señor, está bien. Ha perdido el color.

□ Ojala sea eso lo único que pierda.

□ Quiere un vaso de agua, un té, un café, un trago, algo□ Está muy pálido señor, estoy asustada.

La presión del pecho se iba aminorando a medida que pasaban los minutos y un dolor punzante en medio de la frente, justo detrás de los ojos, empezaba a crecerle como un tumor gigante que quisiera hacer explotar su cabeza.

 Estoy bien Dalila, ya sabes que no me llevo bien con mi nuera y me altera con sus estupideces, pero no me pasa nada. Sigue no más.

Cuando Dalila salió intentó levantarse, había envejecido mil años en los últimos cinco minutos. No podría ser que Dios fuera tan injusto con su nieto, no era verdad, esto era un invento de la bruja de Agnes. ¿Pero por qué se inventaría semejante cosa? ¿Cómo habría encontrado la madrastra de Cristina a su nuera? Tenía que haber sido Cristina, era la única que tenía acceso a Paul y con él, a su teléfono. Todo esto era tan increíble que no podía ser fruto de las maquinaciones de su nuera, ella no era tan inteligente. ¿O sí? Quizás el destino estaba ensañándose con él haciendo sufrir a quien más quería en este mundo. ¿Pero por qué? ¿Qué había hecho él para merecen semejante castigo? Él no sabía mucho de la madrastra de Cristina pero le pareció recordar que esta no había sido buena con la niña, que prácticamente la había abandonado, y que si no fuera por la buena de Rosi la chica estaría hoy en un orfelinato. ¿Sería esto un cuento más, parte del plan? Tenía que llamar a Paul y decirle que regresara, pero no podía decirle el por qué. Creía que la niña nunca se prestaría a semejante bajeza, pero él no conocía bien las leyes y la verdad era que Cristina era menor de edad. Qué tal si por primera vez en su vida Agnes estuviera diciendo la verdad y su nieto se encontrara en una posición comprometedora; si la mitad de lo que decía Agnes era cierto el muchacho estaba en tremendo problema, violación y secuestro

Tenía que hacer algo rápido. Tomó su teléfono celular y llamó al padre Anselmo.

 Aló.

 Anselmo, es Paul Gallagher, necesito que me hagas un favor.

 ¿Otro casamiento?

 No es broma Anselmo, escúchame. Quiero que te comuniques con mi nieto y le digas que me llame lo antes posible. Yo mismo le dije que apagara su teléfono celular y ahora que tengo necesidad de hablar con él no puedo localizarlo.

 ¿Existe algún problemas que yo deba saber? ¿Algo que ver con el casamiento?

☐ No, nada de eso, solo necesito hablar con él a la brevedad posible.

☐ En diez minutos tengo misa pero en cuanto termine iré yo mismo a llevarle el recado.

☐ Dispongo de poco tiempo. Llámalo por teléfono a la casa de la playa y dile que me llame él a mí lo antes posible, o mejor☐ ¿Que estoy diciendo? Yo puedo llamar a la casa☐ No sé el teléfono, maldita sea, Anselmo, dame el número de mi casa

☐ De acuerdo, pero ahora el preocupado soy yo. Qué pasa Paul, cual es el apuro. Sabes que puedes contar conmigo.

☐ Ya te explicaré luego, ahora no tengo tiempo, solo haz lo que te he dicho, por favor, luego hablamos.

El viejo Gallagher colgó el teléfono sin esperar que Anselmo le diera el número de teléfono. Llamó a Dalila y le dijo que le buscara el número de teléfono de la casa de playa en San Ignacio; era ridículo pero no lo sabía. También le dijo que cancelara cualquier compromiso que tuviera, y que no le pasara ninguna llamada. Por último le dijo que estaría trabajando hasta tarde en algo personal, que no quería que nadie lo supiera, y que se preparara para una noche larga.

☐ Entendido.

Contestó Dalila dispuesta a quedarse hasta que fuera necesario para ayudar al viejo que tanto respetaba y quería.

☐☐☐

Elisa se acercó a donde descansaban los nuevos esposos.

☐ Señor Gallagher, le llama el padre Anselmo.

Paul y Cristina se habían quedado en el patio trasero después de comerse un suculento desayuno, se habían recostado en una de las hamacas que colgaban del pinar que llevaba a la playa, y se habían quedado medio dormidos, estaban muy cansados, el amor es un trabajo fuerte y agotador☐

Como que Paul dormía plácidamente fue Cristina quien contestó el teléfono.

☐ Buenos días padre y mil gracias por mandarnos a Elisa a que nos ayudara, es un encanto de persona.

☐ Sí, sí lo es hija, pero el mérito no es mío. Ahora necesito hablar con tu esposo.

☐ Está rendido padre.

Debes despertarlo, tengo un recado importante de su abuelo para él.

 ¿Pasa algo malo padre?

Ay Dios mío que pasará ahora. Quiero ser optimista y pensar en cosas buenas pero la voz del padre me parece demasiado seria y apremiante, pensó Cristina.

 Paul, amor, despierta.

 No quiero

La atrajo hacia él, y la beso largamente.

 Amor, el padre Anselmo está en el teléfono, tiene un recado para ti del abuelo.

Paul abrió los ojos como si viniera de un lugar remoto. No se trató de incorporar, si no que tomó el teléfono de manos de Cristina y volviéndola a abrazar apretándola contra su pecho la beso largamente en los labios para luego contestar.

 ¿Qué pasa padre?

 Tu abuelo quiere que lo llames inmediatamente.

Ya mi madre se debe haber enterado y está armándole tremendo lio al abuelo, eso se veía venir, pensó Paul.

 Padre, recuérdele al abuelo que fue él mismo quien nos trajo y nos dejó aquí para disfrutar de nuestra luna de miel, después de decirnos que apagáramos nuestros teléfonos que él se ocuparía del resto.

 Pues hijo, parece que las circunstancias han cambiado. No estoy bromeando Paul, lo encontré muy preocupado, por favor hijo, debes llamarlo de inmediato.

Ah que poco les duró la alegría, sabía que tendría que enfrentarse a su madre, pero no creyó que tendría que hacerlo tan rápido. ¿Por qué no podía el abuelo arreglarlo? O quizás se tratara de otra cosa. ¿Pero qué otra cosa podría ser? ¿Algún problema con Cristina? Imposible, Rosi sabía dónde estábamos. ¿Cuál será el apuro?

 Muy bien padre, ahora mismo le llamo.

Cristina miró a Paul con cara de preocupación, algo estaba pasando y era algo malo Cualquier cosa que fuera era mala

 ¿Qué pasa Paul?

 No lo sé, el abuelo quiere que lo llame.

 Okey, llámalo.

— Primero quiero que te acurruques aquí conmigo y me dejes que te bese mucho, mucho, mucho—

Diciéndolo y haciéndolo. A Cristina se le olvidó el abuelo, las cosas malas, el lugar donde estaban, el día en que vivían y hasta quien era, solo podía concentrar su atención en aquellos labios que la enloquecían y la llenaban de dulzura. Se olvidaron del tiempo y se mezclaron en un abrazo infinito desde donde desafiaban el principio físico que decía que dos cuerpos no pueden ocupar el mismo espacio—

— Señor, eh— perdón, señor, es su abuelo en el teléfono.

Ambos volvieron de la otra galaxia donde solo ellos existían y Paul tomó el teléfono.

— ¿Abuelo, que pasa, cual es la urgencia?

— Hijo, necesito que regresen a Boston inmediatamente. El avión está en camino, los recogerá en el aeropuerto en exactamente tres horas. Yo los estaré esperando en Boston y allí les explicaré.

— ¿Qué está pasando Paul?

— No lo sé. El abuelo quiere que regresemos lo antes posible.

Cristina vio como el semblante de Paul cambiaba y su mirada se perdía en la distancia.

— No lo sé. No lo sé— Y creo que no quiero saberlo—

24

Después de arreglar la casa y de tranquilizarse un poco con la noticia de Cristina yéndose para San Ignacio con Paul y el abuelo, Rosi se fue para casa de sus padres. Se decía una y mil veces que no debía haberla dejado ir, que aquello no estaba bien. ¿Pero por qué no estaba bien? ¿Qué había de malo en el asunto? Nada, se decía una y mil veces, pero entonces por qué tenía aquella sensación de malestar en el estómago como si estuvieran empujándola contra una pared. Ahora que al fin la niña había terminado sus estudios y se disponía a comenzar una nueva vida como profesional y adulta, las preocupaciones deberían desaparecer, pero Rosi no lo sentía así. Muy adentro en su pecho se estaba llevando a cabo una batalla entre la ansiedad y la lógica.

¿Por qué no la habría llamado? Porque estaba disfrutando de sus bien merecidas vacaciones. Estaba con el abuelo ¿Qué mal pudiera estar pasándole? El ruido del teléfono la asustó y dio un brinco en el sillón donde estaba sentada conversando con sus padres.

☐ ¿Rosa María, que te pasa, porque saltas?

☐ No es nada papá, estaba distraída y me asustó el teléfono.

☐ Aló.

☐ Rosi.

☐ ¿Mi niña, donde estás? Gracias por llamarme mi amor, ya me estaba preocupando. ¿Está todo bien?

☐ Pues no lo sé, regresaremos a Boston en unas horas, llegaremos esta noche.

☐ ¿Por qué regresan tan pronto?

☐ No lo sabemos, el abuelo llamó pidiéndonos que regresáramos.

☐ ¿El abuelo no está con ustedes? ¿Están solos? ¿Por qué?

☐ Ya te explicaré cuando llegue, solo quiero avisarte para que estés en casa pues yo no me lleve llaves al salir, y no tengo como entrar. Bueno, la verdad es que no se si seguiré con Paul para su casa. De todas formas quisiera hablar contigo cuando llegue, tengo muchas cosas que contarte.

☐ Estoy con mis padres pero ya mismo me voy para el apartamento.

☐ No hay apuro, el vuelo demora unas tres o cuatro horas, y todavía no hemos salido de la casa así que tienes mucho tiempo, no creo que lleguemos antes de las siete o las ocho de la noche.

☐ No importa, me voy de todas formas. ¿Estás bien mi niña?

☐ Si Rosi, estoy muy bien, es más, nunca he estado mejor, soy muy feliz.

☐ Me asustas hija, que hiciste.

☐ ¿Rosi, qué pasa, no me conoces? No hice nada malo, solo que estoy muy feliz, ya te cuento cuando llegue ahora tengo que dejarte. Besitos...

Rosi apretó el botón del teléfono celular para terminar la llamada y se le quedó mirando como si Cristina estuviera metida allí adentro.

☐ ¿Qué pasa hija?

☐ Cristina está regresando esta noche.

☐ Cortas vacaciones diría yo.

☐ Si demasiado cortas...

☐☐☐

En San Ignacio

☐ Ya llamé a Rosi para que nos vaya a esperar.

☐ Pero tú no te vas con ella, tú vienes conmigo.

☐ Ya lo sé mi amor, pero en algún momento tengo que decirle que nos casamos.

☐ Está bien, eso lo arreglamos cuando lleguemos, pero tú no duermes en otra parte que no sea conmigo. Tú vas para mi casa. Después que nos instalemos a donde decidamos vivir, ella puede venir a vivir con nosotros. Aunque eres totalmente mía, sé que no puedes vivir sin Rosi. Además, a mí me gusta mucho como cocina así que ella será el ama de llaves oficial de nuestro hogar.

☐ Nuestro hogar, que lindo suena...

☐ Más lindo se siente mi amor, mucho más...

☐☐☐

En Nueva York

☐ Fiona, necesito hablar contigo ahora mismo.

☐ Ya lo estás haciendo Agnes.

☐ No, necesito verte en persona.

☐ ¿A quién robaste esta vez? Si es mucho dinero quiero la mitad.

☐ No hables así por favor, pueden estar escuchando.

☐ Estas paranoica. ¿Qué quieres?

☐ Voy para tu casa.

☐ Cualquier cosa que sea te va a costar, yo no hago favores, recuerdas.

☐ Sí, lo sé, te pagaré, pero no te muevas de allí.

☐ De acuerdo.

Agnes nunca cambiaria, no importaba cuánto dinero tuviera o cuanta señora se creyera, siempre seria *white trash.* El trato con ella no le había salido mal, pero tampoco le había salido bien. Ella cumplió años en la cárcel para proteger a Agnes y esta nunca le había dado lo que ella se merecía. Un mísero trabajo de secretaria en GALCORP que la tenía harta. Sin embargo Fiona sabía que el día llegaría en que Agnes la necesitaría otra vez y entonces iba a cobrarle todo lo que justamente le pertenecía y que nunca le dio. Quizás esta fuera la oportunidad que estaba esperando. Los golpes en la puerta la sacaron de su conversación consigo misma.

☐ ¿Qué haces aquí, acabas de llamarme?

☐ Te llamé de la esquina, quería estar segura de que estuvieras sola.

☐ ¿Y a qué se debe tanto misterio? Ya quieres matar al viejo, pensé que ibas a esperar más.

☐ No seas imbécil☐

☐ Hey, un momento, sin insultos porque te largas de aquí ahora mismo y te denuncio con tu familia aunque tenga que volver a la cárcel. ¿Me entendiste?

Cálmate Agnes, acuérdate que la necesitas. A esta también le llegará su hora, pero de momento me tiene que ayudar.

☐ Disculpa, estoy un poco nerviosa.

☐ Pues habla de una vez. ¿Qué pasa?

☐ Necesito varias cosas, primero un par de rufianes que se hagan pasar por policías, en Boston, y otro par para que te ayuden a secuestrar a una mujer; también necesito un documento legal que muestre cargos criminales contra mi hijo de parte de una mujer cuyo nombre te daré y por ultimo dos cartas, una dirigida a mi hijo y otra a una muchacha con quien anda. Tendrás que falsificar sus letras, que parezca que ellos las escribieron. Tienes que hacer todo esto en seis horas. Aquí tienes un cuaderno de Paul y otro de la fulana esa para que puedas copiar sus caligrafías.

☐ Tú estás loca, ni en seis días puedo hacer todo lo que me pides.

☐ ¿Cuánto quieres Fiona?

☐ Ahora estamos entendiéndonos. Quiero saber a quién le estás haciendo esto y por qué.

☐ Eso no te interesa, solo dime una cifra y hazlo.

☐ Esta vez estoy muy vieja para ir a la cárcel, y si me cogen tenlo por seguro que no iré sola, tú me acompañaras.

☐ Nadie va a ir a ninguna cárcel, el plan es perfecto.

☐ Quiero un millón.

☐ Ah☐ ¿Quién es la loca? ¿De dónde piensas que voy a sacar semejante cantidad?

☐ De donde mismo sacas todo lo demás. Lo quiero en efectivo, nada de cheques ni acciones de la empresa, y lo quiero antes de hacer el trabajo.

☐ De acuerdo, aquí tienes treinta mil, vete al aeropuerto y coge un avión para Boston. Te alquilas un carro y me esperas en un lugar cerca del hangar de GALCORP. Ahora empieza a anotar los detalles que necesitas para hacer tu trabajo.

Agnes le explicó a Fiona el plan dándole todos los detalles, que por supuesto deberían cumplirse al pie de la letra para que la artimaña funcionara. Eso era todo lo que tenía que hacer, Fiona se encargaría de todo, había nacido para el crimen y disfrutaba de él. Agnes no se quedaba tampoco atrás, durante las últimas 24 horas había conseguido toda la información necesaria para que Fiona pudiera hacer el trabajo a sus anchas. También le hizo saber, que el abogado que estaría en el hangar esperando a Paul con el abuelo, estaba trabajando para ella, así que no habría problema. Por último le dijo que los tres millones los estaba tratando de juntar el viejo en Boston y el abogado se encargaría de entregarlos. La madrastra había tenido una gran idea. ¿Por qué no se le ocurrió a ella antes? Esa mujer era muy astuta, tendría que deshacerse de ella lo más pronto posible, Quizás Fiona podría hacerle el trabajo.

☐☐☐

Después de hablar con su abuelo Paul se volvió a dormir en la misma hamaca en que estaban, en brazos de Cristina, pero esta no podía dormir. Tenía la profunda sospecha de que había algo mal. Ella sabía que la madre de Paul se opondría, pero nunca pensó que fuera algo que el abuelo no pudiera arreglar con un par de órdenes. ¿Por qué entonces el apuro para regresar? Nadie sabía que ella estaba allí con Paul, solo Rosi; quizás el problemas era con Paul y no con ella, aunque era lo mismo porque ya eran uno☐ Eran uno☐ Qué lindo sonaba aquella frase☐ Estaba viviendo los momentos más felices de su vida y se sentía firme y segura de poder enfrentar cualquier circunstancia que se le presentara.

Cuando por fin pudo despertar a Paul ambos volvieron a la habitación para cambiarse de ropa e ir para el aeropuerto. De alguna manera que ella ignoraba el closet de la alcoba estaba lleno de ropa para ella y para Paul☐ Por supuesto que antes de vestirse volvieron a hacer el amor, ya Cristina había perdido la cuenta, estaba agotada pero feliz, feliz, feliz☐ ☐Papi, si me estas mirando desde el cielo perdóname la lujuria, pero es que no puedo estar ni un minuto sin él☐ ☐

La limosina de los Gallagher con su chofer los estaba esperando a la entrada de la casa para llevarlos al aeropuerto. Cristina tuvo que frenar a Paul enérgicamente porque este quería hacer el amor otra vez en el carro☐

En el aeropuerto se encontraron al padre Anselmo que los esperaba.

☐ ¿Padre, le dijo mi abuelo de que se trata todo este corre-corre?

☐ No hijo, no me dijo nada, solo que deberías regresar cuanto antes.

☐ ¿Y de mí no dijo nada?
Preguntó Cristina

☐ No hija, no me dijo nada de nada, solo que debían regresar de inmediato. Por favor cuando se resuelva el problema asegúrense de darme una llamadita, me quedo algo preocupado.

☐ No se preocupe padre, yo lo llamaré.

Contestó Cristina, que aunque lógicamente trataba de convencerse de que nada malo podría estar ocurriendo, no pudo evitar que la migraña se le posara detrás del ojo derecho.

☐☐☐

El Golfstream llegó a la isla pasadas las cinco de la tarde; había mal tiempo en el Caribe y tuvo que desviarse para evitar la tormenta. En San Ignacio llovía torrencialmente y no pudieron despegar hasta pasadas las ocho de la noche. Cristina llamó a Rosi y le avisó de los cambios de horarios; Paul llamó al abuelo el cual estaba a su vez en camino a Boston.

La preocupación se notaba en el rostro de Cristina.

 No quiero verte nunca más con cara triste y preocupada, no hay nada en el mundo que pueda hacernos perder nuestra alegría y nuestra felicidad.

 Entonces bésame otra vez para que me veas contenta.

 Mejor hacemos el amor y te verás feliz.

Paul cada vez se volvía más cariñoso y tierno con ella, como si tocara una porcelana fina, la arrullaba de la cabeza a los pies con sus manos, con su boca, con toda su piel y Cristina era incapaz de resistirse a sus mimos, se dejaba amar de una manera desmedida y sin reservas. Ninguno de los dos se daba cuenta de lo que les estaba sucediendo, solo sabían que estaban juntos y que eso no cambiaría jamás.

Eran aproximadamente las nueve de la noche cuando Agnes llegó al hotelito de Boston, después de recoger a Gabina, donde debía encontrarse con su antigua amiga; la delincuente. Fiona no era el único recurso que tenía, con el tiempo había comprado a varios empleados de GALCORP a través de los cuales se mantenía al tanto de los movimientos de su suegro. Así fue como se enteró que el avión privado del viejo lo habían mandado vacío a San Ignacio y regresaba esa misma noche con alguien; tenía que ser Paul, y estaba cien por ciento segura que la chiquilla estaba con él. El odio crea vínculos obscuros entre las personas que lo sienten y Agnes nunca odio más a nadie que a aquella muchachita inteligente a quien Paul adoraba, mientras que a ella, aun siendo su madre, ni la miraba. Pero el final estaba cerca, de una vez y por todas se quitaría a la imbécil esa de arriba y se ganaría la confianza de su hijo. Mientras más se sufre más vulnerable se sienten las personas y era esa vulnerabilidad la que Agnes usaría para arrebatarle al viejo Gallagher de una vez y para siempre el amor de su hijo.

 Espero que ya lo tengas todo listo.

◻ ¿Te he fallado alguna vez?

◻ No, pero siempre hay una primera vez, y si fallas hoy será el fin mío y tuyo. ¿Dónde están los policías?

◻ En la habitación contigua. Aquí tienes copias de la denuncia que se levantó hoy en el Distrito de policía A.15 de la ciudad, aquí está la carta para tu hijo y esta otra es para ella, no te confundas.

◻ No lo haré. Esta es la señora Robledo, madrastra de Cristina.

Fiona la miró como se mira a una cucaracha. Nunca le gustaron los mexicanos que llegaban a su pueblo para trabajar durante el verano. Ella no distinguía entre las nacionalidades, lo mismo era España que México, todos eran insectos que venían a robar a su país y nunca aprendían a hablar el idioma.

◻ Esta es la carta que usted le dará Cristina.

Dijo Agnes entregándole un sobre a Gabina.

◻ No, mejor que la lleve el abogado, tendrá más credibilidad.

◻ De acuerdo.

◻ ¿Y qué hay de mi dinero?

◻ Aquí tiene una parte, dentro de las próximas veinticuatro horas le daré el resto.

◻ Un momento señora, usted no dijo nada de pagos a plazos◻

◻ Señora, estoy haciendo lo que puedo en el corto tiempo que tengo. Usted y su hijastra irán al apartamento de esta, dos hombres las llevaran hasta allí y se quedaran un rato por si tiene problemas controlándola. Este es un sedante que tiene que darle para que una vez allí se duerma. Tenga cuidado de no darle más de lo indicado pues la puede matar. Si la criada está allí, cosa que es casi seguro, los hombres que la acompañan la ayudaran con eso también. ¿Algo más?

◻ No, gracias, pero quiero que sepa que yo también tengo mis habilidades y si no me paga no se librará de mi tan fácilmente como lo está haciendo con la niña.

◻ Aquí no hay nada fácil, me está costando mucho todo este teatro; que sabe usted de estas cosas.

Hizo una pausa y continúo.

◻ Mañana a esta misma hora Fiona le entregará la otra parte del dinero.

◻ Yo me vuelvo a *New York* esta misma noche.

Se oyó protestar a Fiona

☐ Tu harás lo que yo te diga, por favor. Solo estoy pidiéndote veinticuatro horas.

☐☐☐

Rosi pensó ir al aeropuerto a esperarlos pero a última hora se arrepintió, seguro estaría allí la madre de Paul y ella no toleraba a esa mujer. Sin embargo algo en su subconsciente le decía que tenía que cuidar a la niña, que estaba en peligro. Pensó llamar a Will y a Ali para que fueran ellos, pero no quiso involucrarlos en este lio. Lo mismo hizo con Winona y Lucas cuando preguntaron por ella y Rosi les mintió diciéndoles que había ido a *New York* a firmar su contrato, los muchachos la creyeron inmediatamente, ella nunca les había mentido.

☐☐☐

Paul y Cristina se habían dormido; era de esperar, pensó la azafata cuando fue a avisarles que llegarían en 15 minutos. Estaban uno en brazos del otro y dormían plácidamente. La muchacha tocó a Cristina en el hombro y trató de despertarla:

☐ Señora Gallagher, ya estamos a menos de quince minutos del aeropuerto.

☐ Gracias, nos quedamos dormidos.

Dijo Cristina con algo de vergüenza al darse cuenta que la tripulación seguro sabía lo que habían hecho ella y Paul durante el camino. Pero que bien sonaba lo de señora Gallagher.

☐ Ya lo despierto.

Cristina esperó a que la joven se fuera y posó sus labios en los de Paul, mordiéndolos dulcemente. Paul sonrió, estaba despierto, había oído a la azafata, solo que no quería despertar.

☐ Amor estamos llegando.

☐ Ya lo sé, señora Gallagher

Paul se incorporó y pasándose las manos por el pelo todo alborotado le dijo a Cristina.

☐ Pase lo que pase cuando bajemos del avión el pleito es conmigo, no contigo. Tu estate tranquilita y no digas nada que yo me ocupo de todo, de acuerdo.

☐ Si amor, lo que tú digas.

El hangar a donde llegaría el *Golfstream* estaba desierto. Agnes, amparada por las sombras, le daba las últimas instrucciones a Gabina. El abuelo y el padre de Paul esperaban el arribo del avión afuera.

□ Ya están aquí. ¿Esta lista señora?

□ Sí.

□ Entonces cambie la cara y aléjese de mí, acuérdese que tiene que fingir que no me conoce y que esta enojadísima por lo que ha hecho Paul con su hijastra.

Gabina entendió perfectamente lo que debía hacer. Se apartó del lado de Agnes y sacando un pañuelo de la cartera empezó a llorar. Agnes la miró y sintió envidia por lo buena actriz que era aquella mujer. En otras circunstancias estaba segura que hubiesen sido buenas amigas. Los policías estaban detrás de Gabina y uno de ellos tenía en la mano el papel que le diera Fiona.

Agnes no se percató de la proximidad del viejo Gallagher y de Anthony hasta que estos se dirigieron a la pista cuando el avión tocó tierra y empezó a acercarse. ¿Qué carajos hacia allí su marido? Ay por Dios, pensó Agnes, ojalá que este maldito viejo no me haya visto conversando con la madrastra. No había tiempo que perder. Se dirigió directamente a él con cara de angustia y desolación. Anthony permaneció detrás de su padre.

□ Papa, gracias por haber venido, no creo que hubiera podido lidiar con esta situación yo sola.

El viejo no respondió, ni la miró, tenía los ojos clavados en la puerta lateral del avión. Anthony se apartó de ellos silenciosamente, preguntándose por qué había ido. Cuando al fin este se detuvo y se abrió la portezuela vio como bajaba la azafata seguida de Paul y de Cristina, a quien este llevaba de la mano. Una gritería se oyó venir del lugar donde estaba Gabina.

□ Desgraciado, sinvergüenza, que has hecho a mi pobre niña, la vas a pagar muy caro, yo no voy a parar hasta meterte en la cárcel. Infeliz abusador de menores, si no fuera una señora te caería a puñetazos aquí mismo...

Cristina oía todo aquello pero no entendía nada. Era como una pesadilla. Vio como los policías se acercaron a Paul y le daban un papel, seguidamente lo agarraron por los brazo y empezaron a tirar de él. Paul tampoco entendía nada. ¿Que era todo aquel rollo?

Paul no podía entender lo que decía la madrastra de Cristina pero intuía que eran insultos. ¿De dónde había salido aquella mujer?

Los policías comprados empezaron a caminar con Paul, siempre agarrándolo a ambos lados, casi arrastrándolo de prisa.

 Disculpe oficial, pero nada de esto es necesario, le informo que hay una explicación lógica para todo esto. Este es mi abogado, por favor entréguele los papeles a él. Mi nombre es Paul Gallagher.

 Señor Gallagher mi problema no es con usted sino con él.

Dijo el policía falsario señalando a Paul.

El abogado presente con el viejo Gallagher era Justin Beagle, primo de Agnes, que llevaba trabajando en la empresa desde que esta se casara con Anthony, el padre de Paul.

Justin Beagle se dirigió a los policías

 Oficial, aquí tengo una orden del Juez Robert Lambert, miembro de la corte suprema de Massachusetts, donde se da la autorización para que el joven Paul Gallagher quede bajo el cuidado de su abuelo aquí presente.

El abogado primo de Agnes le entregó el papel al policía y este lo leyó detenidamente. Eran buenísimos estos rufianes, pensó Agnes, valían cada centavo de lo que cobraban.

 Muy bien, pero mañana temprano tiene que presentarse en la jefatura de policía del distrito A-15 para que haga su deposición. Buenas noches.

Ambos policías se dieron la media vuelta y se fueron. Paul estaba como en un trance, no sabía que estaba pasando y cuando se viró a ver a Cristina esta había desaparecido.

 ¿Dónde está Cristina?

 Se fue con su madrastra. Hay una demanda en contra tuya por secuestro y abuso de una menor. Están pidiendo tres millones de dólares para quitar la demanda. Esto es una pesadilla hijo, lo tenían todo muy bien planeado, no sabes cuánto lo siento.

 Abuelo, que está pasando aquí, dime que eso no es verdad

 Vamos hijo, nuestro abogado se encargará de todo.

 Eso no es verdad, Cristina no ha hecho nada de esto, tú lo sabes, tú la conoces, eso es una calumnia, abuelo, tienes que ayudarme...

 Ya lo sé hijo, ya lo sé, pero vamos a la casa, allá hablaremos.

Paul se viró una vez más buscando a Cristina pero ya no había nadie, todos se habían marchado. No era posible, esto no era posible, aquí había algo mal□

□ CRISTINA□ □ .CRISTINA□ .DONDE ESTAS CRISTINA□ .

Sin todavía entender nada de lo que pasaba Paul sintió como alguien lo empujaba dentro de la limosina y las puertas se cerraban. Con su madre a un lado, el abuelo al otro, y su padre en frente, lloraba como un niño pequeño□ Agnes no podía contener la cólera, pero a la vez sabía que había vencido, que la mentira le había salido perfecta. Ahora solo era esperar que Fiona y la madrastra hicieran bien su trabajo.

Al llegar con su padre al aeropuerto, Anthony se extrañó de ver a Agnes conversando con la madrastra de Cristina, pero no dijo nada. En esta familia él solo era un borracho que nadie tomaba en cuenta y prefirió no estorbar inmiscuyéndose en algo que no le concernía, como era su hijo□ !

25

Cristina trató de abrir los ojos pero sus parpados estaban terriblemente pesados y no podía lograrlo, quiso incorporarse pero sus manos y pies estaban atados con algo. Dios mío sácame de esta pesadilla☐

Se acordaba muy vagamente de la llegada al aeropuerto, donde alguien la cogía y la metía de cabezas en la parte trasera de un automóvil, después sintió un pinchazo en su brazo y luego nada☐ Con mucho esfuerzo, como si tratara de levantar un camión con los párpados, pudo abrir los ojos, cuando al fin lo logró, vio como la habitación donde estaba daba vueltas y vueltas y así fue como sintió que el estómago se le subía a la garganta y empezó a arquear. Trató de incorporarse de nuevo pero no pudo, la cara y el cuello se le llenaron de algo caliente y agrio, y en un momento de lucidez sacó fuerzas de su inagotable voluntad para ladear la cabeza y evitar ahogarse con su propio vómito.

A ver Cristina, concéntrate, respira profundo, y trata de pensar lógicamente. Estas viva, estas atada y has sido sedada; todo eso significa que estas prisionera. ¿De quién? Eso ahora no importa. ¿Qué pasó en el aeropuerto? La madre y el padre de Paul estaban allí con el abuelo, ambos estaban con Paul y dos hombres que estaban vestidos de policías☐ ¿Policías? ¿Por qué? Alguien me agarró del brazo izquierdo, muy fuerte y me tiraron en la parte trasera de un automóvil. GABINA☐ Era Gabina, estaba allí en el carro conmigo, y otra mujer que no pude reconocer☐ Un hombre era el chofer y otro se sentaba a mi lado aguantándome; entonces fue cuando sentí el dolor del pinchazo en mi brazo y☐ no recuerdo más, hasta ahora.

Nos separaron, ¿Pero por qué?

El ruido de una puerta abriéndose le hizo virar la cabeza y vio como la mujer que estaba en el carro con Gabina entraba y se dirigía hacia ella.

☐ Eres una puerca, te has vomitado toda...

La desconocida mujer se dirigió a Gabina y le dijo.

☐ Desátela para que se limpie.

Gabina lo hizo. Estaba asustada y seguía las instrucciones de la mujer como si fuera su esclava, nunca había conocido una mujer tan cruel como esta. Con Agnes no había problemas, pero esta tal Fiona era un animal salvaje y mejor sería no importunarla.

☐ Ahora tú, levántate y lávate un poco en el baño y no intentes nada raro porque te mato aquí mismo.

Llevaba una pistola en la mano y la apuntaba.

La habitación era estrecha y oscura, dos ventanas pequeñas y sucias muy arriba de la pared dejaban ver el exterior; era de noche o de madrugada, no lo sabía. Tampoco sabía si todavía este era el mismo día o habían pasado más. Cristina se vio tirada en un camastro rodeada de cajas y tratos viejos; aquello parecía un sótano, se dijo, pero ¿Dónde? ¿En Boston? Tranquilízate Cristina y piensa, vamos concéntrate, tú puedes.

Con mucho trabajo Cristina se incorporó del lecho donde estaba. Aunque le dolían todos los huesos y todo le seguía dando vueltas pudo ponerse de pie, y poco a poco se dirigió a donde le indicara la mujer. El baño era también pequeño y estaba sucio, las paredes estaban negras, la luz era escasa. Una vez allí se metió bajo la ducha sin quitarse la ropa y la abrió, el agua fría sobre su cara la reanimó.

☐ Quien te dijo que te podías bañar imbécil, solo límpiate y apúrate que no tengo mucho tiempo.

Cristina ya estaba metida bajo la ducha y siguió allí tratando de limpiarse lo más rápido posible. La mujer se acercó a ella y la empujó a un lado cerrando la llave del agua.

☐ Si no me obedeces lo vas a pasar muy mal, estúpida. Usted, tráigale una ropa limpia, está en la maleta encima de la mesa.

Gabina salió mandada de la habitación.

☐ Escúchame lo que te voy a decir mojigata☐ Paul no quiere seguir contigo, yo trabajo para él. Vete con tu madrastra lo más lejos posible porque si no él te va a mandar a matar.

☐ No le creo nada de lo que dice.

Cristina sintió como una mano dura y fría, como un pedazo de hierro helado, la abofeteaba y caía en el piso mojado de la ducha golpeándose la cabeza con la pared. Trató de levantarse y sintió como la mujer le ponía un pie encima de su pecho.

☐ Piérdete de la vida de Paul. ¿Me entendiste? Él no quiere verte más. Mira lo que ha hecho para deshacerte de ti, y esto es a las buenas, si quieres hacerlo a las malas puede que te desaparezca y te descubran en al fondo de la había de Boston de aquí a un mes☐ Esto es una prueba del poder del dinero. Él puede hacer esto porque es millonario, él puede pagar a personas como yo para que hagan su trabajo sucio. Tú no tienes donde caerte muerta, solo puedes obedecer. Si no haces lo que te digo mataremos a tu querida criaducha y a sus padres y luego les caeremos arriba a tus amigos negros y luego a tus queridos amiguitos genios y así seguiremos hasta que te quedes sola y lleves en la conciencia las vidas de todos ellos...

Cristina no se movió. El dolor corporal la ayudaba a pensar☐ Piensa Cristina, piensa rápido, usa tu inteligencia.

☐ Ya entendí. No habrá necesidad de llegar a esos extremos. Nunca más me acercaré a Paul.

☐ Estas mintiendo para ganar tiempo desgraciada. Él también nos dijo eso, que eras muy inteligente y que intentarías manipularnos. Él te conoce muy bien, y por eso te ha quitado lo único que quería de ti, idiota, tu virginidad☐ ja☐ ja☐ ja☐ Que estúpida eres, cómo pudiste pensar que un hombre como él, que lo tiene todo, iba a querer estar contigo☐ Solo a una niña estúpida y equivocada como tú se le puede ocurrir semejante idiotez. Solo quería tu virginidad, imbécil, y ahora que la tiene ya te tiró como tira a todas las mujeres con que se acuesta. Que te hizo pensar que contigo sería diferente. Para ser tan inteligente como dicen que eres has resultado ser bien bruta.

Piensa Cristina, sigue pensando, rápido, tienes que reponerte.

Se hizo un silencio, el que Cristina interpretó como que era su turno para hablar. Apoyándose en la pared se levantó, Gabina estaba detrás de la mujer con su ropa en la mano. Sin el más mínimo pudor se quitó su ropa sucia, los ojos de Fiona se la querían comer, los sentía ardiendo en su piel. ¿Qué era aquella sensación que la quemaba? Ah☐ Envidia☐ Se volvió hacia aquella extraña mujer y tomó los trapos que le dieron, comenzando a vestirse. La mirada siempre clavada en el suelo, fingiendo sumisión; eso era, tenía que fingir obediencia hasta averiguar qué había detrás de todo esto, porque de lo que si estaba completamente segura era de que Paul no podía haber hecho esto, nada ni nadie se lo haría creer.

Se puso la ropa sobre su cuerpo mojado y se quedó de pie esperando instrucciones.

☐ Así me gusta, calladita y obediente. Señora, no tendrá usted ningún problema llevándosela porque ella sabe que si no obedece usted me llamará a mí y ella lo pasara muy mal. ¿Entendiste niña?

Cristina hizo un movimiento afirmativo con la cabeza sin levantar los ojos. Sabía que todo esto era una farsa montada por alguien, no sabía por quién, pero lo averiguaría. De momento lo único que podía hacer era esperar y tratar de acumular la mayor cantidad posible de información.

Vio como la desconocida mujer salió del baño, no sin antes hacerle una señal para que la siguiera. Gabina también lo hizo. En aquel baño sucio y pequeño no cabía más que una persona, pero las tres estaban allí.   Ya en la habitación la extraña, desconocida, se sentó en la única silla que había en el oscuro cuarto, y mirando a Cristina le dijo.

☐ Paul no te quiere para nada. No trates de llamarlo ni de comunicarte con él por ningún medio. Lo de la llamada por teléfono del abuelo fue planeado por el mismo Paul, después que te uso. La madre de Paul también te aborrece y el abuelo se prestó a la mentira, lo que quiere decir que tú no le importas nada a ninguno de ellos. Además cuando el viejo se dé cuenta que estas molestando a su príncipe no lo pensaría dos veces y te mandará a matar, a ti y a la estúpida de tu criada. Tú no sabes nada de esta familia, son unos ricachones que hacen lo que les da la gana con la gente y después las desechan como trapos viejos. Piérdete de aquí, vete para otro país, cámbiate el nombre, haz lo que quieras pero lejos de Paul. Si lo buscas o intentas comunicarte con él no sobrevivirás. El dinero es poder; él lo tiene todo y tú no tienes nada. Y si estás pensando engañarme te diré que cuando tú ibas ya yo estaba de vuelta hacia rato. No me desafíes porque vas a perder. Es toda suya señora, mi trabajo aquí terminó.

☐ ¿Y mi dinero?
☐ Cállese estúpida y venga conmigo.
Ya afuera Fiona le preguntó.
☐ ¿De qué dinero habla?
☐ De mi dinero, el que me van a dar para que quite la denuncia de la policía.
☐ ¿Señora, usted es imbécil o qué le pasa? No ve que si su hijastra se da cuenta que esto es un teatro puede echarlo todo a perder. Aquí tiene su dinero y ahora váyase cuanto antes y llévese a su chiquilla y como las vuelva a ver a cualquiera de las dos cerca de los Gallagher, las mato a ambas ¿Me entendió?
Fiona le dio un sobre lleno con billetes de cien dólares.
☐ Pero esto no es un millón de dólares.

◻ ¿Y usted que creía, que se lo íbamos a dar? Mire, coja lo que le damos y piérdase de vista. Sabemos que está en el país con visa de esposa pues su marido trabaja para una aerolínea extranjera; lo sabemos todo a cerca de usted. Si no quiere que la deportemos o más fácil, la matemos, piérdase, me entendió, PIERDASE AHORA MISMO DE AQUÍ◻ .

Cristina oía los gritos pero no podía entender lo que decían.

◻ ¿Y con Cristina que hago?

◻ Uno de estos hombres las llevarán al apartamento donde vive la perra esa. Recojan las tres cosas que tienen y lárguense a su país, aquí no queremos verlas más.

Diciendo esto se dirigió a los hombres dándole las instrucciones de lo que debían hacer y se fue. Estos se dirigieron a Gabina.

◻ Venga conmigo.

Le dijo uno tomándola del brazo. El otro apareció unos segundos después con Cristina. A ambas las sentaron en el asiento trasero del automóvil y salieron conduciendo a toda prisa. Cristina cerró los ojos y trató de concentrarse. Le dolía la cabeza, estaba mojada y el pelo le caía en la cara, le choreaba la ropa sucia y vieja que le dieron, sentía mucho frio y el dolor de cabeza no la dejaba pensar.

◻ ¿Cristina, a dónde está la criada?

◻ No lo sé.

◻ Mejor, una persona menos con quien lidiar.

Cristina esperaba que Rosi estuviera en la casa, entre las dos podrían con Gabina, llamaría a la policía inmediatamente y levantaría una denuncia contra todos los involucrados.

Las calles de Cambridge estaban vacías, la mayoría de los estudiantes estaban durmiendo. Era una noche de lluvia, oscura y amenazante. Aunque había llegado la primavera todavía el Atlántico tenía una cantidad considerable de humedad y viento acumulado en el invierno, y este se derramaría en la ciudad en noches sin luna como esta, para asustar a sus moradores.

El carro paró delante del edificio donde vivía Cristina y los hombres se bajaron para sacarlas y dejarlas en el lobby de la entrada, una vez hecho esto, salieron y montándose en el carro se perdieron en la noche. Cristina se dirigió al elevador.

¿No me vas a hablar? Será peor para ti, yo soy lo único que tienes.

Cristina no contestó, no valía la pena, ya pronto se la quitaría de encima. El elevador se detuvo en el piso correcto y ambas se bajaron. Cristina caminó lentamente hasta la puerta y tocó suavemente con los nudillos, no sabía si podría mantenerse en pie un segundo más. Casi inmediatamente se abrió la puerta y Cristina vio a Rosi. Como en un arrebato de locura ambas se tiraron una en los brazos de la otra y comenzaron a llorar mientras Sasha salía como una leona cuidando a su cachorro, ladrándole a Gabina, queriéndosela comer.

 Agarren a la maldita perra, me va a matar.

Rosi no la oía, solo miraba a Cristina y no podía creer lo que veía.

 ¿Que está pasando mi niña?

 No lo sé Rosi, no lo sé...

 Está pasando que el tal Paul ya no la quiere, se la durmió, la sopeteó por todos lados y después de usarla la votó como trapo viejo, como hace con todas la mujeres

Respondió Gabina con ese tono hiriente y vil que la caracterizaba.

 No la creas Rosi, eso no es verdad, Paul me quiere Rosi, él me quiere mucho.

Cristina sollozaba desconsoladamente en brazos de Rosi mientras que Gabina le daba la vuelta a la casa buscando que coger, con Sasha siguiéndola de cerca y sin dejar de ladrar.

 Ya déjense de llantos. Todo esto es mío. Tú tienes que empezar a trabajar de inmediato y tú a limpiar que es lo tuyo. Yo me instalaré en la habitación grande y ustedes pueden dormir en la pequeña, me voy a dormir, estoy muy cansada, no me molesten Y callen a esa maldita perra, mañana temprano la quiero fuera de aquí.

Gabina las dejó abrazadas en la sala y entró en la habitación de Cristina cerrando la puerta tras ella. Cristina se apartó de Rosi y tomándola de la mano la sentó junto a ella en el sofá.

 No sé qué está pasando Rosi, pero lo vamos a averiguar. Esta mujer es tan bruta que no se ha dado cuenta que la están usando. Esperaremos a que se duerma, recogeremos algunas cosas y nos marcharemos a donde tus padres. Desde allí empezaremos a averiguar qué hay detrás de todo este rollo.

Siguieron abrazadas por un rato una en brazos de la otra, esperando que Gabina se durmiera para fugarse. Rosi tenía algún dinero guardado en la casa para emergencias y□

Unos golpes muy suaves en la puerta les interrumpieron la conversación. No había pasado ni una hora desde que Gavian se fuera a dormir, esperaban que esta estuviera profundamente rendida para irse. Cristina se paró de inmediato tratando de que el ruido no despertara a su madrastra y tratando que Sasha no ladrara más mientras Rosi fue a abrir la puerta. Allí estaba uno de los hombres que las habían traído hasta el apartamento, con un sobre blanco en la mano.

□ Esto es para usted, de parte del señor Gallagher.

Dijo el hombre quien no esperó respuesta y se marchó dejando a Cristina parada en la puerta.

□ Es la letra de Paul□

Dijo Cristina pintándosele la cara con el color de la esperanza. Como pudo abrió el sobre del cual extrajo una cuartilla de papel blanco, escrita con el puño y letra de Paul.

"Cristina, tú no me engañaste a mí, yo te engañe a ti. Ya tomé de ti lo que quería; la verdad es que hacía mucho que no me tiraba a una virgen. En fin, como sabes, yo no soy hombre de una sola mujer y tú ya no me sirves. Bamby está embarazada de mí, tiene dos meses, nos casaremos esta misma semana. No me busques, no me molestes, no quiero saber nada de ti. Ah...Y esto es para que veas que lo de la inteligencia no te valió de nada conmigo..."

Cristina sintió como todo a su alrededor se nublaba, sintió que caía al piso, que se hundía en un mar negro donde manos diabólicas con uñas afiladas le rasgaban la piel hasta encontrar su alma y se la hacían girones□

□□□

Mientras Cristina sentía como su corazón se partía en mil pedazos y la esperanza se fugaba hacia los rincones más oscuros del universo, en el condominio de Paul el abuelo trataba de lidiar con la confusión de su nieto.

◻ Paul, tranquilízate por favor, todo se va a arreglar.

◻ ¿Dónde está Cristina, quiero saber dónde está Cristina?

◻ Ya te lo expliqué hijo, se fue con su madrastra.

◻ No, eso no es verdad, esa mujer ha sido muy mala con ella, no entiendo nada de lo que está pasando.

◻ Paul, la madrastra de Cristina levantó una denuncia en la policía contra ti acusándote de abuso de una menor y secuestro. Está pidiendo tres millones de dólares para quitar los cargos. Si Dios quiere en estos momentos nuestro abogado está entregándoselos. Hay que tener paciencia y esperar.

◻ Pero Cristina no tiene nada que ver con eso, ella ha estado conmigo todo este tiempo.

Al fin llego mi momento, a ver qué vas a hacer ahora, mal hijo, pensó Agnes.

◻ Ay hijo, abre los ojos, quien tú crees que planeo todo eso. Tú crees que esa insulsa de la madrastra tiene la inteligencia de planear algo de esta envergadura, por favor Paul, esto es trabajo de Cristina. Por qué tú crees que se ha hecho pasar por fea durante todos estos años, cómo esperó el momento oportuno para revelarse ante ti y conquistarte. Tú sabes lo súper inteligente que ella es. Siempre estuvo detrás de tu dinero, Paul, desgraciadamente tú nunca me creíste y mira, ahora estamos pagando las consecuencias.

◻ Eso no es verdad, eso es imposible, yo no soy un idiota, yo sé que Cristina me quiere, me adora. Abuelo tú estás de acuerdo conmigo verdad, tú la conoces, ella sería incapaz de hacer algo así. ¿Es más, como pudo saber ella que la invitaría a ir a San Ignacio si eso se me ocurrió a mí de camino a su casa? Contéstame abuelo por favor.

Agnes no dio tiempo a que el abuelo contestara y volvió al ataque, esta vez con más fuerza.

◻ Paul, hijo, el plan era solo para acusarte de violación de una menor, el hecho de que te la llevaste a ese lugar solo aumentó las posibilidades que tenían de ganar. No te das cuenta, los cargos de secuestro son mucho mayores que los de violación puesto que te la llevaste del país siendo menor de edad, eso es un delito Federal, la sacaste sin el consentimiento de su madrastra que es su única familia y tiene todos los derechos legales de una madre. Si ellas ganan tu nunca obtendrás la licencia para practicar leyes☐ Me entiendes hijo, esto es muy grave...

El abuelo no decía nada, con la mirada fija en un lugar inexistente parecía estar dormido con los ojos abiertos.

☐ Abuelo por favor☐ Dime que es mentira, por favor, te lo ruego☐

☐ No lo sé hijo, tenemos que esperar que el abogado termine de hacer los trámites. Todo se aclarará, por favor tranquilízate.

☐ Pero como quieres que me tranquilice si mi vida entera se ha derrumbado delante de mis ojos en unos pocos minutos, como pretendes que esté tranquilo cuando acabo de perder lo que más he querido en mi vida...

Agnes no creía lo que estaba oyendo, como era posible que su hijo, la sangre de su sangre, pudiera haber salido tan imbécil como para enamorarse de una muchachita insulsa e infeliz como la Cristina. Como pudo dejar que el viejo lo hubiera criado de esta manera tan estúpida. Debí haber insistido en criarlo yo, si así hubiese sido hoy Paul seria mi aliado en vez de comportarse como un verdadero idiota. Tenía que controlarse, tenía que aparecer ante los ojos de Paul como una madre que sufría por los problemas de su hijo.

☐ Escucha al abuelo hijo, todo se arreglará. Si es verdad que esa niña no tiene nada que ver con todo esto, podrás regresar con ella.

☐ Tú siempre la has odiado, no sé a qué viene ese cambio tan radical.

☐ Hijo, una cosa es que tenga una opinión diferente, acerca de tus amistades, y otra muy distinta es que quiera verte sufrir. Aunque tu abuelo te haya criado yo soy tu madre, y quiero que seas feliz no importa con quien, ni como, ni cuándo.

Oyeron como el elevador se habría y de él salía el abogado. Traía una carta en la mano.

☐ ¿Qué está pasando?

☐ Todo está arreglado. Ya se le entregó el dinero a la señora, y ya ella quitó los cargos contra Paul. Ya no tienes por qué preocuparte muchacho.

☐ ¿Y Cristina?

☐ Ah, sí disculpa, me olvidaba. Esto me lo dio ella para ti.

Paul saltó a coger el sobre que le ofrecía el abogado. Era la letra de Cristina. De un tirón se la arrebató al abogado de las manos y la abrió, estaba escrita con el puño y letra de ella.

Paul, una vez más te he demostrado que soy mucho más inteligente que tú. Llevo años planeando esta jugarreta y al fin la pude perpetrar. Tienes mucho dinero pero tú Coeficiente Intelectual es muy bajo. Te engañé todos estos años y solo con ponerme un poco de pintura en la cara, zapatos de tacón alto y un vestido seductor, te conquisté. Necesito dinero para irme a España y montar mi propio negocio así que una vez más te utilicé para conseguirlo; tres millones para el viejo no es mucho pero para mí sí. Gracias por ser tan bruto. Ah… hazle llegar mis saludos a los negros, a esos también les saqué una buena tajada. No me busques, ya no me sirves para nada, no quiero verte más nunca en mi vida…"

Paul se dejó caer en el asiento más cercano y llevándose las manos a la cara comenzó a llorar muy suavemente. El papel se le cayó de las manos y Agnes lo recogió pero el abuelo se adelantó y se lo arrebató de las manos a ella. También él lo leyó y también él se sentó, y poniéndose la mano en el pecho se inclinó hacia adelante y vomitó□ No sabía que estaba vomitando, solo sabía que era caliente y agrio y que le quemaba la garganta, hubiese sido mejor morirse allí mismo que soportar este dolor. Mientras tanto Agnes se había sentado en el brazo del sillón donde estaba Paul sollozando y le pasaba la mano sobre el pelo muy tiernamente tratando de consolarlo. Paul quiso morirse, dejo de respirar, se enredó los dedos en el pelo y tiró de ellos con todas sus fuerzas. Quería arrancarse la vida. ¿Cómo hacerlo? Cogería el carro y se tiraría de un puente, o no, mejor era la pistola, estaba en su cuarto, seria rápido y sin dolor□

La Mujer

26

Cristina, sentada en su despacho miraba a través de los ventanales los jardines de su mansión en los *Hamptons, New York*. No tenían nada que envidiarle a los más bellos y elegantes jardines reales europeos. Máximo Andrade, el jefe de jardineros, era una persona de gran gusto y talento artístico; este le había pedido quedarse con su trabajo cuando ella compró la propiedad siete años atrás.

□ No se arrepentirá señora. Si ahora cree que los jardines son bonitos, espere que la conozca mejor y se los diseñe a su gusto.

No se arrepintió nunca, ni de Máximo, ni de nada de lo que había hecho en estos últimos diez años. Su memoria la trasladaba a aquel primer día de la década cuando tuvo que crecer de pronto y hacerse cargo de su futuro. Nunca tuvo dudas ni miedos, después de sobreponerse al dolor de las primeras 48 horas de su nueva vida, supo que conseguiría lo que se había propuesto, que su triunfo era solo cuestión de tiempo, y así sucedió, mucho más rápido de lo que ella pensara. Lo que nunca imaginó fue, que como producto de su firmeza perdería parte de su esencia, de su humanidad, y de su alegría, las cuales tuvo que reemplazar con fortaleza, sensatez, raciocinio y lógica. Se olvidó de amar, ahora funcionaba como una máquina inteligente y perfecta que no admitía errores, ya no sonreía tanto como lo hiciera años atrás. Sin embargo aprendió a querer sin límites, sobre todo a aquellos que no la abandonaron, a las maravillosas personas que encontró en el camino y a la principal razón de su vida, su hijo de nueve años, Paul Anthony Gallagher Jr., Pauly.

No importaba cuanto tiempo hubiese transcurrido, sus recuerdos estaban tan frescos como si hubiesen ocurrido ayer; no había olvidado nada. Nunca pudo sanar de la herida que sufrió aquel fatídico día, y es que las heridas del alma no cicatrizan, sino que crecen ocultas en un interior obscuro y doloroso convirtiéndose en queloides monstruosos.

□ Mami, ya estamos listos.

Los niños, que habían entrado corriendo al recinto, ahora se pararon a su lado y buscaron a través del cristal que miraba ella con tanta intensidad

□ ¿Tía Cristy, que miras?

☐ Miro el jardín mi amor, los colores de las flores, el verde del césped, los árboles en la distancia, y miro como Máximo guía su escuadrón de jardineros.

☐ ¿Máximo es militar?

☐ Pregúntale a sus trabajadores, para ellos Máximo es un General de cinco estrellas.

☐ *Wao*☐

William E. Hackman, Billy para la familia, había nacido el mismo día, casi a la misma hora y en el mismo hospital que Pauly. Ninguno de los dos recordaba nada de sus cortas vidas en que el otro no estuviera presente, eran como hermanos. Crystal Hackman y Cristina se habían hecho amigas instantáneamente, se habían conocido en la oficina del Obstetra que las atendió a las dos durante sus embarazos, el Dr. Henry Weston, quien les hizo las cesáreas a una detrás de la otra.

Estando Cristina trabajando como interno en el Hospital Presbiteriano de New York, y por esas cosas que tiene el destino que nadie puede explicar, conoció de la manera más imprevista a Eugene Hackman, padre de Billy y esposo de Crystal. Se acordaba como si lo estuviera viviendo otra vez. Gene estaba hojeando la copia del expediente médico de un paciente que estaba en la Unidad de Cuidados Intensivos, sentado en la sala de espera de la misma, Cristina venia entrando y sin quererlo leyó el nombre del paciente. Con la pasión que en aquel entonces llevaba sobre la piel no pudo evitar dirigirse a él.

☐ ¿Es usted el abogado de Miguel Cuervo?

Eugene levantó los ojos del expediente para posarlos en Cristina, después de reponerse de la impresión que le causo su belleza, aun vestida con pijamas quirúrgicos y bata blanca que le quedaba muy grande, le preguntó

☐ ¿Y tú quién eres?

☐ Uno de los médicos que lo atienden.

☐ No te parece que deberías esperar cumplir la mayoría de edad antes de tratar de engañar a la gente con el cuento de médico.

☐ No coja el caso, perderá.

Le dijo Cristina y siguió caminando hasta entrar en la unidad. Cuando las puertas automáticas se cerraron detrás de ella, Eugene se olvidó del incidente y siguió leyendo.

Un mes más tarde, y después de muchas horas de trabajo, cuando el caso fue desestimado por el juez, Eugene se recordó de la linda muchachita que le había advertido que iba a perder, y cuál no sería su sorpresa cuando estando sentado en el salón de espera del obstetra con su esposa, vio de nuevo como la joven entraba e iba directa a saludar a Crystal quien se paró y la abrazó con ternura.

☐ Hola Cristy, te ves mucho mejor, y ya se te está notando☐ Mira este es mi esposo Gene.

☐ Ya nos conocemos. ¿Se acuerda de mí?

Le preguntó Cristina a Gene que no salía de su asombro.

☐ ¿Cómo sabias que iba a perder el caso? Todo estaba a nuestro favor y el hospital estaba en problemas, se preparaban para perder una demanda millonaria. ¿Qué sabias tú que los demás ignoraban? O eso fue un golpe de suerte de tu parte.

☐ Yo revisé el caso para la defensa. La suerte no llega sola señor Hackman, hay que saber a dónde esta e ir a buscarla; a los que unos le llaman suerte, yo le llamo dedicación y entereza para llevar hasta el final nuestras teorías cuando estamos seguros de ellas.

☐ Pero tú no eres médico.

Cristina solo sonrió y después de despedirse de Crystal siguió adelante y entró por la puerta lateral de la oficina. Tenía solo tres meses de embarazo y ya se le notaba algo de barriga. Estaba muy delgada pero tenía buen color.

☐ ¿Mami, nos vamos?

La voz de Pauly la trajo de vuelta a la realidad

☐ ¿Tienen todo lo que necesitan?

☐ Estamos listos tía Cristy

Era Septiembre y los *Yankees* de *New York,* tratando de regalarle a la fanaticada una tarde más de verano, estaban peleando por el Campeonato de la Liga Americana con sus eternos rivales, los Medias Rojas de Boston. Cristina era una de las privilegiadas personas que podían tener asientos de temporada en el *Yankees Stadium*, justo sobre el *dog-out* de los *Yankees,* entre Primera base y *Home Play.* Era una de las inversiones más acertadas que había hecho en su nueva vida, disfrutaba el Baseball sin reservas, y así se lo enseño a Pauly, que a su vez tenía habilidades deportivas excepcionales; como su padre☐

☐ Pues vámonos.

Salieron al frente donde Gerald los esperaba con el motor andando y las puertas abiertas.

☐ ¿Ganaremos hoy Dra. Gallagher?

□ Por supuesto que si Gerald, verdad muchachos.

□ Pues claro, y también ganaremos la serie mundial.

□ Así se habla Pauly□

Ya en la limosina los niños se entretuvieron con sus video-juegos electrónicos y Cristina recostó la cabeza en su asiento, cerrando los ojos para volver a recordar□ No sabía por qué lo hacía, era como si recordando el principio pudiera de alguna manera cambiar el final, como ver una película cuyo final se sabe pero siempre se tiene la esperanza de que ocurra el milagro□ Cuanto había cambiado el color de la esperanza□

Aquella fatídica noche en Boston, cuando después de cerciorarse de que Gabina estuviera completamente dormida, cosa que era casi imposible porque Sasha le ladraba constantemente desde el otro lado de la puerta, se fugaron. Parecía mentira como su querida perrita había entendido al fin que necesitaban silencio para huir. De allí se dirigieron a casa de los padres de Rosi donde los recogieron y esa misma noche salieron rumbo a *New York*.

Al principio Rosi no entendía por qué Cristina quería ir a donde estaba el peligro, pero con el tiempo se dio cuenta que esta tenía razón, □Nadie pensará en buscarnos aquí, ellos creerán que nos hemos ido lejos a escondernos para ocultar mi vergüenza, veras que todo saldrá bien.□ Que fuerte había sido, se asombraba de cómo había podido sobrevivir a semejante episodio y que al final la vida le regalara un hijo del hombre que más amó en su vida, el único, el primero y el último. Como habían llegado de madrugada a la Iglesia de la Encarnación, en el pobre barrio del alto *Manhattan* donde los caribeños se mezclaban todos manteniendo su identidad. Como el padre Guzmán les había dado un cuartico en la trastienda de la sacristía donde habían vivido por unos días hasta que los malestares del embarazo empezaron y el sacerdote la sacó de la iglesia reprochándole su pecado sin dejar que ella le explicara nada, como tuvieron que vivir en un refugio de indigentes hasta que Cristina pudo empezar a reunir algún dinero para mudarse a un apartamento cercano al Hospital Presbiteriano, donde empezó a trabajar el primer día de llegar a la gran ciudad.

Como había tenido que dejar de comer para dejar a Sasha en una clínica de animales, pues no pudo conseguir un refugio para perros en donde poder dejarla para recogerla después. Allí, en aquella clínica, se quedó el pobre animalito por casi dos meses hasta que ella reunió el dinero para sacarla. El sufrimiento de su perrita, la cual se había sentido abandonada por su mamá, no podría pagarse con nada d este mezquino mundo.

Si la estaban buscando, allí nunca la encontrarían; no Paul, él dejó muy claro en su carta que no quería verla nunca más, pero estaba segura de que Gabina seguiría indagando para encontrar su paradero; sin embargo, la pobre era tan bruta que nunca se hubiese imaginado encontrarla allí. ¿Cómo se habrían juntado estas dos mujeres, Gabina y la otra? ¿Quién había buscado a quién? Había tantas preguntas que seguían sin respuesta☐ Los años le habían quitado importancia☐ Ya nada de aquello la afectaba, ahora solo importaba Pauly, que creciera feliz, rodeado del amor de su madre y de su abuela Rosi.

☐ Mira mami, ya se ven las luces del *Stadium*.

Los gritos de los niños la hicieron sonreír y olvidar por un momento aquel pasado que vivía tatuado en su alma. El nuevo *Yankees Stadium* se erguía en lo que a principios del Siglo XX fuera el ☐Polo Club☐ que por cierto no tenía nada que ver con Polo ni con caballos. El Polo Club era el campo que compartía el equipo de *Football,* de los *New York Giants* con los *Yankees*. En el 1921, a raíz de la adquisición de Babe Ruth por el equipo de los *Yankees*; incluyendo la maldición que este le conjurara a los Medias Rojas de Boston que no pudieron ganar un campeonato mundial en 84 años, los fanáticos de los *Yankees* sobrepasaron a los de los *Giants* en varios miles, estos sintiéndose ofendidos forzaron a los peloteros a irse de su campo. Fue así como el primer *Yankees Stadium* fue construido. Este fue el primer campo deportivo que llevó el nombre de *Stadium* en el país. El primer *Stadium* que se edificó en el mundo, consistió en un campo de aproximadamente 200 metros donde se efectuaban juegos entre las distintas ciudades-estados de la antigua Grecia durante la cúspide del imperio, el mismo se construyó en la ciudad de Olimpia; de aquí el nombre que se le da a los modernos ☐Juegos Olímpicos☐ que se celebran cada 4 años y donde tienen derecho a participar todos los países del mundo sin exclusión.

El *Yankees Stadium* fue la primera edificación deportiva de tres pisos que se construyó en los Estados Unidos, con una capacidad de 70,000 espectadores, este fue por ocho décadas la cumbre del Baseball norteamericano, el sitio donde todos los niños que cogían un bate y una pelota para jugar en las calles, soñaban algún día llegar. El más reciente y súper moderno *Yankees Stadium* se abrió en Abril del 2009 y fue edificado en el antiguo Polo Club de

New York; la vida está llena de ironías, ese terreno lo adquirió el famoso magnate neoyorkino de ascendencia alemana, Astoria, por 600,000 dólares a principios del siglo XX, hoy en día su precio es incalculable.

El *Baseball* era el pasatiempo nacional de los estadounidenses, y los *play-off*, previos a la Serie Mundial, mantienen al país en ascuas hasta que los cuatro equipos, dos de la liga Americana y dos de la liga Nacional, ganan el derecho a jugar por ser los campeones del mundo. Conseguir entradas para ver estos juegos era casi imposible, a no ser que se tuviera mucho dinero. Fue por eso que Cristina, en cuanto pudo, adquirió una membrecía anual para poder comprar año tras año las entradas para la temporada completa y por supuesto para los *play-off* y la serie mundial.

Aunque todavía faltaba una hora para que comenzara el juego, Cristina se dio cuenta que los alrededores del *Stadium* estaban llenos de personas que venían de todas partes para presenciar la lucha entre estos eternos rivales. Tanto los niños como Cristina venían luciendo sus gorras de los *Yankees*, con sus camisas y pañoletas al igual que la mayoría de los allí presente. Los vendedores de *hot-dogs* y cerveza no se daban abasto para complacer a todos los espectadores; se dice que no hay mejor *hot-dog* que el que se come en el *Yankees Stadium*.

☐ Tía Cristy, por cuanto vamos a ganar hoy..

☐ Hoy lo importante es ganar, cualquiera que sea el número de carreras que se hagan.

☐ Y podremos coger alguna pelota.

☐ Hay que estar bien atentos...

Estos eran los mejores ratos de su vida, pensó Cristina, cuando todo se reducía a un juego de *Baseball*, los niños, *hot-dogs* y cerveza. Se acordó de las veces que tuvo que comer *hot-dogs* porque no había para más. No fueron muchas las ocasiones, pero si fueron suficientes como para dejar otra cicatriz. Su alma estaba llena de ellas, pero no su cuerpo. Por un milagro que no comprendía, quizás por la misma maldición que le cayó a *Dorian Gray,* seguía siendo bella y esbelta; ya no se ocultaba tras ropas feas y peinados de mal gusto, pero tampoco se afanaba en aumentar sus encantos puesto que no lo necesitaba, con todo y con eso, seguía llamando la atención a donde quiera que iba, aunque las caderas eran ahora un poco más anchas por haber llevado a Pauly en su vientre por nueve meses☐ ¡Qué nueve meses! ¿Sería capaz de olvidarlos?.. Nunca, el dolor y el sufrimiento eran parte de su fortaleza, los pilares donde se anclaba su vida. No dudaba que Dios le había dado todos los instrumentos para triunfar en la vida, pero también le dio todos los problemas y contrariedades para ponerlos a prueba. Cuanto esfuerzo tomó el abrirse paso en el mundo de la medicina, de las ciencias, y de las leyes, pasando desapercibida, cómo pudo lograr tanto sin que su nombre se diera a conocer. Había tantas personas que la habían ayudado sin hacer preguntas indiscretas ni tratar de violar su privacidad. Sus padres seguían siendo sus ángeles y Rosi el timonel de su barco, un barco lleno de riquezas que muchos hubieran querido ver naufragar.

Su fortuna era inmensa, era una de las personas más ricas del país pero pocos lo sabían. Sus abogados, Hackman & Hackman, Bailey y Gene, se ocupaban de la parte profesional de sus finanzas, Ali, de la personal. Ali y Will fueron algunos de los que tuvo que ocultarse por un tiempo; primero por vergüenza, porque no podía dar la cara después de la humillación en que se vio hundida después del desprecio de Paul, y segundo porque no quería comprometerlos, sabía que Gabina estaría al acecho y era capaz de cualquier cosa por dinero. En cuanto su situación económica se lo permitió empezó a buscar a Gabina. Le tomó casi dos años hacer las averiguaciones pertinentes, pero con la ayuda de una compañía de investigaciones competente pudo localizar el paradero de su madrastra. Inmediatamente después de encontrarla puso una denuncia en contra de ella por abuso y difamación. El asunto no llegó a juicio, el marido de Gabina no quiso ayudarla y esta salió del país por la frontera con México para evitar ir a la cárcel. Ahora vivía en Ciudad Juárez, en la frontera con El Paso, Texas, y era dueña y señora de un prostíbulo que le daba para vivir holgadamente. Nunca más se ocupó de sus padres, y por conveniencia se olvidó de Cristina, pero con su asqueroso marido si se desquitó todo lo que le había hecho y lo mal que la había tratado; a través de las tantas pandillas que operaban a ambos lados de la frontera, le mandó dar una paliza que lo dejó destortillado por completo, lo que le obligó a un retiro forzado en España. Cristina habló con ella personalmente y le prometió que si alguna vez volvía a verla la mataría; con esa calma que la caracterizaba ahora, Gabina la creyó y nunca más volvió.

Le vino a la mente aquella extraña mujer que prometió matarlos a todos, ella también formaba una cicatriz en su alma, pero esta se guardaba en un lugar especial, puesto que sabía que algún día la encontraría y tendría que responder por sus actos.

☐ Mira mami, ya salen los jugadores...

La multitud que llenaba el *Yankees Stadium* se levantó en una sola voz colmada de energía y optimismo que les trasmitieron a sus jugadores cuando uno a uno fue saliendo del *dog-out* hacia el campo.

27

Paul oyó el ruido del teléfono anunciándole la llamada del abuelo; un viernes más a solas con él, hablando del tiempo, de las acciones, de lo bien que lo había hecho en estos últimos años, de lo orgulloso que estaba de él.   Como siempre él le daría las gracias sin levantar su vista del plato lleno de comida sin probar. Por qué tenía él que someterse a este tedioso ritual del que solo obtendría remover los recuerdos que con tanto empeño quería olvidar. Ambos lo sabían, ella estaba allí, entre ellos, si no de cuerpo presente en la memoria de ambos, riéndose de uno y del otro□

□ Aló.

□ ¿Hijo, cenamos juntos o tienes algún otro compromiso?

El abuelo nunca le había dado esa opción antes, quizás al final de todos estos años había entendido que no tenían nada más que decirse□ Pero no podía apartarse de él tan fácilmente, en primer lugar, lo mataría de dolor con su indiferencia, y en segundo, era la única persona que tenía en el mundo, sin él ya hubiera acabado con todo este martirio que era su existencia. Siempre, como en una pesadilla, reaparecía el instante más bajo de su vida, cuando se sintió despreciado por ella y fue a su cuarto dispuesto a coger su pistola y buscarla para matarla y después matarse él, pero el abuelo había llegado al momento justo y lo había detenido.

□ La tristeza no justifica la cobardía Paul, la vida hay que afrontarla como venga; no escogemos nuestro destino hijo, él nos escoge a nosotros, y la diferencia entre los valiente y los cobardes no es el miedo que sienten ambos cuando afrontan las mismas circunstancias, sino como actúan ante ellas.

Aquel día se había sentido el hombre más cobarde del mundo y su vergüenza no lo dejó dormir por mucho tiempo; sin embargo, comparado con la humillación en la que le sumió el abandono de Cristina, esto había resultado ser solo un mal momento.

□ Badr está en la ciudad y me llamó para que cenara con él. Recuerda que estamos en negociaciones con ellos.

□ Tienes razón, debes aceptarle la invitación pero no por trabajo, trata de distraerte y pasar un buen rato.

Mis buenos ratos ya pasaron y nunca más volverán abuelo Quiso decirle pero no se atrevió.

De acuerdo.

Cuando el Jeque Mohamed *Bin Hachid al Maktum*, Emir Supremo del Emirato de Dubái, decidió mandar a su primogénito y legítimo heredero, Príncipe *Badr al Jabfar*, a la Universidad de Harvard, nunca pensó que este se adaptaría a la cultura americana de una manera tan rápida y alarmante. El chico cursó sus estudios básicos en Europa pero el padre quiso que asistiera a la universidad en los Estados Unidos porque al final, ellos eran los dueños del mundo y tarde o temprano todos tenían que lidiar con los americanos. La primera persona que habló con Badr en su propia lengua fue Cristina, que entre otras cosas también hablaba árabe. Aunque este al principio se comportó como un niño rico y holgazán, su padre lo llamó a rendir cuentas amenazándolo con quitarlo de la universidad si no se enmendaba, cosa muy extraña entre la realeza musulmana. Cuando Cristina se enteró de lo que le estaba sucediendo a su amigo Badr enseguida se lo presentó a Will y a Paul quienes lo acogieron como a un amigo más y aunque parezca mentira lograron enfocarlo en el buen camino.

Paul y Badr continuaron su amistad a través de los años, y aunque Badr notó el cambio en Paul después de su graduación, siempre respetó su privacidad y nunca le preguntó nada al respecto. Badr invitó a su amigo varias veces a la Riviera Francesa donde él prácticamente vivía rodeado de modelos y celebridades, pero Paul se aburrió allí también y nunca más volvió. GALCORP llevaba tiempo queriendo extender sus dependencias hasta el medio oriente, pero el abuelo nunca insinuó nada a Paul por prudencia y porque la amistad era una cosa y los negocios eran otra. Sin embargo ahora era Badr, como Director Ejecutivo y dueño del *Crescent Pretroleum Group,* quien mostraba interés en GALCORP, y había llamado a Paul para conversar del asunto. En fin, era algo que lo sacaría de la rutina, pensó Paul, por qué no aceptar su invitación.

□□□

El *Skinny Bar* se localizaba en el número 174 de la calle *Orchard,* en el bajo *Manhattan*; era el único lugar en la ciudad donde se podía tomar un buen tequila y una buena cerveza por solo tres dólares; pequeño en comparación con otros bares de la zona, siempre estaba lleno, meramente por sus bajos precios y por lo conveniente de su anonimato. Aunque de vez en cuando uno podía encontrar alguien de la farándula en el pequeño local, era muy raro que lo frecuentara la alcurnia neoyorkina, era por eso que Agnes lo había elegido para encontrarse con Fiona.

Nunca pensó que lo que le hiciera a su hijo y a la mojigata de la Cristina diez años atrás, le fuera a salir tan mal. De los tres millones que pagó el abuelo y que ella se robó, uno tuvo que dárselo a Fiona, medio millón por el chantaje que le hizo la muy mal nacida con los documentos que falsificó y de los cuales guardo copias, más el medio millón que le prometió por su ayuda. Al principio se negó a dárselos pero Fiona la amenazó con descubrirla ante las autoridades y ante su familia, por lo que no le quedó más remedio que acceder. De los dos millones restantes, tuvo que pagar a los cómplices, más lo que la dio a la madrastra, le quedo solo un millón y medio de dólares, los cuales gasto en boberías, echándoselas de millonaria. Lo que le quedó, le duró menos de un año.

Su hijo Paul se había aislado de ella completamente, ya nunca lo veía ni hablaba con él, aunque le complacía el hecho de que si no era de ella tampoco lo era de la insulsa mojigata. Su marido vivía borracho, cualquier día moriría de una cirrosis hepática ¿Y entonces qué□ ? Tenía que arreglar su futuro, y para eso necesitaba la complicidad de Fiona. La verdad era que ya no se veían tan a menudo como antes. Fiona había sido estratégicamente ascendida tras varias maquinaciones de Agnes, a secretaria ejecutiva de Paul, pero este no la usaba mucho, de hecho Paul no usaba a nadie. Se juntaba con sus subalternos cuando necesitaba de ellos para darles órdenes, directa y personalmente, nada más. Fiona solamente contestaba el teléfono y concertaba algunas de sus citas de negocio. Los documentos, reuniones, y diligencias importantes de Paul las hacia su secretario ejecutivo Benjamín Baker. Benjamín fue compañero de equipo de Paul y Will en la universidad, al terminar su licenciatura Ben pasó a ser jugador profesional de *Football,* con los *New York Giants*, siempre fue un chico inteligente y nunca tuvo problemas académicos, pero tuvo la mala suerte de romperse una rodilla en su primera temporada de *Football,* profesional; después de varias operaciones los médicos le dijeron que nunca más podría volver a jugar. El equipo le dio un trabajo en la administración y allí estuvo hasta que Paul lo contrató y lo trajo a trabajar con él.

Agnes sintió que alguien la empujaba por detrás

□ Llegas tarde.

□ ¿Y qué, me vas a despedir del trabajo?

□ Cada día te pones más insoportable.

□ Déjate de idioteces y dime para que me has citado aquí.

Cualquiera que las estuviera oyendo pensaría que se odiaban, y estarían en lo cierto, pero sus necesidades pesaban mucho más que su odio y su alianza era fuerte.

□ Necesito sacarle más dinero al viejo pero no sé cómo.

□ Bueno, vamos a ver□ Puedes matar a tu marido□ ¿Tu estas como heredera, verdad?

□ No lo sé, cuando nos casamos tuve que firmar un acuerdo prenupcial, pero no sé lo del seguro de vida como estará, a mi ellos nunca me consultan para hacer nada de eso.

□ O sea que eres un cero a la izquierda.

□ No seas estúpida, tengo más fuerza que todos ellos juntos, solo que debo manejarlos sin que se den cuenta□ ¿Cómo podría averiguar lo que me tocará cuando se muera Anthony?

□ Él tiene que tener un testamento.

□ Nunca lo he visto ni he oído hablar de eso. El viejo es el dueño de todo, a nosotros nos depositan en nuestra cuenta mancomunada una cantidad mensualmente, y por supuesto pagan todas las tarjetas de crédito, además de la casa, los gastos, los salarios de los empleados, todo.

□ Nunca debiste dejar que eso sucediera.

□ Que sabes tú de las proezas que tuve que hacer para quedar embarazada de Anthony y luego lograr que se casara conmigo.

□ Yo estaba en la cárcel por tu culpa, recuerdas, cómo quieres que supiera nada.

□ Déjate de imbecilidades, tú fuiste a la cárcel por bruta, yo no tuve culpa de que te cogieran.

□ De acuerdo, deja el pasado donde está y hablemos del presente. Quieres más dinero, la forma más fácil sería matar a tu marido de manera que pareciera un accidente.

□ Continua.

Fiona se había gastado el millón que sacó de aquel negocio de Boston, en menos de seis meses, jugando en los casinos de *Atlantic City*. Ella también necesitaba dinero, mucho dinero para largarse del lado de Agnes para siempre. Esta vez sí lo haría bien.

□ Puedes envenenarlo, no de una vez, sino poco a poco, de manera que se enferme y termine muriéndose.

☐ ¿Y cómo lo hago?

 ☐ Tu marido es un borracho, échale algo en la bebida sin que él lo note.

 ☐ ¿Cómo qué?

 ☐ Existe una medicina que se llama *Cumodin* que se usa para hacer la sangre más fina, se utiliza en pacientes que tienen infartos o algo así. Tendrías que empezar a dársela poco a poco y luego un día que este borracho lo empujas por la escalera o contra una chimenea, algo fuerte, de manera que se dé un golpe en la cabeza y se muera de una hemorragia. Es posible que no se muera instantáneamente, así que cuando esté es en suelo, tienes que golpearlo con algo bien duro en la cabeza para asegurarte que se muere.

 ☐ No es mala la idea, el asunto es como le echo eso en la bebida, él y yo no nos vemos nunca, nos cruzamos a veces en los pasillos y nada más.

 ☐ Él bebe de noche o de día.

 ☐ Él bebe las 24 horas.

 ☐ Entonces, hecha la medicina en la botella de la que él bebe, te llevará algunos días pero yo creo que en una o dos semanas lo conseguirás. Lo mejor sería que el día antes de hacerlo te encontraras enferma, en cama, con fiebre o algo así. Que venga un médico a tu casa y certifique que estas enferma, así nadie pensará que fuiste tú.

 ☐ No sea estúpida, como crees que alguien va a pensar que he sido yo, es mi marido, recuerdas☐ Yo no tengo por qué enfermarme, es más, yo puedo estar sentada con él mientras sucede, lo empujo, se cae, lo golpeo un poco más y me pongo a dar gritos para que vengan a socorrerme, me pongo histérica a llorar como una loca☐

 ☐ Yo creo que eso es un error, estoy segura que tu suegro sospechara de ti.

 ☐ Y qué tal si se lo hago al viejo.

 ☐ No seas necia, si no estás segura de poder hacérselo a tu marido con quien vives, como se lo vas a hacer al viejo. A quien quizás puedas hacérselo sea a tu hijo, es más, lo puedo hacer yo por ti, pero eso sí, estamos hablando de millones. Yo no me voy a arriesgar por menos de cinco millones.

 ☐ Estás loca, una cosa es que mi hijo no me quiera y otra es que lo mate, además, él es lo único que me ata a la familia, si él muere a mí me tirarán a un rincón. Lo mejor sería matar al viejo, así Paul se quedaría con todo y yo tendría acceso a mucho más.

  ☐ No seas imbécil, tu hijo te odia.

  ☐ Eso no es verdad, mi hijo vive encerrado en sí mismo, ni me odia ni me quiere, sencillamente no existo para él, pero eso le pasa con todo el mundo, inclusive con el viejo. La muy hija de perra de la Cristina le jodió la vida y hoy en día no es más que una máquina que respira y no siente nada por nadie.

  ☐ Perdona querida, pero quien le jodió la vida fuiste tú. Si hubieras dejado que se juntara con la chiquilla esa,   hoy en día sería feliz y tú tendrías mucho más de lo que tienes☐

  ☐ Eso nunca, primero muerta. Una de las cosas que tengo que hacer cuando tenga el control de todo es buscarla y matarla.

  ☐ Agnes, tu no cambias, sigues con tus fantasías idiotas que siempre te llevan a perder. Tú nunca vas a tener el control de todo, confórmate con conseguir un poco más de dinero.

  ☐ Esa es la gran diferencia entre tú y yo. Tú eres conformista y no tienes ambiciones, pero yo sí, y te aseguro que llegaré a donde quiero llegar, es solo cuestión de tiempo. En fin, consígueme esa medicina *Cumodin* o como se llame y ya veré yo como me las arreglo.

☐☐☐

  Anthony Gallagher miraba el juego de los *Yankees* tirado en un sofá de una de las tantas salas de su casa. Una botella vacía de *Johnny Walker* Etiqueta Azul a su lado, lo acompañaba como todas las noches. ¿Cuánto más alcohol tendría que beber para morir? Diez años atrás cuando la tragedia destruyó la vida de su hijo, pensó que en menos de dos años estaría muerto, pero no había sido así. Si no fuera un cobarde ya se hubiera suicidado, aunque a decir verdad no era solo cobardía, era también esperanza; la esperanza de ver a Agnes descubierta, demolida y arruinada aunque fuera unos minutos antes de él morir, entonces sí que la muerte sería bienvenida sin reservas.

  No tenía pruebas de nada pero sabía que la causante de la desdicha de su hijo había sido ella. Como en todo lo que tuviera que ver con Paul, él no se inmiscuyó, de eso se ocupaba su padre, por eso sus recuerdos de aquellos fatídicos días no los tenía muy claros, se recordaba de haber visto a Agnes hablando con la supuesta madrastra de Cristina en el aeropuerto, y eso le pareció extraño. ¿Cómo si aquella mujer era la causante de las desgracia de Paul, Agnes pudo hablar con ella tan serenamente? Anthony también recordaba como su hijo se pasó un mes metido en una habitación sin salir y que cuando salió parecía otro hombre. Nunca más tuvo la mirada risueña y seductora que lo caracterizaba, nunca más lo vio con ningún amigo, se alejó de todo y de todos. Vivía como un ermitaño en su condominio, donde nadie podía entrar, solo el abuelo en contadas ocasiones. Por inconcebible que pareciera, y como producto de la adversidad, alcanzó una madurez inmediata que lo hacía lucir aún más guapo y atractivo que antes, si eso fuera posible; tenía un montón de mujeres detrás de él, pero no miraba a ninguna.

¿Qué maleficio pudo haber hecho Agnes que resultó en tal infelicidad para Paul? ¿Habría matado a la muchacha? De ella él no dudaba nada. ¿Y cómo se las había arreglado para convencer a su padre y a su hijo de que la mala era Cristina? ¿Por qué nunca se creyó él ese cuento? Porque él había oído la voz de su hijo en un mensaje que dejó en el teléfono de la casa cuando desapareció con la muchacha el día después de la fiesta de graduación; ni la impersonal maquina contestadora pudo ocultar su felicidad. Había tantas preguntas sin respuestas; no quería morirse hasta ver a la causante de todo humillada y desposeída. ¿Y si investigara por su cuenta? Nadie lo notaria, él era un mueble más de la casa, nadie se preocupaba de cuanto iba o venia ni de lo que hacía. ¿Y por qué ahora después de diez años se empeñaba en pensar en semejante cosa? Era muy tarde para que la conciencia lo viniera a molestar, él era un ser sin moral ni amor propio que vivía borracho, que nadie lo quería□ Ah□ Ya estaba bien de ser la víctima, el único causante de sus problemas era él mismo. Tenía que hacer algo, pero no sabía cómo ni qué. ¿A quién acudir para pedir ayuda? Su padre nunca lo creería, y Paul□ No, Paul nunca hablaría con él de ese tema.

El ruido del teléfono celular lo trajo de nuevo a la realidad. ¿Quién podría ser a estas horas? No tenía amigos, solo compañeros de tragos.

□ Aló.

□ Anthony, podrías cenar conmigo esta noche.

¿Su padre llamándolo□ ? No podía ser, estaba soñando□

□ Anthony, estas ahí.

□ Sí, sí, disculpa, es que me extraña que me llames.

◻ Más me extraña a mí, créemelo, pero necesito hablar contigo lo antes posible.

Anthony no podía creer lo que estaba oyendo de boca de su padre, ◻hablar con él◻◻ ¿Habría hecho algo malo y no lo recordaba? Ay Dios, los insultos de Agnes no le hacían daño pero los de su padre si, aunque su padre nunca lo insultó de palabras, sus miradas eran lo suficientemente mortales como para no necesitarlas.

◻ Si claro, cuándo y dónde.

◻ Estas en condiciones de conducir.

◻ Sí.

Para Anthony una botella de whisky escoses no era nada.

◻ Te espero en el Club.

◻ De acuerdo.

◻◻◻

El *Club Duquesne* fue fundado en el 1873 por un grupo de industriales de la época, que necesitaban un lugar donde conversar con sus iguales, en un ambiente privado y agradable. A principios del siglo XX contaba con un reducido número de miembros los cuales eran todos hombres, blancos, millonarios, y dueños de las mayores compañías del país. Con los años el *Club Duquesne* evolucionó de ser una fraternidad de hombres poderosos, a lo que era hoy en día el sitio donde se reunían los Capitanes y Reyes del Siglo XXI. Con una membrecía de solo 2700, la cual solo se obtenía por invitación, el *Duquesne* era el club exclusivo más importante de la nación. Contaba con 25 comedores que podían sentar cómodamente, desde 12 a 400 personas, a las cuales se les brindaba una variedad de comida internacional preparadas por *chefs* de todo el mundo. Contaba también con 30 habitaciones donde los miembros podían pernoctar. La decoración del recinto se caracterizaba por los paneles de madera noble que tapizaban sus paredes, de las que colgaban obras de artes de todos los tiempos; decir que los afortunados miembros disfrutaban de un servicio excepcional y una atención personal única sería una injusticia; sería desestimar la realidad.

El viejo Gallagher esperaba a su hijo en el salón de *Le' Cave*. Anthony Gallagher era un hombre atractivo y apuesto, quien sabía disimular su embriaguez con un total control de su *cerebelo* y sistema de coordinación, por eso su padre no pudo precisar cuándo lo vio entrar y encaminarse a la mesa donde lo esperaba, si estaba ebrio o no.

Un camarero que salió de la nada se adelantó a sacar la silla de la mesa y ayudarlo a sentarse, y justo un segundo después, apareció otro con un vaso lleno de *whisky* escoses *Johnny Walker* Etiqueta Azul. Anthony esperó que se marchara el camarero y mirando a su padre sin tocar el trago le preguntó

— Tú dirás.

— Te extraña que te haya llamado.

— Sí.

— Quiero hablarte de Paul. Ya van a ser diez años desde la tragedia de Cristina y cada día está peor, la verdad es que no se qué hacer con él.

Anthony estuvo tentado a responderle —Y a mí que me preguntas, nunca antes lo has hecho, recuérdate que yo soy el borracho cobarde de la familia— pero no se atrevió, había dejado pasar muchas oportunidades para rehacer su vida y quizás Dios les estaba dando una última.

— Parece que lo único que disfruta es el trabajo, así que he decidido darle aún más del que tiene. Voy a pasar la compañía a su nombre, junto con todos mi bienes. Me cansé de administrar, de trabajar, de compartir con extraños, de las justas directiva, de las intrigas financieras, en fin, se lo voy a dar todo a Paul y que él se haga cargo de ahora en adelante de GALCORP, ya no puedo más.

Se hizo un silencio que Anthony no rompió. ¿Qué tenía que ver el con todo esto?

— Te he mandado llamar porque quiero que me ayudes. ¿Crees que seas capaz de llevar a cabo un encargo de esta envergadura? Dime la verdad, por favor.

— Llevo más de treinta años esperando que lo hagas.

Ahora fue el viejo quien cayó. Era verdad que su hijo nunca mostró interés por hacer nada que no fuera beber. ¿Pero, acaso había él sido buen padre? Hubo un tiempo en que Anthony era todo un galán risueño y lleno de vida, justo antes de que se casara; casamiento que el mismo viejo impuso. ¿Por qué lo habría hecho? Ya era muy tarde.

— De eso hablaremos luego, te lo aseguro, pero ahora quiero arreglar lo de Paul. No quiero hacerlo con los abogados de la empresa, esto es algo personal y no quiero que nadie se entere hasta después que haya sucedido. ¿Me explico?

— Perfectamente.

— Tú debes tener amigos o conocidos que se graduaron contigo que puedan hacerse cargo de este caso. Necesitamos una firma de abogados que se especialice en leyes corporativas y que puedan hacer el cambio de dueño sin llamar la atención.

— Estoy de acuerdo. No creo que la compañía sufra con el cambio, al contrario, hay muchos que están esperando que Paul tome las tiendas. Todos lo respetan y lo admiran; yo diría hasta que le tienen miedo.

— ¿Cómo sabes tú eso?

— Por Agnes, que siempre ha tenido espías en la compañía que le cuentan todo lo que sucede allí. Es por eso que creo que tu idea es buena, ella no debe enterarse de lo que vas a hacer hasta que este hecho.

Otro silencio, este otorgaba la afirmación de los comentarios de su hijo. Fue Anthony quien continúo la conversación.

— Te recuerdas de Gene Hackman, que tenía un hermano mayor, Bailey Hackman, que a la vez era muy amigo tuyo.

— Sí, recuerdo a Bailey, hace mucho que no lo veo.

— Ellos tienen una firma de abogados que se especializa en leyes corporativas y financieras.

— ¿Cómo lo sabes?

— Soy borracho pero no tonto.

— Disculpa, no quise decir eso, solo que no te conozco ningún amigo—

— Tú no conoces nada de mi vida papá, como bien dices, vamos a dejar eso para luego. Yo me he encontrado con Gene en varias ocasiones en el campo de golf, nos hemos saludados y quedado en vernos luego pero nunca lo hemos hecho. Eugene Hackman se graduó *Suma Cum Laude*, fue uno de los mejores de mi graduación, siempre fue honesto y buen chico, me gustaría emplearlos a ellos para lo que quieres hacer. Son personas que no tienen ninguna atadura personal o familiar con nosotros, ni creo que sepan nada de los fantasmas que esconde nuestra estirpe.

— Puesto de esa manera parece que somos una mala familia.

— No mala papá, solo maldita.

— ¿Tanto te afectó lo ocurrido a Paul? Cómo es que nunca has dicho nada al respecto.

— Mi participación en esta familia es muy limitada, yo tengo la culpa, pero no por eso dejo de querer a mi hijo, y de saber por lo que está pasando. Quiero ayudar a Paul y ayudarte a ti antes de que muera.

Su padre no respondió, y él no supo si era por consideración o por miedo a afrontar la parte que le tocaba.

— Entonces puedo contar contigo para esto.

— Claro. Empiezo ahora mismo y te mantendré al tanto de lo que haga.

— Gracias Anthony.

Cuando este se levantó de la silla para irse, el padre lo llamó de nuevo.

— Anthony— ¿No te molesta que le deje todo a Paul?

— No. Si yo estuviera en tu lugar haría lo mismo.

— Tu vida no cambiará, el estipendio que recibes no se alterará. Eso estará explicado en mi testamento. Además, Paul es tu hijo y nunca te dejará desamparado.

— Yo lo sé.

Era la primera vez en su vida que había oído a su padre explicarle o darle las gracias por algo. Quizás hubiese valido la pena no haber muerto antes—

— Quédate a cenar, por favor.

Anthony había olvidado que su padre lo había invitado a cenar; era una noche muy confusa, pensó, pero se volvió a sentar.

La cena trascurrió mucho más agradable de lo que ambos imaginaron. Hablaron de Paul, recordaron sus años de estudiante, su vida alegre y descuidada, los amigos. ¿Qué habría sido de Will y Alison? Nunca más supieron de ellos.

Anthony haría lo que le pedía su padre, pero por su propia cuenta buscaría a Cristina, él no se creía el cuento que contó Agnes, nunca lo entendió. Su cobardía de entonces fue callar, pero parecía que la vida le estaba dando otra oportunidad y no la iba a perder. ¿Por qué había esperado tanto tiempo para hacer lo que sabía debía haber hecho? Porque llevaba años navegando en un mar de alcohol. Porque he perdido mi vida borracho, se gritó el mismo por sus adentros, porque no me ha importado nada— Porque he sentido lástima de mí mismo todos estos malditos años refugiándome en el bebida, alimentándome de sarcasmos y cobardía.

Soy un bueno para nada, pero no siempre lo fui. Hubo una vez que viví como un ser pensante y feliz— Hace mucho tiempo—

28

Anthony Gallagher no se acordaba de la última vez que se había ido a la cama sobrio, es más, nunca pensó que pudiera hacerlo, esperaba que de un momento a otro las manos le empezaran a temblar o que le diera una convulsión, pero nada de eso sucedió. A pesar de tomar un trago antes de la cena y varias copas de vino durante la misma, no sentía la necesidad de más alcohol.

Siempre se creyó un alcohólico empedernido y sabía que estos no podían probar una onza de alcohol sin seguir bebiendo hasta el colapso total, pero eso no fue lo que ocurrió con él, que raro☐ Quizás lo sientas más tarde, se dijo a sí mismo, o al levantarte; de cualquier manera no tenía tiempo para eso ahora, su padre le había encomendado una tarea y la llevaría a cabo costara lo que costara, aunque no pudiera probar un trago más por el resto de sus días. Pero también tenía la tarea de encontrar a Cristina. Esa misión se la había impuesto el mismo, y sería el legado que le dejaría a su hijo.

¿Por dónde empezar?

En lo que al traspaso de propiedad se refería no habría problema, concertaría una cita con Eugene y Bailey Hackman lo antes posible. En cuanto a la chica, empezaría por buscar una agencia de investigación reconocida y a la vez discreta.

Después de una noche en vela esperando que le llegaran los temblores y las convulsiones, más conocido como *delirium tremen,* encontró lo que buscaba en las páginas amarillas de *Manhattan.* Anthony nunca se interesó por las computadoras o el internet, pensaba haber muerto mucho antes de que esta tecnología cibernética se adueñara de la informática mundial. La firma *Hackman & Hackman* tenía una página completa en las valiosas páginas amarilla del conocido *New York- New York.*

Al cabo de una hora tratando de escoger la agencia de investigaciones perfecta, se decidió por una que tenía solamente tres líneas en su anuncio, una para el nombre; *A.J. Wiseman Investigations,* otra para la dirección y el teléfono, y la última que leía ☐Reservado derecho de consulta☐ como los restaurantes o salas de fiestas de los años cincuenta. Le pareció interesante que la directiva de dicha compañía se tomara el trabajo de decir con pocas palabras si su caso no nos gusta, no lo tomamos había algo de validez en el mensaje que le gustó. Esa fue la primera llamada que hizo en la mañana.

   Wiseman y asociados.

   Deseo una consulta con un investigador privado.

   Cuál es el género de su encuesta.

   Deseo encontrar una persona.

   Para cuando quiere la cita.

   Para lo antes posible.

   ¿Podría esperar un momento?

   Por supuesto.

Un segundo depuse de que la muchacha lo pusiera en espera pensó colgar el teléfono y olvidarse de todo, pero una fuerza que no sabía de dónde provenía lo obligo a esperar.

   ¿Podría venir esta mañana a las diez?

La voz de la chica lo sorprendió.

   Sí.

   ¿Su nombre?

   Dudó un momento, nunca había hecho nada como esto pero había visto muchas películas donde los protagonistas siempre daban nombres falsos para no verse comprometidos.

   Señor, si no desea dar su nombre, no lo haga, pero no nos de uno falso, eso siempre causa confusiones.

   De acuerdo, estaré allí a las diez en punto.

   Lo esperamos.

   Colgando el teléfono se metió en la ducha, tenía que pensar que decir, cómo empezar el cuento, qué contar y qué no No tenía idea de lo que estaba haciendo. Se vistió y salió de prisa para no llegar tarde. En el pasillo se encontró con Agnes que todavía en bata de dormir llamaba a gritos a Guadalupe, su sirvienta.

   ¿Y tú dónde vas tan temprano?

   A tirarme de un puente.

   Tú no tienes agallas para hacer eso.

   No oyó lo último que le decía, pero sí se dio cuenta de que no le molestó ni sintió deseos de ir a tomarse un trago. Aunque tenía su chofer, decidió ir solo, hacía mucho que no conducía porque siempre andaba borracho, pero conducir era como montar bicicleta, eso no se olvida, o al menos era lo que él esperaba.

□□□

Las oficinas del *A.J. Wiseman Investigations* estaban localizas en el piso once del número 250 de *Wall Street* en el bajo *Manhattan*. Era de las primeras compañías de investigación privada que se abrieron en *New York*, nunca había cerrado sus puertas desde su apertura en el 1946   hasta el fatídico 11 de Septiembre de 2001, cuando asesinos musulmanes estrellaron dos aviones en los edificios que albergaban el *World Trade Center,*   matando a más de 3000 personas y deteniendo de una manera inesperada y dolorosa la ciudad de los rascacielos. En cuanto se pudo volver a la zona, *A.J. Wiseman* abrió sus puertas de nuevo a solo unos cuantos metros de su antigua localización, desafiando así a aquellos que intentaron destruir el espíritu de la metrópoli.

El día era claro, el cielo estaba despejado, y la temperatura ideal; un hibrido de verano y otoño con promesa de sol y briza fresca   inundaba las calles del bajo *Manhattan*. Eran apenas las diez menos cinco minutos cuando Anthony entró por la puerta de cristal doble que anunciaba la oficina de *A. J. Wiseman Investigations*. La recepcionista, sentada en una mesa semicircular que ocupaba una esquina del lobby, le sonrió y le dio los buenos días.

□ Tengo una cita para las diez de la mañana.

□ Sí señor, fui yo quien se la concerté, tome asiento por favor que enseguida alguien vendrá por usted.

En menos de cinco minutos apareció una señora muy distinguida quien le pidió que la siguiera y lo condujo hasta el despacho del mismo Wiseman.

La oficina de Wiseman era la última al final de un pasillo largo que dividía dos hileras de oficinas más pequeñas y dos salas de espera en medio de las mismas. Todas las oficinas pequeñas estaban separadas por andamios que subían sin tocar el techo, solo para darles privacidad a los escribanos legales y a las secretarias, la de Wiseman por el contrario era amplia, de paredes blancas y anchas, altos ventanales, y una decoración tan sencilla que rayaba en lo impersonal.

□ Buenos días,   yo soy Albert Wiseman.

Dijo este extendiendo su mano derecha hasta alcanzar la de Anthony.

□ Mi nombre es Anthony Gallagher.

□ Tome asiento por favor y dígame en que puedo servirle.

▢ Pues vera, es la primera vez que hago algo así y no tengo idea de por dónde empezar▢ Hace diez años, mi hijo se graduó de abogado de la Universidad de *Harvard,* con él se graduaron tres personas más que quiero localizar. La más importante es una muchacha, muy joven en aquel entonces, creo que tenía unos 16 años o algo así, era un genio, como Steven Hopkins y Einstein o algo así, su nombre es Cristina Quiroga y justo al día siguiente de la graduación se fue con mi hijo, Paul para una isla del Caribe, San Ignacio, no sé si la conoce▢

Wiseman hizo un gesto con la cabeza asintiendo. ¿Quién no había oído hablar del paraíso del Caribe? Pero no dijo nada y espero que Anthony continuara.

▢ Lo que pasó en aquella isla no lo sé, no creo que nadie más que ellos lo sepan, el asunto es que a las 48 horas ya estaban de vuelta. La madrastra de la niña puso una denuncia contra mi hijo por ▢secuestro y violación de una menor▢ Mi padre, le pagó a esa mujer tres millones de dólares para que quitara la denuncia; ella así lo hizo, pero ahora viene el problema. Ese día mi hijo recibió una carta de la niña diciéndole que no quería verlo más y que lo único que buscaba era su dinero, y eso fue lo último que supimos de ella; después de esto desapareció. Creo que en su carta a mi hijo le dijo que se iba a España, pero no sé nada más▢

▢ Y usted quiere que encontremos a la niña, cómo usted le llama.

▢ Sí, su nombre es Cristina.

▢ ¿La ha buscado antes?

▢ No, esta es la primera vez.

▢ ¿Y por qué precisamente ahora?

▢ Porque nunca me creí el cuento de la carta. Vera▢ Para explicarle mis motivos tendría que ahondar en datos personales que no vienen al caso. Usted encuéntrela que yo me encargo de lo demás.

▢ No puedo buscarla sin saber cuáles son sus intenciones para con ella.

▢ No, no, no por favor, mis intenciones son las mejores, de ninguna manera quiero hacerle daño a esa chica, todo lo contrario. Creo que se cometió una gran injusticia con ella.

▢ Usted cree que alguien lo hizo a propósito para hacerle daño.

□ Algo así. No puedo probarlo pero lo siento aquí en medio del estómago.

Anthony hizo un gesto tocándose el área epigástrica; haciendo esto se reclinó en la butaca en que estaba sentado como esperando algo de Wiseman; este no le hizo esperar.

□ Vera Sr. Gallagher, en todos los años que llevo en esta profesión, he aprendido que el instinto, en este caso lo que usted siente en el estómago, es un indicador mucho más creíble que una flecha marcando el camino. ¿No puede decirme nada más?

□ No mucho más, solo que ellos eran muy buenos amigos, yo hasta diría que se querían mucho más allá del afecto amistoso, y que había personas que no estaban de acuerdo con ese cariño, por así llamarlo, alguien que sería capaz de hacer lo que fuera necesario porque ellos nos estuvieran juntos.

□ ¿Me puede dar el nombre de esa persona?

Anthony cayó. ¿Sería capaz de dar el nombre de su esposa involucrándola en el asunto sin tener pruebas?

□ La razón por la que quiero el nombre de la persona que usted sospecha, es porque si no tenemos ninguna otra información de la chica, quizás podríamos investigar esta persona que usted alega es la culpable de los hechos, y también a sus asociados, a ver si nos llevan a algún lugar de interés.

Anthony no quería mencionar nombres, si lo hacía corría el riesgo de tener que contar la historia entera, y en esa historia él no quedaba muy bien parado. Además su padre le pidió que hiciera otra cosa, no lo que estaba haciendo, ¿Y si se enteraba su padre, o Paul? ¿Pero por qué tendrían que enterarse? Este señor parecía ser un profesional y estas cosas eran todas confidenciales. Además de aquí saldría para las oficinas de Hackman & Hackman a ver a Gene□

Anthony se dio cuenta que Wiseman no lo apuraba, solo esperaba su respuesta de una manera muy ecuánime, quizás lo que le estaba pasando a él le pasaba a otros clientes, en fin de cuentas este era un lugar donde se venían a descubrir secretos. Ay Dios mío, qué hacer□

□ Tómese su tiempo, no hay apuro, es más si quiere pensarlo con más calma podemos reunirnos otro día. Esto no es algo que se haga todos los días, y se requiere valor para dar un paso como el que va a dar usted.

□ ¿Por qué es eso?

☐ Porque por lo general la persona involucrada es un familiar o alguien allegado, a quien la mayoría de las veces da vergüenza denunciar sin tener pruebas.

Este hombre es adivino, pensó Anthony☐

☐ Ese es precisamente mi caso.

☐ Pues, como antes le dije, piénselo y vuelva cuando esté decidido a hacerlo.

☐ No, no tengo tiempo, esto tiene que resolverse lo antes posible. La persona de la cual sospecho es mi esposa, la madre de mi hijo. Ella y yo nos casamos en unas circunstancias poco favorables y nuestro matrimonio☐ nunca funcionó. Ella siempre odio a esa muchacha y sé que es capaz de hacer hasta lo más terrible por impedirle que estuviera junto a Paul. Además, todo el incidente se desenvolvió alrededor de ella. Su apellido de soltera era Moreau, Agnes Moreau, y era de Tennessee. Según ella no tenía ninguna familia, sus padres murieron cuando ella era joven☐ De hecho, en la boda había un primo de ella, que luego resultó ser abogado, ella le consiguió un puesto en la compañía de mi padre y☐ Él fue quien estuvo a cargo de la gestión legal cuando denunciaron a Paul☐ ¿Cómo no me di cuenta antes? ☐ Eso es☐ Ahí está el fraude☐

Anthony hablaba consigo mismo, asombrándose de lo que decía. Wiseman lo miraba también con asombro, no estaba acostumbrado a tener clientes de este tipo. Había algo raro en él, inocencia, culpabilidad, vergüenza☐ Pero no malicia. Decidió esperar hasta que Anthony se repusiera de su descubrimiento para que siguiera contándole.

Anthony por su parte, después de unos minutos, levantó la vista lentamente clavando sus ojos en los del investigador como una súplica de ayuda☐ Sus labios se transformaron en una leve sonrisa de esperanza y le dijo.

☐ Estoy seguro de que fue ella quien lo hizo todo☐ Ahora sí que estoy seguro, no entiendo cómo es que no lo descubrí antes☐ Señor Wiseman tiene que ayudarme, no me importa lo que cueste, necesito encontrar a esa muchacha lo antes posible☐

☐ No se preocupe, haremos lo que esté en nuestras manos para encontrarla. ¿Qué hay de las otras dos personas?

☐ Si claro, ellos también eran amigos, se llaman William Smith y Alison☐ Hopkins, creo no estoy seguro, pero la prioridad es Cristina.

◻ De acuerdo. Veo que su prisa es auténtica, aunque todavía no me ha contado toda la verdad◻

La sonrisa de los labio de Anthony se convirtió en una mueca de venganza◻ Le había llegado la hora a Agnes, y era él mismo quien la iba a hundir para siempre◻

◻◻◻

Eugene Hackman recibió la llamada de Anthony Gallagher alrededor de las once de la mañana, tenía el día ocupadísimo pero algo le decía que debía verlo hoy mismo. Le dijo a su secretaria que lo pusiera al final del día, como a las seis de la tarde y que le advirtiera que quizás tendría que esperar un rato. Cuando su secretaria le llamó para confirmar la cita, le hizo saber que el señor Gallagher esperaría lo que fuera necesario pero que le era urgente verlo hoy mismo.

Había sido un día extremadamente ocupado para Bailey y para él, no podían quejarse, la firma marchaba a todo tren, tenían muchos más clientes de los que podían manejar y cada día necesitaban más abogados◻ Gene dejó que su mente vagara y se remontara diez años atrás◻ Recostado en uno de los butacones de su oficina, volvió a ver en su mente el día que naciera su hijo; como su esposa se había hecho gran amiga de Cristina, y como esta los había ayudado a llegar hasta la cumbre donde estaban. Cristina había resultado ser un genio, la persona más inteligente que él conociera en su vida. Como aquel primer caso en que la consultó, le había tomado solo unos minutos después de los cuales le aconsejó que lo aceptara y le dijo como ganarlo◻ De aquellos primeros cien dólares que le pagó por menos de media hora de trabajo y como aquel caso le trajo a la firma unos buenos millones de dólares. De ahí en adelante, los casos les llovían y Cristina los resolvía todos.

Que bendición de Dios había sido que aquella niña llegara a sus vidas cuando lo hizo. Crystal y él se habían casado algo mayorcitos. Él nunca pensó tener hijos pero ella sí, y él la complació. Luego aquel hijo se convirtió en la mayor felicidad de sus vidas. Billy y Pauly crecieron como hermanos. En aquel entonces Cristina vivía en un apartamento en el barrio latino del alto *Manhattan*, pero no por mucho tiempo, la chica trabajaba incansablemente con un montón de compañías farmacéuticas, se movía en la vida médico-académica a una velocidad nunca vista, hacia negocios, invertía☐ En menos de dos años se compró la mansión de los Hamptons, endeudándose hasta el cuello, pero en solo seis meses más salió de su deuda y siguió adelante. Cuando Gene le preguntó cuál era el apuro por comprar tremenda mansión, Cristina le contestó que quería que Pauly viviera una vida feliz y sin carencias de ningún tipo y sobretodo, quería protegerlo del bullicio de la ciudad y de la fealdad de la urbe. Cristina lo convenció de comprarse una casa cerca de ella para que los niños crecieran juntos, él al principio se negó porque no tenía el dinero para ello, pero ella lo convenció y puso de su propio dinero para que pudieran ser vecinos.

Cuando Gene quiso averiguar algo de la vida de Cristina, su esposa Crystal le dijo que Cristina era una persona muy reservada y que no la molestara. Siempre dijo que era casada pero nunca se le conoció un esposo, eso lo intrigaba al principio, pero con el tiempo se le pasó. Su hermano mayor Bailey la acogió como a una nieta y Cristina a él como a un abuelo; se llevaron bien desde el primer instante que se conocieron. ¿Pero cómo no llevarse bien con aquel ángel? Cuan afortunados habían sido con la llegada de aquella muchachita a sus vidas.

El sonido del intercomunicador lo trajo a la realidad.

☐ Señor Hackman, el señor Gallagher está aquí.

☐ Pásalo Clarisa, gracias.

Gallagher☐ ¿Que coincidencia☐ ?

Oyó abrirse la puerta y se levantó dirigiéndose hacia el recién llegado

☐ Tony, que gusto de verte.

☐ Hola Gene, igualmente.

Se abrasaron como lo hacen los hombres, tocándose pecho a pecho y dándose duros golpes en la espalda.

☐ Qué es de tu vida, hace mucho que no te veo en el campo de golf.

☐ Sí, hace mucho que no juego, si antes me ganabas con facilidad, ahora ni se diga.

☐ No digas eso, tú siempre fuiste mucho mejor que todos nosotros.

Era verdad, se dijo Anthony para sus adentros, siempre fue el mejor atleta del grupo; cómo era posible que hubiera perdido su vida de una manera tan estúpida☐

☐ Siéntate, por favor, deseas tomar algo. ¿Un escoses?

☐ Si me acompañas☐

☐ Por supuesto, he tenido una jornada de trabajo muy ocupada y ya lo estoy necesitando.

Anthony se sorprendió al darse cuenta de que él no había necesitado el alcohol en todo en día.

Gene le trajo su trago y se sentó delante de él

☐ Tú dirás, en que puedo servirte.

Eso era lo que más le gustaba de esta cultura neoyorquina nacida de tantas otras, aquí no se andaba con rodeos ni conversaciones vanas, aquí se iba al punto inmediatamente, no había tiempo que perder.

☐ Veras, mi padre quiere pasar la compañía y todos sus bienes a nombre de mi hijo Paul, pero no lo quiere hacer con nuestros abogados porque prefiere que sea algo privado. No sé si te acuerdas de mi padre, pero siempre ha sido muy reservado para sus cosas.

☐ De veras no me acuerdo mucho de él, tu ibas a casa muy a menudo pero no creo que él viniera a la universidad tanto, tú decías que él siempre estaba trabajando.

☐ Así era, y ha seguido toda su vida hasta ahora, creo que ya se cansó de todo y quiere que Paul tome las riendas.

Gene quiso preguntarle por qué no dejarle las cosas a él, pero no se atrevió, sin embargo Anthony se lo vio en la cara.

☐ No pienses que me siento mal por la decisión de mi padre, la verdad es que a mí nunca se me ha dado muy bien eso de trabajar, sin embargo mi hijo es todo lo contrario. Yo creo que es una muy buena decisión, mi padre ya está mayor y debe dejar que Paul se ocupe de todo ese lio, a él le encanta su trabajo, yo diría que vive en su oficina.

¿Había hablado de más? Él no tenía que justificarse con nadie y mucho menos que dar explicaciones a cerca de la vida de Paul☐ Su conciencia le dijo, cálmate Anthony, que si no luego te arrepentirás☐ Piensa antes de hablar☐ Hacia tanto que no discutía un tema importante con otra persona que le parecía ser como un niño aprendiendo a caminar.

☐ No pienso nada de eso Tony, el hecho de que no nos hayamos visto más a menudo no quiere decir que dejamos de ser amigos. Te recuerdo que tú y yo fuimos compañeros de cuarto por cuatro largos y estupendos años, y que nos llevábamos como hermanos.

☐ Lo sé, disculpa, no quise decir nada☐

No tienes que justificarte tampoco; yo sé que tu vida no ha sido fácil.

 ¿Cómo lo sabes?

 Eso se veía claramente desde que éramos estudiantes. Tu madre murió joven y tu padre estaba siempre trabajando. Al principio lo visitabas con frecuencia los fines de semana, pero luego te cansaste de esperarlo y dejaste de ir. Fue ahí donde empezaste a beber.

 Si mal no recuerdo no bebía solo.

 Claro hombre, yo bebía contigo por divertirme, pero tú lo hacías por necesidad, lo tuyo era olvidarte de todo, y eso solo lo conseguías estando ebrio. Luego tuviste el lio con aquella muchacha que salió preñada y te tuviste que casar

 Para vernos tan poco te acuerdas muy bien.

 Claro que me acuerdo Tony, tú eras mi mejor amigo y de la noche a la mañana te perdiste y nunca volviste a ser quien eras

 Mi vida ha sido un total fracaso

 ¿Cómo puedes decir semejante estupidez? Tienes un hijo, vives como un rey

 Te recuerdo que no estamos en los dormitorios universitarios y que hace mucho tiempo que alguien me llama estúpido.

 Mentira, Agnes se lo decía a diario

 Pues para mí no ha pasado el tiempo. La amistad no tiene edad, ni envejece ni se muere. La verdadera amistad es para siempre y no puedes negar que éramos los mejores amigos del mundo, y eso me da derecho a ponerte en tu lugar. Es posible que tú hayas olvidado nuestra amistad pero yo no. ¿Crees que alguien puede llamar a mi oficina y pedir una cita conmigo para hoy mismo y conseguirla? A no ser que seas el presidente del país, eso solo puede lograrlo un amigo.

 Gene tomó de su vaso y se mantuvo en silencio, quizás se estuviera pasando con el pobre Tony, pero como decía Cristy; las victimas escogen serlo porque es mucho más fácil ser cobarde que valiente.

 Tienes razón, discúlpame. Hace muchos años que no hablo con alguien que se interese por mí de la manera que lo estás haciendo tú. No estoy acostumbrado a que alguien me tome en serio.

 No me digas que te has convertido en una víctima.

 Creo que hasta la noche pasada lo fui, pero algo cambio hace solo unas horas, y ahora ya no lo soy más

☐ ¿Fue la decisión de tu padre, verdad?

☐ Sí, pero no la decisión en sí, si no que me llamó para pedirme que hiciera algo por él; él nunca antes lo hizo y anoche, como por arte de magia me llamó y me dijo que quería que lo ayudara a hacer esto. Me dijo que no quería hacerlo con nuestros abogados porque deseaba que esto fuera algo completamente privado, y me recordó que yo tenía amigos que se habían graduado conmigo que seguro pudieran ayudarlo a llevar a cabo sus deseos. Inmediatamente pensé en ti, y aquí estoy☐

☐☐☐

Los *Yankees* habían ganado sobre los *Texas Rangers* y se habían coronado campeones de la liga Americana, ahora solo quedaba esperar que se decidiera quien iría a la serie mundial representando la liga nacional. La salida del *Stadium* fue larga y tumultuosa, los niños se durmieron en el carro de camino a casa, al llegar Billy quiso quedarse a pasar la noche con Pauly, cosa que pasaba muy a menudo. Cristina los dejos en el cuarto y llamó a Crystal para decirle que el niño se quedaría en casa. Después se fue a la cama a tratar de leer un poco, a ver si lo conseguía☐

Hacía poco tiempo, quizás un par de semanas o un mes, que no podía concentrarse en nada de lo que se pusiera a leer, sin proponérselo se le iba la mente hacia el pasado y se veía leyendo la misma línea por horas. ¿Qué le estaba pasando? Ella siempre había sido dueña de sus pensamientos, de su tiempo, de su vida, y ahora estos escapes espontáneos hacia el pasado la dejaban sin respuesta, era como si hubiera perdido su capacidad de concentración☐

En este momento, en la soledad de su alcoba, lo estaba haciendo otra vez, sentada en la cama, recostada en su cómodo respaldar de piel, con el libro en sus manos y nada☐ No podía pasar de la maldita primera línea☐ Mejor era dejarse vencer e ir a donde su pensamiento quería llevarla, quizás así terminaría de una vez estas repentinas huidas de conciencia☐ Como por ejemplo ahora, se veía delante del padre Guzmán diciéndole que estaba embarazada y que tenía que buscarse un lugar donde vivir. Cuanto la martirizó el sacerdote con reproches por haber hecho semejante cosa, y ella lo aguantó todo sin nunca decir que estaba formalmente casada con el hombre que sería el padre de su hijo. Esa discusión hizo que se fueran de la sacristía y vagaran por las calles de *New York* hasta poder encontrar un albergue, primero para los padres de Rosi que estaban ya ancianos y no soportarían una noche a la intemperie, y luego para ellas, cosa que no paso hasta la tercera noche. El padre las botó como a unas indeseables. Rosi era la única persona en este mundo que la había ayudado a sobrevivir ese impase cruel que la vida le asigno. Solo estuvieron en la calle unos tres días, de estos, dos los pasaron en la lavandería del hospital donde trabajaba Cristina. A los tres días encontraron una casa de refugio para ancianos, a donde dejaron los padres de Rosi, y el próximo día, con ayuda de una trabajadora social del hospital encontraron un refugio para mujeres. Allí estuvieron hasta el fin de semana cuando Cristina consiguió algo de dinero y se mudaron para un pequeño apartamento en *Washington Hights* muy cerca de donde trabajaba Cristina. Algunos meses después Cristina compró el edificio donde estaba el albergue y lo convirtió en una casa de protección para mujeres jóvenes que no tenían a donde llegar, para embarazadas, desamparadas, y para las que eran abusadas por sus maridos y no contaban con recursos para sobrevivir.

Muchas personas la ayudaron, sobre todo en el mundo profesional, donde confiando siempre en sus capacidades intelectuales le hicieron préstamos para que ella pudiera realizar sus planes, por supuesto estos préstamos los pagaba Cristina con creces en solo unos meses. Así fue como compró el primer edificio y fundó la organización *María Madalena,* que recogía a muchachas jóvenes que quedaban embarazadas y se veían rechazadas por sus familias. Allí podían vivir y tener a sus hijos, al término del embarazo y después del nacimiento de él bebe, se les buscaba un trabajo y se les ayudaba a empezar una nueva vida; el compromiso solo era ayudar a las jóvenes que vinieran después de ellas, únicamente desde el punto de vista emocional, los gastos estaban todos cubiertos por la fundación cuya presidenta era Cristina, aunque su nombre se mantuviera anónimo para efectos públicos. Winona y Lucas la ayudaron mucho. Al irse de Boston con Rosi, Cristina cortó su comunicación con todo el mundo, sabía que Gabina la andaba buscando y no quería comprometer a nadie, pero con Winona y Lucas fue diferente puesto que ellos siempre criticaron su relación con Paul y más de una vez le advirtieron que en cuanto él no la necesitara más, la dejaría botada en la calle como hacía con todas las mujeres con quienes andaba. Cristina sentía vergüenza de tener que admitir su equivocación frente a sus amigos. Winona y Lucas sin embargo la buscaron intensamente, usando todos sus pobres recursos y su inteligencia hasta que un mes después la encontraron trabajando en el Hospital Presbiteriano en *New York*.

Después de los abrazos y las lágrimas que provocaron la alegría de volverse a ver, empezaron a trabajar juntos, como antes, y una vez más, triunfaron. Lucas quería irse para Alaska con su padre a trabajar en los pozos de petróleo pero allí no había futuro para Winona, ni para él mismo, así que decidieron quedarse en *New York*. Vivieron juntos en aquel primer apartamento los padres de Rosi, Rosi, Winona, Lucas y Cristina. Con el esfuerzo de todos, reunían el dinero que ganaban y Winona lo invertía, así fue como una vez más salieron adelante.

El pensamiento la trasladaba a los primeros días de su embarazo, cuando los vómitos no la dejaban comer nada, así estaba de flaca y demacrada cuando la encontraron Lucas y Winona, trabajaba constantemente, Rosi tuvo que limpiar y cocinar en el albergue para que las dejaran quedarse unos días más. Allí Cristina conoció la verdad a cerca de un mundo cruel y duro que castigaba la pobreza con el desprecio, pero conoció también la bondad humana y la satisfacción de sobrevivir por sus propios medios. Se había cortado el pelo como si fuera un hombre; no tenía tiempo para pelo largo, vivió en pijamas quirúrgicos sin ponerse otro tipo de ropas hasta después que nació Pauly. En esos nueve meses de embarazo se convirtió en un ser automático, gracias a eso pudo sobrevivir. Cuando al fin dejo de vomitar, empezó a comer bien y a dormir al menos cinco a seis horas diarias, más que suficiente para ella. El peso se le fue todo para la barriga, sin embargo después de los primeros tres meses no tuvo más ojeras debajo de sus ojos, se fueron los malestares matutinos y pudo mantener una sonrisa en sus labios. Esto lo hacía por su hijo, sabía que él comprendería porque su madre trabajaba tanto. En los minutos que tardaba en dormirse conversaba con el bebé, le hacía cuentos, le cantaba y le prometía un mundo lleno de amor y felicidad. Nunca supo si él la oyó o no, pero quien si la había oído era Dios, quien estuvo a su lado siempre para que no cayera rendida ni le pasara nada malo a ningunos de los dos.

Winona y Lucas se mudaron para su propio apartamento un mes antes de nacer Pauly, para ese entonces las dificultades económicas empezaban a desaparecer y los muchachos creyeron prudente dejar a la nueva mamá con el espacio necesario para poder disfrutar a su bebe. Hoy en día, Winona tenía su propia compañía de Inversiones y Lucas era feliz trabajando con la NASA.

Cristina cerró el libro, apagó la lámpara y se acostó a recordar☐ Nunca antes le había dado tanta importancia al dinero como cuando se vio sola y sin recursos. El dinero por el cual trabajó como una loca todos estos años, le había hecho posible darle a Pauly la vida que tenía, pero sobre todo aislarlo de un mundo lleno de preguntas para las cuales ella no tenía respuestas.

Cuando el niño cumplió los cinco años le preguntó a donde estaba su papá, aunque antes ya lo había hecho, esta vez quiso una respuesta más completa.

☐Veras Pauly, tu papá está lejos, él ahora tiene otra familia y está muy ocupado.☐

☐Y cuando me va venir a ver.☐

☐Pues, en cuanto tenga tiempo.☐

☐En el colegio todos los niños tienen papá, por qué yo no tengo uno también.☐

☐Tú también tienes papá mi amor, solo que él ahora tiene otra familia y está muy ocupado.☐

☐Pero por qué mami.☐

Y así seguía y seguía y ella tenía que inventarle cuentos alrededor de la verdad hasta que al fin hacía muy poco, y ya con nueve años, Pauly le había dicho un día.

☐Mami, yo creo que mi papá no me quiere, porque no hace tiempo para venir a verme.☐

Cristina le había contestado como nunca antes lo había hecho puesto que no podía mentirle a aquel angelito bueno y único, cuya inteligencia se negaba a aceptar las escusas que ella le daba.

☐Pauly, hay cosas que no te puedo explicar en este momento, cosas que solo los adultos entienden. Yo te prometo que te lo voy a explicar todo, sin embargo, tienes que esperar algún tiempo más. Lo que si te puedo decir es que tu padre es un hombre bueno y que cuando al fin te conozca te va a querer mucho.☐

☐Siempre he creído todo lo que me has dicho de él mami, pero el otro día le pregunté a Rosi por mi papá y se puso a llorar; se fue y no me dijo nada. ¿Hay algo malo que yo no sé de mi papá?☐

☐No mi amor, no hay nada malo, solo que Rosi es muy sentimental y ya sabes que llora por todo.☐

☐Está bien mami, como tú digas.☐

Y ahí estaban, en ese lugar que se esconde detrás de la verdad pero donde no cabe la mentira y cada día crece y crece más tratando de salir a la luz. Cristina sabía que ese día estaba más cercano de lo que ella hubiese querido y tenía que estar preparada para explicarle a su único hijo   que su padre no quería saber nada de él. ¿Podría hacerlo?

No, eso nunca se lo diría, por primera vez en su vida le mentiría; prefería una y mil veces mentirle a su hijo que hacerlo sufrir con la verdad.

29

La casa de Eugene y Crystal Hackman quedaba dentro de la propiedad que Cristina compró cuando adquirió su mansión en los Hamptons. En aquel terruño neoyorquino de la alta sociedad, Cristina había renovado el campo de golf privado para que Pauly pudiera jugar con ella y sus amiguitos. Cristina nunca dejó que Pauly asistiera a ningún evento público donde pudiera encontrarse con su padre o alguien de la familia Gallagher, esto lo había logrado con mucho sacrificio, puesto que tuvo que aislar a su hijo del mundo sin que este se diera cuenta. En su propiedad había todo lo que cualquier niño pudiera necesitar y desear.

El aislamiento empezó a los pocos días del nacimiento de Pauly, en aquellos días, aunque dolida profundamente con Paul, ella trató de ponerse en contacto con él de nuevo para decirle que su hijo había nacido; el que no la quisiera a ella no quería decir que no quisiera a su propio hijo, sin embargo y para su sorpresa y dolor, Paul le contestó con unas lacónicas líneas que todavía guardaba en su caja de seguridad junto con aquella primera e infame carta. La nota decía;

"Te dije que no quería saber nada de ti. Si sigues molestándome te voy a quitar al maldito bastardo y no lo vas a ver nunca más en tu vida. Coge a tu retoño y váyanse los dos al mismísimo infierno y no me jodas más."

Aquel día pensó que moriría, pero por algún hechizo que todavía no entendía, una vez más sobrevivió a sus insultos y a su desamor, y aquel impase la hizo todavía más fuerte, si es que aquello fuera posible☐

La vista de la fachada de la casa de los Hackman con Crystal al frente esperando a los niños la sacó de sus pensamientos. Billy había pasado la noche con ellos y ahora Pauly pasaría el sábado con Billy.

Cristina detuvo el auto justo delante de Crystal.

☐ Hola, aquí te los dejo, que lo pasen muy bien.

Le dijo Cristina a Crystal.

☐ No te preocupes, los estaba esperando. Tengo un buen plan para hoy.

☐ ¿Plan?

Cristina se puso a la defensiva, Pauly no podía estar en público.

☐ Tranquila Cristy. Vamos a pasar la mañana aquí y en la tarde vamos a recoger a Gene y nos vamos al *Madison Square Garden* donde está el circo *Ringling Brothers–Barnun & Baily.* Tenemos un palco justo al frente de la pista y vamos a llegar temprano para que Pauly y Billy puedan jugar con los payasos.

Cristina no contestó. ¿Y qué tal si Paul y su esposa estaban allí con sus hijos y veían a Pauly? Aunque no se conocían eran el retrato uno del otro, había que ser ciego para no darse cuenta de que eran padre e hijo.

☐ Mami, todo va a salir bien.

Lo sobre-protegía, lo sabía, Rosi se lo había dicho munchas veces, pero no concebía que un día llegara Paul de la nada y se lo quitara. Tenía miedo, obsesión de perderlo. ¿Pero cómo no tenerlo si todo cuanto había querido en la vida lo había perdido?

☐ Si mi amor, yo lo sé. Si puedo me reúno con ustedes más tarde y me voy al circo yo también.

☐ Si tía Cristy, ven con nosotros.

☐ Si mami, ven con nosotros.

☐ Está bien, llámenme cuando estén listo a ver dónde podemos encontrarnos.

☐ Perfecto.

Le dijo Crystal, puesto que lo niños ya habían salido corriendo para dentro de la casa.

☐ Yo creo que a ti te hace más falta el circo que a ellos.

Cristina no contestó, era lo que hacía cada vez que alguien opinaba sobre su metódica vida.

☐ Discúlpame Cristy, no quise inmiscuirme en tus cosas.

☐ No te preocupes. Nos vemos luego.

Con la misma, Cristina aceleró el carro y se fue rumbo a la salida. Ya en la carretera empezó a pensar lo buena y discreta que había sido Crystal aceptando siempre su silencio, no inmiscuyéndose en su vida pasada y personal. Estaba segura de que todos sabían que guardaba un secreto del cual no quería hablar y respetaban su silencio☐ Todos menos Ali y Will, los únicos que junto con Rosi, Winona y Lucas sabían la verdad.

Cristina también se escondió de ellos, al principio lo hizo por vergüenza, no podía resistir que la miraran con lastima después del desaire de Paul, y luego porque pensó que ellos todavía estarían en comunicación con Paul y quizás podrían ponerse de su lado y quitarle al niño□ Cuantas veces se equivocó durante aquel primer año.

□ Lo que tú llamas equivocación yo llamo precaución amiga, yo no sé qué hubiera hecho en tu lugar, quizás me hubiera tirado de un puente alto y hubiera acabado con todo de una vez.

Le había dicho Ali una vez que Cristina les contó lo sucedido.

Will sin embargo había tomado una actitud que Cristina no comprendía.

□ Yo estoy seguro que Paul no escribió esa carta y que todo esto es una gran confusión o engaño, yo que sé, pero lo que si se es que mi hermano Paul nunca en su vida hubiese actuado de esta manera, sabrá Dios que le contaron de ti o quien lo está manipulando pero esto no es así como tú lo crees y algún día me darán la razón.

Will seguía queriendo a Paul como al hermano que nunca tuvo y mil veces quiso llegar hasta él pero Cristina no se lo permitió.

□ Tú puedes hacer con tu vida lo que quieras Will, pero te prohíbo terminantemente que me inmiscuyas a mí y a Pauly en tus decisiones. Tienes que decidir, o eres amigo de él, o lo eres mío, pero de los dos no puedes serlo.

Al final Will también había respetado sus deseos y las cosas habían quedado así. Cualquiera que pudiera leer sus pensamientos pensaría que vivía en un infierno, con una película que se repetía una y mil veces y volvía a empezar; Dante se hubiese sentido a gusto allí. Sin embargo la realidad era otra, Cristina era feliz con Pauly y con su vida, y nunca dejó ver su tristeza. Para todos ella seguía siendo la niña alegre e inteligente que conocían.

□□□

Gene consiguió con Anthony los datos que necesitaba para hacer los trámites que el abuelo Gallagher quería. Los documentos se crearon a la mayor brevedad posible y solo quedaba presentarle los borradores al viejo para que les echara un vistazo, y diera su consentimiento antes de imprimir los originales. Habían quedado en reunirse este sábado. Los fines de semana las oficinas de ambos estaban cerradas y no había peligro de que alguien se pusiera de curioso a hacer preguntas indiscretas.

El abuelo Gallagher llegó con su hijo Anthony a la hora acordada al despacho de Gene, donde ya este, en compañía de Bailey los esperaba.

□ Paul, cuánto hace que no nos vemos.

Preguntó Bailey.

□ No lo sé, pero si hubiéramos esperado un poco más lo hubiéramos hecho en el cielo□ o en el infierno□

Todos rieron con la broma.

□ Siéntense donde les quede más cómodo. Aquí están los papeles, pero antes de dártelos necesito hacerte un par de preguntas.

□ Tú dirás.

□ Tu nieto Paul está casado, pero no veo el nombre de la esposa por ningún lugar. Si están separados, pero no divorciados, deberíamos hacer los cambios pertinentes, de lo contrario ella tendría derecho a la mitad de toda esta fortuna.

El viejo Gallagher se quedó pensativo y miró a su hijo Anthony quien a su vez clavó su mirada en él esperando una respuesta. ¿Qué hacer? Si le preguntaba a Paul este se opondría al traspaso de bienes. Si no le preguntaba corría el riesgo de que Cristina se enterara y le viniera a quitar su parte; si ya lo había hecho una vez por unos míseros tres millones de dólares, seguro que lo haría otra vez estando en juego semejante capital.

□ La vida privada de Paul no tiene que ver nada con la decisión de mi padre, no tienen que preocuparse por eso, déjenlo como está.

El viejo miró a su hijo con curiosidad, ¿Qué sabia Anthony que él no sabía? La respuesta no se hizo esperar.

□ Papá, deja las cosas así y confía en mí.

□Confía en mí□ pensó el viejo, cuando fue la última vez que Anthony le había hecho semejante petición□ Nunca□ ¿Qué estaba pasando? La gran decepción que sufrió con la traición de Cristina le había hecho perder la confianza en los seres humanos, sin embargo ahora algo le decía que debía confiar en su hijo. ¿Qué podría pasar? Que Cristina se adueñara de la mitad de todos sus bienes; si ese era el precio que debía pagar para verla de nuevo valdría la pena. Soñaba con tenerla delante y confrontarla con una sola pregunta; por qué.

— Anthony, estamos hablando de mucho dinero.

Dijo Gene.

— Lo sé. Por favor papá, déjalo así.

Algo en la voz de Anthony le decía que confiara en él. Después de haberle pedido que lo ayudara con Paul la vida de ambos había cambiado por completo. No sabía lo que estaba sucediendo, solo se dejaba llevar por algo que era superior a su lógica y raciocinio.

— Si Bailey, déjalo así, no hay problema.

— ¿Seguro?

— Sí, seguro.

— Bien, ahora échenle un vistazo a estos borradores.

EL viejo Gallagher miró a Anthony diciéndole.

— El abogado eres tú.

— No, el abogado es Gene. Yo confió en él.

— Entonces no hay nada que mirar.

— Un momento —Dijo Gene— Es solo unos minutos, por favor revisen lo que van a firmar, yo no puedo imprimir estos originales hasta que ustedes no los hayan revisado.

— Dame acá.

Dijo Anthony. Pasó hoja por hoja, deteniéndose solo unos segundos en cada una. Miró a Gene.

— Imprímelos.

— ¿Seguro?

Preguntó Gene.

— Seguro.

Respondió Anthony.

— De acuerdo, el lunes por la tarde estarán listos.

En eso estaban cuando un ruido de gritos y voces de niños que venía del otro lado de la puerta los sacó de lo que estaban haciendo. Todos miraron hacia la puerta. Esta se abrió solo un poco y se vio la cabeza de una mujer que se asomaba; era Crystal.

— Oh, perdón, no sabía que estaban ocupados.

— Espérenme en el cuarto de conferencias, por favor, no me tardo nada.

— ¿Ella es tu esposa? Me pareció reconocerla.

Dijo Anthony.

— Entre señora por favor, me encantaría saludarla.

Dijo el viejo.

Crystal se viró y dijo algo al otro lado de la puerta, después la abrió un poco más y pasó a dentro.

☐ Crystal este es mi amigo Anthony Gallagher y este es su padre Paul Gallagher.

Crystal estaba haciendo el ademan de extender su mano cuando por arte de magia se detuvo en medio del movimiento, mirando intensamente a Anthony☐

☐ Amor. ¿Estás bien?

Crystal creía que le iba a dar un patatús☐ Ay, ay, ay☐ .Este hombre tenía que ser familia de Pauly, eran igualitos☐ Ay Dios mío ayúdame, me voy a desmallar delante de toda esta gente☐

Millones de preguntas y especulaciones le pasaban por la mente a la velocidad del rayo y sin poder entender ninguna☐ . Estos hombres eran de apellido Gallagher y se parecían a Pauly☐ Tenia delante de sus ojos el pasado de Cristina☐

Crystal se dejó caer en el sofá más cercano tapándose la cara con sus manos.

☐ ¿Crystal, qué pasa, te sientes mal☐ ?

☐ No, no, es solo que me ha dado un leve mareo. No he comido nada hoy y ya sabes el problema que tengo yo con el azúcar.

☐ ¿Qué? ¿De qué problemas hablas?

Crystal miró a su esposo queriendo comérselo, pero se dirigió a Bailey.

☐ Bailey, no te habíamos dicho nada para que no te preocuparas, no es nada grave, ya se me pasará. Gene, acompáñame afuera por favor. Disculpen la interrupción.

Crystal se paró y le hizo seña a su esposo que la siguiera. Una vez afuera le dijo.

☐ ¿De qué hablas?

☐ Cállate Gene y escúchame. Tengo que irme de aquí en este mismo momento, esos hombres no pueden ver a Pauly..

☐ ¿Por qué?

☐ Ay Dios mío, que bruto eres querido, te lo explico luego, ahora tengo que irme.

☐ ¿Pero el circo qué?

☐ No hay circo, se suspendió.

La campanilla del ascensor indicando que este había llegado al piso en que estaban sonó, y de él salió Cristina con una sonrisa luminosa.

☐ No quise llamar para que me esperaran, no sabía si ya se habían ido o no. Gracias a Dios que los alcancé. Me voy con ustedes para el circo, a mí me encanta.

Ahora sí que a Crystal se le doblaron las rodillas y si no es por Gene se cae al piso.

☐ ¿Qué pasa? Crystal☐ Gene, ponla aquí en este sofá.

☐ No, no me pongan en ningún lugar, tenemos que irnos de aquí ahora mismo. Cristina, hazme caso, coge a Pauly, los niños están en el salón de conferencias, llévatelo ahora mismo. Corre Cristy, llévatelo☐

Cristina salió corriendo hacia donde le decía Crystal, entró al recinto y agarrando a Pauly por una mano salió al pasillo. El ascensor estaba allí todavía, montaron en él y marcó el botón que los llevaba al garaje. Lo vio en la miraba de Crystal, Pauly estaba en peligro.

Justo cerrándose la puerta del ascensor, Bailey que salía para preguntar por Crystal.

☐ ¿Qué pasa Gene? Llamemos al 911☐

☐ No, no, ya estoy bien, fue un bajón de azúcar pero ya estoy bien.

Se volvió a abrir la puerta del despacho y de ella Crystal vio como salían Anthony y su padre☐ Cristina y Pauly estaban a salvo, gracias Dios mío☐

☐ ¿Podemos ayudar en algo?

☐ No, ya estoy bien, le decía a Bailey que fue solo un bajón de azúcar, pero ya estoy mucho mejor, me acabo de comer un dulce y ya me siento bien☐

☐ Bien Gene, no queremos estorbar, nosotros nos vamos, espero tu llamada para venir a firmar los documentos.

☐ NO, NO, NO☐ . No se vayan, ya yo estoy bien, por favor quédense un rato más. Gene me ha hablado mucho de su compañero de cuarto en la universidad y tenía muchas ganas de conocerte Anthony. Miren este es nuestro hijo Billy..

Crystal había gritado como si en ello le fuera la vida, definitivamente aquí había algo muy extraño, pensó Gene, pero que hacer☐ Le seguiría la corriente a su esposa y le preguntaría más tarde.

☐ Ya tendremos tiempo otro día, ahora debes descansar amor.

☐ NOOOO, por favor no se vayan todavía☐ .

☐ ¿Crystal, qué te pasa?

Ahora era Bailey quien preguntaba. Los iba a matar a los dos cuando estuvieran a solas☐

☐ ¿Mami que te pasa? ¿Por qué tía Cristy se llevó a Pauly corriendo?

Ay Dios mío, no, no, por favor, no.

☐ Billy, vuelve al cuarto donde estabas, AHORA MISMO☐ Vamos, corriendo☐

El niño, medio confundido, y con lágrimas en los ojos se fue corriendo hasta el salón de conferencias. Anthony se dio cuenta que algo no estaba bien, Crystal estaba ocultando algo y no quería que ellos lo supieran. ¿Qué podría ser?

☐ Señora Hackman, créame que ya habíamos terminado, solo estábamos conversando. No se preocupe por nosotros, creo que Gene tiene razón, debe descansar. Bailey, te llamo el lunes o me llamas tú a mí, de acuerdo.

☐ Sí, ya nos comunicamos.

Crystal fingió desmayarse y cayó al suelo, tenía que darle tiempo a Cristina para que llegara al garaje y se fuera con Pauly.

☐ Crystal, voy a llamar a Crisssss☐

☐ NOOOO, NOOOO☐ Gene, escúchame; por una vez en tu vida, ESCUCHAME☐ Estoy bien, no llames a nadie☐

☐ Pero si acabas de desmayarte.

☐ GENE☐ ESCUCHAME.

Gene se dio cuenta, al fin, de que Crystal no quería que se fueran los Gallagher. El por qué no lo sabía, pero era obvio.

☐ De acuerdo, siéntate aquí. Por favor Anthony, Paul, tomen asiento, ya se le está pasando.

Qué situación tan ridícula, pensaba Gene. Bailey también se dio cuenta de que algo pasaba y no habló ni preguntó nada más. Pero los Gallagher también se habían dado cuenta de que esta mujer les estaba ocultando algo. El viejo Gallagher no se pudo contener y le dijo.

☐ ¿Qué quiere ocultarnos señora? ¿Por qué no podemos irnos? ¿Qué hay allá afuera que usted no quiere que nosotros veamos?

Crystal lo miró con desafío e irguiéndose en el sofá donde estaba acostada se paró como un resorte diciéndole☐

☐ Sr. Gallagher, yo a usted no lo conozco de nada, ni tengo que ocultarle nada. Mi esposo sabe que soy diabética y que cuando me baja el azúcar me pongo así. Es una impertinencia de su parte pensar que mi enfermedad tiene algo que ver con usted, yo no estoy ocultando a nadie.

☐ Disculpe, yo no dije que estuviera ocultando a alguien, quien lo dijo fue usted, yo solo dije que quizás nos estuviera ocultando algo☐ Pero no se preocupe, ya nos vamos y le prometo no mirar a mi alrededor para no descubrir a la persona que usted quiere ocultar. Vamos Anthony. Gene, Bailey, nos hablamos el lunes.

Ambos se dirigieron al ascensor. ¿Qué estaba pasando? Se decían Gene y Bailey que no entendían nada. El ascensor llegó y ambos subieron a él perdiéndose detrás de las puertas del mismo

☐ ¿Crystal, me quieres explicar que es todo este rollo que has armado?

☐ Ustedes dos están ciegos o que les pasa☐ Los Gallagher☐ Esos dos hombres tienen algo que ver con Cristina☐ Pauly es el retrato de Anthony☐ ¿Cómo no se dieron cuenta?

☐ ¿Qué?

☐ A ver si me entienden de una vez y por todas, para ser unos abogados tan famosos me han salido los dos súper brutos☐ . Esos Gallagher, esa familia, ellos☐ Forman parte del pasado de Cristina, no sé cómo ni cuanto pero Pauly es familia de esos dos hombres, y aunque yo no sé qué esconde el pasado de Cristina, no es verdad que la voy a exponer a algo que☐ .Yo no sé☐ Si ella se esconde de ellos por algo será☐ El más joven, el Anthony, tu amigo, es el retrato de Pauly☐

Gene y Bailey se miraron☐ ¿Estaría Crystal en lo cierto? Ambos asintieron y volvieron a mirarla.

☐ Vamos a conversar☐

☐☐☐

El chofer de los Gallagher los esperaba con las puertas del coche abiertas. Ambos entraron y se sentaron en silencio, sabían que algo raro había ocurrido pero no tenían ni idea de lo que pudiera ser. El viejo dijo.

☐ Aquí hay algo que no encaja.

☐ Estoy de acuerdo.

☐ ¿Qué puede ser?

☐ No tengo ni idea, pero esa mujer, Crystal, estaba tratando de ocultarnos algo.

☐ ¿Crees que tenga que ver algo con Paul?

□ No lo sé, Paul ha andado con tantas mujeres que no me extrañaría que esta fuera una de ellas.

□ Se ve mucho mayor para Paul.

□ ¿Y cuándo a Paul le interesó la edad de las mujeres?

□ Ojala que esa mujer no hable más de la cuenta, no quisiera perder de nuevo la amistad de Gene. Yo he cambiado mucho pero él sigue siendo el mismo; Gene es un amigo de verdad.

□ Entonces recemos para que Paul no se haya acostado con su mujer.

□□□

Cristina montó a Pauly   de un tirón en el Mercedes Benz y salió como alma que lleva el diablo. Lo que había visto en los ojos de Crystal la asustó. Tenía que llegar a la casa inmediatamente

□ Mami, por qué vamos por este camino.

□ Cambiaron los planes, tía Crystal se puso malita y la están trayendo para la casa para yo la vea.

□ ¿Y por qué no vamos al hospital entonces?

□ Porque solamente tiene un catarro y no hay que llevarla al hospital,   ya pronto se va a sentir bien. Ahora tío Gene la trae para la casa y yo le doy una medicina y se pondrá bien.

□ Entonces vamos al circo mañana, verdad.

□ Eso es, dejamos el circo para mañana y hoy atendemos a tía Crystal.

30

Eran las doce de la noche y la casa estaba en penumbras. Agnes aprovechó para ver si Anthony había tomado de la botella donde le puso la medicina que lo mataría. Tenía que andar con cuidado, nadie podía verla, si no luego la asociarían con su muerte. No le resultaba muy agradable tener que matarlo ella misma, hubiese querido que lo hiciera otro, pero no podía confiar en nadie.

¿Y si le salía mal el plan? Eso le había dicho Fiona, pero Fiona era una envidiosa así que era mejor no prestarle atención a sus palabras. ¿Cuánto le habría dejado Anthony□? Anthony no tenía nada que dejar□ Claro que sí tenía, era el único hijo del viejo, seguro que tenía, y mucho, lo que pasaba es que él nunca se había ocupado de nada de eso. En fin, por muy mal que salieran las cosas y que no le dieran nada, su vida no cambiaría mucho en cuanto a sus posesiones personales y sus gastos; ella era la madre de Paul y este era el heredero universal del viejo.

Las ventanas estaban todas cerradas, no entraba ni un solo rayo de luna que la guiara hasta donde iba. No podía encender ninguna luz. Llegó a la sala donde estaba el bar. Miró a su alrededor y se metió detrás del mostrador como si estuviera sirviéndose un trago, por si alguien la encontraba allí. Buscó la botella donde había puesto la medicina de su marido y vio que estaba como el día anterior, o sea que el imbécil ya no tomaba Whisky Escoses, qué basura tomaría ahora. La última vez que lo vio estaba saliendo de su cuarto y le dijo que se iba a tirar de un puente. Si hubiese sido así, las cosas saldrían mucho mejor. Sin pensarlo dos veces abrió su cartera y busco el frasco con la droga que haría sangrar a su marido hasta la muerte. Fiona le dijo que no le echara mucho la primera vez; necesitaba ser paciente, le había dicho Fiona, pero ella ya estaba cansada de esperar, quería que se muriera pronto, así que derramó algo de bebida y le echo toda la medicina que tenía en el frasco. Cuando hubo terminado lo volvió a depositar donde estaba y se dispuso a salir, pero oyó un ruido que venía de la entrada y se salió del bar escondiéndose detrás de una de las cortinas. Casi no se podía distinguir quién era pero parecía un hombre, que no era Anthony.

Quien fuera no lo reconoció, pero si lo vio llegar al bar y detenerse delante del mostrador de madera pulida, luego echó una mirada a su alrededor y al confirmar que estaba solo, se sacó una botella vacía de su bolsillo y lo llenó de whisky hasta arriba☐ De ☐su☐whisky☐ Este se iba a morir también por ladrón☐

¿Qué hacer? Y si ahora este hombre moría y descubrían la causa antes que Anthony tomara de esa botella. ¿Pero quién asociaría a ese hombre con Anthony y con el bar? Su casa estaba llena de criados que no conocía, este debía ser un ayudante de mucamo porque no lo reconoció. Bueno, si moría a ella que le importaba.

Se oyó otro ruido viniendo de la entrada, el ladronzuelo salió corriendo sigilosamente y Agnes se metió aún más detrás de la cortina, pero esta vez sí reconoció los pases de su esposo. Este llegó al bar y encendió la luz, cogió un vaso del estante y después de llenarlo con unos trozos de hielo se sirvió un poco de Whisky y se fue, dejando la luz encendida. Cretino☐ Ahora como saldría ella de allí sin que nadie la viera. Tenía que esperar un rato a que todo se calmara. Estaba asustada.

☐☐☐

El cuento de Crystal gritándole a Cristina que se fuera de la oficina había dejado a Rosi confusa y preocupada. Sabía que esto tenía que ver con los Gallagher, de alguna manera Crystal se había enterado de algo que la hizo reaccionar de una forma tan inesperada. No, Crystal los había visto, y había hecho la asociación por el parecido físico con el niño☐ No entendía cómo era posible que hubieran estado tan cerca todos estos años y no se hubiesen encontrado antes.

¿Cómo era que Gene y Bailey no habían hecho la conexión entre Cristina y los Gallagher? Aquel no era un apellido común. Esa noche del sábado había visto a Cristina volver a ser la niña vulnerable de 10 años atrás. La había acompañado pasándole la mano por la cabeza como cuando era chiquita, oyéndola llorar en silencio hasta que el llanto la había dormido, maldiciendo la hora en que esto tuvo que ocurrir. Pero era de esperar☐ El mundo era mucho más pequeño de lo que Cristy pensaban y tarde o temprano tendría de suceder.

Esa misma noche cuando llegó a su cuarto, se incoó de rodillas al lado de su cama y habló con su Dios, ☐Dios mío tú no puedes permitir que mi niña pase una vez más por algo tan horrible como lo que pasó hace 10 años. ¿No crees que ya le has dado demasiada carga y sufrimiento en su corta vida? ¿Qué ha hecho mi niña para merecer tanto dolor? ¿Cómo se puede amar a un Dios al que no se le entiende y quien no explica? No creo que estoy siendo soberbia, pero si así lo entiendes entonces mándame a mí los castigos pero no a ella, te lo suplico Dios mío, no la hagas sufrir más. □

Rosi también se durmió llorando, y cuando se despertó, el sol ya estaba afuera hacía rato. Se bañó lo más rápido que pudo y fue a ver a su niña. La encontró saliendo de su cuarto. Se quedó boquiabierta cuando la vio. Estaba preciosa, se había arreglado con esmero y llevaba una media sonrisa que prometía algo que hacía mucho tiempo no veía en ella; esperanza. Le dijo que iba a hablar con los Hackman, que los secretos habían llegado a su fin y que desde hoy mismo empezaría una nueva vida.

Con la cancelación del circo y la supuesta enfermedad de Crystal, Pauly llamó a Billy y este acabó quedándose en casa, donde todavía estaba, así que ella aprovechó para ir a hablar con su amiga. El día anterior Cristina no encontró prudente ahondar en el tema; se limitó a oír lo que su amiga le dijo.

□ Discúlpame Cristy, pero no tenía otra forma de avisarte que te fueras de allí inmediatamente, creí que tanto tu como Pauly estaban en peligro y tuve miedo.

Eso fue lo único que le dijo Crystal, ante lo cual Cristina no hizo ningún comentario. No logró dormir especulando a cerca de lo ocurrido, de cómo su amiga tuvo el raciocinio para hacer lo que hizo, y no pudo esperar más, tenía necesidad de saberlo todo con lujo de detalles.

Entró por la puerta que daba a la cochera, por la cocina, donde encontró a una sirvienta desayunando, cuando esta vio a Cristina se levantó inmediatamente.

□ Doctora, buenos días, en que puedo ayudarla.

□ ¿Están los señores durmiendo todavía?

□ No doctora, están desayunando en el comedor de la terraza.

□ Gracias.

Sin decir una palabra más siguió adelante. A la muchacha le extrañó la actitud de la doctora, esta era una persona muy agradable que trataba a todo el mundo con mucha dulzura, pero esta mañana se veía tensa y preocupada.

En el comedor se encontró con los esposos que a su vez se quedaron algo asombrados al verla allí tan temprano. Vestía un suéter blanco hueso en combinación con el pantalón del mismo color, llevaba el pelo negro y largo semi-suelto, cayéndole en cascada por la espalda, el conjunto se completaba con una larga y fina chaqueta del mismo color blanco hueso, con escote corto por donde salía el delicado cuello de Cristina adornado por cadenas doradas. Llevaba un maquillaje suave que la hacía lucir preciosa; los esposos no pudieron evitar admirar una vez más su belleza.

□ Discúlpenme por haber venido tan temprano. Ustedes son la única familia que yo tengo y tarde o temprano debo contarles mi verdad□ Pero primero quiero saber cómo Crystal descubrió el peligro y me mandó a salir de la oficina con tanta urgencia.

Crystal puso la taza de la que estaba tomando café en la mesa, se limpió los labios con la servilleta que tenía en sus piernas y miró a Cristina con una mezcla de vergüenza y dolor.

La terraza de los Hackman estaba rodeada de plantas verdes con algún que otro tiesto de color, el sol de Octubre entraba en el recinto con todo su resplandor y hacía de la estancia un lugar agradable, tibio y claro, como si la esperanza se hubiera vestido de blanco para esta mañana.

□ Cristy□ Yo□ Tu sabes que nunca me he inmiscuido en□

□ Crystal, dime que pasó ayer. Después de hoy no habrá más secretos. Si lo que me imagino es cierto, es hora de contarles la verdad.

□ Ayer cuando llegué a la oficina a buscar a Gene y entré a su despacho me encontré de frente con dos hombres, uno de ellos mayor, de nombre Paul Gallagher y el otro contemporáneo con Gene de nombre Anthony Gallagher, este último es el vivo retrato de Pauly□ No supe que pensar, solo que todos estos años tú te has estado escondiendo de alguien y de buenas a primeras yo me doy de narices con estos dos hombres y tiene que haber una conexión entre ustedes porque Pauly es igualito a ellos, así que lo único que se me ocurrió para salvar la situación y protegerte fue decirte que te fueras□

Cristina asintió con la cabeza, tomó una profunda inspiración y empezó a hablar muy lentamente□

□ Esos hombres son el abuelo y el bisabuelo de Pauly. Su padre es, Paul Anthony Gallagher, el hijo de Anthony, y yo llevo diez años escondiéndome de él, pero ya no más. Yo soy mucho más fuerte que ellos, emplearé a todos los abogados que hagan falta pero nunca podrán tocar a Pauly, tengo pruebas que me harán ganar su absoluta custodia en caso de que estos quieran inmiscuirse en la vida de mi hijo. ¿Qué querían? ¿Me andaban buscando a mí o al niño?

Crystal y Gene se miraron y fue este quien contestó.

☐ No estaban buscando a nadie. Anthony y yo fuimos compañeros de dormitorio cuando estábamos en la escuela de derecho. Después nos distanciamos, perdí su pista y no lo vi más por muchos años. Al cabo del tiempo me lo encontré en un Club de Golf, estaba viejo y acabado, nos saludamos como los buenos amigos que éramos, yo no pregunté nada por su ausencia y él no explicó nada tampoco. Hace apenas unos días vino para que nuestra firma le hiciera un traspaso de propiedad legal, el abuelo Gallagher pasará toda la fortuna a nombre de Paul, su nieto. Yo les pregunté por la esposa de Paul, puesto que en sus datos dice que él está casado pero el nombre de la esposa no aparece en ningún lugar. Les hice la pregunta porque como tú bien sabes, si sigue casado con ella, esta podría legalmente reclamar la mitad de todo cuanto pasará a su nombre, sin embargo y para mi asombro, su padre dijo que lo dejara así, que eso no importaba. Y eso es todo lo que yo sé. Luego llegó Crystal y los vio y empezó con su teatro tratando de ahuyentarlos de ti, cosa que al final consiguió, pero yo estoy casi seguro de que ellos sospechan que nosotros les ocultamos algo y el viejo no tiene pelos en la lengua, estoy convencido de que el lunes, cuando nos veamos para la firma de los documentos, me preguntará. No creo que haya podido establecer un vínculo entre nuestra familia y tú, pero sí sé que ambos se quedaron con la curiosidad de saber porque Crystal armó todo ese teatro. Sin dudas percibieron que Crystal ocultaba algo.

☐ O sea☐ dijo Crystal☐ Que yo tratando de salvarte metí la pata hasta atrás☐

Se hizo un silencio, Cristina se acercó a la mesa y se sentó al lado de ambos. La mañana crecía y el Sol inundaba el comedor, la claridad le auguró a Cristina un desenlace inofensivo, le dio gracias a Dios para sus adentros por haberle permitido ver un día más y tener a su hijo sano y salvo a su lado.. Y con una leve sonrisa llena de melancolía y tristeza empezó a contar☐

☐ Paul y yos nos casamos hace diez años, en San Ignacio. A las 24 horas de haberlo hecho el abuelo llamó que teníamos que regresar a Boston inmediatamente. Cuando llegamos al aeropuerto, mí entonces madrastra Gabina Malpaso, y otra mujer que nunca supe quién era, me agarraron a la fuerza y me llevaron con la ayuda de dos matones a una casa de los alrededores del aeropuerto y allí me encerraron. Luego me amarraron de pies y manos y me cubrieron la boca para que no pudiera hablar, ahí me dijeron que me apartara de Paul o me matarían, a mí, a Rosi y a sus padres. Después, los matones nos llevaron a mí y a mi madrastra hasta el apartamento donde yo vivía en Cambridge, allí estaba Rosi. No entendí muy bien lo que pasaba pero Gabina quería algo de mí□ No me acuerdo bien, solo recuerdo que como a la hora de estar allí recibí una carta, del puño y letra de Paul diciéndome que no quería saber más de mí, que me perdiera. La carta también decía que tenía a una muchacha embarazada y se iban a casar esa misma semana con ella. Esa carta la tengo guardada en mi caja de seguridad. Cómo lo hizo para divorciarse de mí no lo sé, pero sí sé que se casó con esa muchacha. Cuando nació Pauly quise ponerme en contacto con él para informarle del nacimiento de su hijo, pero su respuesta fue otra carta todavía más horrenda que la inicial, en esta me amenazaba diciendo que me quitaría el niño si seguía molestándolo. Esta última también la tengo guardaba junto con la primera. Hasta ayer viví con miedo de que algún día me encontraran y pudieran quitarme a Pauly, fui una tonta, ahora lo sé. Soy mucho más poderosa que ellos y nunca podrán hacerme daño. No me importa si tengo que mandar a matarlos a todos ellos□ Nadie, nunca, podre quitarme a mi hijo.

La claridad matinal no pudo alumbrar lo obscuro del momento, nunca habían oído a Cristina pronunciar unas palabras tan llenas de□ ¿Odio? No podía ser, ¡Cristina no sabía odiar□ !

□ Cristy□ No entiendo□

Dijo Crystal muy suavemente.

□ No importa, ya se los explicaré con más detalle. Ahora solo quería saber que había ocurrido. Si no saben de Pauly ni de mí, pues perfecto, sin embargo, se acabaron los escondites. Voy a cumplir 26 años, tengo un hijo maravilloso, tengo a Rosi y a todos ustedes que son mi familia adoptiva, y ya es hora de que empiece a disfrutar mi vida.

Gene y Crystal seguían sin entender pero veían la fuerza detrás de las palabras de Cristina y eso los satisfacía.

□ ¿Tienen tiempo para oír mi historia con detalles?

Ambos asintieron con la cabeza y Cristina empezó□

□□□

Anthony Gallagher se levantó temprano, cosa que nunca pudo hacer cuando se iba a la cama ebrio. Iba a encontrarse con su padre, quería conversar acerca de la extraña conducta de la esposa de Gene, ambos sabían que había algo oculto pero no tenían ni la más remota idea de que era. Su hijo Paul tuvo una vida sexual intensa, por no decir promiscua, con todo tipo de mujeres, y siempre cabía la posibilidad de que esa señora fuera una de las tantas *rubias platino* que funcionan con una sola neurona y que Paul usaba a diario, descartándolas sin el más mínimo respeto. Sin embargo no era probable, Gene era un hombre inteligente y nunca se hubiera casado con una mujer de ese tipo. Anthony pensó No todo el mundo es tan estúpido como tú Esas bromas irónicas con las que vivía a diario le molestaban ahora, quizás era tiempo de dejar de degradarse y pensar un poco más positivamente de sí mismo. Había que esperar, el hecho de no haberse emborrachado en los últimos días no lo arreglaba todo, tenía mucho que hacer todavía.

Mientras se afeitaba delante del espejo se cortó varias veces con la navaja y sangró más que de costumbre, nunca se había cortado tanto; era verdad que tenía una barba gruesa y tupida y que a menudo se partía la piel, pero hoy eran chorros de sangre lo que le salían de la cara, ni papel ni presión ni nada podía detener la hemorragia. Lo último que me faltaba .Leucemia No seas pesimista hombre, eso le pasa a cualquiera. Cogió un poco de algodón del botiquín de las medicinas, después de manchar varia toallas de sangre, cogió una limpia y se apretó en los puntos que sangraban hasta que al cabo de un buen rato la hemorragia se detuvo.

Se vistió de prisa, el asunto de la sangre lo iba a hacer llegar tarde, mejor llamaba a su padre.

 Papá, estoy algo retrasado, pero llego en 15 minutos.

 No te apures, llamé a Paul, se reunirá con nosotros para el almuerzo.

 Le vas a decir lo del traspaso de bienes.

 No, solo quiero almorzar con mi hijo y con mi nieto...

 De acuerdo, allí estaré.

Qué diría su hijo Paul al verlo sobrio. Probablemente nada, Paul nunca le decía nada que no fuera buenos días, buenas tardes, hola Cosas así. No importaba. Lo importante era que él encontraría a Cristina y ambos serian felices. Estaba dispuesto a apostar su vida a que aquel infortunio que destruyó la vida de su hijo fue causado por alguien, quizás Agnes, no sabía quién, pero lo iba a encontrar y lo iba a desenmascarar.

Cuando salió de su cuarto se volvió a encontrar con Agnes

☐ ¿Y, qué paso con lo de tirarte del puente?

☐ Nada☐ Lo pensé mejor☐ Quizás te tire a ti...

☐ Eres un imbécil...

☐ Claro que lo soy, como si no me hubiera casado contigo.

☐ Cretino, borracho, malnacido, ojala te mueras.

Ya no la oía, se iba riendo a carcajadas de su mujer. ¿Por qué no había descubierto esto antes?

☐☐☐

Crystal y Gene estaban sentados en el sofá de la sala de la terraza a donde se trasladaron para que Cristina les contara su historia. Estaban en shock☐

☐ Tengo que hablar con Bailey, no quiero seguir trabajando con los Gallagher.

☐ No Gene, por favor, una cosa no tiene nada que ver con la otra. Ellos a ti no te han hecho nada, y si lo miras bien, a mí tampoco, quien me hizo a mi daño fue Paul no ellos. Además, negocios son negocios, eso me lo enseñaste tú.

☐ Sí pero si tú no respetas a tu cliente, no puedes trabajar con él.

☐ Pero vuelvo y te digo que ellos a mí no me han hecho nada. No tienen la culpa de ser el padre y el abuelo de él. No hagas nada drástico, tú y Anthony siempre han sido buenos amigos y no vale la pena enemistarte con él por algo que hizo su hijo hace diez años.

☐ Pero cómo puede ese viejo estar tan ciego a cerca de su nieto y no ver lo que es.

☐ El amor es ciego.

☐ No, el amor es tonto, idiota, insulso, pero no ciego.

☐ Bueno, te lo voy a pedir de favor, hazlo por mí, deja todo como está.

☐ Solo porque me lo pides, pero ya nunca los podré mirar de un modo imparcial sabiendo todo cuanto te hicieron. Ya sé que no fueron ellos, fue el hijo, pero ellos lo permitieron.

☐ Saben☐ .Me hace sentir muy bien el haber hablado con ustedes, me he quitado un gran peso de encima y es como☐ como☐

si al fin fuera libre☐ Libre de ir y venir con Pauly a donde me dé la gana. No creo que estén en plano de averiguar nada, eso ya pasó hace mucho tiempo, ellos siguieron su vida y yo la mía, y nada más.

☐ Yo también me alegro mucho, siempre quise preguntarte pero no me atrevía, y créemelo que no era por intrusa, es que a veces te veía triste o en un estado de neutralidad doloroso, sin embargo esta mañana he visto como se ha transformado tu sonrisa y como te ves mucho más linda desde adentro☐

☐ Y por fuera también☐ ¡Te ves espectacular☐ !

Todos sonrieron y siguieron haciendo bromas a costa del uno y del otro.

☐☐☐

Cuando Paul llegó al club y vio a su padre sentado con su abuelo se sorprendió. No se acordaba de haberlos visto juntos a no ser en situaciones obligatorias de familia. Pero esta mañana había algo extraño en ellos, estaban como más☐ relajados, más a gusto el uno con el otro.

☐ Buenos días hijo.

☐ Buenos días, papá, me extraña verte despierto tan temprano.

En cuanto lo dijo se arrepintió. Cállate la boca Paul y compórtate. Pero la contestación de su padre no se hizo esperar.

☐ Hasta yo me asombro hijo.

☐ Te vez muy bien papá.

☐ Gracias, tú te ves como siempre, fenomenal.

☐ La procesión va por dentro.

Ay, otra vez metí la pata, cállate de una vez Paul☐

☐ Yo decidí votar mi procesión por la ventana y empezar de nuevo.

☐ Me alegro mucho papá, me alegro muchísimo, te lo digo de todo corazón.

☐ Bueno ya basta de elogios y cumplidos, a lo que íbamos. Paul, te he mandado llamar esta mañana porque tengo una noticia que darte.

Anthony lo miró sorprendido. ¿Estaba el viejo celoso? ¿Y eso de la noticia, no dijo que no le diría nada a Paul hasta que estuviera hecho☐ ?

☐ Pensé que☐

☐ Ya sé lo que pensaste, pero cambie de idea. Sé que a Paul no le gustan las sorpresas y he decidido decírselo hoy mismo. De todas maneras él no puede hacer nada para evitarlo. Solo le queda aceptar mis deseos y hacerme feliz una vez más antes de morir.

Paul se puso inmediatamente en guardia. Desde ☐lo de Cristina☐se había vuelto desconfiado y pesimista y como bien decía su abuelo, odiaba las sorpresas.

☐ ¿Qué pasa?

No fue una pregunta, sino una orden. Su rostro se endureció y la línea de sus labios se perdió en la presión que ejercían sus mandíbulas sobre ellos. Con la cabeza en alto y la barbilla hacia adelante, desafiando a quien estuviera al frente volvió a decir.

☐ Qué pasa.

Esta vez las palabras venían envueltas en el papel de la soberbia y la ira.

☐ Pasa que he decidido pasar toda mi fortuna a tu nombre, incluyendo GALCORP y todo lo demás. Ya me cansé de trabajar y preocuparme, quiero vivir mis últimos años pescando en alta mar, sin pensar en nada que no sea el día en que estoy viviendo.

Paul no respondió, si su abuelo esperaba que dijera algo se equivocó. Si se lo hubiera propuesto nunca lo hubiera aceptado, hacía tiempo que planeaba perderse, irse lejos y tratar de empezar de nuevo sin recuerdos, pero parecía que no lo iba a poder lograr. Lo penoso del caso era que no le molestaba, se había acostumbrado a vivir con el dolor y no creía poder sobrevivir sin él.

☐ ¿Qué te parece mi idea?

☐ Si eso es lo que quieres, conmigo no hay problema, pero si voy a ser la cabeza de GALCORP no quiero a nadie metiéndose en mis decisiones. Yo no hago las cosas a medias; o soy o no soy☐

Qué triste era oír a aquel muchacho apuesto y lleno de vida hablarle de esa manera al hombre que había sido para él más que un padre, un amigo, un confidente☐ Nunca podría perdonar a Cristina por lo que le hizo a su nieto. En momentos como estos se acordaba de su alegre y juguetona sonrisa y la despreciaba por mentirosa y maldita, aquella muchachita a quien tanto quiso le había tronchado la vida a lo más grande que había en la de él, su nieto☐ Nunca la perdonaría☐

☐ Todo será tuyo, no hay medias. El lunes firmo los papeles del traspaso.

☐ Cómo lo has hecho sin que Agnes se enterara.

Nunca la llamó mamá.

◻ Y qué te dice que ella no lo sabe.

◻ Si lo supiera ya me hubiera llamado mil veces para ver cuánto le tocaba.

Anthony se echó a reír con una risa malévola pero simpática.

◻ Cuando se entere no te va a llamar, te va a invadir la oficina y la casa, ya la veo con una tienda de campaña durmiendo en la antesala de tu despacho. Y a ti papá, te va a caer arriba por no dejarle nada a ella.

Ahora todos reían. Anthony pensó que por lo menos para algo era buena su mujer, aunque solo fuera para hacerlos reír.

◻ No sé qué le dijiste a los abogados para atemorizarlos, pero ninguno me ha llamado para contarme el chisme.

◻ No lo hice con nuestros abogados, lo hice con una firma de abogados ajena a la empresa. El compañero de dormitorio de Anthony cuando estaban en la escuela de derecho, Gene Hackman, tiene un bufete con su hermano mayor, Bailey, que también fue un gran amigo mío, ellos son los que se han encargado del asunto.

◻ ¿Hackman? No los conozco, nunca he oído hablar de ellos.

◻ Tienen una gran práctica, se dedican a leyes de corporación e impuestos. Son discretos y honrados, no necesitan publicidad, tienen más clientes de los que pueden abarcar.

◻ Nunca me hablaste de ellos.

◻ Gene y yo nos alejamos después que yo me case con tu madre, pero aun así, fui a su boda con Crystal, una mujer muy bonita y mucho más joven que él. Y hablando de Crystal, qué te pareció lo que pasó ayer padre.

◻ Sinceramente no sé qué pensar, se puso como loca.

◻ Sí, no entendí lo que hacía, quizás no sea yo el único que cargó con una loca, aunque esta al menos es bonita...

Más risas a costa de Agnes.

◻ ¿Que hizo esa mujer para que ustedes la llamen loca?

◻ No lo sé, entró a donde estábamos sentados, ya habíamos acabado de hablar del traspaso de bienes, estábamos conversando muy tranquilamente, entonces ella se asomó en la puerta y pidió disculpas por habernos interrumpido, yo le dije a Gene que me gustaría saludarla y este le indicó que entrara, todo iba muy bien hasta que Gene nos presentó , tanto tu padre como yo alargamos la mano para estrechársela pero ella salió corriendo hacia afuera llevándose a Gene con ella, luego oímos unas voces algo altas, como gente gritando y salimos a ver qué pasaba. Bailey tampoco sabía nada. En fin, cuando llegamos afuera se puso bien y nos pidió que nos quedáramos un rato más, cuando le dije que no podíamos, que teníamos que irnos, empezó a gritar□ No se vayan, no se vayan□ Pero como una loca. Ahí fue cuando yo le dije a Bailey que nos veíamos el lunes y nos despedimos y empezó a gritar otra vez, no se vayan□ no se vayan□ en mi vida he visto algo igual□ No tengo ni idea que pasó y no sé si podré preguntarle a Gene el lunes, me imagino que a él le dará vergüenza hablar del incidente. ¿Tú conoces a alguna Crystal?

□ No creo.

□ Fue muy raro.

□ Bueno, toda familia tiene sus esqueletos y sus fantasmas guardados en algún closet secreto. Nadie se puede imaginar que pasa detrás de la puerta de una casa después que esta se cierra.

¿Cómo podían vivir de aquel modo? ¿Serian ellos los únicos? Paul se preguntó muchas veces por qué su familia era así, y como seria pertenecer a una familia normal. Todavía no había encontrado ninguna□

Quizás la familia de Will y de Ali lo fuera, pero eso debía ser la excepción de la regla. Él estaba seguro que moriría sin conocerlo.

¿Dónde estarían Will y Ali? ¿Qué pensarían de él? ¿Sería cierto que □ella□les quito dinero también a ellos? Después de lo que hizo con él todo era concebible.

Cada vez que pensaba en □ella□ volvía a hacerse las mismas preguntas. Hubo un tiempo en que en medio de la vorágine de sus pensamientos, a veces aparecía un ápice de esperanza, pero él luchaba contra ella y la sacaba de su corazón a como diera lugar. Pasaba fines de semanas enteros en Atlantic City, Las Vegas, Mónaco, jugando y derrochando dinero como quien lo usa para alimentar el fuego de una chimenea muerta y fría. Acompañado siempre por mujeres cuyos nombres nunca le interesó saber. Para él había solo un nombre de mujer, y ese estaba prohibido□

31

Ali se daba   los últimos retoques delante del espejo antes de salir. Esta noche celebraban el buen comienzo de la temporada de *Football,* para los *Dallas Cowboys*, el equipo había ganado la temporada pasada sobre los *Patriots de New England* en el *Super Bowl,* eran los campeones y se proponían seguir siéndolo. El equipo había ingresado al *National Football League* en el año 1960. Desde sus principios fue muy popular. Ostentaban el record de Campeones del *Super Bowl* con ocho, eran el equipo que más veces habían ganado, 20 consecutivas, y su valor en capital era de aproximadamente medio billón de dólares, el equipo más poderoso del país.

Cuando Ali y Will se graduaron junto con Cristina y Paul, nunca pensaron que el destino los llevaría a donde estaban ahora. Después de perder la pista de Cristina y de Paul, el cual nunca les devolvió ninguna llamada que le hicieron, ambos recibieron una oferta de trabajo en Dallas, en el estado de Texas, y para allí se fueron. Un año más tarde cuando por fin Cristina se puso en contacto con ellos y les contó lo sucedido con Paul, volvieron a unirse y ser la familia que eran, no sin antes regañarla por no haberse comunicado con ellos antes, ⊓la vergüenza no me dejaba mostrar mi cara ante ustedes⊔ fue la explicación que dio ella. Las actividades de Cristina eran tantas y sus ingresos tan altos que pronto necesito un contador de libros para ella sola, así fue como Ali se convirtió en la administradora de la fortuna de Cristina. La gran ilusión de Will había sido siempre jugar *Football,* profesional, pero nunca pudo, los años en la escuela de derecho lo despertaron del sueño y puesto que quien no puede jugar, dirige, se convirtió en agente deportivo, y así fue como llegó a dirigir las carreras de mucho de los grandes jugadores del deporte que amaba.

Cuando el equipo de los *Dallas Cowboys* abrió sus acciones al público, Will empezó a comprar y a comprar, y cuando Cristina se dio cuenta de lo que estaba haciendo su hermano-postizo, lo ayudó y entre ambos compraron la mayoría de las acciones del equipo. Hoy en día Will era el Gerente General de *Dallas Cowboys*, el equipo de Football más acaudalado del país. La participación de Cristina como socio capitalista era privada.

⊓ ¿Llamaste a Cristy?

☐ No, ¿Por qué?

☐ Me encontré un recado de ella que la llamáramos luego.

☐ ¿Por qué no me lo dijiste antes?

☐ No pensé que fuera urgente.

☐ Tan hermano que te dices de ella y no la conoces ni un poquito.

La respuesta de Will fue coger su teléfono celular y llamarla.

☐ Hola Cristy, todavía no te perdono que no hayas venido a la cena de esta noche, van a estar todos los jugadores allí, a Pauly le hubiera encantado.

☐ ¿Y dónde te crees que estoy?

☐ ¿Dónde?

☐ En tu casa☐

Dijo Cristina riendo y entrando en el cuarto corriendo.

☐ Cristy☐ Me vas a matar de un susto☐

Ali se paró y vino hasta ella abrazándola y dándole un par de besos bien sonados, Will hizo lo mismo.

☐ Pauly está con las niñas.

☐ Me haces la persona más feliz del mundo. Ya era hora☐

☐ Tienes razón Ali, ya era hora. Se acabaron los escondites, la discreción y el miedo, al diablo con la sociedad. Tengo que empezar a disfrutar mi vida con mi hijo porque el tiempo pasa y no vuelve; ya voy a cumplir 26 años☐ ¡Te imaginas, soy una vieja☐ !

☐ Oye, oye, aguanta ahí, que yo cumplí 32 y estoy entero todavía.

Dijo Will.

☐ Sí, sí, muy entero☐

Era Ali burlándose de su marido que siempre se las daba de galán.

☐ Hay que llamar ahora mismo para poner dos puesto más en nuestra mesa.

☐ Ya yo lo hice. Todo está arreglado.

☐ Pues vámonos, pero☐ . Algo ha pasado que te ha hecho cambiar y me lo tienes que contar todo con lujo de detalles.

☐ Nada ha cambiado, solo que me he dado cuenta que la vida sigue, que soy muy afortunada por tener a Pauly y a todos ustedes y en vez de seguir amargándome la existencia con el pasado tengo que disfrutar el presente porque uno nunca sabe cuándo el destino le traerá otro revés.

‑ Que reveses ni que ocho cuartos, ya tu pasaste lo que ibas a pasar, agotaste la cuota de sufrimiento que te tocaba‑ De ahora en adelante, a disfrutar.

‑ Espero que Dios te esté oyendo.

‑ Él siempre lo hace.

Con una nueva alegría que trajo la presencia de Cristina y Pauly en la casa, todos se fueron riendo llenos de felicidad.

En la fiesta Cristina bailó con todos los jugadores de los *Cowboys*, con Will y con un montón de gente más que no conocía, hacía años que no bailaba, el baile le recordó que estaba viva y joven. Ali se pasó de tragos y terminó cantando arriba de una mesa y Will terminó cantando con Cristina después de desplazar al cantante de la orquesta. Habían llegado a casa de madrugada.

Llevaron a los niños a la presentación de los jugadores, a que los vieran y se tomaran fotos con ellos, cosa que los hizo muy felices, pero antes de comenzar la cena, los mandaron a casa con Adela, la niñera. Aparentemente los cuatro se habían ido a dormir felices, sin embargo lo que Cristina había pretendido era olvidar su tragedia por unas horas, pero al despertar la realidad se hizo presente como con un gran peso y una total incertidumbre.

Tenía que regresar cuanto antes a su casa y entonces, a solas, en la tranquilidad de su hogar, explicarle todo a Pauly de una manera que no lo hiriera. Aunque los Gallagher no habían descubierto nada a cerca de su paradero, no se seguiría escondiendo, el destino se encargaría del futuro y Pauly tenía que estar preparado para cuando llegara el día en que conociera a su padre. Su miedo era infundado, nadie podría quitarle a su hijo, además no creía que a Paul le interesara ahora su existencia si nunca antes lo hizo, en cuanto a los abuelos y el bisabuelo tampoco serian problema, lo único incomodo de todo este lio era explicarle a Pauly de manera que no sufriera con la verdad. Ella podría hacerlo, estaba segura, no quería preparar ningún discurso, solo quería hablarle con su corazón abierto y con el amor que solo una madre puede sentir al tratar de contarle una triste verdad a un hijo. Pensó ‑Papi, necesito tu ayuda una vez más, no me dejes sola por favor...‑

Así fue como, ante las protestas de Will y Ali, después del desayuno, salieron para New York. Aunque Cristina pensaba hablar con el niño cuando llegara a la casa, se dio cuenta que en el avión podría hacerlo también, con la ventaja de que aquí no estaba Rosi la cual era seguro querría participar en la conversación. Sin pensarlo más, comenzó.

☐ Pauly, tengo que decirte algo muy importante. Quiero que me escuches hasta el final sin interrumpirme, yo contestaré tus preguntas al final, pero ahora déjame hacerte un cuento en el cual tú eres el principal protagonista.

☐ *OK* mami, me encantan los cuentos, y si yo estoy en ellos mejor. ¿Esto es algo de cuando yo era chiquito?

☐ Más o menos, veras. Tu padre y yo nos conocimos hace☐

☐ Mami, me vas a hablar de mi papá☐ Que bueno☐

☐ Acuérdate que te dije que tenías que escucharme hasta el final.

☐ Sí, sí, lo siento, sigue, no te interrumpo más.

La alegría que veía en la cara del niño le destrozó el corazón, pero tenía que seguir, no podía echarse atrás ahora.

☐ Bien, como te decía, tu papá y yo nos conocimos cuando éramos muy jóvenes y siempre fuimos muy buenos amigos, los mejores amigos. Al terminar la universidad decidimos casarnos y sin decirle nada a nadie nos fuimos para una isla muy linda que se llama San Ignacio y allí nos casamos; fuimos muy felices☐ Sin embargo sucedió algo que quizás en este momento no entiendas pero cuando seas mayor te lo explicare de nuevo, y por eso tuvimos que regresar muy pronto después de nuestra boda; cuando llegamos aquí nos encontramos con que había muchos problemas y desgraciadamente no podíamos seguir juntos☐

Cristina hizo silencio por un momento para que Paul preguntara, pero el niño guardo silencio y esperó a que su mamá siguiera el cuento.

☐ Esos problemas hicieron que nos separáramos. Como te dije antes los problemas son complicados y en este momento no los entenderías, el asunto fue que cada uno siguió su camino y formamos nuestras propias vidas. Tu papá volvió a casarse y formó otra familia, y tú y yo formamos la nuestra. Los adultos a veces usamos razones para justificar nuestros actos que no son muy lógicas pero, qué podemos hacer si nos hizo Dios. Es por eso que te digo que cuando tengas más edad trataré de explicarte todo esto de nuevo. De momento yo creo que tú y yo somos muy felices, nos queremos mucho, tenemos a Rosi, a tío Will, a tía Ali, a los Hackman, a tía Winona y tío Lucas con las mellizas, estamos rodeados de gente buena que nos quiere y son nuestra familia así que no necesitamos a nadie más. Cuando tú crezcas, si tú quieres, puedes tratar de ponerte en contacto con tu padre, si lo quieres conocer, pero ahora no creo que se deba hacer porque como te dije, él tiene otra familia y a los adultos cuidamos mucho la privacidad de la familia.

Cristina hizo otra pausa, esperando las preguntas del niño, mientras más este tardaba en hacerlas más miedo tenia ella de encontrar la respuesta adecuada.

☐ ¿Quieres preguntarme algo?

El niño la miró por unos segundos y le dijo.

☐ En la escuela hay muchos niños que viven con sus mamás y otros que viven con sus papás, dicen que porque los padres están divorciados. ¿Tú y mi papa están divorciados?

☐ Yo no tengo conocimiento de eso. A mi entender todavía estamos casados, pero puesto que él tiene otra familia y seguro se casó con su nueva esposa, él tiene que haber hecho algún trámite legal para haberse divorciado, pero yo no lo sé. Como vez es complicado.

☐ ¿Y si él se casó por qué tú no te casaste también?

☐ Porque yo estoy muy bien así. Te tengo a ti y con eso me basta y me sobra. Todo el amor que yo tengo es para ti.

☐ Entonces mi papá le dio su amor a otra persona y no a mí.

☐ No lo creo, solo que él ahora tiene otra familia y ellos necesitan de su amor, pero cuando él y yo nos casamos, él me quería mucho, igual que yo a él; yo estoy segura de que cuando él te conozca te va a querer mucho, mucho, mucho, porque acuérdate que el amor no se divide, sino que se multiplica.

☐ Entonces por qué él se casó otra vez.

☐ Pues parece ser que porque se enamoró de esa muchacha.

☐ Y entonces se desamoró de ti.

☐ Algo así.

☐ Billy me dijo que yo no tenía papá porque él nunca lo ha visto.

☐ ¿Y Billy ha visto a Dios?

☐ Ah☐ . Claro, nosotros no podemos ver a Dios, pero sabemos que existe y nos quiere y nos cuida y nosotros también lo queremos a él☐

☐ Exactamente.

☐ Ah☐ Ya sé cómo responderle. Gracias mami.

☐ De nada mi amor.

☐ ¿Y mi papá tiene más niños en su otra familia?

☐ Yo creo que sí pero no estoy segura cuantos.

☐ ¿Y tú crees que los otros niños querrán conocerme a mí? Yo quiero conocerlos a ellos.

☐ Por eso tenemos que esperar hasta que tú seas algo más grande a ver como arreglamos esas cosas.

☐ ¿Y mi papá no tiene papás, igual que tú?

☐ Cuando nosotros nos casamos si tenía papás, pero ahora no lo sé.

☐ Entonces yo no sé si tengo abuelos o no.

☐ Tú tienes a abuela Rosi.

☐ Y si Rosi se casa, entonces yo tengo abuelo. ¿Por qué no le decimos a Rosi que se case?

☐ Podemos tratarlo, esa es muy buena idea.

Cristina sabía que sus ángeles la estaban ayudando y les dio las gracias. La conversación se desvió hacia otros temas y cuando se dieron cuenta ya estaban aterrizando. Cristina se hizo una nota mental de hablar con Rosi y contarle lo que le había dicho a Pauly, no quería que hubieran dos cuentos distintos.

32

La salida de Cristina y el niño tan temprano le extrañó a Ali quien esperaba que se quedara al menos un día más con ellos.

☐ ¿Will, tú crees que Cristy esté tan bien como dice?

☐ No, acuérdate que no sabe mentir, se le ve al instante que está diciendo mentiras.

☐ ¿Y por qué no le reclamaste?

☐ Por lo mismo que no le reclamaste tú que eres la que más le pelea de los dos. Acuérdate que ella es ya un adulto, no es nuestra hija, y es mucho más inteligente que nosotros.

☐ La inteligencia no tiene nada que ver con esto. Yo no le reclamé porque no quise hacerla sufrir.

☐ Lo mismo me pasó a mí.

☐ ¿Qué tan ocupado estas tu esta semana? Me gustaría ir a su casa con algún pretexto y quedarnos unos días.

☐ Buena idea, voy a arreglar el viaje ahora mismo.

☐☐☐

La mañana anunciaba la cercanía del otoño, pero todavía no llegaba. El día estaba gris sin embargo la temperatura era agradable. Desde la oficina de Gene Hackman se podía ver el puerto de New York con sus transatlánticos y sus yates. Manhattan era una ciudad única, no importaba el color del día o la estación del año, solo había que saber quererla.

Gene no había podido quitarse de la mente el cuento de Cristina. No podía concebir que Anthony Gallagher tuviera algo que ver en una cosa tan baja como esa. Anthony podría ser un borracho pero era un hombre de buen corazón y quería a su hijo. El viejo Gallagher era otra cosa, era duro y guardaba las distancias, pero tampoco parecía un mal hombre. ¿Entonces cómo se explicaba todo cuanto había pasado Cristina? El no conocía al tal Paul *Junior*, pero se lo imaginaba☐ Engreído, petulante, vanidoso☐ ¿Qué podría haber visto Cristy en semejante imbécil? Claro que ella era muy joven cuando aquello y ese cretino seguro se había burlado de ella muy fácilmente. En fin, lo hecho, hecho estaba, aunque no se sentía bien trabajando con los Gallagher iba a terminar este asunto del pase de propiedad e iba a dar por concluida su amistad con Tony; tenía que controlarse, él era un profesional y así lo haría, pero esta sería la última vez que tuviera contacto con alguien de esa familia.

Oyó la puerta privada de su despacho abrirse y miró, era Bailey que tampoco traía buena cara.

Gene le había hecho el cuento de Cristina y Bailey estaba enojadísimo, no quería ver a los Gallagher.

☐ Los documentos están listos. Llama a tu amigo Anthony y dile que vengan cuanto antes a terminar con ese asunto y no los quiero ver más por aquí.

☐ Ya Helen los llamó y están esperando.

Helen había sido secretaria de Gene por muchos años y era de toda su confianza, él le había dado instrucciones de que hiciera esperar a los Gallagher por lo menos unos 15 minutos, sin invitarlos a sentarse o tomar nada y que luego los pasara. Los títulos estaban encima de la mesa del salón de conferencia donde se llevaría a cabo el último trámite; la firma. Ninguno de los hermanos los quería en su oficina. Aunque Cristina les había indicado que esto no tenía nada que ver con ella no podían resistir la tentación de ponerlos en su lugar como se merecían, si no lo hacían era por respeto a ella, pero ya habría tiempo en un futuro de arreglar las cuentas con los Gallagher.

El principal salón de conferencia de la firma Hackman y Hackman se encontraba en el mismo piso que las oficinas de Gene y Bailey, había otros salones pero este era para uso de los hermanos solamente. Pensaron encontrarlos en un salón pequeño e impersonal de cualquier otro piso, pero luego cambiaron de parecer puesto que sería una molestia más para ellos, además, lo único que querían era terminar cuando antes con todo aquello. El salón se encontraba en una esquina del edificio y sus paredes la formaban grandes ventanales que dejaban ver la parte baja de la isla y la salida del rio hasta la Estatua de la Libertad.

Oyeron la puerta abrirse y vieron como Helen los precedía.

☐ Buenos días Bailey, Gene, cómo se encuentra tu esposa.

La pregunta lo cogió desprevenido pero se repuso enseguida.

☐ Bien.

Ni gracias ni nada, solo monosílabos.

☐ Siéntense allí.

Ni por favor ni buenos días. Gene, dirigiéndose al viejo Gallagher le dijo.

☐ Empiece a firmar por aquí. Hay 10 originales, de ellos emplearemos unos cinco, entre ellos uno se enviará a la Bolsa de Valores, otra al registro del condado, otro se les hará llegar a sus accionistas, etc. Nosotros nos quedaremos con uno y usted tendrá los demás por si los necesitara en un fututo.

En la gran mesa había 10 sets de papeles, todos con una pluma al lado para ser firmados. Gene y Bailey no se sentaron, esperaron de pie hasta que el viejo Gallagher terminara con las firmas.

Aquí pasa algo, pensó el viejo, estos están muy callados y circunspectos. Cuando terminó de firmar los miró de una manera inquisitiva y les preguntó.

☐ ¿Ocurre algo? ¿Hay algún problema?

☐ No. dijeron al unísono los hermanos.

☐ Entonces a que se debe la frialdad con que se están comportando. Les ruego que me expliquen, qué cambió del sábado a hoy para que su actitud se tornara fría y poco amable.

Bailey fue quien contestó. Quería a Cristina como a su propia nieta y quería matarlos a ambos por haberse comportado de una manera tan baja con ella.

☐ Sr. Gallagher, somos personas ocupadas y tenemos el día lleno de trabajo.

Si las palabras hubiesen sido más frías se hubieran congelado en el ambiente. Anthony preguntó dirigiéndose a Gene.

☐ ¿Tiene esto algo que ver con la reacción que tuvo tu esposa ayer cuando nos vio?

☐ Lo que mi esposa haga o deje de hacer no es de tu incumbencia.

☐ Bien, si eso es lo que desean ☐ Dijo el abuelo Gallagher☐ No tengo ninguna objeción. Sin embargo si no nos dicen que hemos hecho para provocar semejante reacción en ustedes, no podremos corregirlo.

☐ Hay errores que no pueden corregirse nunca.

Le respondió Bailey

☐ Gene ☐dijo Anthony ☐¿Qué pasa? Hace apenas unos días me estabas sermoneando a cerca de la amistad y ahora resulta que no quieres saber nada de mí; porque eso es lo que están haciendo ustedes, diciéndonos que terminemos y nos larguemos de una vez. ¿O era solo palabrería barata lo que usaste conmigo? Nunca supe que fueras un hipócrita o que te callaras las cosas que deberían salir a la luz. ¿Es que acaso esto tiene algo que ver con mi hijo Paul y tu esposa? Porque si es así, dímelo ahora mismo y se arregla inmediatamente, mi hijo es mayor de edad y dueño de sus actos y si tuvo algo que ver con tu esposa antes de tu casarte con ella es ridículo que te pongas así ahora.

□ Que tantas estupideces estás hablando. ¿Qué tiene mi mujer que ver con tu hijo ni con todo esto? ¿Qué estas insinuando? Tu hijo puede ser un cretino que va por la vida destruyéndoles la vida a jovencitas inocentes, pero mi esposa es una señora decente y nunca en su vida se enredaría con un delincuente como tu hijo.

□ Un momento. ¿Por qué dices que mi hijo es un delincuente? ¿Qué ha hecho? Vamos, habla□

□ Tú sabes perfectamente que ha hecho□

Bailey tomó a Gene del brazo aguantándolo, creía que le iba a ir arriba a Anthony en cualquier momento.

□ Señores, nuestro trabajo con ustedes ha terminado. Por favor esperen fuera, una secretaria les entregara los documentos en breve.

Anthony y su padre se miraron sin comprender lo que pasaba.

□ No, yo no me voy, yo tengo que aclarar esta situación. Creo que estamos todos hablando de cosas diferentes□ Gene tu eres mi mejor amigo, una de las personas más decente que he conocido en mi vida, no conozco a tu hermano de nada pero si te conozco a ti, por favor habla de una vez y dinos cuál es el problema.

Bailey miró a Gene como diciéndole, □no lo hagas□□. □no la nombres□□

□ Si lo dejamos así no le estaremos haciendo bien a nadie, si alguien esta ofendido por algo díganlo y le buscaremos solución. Bailey ¿Desde cuándo nos conocemos? ¿Sabes tú de alguna circunstancia en que yo haya actuado de una manera injusta e irracional con alguien?

□ Sí.

□ Pues dila de una vez.

□ No Paul, eso es asunto tuyo, yo no tengo nada que decir. Señores, por favor salgan y esperen afuera.

El viejo Gallagher se levantó y salió caminando hacia la puerta dejando a Anthony detrás, el cual miraba con ojos desorbitados a Gene.

Por amor de Dios Gene, dime de una buena vez qué pasa.

Pero Gene no respondió, se dirigió a la puerta privada del salón y salió con Bailey dejando a Anthony en la sala. Cuando se dio cuenta de que estaba solo se dirigió a la puerta no sin antes quedarse mirando el lugar por donde había salido Gene, esperando que un milagro lo hiciera regresar. La secretaria apareció en menos de cinco minutos con los originales encuadernados individualmente y se los entregó a Anthony. Este tomó el ascensor con su padre y por fin salieron del edificio. Entraron en el carro donde el chofer los estaba esperando; fue Anthony quien rompió el silencio.

 Tiene que haber una explicación lógica para todo esto. Gene es un hombre honrado y serio, nunca conocí a nadie como él.

 Lo mismo puedo decir yo de Bailey. Sencillamente no entiendo nada.

Anthony cogió el teléfono y llamó a su hijo.

 Paul, los papeles están en regla, ya eres el propietario de la fortuna de tu abuelo, incluyendo GALCORP. Hijo, necesito que me contestes una pregunta, es muy importante para mi

 Tú dirás.

Siempre con el tono de voz comedido y sin emociones, como un robot.

  ¿Tu tuviste algo que ver con una señora mayor llamada Crystal?

 Me lo preguntaste la otra noche y te dije que no.

 Te acuerdas del nombre de todas las mujeres con quien te has acostado entonces.

Paul no respondió inmediatamente, pasaron unos segundos eternos antes de decirle a su padre.

  ¿Te acuerdas tú de todas las botellas de whisky que te has tomado en tu vida?

Se lo merecía, se dijo a si mismo Anthony, el hecho de llevar unos días sin beber no lo redimía de una vida tirada a la basura por culpa del alcohol. Anthony no supo que responder, por eso fue el abuelo quien le contestó.

 Hijo, tenemos un problema y nos gustaría que nos ayudaras. No sabemos por dónde empezar. Espéranos en tu despacho, ya vamos para allá.

Paul no contestó, solo colgó el teléfono. Que se traían ahora su padre y su abuelo y desde cuando les interesaba su vida sexual Los oiría, porque precisamente eran los problemas los que lo hacían vivir, lo sacaban de los tenebrosos abismos de su mente, de sus pensamientos oscuros y de las cobardes lamentaciones con las que batallaba a diario.

Cualquier problema era bien venido, y si necesitaba el usa de la violencia, mejor.

33

Fiona vio llegar al viejo acompañado de Anthony y se paró enseguida para abrirles la puerta del despacho de Paul pero estos no le dieron tiempo, sin tan siquiera mirarla entraron y tiraron la puerta cerrándola de un golpe. Una vez había intentado oír lo que pasaba dentro encendiendo el intercomunicador que la conectaba con Paul, pero este la había descubierto. Ella se disculpó diciendo que no entendía bien cómo funcionaba aquello, y como respuesta Paul quitó dicho aparato y la aleccionó diciéndole que si quería comunicarse con él usara el teléfono regular.

Aquel muchacho apuesto y arrogante la tenía loca. Se había enamorado de él el mismo día que empezó a trabajar como su secretaria, fue como la corriente eléctrica que descargan los rayos en medio de las tormentas, no podía quitárselo de la mente. Él ni la miraba, a veces pensaba que ni cuenta se daba de su existencia pero a ella no le importaba, se conformaba con verlo entrar y salir de su oficina. Cuando la llamaba para algo se derretía tratando de congraciarse con él pero este nunca se dio cuenta de nada, vivía en su mundo, solo y enfurecido con su destino. ¿Qué hubiera dicho Agnes si supiera lo que sentía por Paul? ¿Y qué pasaría si este supiera que toda aquella tragedia fue orquestada por su madre? ¿Qué le haría? Cuantas veces pensó decirle la verdad para ganarse sus favores, pero nunca lo hizo porque ella también saldría perdiendo. El día menos pensado se lo diría, aunque solo fuera para arruinar a Agnes, a la cual odiaba desde lo más hondo de su podrido ser.

Decidió llamarla para sacarle más dinero.

☐ Agnes, te tengo una información que te puede interesar, ¿Cuánto me pagas por ella?

☐ Si no me dices de qué se trata como voy a saber cuánto vale.

☐ Digamos que tiene que ver con tu familia.

☐ Dímelo ahora mismo.

☐ Primero el precio.

☐ No seas estúpida, sabes que siempre te pago bien, vamos, suelta la lengua.

☐ Esta noche, en el *Skinny* Bar.

☐ No, ahora.

☐ No.

Le cortó la comunicación. La dejaría esperar algunas horas para sacarle más. ¿Qué harían el abuelo, el padre y Paul encerrados en su oficina? Había entrado a la oficina con el pretexto de preguntarles si necesitaban algo pero Paul le dijo que no y que saliera; tan cortante y arrogante como siempre. Cuanto odiaba a este malcriado niño bonito□ El amor y el odio que sentía por el iban de la mano. Ya le llegaría el día, como a su madre□

□□□

Mientras tanto, en el despacho de Paul se desarrollaba la reunión familiar más extraña que este recordara en su vida.

□ Lo que me cuentan no tiene ningún sentido.

Les dijo Paul que los había esperado sentado en su salón de estar. Allí ellos le había contado lo ocurrido, pero él seguía sin entender.

□ Ustedes piensan que yo me acosté con la mujer de Gene y que cuando esta los vio, asoció nuestro parecido físico y le dio una ataque de *algo* para deshacerse de ustedes. ¿Entonces por qué no los dejaba ir, por qué insistía en que se quedaran□ ? A mi entender eso no tiene ningún sentido. Además me ofende un poco que enseguida hayan pensado en mí. Ninguno de los dos me conoce lo suficiente como para inventar semejante cuento.

□ ¿Entonces qué tú crees que pasó?

Preguntó el abuelo, aunque se dio cuenta que era absurdo preguntarle a Paul.

□ Ese es el problema □Contestó Anthony □No lo sabemos, pero estoy seguro que cualquier cosa que sea, tiene algo que ver con la esposa de Gene.

□ Busquen un detective privado que les averigüe.

¿Sabría Paul lo que él estaba haciendo? Pensó Anthony. Imposible□

□ Es buena idea. Anthony, por qué no te encargas tú de eso.

□ Si claro.

□ Entonces, no me necesitan más.

□ ¿Deseas almorzar con nosotros? Podríamos seguir especulando y empatando cabos, estoy casi seguro que descubriríamos que hay detrás de todo esto.

□ No, no me interesa, a mí no me metan en sus líos. Yo tengo algo que hacer. Los veo en el fin de semana.

Con la misma se levantó y se fue. El abuelo y el padre se quedaron sentados en el despacho de Paul y Anthony le dijo a su padre.

☐ Papá, hice algo sin consultar contigo y tengo la corazonada de que debo decírtelo, no sé por qué creo que todo esto tiene algo que ver, lo uno con lo otro.

☐ ¿Qué hiciste Anthony?

☐ Retuve los servicios de una compañía de investigación para averiguar el paradero de Cristina.

El viejo Gallagher se irguió en su butaca

☐ ¿Por qué has hecho eso?

☐ Porque creo que aquí hay algo que no encaja. El cuento de Cristina y la carta y el dinero, nada de eso tiene sentido.

☐ Ya es muy tarde para reaccionar de esa manera Anthony, si tenías alguna duda, el momento de expresarla era hace diez años, no ahora, ahora no sirve para nada.

☐ Yo creo que sí. Imagínate que alguien que estaba completamente opuesto a la relación entre Cristina y Paul hubiese hecho algo drástico para impedir que esos dos se juntaran.

☐ Estás pensando en Agnes.

☐ Efectivamente. ¿Por qué fue ella quien te vino a la mente?

☐ Porque ella nunca ocultó su desprecio hacia la chica. Pero por muy mala que sea tu mujer, no la creo capaz de arruinarle la vida a su propio hijo. ¿Además que tiene eso que ver con la mujer de Gene y con los Hackman? No quiero que sigas indagando nada sobre esa muchacha, si tu hijo se entera te odiara para toda la vida. El estiércol mientras más se revuelve peor huele. Vamos a almorzar y a olvidarnos de todo este desagradable incidente. Si hasta ahora hemos vivido sin los Hackman podremos seguir haciéndolo. Yo me encargaré que uno de nuestros abogados revise estos documentos, no vaya a ser que los Hackman hayan hecho algo mal a propósito.

Anthony se paró del sofá donde estaba sentado y encaró a su padre como nunca lo había hecho.

☐ ¿Estás oyendo lo que dices? Resulta que el borracho y el que no sirve para nada soy yo, pero tú y Paul han perdido la humanidad. ¿Con qué derecho dudas de unos señores de conducta intachable como ellos? ¿Es que desde que desapareció Cristina el mundo ha cambiado para ustedes y todos son malos hasta que se demuestre lo contrario? ¿Tú crees que los buenos son ustedes?

Habría que oír el cuento contado por la muchacha. Tú no sabes lo que pasó en aquella isla y mucho menos lo que pasó aquí.

☐ Anthony, no estoy para☐

☐ Pues si no estás te aguantas porque me vas a oír hasta el final.

Le dijo Anthony asombrando de su bravata e ignorando de donde le salía.

☐ Si mal no recuerdo fue Agnes quien te llamó con la noticia de que la madrastra de Cristina había levantado una denuncia en contra de Paul. ¿Le preguntaste como se enteró, quien se lo dijo? No, te pusiste a temblar porque tu niño estaba en problemas e hiciste lo que ella te dijo. Cuando llegamos a Boston las encontramos a las dos juntas conversando, yo las vi así que tú tuviste que verlas también. Luego Agnes te dijo que estaba discutiendo con esa señora pero tú nunca lo viste. Luego Beagle, el primo de Agnes, muy convenientemente, te enseñó los papeles de la policía con la denuncia y tú le diste un maletín con tres millones de dólares, y al rato lo viste volver con un papel diciendo que la denuncia se había anulado. ¿Comprobaste tu alguna vez si esa denuncia existió? ¿Viste acaso a Cristina en algún momento? ¿Y la niñera de ella, la tal Rosi, donde estaba en todo esto? Ustedes decían que Rosi era como su madre, ¿Por qué entonces no estaba allí? ¿Llegaste a hablar con la madrastra de Cristina?

☐ ¿Y eso que tiene que ver con lo que está pasando ahora?

☐ Pues no lo sé, pero tú y Paul desechan todo lo que tenga que ver con Cristina, como si ya nada tuviera relevancia y ahí es donde se equivocan. ¿Qué tal si Cristina fue engañada por alguien y cree que Paul la abandonó?

☐ Tomate un trago, te está haciendo falta.

Contestó el viejo poniéndose de pie y dirigiéndose a la puerta, pero Anthony no lo dejó, lo tomó del brazo como quien coge un cubo lleno de agua y lo empujó con un tirón haciendo que se sentara.

☐ Seguro que me lo tomaré luego, pero ahora tú me vas a escuchar hasta el final. Tú no tienes ni idea de que pasó entonces, cuando Paul se convirtió en un ermitaño amargado tú lo seguiste y así llevan ya diez largos años. Es posible que lo que pasa con los Hackman no tenga nada que ver con Cristina, pero yo voy a averiguarlo para estar seguro, yo voy a averiguarlo todo, hasta el final, y tú no vas a decir nada, vas a guardar silencio y esperar a que yo encuentre la verdad de ese cuento que ha destruido la vida de Paul.

Anthony hizo una pausa, asombrado de hasta donde había llegado enfrentándose a su padre. Decidió no pensar en las consecuencias y seguir adelante, si se paraba ahora todo estaría perdido □ ¿Y si probaba algo □ ? No tenía bases fundadas para lo que iba a hacer pero tampoco tenía nada que perder.

□ El día de hoy me pertenece a mí y tú vas a hacer todo lo que yo diga. No te muevas de ahí.

Cogió su teléfono celular e hizo una llamada.

□ Agnes. Podrías almorzar con mi padre y conmigo. Tenemos algo importante que discutir, se trata de Paul.

Pausa□ Se oía la voz chillona de Agnes contestando.

□ Sí, allí está bien, nos vemos a las doce del mediodía. Gracias.

Cerró el teléfono y guardándolo en un bolsillo de su chaqueta se acercó a su padre al cual ayudó a pararse del sofá donde lo había sentado diciéndole.

□ Ven conmigo, hoy se van a aclarar muchas cosas.

Su padre se dejó llevar sin protestar. ¿Sería posible lo que decía Anthony?

□□□

El Hotel *Waldorf Astoria*, el cual fuera diseñado por los arquitectos *Schultze & Weaber*, abrió sus puertas al público en el año 1931. El mismo se localizaba en el número 301 de *Park Avenue* en *Manhattan.* Sus 47 pisos proporcionaban un   vivo testimonio de la elegancia estadounidense; cosa que los europeos que no podían pagar su estancia allí ponían en duda. Con varios restaurantes, boutiques, bares, y salones de conferencias, este maravilloso hotel había sido testigo de históricas reuniones políticas y comerciales. El Hotel tomó su nombre de la palabra alemana *Waldorf* que significa □Villa en el Monte□ y el apellido germano-americano *Astoria.* Fue el primer hotel que brindó a sus huéspedes servicio de comida en la habitación, cosa que transformó para siempre la industria hotelera no solo en los Estados Unidos si no en el mundo entero. El hotel contaba con una plataforma de ferrocarril privada que la unía al *Gran Central Station,* que había servido a grandes personajes de la política y comercio norteamericano; desde Roosevelt hasta MacArthur. Hoy en día existe un hotel dentro del *Waldorf Astoria* conocido como *The Waldorf Towers*, usado por dignatarios extranjeros y magnates industriales del mundo entero. Los representantes de los Estados Unidos en las Naciones Unidas viven en el *Waldorf Astoria* durante todo el tiempo que sirven como embajadores en la institución.

En el restaurante *Bull & Bear Steakhouse,* situado en la gran plataforma del *lobby* del hotel, era donde el viejo Gallagher y su hijo Anthony esperaban a Agnes. Las hermosas paredes forradas de madera y adornadas con famosos cuadros, a donde se notaban incrustadas bodegas de vino que podían verse a través de puertas de cristal, y sobre alfombras de colores donde reposaban inmaculadas mesas con manteles de hilo blanco vestidos con vajilla y cristalería fina, era donde se llevaría a cabo la reunión con Agnes. Anthony y su padre mantenían un silencio incómodo, cada uno con un trago en la mano, donde concentraban sus miradas para evitar el uno la del otro; fue Anthony quien rompió el silencio

□ Cuando llegue Agnes yo voy a hacer algunos comentarios, tú solo sígueme la corriente. ¿De acuerdo?

□ De acuerdo, aunque no tenías que pedírmelo, ya veo que la sobriedad te ha dado una energía nueva y nunca antes vista, y que estás dispuesto a llevar a delante tus planes sin contar conmigo.

□ Si estoy equivocado no se habrá perdido nada, pero si estoy en lo cierto podré darle a mi hijo el mejor regalo del mundo.

□ Que Dios te oiga.

Agnes llegó unos instantes después, venia vestida con un nuevo juego de chaqueta amarillo del diseñador italiano *Salvatore Ferragamo,* en combinación con un estrafalario sombrero. Anthony pensó en aquella muchacha coqueta y alegre que conoció en la universidad, y en lo mucho que había cambiado. Siempre que recordaba los pocos días en que ambos fueron felices le daba una sed de alcohol irresistible, así que era mejor no pensar; sin embargo ahora se daba cuenta que quizás, y desde aquel entonces, ya esta mujer mezquina en quien se había convertido Agnes, tenía un plan para atraparlo. Claro que eso dejaba mucho que desear de él como hombre, pero la realidad no tenía substituto.

□ Hola, gracias por haberme llamado. Tuve que cancelar un almuerzo que tenía con unas amigas, las pobres se la pasan rogándome para que pase algún tiempo con ellas pero estoy tan ocupada, mi agenta esta tan llena, que no me queda espacio para nada.

Se acercó al viejo Gallagher y lo besó en la mejilla.

□ ¿Y a qué se debe tal acontecimiento? ¿No invitaron a Paul□? Están planeando algo para él, claro, debí darme cuenta, yo estoy encantada de hacerle una fiesta en la casa grande, será el acontecimiento del año en *New York*. Invitaremos al gobernador y al alcalde por supuesto. ¿Y cuándo será? Tienen que darme tiempo para preparar algo a nuestra altura, que no haya nadie que diga que los Gallagher no saben hacer buenas fiestas. ¿Qué tal si invitamos al senador republicano, o no, mejor al demócrata?

□ Agnes, cállate la boca y escucha.

Anthony no había podido aguantar más, sentía como la mano se le iba hacia el vaso de whisky que quería devorar para servirse otro más□

□ Si te he citado aquí con mi padre es porque tengo un problema que debemos resolverlo en familia.

□ ¿Qué problema? ¿Dinero? Ay no me digas que no tenemos dinero porque me quitaría la vida, no podría soportar semejante bochorno□

□ Que te calles y escuches, o te vas. ¿Me entiendes?

La voz de Anthony era baja pero llena de firmeza, Agnes pensó que nunca lo había visto en este plan de macho.

□ A mí no me grites. ¿Quién te estás creyendo□

□ Agnes, o te callas o te arrepentirás por el resto de tus días.

El abuelo decidió inmiscuirse antes de que Anthony la abofeteara delante de todo el mundo. Su intervención resultó ser efectiva; Agnes se cayó. Cuando Anthony vio que tenía toda su atención dijo.

□ Esta mañana recibí una llamada de Cristina.

□ ¿DE QUIENNNN□? Ay no, eso no puede ser, de que estás hablando, porque no me lo dijiste antes, con ella solo se lidiar yo. Dame su teléfono ahora mismo, tengo que llamarla y ponerla en su lugar para que□

□ Espérate un momento y déjame hablar. Me dijo que tenía que verme para algo muy importante que tenía que ver con Paul.

□ Maldita perra ramera, seguro te va a contar lo del hijo, que tiene un hijo y que es de Paul. Eso es mentira, sabrá Dios de quién es ese maldito bastardo y ahora se lo quiere cargar a Paul. Eso nunca lo permitiré. Dame el teléfono que yo lidiaré con ella y por lo que más quieras que no vea a Paul, que no le hable, que no se comunique con él para nada...

Se veía fuera de sí, parecía como si le estuviera dando un infarto cardiaco. Sudaba, se movía en la silla, tenía los puños tan apretados que los nudillos estaban blancos, el sombrero se le cayó, no podía respirar.

☐ ¿Y por qué no dejar que Paul la confronte?

☐ NOOOO, ESO NUNCA☐ .

Agnes estaba comportándose peor que la mujer de Gene. ¿Serian familia☐ ?

Se detuvo al darse cuenta de que ambos la miraban intrigados por su actitud, no podía seguir hablando sin pensar. Se recuperó, se arregló la chaqueta y un camarero le recogió el sombrero y se lo dio; se lo puso a duras penas y tomó varias respiraciones profundas.

Era la hora más ocupada del restaurante que se había llenado en los últimos cinco minutos, y de las mesas adyacentes la miraban como si estuviera loca.

☐ Ustedes no me entienden porque no son madre. La infelicidad de mi hijo me ha estado matando todos estos años y no voy a dejar que sufra más enfrentándose a esa perra cualquiera. Sabrá Dios con que cuento le vendrá. Lo del hijo es un invento, una mentira para sacar más dinero. Papa, ella te quitó tres millones de dólares, recuérdalo, y ahora quiere más, estoy segura.

☐ ¿Y tú cómo sabes que hay un hijo?

Le preguntó Anthony.

☐ Porque la muy cretina se comunicó conmigo hace algunos años para decirme lo del chiquillo, pero por supuesto que no le hice caso y le dije que si la veía cerca de mi hijo la denunciaba por asedio y violación de la privacidad; y se perdió, nunca más apareció, hasta ahora que seguro necesita plata. Anthony, dame el teléfono ahora mismo, esto lo tengo que arreglar yo.

☐ ¿Por qué?

☐ No seas imbécil y dame el teléfono. Yo lidie con ella la primera vez y todo salió bien, yo soy quien tengo que enfrentarla de nuevo.

☐ Yo no lo creo ☐ dijo el viejo ☐ La primera vez fue un desastre que acabó con la vida de Paul, y que yo sepa tu lidiaste con la madrastra no con ella.

☐ Ahora están dudando de mí, claro, a echarle la culpa a la tonta de Agnes. Desde ese día no he tenido un solo momento de tranquilidad. Ya sabía yo que para nada bueno me querían ver. Pues

366

entérense de una vez, no les voy a permitir que involucren a Paul en este lio. Él no puede encontrarse con ella nunca más, con lo inteligente que es lo más seguro es que lo manipule y le haga creer que de verdad es el padre de su hijo, y eso nunca lo permitiré.

□ Pero eso es fácil querida nuera, solo tenemos que hacer un examen de ADN y listo.

□ NO, NUNCA□ .No me rebajaré a semejante humillación, mi hijo nunca haría semejante cosa□

□ O sea que tú crees que él nunca se acostó con ella.

□ Por supuesto que no. No sé para qué la llevaría a San Ignacio, quizás para burlarse de ella, quizás para quitársela de arriba, o quizás fue ella quien lo convenció ya en combinación con la madrastra para sacarle dinero, no lo sé, lo que si se es que ese escuincle no es hijo de Paul.

□ ¿Por qué no me dijiste lo de niño? ¿Y cómo sabes que es varón?

Ahora era el viejo quien preguntaba, tenía la cara roja de la ira y hacia esfuerzos sobre humanos por contenerse y no irle arriba.

□ Porque eso fue una de sus mentiras para obtener más dinero, no te das cuenta papa,   a ella solo le interesa el dinero, por eso es que viene ahora otra vez, a buscar de donde sabe que hay. Anthony, dame ese teléfono ahora mismo o no respondo de mí.

□ No te lo puedo dar porque no lo tengo.

□ Imbécil, no tienes un identificador de números.

□ Sí, pero el número del que ella llamo decía *anónimo*.

□ ¿Y por qué fuiste tan estúpido de contestarlo?

□ Porque me dio la gana.

Agnes se puso roja, le costaba respirar, tenía los labios juntos y apretados en una mueca de desesperación. Tenía que hacer algo pronto, se dijo, o esto se iba a reventar por algún lado y no podría arreglarlo□ Aunque siempre podría echarle la culpa a Fiona□

□ Anthony□ Le dijo con voz muy calmada□ Por favor, déjame ver tu teléfono, ¿Te llamó en el celular verdad? Préstamelo por favor, deja ver si puedo llevarlo a alguien que me pueda averiguar con los records telefónicos de donde se originó esa llamada. Por favor Tony, dame el teléfono.

La sonrisa burlona que se dibujó en los labios de Anthony fue lo que acabó definitivamente con la paciencia de Agnes.

Imbécil, borracho, mal nacido, no te burles de mí porque te juro que te voy arriba y cuando acabe contigo te van a tener que internar en un hospital. DAME EL TELEFONO, ahora mismo

Las mesas de alrededor ya los miraban abiertamente sin importarles la intromisión. No miraban por curiosidad, si no por molestia. Aquel era un lugar donde no se veían escenas como la que Agnes estaba creando.

Anthony reía a carcajadas mientras Agnes se moría de la rabia, su padre la observaba entre incrédulo y enfurecido mientras la ira le pintaba las mejillas de rojo carmesí.

 Bien padre, creo que te he demostrado mi teoría sin lugar a dudas.

Dijo Anthony dirigiéndose a su padre.

 ¿Qué estás pensando cretino? Ah ahora la culpa es mía, fui yo seguro quien ideo todo este lio. No seas imbécil, como puedes pensar semejante estupidez.

 Yo no he dicho nada, eres tu quien lo está insinuando.

 Ya, basta, hasta aquí llegó esta discusión Dijo el abuelo Agnes, mejor será que te vayas, definitivamente este no es el lugar apropiado para discutir los problemas familiares. Eso lo haremos esta noche en la casa. Anda y tranquilízate, que estas muy alterada.

Agnes los miró a los dos queriendo devorarlos. Se puso de pie y con el sombrero en la mano se dispuso a salir, no sin antes decirles.

 Esto no se acaba aquí. Esta noche hablaremos en casa, y Anthony, si se te ocurre traer a mi hijo te juro que te mató

No esperó respuesta y se marchó. Con la misma el viejo Gallagher cogió el teléfono y marcó el número de su chofer y hombre de confianza.

 Mi nuera está saliendo del hotel, síguela y me llamas.

Después de unos segundos, cerró la comunicación.

 ¿Qué te parece todo esto?

 Me parece que si estas en lo cierto, he contribuido a la destrucción de lo que más quiero en esta vida, tu hijo.

 Tengo que encontrar a Cristina.

 No sé Anthony, no sé nada; ya no sé ni que pensar.

 Papá, estas ciego, no ves que ha sido ella. No ves como insiste en que Paul y Cristina no se vean, porque sabe que la mentira saldrá a la luz.

◻ ¿Cuál es la mentira Paul? Cristina se desapareció, nunca supimos nada◻

◻ Perdona, eso no es verdad; tú nunca la buscaste, nunca quisiste saber nada más que ella.

◻ ¿Y por qué no buscó ella a Paul?

◻ Quizás lo quiso hacer y Agnes se lo impidió.

◻ ¿Cómo?

◻ No lo sé papá, no tengo todas las respuestas, pero si te digo que la información que nos dio Agnes no es la correcta. Algo hizo, algo arregló con su querido primo y con la otra amiga◻ Ay Dios mío◻ La amiga de Agnes es la secretaria de Paul, ella puede interceptar todo su correo, sus llamadas◻ Eso es, ahí tienes la respuesta◻

◻ Un momento Anthony, estas especulando, no tienes prueba de nada. Te recuerdo que esto no es una novela. Nada de lo que dices tiene sentido y si Agnes le hizo algo a esa muchacha fue porque nunca le cayó bien, pero no creo que haya tenido el poder de alejarla de Paul por todo este tiempo. Ella sabía mi número de teléfono. ¿Por qué nunca me llamó?

◻ Está bien, tú ganas, no lo sé. Pero no voy a quedarme cruzado de brazos viendo como Agnes sigue haciendo de las suyas sin que nadie la detenga. La vida me está dando la oportunidad de devolverle la felicidad a mi hijo y eso es exactamente lo que voy a hacer.

Se paró y se fue dejando solo a su padre. ¿Y si Anthony tenía razón en lo que decía? Pensó el viejo, eso era imposible, no había manera que una mentira dicha hacia tantos años pudiera haber perdurado tanto tiempo sin ser descubierta. Llamó al camarero y le pidió que le trajera otro trago. Ninguno de los dos había comido nada. Llamó a su secretaria y le indicó que cancelara todos sus compromisos para esta tarde; esto había que arreglarlo pronto.

Paul tenía un hijo y no lo sabía◻

Él era bisabuelo◻ No podía ser cierto. Si fuera verdad la teoría de Anthony◻. Habría que matar a Agnes◻ Una cosa era le teoría y otra la realidad, esto no era una novela. El juicio de Anthony había sido afectado por su larga vida de bebedor, y mientras más rápido se aclarara este asunto, mejor. No podía darse el lujo de ilusionarse con la especulación absurda de su hijo. ¿El, bisabuelo? ¿Tendría Paul un hijo? ¡Eso era imposible◻ !

El pecho no le dolió, ni sintió aquella sensación extraña subir por su espalda como en los tiempos cuando le temía al futuro de su nieto☐ Lo que sentía ahora era rabia, una rabia inmensa contra Agnes. Si todo esto terminaba siento cierto la mataría con sus propias manos☐

34

Uno de los aviones de la flotilla de Cristina, con la familia Smith, aterrizó en el aeropuerto de La Guardia y se dirigió hacia el hangar de vuelos privados. Allí los esperaba Gerald para llevarlos a la casa de los Hamptons. Hubieran podido ir en helicóptero pero el tiempo estaba de tormenta y Cristina era muy cuidadosa, nunca dejaba que nadie se arriesgara por gusto.

New York entero rezaba para que el tiempo cambiara y la Serie Mundial de *Baseball* pudiera comenzar de una vez entre los *Yankees de New York* y los Bravos de Atlanta.

Will y Ali tenían tres niñas, la mayor de siete, la del medio de cinco y las ultima de tres. Will hubiese querido seguir buscando el varón pero Ali se negó rotundamente, así que Will se apropió de Pauly para hacer con él lo que no podía hacer con sus hijas. Pauly adoraba a su tío Will. Hoy venia la familia completa para asistir al primer juego que se llevaría a cabo en el *Yankees Stadium*, luego la serie se trasladaría a Atlanta y hasta allí irían todos siguiendo a su equipo.

Gerald vio cómo se abría la portezuela del avión y bajaba Will seguido de las niñas y de Alison

☐ Buenos días señor Smith.

☐ Hola Gerald, ¿Listo para esta noche?

☐ Seguro señor.

Después de los saludos y de recoger sus maletas, subieron a la limosina y salieron para la casa donde los esperaba Rosi. Pauly estaba en el colegio y Cristina en el hospital. Lisa, la mayor de los Smith perdería unos días de escuela, pero eso ya se había arreglado con su maestra, y Alison tenía todo el material que la niña debía cubrir en los próximos días.

El camino se les hizo corto, iban conversando acerca del tiempo y pidiéndole a Dios que no lloviera ni hiciera mucho frio para que el juego se pudiera llevar a cabo. Así llegaron a la casa donde ya Rosi los esperaba afuera.

☐ Qué alegría me da verlos aquí. Donde están mis niñas lindas.

Las niñas también creían que Rosi era abuela de ellas y que todos ellos eran familia. De hecho esta familia improvisada se quería más y se llevaba mejor que muchas con vínculos sanguíneos.

☐ ¿A qué hora llega Pauly?

Preguntó Lisa. Era la mayor y se acoplaba con Pauly de maravilla.

☐ A las tres y media, ahora Gerald lo va a buscar.

☐ ¿Puedo ir con el papi?

☐ ¿Gerald, qué tú crees?

☐ Claro que sí señor, Pauly se va a poner muy contento de ver a Lisa.

Cuando Gerald se fue, ellos entraron a la casa y Rosi los condujo hasta el estudio de Cristina.

☐ Me alegro mucho que hayan venido. Creo que mi niña va a necesitar todo el apoyo del mundo. Ya les contó lo que descubrieron los Hackman, verdad.

☐ Si Rosi, pero eso era algo que pasaría un día u otro. Lo extraño es que no hubiera ocurrido antes. El mundo es muy pequeño, además, creo que es hora que se aclaren las cosas de una vez, frente a frente.

☐ No por favor, mi niña no puede pasar por ese trauma otra vez.

☐ Si puede, y esta vez no será un trauma y no estará sola. Esta vez se sabrá la verdad de todo este lio.

☐ Tú todavía piensas que Paul no es culpable.

☐ Yo no pienso nada, y entiendo menos, de lo que si estoy seguro es que esto no es tan sencillo como se ve. Nunca he creído ni creeré que Paul dejó a Cristina de esa manera tan brusca y con una explicación tan vana; ya no se acuerdan como la miraba en la fiesta y en el desayuno al día siguiente, Paul estaba que se moría por Cristina☐ Tiene que haber otro motivo que no sabemos y solo él puede aclararlo.

Rosi no lo creía así, pero deseaba estar equivocada.

☐☐☐

Agnes llegó a la oficina de Paul deteniéndose afuera para hablar con Fiona.

☐ ¿Dónde está Paul?

☐ No lo sé, aquí no está. ¿Pero qué haces tú aquí? Te dije que hablaríamos esta noche.

☐ No hay tiempo que perder. La muy imbécil de Cristina llamó a Anthony esta mañana.

☐ ¿Qué?

☐ Apúrate y vámonos, nadie notará tu ausencia, di que te sientes mal o algo, pero vámonos ahora mismo, esto no podemos hablarlo aquí.

Fiona no discutió, después de dar una excusa a una de las secretarias de afuera para que contestara su teléfono, se fue corriendo con Agnes. Al salir a la calle tomaron un taxi rumbo al centro. El chofer del viejo Gallagher, Manolo, las iba siguiendo. Después de recibir la llamada del viejo, le cayó atrás a Agnes, no fue difícil. Había empezado a caer una leve llovizna típica de Octubre, pero los choferes neoyorquinos sabían conducir en cualquier estación y el tráfico se movía sin dificultad.

Las vio llegar al *Skinny* Bar y perderse en el tumulto del almuerzo. El dejó el carro en un lugar discreto y entró tras ellas, sentándose en la barra. Ellas no lo podían ver a él, pero él si las veía a ellas a través del gran espejo detrás del mostrador. No podía distinguir las palabras pero se veía que estaban peleando o discutiendo por algo. Vio como Agnes sacaba su chequera y escribía un cheque, entregándoselo luego a Fiona quien a su vez lo guardó en su cartera.

Después de esto Agnes se paró y se fue, no sin antes dejar un billete arriba de la mesa para cubrir los gastos de una cerveza que tomó Fiona. ¿Qué hacer? Pensó Manolo, ¿A quién de las dos sigo?
☐ Se decidió por Fiona. Tenía la corazonada de que averiguaría mucho más si la seguía a ella. Salió a la calle y vio como Agnes tomaba un taxi. El corrió hasta su carro y lo aparcó de manera que pudiera seguir a Fiona cuando esta saliera. Desde allí llamó al viejo Gallagher.

☐ Sr. Gallagher. Su nuera fue hasta la oficina del Sr. Paul, allí busco a su secretaria, Fiona, creo que se llama, y las dos salieron del edificio, tomaron un taxi y llegaron a un bar desde donde lo estoy llamando. Allí se sentaron por unos minutos, la Sra. Gallagher le dio un cheque a la otra mujer y se fue, la amiga se quedó. Yo creo que debo seguir a esta mejor que a su nuera. ¿Qué opina usted?

☐ Estoy de acuerdo, buen trabajo, síguela e infórmame.

☐ De acuerdo, jefe.

¿Sería posible lo que estaba viendo suceder en sus narices? Sin esperar su propia respuesta llamó a su hijo.

□ Anthony, tu mujer fue hasta la oficina a buscar a su amiga, la secretaria de Paul, y de allí se fueron a un bar del centro, donde tu mujer le dio un cheque a la tal Fiona y se fue. Manolo está afuera esperando que esta salga para seguirla. Creo que debes llamar a los detectives esos que contrataste para que investiguen a esta mujer. Es posible que lo que dices sea cierto, si no todo, algo.

□ No papá, no es algo, es todo, ya lo veras. Seguro que estoy en lo cierto. Ya mismo llamo. ¿Todavía piensas que nos debemos reunir con ella esta noche en la casa?

□ Sí, sobre todo si averiguamos algo con que poder confrontarla, además□

□ No papá, creo que no debemos reunirnos, que debemos dejarlo así, de momento. Déjala que haga lo que tiene que hacer y nosotros la seguiremos y obtendremos las pruebas que necesitamos para desenmascararla. No quiero entrar en una pelea con ella, tengo un plan mejor, por favor déjamelo todo a mí.

□ ¿Por qué has esperado tantos años para volver a ser quien eras hijo?

□ Ya tendremos tiempo para aclarar todo eso en otro momento, ahora lo importante es Paul.

Paul tenía un hijo, él tenía un biznieto y Agnes lo había sabido desde el principio sin decir nada□ Dios mío, como pudo haber estado tan ciego□

□□□

Manolo llevaba esperando más de media hora. ¿Y si esta mujer había salido por otra puerta y él no la vio? Tenía que volver a aparcar el carro y entrar en el bar de nuevo para comprobar si estaba allí o no. Había dejado un buen aparcamiento que Dios le tenía separado cuando andaba siguiendo a las mujeres, pero ahora no veía nada libre y si se iba y ella salía entonces sí que la perdería.

Dispuesto a esperar cuanto fuera necesario, vio llegar un BMW conducido por alguien que le era muy familiar. No sabía de dónde pero estaba seguro de haber visto a ese hombre antes. Se le quedó mirando puesto que el carro en vez de aparcar se detuvo frente a la entrada del bar. Cuál sería su sorpresa cuando vio salir de este a Fiona y montarse en el BMW. Salieron mandados y más atrás los siguió Manolo. Huy☐ La cosa se complicaba más de lo esperado. ¿Qué estaría pasando?

Manolo se había retirado del ejército a los 38 años de edad con el rango de Sargento Mayor. Se había casado con una muchacha que conoció en su unidad a los dos años de estar allí. Su esposa nunca pudo tener hijos pero su matrimonio fue muy feliz, hasta el día que la perdió, tres años atrás, con un cáncer de mamas fulminante que se la llevó en menos de seis meses. Con su pensión de veterano le daba para vivir pero sabía que tenía que buscar algo que hacer puesto que la soledad lo estaba consumiendo. Un día un amigo que trabajaba para GALCORP le dijo que andaban buscando choferes. A él le gustaba mucho leer y pensó que sería un buen trabajo, no le importó el salario, cualquiera que fuera, si lo juntaba con su pensión estaría contento y sobre todo podría leer todo cuanto quisiera.

Cuando se presentó a la entrevista lo mandaron al departamento de personal, fue allí que se le vino la ilusión a los pies, habían más de 30 personas aplicando para el trabajo, todos habían llegado primero que él, todos traían portafolios con currículos, todos vestían de traje y corbata, menos él. Vio a cada uno entrar y salir, y se quedó el último. Tuvo deseos de irse, si aquellos tipos bien vestidos y con currículos en sus manos no los habían aceptado, a él ni lo mirarían. Se levantó para irse cuando oyó que lo llamaban. La muchacha que lo entrevistó fue muy agradable, le hizo dos o tres preguntas y le dijo.

☐ El puesto es suyo si lo quiere.

Sin salir de su asombro lo aceptó. Desde el momento en que lo conoció le cayó bien su nuevo jefe, y este sintió algo similar. Aquel primer día le dijo ☐No solo serás mi chofer, sino también deberás cuidar mis espaldas. Tu record militar dice que puedes hacer el trabajo pero no sé qué dirás tú, puesto que se te contrató para chofer☐

☐Claro que puedo Sr. Gallagher, no se arrepentirá☐ Y así fue, después de todos estos años Manolo formaba parte del pequeño círculo de confianza del viejo, y sabía que este lo estimaba. Por su parte hubiera dado la vida por su empleador, nunca había conocido una persona más integra y sencilla que este hombre, aunque sus enemigos dijeran lo contrario.

☐☐☐

La débil lluvia de otoño se había disipado pero el cielo permanecía encapotado amenazando tormenta. El tráfico se había hecho más intenso pero Manolo no tuvo dificultad en seguirlos. Vio como bajaron por *Broadway* e hicieron izquierda en la calle *Liberty*, deteniéndose en el número 10. Allí se metieron en el parqueo subterráneo del edificio y Manolo los perdió de vista. Manolo aparcó su carro y se quedó esperando afuera. Sabía quién era ese hombre pero no podía acordarse de su nombre ¿Dónde lo había visto? Creo que es abogado, se dijo a sí mismo, sí, creo que trabaja en el piso siete; mejor llamo al patrón.

☐ Sr. Gallagher.

☐ Si Manolo, qué pasa.

☐ Esperé a que la mujer saliera, y vi como montaba en un carro particular y se iba con un hombre. Los seguí hasta la calle *Liberty* a solo dos cuadras del *East River* en un edificio nuevo muy elegante. El asunto es que yo conozco a ese hombre, trabaja para usted, pero no me acuerdo del nombre. Creo que es abogado y trabaja en el piso siete.

☐ Justin Beagle.

☐ Ese mismo, me acuerdo de él porque tiene nombre de perro.

☐ Buen trabajo Manolo. Ya puedes suspender la vigilancia. Muchas gracias.

☐ De nada jefe, para eso estoy yo aquí.

Colgando el teléfono con Manolo el viejo llamó a Anthony y le contó lo sucedido.

☐ Eso era lo que esperaba, ahora se cierra el círculo. Los tres están involucrados, la idea fue de Agnes, estoy seguro, y los otros dos la ayudaron.

☐ Ahora si podemos confrontarla con los hechos☐

☐ No, por favor, déjame hacer esto a mi manera, te dije que tengo un plan. Tienes que confiar en mí, aunque sea esta sola vez☐

☐ Toda la vida te he culpado de flojo e irresponsable y resulta que la culpa ha sido toda mía por no darte el valor que tenías. Ojalá me quede tiempo para tratar de enmendar todo el daño que te he hecho☐

Anthony sintió un nudo en la garganta y unas gotas que le humedecían las mejillas☐ Cuanto tiempo había esperado por este momento.

No te preocupes por eso ahora, todavía tenemos mucho tiempo por delante. Lo principal ahora es ayudar a Paul.

Le dio gracias a Dios por este día. ¿Cuánto había pasado desde que dejó de beber? En verdad no había dejado de beber, lo que había hecho era dejado de emborracharse, de sentir lástima por sí mismo, de su conformismo y de su destino. La pena de su hijo le ayudó a apreciar lo que la vida le había ofrecido. No tenía tiempo para lamentarse por el espacio de vida perdido, ahora solo quedaba vivir y hacer lo mejor de lo que le quedaba.

□□□

En el apartamento 12 - H del número 10 de la calle *Liberty,* residencia de Justin Beagle, la tormenta era mucho más amenazadora que la que se estaba formando fuera. El aire era pesado y casi no se podía respirar. Beagle se movía de un lado a otro de la habitación sin poder tenerse, tal era su frustración. Fiona había llegado inesperadamente con la noticia que por tanto tiempo esperara. Sabía que había hecho mal años atrás cuando Agnes lo obligó a mentirle al hombre que le había dado el mejor trabajo de su vida, el viejo Gallagher, y que tendría que pagarlo algún día; ese día acababa de llegar.

 Se los dije a las dos muchas veces, que esto algún día saldría a la luz y ambas se arrepentirían una y mil veces de lo que hicieron.

Dijo Justin gritando en la cara de Fiona.

 Y lo peor de todo es que me arrastrarán a mí hacia abajo, detrás de ustedes. ¿Cómo pudieron ser tan estúpidas?

 Oye, aguántate los insultos y ponte a pensar que podemos hacer. ¿Eres abogado verdad? Pues emplea tus conocimientos, aunque creo que desde el punto de vista legal no tenemos nada que hacer, lo que hay que hacer es encontrarla y matarla. Desaparecerla, ella es el único testigo de lo que paso.

 ¿Estás loca? Parece que ya se te ha olvido lo bien que lo pasaste en la cárcel la última vez.

 Bueno, y si no la matamos que hacemos. Es cuestión de tiempo de que el viejo y el marido de Agnes se den cuenta que aquí hay algo que no encaja, y si llegan a hablar con la tal Cristina entonces sí que estamos perdidos todos. Por eso creo que hay que matarla ya mismo.

☐ PUES MATENLA☐ Grito Justin☐ Pero a mí no me metan en esos líos. Te vas de mi casa ahora mismo. Nunca debí traerte aquí. VETE AHORA MISMO y no me llamen más ninguna de las dos☐ No quiero saber nada de ustedes.

Justin caminó hasta la puerta de entrada y la abrió para que Fiona saliera, está ya delante del ascensor le dijo.

☐ Quizás te matamos a ti también, imbécil. Búscate un buen guardaespaldas☐

Justin Beagle le tiró la puerta en la cara y muy lentamente se encaminó hasta el pequeño bar de su salón de estar donde se sirvió un whisky. Era verdad que las había ayudado hacía diez años en aquel teatro que se inventó Agnes para deshacerse de aquella niña, pero nunca pensó que aquello traería repercusiones tan graves. El vio nacer y crecer a Paul como un niño y luego un joven feliz, pero desde aquel trágico día su vida se había destruido para siempre, convirtiéndose en una persona huraña y desconfiada; nunca más lo vio sonreír. Cuando al cabo del año la niña se comunicó con Agnes para decirle lo del nacimiento de su hijo, él debió haber intervenido para arreglar el asunto de alguna manera, sin embargo Agnes lo había amenazado con incriminarlo en todos sus líos sucios y eligió quedarse callado, por cobarde. Ahora se daba cuenta que todo estaba perdido.

Cuando Fiona lo llamó y le dijo que Cristina se había comunicado con los Gallagher perdió la razón y lo único que pensó fue ir buscarlas a las dos; quería deshacerse de ellas. Cuando él llegó, Agnes se había ido y no le quedó más remedio que hablar con Fiona, la cual sabía era mucho peor que Agnes; ¿O era Agnes la peor? Qué más daba ya, su vida estaba arruinada para siempre. Si es verdad que entró en GALCORP valiéndose de una mentira, por todos estos años había hecho su trabajo bien, y había siempre mirados por los intereses de la empresa, sin embargo nunca se le incluyó en el círculo familiar como lo tenía pensado Agnes y más deseado él. Por supuesto que no eran primos, habían sido amantes y cuando Agnes le propuso hacerse pasar por su primo para entrar en la empresa él aceptó. Él se graduó un año antes que Anthony y aunque enseguida paso el examen de la licencia del estado nunca tuvo un bufete propio, ni siquiera clientes fijos. Se la pasaba rondando las salas de emergencia y siguiendo ambulancias para ganarse la vida con los problemas de otros. No era un mal abogado, pero había tenido mala suerte y cuando se le presentó la oportunidad de trabajar en una empresa de prestigio como GALCORP no perdió tiempo pensándolo. Desde entonces Agnes lo chantajeaba con descubrir su verdad y por eso le servía de espía de todo cuando pasaba en la compañía. Que cobarde había sido, que vergüenza sentía. Este era el final, y no haría nada para evitarlo.

¿Qué pasaría cuando todo se descubriera? Iría a la cárcel con las otras dos delincuentes. ¿Y si contaba la verdad a los Gallagher antes que explotara la bomba? Quizás lo perdonaran, y solo lo echaran de su trabajo. Esa perspectiva no era tan mala, había reunido algo de dinero y después de más de treinta años practicando su carrera se podía ir a un lugar donde no lo conocieran y empezar de nuevo, al menos por unos años hasta que se retirara. Dios mío, ¿Qué hacer?

"Entonces sabrás la verdad y ella te liberará", Juan 8:23. Tenía que tomar una decisión y debía que hacerlo pronto.

□□□

La tormenta que amenazaba el cielo neoyorkino no se había ido a pesar de los rezos de todos los seguidores de los *Yankees,* y como todos ellos, Cristina y su extensa familia estaban allí, con paraguas en mano, dispuestos a mojarse pero nunca a abandonar su equipo. El *Stadium* de los *Yankees* estaba lleno hasta el tope, no había ni una sola silla libre, ni en las gradas de los *Field*. Las voces de los fanáticos se levantaban por encima del estruendo de los truenos dando la sensación de una marcha de guerra.

El Himno Nacional lo cantó nada menos que la famosa Whitney Houston, acompañada por el majestuoso coro de la Escuela Militar del Ejército Americano en *West Point*, y de los miles y miles de fanáticos que llenaban el *Stadium*. La primera bola la lanzó el presidente, neoyorkino de nacimiento y fiel seguidor del equipo, y cuando toda la ceremonia terminó y los *Yankees* salieron al campo parecía que una tormenta humana explotara en el recinto y todos a una voz comenzaron a dar gritos y aplausos. El momento era electrizante y Cristina lo estaba disfrutando al máximo, como hacía años no disfrutaba algo así; que tonta había sido de dejar pasar el tiempo sin disfrutar su vida y la de su hijo adorado□ Ya no más, esta era una nueva etapa de su vida, y en ella no perdería ni un minuto de tiempo en lamentaciones ni malos recuerdos. Los buenos recuerdos empezarían a formarse hoy mismo□

El pasado era parte de su vida, y mirándolo bien, ese pasado tumultuoso y cruel le había dado a Pauly☐ ¿Cómo no valorar el pasado? También la había enseñado a ser fuerte, a enfrentar la vida con determinación y a no rendirse nunca. Además, es ese pasado había amado de una forma limpia y total, cosa que nunca más en su vida lo volvería a hacer☐

35

Una llovizna fina como aliento de ángel caía sobre la isla de *Manhattan*, el otoño insistía en acabar con el verano a pesar de las plegarias de los neoyorquinos que querían una vez más perderse en las emociones de su equipo preferido y olvidarse de todo lo que no fuera los *Yankees*. El apasionamiento por un deporte no es más que el escape de una realidad que no se puede controlar o de un sentimiento que no se puede compartir, y la Serie Mundial de *Baseball* servía para canalizar las intensas pasiones de sus fanáticos.

Anthony decidió quedarse en casa de su padre. Este nuevo mundo en que ambos convivían le atraía de una forma tranquila y relajante; no quería perderlo. Agnes llamó puesto que estaba esperándolos para ⬚discutir⬚el tema de Cristina pero Anthony le dijo que no quería hablar más del tema y que se hiciera ella cargo de ese lio, cosa que ella le agradeció inmensamente pero no se lo hizo saber, al contrario le respondió.

⬚ No te preocupes, yo lo arreglaré todo, como siempre.

Que sorpresa tan grande se iba a llevar su malvada esposa cuando se viera desenmascarada ante todos y desposeída de todo cuanto tenia, pensó Anthony sin poder ocultar una sonrisa de satisfacción; quién dijo que la venganza no se disfrutaba⬚ ¡Nunca la experimentó!

Después del almuerzo con su padre había llamado a Wiseman para que investigaran a Fiona y a Agnes. Ahora estaba sentado con el viejo en el estudio mirando el primer juego de la Serie Mundial cuando ambos oyeron entrar a la sirvienta.

⬚ Señor Gallagher, lo busca el señor Beagle.

El viejo la miró con extrañeza.

⬚ ¿Quién?

⬚ El señor Beagle, empleado suyo. Dice que es muy importante que hable con usted.

Este era el hombre que Manolo le había dicho; el que recogió a Fiona del bar. ¡Curioso⬚ !

⬚ Hágale pasar.

⬚ ¿Quién es?

Preguntó Anthony.

⬚ Ya verás.

Cuando Beagle entró a la sala Anthony no lo pudo reconocer a primera vista, había pasado tanto tiempo desde su boda con Agnes☐ Más de treinta años. Lo recordaba como un muchacho joven y alegre aunque sin una gota de sofisticación. Ahora se veía viejo y encorvado, con unas cuantas libras de más, sin embargo lo que más le llamó la atención fueron sus ojos entre tristes y avergonzados.

☐ Buenas noches Beagle. ¿Cuál es el ente tan importante que no puede esperar hasta mañana?

El viejo notó lo mismo que su hijo. Se veía encorvado como quien lleva una pesada carga en la espalda y estuviera a punto de caer.

☐ ¿Me puedo sentar?

☐ Por supuesto.

Justin Beagle se sentó en uno de los butacones que rodeaban la mesa de centro, dándole la espalda a los altos ventanales desde donde llegaba el sonido de la tempestad que trataba de abrirse paso afuera. Justo encima de la chimenea se apoyaba la pantalla gigante donde los Gallagher seguían el juego de *Baseball*.

Se prolongó el silencio; los dueños de la casa esperaban que el recién llegado empezara a hablar, pero parecía que este tampoco se decidía. Anthony pensó echarle una mano y romper el hielo pero se contuvo, algo le decía que la culpa que se veía en sus ojos no merecía perdón. Al fin se le oyó tomar una fuerte y profunda inspiración después de la cual comenzó a hablar.

☐ No sé cómo empezar, por el principio, quizás, aunque no sé cuál es el principio pero sí sé que este es el final☐ Yo☐ Yo les he mentido durante todos estos años, yo no soy primo de Agnes☐ Yo la conocí en la universidad, salimos un par de veces y nada más. Yo me gradué un año antes que Anthony; lo sé porque Agnes ya había decidido enredarte, o eso fue lo que me contó. No sé lo que pasó con ella durante ese tiempo, cuando me gradué volví a mi pueblo que era también el de ella y allí empecé a trabajar en lo que pudiera, los pueblos pobres no necesitan abogados. En fin, al cabo del tiempo vino a verme para decirme que se casaría contigo. Desde ese momento se olvidó de su familia, que por cierto todavía está en Tennessee; su madre, dos hermanas y un hermano. Me propuso que me hiciera pasar por su primo y único familiar que le quedaba, me prometió un puesto en su empresa y bueno☐ Yo vi mi futuro hecho, inmediatamente le dije que sí. No creí que hubiera nada malo en ello. Nadie se perjudicaba con la pequeña mentira, y si yo hubiera sido ella también me hubiera avergonzado tener que presentar mi verdadera familia. Cuando aquello su mejor amiga, Fiona Nelson, estaba en la cárcel por un delito que ambas cometieron, pero que por alguna razón que todavía no conozco Fiona se culpó ella sola y nunca delató a Agnes; aparte de su amiga y de mí, no tenía a nadie más. Yo no sé si ustedes se acuerdan pero yo empecé a trabajar en el departamento de personal, empleo que no sé cómo me consiguió ella. Yo hacia los contratos de los diferentes empleados, de los consultantes, en fin☐ Luego fui pasando de un departamento a otro, hasta que llegué a donde estoy ahora, al famoso piso veintisiete, la antesala de la dirección; nadie me ayudó a llegar allí, lo hice solo con mi trabajo☐ ¿Puedo tomar un poco de agua?

Anthony se levantó y le trajo un vaso del bar.

☐ Gracias. Como les decía, seguí trabajando bien y poco a poco fueron promoviéndome hasta llegar al puesto que tengo hoy. Me sentía feliz y agradecido de Agnes, aunque ella dejó de tratarme en el momento que se casó contigo. Dijo mirando a Anthony☐ Hasta hace apenas unos diez años, cuando me llamó para que le hiciera un favor.

Otro silencio y otro trago de agua, ahora venía la dura verdad. ¿Cómo seguir? Justin pensó que se mareaba y que de un momento a otro caería en el suelo, oía los truenos entrar por las ventanas y explotar en su pecho☐ Tenía que seguir.

☐ Por supuesto le dije que si, como antes mencioné, yo le estaba muy agradecido. Me dijo que tu hijo Paul se había ligado con una muchacha de baja reputación y quería sepáralos. Yo no encontré nada malo en eso, cualquier madre o padre lo hubiera hecho. Para ese entonces Fiona ya había salido de la cárcel y estaba viviendo en un apartamento pequeño que Agnes le pagaba. Fiona es falsificadora profesional, desde dinero, certificados, diplomas, títulos, licencias, pasaportes, de todo ha hecho. Agnes se me presentó con una forma ya llena, de las que se usan en la policía para levantar cargos en contra de alguien, por supuesto no era la forma verdadera, era una falsificación hecha por Fiona, en la misma se acusaba a Paul de secuestro y violación de una menor.

Hizo otra pequeña pausa.

☐Cuando la vi me negué rotundamente a hacerlo y ahí fue cuando empezaron las amenazas. Yo entonces estaba felizmente casado, mi trabajo en la empresa era perfecto, me gustaba lo que hacía y lo hacía bien y☐ no quería perderlo. Ese fue mi primer error. Hasta ahora la mentira de nuestro parentesco no había perjudicado a nadie pero lo que quería hacer Agnes ahora si era muy serio. Me amenazó con cuanta cosa pudo☐ Y yo me acobardé y capitulé ante su chantaje. Cuando vi que usted estaba en el aeropuerto por poco me muero. ☐Dijo mirando al viejo Gallagher ☐yo pensé que sería Anthony quien estaría con Agnes. En fin, ya estaba hecho y pensé que no había otra salida. Seguí el juego, recibí el dinero de su parte y regresé con la forma, también creada por Fiona donde decía que la denuncia contra Paul había sido anulada.

Justin hizo una pausa y tomó otro sorbo de agua, parecía que se achicaba más y más a medida que seguía contando la historia. El viejo y Anthony estaban tan sorprendidos que no podían decir palabra y esperaban la continuación del cuento.

☐ De allí, se llevaron a Cristina para un almacén cerca del aeropuerto, su madrastra fue con ellos. Fiona andaba con un par de hombres que parecían matones profesionales. En ese lugar, después de drogarla con una inyección de no sé qué, le dijeron a la niña que si la veían cerca de Paul la matarían, no solo a ella, sino a su niñera y a los padres de esta. La tenían amarrada a un camastro con una mordaza en la boca, parecía una nena de cinco o seis años, lloraba desconsoladamente sin poder hablar. Y yo, no hice nada por ayudarla.

☐ Cuando ustedes ya se habían ido las llevaron al departamento donde vivía Cristina con su criada y le entregaron una carta escrita por Paul que decía, en pocas palabras, que no la quería ver nunca más, que tenía una muchacha embarazada con la que se iba a casar en esa misma semana y que todo cuanto había querido de ella era su virginidad☐ Se burlaba de ella diciéndole que con todo lo inteligente que era, él se había salido con la suya y se la había llevado a la cama como a tantas otras mujeres☐ Por supuesto, la carta nunca la escribió Paul sino Fiona, pero la niña reconoció la letra de Paul y la creyó cierta. Lo mismo hicieron ellas con Paul, le entregaron una carta que supuestamente había escrito Cristina, cuya letra él también reconoció como autentica de la niña, en donde le decía que solo quería su dinero y que lo engañó y no sé cuántas cosas más, y claro Paul también se lo creyó. Así fue como lograron separarlos.

Beagle se detuvo y tomó una respiración profunda, buscando fuerzas para poder continuar contándoles la vergonzosa historia. Aunque estaba blanco como un papel, Justin tenía un brillo de tranquilidad en la mirada que decía a gritos ⬜gracias⬜⬜ Gracias por haber podido desahogarse de aquella culpa que por tantos años llevó en su conciencia.

⬜ ¿Qué paso con el dinero?

Preguntó Anthony.

⬜ Agnes lo cogió. Le tuvo que dar un millón a Fiona, esta se quedó con copias de todo lo que falsificó y Agnes tuvo que comprárselas. A la madrastra de la niña también le dieron algo de dinero, unos veinte mil dólares o algo así y por supuesto la amenazaron y le dijeron que se perdiera del mapa. Perdieron el rastro de Cristina y nunca más supieron de ella hasta un año después cuando Cristina le escribió a Paul para informarle que su hijo había nacido. Para aquel entonces Fiona ya era secretaria de Paul y tenía acceso a su correspondencia, por eso Paul nunca la recibió. Agnes hizo que Fiona le enviara otra carta a Cristina, esta creo que fue peor que la primera, en la que le decía que no quería saber nada de ella ni de ese bastardo, no exactamente con esas palabras. Claro, después de eso nunca más supieron de ella hasta ayer que según me dijo Fiona Cristina llamó a Anthony⬜

Tanto el abuelo como el padre de Paul estaban en shock. No podían creer lo que estaban oyendo. Hasta Anthony que se imaginaba la culpabilidad de Agnes estaba completamente estupefacto⬜ Paul tenía un hijo, él era abuelo y se habían perdido casi diez años de sus vidas por una mentira de odio⬜ Una mezcla de repulsión y desprecio se empezó a formar dentro de su corazón y quiso salir corriendo y matarla de una vez. Pero no lo hizo, la muerte sería muy fácil, ella tendría que pagar con creses lo que le había hecho a su propio hijo⬜ ¡A su hijo⬜ !

⬜ ¿Tienes la dirección de donde precedió la segunda carta?

Preguntó el viejo Gallagher que ya parecía haber tomado las riendas del asunto.

⬜ No, era un Apartado Postal de un pueblecito en Texas, cerca de la frontera con México. Por eso fue que me enteré yo de la segunda carta porque Agnes quería que averiguara los datos personales de la persona que había alquilado el Apartado Postal. Por supuesto me negué rotundamente y le dije que eso no se podía hacer. Se enfadó mucho conmigo pero me volvió a amenazar para que me quedara callado y no dijera nada a Anthony, ni a usted. Desde aquel momento mi vida empezó a desmoronarse, empezaron los problemas con mi esposa, nos divorciamos, ella cogió la custodia de los niños y yo☐ Yo llevó esperando este momento hace diez años.

Por alguna razón incomprensible, la tormenta había cesado, los truenos ya no se oían y no había lluvia, todo el ruido y los rayos se habían marchado sabe Dios a donde, y en el televisor, que tenía el sonido apagado, se veía como el juego de los *Yankees* y los Bravos se desempeñaba sin problemas.

☐ ¿Por qué te has decidido precisamente ahora a decir la verdad?

Preguntó el viejo

☐ Porque el cuento no acaba aquí. Con este nuevo contacto de Cristina, ambas se han vuelto locas y están planeando matarla. Yo de ellas lo creo absolutamente todo. Yo también estoy bajo amenaza de muerte; quizás me lo merezca. No vine a buscar el perdón de ustedes, sé que lo que hice no tiene justificación alguna, solo quiero que sepan la verdad y que busquen a la chica y la encuentren primero que estas dos lo hagan. Estoy seguro que no fue solo una amenaza, sino que van a llevar a cabo su plan☐ Ustedes tienen que encontrar a Cristina cuanto antes...

☐ ¿Qué castigo crees que mereces tú?

Preguntó el viejo cuya ira necesitaba ver la sangre de los culpables correr.

☐ Yo no cuento. Mi vida se destruyó hace muchos años. He hecho arreglos para que mis hijos queden bien económicamente, mi ex esposa es una buena mujer y sabrá administrar lo que les he dejado.

☐ Muy bien. De momento esto quedará entre nosotros. Te encargaras de conseguir las copias de esas cartas, y la denuncia y todo lo demás. También te encargo que busques a Cristina. Todo cuanto encuentres me lo traerás a mí y bajo ninguna circunstancia ellas deben saber que has hablado con nosotros. Cuando todo esto se arregle habrá tiempo para decidir qué haré contigo, como bien dices lo que has hecho no tiene justificación alguna y menos perdón. Ahora puedes marcharte y empezar a trabajar en lo que te he encargado inmediatamente.

Justin Beagle se levantó del butacón donde estaba sentado, la curvatura de su espalda seguía presente al igual que su figura débil y vacilante, pero su mirada había cambiado por completo; ahora se podía ver en sus ojos el color brillante de la esperanza; ese color que llega después de haber confesado nuestras culpas.

Al quedar solos, padre e hijo se sumieron en un silencio lleno de preguntas que se ahogaban bajo la fuerza del odio y el rencor. Sus respiraciones eran profundas y calculadas, como un predador que vigila a su presa desde un escondite secreto sabiendo que esta no tendrá escapatoria.

☐ Quiero pedirte un favor.

Dijo Anthony mirando a su padre.

☐ Quiero ser el que se encargue del castigo de Agnes.

☐ No, ese acontecimiento será solamente mío. El futuro de Agnes lo voy a escribir yo en los anales de su maldita vida. No habrá más preguntas ni explicaciones al respecto. ¿Queda claro?

Anthony no insistió, la voz de su padre no dejaba lugar a dudas.

☐☐☐

Con una magnifico alarde de control desde el montículo, el *pitcher* de los *New York Yankees, Andy Pettitte* había blanqueado a los Bravos de Atlanta por ocho *innings*, los últimos tres *outs* fueron responsabilidad del incomparable Mariano Rivera y así en una noche de tormenta que nunca llegó, los *Yankees* habían ganado el primer juego de la Serie Mundial y al día siguiente saldrían para Atlanta donde se jugarían los próximos tres juegos.

El grupo de los Smith y los Gallagher habían disfrutado de lo lindo. El próximo juego seria el miércoles y todos irían a apoyar a su equipo. Cristina limpió su agenda, de manera que no hubiera conflictos de ninguna clase, aunque siempre quedaban las emergencias que eran impredecibles. Will y Ali habían hecho lo mismo. Pauly faltaría un par de días al colegio, pero con solo nueve años y una gran inteligencia, eso no lo afectaría en nada. Cristina se ocuparía de que así fuera. Billy, que había ido al primer juego con ellos, esperaba la respuesta de sus padres para ver si lo dejaban ir con Pauly. Cristina no había hablado con Crystal del asunto pero sabía que el final lo dejarían ir.

Will y Ali estuvieron pendientes de ella en todo momento, al igual que Rosi, pero Cristina no daba señales de estrés o incomodidad alguna. Ella sabía que la observaban, después de lo sucedido con los Hackman y los Gallagher, ella no había podido quitarse de la mente a Paul. ¿Cómo sería su vida ahora? ¿Le habría sido infiel a su esposa? ¿Cómo serían sus hijos☐ o hijas☐ ? Pensar estas cosas no la alteraban tanto como cuando pensaba en tener un encuentro con él☐ Frente a frente☐ Y eso era lo que tenía en su mente en todo momento y lo que luchaba por suprimir. Sinceramente no sabía cómo reaccionaría. Cuando estaba sola en su cama se imaginaba el incidente de mil maneras diferentes, pero ninguna era la perfecta puesto que siempre terminaba llorando y en sus brazos☐ Y eso era inadmisible☐ Como tantas otras veces, sus padres, sus ángeles celestiales, la ayudarían a sobrevivir el momento☐

Salir del *Stadium* les costó casi una hora, nadie quería irse, todos querían cantar *New York, New York*, y ver a los jugadores todavía en el campo dando saltos de felicidad. Aunque solo fue un juego, a todos les parecía que era un buen augurio de lo que quedaba por recorrer.

☐ En el próximo juego, yo le voy a los Bravos...

Dijo Will, y todos se le tiraron arriba amagando darle golpes.

☐ No tío, no, tú no puedes hacer eso.

Le gritaba Pauly.

Entre risas y juegos llegaron a la casa después de la media noche. Los niños se durmieron en el carro y hubo que cargarlos hasta sus respectivas camas. Billy ya tenía su lugar de dormir en el cuarto de Pauly.

Los mayores se fueron al estudio de Cristina a tomar un último trago.

☐ Qué maravilla de juego.

Dijo Cristina, sinceramente emocionada con el triunfo de su equipo.

☐ No cantes victoria, todavía quedan muchos más juegos que ganar.

☐ Tú eres un pájaro de mal agüero y como sigas molestando no te llevaremos a Atlanta.

Le dijo Ali.

☐ Yo voy a ir a Atlanta porque yo tengo que cuidar a mi hermanita que en estos días se hace la que está bien pero yo sé que no lo está. Tú no tienes que fingir delante de nosotros, acuérdate que nunca aprendiste a mentir☐

Cristina sabía que Will tenía razón y que por mucho que tratara de ocultarlo se le notaba tensa.

Está bien, lo admito, me siento un poco confundida. Siempre supe que este día llegaría y pensé que estaría preparada para ello pero parece que me equivoqué. Necesito arreglar esta situación aunque solo sea en mi mente, debo llegar a un acuerdo conmigo misma antes de intentar elaborar una respuesta para Pauly. En verdad quien me preocupa es él, no yo.

 Pero bueno, vamos a ver, los Gallagher no se han puesto en contacto contigo, ni les han dicho nada a los Hackman que te haga pensar que saben dónde estás.

Dijo Ali.

 Sí pero ya sé que están aquí cerca, que hay un vínculo, que en cualquier momento nos podemos encontrar

 ¿Entonces es por eso que quieres salir del escondite? Quizás, subconscientemente quieras encontrarte con él.

 No, lo que me tiene intranquila no es mi reacción, o la del él, sino la de Pauly. Te juro que si le hacen pasar un mal rato los mando a matar a todos.

Ali y Will se miraron. Tenía que estar bromeando Cristina nunca sería capaz de hacer eso, era el momento lo que la hacía hablar de esa manera, pensaron ambos.

 Cristy, yo creo que tratar de cruzar el puente antes de llegar al rio es perder el tiempo, como dice Rosi. Estoy segura que si se encuentran todo saldrá bien. Sobre todo si esta Pauly presente.

 Por supuesto que lo sé, no voy a armar ningún drama ni ninguna gritería ni nada de eso, es solo La incertidumbre que me mata

 Todavía lo amas verdad.

Preguntó Will.

 Will, estas locos, como puedes preguntarle eso así, a ti que te importa eso, y mira, ya me estas llenando la paciencia, déjate de decir tonterías de una vez

Alison estaba furiosa con su marido.

 Déjalo Ali, déjame contestarle. Will, tú me conoces tanto o más que nadie, ¿Cómo puedo amar a alguien que me ha hecho tanto daño? ¿Cómo puedo amar a alguien que no le interesó conocer a su propio hijo? El tiempo ha pasado William, ya no soy la niña que se enamoró del *quarterback*, soy una mujer que ha sufrido mucho y ha salido adelante venciendo barreras en todos los campos en los que me he movido. No, el amor es loco pero no masoquista. Sin embargo, después de todo debo agradecerle que me diera a Pauly

◻ Y si él es inocente y todo esto tiene una explicación.

◻ Ya es muy tarde. De todas formas te doy las gracias por haberme hablado tan claro, me hiciste decir con palabras lo que no podía arreglar en mi pensamiento. Ahora si estoy segura de que todo saldrá bien.

Will le dio una sonrisa y asintió con su cabeza, pero muy dentro de su corazón sabía que no era verdad. La batalla final estaba por llegar y temía por ella, por eso tenía que estar cerca para protegerla. Ya se inventaría algo para quedarse a su lado unos días más, Ali lo entendería.

36

La tormenta que no pudo escaparse de las alturas la noche anterior, lo hizo a la mañana siguiente con toda la fuerza que acumuló mientras la ciudad dormía. La lluvia era tan tupida que apenas se podía ver a través del parabrisas del carro aunque la velocidad fuera de 20 millas por horas.

Cristina se dirigía a su oficina en el hospital *Lenox Hill*, luego pasaría por el *Sloan – Kettering* y por último llegaría al *Hospital Presbiteriano*. Aunque su agenda estaba vacía, quería cerciorarse de que todo estuviera bien antes de marcharse. Llevaba tantos estudios investigativos en tantos lugares a la vez, que a veces se le hacía muy incómodo ya que perdía mucho tiempo moviéndose de un hospital al otro. Gracias a Dios que contaba con un equipo de personas excelentes, trabajadoras y buenas profesionales que estaban ahí apoyándola en todo momento. Todos sabían su pasión por el *Baseball* y se alegraban que se marchara aunque fuera un par de días a estar con su hijo y su familia. Nadie sabía nada de su vida privada. Conocían a Pauly por fotos que ella tenía en su oficina, también sabían de Rosi y de los Smith, pero nadie le preguntaba nada. Hacía mucho tiempo que había dejado bien claro que su vida personal no era parte de su mundo profesional y al parecer todos respetaban su privacidad.

Llegó al hospital y dejó su carro en el aparcamiento reservado para ella, dirigiéndose sin perder tiempo a su oficina. Cuando llegó se encontró con un colega esperándola. El Dr. Karl Sanders había sido uno de sus profesores cuando Cristina empezó a trabajar en este hospital como residente, y como todos ellos él sentía un gran aprecio y respeto por ella.

☐ Buenos días Karl.

☐ Hola Cristina. ¿Tienes un minuto?

☐ Sí, entra.

Tuvo razón en querer pasar por sus oficinas aunque fuera por un momento, siempre había alguien esperándola o queriendo consultarle algo

☐ ¿Qué pasa?

☐ Anoche me llegó un paciente con un pequeñísimo aneurisma de la Cerebral Media roto, una hemorragia tremenda, solo pude tratar de disminuirle la presión intracraneal un poco pero no creo que se salve, está en coma desde que llegó. El asunto es que su tiempo de coagulación es altísimo, pero tiene las plaquetas bien, no tiene historia familiar de nada parecido y no sabemos por qué sangra. No sé si te has encontrado con algo así antes o si tienes alguna experiencia con eso.

☐ ¿Está tomando alguna medicina?

☐ No, es un hombre joven de unos 25 años, fuerte y saludable. Según la familia parece que le gusta beber, pero tiene el hígado bien y todas las pruebas sanguíneas y de encimas hepáticas han salido normales, solo el PT (*Tiempo de Protrombina*) y el PTT (*Tiempo Parcial de Protrombina*) ambos los tiene elevadísimos, pero según dice la madre él no toma ninguna medicina, ni aspirina ni nada que alteren estos parámetros en la sangre.

Cristina se detuvo a pensar por un momento, se acordaba de algo parecido hacia algunos años en otro hospital☐

☐ Yo tuve un paciente hace quizás tres o cuatro años, no recuerdo bien, que me llegó igual, con un pequeño aneurisma de la Arteria Cerebral Media, roto, sin historia de hipertensión arterial o trauma en la cabeza. Estuvo muy grave. Había algo en el caso que no me convencía y así se lo hice saber a la policía. Resultó ser que la esposa del paciente tenía un amante y le estaba administrando a su esposo *Warfarin*a en sus bebidas alcohólicas, esperando que se muriera de una hemorragia. Al final, cuando el hombre se salvó, se descubrió todo el rollo y la mujer y el amante fueron a la cárcel por intento de homicidio. Al parecer mi paciente tenía un muy buen seguro de vida y su mujer estaba ansiosa por cobrarlo y deshacerse de él al mismo tiempo; desgraciadamente para ella y el amante la conspiración de asesinato no salió como ellos esperaban.

☐ Este no es el caso de mi paciente. Este hombre no está casado, y trabaja de ayudante de mucamo para una familia muy rica de aquí de *New York*. Sus padres están con él y parecen ser una familia buena y unida. ¿Tú crees que le podrías echar un vistazo al expediente, por si se te ocurre algo?

☐ Por supuesto, vamos.

Al salir le preguntó a su secretaria si había algo para ella pero esta le respondió que no, que su agenda seguía vacía como ella lo había ordenado.

Cristina y Karl bajaron al piso ocho donde se encontraba la Unidad Neurológica de Cuidados Intensivos del hospital. Cristina examinó al paciente y luego leyó su expediente. Nada le saltaba a la vista como anormal. Le sugirió a Karl ir a hablar con la familia.

 ☐ ¿Saben ustedes si él tomaba muchas aspirinas, o Advil, o Ibuprofeno?

 ☐ No doctora, el solo toma alcohol. Siempre se lo he advertido de que algo así iba a pasarle pero nunca me hizo caso.

Fue la madre del paciente quien respondió y Cristina siguió con las preguntas.

 ☐ ¿Por qué pensaba usted que algo así pasaría?

 ☐ Me da vergüenza decirlo pero...

 ☐ Cuéntenos señora, sin pena, somos médicos y solo queremos ayudar a su hijo.

La sala de espera estaba llena de parientes de los allí ingresados y en el aire flotaba un olor a angustia y frustración que lo hacía todo más oscuro.

 ☐ Vera, nosotros trabajamos para una familia muy adinerada aquí en la ciudad, pero no quiero mentar su nombre. El asunto es que mi hijo a veces espera a que sea de noche y se roba el Whisky Escoses del patrón y se lo toma. Según él, nadie nunca se da cuenta de que las botellas se vacían muy rápido porque el patrón es un☐ Bueno☐ .El☐ Toma mucho, eso es, toma demasiado, pero digo yo ¿Y si alguien le ha echado algo a ese pobre hombre para matarlo y lo que ha hecho es arruinarle la vida a mi hijo?

Cristina miró a Karl Sanders como diciéndole ☐Pudiera ser☐ pero fue Karl mismo quien le preguntó a la madre del paciente.

 ☐ ¿Señora, que le hace pensar así? ¿Tiene alguna evidencia?

 ☐ Ay doctor usted dirá que yo estoy loca pero☐ Es que creo que estoy en lo cierto. Vengan hasta acá que les cuentos.

La señora se levantó y se dirigió a un rincón alejado donde los familiares de los demás pacientes no podían oírla, su esposo la miró como reprimiéndola por lo que iba a hacer pero ella solo se limitó a mover su cabeza de un lado a otro como diciéndole al esposo☐ ☐Tengo que decírselos☐ el pobre hombre bajo la cabeza y mirando al suelo se puso ambas manos en la cara y se quedó inmóvil; estaba llorando.

 ☐ Mire, yo trabajo en la misma casa donde trabaja mi hijo. La señora de la casa es una mujer mala y estoy segura que quiere matar a su marido. La otra noche la encontré en el bar revisando las botellas; traía algo en la mano y la vi destapar la botella de donde toma el señor, echarle algo, y volverla a tapar. Estaba muy oscuro y no pude ver lo que hacía pero me pregunté, que haría ella allí a aquellas horas de la noche. Hace apenas unos días, dos o tres, no recuerdo bien, estaba limpiando el baño del señor y vi un montón de sangre en las toallas, en el suelo y en la papelera, parece que se había cortado afeitándose y sangró mucho. Yo nunca había visto nada igual en su baño, así que me puse a examinar los hechos y llegué a esta conclusión. Yo creo que la señora le está haciendo algo a las bebidas del señor para matarlo y mi hijo está pagando las consecuencias con su conducta.

Karl y Cristina se volvieron a mirar, esta vez algo preocupados. La señora les dijo muy bajito, casi en un susurro.

□ La familia es de apellido Gallagher, son los dueños de la multinacional GALCORP. Ay por favor no digan nada, yo solo quiero que mi hijo se salve.

Cristina por poco se cae de narices en el suelo□ Dios mío, que estaba pasando ahora□

□□□

Cristina tuvo que hacer un gran esfuerzo para que Karl no notara su reacción. Le aconsejó que empezara un tratamiento para revertir el efecto de la Warfarina y se fue. ¿Qué estaba pasando en esa casa? ¿Quién era la mujer que estaba tratando de matar a su marido? ¿Y si fuera Paul? Ay no, no, no, esto era inaudito. ¿Cómo era posible que esto estuviera pasando? ¡Dios se estaba riendo de todos ellos!

Salió disparada para la oficina de los Hackman. Desde el carro llamó a sus otras oficinas para comprobar que todo estaba bien; hoy no habría visita en más hospitales y quizás no habría viaje a Atlanta tampoco.

La lluvia seguía cayendo inclementemente en New York, pero la tormenta en la mente de Cristina era mucho mayor que todo aquello. Guiando en □piloto automático□ llegó al edificio de las oficinas de los Hackman, dejó el carro en medio del aparcamiento y subió en el elevador privado de los dueños. Cuando alcanzó el piso indicado le dio gracias a Dios por no haber nadie en la antesala y se dirigió casi corriendo a la oficina de Bailey donde le preguntó a su secretaria.

□ ¿Está ocupado?

□ No doc□

No le dio tiempo a responder, abrió la puerta y entró
— Cristina.
— Bailey, tenemos que hablar, llama a Gene por favor.

☐☐☐

Cuando Agnes abrió los ojos como a las nueve de la mañana la lluvia caía en torrentes así que se dio media vuelta y se propuso seguir durmiendo. Las cortinas de su cuarto no estaban completamente cerradas así que llamó por el intercomunicador para que subiera una criada a arreglarlas. Al rato entró la criada, pero no era la de ella, ¿Quién era esta intrusa?
— ¿Y quién eres tú? ¿Dónde está Guadalupe?
— La señora Guadalupe está en el hospital con su hijo que fue ingresado de emergencia.
— Y a mí eso que me importa. Te comunicas con ella ahora mismo y le dices que si no está aquí cuando me levante queda despedida. Y tú vete de aquí y no vuelvas a entrar a mi cuarto nunca más.
La pobre muchacha salió como alma que llevaba el diablo, bajó a la oficina y les contó a los otros empleados lo que había pasado
— Un día de estos esa mujer las va a pagar todas juntas.
— Que Dios te oiga☐

☐☐☐

Bailey y Gene se quedaron en silencio cuando Cristina terminó el cuento. Qué desgracia de familia. Menos mal que Cristina nunca llegó a pertenecer a ella.
— Ustedes tienen que decirles algo; de lo contrario alguien morirá.
— ¿Y qué le decimos? ¿Que tú encontraste evidencias de que la mujer de Anthony o de Paul estaba tratando de matar a su marido y en su lugar mató al mucamo?
— Sí. Eso mismo le puedes decir, solo que omite mi nombre, diles que la información te llegó de una manera anónima, yo que sé, pero alguien va a morir si no detienen a esas mujeres. Siempre supe que la madre de Paul era mala pero nunca pensé que llegara a estos extremos, en cuanto a la esposa de Paul, se llama Bamby, la conocí

en nuestra fiesta de graduación y me pareció algo tonta pero de eso a que sea una asesina— Dios mío, pero que nos está pasando—

— ¿Y si la tal Guadalupe se lo está inventando?

— ¿Qué gana la sirvienta con inventar semejante cuento?

— No lo sé, aquí hay tantas cosas raras que no tienen sentido, yo no entiendo nada.

Dijo Bailey

— Yo estoy en las mismas.

Respondió Gene

— Discúlpenme que haya venido a traerles semejante responsabilidad pero no se dé que otra manera avisarles.

— ¿Y si le mandamos una carta anónima?

Dijo Gene

— No, no, por favor, no somos niños. Cristina, tarde o temprano vas a tener que lidiar con esta gente. Miren, creo que lo correcto sería hablar con la señora y convencerla de que hable con su empleador y le cuente lo sucedido.

— ¿Y si la despiden y se queda sin trabajo?

— Mejor sin trabajo que sin vida. No lo sé, he estado pensando mucho en todo esto, y la verdad es que por muy indignado que este con los Gallagher no puedo concebir que hayan hecho todo lo que contaste; no quiero ofenderte Cristy, es que nada tiene sentido.

— Entonces crees que miento y que he inventado todo el cuento.

La cara de Cristina cambio, ya no estaba preocupada, si no indignada, sus ojos se volvieron dos trozos de granito negro y sus hombros se irguieron levantando el busto y la barbilla en forma amenazadora.

— No, no he dicho eso, solo que aquí está pasando algo muy extraño que no entiendo. Mira yo viví con Anthony Gallagher por cuatro años consecutivos, y siempre fuimos buenos amigos. Ya sé que luego se convirtió en un alcohólico pero quien sabe por qué, el asunto es que no lo creo capaz de hacer mal a nadie, eso es todo.

Gene se sentía incómodo confrontando a Cristina y dudando de su historia pero no le quedaba más remedio que decir lo que sentía. Este asunto había que resolverlo lo antes posible o de lo contrario todos terminarían disgustados, y tendría que hacerse con ambas partes presente.

□□□

Guadalupe Chávez había llegado a los Estados Unidos cuando tenía nueve años de edad. Sus padres eran obreros que trabajaban en los campos frutales de California. Cuando la familia Chávez inmigró no había los problemas que se veían actualmente con los inmigrantes ilegales y el contrabando de drogas; eran otros tiempos, pensó Guadalupe.

Aunque sus padres hubieran preferido que ella terminara la escuela superior, puesto que la niña era muy inteligente, la llegada de tres hermanitos uno detrás del otro lo impidió, su mamá tuvo que quedarse en casa y ella salir a trabajar con su papá. La chica se distinguió por la presteza con que empezó a organizar los otros trabajadores para hacer el trabajo más fácil y a la vez elevar la productividad. El capataz, un buen hombre también mexicano, se dio cuenta y la puso a trabajar de supervisora con los nuevos trabajadores que llegaban casi a diario, y a los que ella tenía que enseñar como recoger la fruta sin dañar la siembra, y como disponerla para que llegara fresca a los almacenes donde se empaquetaban.

En esa hacienda agrícola fue donde conoció ella al viejo Gallagher. Cuando Paul empezó a caminar y el viejo se dio cuenta de que sus padres no se ocupaban de él; después de encontrarse a Anthony y a Agnes peleando delante del niño como si este no existiera, se lo llevó con él y se hizo cargo de su crianza. Andaba buscando a una persona joven que le ayudara con la educación de Paul y esta muchacha trabajadora e inteligente le pareció perfecta, además el niño aprendería otro idioma. Guadalupe se fue con el viejo Gallagher para New York porque el sueldo que ganaría sería mucho más que lo que ganaban ella y su papá juntos. Para sorpresa del viejo y de la misma Guadalupe, Paul no necesitó niñera ni cuidados especiales, siempre fue un chico muy activo e independiente. Cuando Paul empezó la escuela superior en Washington Guadalupe pasó a trabajar en la casa de Agnes y Anthony. A pesar de que su trabajo era el de Ama de llaves, Agnes se la cogió para ella y Guadalupe tenía que trabajar el doble; primero llevando la casa como ama de llaves, y segundo como esclava particular de Agnes. Pero no se quejó, porque en casa del viejo había conocido a quien luego fuera su esposo que en aquel tiempo era el Mayordomo del viejo, y ambos pasaron a trabajar juntos en la casa de Anthony. Su único hijo Pedro tenía unos quince años cuando esto sucedió, todavía no había terminado la escuela superior, pero cuando lo hizo y empezó la universidad, el viejo Gallagher lo dejó que trabajara en la casa como ayudante para que se ganara algo de dinero y ayudara con los gastos de su educación. Pedro se crio con todas sus necesidades cubierta, y dentro de una familia que lo quería y lo apoyaba en todo, sin embargo el chico les había salido medio vago y bebedor, pensó Guadalupe, pero no había de otra, mejor era que se quedara trabajando con ellos para así poderlo guiar mejor.

Cuando Guadalupe se dio cuenta de lo que estaba haciendo su hijo lo regañó y lo amenazó con decírselo a los señores, pero nunca lo hizo y ahora se sentía culpable de no haber sido más dura con él. El Dr. Sanders le había aconsejado que diera parte a la policía de lo que había sucedido pero ella no quiso hacerlo por no arriesgar el sustento de su familia, aunque la señora Agnes estuviera loca, la verdad era que se la pasaba en la calle y ya Guadalupe había aprendido a tolerarla, pero si la metía en problemas se iba a ver en la calle. Lo pensó mucho antes de decidir que iba a hacer, no lo consultó con su esposo ni con nadie, si su hijo moría☐ No, por Dios, eso no☐ Esto tenía que acabar de una vez. Se decidió a hablar con el viejo Gallagher.

37

El número 721 de la Quinta Avenida de *Manhattan* lo ocupaba uno de los rascacielos más impresionantes de la ciudad. Diseñado por el famoso Arquitecto Der Scott y con sus 68 pisos, se levantaba como una torre de cristal sobre la esquina de la Quita Avenida y la calle 56 en el sector Este de la isla, justo al lado de *Tiffany's*. Como una dramática cortina de espejos cayendo del cielo, el edificio refleja el Parque Central de una manera única y espectacular. El inmueble tenía una entrada particular por la calle 56 para los residentes de los condominios. La base en la Quinta Avenida la formaba la nueva tienda de *Gucci*. Allí, la residencia del señor Paul Gallagher abuelo, ocupaba la totalidad del piso sesenta.

Hacía mucho tiempo que Guadalupe no venía a la nueva casa del señor Gallagher, este se había convertido en un ser triste y callado desde que su nieto Paul sufrió algún tipo de problema sentimental hacia casi diez años, o al menos eso era lo que se comentaba entre la servidumbre. No sabía si el señor la recibiría o no, no había llamado anunciando su visita, había venido directamente del hospital donde estaba su hijo moribundo hasta aquí. La lluvia la había mojado hasta los huesos y su aspecto no era lo suficientemente presentable como para lo que iba a hacer, pero ya estaba allí y tenía que hacerlo.

Con algo de dificultad abrió la puerta que daba paso al lobby del edificio, allí se encontró con un portero-guardián que no conocía, este sin dejarla entrar del todo le preguntó qué quería.

☐ Vengo a ver al Sr. Gallagher, él no me espera, pero quisiera me hiciera el favor de avisarle que Guadalupe Chávez está aquí y que tiene algo muy importante que decirle.

☐ Señora, esto es un edificio privado y aquí no puede entrar nadie que no haya hecho una cita previa, además no tiene usted aspecto de ser amiga del señor Gallagher.

☐ No soy su amiga, soy su sirvienta y la información que le traigo es de vida o muerte.

El portero se le quedó mirando con recelo. ¿Qué tan importante podría ser esta mujer para el Sr. Gallagher? Había algo en sus ojos que lo animaron a admitirla aun cuando dudaba de su credibilidad, ojala que no se metiera en problemas por molestar al señor tan tarde.

☐ Yo esperaré afuera.

☐ No, no, señora, está lloviendo mucho, espere un momento.

El portero hizo la llamada y asombrado con la respuesta le dijo

☐ Pase usted señora, tome el elevador número tres.

☐ Muchas gracias señor.

Una vez dentro del elevador Guadalupe se puso a ordenar lo que iba a decir, sin embargo antes de que las puertas del mismo se abrieran en el piso sesenta, se dio cuenta que ya no había tiempo, tendría que decirlo como le saliera. Trató de escurrirse un poco el agua pero no tenía con que secarse así que se pasó la mano por el pelo estirándolo hacia atrás y le rogó a Dios que le diera fuerzas para hacer lo que tenía que hacer.

Mientras tanto en el despacho de los Gallagher el viejo pensaba ¿Qué puede querer Guadalupe a estas horas? Hacía mucho tiempo que no la veía ni habla con ella, él había dejado de visitar la casa de su hijo hacía mucho tiempo. Su hijo Anthony estaba con él. No tuvo ocasión de responder a su propia pregunta puesto que ella llegó casi inmediatamente después de ser anunciada.

Guadalupe había envejecido, pensó el viejo, pero bueno, todos lo hemos hecho, se veía muy compungida, como si llevara un gran peso en el alma.

☐ Sr. Gallagher, disculpe que haya venido sin avisar, tengo que decirle algo importante que no puede esperar.

☐ Siéntate Guadalupe y dime que sucede.

Anthony la reconoció

☐ ¿No trabaja usted en mi casa?

☐ Sí señor, quizás debí hablar con usted antes de venir acá, pero su padre fue quien me contrató y creo que él me podrá ayudar con este problema, aunque usted está directamente involucrado en lo ocurrido.

☐ Guadalupe, hable de una vez por favor.

☐ Vera señor, mi hijo Pedro ☐ No es una persona muy responsable, le gusta mucho el alcohol y bueno ☐ .Ahora le ha dado por ir a media noche al bar del señor Anthony y tomar de su Whisky Escocés; yo lo he amenazado varias veces con echarlo de la casa pero siempre me promete que no lo hará más. Hace apenas unos días me escondí detrás de las cortinas para enfrentarlo cuando lo descubriera tomando del Whisky del señor, pero mientras estaba esperando vi llegar a la señora Agnes y me quedé muy callada para que no me descubriera. Desde mi escondite la vi entrar en el bar y echar algo en su botella, esa que está en un decantador de cristal con su nombre, la vi verter algo dentro de la botella y luego irse. Me extrañó su actitud pero quién soy yo para pedirle cuentas a mis amos, en fin, justo después llegó mi hijo y se sirvió casi un vaso entero de la botella que la señora Agnes había cogido, cuando estaba a punto de salir para regañarlo lo oí correr hacia la cocina y luego lo vi entrar a usted, que por cierto también se sirvió un trago de la misma botella y se fue. Cuando salí de allí fui directa a buscar a mi hijo pero el muy descarado se me escapó y no lo pude alcanzar. Al otro día por la mañana me enfrasqué en mi trabajo diario y se me olvidó el incidente. Dando vueltas en la casa y supervisando a las muchachas de la limpieza llegué al baño del señor Anthony y me encontré un montón de toallas llenas de sangre, la muchacha estaba asustada porque había demasiada sangre, pero pensé que usted quizás se había cortado afeitándose o algo así y no le di más importancia. En fin le dije a la muchacha que lo limpiara y me fui. Ese mismo día por la noche mi hijo se desvaneció en casa de su novia y la pobre tuvo que llamar a la ambulancia y llevarlo a una sala de emergencia, esa misma noche lo ingresaron con una hemorragia muy grande en el cerebro, de hecho todavía no se sabe si se salvará o no □

Guadalupe no pudo contenerse por mucho que lo intentó y empezó a llorar

□ Disculpen por favor, ya sigo.

Se limpió como pudo las lágrimas.

□ En fin, el doctor nos dijo que Pedro tenía como una vena o algo así en la cabeza que se le había roto, el problema está en que su sangre estaba muy fina y por eso sangró tanto; de ahí su gravedad. El Dr. Anderson, el médico de mi hijo, consultó con una doctora que según dicen es la mejor de todo el hospital, y ella sugirió que cabía la posibilidad de que alguien le hubiera echado una sustancia a la bebida que hacía sangrar mucho a la persona que la tomara, ahora no me acuerdo como dijo que se llamaba, Garina o Wanina, algo así. La doctora dijo que ella tuvo un caso así hacia unos años y que tuvo que darle parte a la policía, de hecho fue ella quien insistió en que les avisara a ustedes. Pero señor, esta mañana la señora me andaba buscando y cuando le dijeron que yo estaba en el hospital con mi hijo dijo que si no estaba allí en cinco minutos me despediría. Imagínese señor, ahora con Pedro en el hospital y los tres sin trabajo como vamos a sobrevivir. Por eso es que vine a hablar con usted señor Gallagher, si usted no me cree mi familia está perdida□

Volvió a llorar, esta vez sollozando de dolor. El padre y el hijo no podían creer lo que estaban oyendo; sin lugar a dudas Agnes había tratado de matar a Anthony.

□ Guadalupe, no tienes nada que temer, ve con tu hijo y cuídalo, quédate con él el tiempo que sea necesario; si necesitas algo me lo haces saber. Toma mi teléfono celular.

□ Gracias señor, y usted señor Anthony, perdóneme que no fui a decírselo a usted, pero la señora Agnes nunca me lo hubiera perdonado.

□ No te preocupes Guadalupe, yo me encargo de todo.

Ambos esperaron callados a que Guadalupe saliera; luego fue Anthony quien rompió el silencio.

□ Esto no se puede quedar así, me dijiste que te harías cargo de ella, pues bien, lo haces inmediatamente o lo hago yo, aunque más nunca vuelva a verte ni a ti ni a Paul, la voy a matar.

□ No vas a hacer nada de eso, no vale la pena que arruines tu vida por ella, en este mismo momento voy a hacer los arreglos necesarios para deshacernos de ella, pero tienes que prometerme que te quedaras aquí tranquilo y no harás nada.

□ Dime lo que vas a hacer.

□ En este momento no. Ahora bien, no importa cuánto te llame o te busque, tienes que prometerme que no la vas a ver ni hablar con ella ni en persona ni por teléfono. Si quieres vete de la ciudad, quédate aquí, haz lo que quieras pero por nada del mundo aceptes sus llamadas, de acuerdo.

□ ¿Estás seguro de lo que vas a hacer?

□ Nunca he estado tan seguro como lo estoy ahora.

□ ¿Y Paul?

□ Con Paul voy a hablar yo en cuanto ponga todo esto en orden□

□ No papá, yo hablaré con Paul.

Lo dijo con una determinación que su padre no tuvo más remedio que asentir.

□ Nos esperan días difíciles.

□ No padre, te equivocas, lo difícil ya pasó, ahora solo queda enmendar todo el daño que Agnes nos ha hecho a todos.

□□□

El viejo Gallagher había empezado su negocio como cualquier otro hijo de obreros emigrantes, vendiendo por aquí y comprando por allá, arriesgándose a invertir en industrias nuevas, y pasando muchas noches sin dormir calculando hasta donde podía llegar. A muy temprana edad, sea por suerte o por habilidad financiera, ya había alcanzado un estatus respetable dentro de la comunidad comercial de la gran metrópolis. Su amigo de la infancia y también hijo de inmigrantes Miguel Montelobo, le ofreció adquirir un espacio en el recién inaugurado *Empire State Building* cuando este se puso a la venta. Entre los dos consiguieron un magnifico precio por un espacio de muchos miles de pies cuadrados que vino con la opción de adquirir más espacio si así lo deseaban, al mismo precio de la venta inicial, por los siguientes diez primero años. El edificio más conocido en el mundo en su época, tuvo la desgracia de abrir sus puertas en medio de una economía frágil e incierta, producto de la mayor depresión financiera que hubiese conocido el país.

Así fue como la Multinacional GALCORP entró a formar parte de los privilegiados que vieron multiplicarse sus fortunas desde la torre de cemento y acero que desafiaba las alturas en la ciudad que nunca duerme.

Paul no perdió tiempo en mudarse para la oficina de su abuelo, el mismo día que este le informó de su decisión se fue para ella. No le avisó a Fiona porque para él, aquella mujer que trabajaba fuera de su despacho no era nada, no existía, por eso no la extrañó en su nueva oficina. Benjamín Baker, su asistente personal le buscó una recepcionista nueva a la cual sentó al frente del despacho y le dio instrucciones para que no pasara ninguna llamada al nuevo jefe hasta que este no se lo indicara.

Paul y Benjamín estaban inclinados sobre la mesa de conferencias del despacho de Paul, enfrascados en un problema, cuando oyeron abrirse la puerta. Benjamín se viró inmediatamente para recriminarle a la secretaria por haber entrado, Paul hizo lo mismo□ . Pero se quedó asombrado cuando vio quien era.

□ Papá, estoy muy ocupado, debiste haber llamado□

□ Lo que tengo que decirte es mucho más importante que cualquier cosa que estés haciendo. Por favor, nos deja solos Ben.

Dijo dirigiéndose a Benjamín. Este miró a Paul esperando su respuesta. Por alguna razón que no podía explicarse Paul oyó en la voz de su padre algo que nunca antes había oído; firmeza y determinación.

□ Por favor Ben, déjanos solos.

Ben salió sin decir palabra, Paul no acostumbraba a repetir las órdenes.

□ ¿Y bien, cual es el apuro?

□ Te vas a sentar y me vas a oír□

□ Un momento te dije que□

□ Paul, por una vez en tu vida me vas a hacer caso y me vas a oír. Lo que tengo que decirte te será difícil de creer, pero ese no es mi problemas, yo solo estoy aquí para darte la información más importante de tu vida, lo que tú hagas con ella eso es totalmente responsabilidad tuya.

Anthony hizo una pausa esperando que Paul le contestara pero este no dijo nada. La verdad era que estaba algo confundido, nunca había visto a su padre en este plan de persona responsable y algo le decía que debía oírlo.

□ Hoy, tu abuelo y yo hemos descubierto algo que te llenara de ira, que quizás no admitas como cierto pero que es la verdad. Tu madre, hace diez largos años, se las arregló para separarte de Cristina. La convenció a ella que tú no la querías y te convenció a ti de lo mismo. Le robó a tu abuelo tres millones de dólares con los que pagó a sus cómplices que le ayudaron a desarrollar el plan. Yo comprobé□

Paul se paró del sofá donde estaba sentado como un felino predador.

□ ¿Cómo te atreves a hablarme de semejante cosa? No sabes que ese tema está prohibido para□ .

□ Cállate la boca y siéntate; no he terminado. Tu madre trató de matarme a mi ayer, y por su culpa hay un joven muriendo en un hospital con una hemorragia cerebral. Pero eso no es todo□ TIENES UN HIJO□ .y ella lo ha sabido durante todo este tiempo y no los has ocultado a todos, y por supuesto, Cristina piensa que tú eres un malnacido que la abandonó y se rio de ella□ . Todo eso lo ha hecho tu madre por ambiciosa, por envidiosa y por mala□ Eso es lo que estamos encontrando por arribita, sabrá Dios cuanto más hay detrás de todo esto□

Paul estaba paralizado, sus ojos se clavaban en su padre queriendo matarlo con la mirada☐

☐ Estas completamente loco, eso no puede ser cierto, por qué me estás haciendo esto, por qué quieres que vuelva a revivir lo que un día acabo con mi vida. ¿Es que acaso quieres que me muera para quedarte con la fortuna del abuelo?

La voz de Paul era fría como el acero, su sonido cortaba el alma de su padre quien estaba a punto de estallar a gritos.

☐ Esa es la verdad. Ahora te toca a ti decidir qué hacer con ella.

Anthony se levantó, abrió la puerta, y desde allí se viró para decirle a su hijo.

☐ Ya puedo morirme tranquilo. Nunca fui un padre para ti, pero hoy te he regalado una nueva vida, ojala que sepas aprovecharla y ser feliz.

Salió cerrando la puerta. Paul no se podía mover. ¿Qué estaba pasando? Aquello era un mal sueño, una tortura que su padre le quería imponer. Pero ¿Por qué?..

Después de tantos años sufriendo por el engaño de Cristina, ahora le decían que no era ella la causante de su desgracia, eso no podía ser cierto. ¿Y el abuelo? ¿Qué diría su abuelo? Tenía que hablar con él urgentemente, esto era una trama sucia de su padre para quedarse con la herencia☐

Decidió irse de la ciudad, salió corriendo de su despacho y fue a buscar su Ferrari☐ Tenía que alejarse de aquel infierno cuanto antes.

38

Cristina no dijo nada de lo sucedido en el hospital ni a Ali ni a Will, y mucho menos a Rosi. Karl le había avisado que la madre del muchacho había ido a hablar con los Gallagher; ya ella no tenía la responsabilidad de hacer nada más. La incertidumbre la consumía☐ ¿Quién quería matar a quién? ¿Acaso la esposa de Paul quería matarlo? Y si así era ¿Por qué? ¿Seguiría Paul siendo un pica-flor, un marido infiel? A ella ya nada de eso le importaba ¿Entonces por qué no se lo podía quitar de la mente? ¡Qué incertidumbre☐ ! Gracias a Dios, se irían pronto para Atlanta siguiendo a los *Yankees.* Dios mío ayúdame a quitarme este tormento de mi mente, por favor☐

☐☐☐

El *Turner Field Stadium* fue construido con el propósito de servir como escenario para los Juegos Olímpicos de Verano celebrados en Atlanta, *Georgia*, en 1996. Al terminar los juegos fue convertido en un Parque de *Baseball* y paso a ser la casa de los *Bravos de Atlanta*. Al principio se le iba a llamar *Hank Aaron Stadium* pero terminó con el nombre de *Turner Field,* para honra del magnate de los medios de comunicación y filántropo Ted Turner, sin embargo, a la calle que se le adjudica la dirección postal del *Stadium* se le llamó *Hank Aaron Drive* y el número que se le asigno, el 755, provenía de la cantidad total de *homeruns* que bateó Hank Aaron durante sus años de jugador profesional.

El segundo juego de la Serie Mundial en *Turner Field* fue un duelo entre Matt Clement por los *Yankees* y Greg Maddux por los Bravos, el juego se mantuvo empatado a cero hasta el noveno inning en el que Derek Jeter la sacó del campo por el *Center Field* en una recta que le lanzó el relevista Juan Abreu con la cual el Stadium se sumió en un profundo silencio. Los tres últimos *outs* del noveno *inning* los despacho el inigualable Mariano Rivera con lo que los *Yankees* tomaron ventaja de dos juegos a cero sobre los Bravos; según las estadísticas, los *Yankees* nunca habían perdido una Serie Mundial cuando habían obtenido los dos primeros juegos de ventaja y no había razón para pensar que esta sería la primera vez.

La familia Smith□ Gallagher disfrutó al máximo, pero estaban muy cansados, un juego de cero carreras era mentalmente agotador. Los niños se durmieron en camino al hotel, como siempre. Will, Ali y Cristina se tomaron una copa después de acostar a los niños, todavía comentando del tremendo juego que habían presenciado.

□ ¿Qué te pasa Cristy?

Pregunto Will, rompiendo la amena discusión del juego.

□ Nada me pasa, estoy súper contenta porque ganamos.

□ Eso ya lo sé, pero ¿Qué te pasa?

□ Will, que le va a pasar, está contenta, de que estás hablando.

Ali salió en defensa de Cristina.

□ Cristy, no crees que es hora de hablar claramente con nosotros, de dejar de guardar en tu pecho todas esas incertidumbres y miedos que te han destruido la vida en los últimos diez años.

Se hizo un silencio que presagiaba dolor□

□ Hoy por la mañana cuando fui al hospital me esperaba un colega, me presentó un caso que resultó ser un intento de homicidio, el asunto es que el asesinato no estaba dirigido al paciente que yo vi, sino a un hombre de la familia Gallagher.

□ ¿Qué?

□ Déjame que les cuente.

Tenía que contárselos, las cosas estaban pasando demasiado rápidas y Cristina presentía que los sucesos llegarían a un punto crítico mucho antes de lo que todos pudieran concebir. Por eso era que no había podido dormir ni concentrarse los últimos días, pensó Cristina, esa era la sensación de desasosiego y ansiedad que la inundaba.

□□□

Después que su padre salió de su despacho Paul no fue capaz de concentrarse en nada más. Llamó a Benjamín mientras conducía y le dijo que pospusiera las cosas importantes para el próximo día.

Salió de *Manhattan* desafiando la ley de la gravedad, conduciendo a una velocidad imposible de mantener dentro de la ciudad. Quería que un policía lo detuviera para tener alguien con quien pelear, quería estrellarse contra otro carro y matarse, quería morir☐ Lo que le contó su padre no podía ser cierto, de ninguna manera☐ ¿Un hijo? Tenía un hijo☐ Que absurdo☐ Eran todas mentiras para torturarlo, su padre estaba celoso porque su abuelo le había dejado todo a él, su padre no era más que un borracho que no sabía lo que hacía☐

Cristina era una farsante, una manipuladora que quería más dinero de él. Quería tenerla en sus manos para apretarle el cuello hasta matarla☐ Le había destruido la vida hacía diez años y ahora se aparecía de nuevo trayendo más malicia y dolor☐ La iba a matar☐ La iba a buscar, la encontraría aunque fuera debajo de la tierra y después de decirle todas las cosas que llevaba guardadas en su pecho por diez años iba a acabar con su vida con sus propias manos☐ Y luego se mataría él, debió haberlo hecho hacía muchos años, pero no☐ .Primero tenía que matarla a ella☐

El timbre del teléfono lo sacó de su infierno. Era el abuelo, estaba seguro que este le diría que todo cuanto había contado su padre era mentira, que no le hiciera caso☐ Pero no le contestó el teléfono, no estaba para nadie, solo quería conducir a toda velocidad hasta sacarse toda la rabia de adentro☐

☐☐☐

La mañana de un verano ya viejo y a punto de morir llegó encapotada de nubes desde donde de vez en cuando se filtraba un rayo de sol. La cortina de la alcoba de Agnes estaba igual que ayer cuando mando buscar a Guadalupe. Había dormido un día entero y la imbécil de Guadalupe no había llegado.

Llamó por el intercomunicador pero nadie le respondió. Se tiró de la cama y salió al pasillo dando gritos. Una sirvienta apareció a los cinco minutos cuando ya la voz de Agnes se empezaba a enronquecer de los gritos que daba.

☐ ¿Dónde está Guadalupe?

☐ En el hospital señora. Su hijo sigue muy grave.

☐ Y a mí que me importa, la voy a despedir, a ella, al marido y al imbécil del hijo si es que no se muere primero. Tú, ven acá y prepárame el baño. ¿Me ha llamado alguien?

☐ No señora, no ha llamado nadie.

Se bañó y se arregló lo más rápido que pudo y cuando estuvo lista llamó para que su chofer estuviera preparado. Ya en el coche le pidió que la llevara a Elizabeth Arden; necesitaba relajarse; un masaje, un tratamiento facial, un ambiente tranquilo para calmar sus nervios. Fiona ya estaba buscando a Cristina, estaba segura de que la encontraría y entonces todos sus problemas se terminarían.

El chofer detuvo el coche justo al frente del número 691 de la Quinta Avenida en *Manhattan*, donde se localizaba la famosa Puerta Roja del exclusivo *Spa* de Elizabeth Arden.

☐ No sé cuánto voy a tardar, así que vete. Te llamaré cuando te necesite.

Se desmontó del carro y se dirigió hacia la puerta del establecimiento. El día seguía nublado y el viento se colaba por las calles haciendo todo más frio; el invierno estaba cerca. El portero del Spa le abrió y ella entró como siempre, con sus aires de aristócrata sin mirar a nadie. Al entrar fue directamente hacia el área del Spa sin detenerse en el lugar donde la recepcionista hacia las citas.

☐ Señora. Gallagher, ¿Tiene usted cita para hoy?

☐ ¿Y desde cuando necesito yo cita para venir aquí? Dile a Mariza que me voy a dar un masaje primero y luego quiero hacerme un facial.

☐ Disculpe señora, pero necesita pagar por los servicios por adelantado.

☐ ¿Qué dices estúpida?

☐ Señora, absténgase de insultarme.

☐ Pero quien te has creído que eres, no sabes quién soy☐ Soy una de las clientas más ricas de este antro, imbécil, y a mí nadie me pide que pague por adelantado nada, yo soy millonaria y si quiero puedo comprar este cuchitril ahora mismo, es más, piruja, voy a hacer que te despidan ahora mismo☐

En eso entró la supervisora del lugar.

☐ Señora Gallagher, su cuenta con nosotros ha sido cancelada, si quiere que la atendamos tiene que pagar por adelantado, de lo contrario debo pedirle que se retire; los escándalos no son bien vistos en este lugar de paz y tranquilidad.

☐ ¿De qué estás hablando, estúpida? ¿Quién canceló mi cuenta?

☐ Eso debe saberlo usted señora. Y por favor ahora retírese, creo que aunque tenga el dinero no vamos a atenderla, su comportamiento es inadmisible.

☐ Esto no se va a quedar así, lo juro, las voy a echar a todas de aquí, muertas de hambre☐

Salió a la calle tirando la puerta y maldiciendo. Cogió su teléfono celular para llamar al chofer pero el teléfono estaba desconectado. Mierda☐ ¿Qué estaba pasando? Debió quedarse en la cama esta mañana, el día estaba al revés. Llamó un taxi y le dio la dirección de su casa. El taxista, un árabe recién llegado al país no entendía lo que ella le decía☐ Definitivamente no era su día, pensó Agnes, tenía que llegar a la casa y averiguar qué pasaba☐

Trató de llamar a Fiona pero volvió a darse cuenta que el teléfono estaba cortado☐ ¿Qué podría haber pasado? Si era un error de alguien en la oficina lo iba a mandar a matar, la vergüenza que le hicieron pasar en Elizabeth Arden no la perdonaría☐

Entre gritos y señales, después de unos quince largos minutos llegaron a su edificio, Agnes pagó y entro en el lobby. El portero que estaba en la recepción la detuvo

☐ Disculpe señora, pero no puede pasar.

☐ ¿Qué? Serás cretino☐ Te voy a echar de este lugar hoy mismo, quítate de mí vista.

☐ No señora, no puede pasar, si insiste tendré que llamar a la policía.

☐ Pero de qué hablas burro ignorante, esta es mi casa☐

☐ Señora, tengo órdenes del dueño del edificio de no dejarla entrar. Si usted quiere hablar con él eso es asunto suyo, pero yo cumplo ordenes de mi empleador y usted no va a pasar.

Agnes le fue arriba y le dio una cachetada y luego lo empezó a golpear con la cartera; gritaba como una loca. El portero la cogió aguantándola muy fuerte por detrás y la sacó hasta la calle, la dejó allí y rápidamente entró y cerró la puerta con seguro. Agnes gritaba y gritaba y gritaba, maldecía, le daba patadas a la puerta de hierro y cristal, la azotaba con la cartera, se agarraba de los hierros y los zarandeaba queriendo abrir☐

El portero había recibido órdenes del Sr. Gallagher de no dejar pasar a la señora bajo pena de despido si no lo hacía. Toda esta gente está loca, pensó el pobre hombre, pero debía cumplir con su trabajo, y decidió llamar a la policía. Cuando estos llegaron se encontraron a una loca enfurecida que les grito.

☐ Si me tocan los demando por abuso de poder. Yo vivo aquí, esta es mi casa y este infeliz ignorante y estúpido portero no me deja entrar a mi propia casa.

⬜ Cálmese señora o la tendremos que arrestar. Venga con nosotros y siéntese en el carro nuestro hasta que nosotros averigüemos los pormenores del asunto.

⬜ Yo no me voy a sentar en un carro de policía, ustedes están locos, no saben con quién están lidiando, les juro que los van a echar a todos de su trabajo, malditos incompetentes⬜

Uno de los policías la agarró por un brazo y la condujo hasta el carro de policías entre gritos y empujones. El otro se acercó a la puerta del edificio y le hizo señales al portero para que abriera, este lo hizo y el policía entró. A los pocos minutos este salió y vino hasta donde estaba Agnes y su compañero.

⬜ Señora, este edificio es propiedad del señor Paul Gallagher, y él ha dado órdenes específicas de no dejarla entrar. Nosotros no podemos forzar al portero para que la deje entrar, el solo está siguiendo las órdenes del dueño del edificio. Lo mejor será que se vaya de aquí puesto que si sigue con el escándalo vamos a tener que llevárnosla arrestada a la estación de policía.

Agnes no podía creer lo que estaba oyendo, esto era un complot en contra de ella⬜ ¿Pero por qué? ¿Qué había cambiado de ayer a esta mañana? Despacio y aparentando una dignidad que no tenia se levantó del carro, se arregló el vestido que estaba todo desaliñado y se alejó del lugar caminando muy despacio. Se dirigió al *Empire State Building*, hacia las oficinas generales de GAL-CORP, vamos a ver si allí me detienen también.

Sí el viejo tenía algo que ver con esto lo iba a matar, ya estaba cansada de lidiar con toda esta gente⬜ Ya era hora de matarlos a todos y quedarse ella con la fortuna⬜

⬜⬜⬜

Cuando Fiona llegó a trabajar esa mañana había dos policías con un empleado de personal esperándola. Se dio cuenta inmediatamente que la mentira había llegado a su fin, pero esta vez no caería sola, esta vez se llevaría a varios con ella.

⬜ ¿La señora Fiona Nelson?

⬜ Sí.

⬜ Tenemos una orden de arresto contra usted, por favor acompáñenos.

No opuso resistencia alguna, sin mirar a nadie se dirigió al ascensor con el policía, los demás empleados miraban sin comprender lo que sucedía. Lo primero que hizo cuando llegó a la comisaría de policía fue decir que cooperaria con la investigación, que lo diría todo a cambio de una reducción de su condena.

☐ Sabe usted mucho de estos asuntos.

☐ No es la primera vez que estoy en esta situación. La única diferencia es que ahora me voy a llevar a todos los culpables a la cárcel conmigo.

La llevaron a un cuarto de interrogación y con un abogado que le asignó el condado contó todo lo que había hecho conjuntamente con Agnes desde que estaban en la escuela superior, hasta el robo de dinero en la universidad; no le quedó nada por dentro, también implicó a Justin Beagle pero aclaró que este lo hizo obligado bajo chantaje por Agnes. Al final, se sintió muy bien al verse liberada de todos los siniestros secretos que guardo por tantos años.

☐☐☐

Agnes caminó desde lo que había sido su casa hasta la calle 34 y la Quinta Avenida. Los elevadores de los turistas que subían al observatorio del *Empire State Building* estaban algo apartados de los que usaban las personas que trabajaban allí. Agnes fue directo al ascensor que daba acceso a las oficinas de GAL-CORP, cuando se bajó del mismo se dirigió a la oficina del viejo pero la recepcionista la detuvo.

☐ Señora, no puede pasar.

☐ Ya lo sé imbécil, anúnciame, dile a mi suegro que estoy aquí y que necesito verlo inmediatamente.

☐ El señor Gallagher no está.

☐ ¿Y dónde lo puedo localizar?

☐ Esa información no se la puedo dar.

☐ No seas imbécil, sabes que soy su nuera, ¿A dónde diablos esta mi suegro?

La recepcionista levantó el teléfono y dijo algo que Agnes no pudo entender. Ella se quedó parada delante de la muchacha esperando una respuesta.

☐ ¿Y, dónde está mi suegro?

☐ Un momento señora.

En eso se abrió el ascensor de servicio del cual se bajaron dos empleados de la seguridad.

◻ Señora, tenemos que escoltarla fuera del edificio, tenemos órdenes de no dejarla entrar. Venga con nosotros por favor y trate de no armar escándalo, recuerde que está en una propiedad privada y los dueños pueden echarla cuando quieran.

◻ Ya veo◻ No me toquen, no es necesario, ya me voy..

Con la misma Agnes se dio la vuelta y se montó en el ascensor que estaba abierto. Uno de los hombres de seguridad bajó con ella, el ascensor paró en el lobby y ella bajó, no sin antes decirle.

◻ Dígale al Sr. Gallagher que esto no se va a quedar así.

Ya en la calle Agnes se encaminó hasta la esquina de la calle 34 y la Quinta Avenida a donde cruzo la calle y siguió caminando por la acera Este hasta media cuadra, vio que había un McDonald◻s, allí se compró un café y se sentó a pensar◻ ¿Por qué le estaban haciendo esto y hasta cuándo duraría? Sería cuestión de esperar◻ Tenía que comunicarse con Fiona y con Justin inmediatamente; se acordó que su teléfono estaba desconectado. Miró a su alrededor buscando un teléfono público pero en estos tiempos donde todos tenían teléfonos celulares era muy difícil encontrar uno de los antiguos. No importa, se dijo a sí misma, puedo caminar hasta el apartamento de Fiona y esperarla allí. Fiona vivía en Harlem, en uno de los tantos edificios que se construyeran para la clase obrera neoyorkina, en la calle 129 del lado Oeste entre la octava y novena avenida. Agnes empezó a caminar por Broadway hasta encontrar una tienda de zapatos, entro, se compró un par de zapatos cómodos y se dispuso a caminar las casi cien cuadras que la separaban del apartamento de Fiona.

Esto tenía que ser una broma pesada de alguien o una de las locuras de su suegro. Ahora se daba cuenta de que al que había que matar era al viejo, que era quien lo manejaba todo. Podría ir también hasta el condominio de Paul, pero a esta hora de la mañana él estaría en su oficina.

Ya era la hora del almuerzo y la avenida Broadway estaba llena de gente que iban y venían. Se lo estaba cogiendo con mucha calma, así era como reaccionaban las señoras de su rango. Si pensaron que ella se iba a volver loca con esta jugarreta, se equivocaron, ellos no sabían con quién estaban lidiando.

Lo que no podía encontrar era el porqué de todo este lio. Era completamente ilógico lo que le estaba haciendo su suegro, desde el punto de vista legal ella era la esposa de Anthony y por tanto dueña de la mitad de todo cuanto él tenía. Era verdad que ese

☐todo ☐estaba a nombre del viejo, pero eso había sido así por más de treinta años, desde que nació Paul y se lo entregaron al viejo a cambio del *modus vivendis* del que ahora disfrutaban☐ Ah, esa era otra cosa, ellos habían hecho un trato, Paul seria criado por su abuelo y ellos tendrían todos sus gastos cubiertos incluyendo dinero para gastar sin límites, o bueno, casi sin límites; fueron muy pocas las veces que su suegro se negó a darle algo que ella quisiera, por ejemplo cuando quiso comprar una mansión en los Hamptons, o cuando quiso comprar una propiedad cerca de los Montelobo en San Ignacio, o cuando quiso su propio avión☐ Mirándolo bien, el desgraciado viejo le había negado muchas cosas☐ En fin, todas las cosas pasaban por una razón, y esta solo estaba precipitando la decisión que debió tomar hacía mucho tiempo; deshacerse del viejo primero y luego de Anthony.

Iba tan sumida en sus propios pensamientos que no se daba cuenta de su entorno, en la calle 110 donde terminaba el Parque Central hizo una izquierda y subió por la calle *Cathedral Parkway* hasta llegar a la calle *Morningside Parkway* donde hizo una derecha y empezó el recorrido por la acera del lado Este, pegada al parque. Justo al pasar por el frente de la Catedral de *St. John Divine*, sintió como alguien la empujaba hacia adentro del parque metiéndola debajo de unos pequeños arbustos, ya en el suelo sintió como le pegaban patadas por todos lados, le arrancaban la cartera, los zapatos y todo lo que pudieron quitarle en unos diez segundo que duró el asalto. Cuando se fueron los asaltantes se paró del suelo, todavía adolorida y confundida y empezó a llorar☐ Muy bajito, con cortos sollozos que parecían hipo. No podía moverse, no sabía qué hacer, se sintió sola y débil, las rodillas se le doblaron y cayó al suelo donde siguió llorando bajito, la gente le pasaba por el lado y la miraban pero nadie se detenía a ayudarla. Así pasó mucho tiempo hasta que un policía se paró a su lado y empezó a hacerle preguntas.

Por imposible que parezca, ante la presencia del policía, se irguió derecha y confiada, con su arrogancia de siempre y le dijo.

☐ He sido atacada por unos bandidos que se han llevado mi cartera y todo cuanto pudieron quitarme. Necesito llamar a mi esposo para que me vengan a buscar.

Cualquiera que fuera que hubiese planeado esta broma perversa no había contado con la participación de la policía; ahora tendrían que venir a por ella y mataría al responsable.

39

Era casi media noche cuando Paul dejó su coche en el garaje y subió a su condominio. Tenía un dolor de cabeza de muerte, llevaba horas y horas manejando sin rumbo fijo, tratando de encontrarle lógica a lo que su padre le había contado☐ Pero no podía.

¿Quién pudo haber hecho semejante cosa? ¿Su madre?☐ Imposible, una cosa era que a Agnes no le cayera bien Cristina, pero de eso a hacer lo que Anthony le había dicho, iba mucho, además, por qué Cristina no vino a hablar con él, por qué no lo buscó. ¿Y que había con la carta que recibió de ella? Era la letra de Cristina, él la reconocería sobre cualquier otra, no había ninguna duda, esa carta la escribió ella; eran muchos años de convivencia para no distinguir entre una falsificación y su verdadera caligrafía. No, lo que su padre le dijo no era verdad, su padre estaba celoso, eso era, y quería molestarlo. Se propuso hablar con su abuelo a la mañana siguiente, en verdad a él le daba lo mismo si la empresa era de él o no, si después de tanto años bebiendo hasta la inconsciencia su padre quería regresar al mundo de los sobrios y hacerse cargo de todo a él le daba igual. Quizás debería irse al Medio Oriente y empezar una nueva vida☐

Cuando el ascensor paró en su piso y entró en su casa vio las luces de su despacho encendidas y fue directamente hacia allá. Al entrar encontró a su padre y a su abuelo sentados cada uno en un butacón; lo estaban esperando.

☐ ¿Qué significa esto? ¿A qué vienen? A contarme mentiras e inventos de mi padre. Mira abuelo por mí se lo puedes dar todo a él, ya lo decidí, me voy al Medio Oriente en cuanto arregle mis asuntos.

☐ ¿No quieres conocer a tu hijo?

☐ ¿Qué tontería es esa? Yo no tengo ningún hijo. ¿Por qué me están haciendo esto? Quizás mi padre quiera la fortuna que me dejaste y por eso lo hace, pero tú, abuelo☐ Nunca pensé que me pudieras hacer algo así.

☐ Tienes razón, la persona que más daño te ha hecho en tu vida he sido yo. Me volví loco cuando tu madre me dijo que estabas en peligro y no hice lo que un hombre sensato hubiese hecho, averiguar los hechos por mí mismo. Me dejé engañar por Agnes como un idiota y ahora me doy cuenta que te he malogrado la vida, he hecho que perdieras tu juventud y te convirtieras en el ser frio y autómata que eres.

□ ¿De qué tonterías estás hablando?

□ Hablo del engaño en que hemos vivido todos por los últimos diez años. Si no hubiera sido por Anthony que me sugirió la posibilidad de este engaño, me hubiera muerto sin conocer a mi bisnieto. Si me crees o no es cosa tuya, si quieres encontrar a tu hijo y a su madre te va tocar buscarlos por ti mismo. Yo voy a buscarlos a los dos y me voy a tirar de rodillas delante de Cristina para que me perdone por todo el daño que le he hecho. En cuanto a tu padre, no quiere nada, solo quiere verte feliz antes de morir.

Paul no contestó, no entendía nada. El viejo Gallagher se paró del butacón y le hizo señas a Anthony para que lo acompañara.

□ No puedo irme contigo papá, tengo que quedarme con Paul hasta que se dé cuenta que todo cuanto digo es cierto.

□ Paul solo creerá lo que él quiera creer.

Entonces se viró hacia Paul y le dijo.

□ Agnes está fuera de nuestras vidas por mandato mío. Te aconsejo que no la ayudes, lo único que ha hecho desde que te trajo al mundo es daño y lo seguirá haciendo □ Miró a su hijo y le dijo □ Vámonos Anthony tú y yo no tenemos nada más que hacer aquí.

Anthony Gallagher parecía un anciano al cual le hubieran dado la noticia de su próxima muerte, tanto su mirada como su cuerpo se habían ensombrecido y había envejecido un siglo en solo unos minutos. Sin mirar a su hijo se levantó y siguió a su padre fuera de la habitación cerrando la puerta tras él.

Paul no entendía nada, no creía nada, tenían que explicárselo otra vez, no sabía lo que estaba pasando □

Salió corriendo del despacho y llegó al ascensor justamente antes de que las puertas se cerraran.

□ No se vayan, por favor. Explíquenme otra vez que está pasando, desde el principio □ No entiendo nada □

Anthony detuvo el ascensor y ambos bajaron

□ Claro hijo, te lo explicaremos todas las veces que sean necesaria, está en juego tu felicidad y el resto de tu vida.

Volvieron a entrar en el despacho de Paul.

□ Siéntate hijo, y abre tu mente a lo que voy a contarte. El día que tú y Cristina se fueron a San Ignacio tu madre se volvió loca porque no podía encontrarte. Con ayuda de tu secretaria, esa amiga de ella de la infancia, pudo averiguar que el avión estaba en San Ignacio, entonces fue cuando junto con esta señora, Fiona creo que se llama, idearon un plan para separarte de Cristina a la misma vez que sacaban algo de dinero para ellas. En un tiempo record, la tal Fiona falsificó documentos, la denuncia de la policía, las cartas que tú y Cristina recibieron, el levantamiento de la denuncia y no sé cuántas cosas más. Contrató a personas para que se hicieran pasar por policías, uso a Justin Beagle a través del chantaje para que este participara en el fraude, puesto que esto le daba credibilidad. Ella sabía que yo reaccionaria descabelladamente al saber que tú estabas en peligro, que no tendría mi cabeza puesta en los detalles, solo en tu bienestar, en cómo salvarte, y así fue. Yo me creí todo cuanto ella dijo.

☐ ¿Cómo pudo esa mujer falsificar mi letra y la de ella?

☐ En tu cuarto, entre tus libros, habían muchos escritos tuyos y de Cristina.

☐ ¿Y la madrastra, como la consiguió?

☐ Eso fue un golpe de suerte. Esa mujer fue buscando a Cristina al Hotel *Four Seasons* la mañana después de la fiesta, allí se encontraron, y Agnes no perdió tiempo en usarla.

☐ ¿Y dónde se escondió ella y por qué?

Paul nunca más había pronunciado el nombre de Cristina.

☐ A ella la drogaron, la amenazaron con matar a Rosi y a sus padres, y por supuesto le entregaron una carta en la que decía más o menos lo mismo que lo que decía la tuya. Ella tuvo que esconderse de la madrastra, acuérdate que Cristina era menor de edad y esa mujer todavía tenía la custodia legal de ella. Al cabo de nueve meses, Cristina volvió a tratar de ponerse en contacto contigo para informarte del nacimiento de tu hijo, pero para aquel entonces la tal Fiona ya era tu secretaria; puesto que le consiguió tu madre para poder estar enterada de lo que hacías, y le mandaron otra carta, supuestamente peor que la primera, en donde le decías que no querías saber de ella ni de su bastardo y que si seguías molestándola le ibas a quitar el niño, por supuesto Cristina nunca más intento ponerse en contacto contigo.

El abuelo hizo una pausa esperando algún comentario de Paul pero este no dijo nada, así que prosiguió.

☐ Yo le entregué a Beagle una maleta con tres millones de dólares en efectivo, de los cuales Agnes le dio unos miles a la madrastra de Cristina, pagó a los hombres que contrató, y le dio algo a su amiga, sin embargo esta se quedó con copias de todos los documentos falsificados y tu madre tuvo que comprárselos a un precio muy caro; casi un millón de dólares.

El viejo hizo otra pausa, esta vez más larga. Paul no reaccionaba, no decía nada, con la vista perdida en un punto infinito donde vive la oscuridad del alma, parecía un maniquí sin vida.

□ El resto creo que lo puedes imaginar.

Paul giró la cabeza lentamente hacia donde estaba su abuelo y le dijo con un susurro.

□ No creo nada de lo que has dicho.

□ Sin embargo, esa es la única verdad.

Se levantó de donde estaba sentado y se dirigió a la puerta, salió sin decir palabra. Anthony hizo lo mismo, solo que este se detuvo frente a su hijo diciéndole.

□ Esa es la verdad Paul. Lo que tú hagas con ella depende solamente de ti. Si me necesitas sabes dónde encontrarme.

□□□

El tercer juego de la Serie Mundial de *Baseball* había sido □prohibido para cardiacos□ Abrió por los *Yankees* el zurdo C.C. Sabathia y por los Bravos Derek Lowe. Fue un duelo entre titanes del montículo, una vez más imponiéndose el pitcher sobre el bateador. Por los últimos tres innings todos los allí presentes, incluyendo a Cristina, se olvidaron de todo lo que no fuera aquel mágico lugar donde aquellos hombres estaban haciendo historia. Al final de la segunda mitad del séptimo inning los fanáticos se empezaron a dar cuenta que nadie de los Bravos de Atlanta había llegado a primera base; NADIE□ El dilema del *manager* de los Yankees era si dejar o sacar a Sabathia de un juego que prometía convertirse en leyenda. Los *Yankees* se habían embasado en todos los innings y en dos de ellos tuvieron la carrera de la ventaja en tercera base, pero no pudieron hacer lo necesario para llevar a su jugador hasta *home*.

Al principio del octavo inning venia la batería fuerte de los *Yankees*; Derek Jeter, Nick Swishe y Mark Teixeira, desafortunadamente ninguno pudo hacer nada frente al relevo de los Bravos, Kimbler. La segunda mitad del octavo inning tampoco fue provechosa para los Bravos de Atlanta y así llegaron los dos empatados a cero al noveno inning. Alex Rodríguez abrió el inning con un batazo largo al campo central que fue cogido en una jugada espectacular por el *Center Field* de los Bravos. El quinto bate de los *Yankees*, Robinson Cano, se ponchó después de haber tocado la pelota más de diez veces. Con dos *outs* y las bases vacías, vino al bate Jorge Posada, el caballo de hierro de los *Yankees*, el hombre que había recogido detrás del *homeplay* para los mejores *pitcher* de la década.

Posada era un hombre extraordinario en la defensa pero su bateo en la Serie Mundial no había sido nada impresionante. Le tiró a las dos primeras bolas metiéndose en el hueco de dos *strikes* y cero bolas. La próxima pelota venia dura y por el centro, y Posada le tiró con todo lo que tenía en su pequeño cuerpo, un murmullo de expectación se oyó en *Turner Field* y todos pararon de respirar hasta ver como la pelota se salía del *Stadium* por el jardín derecho...

AAAAAAAAAAAAAAAAAAAAA□ □ !!!!!!!!!!!!!!

Los gritos de los seguidores de los *Yankees* se podían oír en el país entero, gritaban, brincaban, bailaban, se abrazaban unos a otros aunque no se conocieran. Los seguidores de los Bravos en cambio guardaban silencio ante la terrible perspectiva de terminar con tres juegos a cero a favor de los *Yankees*□ Pero todavía faltaban los últimos tres outs de la segunda mitad del noveno inning, donde el equipo anfitrión podía no solo hacer más de una carrera, pero romper el juego perfecto que había lanzado hasta ahora C.C. Sabathia. Todo el mundo estaba de pie, no importaba de qué equipo fuera, las gentes en sus casas no se despegaban de la televisión□

El veinticinco *out* lo sacó Posada corriendo detrás de una pelota, yéndose de cabeza sobre la barrera que definía el campo de las gradas. El veintiséis fue una línea sobre la segunda base a la cual Jeter se le tiró de cabeza rodando un par de veces por el césped pero sin soltar la pelota. Con todo el estadio de pie y con una bulla indescriptible, C.C. Sabathia ponchó al último bateador de los Bravos sacando el *out* número 27 y pasando a la historia como el segundo pitcher que realizaba semejante proeza en una Serie Mundial.

El *Stadium* completo, con los fanáticos de ambos equipos de pie, aplaudía al unisonó y espontáneamente ante la imperecedera hazaña que habían presenciado esta noche de otoño sureño, con una suave y agradable temperatura de 68 F. Tanto la familia Gallagher como la Smith se habían quedado sin palabras y solo podían gritar de la alegría. Los *Yankees* nunca habían perdido una serie mundial en la que tuvieran tres juegos de ventaja.

□□□

Era casi la media noche en *New York* y Agnes esperaba a que alguien viniera a buscarla pero nadie venia. Había dado los números de teléfonos de su casa, de Anthony, de Paul y del viejo, pero nadie llegaba a recogerla de aquel espantoso lugar. Estaba adolorida, cansada, confusa, perdida en aquel precinto policiaco de Harlem, sentada en medio de maleantes, drogadictos, y prostitutas que la miraban como a una cosa rara.

□ ¿Señora, no ha venido nadie a buscarla todavía?

Le preguntó uno de los policías que la trajo al medio día que ya salía de su turno de trabajo. Ella lo miró sin reconocerlo y no dijo nada, bajó la cabeza y volvió a clavar sus ojos en el piso sucio de la sala de espera de la comisaria.

□ Señora. ¿Quiere que la llevemos a algún lugar?

Estaba cerca del apartamento de Fiona, pensó Agnes. Se levantó y asintió con la cabeza sin decir nada. El policía llamó a uno de los que entraban de turno por la noche y le dijo que llevaran a la señora a su casa. Sin saber cómo Agnes les había dado la dirección de Fiona y allí la dejaron, parada en la puerta de un edifico oscuro y sucio donde había vivido Fiona durante todos estos años. Agnes aborrecía el lugar y solo venia cuando tenía necesidad, como ahora. Subió los cinco pisos, extenuada y sin zapatos, golpeo la puerta del apartamento; nadie le respondió. ¿Dónde guardaba Fiona la llave de repuesto? En la rendija del segundo escalón de la escalera que bajaba al cuarto piso. Tuvo que tirarse en el suelo mugroso para cogerla pero no le importó, ya no le importaba nada, solo quería entrar y tirarse a dormir donde fuera. Entró y fue directa para la habitación, Fiona no estaba en la casa, no le importó, descalza y sucia como estaba se tiró en la cama y empezó a llorar con sollozos débiles y afónicos, hasta que se quedó dormida.

□□□

A la mañana siguiente la comitiva de Cristina volvió a *New York* después de un desayuno rápido, salieron temprano para que Billy y Pauly pudieran asistir al colegio, estaban muy cansados y durmieron todo el camino, pero a las ocho y quince de la mañana ya estaban aterrizando en La Guardia. Gerald los estaba esperando con la limosina, pasaron por la escuela de los niños y dejaron a Pauly y a Billy, luego siguieron hasta la casa. En el camino Cristina llamó a su secretaria ejecutiva para que le informara si tenía algo pendiente para el día de hoy. Después de darle la información que necesitaba colgó el teléfono y les dijo a sus amigos.

☐ Karl Sanders quiere hablar conmigo lo antes posible. Voy a llamarlo desde aquí.

☐ Seguro Cristy, haz lo que tengas que hacer.

Dicho y hecho, llamó al número del Dr. Sanders.

☐ Hola, Karl, qué pasa.

☐ Quería informarte de lo que ha pasado aquí desde que te fuiste. Aunque parezca increíble el muchacho se está recuperando; otra vida que salvas. La madre fue a hablar con los Gallagher, no se los detalles pero ella parece tranquila, está muy contenta con la recuperación de su hijo. El abogado de los Gallagher me llamó para preguntarme tu nombre, querían agradecerte por haberles salvado a ellos también la vida. Me pareció cómico que tuvieran el mismo apellido, no es muy frecuente, en fin, todo el mundo te está muy agradecido.

☐ Gracias Karl, yo no hice nada, acuérdate que al final, la última palabra siempre la tiene Dios.

Cuando cerró el teléfono les contó lo sucedido a Ali y Will.

☐ Entonces ya saben quién eres.

☐ No necesariamente, a mi todo el mundo me conoce por C.C. Gallagher, no creo que ellos hayan hecho la conexión, acuérdate que yo me cambié el nombre no solo para que Pauly llevara el apellido legal de su padre, sino también porque sabía que ellos nunca me encontrarían con ese apellido.

☐ Yo no estaría tan segura.

☐ Tú lo que quieres es que se arme el zafarrancho para volver a juntarte con Paul.

Le dijo Ali muy enojada.

☐ Está usted equivocada señora Smith, yo quiero que se arme el zafarrancho para que se aclare todo este jelengue de una maldita vez, y sí, quiero ver a Paul para preguntarle en su cara que fue lo que sucedió.

☐ Conmigo no cuentes.

Respondió Cristina que por asombroso que le pareciera, estaba viéndole el lado humorístico del problema, es que estando cercar de Will no se podía sobrevivir de otra forma.

□□□

La conversación que tuvieron abuelo, padre e hijo fue larga y dolorosa, después de diez años de odio hacia una persona no es fácil revertir el sentimiento. Aunque al final Paul entendió que Cristina no había tenido la culpa de lo sucedido, le era muy difícil concebir otro sentimiento que no fuera rencor y resentimiento.

La existencia de un hijo lo alarmaba, su alma había dejado de querer hacía mucho tiempo y no sabía si podría hacerlo de nuevo. Habían muchas preguntas por contestar, mucha desconfianza y mucho desencanto□ ¿Cómo detener los extensos sentimientos de desprecio y cambiarlos por□ qué□ ?

Al menos una cosa había quedado clara, su madre era una persona despreciable de la cual no quería saber por el resto de sus días. Había querido matar a su padre□ No quería estar al tanto de los pormenores, de cómo la habían sacado de su vida, ni donde estaba. Tampoco quería saber nada de la tal Fiona. De Beagle no sabía que pensar, pero tampoco quería lidiar con eso, su padre le había prometido hacerse cargo del asunto.

Y ahora ¿Por dónde empezar? Había desarrollado en su mente tantas veces como seria su encuentro con Cristina, las cosas que le diría, los reproches, las palabras ofensivas, los insultos merecidos, las culpas que la condenaban□ Pero ahora nada de eso serviría para nada□ ¿O sí? Todavía, después de horas de explicación y de lógicas conclusiones se negaba a creer sin lugar a dudas todo lo que estaba pasando□

Su padre y su abuelo se fueron de madrugada, ambos tenían muchas cosas que hacer. Su padre se encargaría de Agnes y su abuelo de buscar y encontrar a Cristina□

Se levantó de la cama por inercia, y así mismo se bañó y salió para la oficina. Quería reunirse con el abuelo de nuevo para analizar una vez más y con más detalles los hechos de los últimos días, todavía había algo que no encajaba pero no sabía qué era. Llamó a Ben y le dijo que llegaría tarde, que estaría donde el abuelo si lo necesitaba para algo pero que se hiciera el cargo de las decisiones urgentes, al menos por hoy.

Justo cuando entró en el majestuoso apartamento del abuelo y lo vio todo oscuro se dio cuenta que quizás estuviera este todavía durmiendo puesto que se fueron a la cama muy tarde. Se dispuso a regresar al ascensor cuando notó que la puerta del estudio estaba cerrada pero se veía luz adentro. Se encaminó hasta la misma y tocó suavemente con los nudillos.

☐ Pasa hijo, te estaba esperando.

Paul no se sorprendió, entre su abuelo y él había una comunicación que sobrepasaba los límites normales de los cinco sentidos humanos.

☐ Tenemos mucho que hacer, no hay tiempo para dormir hoy. He estado dándole vueltas toda la noche a los acontecimientos de los últimos días y hay algo que está justo en el medio de todo pero que no tiene explicación☐

☐ La actitud de los Hackman☐

☐ En efecto. ¿Pero cuál podría ser su conexión con todo esto?

☐ Quizás ellos conozcan a Cristina.

Era la primera vez que la nombraba desde hacía muchos años y el nombre le dolió en sus labios.

☐ Es posible, es muy posible. Si Cristina piensa que la culpa de todo la tienes tú, me imagino que te habrá odiado todos estos años tanto como tú a ella. Y si los Hackman te creen culpable, o nos creen a todos culpables, no querrán tener nada que ver con nosotros.

☐ Sí pero según me contó papá, el primer día todo estuvo bien, fue el segundo día cuando las cosas cambiaron.

☐ En efecto, fue cuando la esposa de Gene nos vio☐ Eso es☐ Cuando nos vio asoció el parecido físico de nosotros con☐ ¿Tu hijo☐ ?

Paul no contestó, no sabía si era que el abuelo estaba preguntando o afirmando semejante idea. Esta especulación era completamente ilógica, la desesperación los estaba haciendo cometer tonterías.

Ambos oyeron unos suaves golpes en la puerta del despacho.

☐ ¿Si?

☐ Señor Gallagher, me dijo que quería verme temprano, pero si está ocupado puedo esperar o volver más tarde.

☐ No, entra Jack, está bien. ¿Hiciste lo que te pedí?

☐ Sí señor. Le mandé las flores a la doctora como usted me indicó con una nota de agradecimiento de su parte. Es curioso, tiene el mismo apellido que usted.

☐ ¿Qué doctora?

☐ La que descubrió el complot para matar a tu padre.

☐ ¿Qué dijo del apellido?

Preguntó Paul mientras se levantaba lentamente de donde estaba sentado. Una idea se empezó a formar en su mente y no podía detenerla.

☐ ¿Qué apellido?

Volvió a preguntar.

☐ Gallagher, la doctora Gallagher.

☐ ¿Y el primer nombre?

☐ El nombre que me dieron en el hospital fue Dra. C.C. Gallagher.

☐ Cristina Cecilia Gallagher☐

Dijo Paul en un susurro.

☐☐☐

Eran aproximadamente las once de la mañana cuando Helen le avisó a Gene, que en ese momento estaba reunido con los representantes de una compañía China, que el Sr. Anthony Gallagher necesitaba hablar con él de urgencia, lo tenía en la línea esperando. Helen sabía que no podía molestarlo cuando estaba con clientes, y mucho menos con nuevos clientes. Solo quedaba pensar que si lo había hecho era porque Anthony, de alguna manera la obligó o la convenció de que era muy urgente; eso lo puso de mal humor. Se disculpó con los chinos y le contestó a Helen.

☐ Sabes que no puedes interrumpirme. Toma el mensaje.

Gene colgó el teléfono y volvió a lo que estaba haciendo, pero la interrupción lo hizo perder su concentración y ya no sabía que decía ni que le decían los chinos. Se preguntaba qué podría querer Anthony ahora. ¿Habría hecho la conexión con Cristina? Trató por todos los medios de centrar su atención en lo que estaba haciendo, no podía mostrar desinterés ante estos potenciales clientes.

Cuando la reunión hubo terminado Gene se sintió muy bien de haber obtenido el contrato de la Compañía *Shanxi* Inc., a través del señor *Liu Ken Li*, su presidente, la cual representaba una inversión de 65 millones de dólares en los próximos seis meses en una fábrica que produciría placas de acero para la industria aérea, y proporcionaría 200 nuevos puestos de trabajo en la condado de *Orange*, en el norte del estado de *New York*.

Después de las formalidades Gene los acompañó hasta el ascensor. Cuál sería su sorpresa cuando vio a Anthony parado al lado de la puerta, definitivamente esperando por él. Cuando el ascensor cerró las puertas Gene volvió a su despacho y justo al entrar se dirigió a Anthony diciéndole.

□ No puedo verte cada vez que se te antoje. Tienes que llamar y hacer una cita como todo el mundo.

□ Cristina Cecilia Gallagher, quiero hablarte de ella.

Gene se quedó paralizado en la puerta.

□ Yo no conozco a nadie con ese nombre.

□ Yo no dije que la conocieras, solo que quería hablar de ella.

□ Ya te dije que no tengo tiempo.

□ Si la aprecias, y creo que todo él que la conoce lo hace, tienes que hacer tiempo para que te cuente la verdad de todo este enredo, en el que dos jóvenes llenos de vida llevan diez años sufriendo por algo que ninguno de los dos hizo. Si quieres te lo cuento aquí mismo, tú decides.

Gene lo miró desconcertado y sin saber que hacer; este dilema tenía que aclarase de una manera u otra.

□ Entra□

Una vez dentro tomó el teléfono.

□ Ven a mi despacho, necesitamos hablar.

Se dirigió al pequeño bar de su oficina y se sirvió un trago.

□ ¿Deseas tomar algo?

□ No, gracias.

Al momento, vieron como Bailey entraba. Al ver a Anthony allí se dirigió a Gene.

□ ¿Qué pasa ahora? Quedamos en que no ibas a tratar con ellos nunca más.

Gene le contestó.

□ Estas en todo tu derecho de hacer lo que quieras, pero primero debes oír lo que tengo que decir. Hace diez años, mi esposa, la madre de mi único hijo, separó a Cristina y a Paul de la forma más infame que pudo hacerlo. Con la ayuda de un abogado y una amiga, falsificó documentos, escribió las cartas que les fueron entregadas a ellos, y le robó tres millones de dólares a mi padre. Hace apenas unos días trató de matarme a mí. Como podrán darse cuenta, nadie inventaría semejante historia. Me avergüenzo de haber vivido con ella por más de treinta años, lo único que puedo hacer ahora es tratar de enmendar todo el daño que ha hecho.

Se levantó de donde estaba sentado y se dirigió a la puerta para irse, pero Gene lo detuvo.

□ Espera un momento Anthony□ Repite lo que has dicho, esta vez más despacio y con detalles□ Por favor□

□□□

A Cristina la habían llamado para una emergencia en el hospital así que aunque cansada del viaje tuvo que irse, los Smith se quedaron reposando en casa. Cuando a Cristina la llamaban para un caso en específico era porque el paciente estaba realmente mal y nadie de allí podía hacer lo que ella, por tanto sus operaciones duraban horas y horas, y claro una vez dentro de quirófano, siempre habían más pacientes y doctores esperando por su asistencia. No le pesaba, vivía feliz con su profesión, sin embargo el ser madre y padre para Pauly le llevaba mucho tiempo, y puesto que desde el punto de vista económico no lo necesitaba, planeaba su vida alrededor de su hijo.

Durante los meses de colegio su vida era más organizada y empleaba más tiempo en los hospitales y en su despacho, pero durante la época de vacaciones reducía al máximo el tiempo de trabajo para poder estar con Pauly. Ahora no estaban en vacaciones pero los *Yankees* estaban por ganar una vez más la Serie Mundial y esto era un evento que no podían perderse; gracias a Dios a Pauly le gustaba tanto el *Baseball* como a ella.

Por suerte las hijas de los Smith estaban en casa y cuando eso sucedía ninguno de ellos les prestaba atención alguna a sus padres, se metían en su mundo de juegos y sueños por horas disfrutando de la mutua compañía; se querían como hermanos.

Cuando Cristina salió del Hospital Lenox Hill ya era de noche. Estaba cansada y pudo haber llamado para que la vinieran a buscar, pero quería pensar y el viaje hasta la casa manejando su Ferrari; su juguete Rojo como le llamaba Rosi, le daría el tiempo para hacerlo. Una vez saliendo de *Manhattan* y cruzando *Queens*, el viaje era placentero, sobre todo porque a esa hora el tráfico fuerte ya había pasado. Le tomó una media hora llegar a su casa. La verja de la entrada se continuaba con un camino lo suficientemente amplio para dos carros, a cuyos lados se alzaba una línea de cipreses como una pared que se mantenía verde el año entero. La casa no se veía hasta estar ya muy cerca de ella. Puesto que era de noche no se percató de los carros que estaban aparcados en la entrada hasta que estuvo allí. ¿Quién podría ser a estas horas?

Dejó su carro frente a la casa y entró por la puerta delantera, ya Rosi había oído el auto y venía a su encuentro.

□ Rosi□ ¿Qué pasa? ¿Dónde está Pauly? Pauly, Pauly□ .

Rosi tenía los ojos rojos como tomates, se le veía que había estado llorando.

□ Espera niña, a Pauly no le pasa nada, está en casa de Billy con las niñas, ven conmigo que te cuento.

□ ¿Rosi, por qué estas llorando?

□ Espera un momento y acompáñame.

Rosi la tomó de la mano y la guio hasta su despacho que se veía iluminado desde el pasillo

□ ¿Quién está aquí?

Rosi no le contestó solo la guio hasta la puerta y la hizo entrar□

Se quedó estupefacta cuando los vio□ Era el abuelo Gallagher que también tenía los ojos rojos como si hubiera estado llorando y Anthony, el padre de Paul. Cristina buscó a Ali y a Will con la mirada.

□ ¿Por qué los han traído aquí?

□ Cristy, espera por favor, todo esto tiene una explicación.

□ A mí no me interesa ninguna explicación que usted pueda darme. Señor Gallagher le pido que se vaya ahora mismo de mi casa si no quiere que llame a la policía para que lo saquen.

Diciendo esto se quedó erguida y desafiante esperando que el viejo se levantara, pero no fue así. Ahora era Rosi quien le decía.

□ Niña, la que se va a sentar y callar eres tú, debes oír lo que él tiene que decir.

□ Yo no voy a oír a nadie y les recuerdo que esta es mi casa y que los puedo echar a todos de aquí. Señor Gallagher, váyase ya de una vez.

□ Cristina, ni tu ni Paul tienen la culpa de nada de lo que les sucedió. Paul te ha odiado tanto como lo has odiado tú a él, porque alguien manipuló sus vida diez años atrás para separarlos, y si no fuese por un infinitamente pequeño giro del destino, se hubieran muerto ambos sufriendo y sin saber la verdad.

☐ Yo se la verdad, mi verdad, esa es la única que importa.

Cristina se dirigió a su buró y tomó el teléfono; marcó el 911.

☐ Sí, necesito que me manden una patrulla, hay un intruso en mi casa que quiero sacar de aquí☐

Rosi le quitó el teléfono de la mano y lo colgó.

La tomó por un brazo y la sentó en una silla.

☐ Te vas a callar por unos minutos y te vas a sentar aquí a escuchar lo que estos señores tiene que decirte o te juro que te voy a amarrar las manos y los pies y te voy a amordazar la boca, entendiste.

☐ Rosi☐ Estás loca☐

☐ Will, Ali, vengan y ayúdenme con esta niña. Señor Gallagher puede empezar a hablar cuando lo desee.

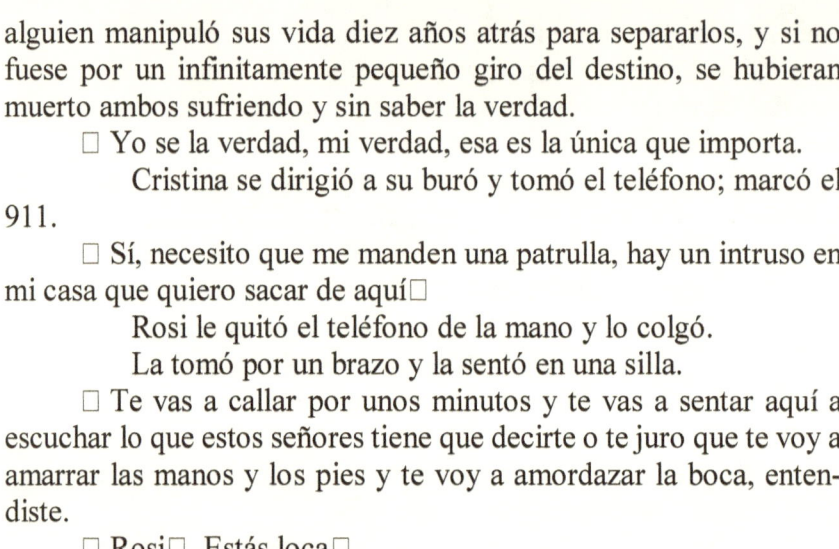

Cristina se quedó sentada, y sin decir palabra alguna empezó a escuchar la voz del viejo Gallagher narrando un cuento que no tenía nada que ver con ella. El monótono ruido de la voz la ayudo a alejar su pensamiento del lugar. Oía pero no escuchaba, las palabras no tenían sentido, era como un coro medieval de monjes tristes, con sotanas sucias y oscuras, que cantaban palabras incomprensibles. Sin mover su mirada que se fijaba en un punto distante, recorrió con sus otros sentidos el lugar; no había nadie más que ella y los monjes cantantes, enturbiando el silencio que los envolvía.

Sintió que alguien la empujaba, y aun sin mover su vista, oyó como los monjes callaban y el rumor del silencio presente la traía de nuevo a la realidad. Oyó otras voces, creyó que se dirigían a ella pero no podía distinguirlas. Tenía frio, los parpados le pesaban, y poco a poco empezó a ver como aquella extraña habitación en la que se encontraba empezaba a dar vueltas y vueltas, acelerando su ritmo hasta que ella salía disparada hacia el centro, en contra de la fuerza centrífuga que la arrastraba hacia afuera, cayendo en una abertura circular que a cada momento se hacía más profunda. Las voces ahora quedaron afuera y el oscuro silencio la envolvió como una manta candente, quemándola. Sintió como su cuerpo se precipitaba hacia un abismo desconocido que aunque atemorizante, prometía paz al final de su destino☐ Y al fin cayó, su cuerpo se desplomó sobre un lodo frio que la devoró; cerró los ojos y seguidamente murió. Ahora podría descansar.

40

Agnes despertó a media mañana confundida y sin saber dónde estaba. Le costó unos momentos orientarse y recordar el desastre del día de ayer. ¿Qué habría pasado? ¿La habrían descubierto? Si fuera así la hubiera buscado para denunciarla con la policía. ¿De qué? No tenían pruebas de nada. Todo esto tenía que ver con la llamada de la maldita Cristina. Fiona seguro que había huido, cobarde, después que le maté el hambre por tantos años. ¿Y Beagle? ¿Habría caído también? Tenía que volver a su casa☐ O llamar a una amiga☐

Llamó a una de las tantas adulonas de las que se rodeaba, a las cuales tenía que pagarles comidas y tragos para que la acompañaran; nunca tuvo amigas de gratis, sencillamente no la aceptaban en los círculos sociales altos de la ciudad, claro que ella sabía que era por envidia pues ella tenía más dinero que todas las demás. Le habían robado el teléfono, el que se lo robó se iba a llevar el chasco de su vida cuando viera que estaba desconectado, en fin, buscó en la guía telefónica, el teléfono de una de sus amigas, Jennifer Pibbs.

☐ Aló, Jennifer, necesito que me ayudes, me ha pasado algo terrible.

☐ ¿Qué te pasa Agnes, dónde estás?

☐ No lo sé bien. Mi suegro está en el hospital y mi marido está con él, al salir e ir a tomar mi coche me asaltaron y me lo han quitado todo, hasta los zapatos, luego me han montado en un carro y me han soltado en medio de Harlem, creo que me iban a violar pero les supliqué tanto a mi Dios para que no lo hicieran que me dejaron ir. No tengo a quien llamar. Los sirvientes de mi casa no cogerán el teléfono al no reconocer quien llama y lo mismo me pasa con mi esposo y con el chofer, además dentro del hospital no se puede tener el celular encendido así que como vez estoy perdida, por favor ven a buscarme.

La tal Jennifer lo pensó antes de responder, nunca le había caído bien Agnes, la toleraba porque siempre pagaba y entre quedarse sola en la casa y salir a tomar tragos con ella, prefería lo último, puesto que después del segundo trago ya no le importaba nada. ¿Podré sacar algo de esta situación?

□ Agnes, sabes que mis condiciones no son las mejores, el imbécil de mi marido solo me da lo necesario para vivir, y no tengo carro. ¿Cómo quieres que te vaya a buscar? ¿Por qué no llamas a tu casa o al chofer?

□ Ya te dije, todos mis números están guardados en el teléfono que me robaron, no los recuerdo, y aunque los recordara, si llamo a la casa o a Anthony, como no reconocen el número de teléfono no lo contestan.

Quería haberle dicho, □no seas idiota, te lo acabo de explicar□pero se contuvo; necesitaba su ayuda.

□ Por eso no te preocupes, en cuanto llegue a la casa te reembolso con creces lo que gastes en el taxi. Por favor no me dejes sola en este lugar, me van a matar.

□ Estaba bien, dame la dirección.

□□□

Paul tenía que volver a la oficina, había cosas que hacer, pero era lo que menos quería. No sabía de su abuelo ni de su padre desde la noche anterior. Todavía no podía creer el cuento de las cartas y Agnes y todo ese lio; su madre no era tan inteligente como para orquestar semejante conspiración ¿Quién pudo haberlo hecho entonces? Cristina, por supuesto, era la única lo suficientemente inteligente como para preparar algo así. De esa manera se los explicó a su padre y a su abuelo pero ellos tenían respuesta para todo, sencillamente no entraban en razón.

¿Él tenía un hijo? No podía ser□ ¿Y si era verdad?.. Habría que hacer una prueba de ADN□ ¿Dónde había estado Cristina todos estos años y por qué aparecía ahora? El recuerdo de su imagen lo estremeció□ ¿Seguiría siendo tan linda? No estaba seguro como reaccionaria al verla, si la abofetearía, la insultaría, o correría a sus brazos y se la comería a besos□ ¿Qué dices idiota? Después de todo lo que te ha hecho como puedes pensar de esa manera. Todavía la quería, la quería tanto como la odiaba. Hubiera querido tenerla presa tras una reja donde solamente él pudiera verla, entonces haría de ella lo que quisiera y la mantendría escondida y sola para siempre. Ya te estás volviendo loco, se dijo a sí mismo, déjate de pensar tonterías y concéntrate en lo real.

Antes que nada había que establecer que el cuento de la conspiración era cierto, eso habría que aclararlo con Agnes. Luego habría que ver donde metió el dinero que le dio el abuelo. Si en verdad había un niño tendrían que hacer pruebas de ADN para demostrar su paternidad y por último la confrontaría con la carta que recibió de ella; la tenía guardada en su caja de seguridad con muchas copias, una de las cuales siempre traía consigo. A veces fantaseaba pensando que se la encontraría en algún lugar público y entonces sacaría el viejo y arrugado papel y se lo pegaría en la cara□

Ya había aprendido a vivir con el dolor de su abandono y no quería remover las heridas que después de tantos años seguían abiertas y sangrantes como los estigmas de Cristo□ No, no pasaría por eso otra vez, lo mejor sería huir de allí, muy lejos, donde no pudieran encontrarlo□

El sonido de su teléfono celular lo sacó de sus lóbregos pensamientos; era el abuelo□ No, no quería hablar con él ni con nadie; cortó la comunicación. Tendría que apagar el teléfono. Se dispuso a hacerlo cuando la puerta de su despacho se abrió y vio como su padre y abuelo entraban□ Dándose por vencido se sentó detrás de su escritorio y se resignó a oírlos□ Se dio cuenta que su resolución de marcharse no era tan fuerte como él creía, y que aunque le doliera quería oír noticias de ella; porque esto era lo que ellos traían, noticias de ella, se les veía en la mirada□

El abuelo caminó hasta donde él estaba y abrazándolo le dijo.

□ Tú eres lo que más quiero y he querido en mi vida, todo lo que he hecho siempre ha sido por tu bien. Ahora debes confiar en mí y escuchar lo que tengo que decirte, por favor.

Paul no respondió, solo desvió la mirada hacia su padre que estaba parado delante de la puerta y se dejó caer en una silla cercana. Anthony entró cerrando la puerta tras él.

□□□

Cristina había sido llevaba por Will a su habitación. Los paramédicos llegaron en menos de tres minutos y la examinaron. Sus signos vitales estaban normales pero ella no reaccionaba. Raúl Cruz, su médico de cabecera y gran amigo, llegó en menos de veinte minutos. En la habitación con él estaba solo Rosi, los demás esperaban fuera, profundamente alarmados. No podían creer lo que estaba pasando. Will, quien fuera el responsable de que los Gallagher hubieran venido, se sentía culpable de lo que estaba sucediendo.

Will había hablado con Gene y Crystal y estos le habían contado lo que estaba pasando con los Gallagher, cuando Will se enteró fue inmediatamente a buscarlos sin contar con Cristina, y ahora estaba pagando las consecuencias de su espontaneada e irresponsabilidad.

Ali trató de consolarlo pero él no se lo permitió. Se sentó en uno de los tantos butacones del pasillo que daba a los dormitorios y allí solo se aíslo de los demás esperando que saliera el doctor.

Delante de la puerta estaba Sasha, ya vieja pero conservando su casta, con años de instintos genéticos que la hacían comportarse de aquella manera, erguida, el guardián por excelencia, cuidando a su ama.

La puerta se abrió y Sasha se movió solo lo suficiente como para que saliera el doctor Cruz, e inmediatamente se tiró de nuevo en el piso, de guardia, cuidando a su mamá. El doctor Cruz se detuvo ante los que esperaban noticias de Cristina. Su cara no denotaba nada alarmante, gracias a Dios, pensó Will. Se levantó y se fue a reunir con los demás que lo rodearon esperando que les informara.

☐ Cristina está bien, sus signos vitales siguen estables. Se ha desmayado y sigue inconsciente por un mecanismo de defensa del cerebro. Según me dice Rosi, le acaban de dar una noticia muy fuerte y así es como ha reaccionado. Esto es normal que pase en circunstancias especiales, como esta. Su cerebro necesita descanso y hay que dejarla dormir, que es lo que está haciendo en este momento, durmiendo tranquilamente, hasta que se despierte por sí misma.

☐ ¿Y si no despierta?

Pregunto Anthony Gallagher que junto con su padre, todavía estaba allí, esperando la resolución del desdichado episodio.

☐ Despertará. Yo estaré con ella hasta que lo haga. De momento no hay más nada que hacer. Sería mejor que todos fueran a descansar, ella dormirá el resto de la noche, yo le he puesto una medicina para que lo haga, así que no tiene sentido que se queden aquí por más tiempo.

Se viró para mirar directamente a Anthony y le dijo.

☐ Ustedes dos son los únicos que no conozco del grupo, así que deduzco que fueron ustedes los que le dieron la noticia, o el susto, o lo que fuera. No sería bueno que estuvieran aquí cuando ella despierte, ni que la molesten más por hoy. Si cuando ella mejore quiere comunicarse con ustedes, así lo hará. Por favor, ahora retírense, será mejor para todos.

Sasha saltó poniéndose de pie, con sus ojos amenazadores pegados a los Gallagher.

El viejo Gallagher asintió con un leve movimiento de cabeza y tomando a Anthony del brazo empezó a caminar lentamente alejándose del lugar; Sasha los seguía de cerca. Will les dijo.

☐ Sr. Gallagher, ustedes no tienen la culpa de nada. Había que decírselo y no había otra manera de hacerlo; ella se hubiera negado a oírlo de todas formas. Yo los llamaré y les mantendré informados de su estado.

☐ Hijo, después de tantos años de dolor, nunca pensé que pudiera causarle todavía más del que le he causado hasta ahora☐

☐ Usted no ha causado nada☐

☐ Si hijo, fui yo, me cegué y no hice lo que tenía que hacer en aquel entonces, que era no creer las acusaciones que se hicieron en contra de ella.

☐ Ya habrá tiempo para eso. De momento les prometo mantenerlos informados.

☐ Gracias hijo.

Se dieron la vuelta y siguieron caminando, alejándose de allí; un sirviente los alcanzó para acompañarlos a la salida y para evitar que Sasha los atacara. Era increíble como aquel animal sabía lo que estaba pasando; quienes eran los que representaban una amenaza para Cristina y quiénes no.

☐☐☐

Cuando Cristina despertó, no supo dónde estaba. Seguía teniendo mucho sueño, pero quería despertar. ¿A dónde estaba? Trató de sentarse pero no encontró fuerzas para hacerlo y volvió a cerrar los ojos. ¿Qué había pasado?

☐ Mi niña. ¿Estás despierta?

Reconoció la voz de Rosi.

☐ Si Rosi, pero estoy muy cansada y quiero seguir durmiendo.

☐ Pues sigue durmiendo hija, descansa.

Pero algo en ella trataba de pelear en contra del cansancio▢

▢ Rosi.

▢ Descansa mi amor.

Ahora le venía a la mente▢ Recordaba▢ ¿Los Gallagher estaban en su casa?

▢ Rosi, que hacían los Gallagher aquí.

Rosi no contestó, no hacía falta, ella lo recordó todo en un instante.

▢ Dijeron algo de una confusión o un engaño. ¿Qué querían? ¿Por qué los dejaste entrar?

▢ Mi niña, descansa, ya te lo explicaré todo luego.

Cristina ya estaba completamente despierta, el sueño y el cansancio se habían esfumado; tenía que moverse rápido para llegar hasta el fondo de tan desagradable situación lo antes posible.

▢ ¿Dónde está Pauly?

▢ Jugando con la niñas y con Billy.

▢ ¿Rosi, cómo llegaron ellos aquí? ¿Quién los trajo? Eso es cosa de Will. ¿Dónde está Will?

▢ Mi amor tienes que descansar.

▢ Ya descansé bastante.

Se tiró de la cama y fue directamente al baño, donde se dio cuenta que todavía tenía la ropa que vistiera la noche anterior. Se la quitó de un tirón y se metió bajo la ducha, dejando que el agua la ayudara a despejar sus pensamientos. Cuando salió envuelta en una toalla, notó que ya Rosi no estaba allí. Se vistió y arregló lo más pronto que pudo y salió en busca de sus amigos. No le costó mucho encontrarlos, estaban esperándola afuera de su habitación. Ellos también parecían cansados, estrujados y sobre todo tristes, como si hubiera estado llorando.

Cristina venia preparada para pelear, pero no pudo hacerlo, tanto Will, como Ali, y hasta Rosi, tenían la mirada llena de tristeza y remordimiento.

▢ Vamos a desayunar y me cuentan cómo es que llegamos al desagradable encuentro de anoche.

Cristina les hizo un gesto que la siguiera y todos lo hicieron. Sin duda la presencia de esos individuos en su casa la habían hecho perder el sentido, pero ya estaba bien, ahora tendría que poner las cosas en su lugar.

Aunque la palabra odio fue usada varias veces durante la conversación en la que le explicaron lo ocurrido, ella nunca odio a Paul, él la había hecho sufrir mucho con su desprecio, y la herida que eso le causó no sanaría nunca, pero jamás creyó odiarlo; siempre pensó que no sabía odiar☐ Hasta esta noche. Hoy nadie tuvo que explicarle lo que era el odio, al final del relato ya odiaba con todas sus fuerzas a Agnes Gallagher. Pudo definir el tamaño de su odio y guardarlo de momento en un lugar donde seguiría creciendo hasta que ella pudiera castigar a esa mujer. Las otras dos personas de quien hablaron las recordó vagamente pero no representaban nada para ella, además según lo que le contaron, los Gallagher asumieron la responsabilidad de sus castigos.

En cuanto a Paul, había dejado bien claro que cualquiera que fuera el motivo de lo ocurrido, no tenía sentido mencionarlo puesto que con respecto a eso nada cambiaria. Había pasado diez largo años y todo lo que una vez los unió ya no existía.

Lo que más le interesó fue comprobar que los Gallagher estuvieran diciendo la verdad. Ella no iba a dejarse engañar una segunda vez por esta gente; sobre todo porque Pauly estaba por el medio. De momento ella hablaría con Pauly y le explicaría la situación de manera que pudiera, con su corta edad, entenderla, pero no habría ningún contacto entre padre e hijo hasta que ella no estuviera completamente convencida de que ese era el mejor camino a seguir para el niño.

☐ Entonces, insistes en no reunirte con Paul.

☐ Sí.

☐ Estás segura que lo haces por Pauly☐

☐ Lo que yo haga o deje de hacer no voy a discutirlo con ustedes ni con nadie, o es que no me creen capaz de tomar decisiones razonables por mí misma. Ustedes son mi familia y saben que daría mi vida por todos, pero también deben darse cuenta que han violado mi privacidad, me han expuesto a algo que no quería y lo han hecho sin consultarlo conmigo. Estoy disgustada con ustedes, pero ya se me pasará. Sin embargo, espero que de ahora en adelante, antes de tomar una decisión tan drástica como la que tomaron ayer, me consulten. ¿De acuerdo?

Todos asintieron. Se sentían culpables, y la carga de su culpabilidad se les notaba en sus miradas. Cristina quiso decir algo para hacerlos sentir mejor pero decidió no hacerlo. Los dejaría así por un rato, a ver si el dolor les metía en la cabeza el no volver a hacerlo.

Se levantó de la mesa donde habían desayunado y les dijo.

☐ Voy a trabajar un rato en mi despacho.

Todos vieron cómo se alejaba pero nadie hizo nada.

☐ Esto no puede quedarse así.

Dijo Will.

☐ Estoy de acuerdo. Voy a hablar con ella.

Dijo Rosi levantándose.

☐ ¿Crees que este es el momento más oportuno?

☐ El momento oportuno nunca llegará. Tengo que hacerlo ahora mismo. No me sigan, ya les contaré.

Diciendo esto salió caminando sobre los pasos de Cristina. Cuando llegó al despacho encontró la puerta cerrada pero sin tener el seguro puesto. ¿Sería esto una señal de que estaba haciendo lo correcto? Tocó con los nudillos y entró sin esperar respuesta. Cristina levantó su mirada hasta Rosi y le dijo.

☐ Nunca haces lo que te digo. ¿Por qué pensar que habrías de hacerlo ahora?

☐ No vine a discutir contigo. Vine a decirte☐

☐ ¿Lo que tengo que hacer? No crees que esta vez deberías dejar que fuera yo sola quien decidiera. Pasas la vida alabando mis triunfos, diciéndome cuan orgullosa estas de mí, pero al final todavía piensas que no puedo hacer una decisión por mí misma y que necesito tu consejo. ¿En qué quedamos Rosi? O es que acaso durante todo este tiempo, todo lo que has dicho ha sido solo por halagarme, pero no confías en mí, en mi juicio, en mi madurez. ¿Qué pasa Rosi?

☐ Quiero que pienses en la posibilidad de darte una oportunidad más para ser feliz.

☐ ¿Oportunidad de qué, de sufrir otra vez? Hace mucho que dejé de quererlo. Ese no es el asunto que nos interesa, lo que interesa es si voy a permitir que Pauly y su padre se conozcan. Quiero estar completamente segura que lo que dicen es la verdad. Quiero pruebas que demuestren tan inconcebible cuento. Quiero un documento legal donde se especifique que Paul no tiene ningún derecho sobre el niño. Tienen que ocurrir muchas cosas antes de que pueda tomar una decisión inteligente y positiva para Pauly. Así es que lo mejor que tú y mis hermanos pueden hacer es dejarme tranquila por un rato para que yo organice mis ideas.

Todavía no había aprendido a mentir, pensó Rosi, pero no era momento de discutir, las cosas se harían como ella quería.

☐ Está bien.

☐ Ve y busca a Pauly, por favor, y tráemelo hasta aquí. Después que hable con él iré al hospital. Ah☐ Rosi☐ No quiero a nadie en esta casa sin mi permiso.

☐ ¿Por qué me estás diciendo eso?

☐ Porque quizás a Will se le ocurre llamar a Paul y no lo voy a consentir.

☐ Entonces díselo a él, pero no me pongas en esta situación, recuerda que yo soy una sirvienta más☐

☐ ¿Rosi, a que viene todo eso☐ .?

Rosi se apoyó en el escritorio y empezó a llorar.

☐ Rosi ¿Qué pasa? ¿Por qué me has dicho eso? ¿Qué te he hecho yo para merecer esas palabras?

☐ Me has hecho mucho, aquí yo no cuento para nada, no me has pedido mi opinión acerca de lo que piensas hacer con el niño y con Paul porque sabes que no estoy de acuerdo con lo que estás haciendo. En un momento de rabia estas queriendo desquitarte todo lo que la vida te ha hecho con personas que no tienen la culpa. Paul ha sufrido tanto como tú, o es que no prestaste atención cuando el abuelo te hablaba.

☐ Si presté atención, te puedo repetir palabra por palabra de lo que dijo, pero recuerda que Paul nunca tuvo que dormir en la calle, o en un refugio de indigentes; ni tuvo que trabajar veinte horas al día para que su hijo comiera y tuviera un techo sobre su cabeza.

☐ No lo hizo porque nunca supo que tenía un hijo, pensó que tú lo habías abandonado.

☐ Debió haberme buscado.

☐ ¿Dónde? Te escondiste, te cambiaste el nombre. Tenía en su poder una carta escrita por ti diciéndole que no lo querías para nada más☐

☐ Esa carta todavía no la hemos visto.

☐ Como no ha visto Paul la que tienes tú.

Rosi hizo una pausa y se dejó caer en un mueble. Se veía cansada y envejecida, sus ojos húmedos y rojos se cerraron y se tiró hacia atrás con resignación.

⬜ No puedo más, no puedo ayudarte en lo que quieres hacer porque sé que estas equivocada y no sería justa conmigo misma si te dejara cometer ese error. Les prometí a tus padres que velaría por ti siempre, y si dejo de hacerlo ahora, todos estos años que he pasado junto a ti como tu madre, tu enfermera, tu niñera, tu esclava, se perderían en el tiempo. Por eso debo detenerte y hacerte ver lo que está delante de tus ojos y no quieres distinguir.

⬜ Rosi por favor⬜

⬜ Calla y escucha. Nada de eso que dijiste lo estás haciendo por Pauly, NADA⬜ Lo que Pauly necesita es correr hasta donde está su padre y que este lo cargue y lo abrace y juegue con él. Que se lo lleve a conversar y a tratar de recuperar los nueve años de su vida que ha perdido⬜ Eso es lo que el niño necesita. En cuanto a ti⬜ Te voy a dejar de momento tranquila para que puedas reflexionar y no dejes que la soberbia te convierta en una de esas mujeres que tanto daño te han hecho.

⬜ Cómo puedes compárame con ellas.

⬜ Porque es lo que estás haciendo, estas poniendo tu arrogancia y tu orgullo herido antes que la felicidad tuya y de tu hijo. Ten en cuenta que si sigues por ese camino entonces Agnes habrá ganado, los habrá separado para siempre.

Cristina no pudo contestar, todo estaba sucediendo tan rápido y tan desordenado. Quedaban muchas cosas por comprobar, hasta ahora el cuento del abuelo no tenía más pruebas que la confesión de uno de los culpables, sin embargo Rosi tenía razón, no podía permitir que esa mala mujer le arruinara la vida, de alguna manera tendría que reponerse y tomar las riendas de su vida otra vez. En cuanto a Paul⬜ Era muy difícil pensar en eso ahora.

⬜ Rosi, esta noche vamos al juego de los *Yankees*, no quiero caras llenas de lágrimas ni miradas de reproche. Esta noche quiero ser feliz con mi hijo y disfrutar el momento. Ahora lávate la cara y arréglate un poco, no quiero que Pauly te vea así cuando lo vayas a buscar.

⬜ Sí, ya lo sé, perdona.

41

Fue el abuelo Gallagher quien se ocupó de relatar los hechos a Paul tal y como habían sucedido, el encuentro con Cristina, su rotunda resolución de no verlos y no oír nada de lo que ellos tenían que decirle, como Rosi la obligó, con la ayuda de Will y Ali, y como al final esta se había desmallado y había tenido que venir un médico a atenderla. De cómo Cristina había reaccionado exactamente igual que él; como todavía dudaba y necesitaba pruebas para dar crédito al horrendo cuento.

Paul escuchó en silencio por casi una hora sin interrumpir al viejo Gallagher. Cuando el abuelo llegó al final de su relato, solamente guardó silencio en espera de alguna respuesta o comentario de su nieto, pero este no dijo nada. Tenía la mirada pérdida en un horizonte mucho más lejano que el que su vista le presentaba.

Alguien tocó en la puerta y vieron como Benjamín entraba.

☐ Disculpen, Paul, hay alguien aquí afuera que insiste en hablar contigo, dice que su nombre es William Smith.

Paul se puso de pie de un salto y se enfrentó a su abuelo.

☐ ¿Tú lo trajiste aquí?

☐ No Paul, yo no he traído a nadie, aunque pensándolo bien debí haberlo hecho.

Paul miró a Benjamín y le dijo.

☐ Dile que pase.

El abuelo y Anthony se miraron como diciendo ¿Y ahora qué?

La puerta se cerró tras Ben para abrirse inmediatamente con la entrada de Will que no esperó que nadie dijera nada, fue directo hasta donde estaba Paul y lo abrazó como solo un hermano puede hacerlo con otro hermano que no ha visto en mucho tiempo. Paul le devolvió el abrazo y por un momento se fundieron con la fuerza del afecto guardado por tantos años que gritaba por salir. Cuando se separaron los dos tenían lágrimas en los ojos.

☐ Cuanto te he extrañado hermano.

☐ Yo también te he extrañado a ti. ¿Dónde estuviste todo este tiempo?

☐ Estuve ocupado cuidando tus intereses hermano. Cristina sigue siendo tan o más inteligente que antes pero el dolor y el sufrimiento de todos estos años la han hecho vulnerable a este mundo injusto que nos rodea, y al no estar tú para defenderla pues tuve que hacerlo yo, pero yo sé que tú me lo agradeces tanto o más que ella ¿No es así?

☐ ¿Por qué no me buscaste Will?

☐ Porque tu carta no dejaba lugar a dudas, tú no querías saber nada de nosotros, no había porque buscarte.

☐ Yo nunca escribí esa carta.

☐ Eso fue lo que le dijo tu abuelo a Cristina, pero ella tampoco escribió la que tú tienes de ella. ¿Fue por eso qué no la buscaste, por la maldita carta?

☐ Como dices tú, la que yo recibí de ella tampoco dejaba lugar a dudas.

☐ Entonces están en las mismas condiciones, ninguno de los dos tuvo la culpa de nada. Yo creo que es hora de que se acaben de una vez las intrigas y los reproches, han perdido muchos años hermano, y tienen que aprovechar lo que les queda. Además, tienes un hijo maravilloso que se muere por conocerte.

☐ No es tan fácil como tú lo pintas.

☐ Al contrario, es mucho más fácil de lo que tú crees, lo único que tienes que hacer es llamarla y hablar con ella.

☐ Lo mismo puede ella llamarme a mí.

☐ ¿Y tu hijo? ¿Es que no estás loco por verlo? Si yo fuera tú ya me hubiera metido por una ventana para verlo ☐

☐ ¿Y cómo sabes tú que es mi hijo?

☐ Paul☐ hijo☐

Le empezó a decir su abuelo, pero Will lo detuvo con un gesto☐

☐ Paul, yo he venido aquí hoy porque quiero que el sufrimiento de mi hermana termine, y que mi sobrino conozca por fin a su padre, pero si te vas a poner en ese plano mejor es dejar las cosas como están. Al final, Cristina tenía razón; si no quisiste conocer a tu hijo cuando nació, porque ibas a quererlo ahora. Disculpen la molestia.

☐ Will espera no te vayas. Paul hijo, escúchalo.

Le rogó el abuelo.

Ya Will salía por la puerta de la oficina, Anthony le cayó atrás.

Will, espera, por favor. Vuelve adentro, tú eres el único que puede convencerlo para que salga de esa maldita actitud en que está metido. No lo hagas por él si no quieres, hazlo por el niño.

 Señor Gallagher, ya hice lo que tenía que hacer, ahora la responsabilidad es de Paul. Nunca pensé que me defraudara de esa manera; ellas tenían razón.

 ☐☐☐

Pauly, que había dormido en casa de los Hackman, llegó con Rosi algo soñoliento.

 Mami, dice Rosi que querías hablar conmigo.

 Si mi amor, tenemos que hablar de algo muy importante.

 ¿Por qué estas brava conmigo mami? ¿Qué hice de malo?

 No mi amor, no estoy brava contigo y no has hecho nada malo, solo que esto que quiero comentarte es importante y quiero que prestes mucha atención.

 Okey.

 Pues bien☐ Resulta☐ que☐ el padre☐. y el abuelo☐. de tu papá☐ se han puesto en contacto conmigo☐. me llamaron y☐. me dijeron☐. pues☐ que☐. que quieren conocerte. Ahora bien lo que yo☐

 ¿Y mi papá también?

 Escúchame por favor. Te acuerdas que te dije☐. que cuando fueras mayor☐. Te explicaría lo que pasó☐. Quiero decir☐ Entre tu padre y yo☐ Verdad.. Bueno☐. Parece que voy a tener que explicártelo☐ antes de lo☐ previsto☐ O sea, ahora.

Pauly hizo intención de decir algo pero su madre lo paró con un gesto.

 Escúchame. No tengo los detalles exactos de cómo pasaron las cosas, tengo que comprobarlo todo primero, y cuando esté segura de que la información es correcta te la contaré. Ahora bien, es posible que alguien se acerque a ti diciéndote que es tu padre, o tu abuelo, o tu bisabuelo☐. Quiero que por favor no les hagas caso. En su debido momento, y cuando yo haya comprobado que todo está bien, entonces decidiré que hacer. ¿Me entendiste?

 No mami, no entiendo nada. ¿Por qué no puedo conocer a mi abuelo? ¿Y dónde está mi papá? Quizás el abuelo sepa dónde está y pueda conocerlo☐ Yo quiero llevarlo a mi escuela, porque allí el único niño que no tiene papá soy yo, y se los voy a enseñar a todos para que vean que si tengo papá□ .

□ Pauly, escúchame□

Esto iba a ser mucho más difícil que lo que ella pensaba.

□ Pauly□ Okey, te lo explico ahora todo. Ven conmigo, siéntate aquí para que pueda verte bien.

El niño se le acercó y se sentó en sus piernas. La abrazó y le dio un beso en la mejilla diciéndole.

□ Te quiero mami.

□ Y yo a ti mi amor□ Mira, lo que pasó fue que□ . Cuando tu papá y yo nos casamos, nos pusimos bravos el uno con el otro y□ Bueno, nos peleamos y nunca volvimos a vernos. El asunto es que□ Ahora□ Han aparecido estos señores diciendo que son, tu abuelo y tu bisabuelo, y como que ha pasado tanto tiempo, yo no sé si de verdad lo son o no, por eso es que tengo que comprobarlo primero.

Ya le mentí; no podía haber hecho otra cosa, él no lo creería□ .Le solté todo de sopetón. Ay Dios mío, que lo entienda.

□ ¿Te dijeron dónde estaba mi papá? Porque si ellos saben dónde está mi papá, y tú y yo lo buscamos, y le preguntamos si este es su papá, y si dice que sí, entonces sabemos si están diciendo la verdad.

□ Mi amor, es que acuérdate que te dije que tu papá y yo estábamos bravos.

□ Si mami, pero de eso hace mucho tiempo, yo estoy seguro que ya él no está bravo contigo, ni tu estas brava con él. ¿Verdad? ¿Ah, mami, también puedo conocer a mis hermanas?

□ Bueno, eso no lo sabremos hasta que yo hable con estos señores y compruebe que lo que están diciendo es la verdad. Mira Pauly, todavía hay muchas cosas que no puedes entender□ Yo voy a tratar de arreglar esto lo antes posible, ya verás. Ahora ve con Rosi para tomar desayuno y vestirte.

□ Mami, tenemos que irnos para el Stadium temprano□

Qué maravilla ser niño, ya Pauly había olvidado todo lo ocurrido□ Y ella todavía no sabía que iba a hacer. ¡De nuevo al ruedo Cristina□ !

□□□

Cuando Jennifer llegó a buscarla ya Agnes la estaba esperando. Se había dado una ducha y cambiado con ropa de Fiona la cual no había aparecido todavía ¿Dónde se habría metido la muy bruja? ¿Le habrían hecho lo mismo a ella? El baño y el cambio de ropa le dieron nuevos bríos, ya estaba planeando su próximo movimiento. Si no la querían en la casa ni en la empresa iba a ir directamente a casa de Paul, estaba segura que su hijo nunca le negaría la entrada.

Tenía que averiguar qué había pasado, porque la estaban echando de la familia, ella era la esposa de Anthony y la madre de Paul y definitivamente no podían hacerle lo que le estaban haciendo. Por mucho que hubieran descubierto del asunto de Cristina, era su palabra contra la de ella, además quien tuvo contacto con Cristina fue Fiona, no ella, y si la acorralaban mucho podría decir la verdad, que lo hizo para salvar a su hijo de semejante mujerzuela.

El sol brillaba en lo alto del cielo y aunque la temperatura era agradable se sentía que pronto llegaría el invierno. Tanta claridad dejaba ver lo sucio y pobre del barrio. Vio como el taxi en que venía Jennifer daba la vuelta en la esquina y se dirigía a donde ella estaba parada en la acera. No perdió tiempo y se montó de una vez en el carro.

☐ Gracias por haber venido Jennifer, no sabes cuánto te lo agradezco. Te prometo recompensar con creces tu ayuda.

Jennifer tenía más fachada que interior, su marido era un ejecutivo de poca importancia en GALCORP pero no era amigo del viejo y mucho menos de Paul, Jennifer soportaba a Agnes por lo que le sacaba, la llevaba a comer a los lugares más caros de la ciudad, la invitaba a los exclusivos SPA que frecuentaba, y muchas de las mujeres de los otros ejecutivos la envidiaban por ser amiga de Agnes, así que este pequeño viaje hasta Harlem le iba a representar mucho, estaba convencida de ello.

☐ ¿Qué te ha pasado Agnes?

☐ El trabajo de una madre no termina nunca. Paul se está viendo con una mujerzuela de por aquí, no quise decirle nada a su padre para que no se enojara con él, así que decidí seguirla yo y claro, en cuanto me vieron caminando por estas calles los maleantes oriundos del lugar me atacaron y me quitaron hasta los zapatos. No pude llamar a casa porque me robaron el teléfono, además, se pondrían enojadísimos conmigo por haber venido a este lugar, así que será mejor guardarlo entre nosotras. De hecho no voy directo a la casa, quiero que me lleves a casa de mi hijo, tengo que hablar con él, si es verdad que anda jugando con esta mujer tiene que parar ahora mismo; esta vez sí que voy a ser bien clara con él.

☐ Agnes, pero Paul ya es un adulto, como puedes meterte en sus asuntos personales.

☐ Ah, no conoces a mi hijo, es un buen muchacho y me escucha; tenemos muy buena comunicación.

Jennifer sabía que Agnes mentía, en la empresa se comentaba que Paul no se relacionaba con sus padres para nada, que era un tipo déspota que no compartía con nadie de GALCORP, es más, nadie nunca lo vio en una fiesta de Navidad de la compañía, sin embargo pensó que contradecir a   Agnes no le traería ninguna ganancia, mejor seguirle la corriente.

Agnes le dio la dirección de Paul al chofer y hasta allí las llevó el taxi. Al frente del edificio se bajó, pero le pidió al taxista y a Jennifer que la esperaran.

☐ Espérame un momento, por si no está en casa.

Jennifer se dio cuenta que Agnes mentía, el portero seguro la conocería. ¿Qué se traería entre manos esta arpía? Decidió seguirle la corriente por un rato más.

Y esas ropas que traía puesta Agnes, de donde las habría sacado☐ Había demasiadas cosas que no concordaban; Agnes era una maestra inventando cuentos pero este le había salido mal. Jennifer pensó que quizás no cogería nada de dinero en esta jugada, pero la curiosidad la mataba y decidió quedarse hasta saber más de lo que estaba sucediendo en la familia Gallagher.

42

La campiña neoyorkina en Octubre era un bosquejo de colores imposible de reproducir por ningún ser humano, pensaba Cristina mientras conducía y dejaba que su mente vagara por lugares seguros, evitando lo incierto y amenazante de las últimas horas. Cristina compró la propiedad donde vivían por varias razones. Primero porque aunque estaba apartada de la ciudad tenía buenas vías de comunicación para llegar a ella, segundo porque tenía las suficientes acres como para edificar un mundo privado para Pauly en donde tuviera todo cuanto él pudiera necesitar sin tener que exponerlo al público, pero la razón más poderosa, la que hizo que se enamorada de ella en cuanto la vio, fue la casa; cuando estuvo frente a ella le pareció reconocerla, la había imaginado así es sus sueños, era exactamente la vivienda que ella hubiera edificado.

Para llegar a ella saliendo de *Manhattan* y cruzando *Queens* se cogía la autopista 459, el llamado *Long Island Expressway*, que seguía hacia el noreste atravesando *Long Island* a todo lo largo de la península, hasta llegar a la carretera *South Wading River*, allí esta se tomaba hacia el sur llegando a la entrada de La Hacienda La Giralda, nombre que también contribuyó a que Cristina la adquiriera. La propiedad contaba con su propio campo de golf, caballerizas, caballos, pasto para cabalgar, dos lagos naturales rodeados de cipreses calvos, y un gran número de acres llenos de Pinos, Nogales, Tilo, Encinas, Castaños, Fresnos, Laureles, Manzanos, Higueras, Algarrobos, Almendros, y Limoneros, sin contar la infinidad de Cerezos traídos de Japón, que durante la primavera transformaban la hacienda en un jardín de colores. La entrada la definían dos torres que se unían en un arco en su extremo superior y luego se alargaban a cada lado como un abanico, perdiéndose en la distancia entre tupidos pinares, las verjas de la entrada, hechas en Toledo, rodaban por dos carriles, superior e inferior, paralelos el uno al otro, haciendo imposible derrumbarlas con un golpe de frente sin destruir las pesadas torres. Una vez dentro de la propiedad el camino seguía con una leve inclinación hacia el norte bordeado de cipreses hasta llegar cerca de la casa, donde un semicírculo de Cerezos y Algarrobos rodeaban la gran entrada en cuyo centro se erguía una réplica autentica de la fuente de la Giralda.

La casa de estilo andaluz, con paredes blancas y techo de teja roja semicircular que parecía ondular en la distancia, había sido diseñada por el arquitecto Carlos Cerbas Hidalgo en la primera mitad del siglo XX por encargo del Vizconde de Garcigrande, quien durante la guerra civil española trasladó su familia a *New York* jurando no volver a su Andalucía del alma hasta que España fuera de nuevo una monarquía. El día 22 de Noviembre de 1975, dos días después de la muerte de Franco, Juan Carlos de Borbón fue coronado Rey de España en una ceremonia ostentosa más que religiosa, auspiciada por el Cardenal español, príncipe de la Iglesia Católica, Apostólica, y Romana, número 206, Urbano Navarrete, S.J. **y** de acuerdo a la Ley de Sucesión promulgada por el mismo Generalísimo. A la semana siguiente, el octogenario vizconde, trasladó a toda su familia a su Sevilla adorada cumpliendo su promesa y dejando la casa a cargo de una compañía de bienes raíces para su venta. La propiedad estuvo vacante por muchos años puesto que nadie pagaba lo que pedían por ella. El dueño la mantenía lista para ser habitada en el momento que fuera necesario. La hacienda fue ocupada en varias ocasiones por amigos del vizconde y por los mismos reyes de España, Doña Sofía y Don Juan Carlos, en varios viajes que hicieron a los Estados Unidos. Cristina encontró la propiedad buscando a través del internet e inmediatamente llamó al agente de ventas; fue la deuda mayor que adquirió en su vida, pero la compró y la pagó antes de lo que muchos imaginaban, se mudó para ella cuando Pauly cumplió los dos años y hasta ahora era su reino, donde su hijo estaba a salvo de todo y de todos y donde ella se sentía protegida y tranquila.

Habiéndose cerciorado de no tener nada pendiente en sus oficinas, decidió irse a descansar un rato a casa y ver cómo iban las cosas, quería estar bien para el juego de esta noche; esperaba olvidarse de los acontecimientos de los últimos días y tratar de seguir su vida con Pauly como hasta ahora lo había hecho, aunque sabía que algo había cambiado y eso ya no sería posible. Pauly estaría jugando con Billy, así que esperaba poder dormir unas dos o tres horas. Al acercarse a la rotonda de la fuente vio uno de sus carros aparcado frente a la entrada de la casa, pensó que Will quizás lo había utilizado para salir a cualquier diligencia, no obstante algo le decía que estaba equivocada. En vez de dejar su coche cerca del garaje como de costumbre, lo detuvo justo al lado del otro y entró por la puerta principal; Dios mío por favor, no más sorpresas, pidió en silencio. Desgraciadamente su Dios estaba ocupado en cosas más importantes y no la escuchó.

Cuando entró a la casa se encontró con Rosi parada justo en el centro del salón; la estaba esperando

☐ ¿Qué paso ahora Rosi?

☐ Lo que tenía que pasar.

☐ Habla claro Rosi, ¿Otra sorpresa?

☐ Will te está esperando en el despacho.

☐ ¿Dónde está Pauly?

☐ Jugando con Billy☐

Cristina se dirigió hacia su despacho.

La entrada de la casa era un salón en forma de semicírculo que se habría en ramas a cada costado y seguía de frente hasta una sala de estar que terminaba en un patio interior rodeado de tinajones; un capricho de Cristina. Desde los lados, y detrás del solárium, salían pasillos para las habitaciones, y al final todas se conectaban bajo un portal de teja andaluza que rodeaba la casa y a su vez daba paso al área de la piscina, de las canchas de tenis y del campo de golf.

El despacho estaba ubicado en el ala derecha de la casa, donde a través de un salón y un pequeño patio interior, se empataba con las habitaciones de Cristina y Pauly, la habitación de Rosi quedaba justo al lado de la de Pauly, el resto de la construcción contenía las habitaciones de invitados, salas de estar, sala de música, teatro, piscina interior e invernadero, con salida a los jardines que rodeaban la casa por caminos de lajas que llevaban hasta la piscina exterior y demás áreas de recreo.

Cristina abrió la puerta de su despacho y se encontró con Will parado justo delante de su escritorio

☐ ¿Qué sucede ahora Will? ¿Cuál es el misterio?

☐ No hay misterio, solo quiero que sepas que lo que hago, lo hago porque te quiero, y tengo la obligación de cuidarte de ti misma.

☐ ¿De qué estás hablando?

☐ De nosotros.

Cristina oyó la voz que venía de sus espaldas. Los Gallagher estaban allí de nuevo.

☐ ¿Por qué lo has hecho Will? Yo confié en ti.

☐ Hija él no nos trajo. Yo quise venir. Te he hecho tanto daño que no creo puedas nunca perdonarme, pero eso ahora no me importa. Sin embargo aunque sea lo último que haga en la vida tengo que contarte lo ocurrido aquella fatídica noche una vez más.

Will pasó al lado de Cristina en su camino a la puerta, se detuvo y la besó en la frente diciéndole

☐ Confía en Dios Cristy☐

Siguió caminando y salió de la habitación.

El silencio rodaba por los muebles, por las pareces, por el techo, quería salirse por las ventanas, se hacía cada vez más difícil de soportar.

El viejo Gallagher y su hijo Anthony la observaban desde una esquina de la estancia, aunque solo podían verla de espaldas la encontraron mil veces más linda, más mujer, más atractiva. Cristina estaba inmóvil, parecía una estatua en medio del recinto. El pecho le subía y le bajaba cadentemente pero sin que se oyese respirar, pensó salir corriendo; perderse para siempre de todo y todos, pero la imagen de Pauly preguntándole por su papá la retuvo. Una vez más tendría que afrontar su destino como otras tantas veces, y una vez más saldría adelante☐ Dios lo quiera, se dijo. Sin virarse, se dirigió a la parte trasera de su espléndido escritorio y se sentó.

☐ Siéntense por favor y salgamos de esto de una buena vez.

Había cambiado tanto, pensó el abuelo. De aquella niña feliz que conociera años atrás no quedaba nada. Lo mismo había ocurrido con su nieto Paul. ¿Qué condena seria la adecuada para castigar a la causante de tal desgracia.

El sol del mediodía que entraba por las ventanas llenaba la habitación con los colores del otoño. Los Gallagher se encaminaron hasta las dos butacas delante del escritorio y se sentaron.

☐ Lo más importante para mí de todo esto es Pauly. El es un niño muy inteligente y en varias ocasiones me ha preguntado donde está su padre. Yo hasta ahora le he dicho sencillamente que su padre tenía otra familia y que cuando él fuera mayor quizás podría conocerlo.

☐ Paul no tiene ninguna familia.

☐ Permítanme que termine por favor. En primer lugar no tengo porque explicarles nada ni a ustedes ni a nadie, pero, lo voy a hacer. Hace apenas una semana, Pauly me volvió a preguntar por su padre, entonces le dije que nosotros nos habíamos separado a los pocos días de habernos casado porque nos habíamos enfadado el uno con el otro; no hay otra manera de explicárselo, y que después que su padre se fue formó una nueva familia, y yo formé otra, con él, le dije que las razones eran complicadas, cosas de adultos que él no podía entender, y que más adelante yo se las explicaría. Como he podido, esta mañana le dije que ustedes se habían puesto en contacto conmigo pero que yo tenía que hacer algunas averiguaciones y que ya le contaría luego. Dada por terminada la conversación su interés cambio inmediatamente para el juego de los *Yankees* de esta noche. Con esto les quiero decir, que si es verdad que él pregunta y quiere saber qué paso con su papá, también es verdad que es un niño de solo nueve años y que sus prioridades no tienen nada que ver con la de los adultos que lo rodean.

Hizo una pausa, se había desviado de lo que quería decir, notaba algo extraño en su propia voz y no quería que se dieran cuenta que estaba nerviosa, así que continuo.

☐ Pauly ha crecido rodeado de personas que lo quieren, es un niño feliz y bajo ningún concepto voy a permitir que su vida se altere. Con esto quiero decirles que si ustedes quieren conocerlo solo por curiosidad, no se los voy a permitir. Ahora bien, si están dispuestos a darle el tiempo que él merece y estar en su vida como familia, entonces si podremos llegar a un acuerdo. Yo no quiero que de aquí a unos meses se cansen de él y se desaparezcan. ¿Me explico?

☐ Perfectamente.

☐ Pauly también me ha dicho que quisiera conocer a sus hermanas. De momento quiero mantenerlo aislado de todo lo que pueda confundirlo y hacerlo sufrir.

☐ Él no tiene ninguna hermana ni hermano.

☐ Eso es lo que dicen ustedes, pero yo no lo sé. No pueden pedirme que confié en las mismas personas que trataron de destrozarme la vida hace diez años. Yo tengo que comprobar, por mí misma, todo cuanto ustedes han contado. Sin olvidarnos de que el padre de mi hijo, no ha mostrado el menor interés por saber de él. Lo primero que va a preguntar él será ¿Dónde está mi padre y por qué no viene a conocerme? Puesto que para eso no tengo respuesta en estos momentos, no puedo dejar que la pregunta se formule; eso es lo primero que él les preguntara a ustedes cuando los vea y bajo ningún concepto permitiré que le den explicación alguna, para eso estoy yo. Una vez aclarado este detalle no creo que tengamos nada más que hablar.

El incómodo silencio volvió a reinar en el recinto.

☐ ¿Que desean ahora?

☐ Conocer a nuestro nieto y bisnieto.

☐ ¿Es que no han entendido nada de lo que he dicho?

Se hizo un silencio pesado, como ese calor de los mediodías húmedos en el trópico donde no se puede ni respirar.

☐ Entonces no veremos al niño hasta que tú lo digas. Esperaremos. Sin embargo antes de irme quisiera pedirte perdón una vez más por todo cuanto te hemos hecho sufrir, pero quiero que sepas que nunca supimos la verdad hasta hace un par de días☐ .

☐ Ya eso lo dijeron. ¿Algo más?

El ruido de la puerta abriéndose como si estuviera pasando un vendaval por ella hizo que todos tornaran sus miradas hacia el lugar. Cristina vio como Pauly y Billy entraban corriendo y se detenían delante de los invitados. Con una sonrisa imposible de describir, Pauly miró a su madre y le preguntó.

☐ Mami. ¿Son estos mis abuelos?

Cristina titubeo, no podía seguir mintiendo, y mucho menos a aquel angelito

☐ Si Pauly, este es el señor Paul Gallagher, tu bisabuelo, y este es el señor Anthony Gallagher, tu abuelo.

☐ Wao☐ ! Ahora tienes más que yo, porque yo no tengo abuelos ☐Dijo Billy

☐ Te lo dije, que yo tenía papá pero tú no querías creerme.

☐ ¿Pero dónde está tu papá?

Cristina oía la plática entre los dos niños como en un trance sin poder intervenir para cambiar el curso de la conversación.

☐ Abuelo Anthony ¿Dónde está mi papá, por qué no vino con ustedes?

☐ Pauly, te dije esta mañana que existía un problema que debía arreglar☐

☐ Está bien mami, pero yo no tengo problemas con él, yo puedo conocerlo en lo que tú arreglas esas cosas de mayores que tú dices.

☐ Pauly, es mejor ahora que tú y Billy vayan a jugar a tu cuarto, yo estaré allí en un momento para explicarte lo que está sucediendo.

☐ ¿Estas brava conmigo mami?

☐ No mi amor, de ninguna manera. Vayan a jugar que enseguida estoy con ustedes.

☐ Bueno, entonces, abuelo Anthony y abuelo Paul, hablaremos luego que mi mamá arregle los problemas. ¿Mami, les puedo dar un beso y un abrazo a mis abuelos?

Cristina miró a los Gallagher y solo vio tristeza con una pisca de esperanza

☐ Claro mi amor.

Pauly corrió hacia los dos hombres parados frente a su madre a los cuales había conocido hacia unos minutos, les dio a cada uno un beso y salió corriendo con Billy. Se detuvo y los miro un momento.

☐ ¿Ustedes son de los *Yankees*, verdad?

☐ Seguro que sí, y esta noche vamos a ganar.

☐ Qué bueno mami, los abuelos también son de los *Yankees*. ¿Quieren ir al juego con nosotros esta noche? ¿Mami, ellos pueden venir a juego con nosotros?

☐ Pauly ya te dije☐

☐ Ya, ya se, los problemas. OK, mi mamá les avisará cuando arregle los problemas.

Con la misma él y Billy salieron corriendo de la estancia.

Cuando Cristina volvió a mirar al viejo Gallagher este tenía los ojos llenos de lágrimas y no podía controlar una especie de sollozo mezclado con una sonrisa.

☐ Es una maravilla de niño, se ve que ha sido criado con amor.

☐ ¿Por qué tendría que ser de otra forma?

☐ Cristina ☐ le dijo Anthony   Se ve que tienes un gran resentimiento dentro de ti, y no es para menos. Ojalá todo pueda aclararse pronto para que dejes de sufrir. Mientras tanto, mi padre y yo estaremos esperando tu llamada, cuando lo creas conveniente.

Anthony se viró hacia donde estaba su padre que todavía lloraba sin cesar y agarrándolo del brazo lo ayudó a incorporarse para salir. A Cristina se le estaba partiendo el corazón al ver a aquel pobre viejo sufriendo☐ Pero ella había sufrido mucho más que todos ellos, y☐ Este no era el momento de flaquear ante unas escasas lágrimas, bien sabía Dios que a ella las lágrimas se le habían terminado hacía mucho tiempo☐

Cristina tuvo que frenarse para no salir corriendo, el ambiente del despacho era tan denso que no podía ventilarse, una fuerza magnética e incomprensible la aplastaba, no podía despegarse, ni moverse de donde estaba; Dios mío ayúdame, pensó. No supo de dónde sacó las fuerzas para levantarse de donde estaba, pero lo hizo, y salió del despacho dejándolos atrás. Afuera Rosi y Will la esperaban impacientes. En cuanto Will la vio se dio cuenta que las cosas no habían ido como él deseaba.

☐ ¿Y el abuelo y el Sr. Gallagher?

☐ Están adentro, ve y condúcelos hasta la puerta. Tú los trajiste, tú los despides.

Will no dijo nada, ni Rosi tampoco.

43

Agnes no solo *no* había encontrado a su hijo, sino que ni siquiera la dejaron intentar llamarlo. Aquí también habían dado la orden de no dejarla entrar, pero no podía admitirlo delante de Jennifer; estaba perdida.

☐ Paul no está y no quiero esperarlo, mi esposo tiene que estar como loco buscándome y ya es hora que vuelva a casa y le dé una explicación. Si fueras tan amable de llevarme hasta mi domicilio te lo agradecería infinitamente y recuerda que serás recompensada por todas estas molestias que te has tomado conmigo.

☐ No te preocupes Agnes, para eso están las amigas.

Al llegar al frente de su edificio se desmontó sin dar tiempo a que Jennifer le preguntara nada o quisiera también bajarse con ella, solo le dijo.

☐ Luego te llamo querida, y gracias por todo.

Se dio media vuelta y abriendo la puerta del edificio entró. El portero la reconoció enseguida y vino a su encuentro.

☐ Señora tengo órdenes de no dejarla pasar.

Mal nacido, pobretón de mierda, mira que decirle eso a ella☐

☐ Solo voy a recoger algunas pertenencias personales y bajo enseguida.

☐ No señora, tengo órdenes estrictas de no dejarla subir.

☐ ¿Pero es que se han vuelto todos locos? Soy la señora Gallagher, he vivido aquí toda una vida, a que se debe semejante actitud, me puede decir.

☐ No lo sé señora, yo solo cumplo órdenes.

☐ De acuerdo, déjame aunque sea llamar a una de las criadas para que me traigan mis cosas.

☐ Ya le dije que no señora, y no puedo estar aquí hablando con usted, tiene que salir a la calle.

☐ Estás loco, imbécil, no sabes con quien estás hablando.

Se le salieron todos los malos modales de ☐basura blanca☐ con que la criaron y empezó a insultar al portero. Este entró detrás de su mostrador y cogió el teléfono para llamar, quizás a la policía, pensó Agnes, pero aprovechó el momento para montar en el ascensor☐ ¡El ascensor☐ ! No traía la llave, el portero tendría que marcar el piso.

Este colgó el teléfono y se quedó parado detrás de su mostrador esperando. Agnes se le acercó y le gritó de mil maneras que le diera acceso al elevador pero el portero ni se inmutó. En eso vio abrir la puerta del ascensor de servicio y de él salieron dos hombres que la cogieron por los brazos y la sacaron a la calle. Ella empezó a gritar y protestar pero el carro de policía que había mandado buscar el portero ya estaba allí y se la llevaron de nuevo por *desorden público*. Esto no podía estarle pasando a ella; Dios mío, que habrán descubierto de mí, ¿Todo? Es posible, por eso Fiona no me contesta, estará escondida como una rata sucia en algún alcantarillado.

Empezó a llorar, primero despacio y en silencio, pero luego empezaron los sollozos y cuando llegaron a la comisaria ya eran gritos histéricos y amenazantes. La metieron en una celda como muchas otras mujeres ☐de la calle" y allí en un rincón se puso a llorar y a rezarle a un Dios cuya existencia nunca aceptó. Tenía que hacer algo o moriría allí mismo. Ya se enteraron de todo, ya la Cristina se debe haber comunicado con ellos y esta es la manera en que me están castigando, pero todavía no estoy muerta, pensó Agnes, tengo que jugar una última carta, un último recurso☐

☐☐☐

La temperatura en el *Yankees Stadium* era de unos agradables 63 F, el cielo estaba lleno de estrellas y una luna joven se divisaba sobre el R*ight Field* mostrando con su presencia el apoyo a los campeones mundiales que estaban a 27 *outs* de serlo una vez más.

Los palcos altos y bajos, las gradas y hasta los edificios colindantes desde donde se podía ver el campo estaban repletos. Una atmosfera de alegría mezclada con esperanza se respiraba en la sagrada catedral del *Baseball*. Una vez más *Andy Pettite* sería el dueño y señor del montículo de los *Yankees*. Cristina no sabía que le estaba pasando, nunca se había sentido así, era casi imposible describirse ella misma lo que su alma sentía en este momento. Le estaba negando a su hijo el derecho a conocer a su abuelo y a su bisabuelo. El resentimiento que sentía hacia Paul la hacían actuar de una manera mezquina; sus padres nunca hubiesen aprobado su actitud. La misma Rosi, no comentó nada más pero, se veía que estaba muy afectada por su decisión. A Pauly se le olvidaron sus abuelos desde el momento que empezó a pensar en el juego. Por esta noche Cristina no tendría que preocuparse de lo que le iba a decir.

¿Y qué era lo que ella tenía que comprobar? Ya, que el cuento que contaron los Gallagher era cierto. ¿Y cómo lo haría? No podía contar con Will después de todo lo que le dijo. En verdad no podía contar con nadie, tendría que hacerlo ella sola. Ah☐ De victima otra vez☐ Por favor Cristina, despierta. ¿Qué estás haciendo?

Se paró de donde estaba sentada y le dijo a Ali que cambiara asiento con ella, tenía que hablar con Will.

☐ Necesito tu ayuda.

☐ Tú dirás.

Ni una broma, ni una queja, nada; este no era su hermano☐

☐ Necesito que me ayudes a comprobar todo el cuento que nos echaron los Gallagher.

☐ No te entiendo.

☐ Will, quiero saber que lo que contaron de las cartas, y la otra mujer y el abogado, todo ese lio es cierto.

☐ ¿Qué te hace pensar que no lo es?

☐ Will☐ ¿Me quieres ayudar, sí o no?

☐ Claro que quiero ayudarte, pero lo que me pides es absurdo. Yo les creo lo que dicen. Tienes que ser ciega si no te das cuenta del dolor que hay en sus miradas.

☐ ¿Más del que me causaron a mí?

☐ Ellos no te causaron nada, ellos fueron víctima de la madre de Paul, lo mismo que fuiste tú.

☐ ¿Y por qué Paul no está aquí rogándome que le deje conocer a su hijo? Porque si fuera yo, ya habría brincado por una ventana y lo hubiera hecho, por encima de cualquiera que se pusiera delante.

☐ Eso mismo le dije yo.

☐ ¿Tu hablaste con él? ¿Dónde? No me digas que vino a mi casa porque entonces sí que☐

☐ Espera, espera. No vino a ningún lado, yo fui a verlo. Su actitud es igual que la tuya, no creyó nada de lo que le dijo el abuelo, igual que tú. Yo traje a esos señores a tu casa porque pensé que era también mi casa, y que yo podía hacer en ella lo que quisiera, al menos eso era lo que creía hasta ayer, pero estaba equivocado.

Will. ¿Cómo puedes decir semejante cosa?

 Cristina, ya yo hice lo que tenía que hacer. Tú no fuiste la única que sufrió y perdió estos últimos diez años.

 Yo fui la única que secuestraron, la única que drogaron, la única que amordazaron y golpearon, la única que tuvo que esconderse para que no la mataran. La única que tuvo que dormir en la calle y en un albergue para indigentes porque no tenía a donde ir. La única que cargo a su hijo en su vientre mientras trabajaba como una loca 20 horas diarias. ¿Qué sabes tú de mi sufrimiento?

 Las cosas estaban alcanzando un grado de animosidad intolerable, eso ella no podía permitirlo.

 Mira lo que ha causado la reaparición de los Gallagher en nuestras vidas. No hace cuarenta y ocho horas que llegaron y ya tú yo nos estamos peleando como nunca antes lo hemos hecho. ¿Tú crees que yo quiero pasar por eso otra vez? ¿Tú crees que yo voy a creer todo lo que esta gente me diga sin antes comprobarlo? No, ni desquiciada que estuviera.

 Will la miró avergonzado, estaba en lo cierto Cristina

 Perdóname Cristy, tienes toda la razón.

 Diciendo esto la abrazó muy fuertemente y sin darse cuenta ambos empezaron a llorar. Los niños no se dieron cuenta de lo ocurrido, los gritos de los fanáticos ahogaban las palabras, pero Ali y Rosi sí. El abrazo de reconciliación duró solo unos momentos.

 De momento vamos a disfrutar del juego, ya mañana será otro día.

 Sinceramente Cristina no sabía lo que estaba pasando a su alrededor. De alguna manera oyó que alguien cantaba el Himno Nacional y que todos se paraban cantando su la vez Cuando terminó el canto la algarabía y el bullicio eran inmensos, acababan de salir al campo los *Yankees* y Pettite se dirigía al montículo Sin saber cómo ni por qué miró a Pauly con el orgullo que solo una madre puede sentir y pensó en lo feliz que sería su hijo cuando por fin conociera a su papá. Ella no tenía el derecho de retrasar ese momento por más tiempo.

 Una vez más, los *New York Yankees* se coronaban campeones del mundo, y la alegría era incalculable. Todos cantaban y reían, daban gritos, saltaban Cristina no se enteró de lo que pasó durante los nueve innings. Su mente estuvo buscando una solución a su presente problema y creyó haberla encontrado.

Les tomó más de una hora salir del *Stadium*, la gente no quería irse, querían ver a sus jugadores dando brincos y corriendo por el campo con el trofeo en sus manos, pero al fin después de un largo rato de espera pudieron lograrlo.

De vuelta a la casa decidieron llegar a algún lugar para celebrar el triunfo, y puesto que iban con los niños se decidieron por *Serendipity*, en la calle 60 entre la tercera y segunda avenida en *Manhattan*; lo que les tomó otra hora después de salir del Stadium. New York estaba en la calle ovacionando a su equipo preferido y las calles estaban repletas de fanáticos.

Cristina y Pauly eran clientes asiduos del lugar, por lo que en cuanto los vieron les buscaron una mesa rápidamente. Aunque habían comido y tomado de todo durante el juego, todavía les quedaba espacio para un delicioso postre de los tantos que ofrecía el restaurante. Llegaron a casa muertos de cansados. Los niños llegaron dormidos, y una vez que los pusieron a todos en sus respectivas camas los mayores fueron a tomar un último trago.

□ Mañana hablaré con Gene y Bailey. Los voy a encargar de que miren el asunto de los Gallagher, si todo está en regla, dejaré que Pauly conozca a su abuelo y a su bisabuelo.

Todos asintieron pero nadie menciono a Paul, y ella sabía que estaban pensando en él.

□ A Pauly yo le explicaré lo sucedido, creo que no será tan difícil como pensaba. En cuando a su padre□ Dicen que él duda tanto como yo□ Sinceramente, no sé qué quieren decir con eso, pero de momento no hay que preocuparse por él.

Cristina esperó por algún comentario pero nadie lo hizo.

□ ¿No tienen nada que decir?

□ Me parece buena idea hermanita. Sea lo que sea, esta vez sí nos permitirás estar contigo.

□ Por supuesto, ustedes son mi familia.

□□□

Agnes despertó adolorida y congelada de frio, la habían pasado para una celda con otras tres mujeres a donde había cuatro camastros, las demás se durmieron enseguida pero ella no pudo, el miedo la tenía aterrorizada. ¿Y ahora qué pasaría con ella? Estaba entumida por el frio, una de las otras mujeres le quitó la colcha que le dieron para taparse y ella no peleo por impedirlo, toda la bravuconería y la arrogancia se habían esfumado y ahora no era más que una indigente sin familia y sin amigos.

Un sol viejo entraba por la pequeña y alta ventana de la celda, las demás estaban todavía dormidas. Tenía deseos de orinar pero no quería hacerlo allí, en el pequeño inodoro de la celda. Las otras habían cogido las camas de abajo así que ella tuvo que subirse en una litera. Sin respirar casi para no hacer ruido, se bajó de su camastro y lo intentó; que bajo había caído. Estaba perdida.

El ruido de unas llaves y de los cerrojos abriéndose hizo que se apurara a parase del inodoro, no podía dejar que la vieran así. Lo más rápido que pudo se subió en su cama y se hizo la dormida, recordando que no había descargado la letrina al terminar. Con los ojos cerrados oyó como los pasos se detenían frente a su celda.

☐ Agnes Gallagher.

☐ Sí, soy yo.

Dijo poniéndose de pie como si un resorte la hubiera sacado de la cama.

☐ Venga conmigo.

Abrieron la celda y ella salió. Con un policía a cada lado entró en el ascensor y bajaron un piso, allí, siempre tomada del brazo la llevaron hasta un cuarto con una mesa, dos sillas y un espejo muy grande que ocupaba casi toda la pared. Allí la dejaron sola y se fueron cerrando la única puerta del lugar.

¿Y ahora que estaba pasando? No le importaba, lo importante era que la habían sacado de la celda. Oyó como se abría la puerta y un señor de mediana edad con un traje gris y corbata de color oscuro sobre una camisa blanca, entraba y se sentaba en una de las sillas de la mesa.

☐ Siéntese señora.

Agnes obedeció, estaba tan acobardada que no podía hablar.

☐ Mi nombre es Robert Sparsa, yo soy asistente del Fiscal de este distrito. Usted está detenida por varios cargos; robo, chantaje, secuestro, dos instancias de intento de homicidio, conspiración para cometer homicidio, conspiración para cometer robo, conspiración para cometer secuestro, conspiración para la falsificación de documentos legales, uso de documentos ilegales, compra de sustancias toxicas para cometer homicidio, fraude empresarial y conspiración para cometer fraude empresarial; como puede darse cuenta, la lista es larga.

Agnes no respondió nada, tenía la mirada clavada en la mesa.

☐ ¿Señora, escucho sus cargos?

☐ Sí.

☐ ¿Los admite?

☐ Quiero un abogado.

☐ El distrito le asignará uno. Usted está casada con Anthony Gallagher, al cual llamamos para informarle de que usted estaba aquí. El señor Gallagher ha puesto una demanda de divorcio contra usted y no quiere saber nada que esté relacionado con su persona. También llamamos a su hijo y a su suegro los cuales reaccionaron de la misma manera. Llamamos a sus hermanos en Tennessee y tampoco quieren saber nada de usted. Su amiga Fiona Nelson está también detenida con los mismos cargos. El señor Beagle, que trabajó como cómplice de ustedes dos también tiene varios de estos cargos en su contra, pero él está en liberta provisional bajo fianza. Si tiene algo que decir a su favor este es el momento.

Agnes levantó la cara del suelo y miró a su interlocutor con todo el odio que sentía puesto en su mirada.

☐ Muérase, usted y todos los demás☐ MUERANSE TODOS☐

☐☐☐

Paul no había dormido en toda la noche. ¿Cómo poder hacerlo? ¿Por qué después de tantos años, tenía que volver a vivir ese dolor que causa la traición? No creía nada de lo que le decían; no podía ser posible. ¿Cómo fue que su madre pudo hacer todo cuanto decían sin que nadie la descubriera? Su madre no era tan inteligente como para planear una cosa así, además, nadie se acordaba de la transformación de Cristina el día de la fiesta. ¿Por qué había mentido con respecto a su físico? ¿Qué esperaba ganar con eso? Pues☐ Lo había hecho para atraparlo a él, que por tonto cayó en la garras de sus encantos. Que estúpido había sido.

Nunca quiso a su madre, pero creía que el castigo que le habían aplicado era demasiado duro, sobre todo porque todo lo que tenían como pruebas en su contra eran acusaciones de gente sin moral ni escrúpulos. ¿De dónde había salido aquella secretaria que le pusieron cuando empezó a trabajar en GALCORP? Aquella señora mayor que lo miraba como queriéndoselo comer con sus ojos. No era posible que su madre fuera amiga de aquella mujer. ¿Quién podría aclararle todas sus dudas? Tendría que ir a hablar con su madre sin que su padre ni su abuelo se enteraran.

Llamó a Ben y le dijo que Agnes estaba presa en un precinto en New York, que le averiguara donde estaba y que no dijera nada a su abuelo; también le dijo que no le hiciera preguntas.

☐ Cuando lo averigües, llámame con la información.

En menos de cinco minutos Ben lo llamó con la información de dónde encontrar a Agnes. Las calles estaban llenas de confeti y basura de carnaval. Recordó que los Yankees eran contendientes en la Serie Mundial y quizás hubiesen ganado ayer. No tomó su coche, llamó un taxi y dentro le dijo al chofer la dirección.

☐☐☐

El Departamento de Policía de la ciudad de *New York* contaba con aproximadamente 34,500 miembros. Ellos estaban encargados de mantener el orden y hacer cumplir las leyes civiles en las comunidades de *Sutton Area, Becckman Place, Kipps Bay, Turtle Bay, Murrya Hill, Manhattan East, y Rose Hill*; era el Departamento de policía mayor del país. Fue establecido como tal en el año 1845, mas sin embargo sus comienzos se remontaban al año 1625, en aquel entonces la isla era territorio Holandés, y lo que hoy es Manhattan, se le conocía entonces por el nombre de *New Ámsterdam*; sus calles eran patrulladas por un grupo de Holandeses conocidos como los ☐Ocho Guardianes de la Noche☐cuya leyenda era parte importante de la tradición del cuerpo de policías de la ciudad.

Ben le informó a Paul que su madre se encontraba en el Precinto Numero 17, localizado en el numero 167 Este de la calle 51. Paul nunca había estado en una estación de policía y no tenía ni idea de que hacer una vez estuviera dentro. El taxi demoró unos diez minutos en llegar; minutos que a Paul le parecieron segundos. El taxista lo dejó justo frente a la entrada, en la calle 51; la cuadra estaba rodeada de aparcamientos ocupados por los distintivos carros azules de la policía neoyorkina.

El lugar estaba abarrotado de personas, había varios mostradores de información con letreros que trataban de guiar a los que venían en busca de respuestas. Paul se dirigió al que le quedo más cercano.

Un señor metido ya en los cincuenta largos, de pelo blanco, anchas espaldas y varias libras de más, lo miró con ojos de resignación. ¿Cuánto tiempo llevaría este hombre trabajando allí y cuantas preguntas contestaría al día?

☐ ¿Qué desea?

☐ Quiero ver a una persona que está detenida aquí.

☐ ¿Es usted su abogado?

☐ No, soy su hijo

El policía lo miró como diciendo, ☐éste no tiene pinta de ser hijo de presidiaria☐pero no dijo nada al respecto.

☐ ¿Nombre del detenido?

☐ Agnes Gallagher

El policía bajó la vista hacia el monitor que tenía delante, oprimió algunas teclas y espero que la computadora hiciera su trabajo. Cuando al parecer encontró lo que buscaba, tomó el teléfono y habló con alguien que Paul no pudo entender, colgó el mismo y le dijo.

☐ Espere allí, alguien vendrá por usted en unos minutos.

Paul no sabía exactamente donde debía esperar pero se separó del mostrador para dar paso a la siguiente persona en la línea. No tuvo que esperar mucho.

☐ PAUL GALLAGHER☐

Oyó que alguien gritaba. Levantó la mano y se identificó.

☐ Sígame.

Paul así lo hizo. Pasaron por un mostrador que daba paso a una gran oficina llena de escritorios repletos de papeles y computadoras, muchos se veían ocupados por una o dos personas, pero nadie parecía prestarle atención a lo que sucedía a su derredor. Subieron al ascensor y bajaron un piso. Al desmontarse, se detuvieron ante otro mostrador donde le preguntaron si portaba algún arma, a lo que Paul contestó que no, pero de igual forma lo registraron. Al terminar lo hicieron pasar a una habitación pequeña, con un espejo grande en una de las paredes, una mesa en el medio, y dos asientos uno al frente del otro. Allí le dijeron que esperara.

Todo aquello parecía una pesadilla, una película, un cuento mal contado. No era posible que estuviera viviendo semejante impase.

El ruido de la puerta lo hizo voltear su vista hasta la misma, y por ella vio entrar a su madre, vestida con un vestido naranja, desteñido y arrugado, acompañada por un policía. Cuando Agnes lo vio se le tiró arriba llorando y sollozando, lo agarraba por el cuello y se apretaba contra él. Gritaba y lloraba y decía cosas pero Paul no podía entenderla.

□ Señora, tiene que sentarse aquí. No puede tocar a su visitante. Tienen cinco minutos.

Agnes se calmó y se sentó, lo mismo hizo Paul en el asiento de enfrente. No sabía que decir, que preguntar□ No tuvo que hacerlo, Agnes se le adelantó.

□ Paul, mi hijo, mi hijo querido, lo único que tengo en este mundo□. No creas nada de lo que te han dicho de mí. Yo todo lo hice por salvarte de esa maldita ramera que lo único que quería era tu dinero. Como podía yo dejar que perdieras tu vida con esa mujerzuela, ella hubiera destruido tu futuro. Yo hice lo que cualquier madre hubiera hecho, por ti□ por salvarte de ella□ Lo del hijo fue también un chantaje, es mentira□ Ese niño no es tuyo, es un bastardo, y sabrá Dios quien es el verdadero padre. ¿Cómo iba yo a permitir semejante desfachatez en nuestra ilustre familia?□Tú eres el heredero absoluto de tu abuelo. Tu clase y tu dinero son codiciados por miles de mujeres; yo no iba a permitir que esa piruja destrozara tu vida de esa manera, yo□.

Paul levantó una mano.

□ Espera por favor, cuéntamelo todo con calma.

□ No hijo, no puedo, no tenemos tiempo, tienes que sacarme de aquí ahora mismo. Todo esto es obra de tu abuelo, porque me odia, igual que tu padre. Tú eres lo único que tengo y tienes que sacarme de aquí ahora mismo□

A Paul le daba vueltas la cabeza, se sentía mareado, no alcanzaba a respirar. No conseguía entender lo que le estaba sucediendo, aquello que estaba oyendo no podía ser cierto.

□ ¿Fuiste tú quien lo planeó todo?

□ Eso que importa ahora, tienes que sacarme de aquí ahora mismo Paul, eso es lo más importante ahora.

□ ¿Tu secuestraste a Cristina?

Agnes se detuvo a pensar. Tenía que actuar rápido.

□ Paul, es que no me estás oyendo□ TIENES QUE SACARME DE AQUÍ□

□ Primero contéstame. ¿Quién ideo todo el plan?

□ FUI YO□ SI□ FUI YO□ Y QUE□ De no haberlo hecho ahora serias un esclavo de esa arribista degenerada□ .FUI YO□ Pero ahora no hay tiempo que perder, sácame de aquí Paul o te juro que lo vas a pagar caro junto con todos los otros□ SI NO ME SACAS DE AQUÍ AHORA MISMO□ .

Paul oyó como se abría la puerta y entraba un hombre vestido de civil.

□ Soy el   Detective   Michael Lombardi.

Le dijo el hombre dirigiéndose a Paul y extendiendo su mano derecha.

□ PAUL SACAME DE AQUÍ AHORA MISMO, ESTA GENTE ME QUIERE MATAR□

□ Sr. Gallagher, los cargos que tiene su madre son muy serios, y todos han sido comprobados por la confesión de sus cómplices. Tenemos pruebas suficientes para que sea hallada culpable de todos los cargos. Su abogado es uno de nuestros defensores públicos, su nombre es Gino Moretti□

□ PAUL NO LO ESCUCHES□ SACAME DE AQUÍ AHORA MISMO□ Y usted, payaso de detective me las va a pagar, voy a meterle una demanda millonaria a todos los desgraciados de este inmundo lugar□ PAUL□ VAMONOS DE AQUÍ□

Paul no reaccionaba, estaba en un trance desconocido y por tanto imposible de dominar.

□ Como ve, la actitud de su señora madre no la ayuda□

Paul no pudo seguir oyendo aquello, se paró de la silla, y entre los gritos y alaridos de Agnes salió corriendo de aquel cuarto sacado de una escena de Kafka. El detective salió tras él.

□ Señor Gallagher, yo soy quien lleva el caso de su madre. Si usted quiere ayudarla debe decirle que coopere con el fiscal. Se la ha pasado insultando a todo el mundo y la verdad es que con las pruebas que hay en su contra no saldrá de la cárcel en muchos años. Lo mejor sería que cambiara su actitud y quizás el juez se compadecería de ella y le impondría una condena menor, pero eso depende de ella□

Paul no oía lo que el hombre le decía. Tenía que salir de allí cuando antes. De milagros encontró el ascensor que para suerte se abría en aquel momento, se montó en él y apretó todos los botones. Como en un sueño vio que el detective le seguía hablando pero las puertas se cerraron y empezó a moverse. Al llegar al piso siguiente peleó con las puertas para abrirlas, y empezó a correr hacia la salida. Algunos lo miraban como si fuera un prófugo tratando de escaparse. Un policía lo detuvo por el brazo.

☐ ¿A dónde crees que vas?

☐ Déjalo pasar.

Oyó la voz del detective Lombardi.

Al llegar a la calle se quitó la chaqueta, se aflojó la corbata y trató de abrirse la camisa, no podía respirar, el corazón galopaba en su pecho como un animal salvaje queriendo salirse de su jaula. Poco a poco pudo recuperar su respiración y su paso se hizo más lento. Quería llorar y gritar y pelearse con alguien, quería matar o que lo mataran, pero no quería seguir sintiendo aquel nudo en su garganta y aquel peso en su pecho que lo aplastaba.

Miró a su alrededor tratando de reconocer donde estaba, había caminado varias cuadras, y se encontraba ahora justo frente al Parque Central en la calle 59 y la Séptima Avenida. Cruzó la calle sin esperar el cambio de luz, entre los gritos de choferes que pasaban y lo insultaba. Entró en el parque por la calle *West Drive* y siguió caminado sin rumbo, cada vez más lentamente. Casi por inercia se encaminó hacia la derecha y siguió deambulando hasta pasar la calle 65. Allí el tráfico lo sacó de su estupor y se dirigió hacia la Quinta Avenida, buscando su apartamento. Tenía tanto que hacer, tantas cosas que arreglar, que aclarar, que averiguar, que comprobar☐ No se sentía con fuerzas de meterse en aquel laberinto de sufrimientos que le esperaba; no sobreviviría. Lo mejor sería terminar de una vez. Esta vez sí lo haría, y lo haría ahora mismo, cuando llegara a su casa, él solo, sin molestar ni implicar a nadie, sin nota de explicación ni carta de despedida. Se iría solo, tal y como había vivido los últimos diez años.

Moriría sin conocer a su hijo y sin pedirle perdón a la única mujer que amo en su vida y eso no estaba bien, pero ya no quedaba otra solución. Al fin iba a descansar.

44

Cristina había llamado temprano a la oficina de Gene y Bailey para hacer una cita, cosa que su secretaria encontró rara puesto que ella no la necesitaba, sin embargo le dijo que podía venir a cualquier hora de la mañana que ambos estarían libres. Quiso que Will y Ali vinieran con ella. También llamo a Winona y a Lucas, Winona por poco le da un ataque en el teléfono y le dijo que no hiciera nada hasta que ellos llegaran, estaban en Disney World con las jimaguas. Pensó no se volvería a aislar como antes, tenía mucha gente buena que la querían, y deseaban estar con ella para ayudarla. Lucas y Winona se habían marchado la noche anterior.

El otoño seguía mostrando sus inigualables colores y el despejado cielo dejaba que la estrella de la mañana brillara acentuando los matices de la estación. El viaje desde la casa hasta *Manhattan* se hizo en silencio, Cristina conducía mientras que Ali se sentaba a su lado y Will detrás dejaba que su vista se llenara de colores durante el recorrido hasta la ciudad. Los chicos se habían ido a la escuela y las niñas de los Smith se quedaron con Rosi y un tutor haciendo sus tareas escolares en casa.

El tráfico de la ciudad estaba en su pleno apogeo, los transeúntes se movían entre la vorágine de camiones de mercancía, taxis, carros particulares y motocicletas que desafiaban los principios de la física manejando por espacios inferiores a sus tamaños. Por fin llegaron a su destino y dejando el carro en el aparcamiento del edificio subieron por el ascensor particular de los Hackman.

En cuanto llegaron Clarisa los hizo pasar, ya Gene y Bailey los estaban esperando. Después de los besos y los abrazos se sentaron y Cristina empezó a hablar.

☐ Quiero que ustedes se ocupen de averiguar todo este enredo que dicen los Gallagher. Lo quiero todo, desde el momento que empezó, no sé si fue cuando me secuestraron o cuando nos fuimos a San Ignacio, hasta hoy. Todo, todas las pruebas, las declaraciones, los documentos falsificados, absolutamente todo. Una vez lo hayan encontrado entonces trataremos de poner las cosas en orden y si estoy satisfecha con el resultado no tendré ningún inconveniente en que Pauly siga viendo a su abuelo y bisabuelo, pero no a la abuela, eso sí que nunca lo permitiré.

□ No te preocupes □ contesto Gene □ Esa señora está detenida, presa, esperando juicio.

□ ¿Y tú cómo lo sabes?

□ Me lo dijo Anthony. Ha seguido en contacto conmigo por si hay algo más que él pueda hacer por ti o por el niño, y por supuesto, por ver si yo puedo conseguir que cambies de opinión. Él está muy preocupado por el viejo, dice que desde que hablaron contigo no se ha vuelto a levantar de la cama.

□ ¿Y tú lo crees?

Preguntó Cristina

□ Sí, yo conocí a Anthony cuando era un muchacho joven y alegre, antes de que se convirtiera en un alcohólico frustrado. Y ahora he reconocido en él la misma pasión y sinceridad con que se conducía en aquel entonces. Anthony y el viejo están diciendo la verdad, yo les creo totalmente.

□ Yo también les creo. Paul Gallagher siempre fue un hombre honrado y decente y no ha cambiado en nada. La vergüenza en la que los ha sumergido la mujer de Anthony, lo va a matar.

□ Entonces ustedes creen que no debo buscar más pruebas.

□ Al contrario, tú debes ver todas las pruebas. Ellos han actuado rápido. Con el arresto de los cómplices se han obtenido todas las pruebas necesarias para condenarlos a todos. La policía tiene todos los documentos, y los Gallagher tienen copia de todo, pero yo pediré a la policía una copia oficial para ti.

□ ¿Entonces ustedes no creen que debamos buscar por nuestra cuenta□ ?

□ Ya lo hemos hecho.

□ ¿Y□ ?

□ Las conclusiones son irrefutables, todo sucedió tal y como lo contaron los Gallagher.

□ Entonces□

□ Entonces nada. Yo tengo aquí las pruebas encontradas por nuestro investigador. Ahora mismo mandaré pedir una copia de los cargos y el caso completo en contra de esa señora, y en cuanto los tenga te los doy. De ahí en adelante todas las decisiones son solamente tuyas.

Se hizo un silencio necesario. Todos sabían que Cristina precisaba tiempo para procesar la información descubierta, y tomar una decisión; eso sería lo más difícil.

Cristina pensó ¿Y dónde está Paul en todo esto? ¿Por qué no ha dado la cara? ¿Cómo decirle a Pauly que su padre no mostraba interés en conocerlo? Esto tenía que discutirlo con sus amigos aquí y ahora, no podía esperar.

☐ La decisión es mía, y creo que no tengo que pensarlo mucho para tomarla. Mi problema está en cómo voy a decirle a Pauly que su padre no tiene interés en conocerlo.

☐ Eso tú no lo sabes.

☐ Entonces ¿Dónde está Paul? ¿Por qué no se ha dejado ver?

Nadie respondió, Will levantó la mano y Cristina lo hizo al mismo tiempo indicándole que la dejara hablar.

☐ No quiero que se confundan ni que piensen que yo estoy interesada en Paul ni mucho menos, pero yo nunca le he mentido a mi hijo y no lo voy a empezar a hacer ahora. Explíquenme ustedes ¿Cómo le digo a Pauly que estos son sus abuelos, que lo quieren mucho, que todo fue una confusión y que todos estamos tristes por lo que sucedió años atrás, pero que su papá no quiere conocerlo? ¿Cómo se lo digo?

☐ Habría que preguntarle a Paul.

☐ ABSOLUTAMENTE NO☐

☐ ¿Por qué?

☐ Porque eso no se pregunta. Por muy confundido y herido que este, que no creo que lo esté más que yo, no ha hecho nada por conocer a su hijo. Si hubiese sido yo ya me hubiera presentado en la casa, quizás hasta lo hubiera secuestrado☐

☐ ¿Y cómo sabes tú que él no lo ha hecho?

☐ Will, por favor. Estamos hablando claro, aquí no hay suposiciones absurdas que valgan. ¿Dónde está Paul? Eso es lo que quiero que me ayuden a explicarle a Pauly sin hablarle mal de su padre. No lo hice nunca y no voy a empezar a hacerlo ahora. Pauly no va a vivir el resto de su vida pensando que tiene un padre que no lo quiere. Si cuando crezca, él mismo lo encuentra y llega a la conclusión de la verdad, pues bien, que así sea, pero no ahora. No con nueve años, de ninguna manera lo voy a permitir.

☐ La única solución es decirle la verdad. Dijo Will

☐ No le voy a hablar mal de su padre, ya lo deje bien claro.

☐ No hay que hablarle mal. Pauly es un niño inteligente, tienes que contarle todo el cuento tal y como sucedió, y cuando pregunte por qué Paul no está aquí con él, hay que decirle la verdad; que tú no sabes. Esa es la verdad, tú no sabes lo que está pensando ni

468

pasando Paul. Tú te imaginas que él no quiere inmiscuirse en esto pero tú no puedes estar segura de eso. Hay que preguntarle al padre o al abuelo▢

▢ Ya yo lo hice▢ dijo Gene▢ Anthony no ve a su hijo desde que le dijeron que habían encontrado a Cristina. No se ha comunicado con ellos, no les contesta el teléfono.

▢ ¿Y eso que quiere decir? A no ser que me esté fallando el intelecto, más claro no puede ser, él no quiere inmiscuirse en nada de esto.

▢ No estoy de acuerdo. No podemos llegar a conclusiones por medio de la especulación sin saber la verdad, ya una vez lo hicimos y mira lo que sucedió. Yo voy a buscar a mi hermano Paul.

▢ Will, te prohíbo terminantemente▢

▢ Tú a mí no me vas a prohibir nada. Si te quieres pelear conmigo y dejar de hablarme o quererme, pues hazlo, pero esto lo arreglo yo hoy mismo▢

▢ WILL▢

Ya no la oía, salió como alma que lleva el diablo y no esperó el ascensor, se disparó escaleras abajo pisando los escalones de tres en tres. Salió a la calle y llamó un taxi.

▢ ¿A dónde vamos?

▢ Al *Empire State Building*.

No sabía dónde encontrar a Paul por eso tenía que ver al abuelo primero, necesitaba su ayuda.

▢▢▢

Paul no había contestado su teléfono en las últimas 24 horas. Su padre y su abuelo se habían cansado de llamar puesto que el teléfono hacia mucho que no sonaba. Aunque venia caminando, entro al edificio donde vivía por el aparcamiento, no quería encontrarse con recados de nadie en la portería. Ya nada importaba, en unos minutos terminaría su tormento. Al entrar a su apartamento vio como el teléfono parpadeaba con una pequeña luz roja indicando que tenía mensajes; eso tampoco le importó. Fue directamente a su despacho y cerró la puerta tras de él. Movió la pintura que ocultaba su caja de seguridad. Entró la combinación en el panel de números y la puerta de la misma se abrió. Allí estaba su *Glock* 34 con su cañón extendido para más precisión y su *magazine* de 17 balas, calibre 9 x19. Le hubiera gustado tener un silenciador para que el ruido no llamara la atención. Sacó la pistola de la caja de seguridad y la puso sobre la mesa de su despacho. Era un arma de gran precisión y calibre, se la había regalado su abuelo cuando se compró el condominio en el famoso *SoHo* del bajo *Manhattan*.

◻ Este lugar será muy especial y muy caro, pero a mí me parece un barrio peligroso, de lo más bajo de la ciudad. No sé cómo todavía hay gente que le gusta caminar sobre calles de adoquines.

◻ Abuelo, este es *New York*, el peligro está en todas partes.

Era lo que le había contestado en aquel entonces. Quizás debiera usar una de sus otras pistolas, seguro que el abuelo se creería culpable de su muerte por haber usado la pistola *Glock*, ya qué más daba. Su abuelo seria la persona que más sentiría su muerte, aunque su padre había cambiado mucho últimamente, todo había sucedido tan de prisa que todavía no podía entender lo acontecido en los últimos días. Era como si los últimos diez años se hubieran saltado todos los sufrimientos y hubiera regresado a cuando todo empezó.

Se sentía tranquilo y seguro, algo que no había experimentado en mucho tiempo. Una vez la decisión estuvo tomada el resto era fácil. ¿Dónde se dispararía? Mejor sería ponerse la pistola dentro de la boca y dirigirla hacia atrás. La gente que se la ponía en la sien a veces fallaba y solo se hacían un rasguño en la cabeza. El no fallaría; disparando en la boca no había forma de sobrevivir.

La cogió en la mano derecha y abrió la boca◻ ¿Qué es ese ruido? El portero llamando. ◻No lo contestes, ya no estás vivo.◻ Volvió a abrir la boca para meter la pistola, pero el ruido no cesaba. Será cretino ese portero, ¿Por qué me sigue llamando si no le contesto y no me ha visto llegar? Porque es tonto.

El ruido seguía, era un pitillo impertinente que se entrometía en la paz de la antesala de la muerte. No aguanto más el intruso sonido y agarró el auricular.

◻ ¿Qué pasa?

◻ El Sr. Will Smith está aquí, dice que no tiene cita pero que es urgente.

Esto era inconcebible◻ ¿Estaría soñando? No puedo hablar con él, no quiero hablar ni con él ni con nadie.

◻ Dígale que no estoy.

◻ Ya subió señor.

¿Pero será idiota este portero? Ahora tenía que matarse de prisa porque si no◻ El timbre de la puerta. Ya estaba allí. No le iba a dar la satisfacción de contarle sus planes. Abrió la gaveta del medio de su escritorio, y de prisa guardó el arma dirigiéndose hasta la puerta.

□ ¿Qué quieres?

Le dijo sin abrir la puerta.

□ Entrar.

□ No tengo interés en oír lo que me vas a decir.

□ Yo no vine a decirte nada. Vine a traerte esto.

Metiéndose la mano en el bolsillo interior de la chaqueta sacó una fotografía y se la dio a Paul.

□ Este es tu hijo Pauly, me imagino que no necesitaras prueba de ADN puesto que parece un clon tuyo. Tenemos un problema, no sabemos cómo decirle que tú no quieres conocerlo. Tú crees que me puedes ayudar con eso. ¿Qué crees que debo decirle a tu hijo cuando me pregunte porque que su padre no quiere ir a verlo y conocerlo?

Paul se resistía a mirar la foto, no quería verlo. Si lo veía no podría matarse y todo el plan se le vendría abajo. Pero una fuerza mucho más fuerte que su irracional voluntad hizo que su mano se elevara y sus ojos se fijaran en aquella fotografía que era de él□ Cuando era niño. Aquel no era su hijo, era el mismo□

□ En fin, eso era a todo lo que venía.

□ Will□

Se detuvo, había algo en la voz de Paul que le decía que volviera. Se había hecho el propósito de llevarle la foto e irse, pero algo en su corazón le decía que Paul estaba a punto de cometer una locura□

Volvió hasta la puerta y empujando a Paul a un lado, pasó adentro y la cerró a sus espaldas. Luego sin pensarlo abrazó a su amigo, a su hermano, a su compañero de siempre a su cómplice de fechorías de juventud con el que tantos momentos de felicidad había compartido, y sintió como las piernas de Paul se doblaban y este no podía sostenerse. Como pudo lo agarró fuertemente mientras Paul lloraba en silencio agarrado a él como si fuera una pequeña tabla sobre un océano furioso que se lo quería tragar.

Will también lloró, y con las lágrimas sacó el dolor guardado por tantos años, y se sintió orgulloso de nunca haber creído la culpabilidad de su amigo. Poco a poco Paul se fue calmando y al separase y mirarse a los ojos, la primera sonrisa, después del dolor de una década, se dibujó en su cara con el color de la esperanza.

□ Gracias hermano.

Su voz todavía tomada por el llanto salía sincera y limpia desde lo más profundo de su ser.

☐ No me las des, al contrario, debí haberte buscado hace mucho tiempo.

☐ Quizás entonces no te hubiera creído. He tenido que ver a☐ . Mi hijo☐ Para poder darme cuenta de la verdad☐ Mi hijo☐ Will☐ Mi hijo, tengo un hijo que no conozco y que lo he hecho sufrir durante toda su vida de la cual he estado ausente☐ Como reparar semejante canallada. He sido un estúpido, no me merezco tu amistad ni la de nadie☐

Paul se dio la vuelta y se sentó en un butacón de la entrada. Ahora sollozaba como un niño avergonzado.

☐ ¿Cómo podré algún día mirarle la cara a mi hijo☐ ? ¿Y a su madre☐ ?

☐ Eso ya está resuelto, la luz al final del túnel se hace más y más grande, solo tienes que seguir caminando hacia adelante.

☐ ¿Cómo esta Cristina?

☐ Destrozada, como tú. Esa niña ha sufrido mucho Paul, sinceramente no sé cómo ha podido sobrevivir todos estos años☐ No, si lo sé. Ha sobrevivido por su hijo, por tu hijo. Pauly es lo único que la ha hecho seguir adelante, y una vez más su existencia será quien arregle todo esto.

☐ Pero él me debe odiar.

☐ No, no puedes seguir envenenándote con pensamientos negativos. Cristina nunca haría eso, Cristina adora a su hijo, y de alguna manera le ha explicado las cosas de forma que él no sufra. Él no te odia, al contrario, está loco por conocerte. Eso ahora es lo más importante, después que se conozcan las explicaciones van a sobrar. Tu hijo es un niño muy bueno, que no tiene un ápice de malicia y nunca piensa mal de nadie. Así lo ha criado Cristina, que ha sido la mejor madre del mundo.

Will sacó su teléfono de la chaqueta y marcó un número, llevándose luego el teléfono al oído.

☐ Cristy, ya todo está resuelto. NO☐ ! No hay tiempo para eso ahora, luego lo arreglaremos. Paul va conmigo para tu casa a conocer a su hijo ahora mismo☐ . Ah☐ Verdad☐ ¿Y no puedes sacarlo de la escuela? Me parece que la ocasión lo amerita☐ Nosotros podríamos☐ Si claro, es mejor así, entonces☐ . Está bien, allí estaremos. ¿Qué?.. No, todo está bien, nos vemos en un rato☐ No te preocupes, todo saldrá bien☐ Si☐ Cristina Cecilia Gallagher, ya☐ . Nos vemos en un rato.

☐ Por eso nunca la encontré, se cambió el nombre.

☐ No lo hizo para que no la encontraras, sino porque es tú legitima esposa y quiso llevar el mismo apellido que su hijo.

☐ Nunca me perdonará.

☐ Se acabaron los sentimientos de culpabilidad, arriba, lávate un poco la cara que tenemos que irnos a que conozcas a Pauly.

Oyeron como la puerta del despacho se abría y entraban el abuelo y Anthony.

☐ Perdóname hijo, pero no me pude contener. Seguí a Will, tenía que saber en qué pararía todo esto.

☐ No hay nada que perdonar, hiciste bien en venir abuelo. ¿Y mi padre?

☐ Está afuera esperando, no quiso subir para no importunarte.

☐ Entonces nos vamos todos juntos.

Dijo Will con una sonrisa que ilumino la mañana.

45

Rosi quiso acompañarla pero Cristina no la dejó. Le vendría bien el viaje a la escuela, sola, para pensar lo que le diría a Pauly. Necesitaría estar a solas con el niño, sin ningún tipo de interrupción, para explicarle el origen de su llegada al mundo, y lo importante de su existencia. Quiso repasar en su mente las palabras que usaría, pero no le fue posible, constantemente la cara risueña y alegre de su hijo la hacía desconcentrarse☐ Pauly era un niño muy especial y lo entendería todo sin problemas. ☐Ay Dios mío, una vez más ayúdame para no herir a mi hijito☐

La escuela *Ross* fue fundada en el año 1991 por *Courtney y Steven Ross*. Ellos tuvieron la visión de crear un centro donde preparar a los niños para la sociedad global del futuro. Uno de los programas más fuertes de su currículo era el de viajar. Anualmente, los niños del grado cuatro en adelante viajaban con maestros y chaperonas a lugares donde pudieran conocer culturas diferentes. Era una escuela muy cara, sin embargo el cincuenta por ciento de los estudiantes lo formaban chicos de bajos recursos económicos, traídos de todo el país y el extranjero, los cuales eran auspiciados por padres como Cristina, cuyas contribuciones lo hacían posible. Pauly había asistido a la Escuela Ross desde que tenía cuatro años y era uno de los mejores alumnos del centro.

El viaje hasta la escuela se le hizo más corto de lo normal, inconscientemente quería tener tiempo para preparar su explicación, sin embargo una vez más tendría que improvisar; a veces eso era lo mejor.

Cristina aparcó su carro frente a la oficina central a la que se dirigió para poder sacar a Pauly de clase. Siempre se requería de una razón valedera para poder interrumpir las clases de un niño durante la jornada escolar. Cristina sabía que todos especulaban en cuanto a su estado civil, decía que era casada, con anillo en el dedo, pero sin marido que se dejara ver nunca. Nadie preguntaba; algunos por respeto, y otros por conveniencia. Cristina era una de los contribuyentes más importantes que tenía la escuela.

☐ Buenos días Dra. Gallagher. Que gusto verla por aquí. ¿Ocurre algo?

☐ Nada, solo vengo a buscar a mi hijo.

☐ ¿Alguna emergencia? ¿Algo que quiera contarnos?

☐ No.

Cristina se había acostumbrado a usar el menor número de palabras posible, sobre todo cuando su interlocutor era un intruso.

☐ ¿Y la excusa para sacarlo?

☐ La excusa es que yo, su madre, quiere llevárselo a la casa ahora mismo para lo que a ninguna de ustedes les concierne. ¿Me explico?

☐ Si señora.

La secretaria de recepción mandó buscar al niño y no dijo nada más. Antes de llegar Pauly entró la directora.

☐ Doctora Gallagher, disculpe☐

Cristina vio como Pauly entraba y lo recibió con un gran beso y un brazo.

☐ Hola mami.

☐ Señora, espero que no tenga que disculparse más.

☐ Si doctora.

☐ Vamos Pauly, te tengo una sorpresa.

☐ Me encantan las sorpresas.

Si las empleadas de la recepción se creyeron que iban a oír la explicación, se equivocaron y se quedaron con los deseos, aunque eso no quitó para que empezaran a especular sobre el asunto. Cristina sabía que eran personas buenas, pero curiosas, y verdaderamente el misterio de su vida privada era muy apetecible.

Ya en el carro rumbo a la casa.

☐ Pauly, hemos encontrado a tu papá y viene a conocerte esta mañana.

Se asombró de las palabras que salieron de su boca, nunca pensó pronunciarlas.

☐ QUE BUENO MAMI☐ . Yo sabía que los abuelos lo encontrarían. ¿Dónde estaba? ¿Y ya arreglaste los problemas que tenías con él?

☐ Mi amor, de momento vamos a dejar las cosas de los mayores, para los mayores. Lo único que debe interesarte en este momento a ti es que vas a conocer a tu padre.

☐ ¿Y se va a quedar nosotros?

☐ Pues no lo creo, puesto que él tiene también su vida.

☐ Si claro, su otra familia, con mis hermanas☐

Eso tampoco lo sé bien Pauly, parece ser que ha habido un gran mal entendido en todo esto, pero todo se aclarará. Tu solo ocúpate de conocer a tu papá y a tus abuelos, y se feliz.

 Está bien mami, eso haré. Le voy a preguntar a mi padre si puede venir un día a la escuela para que todos lo conozcan. Tú sabes que hay muchos niños que no me creían cuando les decía que yo tenía papá, ahora lo verán

 Pero acuérdate que en nuestra familia no es importante lo que otros piensen de nosotros si no lo que nosotros mismo pensamos, así que te aconsejaría no gastar el tiempo en probarle nada a nadie. Tú y tu papá tienen mucho que contarse, es mejor que aproveches ese tiempo para ti y para él.

 Y para los abuelos.

 Si claro, para los abuelos también.

Había sido mucho más fácil de lo que pensó, se dijo Cristina. La vida la había enseñado a esperar lo peor y estar lista para vencerlo. Eso era lo que había hecho en los últimos diez años y gracias a eso había sobrevivido.

Siguieron el camino en silencio. ¿Qué estaría pensando Pauly? Mejor sería no preguntarle y dejarlo que ordenara sus ideas. Deseaba que cuando ellos llegaran ya Paul y Will estuvieran allí, así no tendría que llenar el tiempo de espera con más medias mentiras.

Llegaron a la entrada de la hacienda y enfilaron la carretera hacia la casa. Cristina vio el BMW 740i aparcado al frente de la casa y supo que sus deseos se habían cumplido. Ayúdame Dios mío, necesito ser muy fuerte, ayúdame Vio también que la puerta de la entrada estaba abierta, seguro que acababan de llegar. Vio como Ali salía a recibirlos.

Pauly no había esperado que el auto se detuviera, sin que Cristina lo pudiera retener abrió la puerta y se lanzó corriendo hacia la entrada de la casa. Cristina se quedó un momento donde estaba y lentamente salió del carro y empezó a caminar, pero no hacia la casa, no, no podía estar presente en el encuentro; lo echaría todo a perder. Por mucho que le dijeran y explicaran, ella no podía sacarse del alma diez años de sufrimientos en solo unos momentos. Esto requeriría mucho de su parte y en este instante carecía de fuerza alguna para hacerlo. Pesadamente se fue yendo, dio la vuelta por la cochera y salvó la casa hasta llegar a la entrada del jardín, cruzó el camino enlajado, pasando por los cerros que amparaban la senda, llegando hasta el campo de golf donde consintió que la poca energía que le quedaba la condujera hasta un lugar donde no tuviera que pensar.

De nuevo el otoño vino a rescatarla, y en medio de aquel miedo que sentía encontró algo de paz en los colores de Octubre, en el canto de la brisa abatiendo los cipreses, y en un cielo que se vestía de azul solo para escoltarla en aquel recorrido incierto que era su futuro.

□□□

En el despacho de Cristina Paul, Will, Ali y Rosi esperaban a la madre y al niño. Ali no vio como Cristina se alejaba de la casa porque Pauly cruzo la puerta como un misil y ella lo siguió. La llegada de Paul, que tanto Ali como Rosi temían, se desenvolvió con grandes abrazos llenos de ternura tanto por ellas como por Paul. Sin embargo una vez franqueada la barrera del primer encuentro todos se dirigieron al despacho de Cristina, y nadie hablo ni una sola palabra. El silencio era tan ensordecedor que no oyeron el auto llegar. Todos se refugiaban en el mutismo tratando de encontrar que hacer y qué decir. El ruido de la puerta los sorprendió pero no tuvieron mucho tiempo para reaccionar puesto que Pauly entró corriendo y fue directo a donde estaba Paul.

□ ¿Tú eres mi papá?

Paul no pudo responder. Su mirada estaba clavada para siempre en aquella visión del pasado, cuando él era niño. Se tenía a sí mismo al frente□ Aquel niño que era su vivo retrato; esto lo paralizó de tal manera que no podía respirar, no conseguía hablar. Quería abrazarlo y retenerlo en sus brazos pero no lograba moverse. Se le nubló la vista y empezó a caer.

□ ¿Papi, estas malito?

Finalmente Paul se derrumbó con el peso del amor, cayendo de rodillas delante de su hijo□ SU HIJO□ Y aquel angelito se le abrazó fuertemente, colgándose de su cuello y apretando su cuerpo al de él.

□ Papi□ ¿Estás bien?

Con los ojos llenos de lágrimas y aunque sin poder hablar, asintió con su cabeza para dejarle saber a SU HIJO☐ Que estaba bien☐ SU HIJO☐

☐ No llores papi, ya estamos juntos. Llevo esperando mucho tiempo por ti, y no quiero que llores. Ven te voy a enseñar mi cuarto.

Pauly le tomó la mano y Paul se incorporó.

☐ Espera un momento Pauly, déjame mirarte☐

☐ Si claro, yo también quiero mirarte a ti. Dicen que me parezco mucho a ti.

☐ Y tienen razón, si vieras las fotos de cuando yo tenía tu edad te darías cuenta que luces exactamente igual a mi☐

☐ Quiero ver esas fotos. Pero ahora vamos a mi cuarto.

El niño se dio cuenta de sus tíos y de Rosi que los miraban todos con lágrimas en los ojos.

☐ ¿Por qué lloran? Yo estoy muy feliz porque encontré a mi papá. No estén tristes, todos tienen que estar muy alegres, verdad tío Will.

☐ Así es Pauly, todos estamos muy alegres, estas son lágrimas de alegría.

☐ Yo creo que por eso mami no quiso entrar conmigo, porque ya desde que salimos de la escuela venia llorando. Yo creía que estaba triste pero ahora creo que lloraba como ustedes, de alegría.

☐ ¿Dónde está tu mamá? Preguntó Rosi

☐ No lo sé, quizás está caminando por el jardín. Tenemos que ir a buscarla. Papá, vamos primero a buscar a mami y luego te llevo a mi cuarto.

☐ No Pauly☐ Dijo Rosi☐ Vayan al cuarto que yo voy a buscar a tu mamá.

☐ De acuerdo. Ven papi.

Pauly haló a su padre de la mano y casi corriendo salió del despacho.

☐ ¿Qué hacemos? Le pregunto Rosi a Will y Ali.

☐ Hay que buscarla.

☐ Vamos a darle unos minutos más.

☐ No Rosi, es mejor hacerlo ahora mismo. Con Pauly entre los dos, hablando y haciéndole cuentos al padre, será mejor. No tendrán que hablar, solo escucharlo y responderle sus preguntas infantiles, creo que es mejor así.

☐☐☐

Cristina no sabía qué tiempo llevaba deambulando por el campo de golf. Pauly ya estaría con su papá. Hubiese querido verlo por una rendijita, a ver qué hacía y qué decía. Seguro no había parado de hablar durante todo ese tiempo.

Una sonrisa de cariño y orgullo se dibujó en su cara. Pauly era un ángel, era perfecto. Todas las reservas que tuvo al principio se desvanecieron al imaginarse a Pauly hablando con su padre. Una vez más sus ángeles celestiales; sus padres, la habían ayudado, estaba convencida de ello. Pauly no sufriría, al contrario, estaría tan feliz de tener a su papá que las preguntas se quedarían atrás en el olvido.

En ese momento creyó oír su nombre y se viró, vio a Will que venía corriendo hacia ella

    ☐ ¿Le paso algo a Pauly?

    ☐ No, no le paso nada a nadie, solo quería venir a contarte que todo salió bien. Pauly no ha dejado de hablar desde que conoció a su padre. Ahora está enseñándole su cuarto y sus juguetes. Creí que sería una buena ocasión para que tú también saludes a Paul. Ya sé que no quieres hacerlo; sin embargo sabes que tienes que hacerlo. Si lo haces ahora con Pauly en su cuarto te será más fácil solo saludar y marcharte. Si esperas más quizás tengas que quedarte a solas con Paul y eso será más difícil.

    ☐ ¿Tienes miedo que me tire llorando en sus brazos?

    ☐ No, tengo miedo de que seas descortés con él o que no quieras verlo del todo.

    ☐ ¿Qué te hace pensar de ese modo?

    ☐ Por favor Cristy, tu actitud durante las últimas horas grita a los cuatro vientos que eso es lo que quieres hacer.

    ☐ Sí, pero no lo haré.

    ☐ Por Pauly.

    ☐ Eso es.

    ☐ ¿Y por ti?

    ☐ Por mi nada. La vida sigue y nada cambiará.

Will se dio cuenta que debía mantenerse al margen; ya no podía hacer más. Se dio la vuelta y emprendió el camino a la casa.

    ☐ Espérame, voy contigo, creo que tienes razón.

Caminaron en silencio uno al lado del otro. Al llegar al patio Cristina tomó a Will por un brazo y alzándose en puntilla le beso la mejilla.

⬜ Gracias. Acuérdate que te quiero mucho.

⬜ Yo lo sé. Yo también te quiero mucho a ti. ¿Tú lo sabes?

⬜ A veces tengo mis dudas⬜ .!!!

Will se viró y le empezó a hacer cosquillas y ella salió corriendo y gritando⬜ La vida era un enigma, las lágrimas y las sonrisas vivían en el mismo rincón del alma⬜

⬜⬜⬜

Cristina pudo oír la voz de Pauly desde el final del pasillo que daba a su habitación. La puerta estaba abierta. También oyó la voz de Billy, claro, seguro Pauly lo había llamado para demostrarle que el sí tenía papá. Volvió a sonreír, ya eran dos las veces que lo hacía en menos de una hora, y todo por pensar en su hijo. Tomó una profunda respiración y entró en la habitación.

⬜ Mami, que bueno que llegaste. Mira, a papi le gustan todos mi juguetes, y sobre todo, la Cueva de la India.

El cuarto de Pauly lo diseño Cristina teniendo en cuenta todo lo esencial para el buen desarrollo de un niño. Pauly tenía solo dos añitos cuando se mudaron a esta casa pero ya Cristina sabia cuál era su color favorito, el verde, y así utilizo los distintos matices del mismo para crear un ambiente en el que el niño se sintiera cómodo, relajado, seguro. Si un niño no se siente bien en su habitación es posible que busque refugio en la de sus padres, sobre todo de noche, cuando la oscuridad lo hace todo más incierto y perplejo. El cuarto de Pauly contaba con un área de recreo donde estaban todos sus juguetes, un área donde la tecnología lo envolvía entre computadores, televisores, y otros juguetes que requerían de habilidades específicas para su uso. A Cristina nunca le gustó que Pauly pasara mucho tiempo en esta área pues allí estaba solo, aislado del resto del mundo, sin embargo a la vez entendía que su hijo debería estar preparado para disfrutar de su propia compañía. En el área de música Pauly tenía un equipo de sonido que no tenía nada que envidiarle a la mejor discoteca del mundo, allí pasaban mucho tiempo, a Cristina le encantaba bailar con su hijo, y se reían y disfrutaban de la mutua compañía envueltos en la magia de las distintas melodías; Cristina sabía que la música es un estímulo imprescindible para el desarrollo del niño. El área de dormir era sacada de un cuento de príncipes y princesas; era una cueva encantada donde Pauly se sentía seguro y feliz, con controles remotos que le permitían manejar el cuarto completo desde ella; Cristina se durmió muchas noches a la vera de su hijo hasta que este se acostumbró a quedarse solito. En las noches de fuertes tempestades, sin embargo, el venía a la habitación de su madre para ▢acompañarla y que no tuviera miedo.▢

Con todas las cosas que había en el cuarto se pensaría que estaba atestado y amontonado sin dejar espacio para moverse, pero no era así, todo estaba tan bien organizado que parecía amplio y limpio; el lugar perfecto para que un niño fuera feliz. Cristina siempre insistió en que Pauly tuviera su habitación organizada y que valorara lo que tenía; hábitos que creía indispensables para desarrollar la disciplina y el respeto a la vida y las cosas que le rodeaban.

▢ Mami, ven aquí con nosotros.

▢ Tía Cristy, Pauly si tiene papá, que bueno.

Cristina vio como Paul se paraba y se dirigía a ella.

▢ Hola.

▢ Hola.

Se quedaron mirando por unos instantes que se extendían ante la incertidumbre de qué hacer después. Paul pensó ▢está más linda que nunca▢ Cristina pensó algo parecido a cerca de él, pero por supuesto ninguno de los dos dijo nada. Cristina nunca imaginó que aquel encuentro ocurriría de la manera en que se estaba desarrollando. La presencia y el amor que irradiaba Pauly dominaban cualquier otro sentimiento que ambos pudieran tener. Estaban allí de pie, uno frente al otro, sostenidos por la inercia del momento.

Paul extendió su mano.

▢ ¿Cómo estás?

Cristina se la estrechó.

▢ Bien, gracias.

El contacto los hizo recordar momentos vividos hacía mucho tiempo atrás en una isla del Caribe, pero el instante duró muy poco puesto que Pauly requería la atención de ambos.

▢ Mami, podemos comer aquí en mi cuarto. Yo tengo mucha hambre ya.

▢ Y yo también tía Cristy. ¿Podemos comer aquí?

▢ Si claro, ahora le digo a Rosi para que les prepare almuerzo.

▢ Y también para papi. ¿Qué tú quieres comer papi? Marino es el mejor cocinero del mundo y te puede preparar lo que desees.

▢ No tengo mucha hambre Pauly, mejor coman ustedes.

☐ ¿No tienes hambre? Pero si llevamos jugando mucho tiempo y no has comido nada. Rosi dice que si uno no come cada tres horas se enferma.

☐ Bueno entonces tendré que comer.

☐ Mami, le puedes decir a Rosi que venga y ya le decimos a ella lo que queremos para que Marino lo prepare. Yo quiero una hamburguesa con papas fritas.

☐ Yo también. Dijo Billy.

☐ Yo comeré lo mismo que ustedes.

☐ Mami, ya le puedes decir a Rosi. Oye mami, por qué no comes con nosotros. Tengo muchas cosas que contarle a mi papá y así tú me ayudas.

☐ Ya tenderemos tiempo de eso luego, ahora tengo que ir a ver a tus tíos.

☐ Mami, dile a las niñas que vengan para que conozcan a mi papá. Ya deben de haber terminado sus clases.

☐ Sí, ahora voy mi amor.

Cristina no esperó a que Pauly dijera nada más. Salió del cuarto despacio y tranquila, no quería que Paul pensara que estaba huyendo de él, ☐Y a mí que me importa lo que piense Paul☐ pensó, pero no podía engañarse a sí misma de esa manera tan tonta, claro que le importaba. No sabía que estaba sintiendo, su mente se balanceaba en un limbo que solo le permitía desempeñar las funciones básicas de un ser humano. Por eso todavía podía respirar, caminar, contestar, pero no dilucidar, no podía hacer nada que requiriera intelecto. Se sentía como una maniquí de vidriera, de pie, erguida, mostrando un bonito atuendo, pero completamente vacía por dentro. Sin saberlo llegó a la cocina donde encontró a Mariano preparando el almuerzo.

☐ Me acaba de llamar Pauly.

Le dijo el Chef con una sonrisa de complicidad.

☐ Todos estamos muy contentos señora, sígale, que yo me encargo de ellos.

☐ Gracias Mariano.

Volvió al pasillo, iba caminado por inercia. Se dirigió a su estudio donde encontró a Ali, Will, Rosi, Winona y Lucas que acababan de llegar.

☐ Quisimos venir cuando antes, no queremos que estés sola con ese hombre por aquí, rondándote otra vez.

◻ Ese hombre, es mi amigo, y es el padre de Pauly, así que hagan el favor de respetar.

◻ ¿Y dónde ha estado metido tu amigo en los últimos diez años?

◻ Ya por favor. Ya. No más discusiones. Rosi, se buena y prepáranos un trago a todos.

◻ Cristina, quisiera hablar contigo un momento, en privado.

Dijo Lucas mirando a los demás.

◻ Lucas◻ Respondió Winona◻ No sigas luchando contra ellos, no vas a conseguir nada más que importunar a Cristina. Vinimos a estar con ella no a pelearnos con estos◻

◻ ¿Estos qué?

◻ Estos nada, por Dios. Ya dejen de discutir de una buena vez. Ustedes son mi familia, cómo creen que me siento cuando los veo comportarse de esa manera.

◻ Ya está bien, voy a preparar *Martini* para todos, y esta vez ustedes, Lucas y Winona, también se tomaran uno, me importa un bledo que se enfermen o se emborrachen, quizás eso sea precisamente lo que les haga falta.

◻ Gracias Rosi.

46

Dos días atrás Anthony Gallagher convenció a su padre para que viniera con él hasta su condominio en Park Avenue y se quedara allí hasta ver en que paraba todo el drama que estaban viviendo. De Agnes no supieron nada más, a ninguno de los dos les inquietaba su suerte. Ahora esperaban la llamada de Paul o de Will que les infamaría como había ido la reunión con el niño.

☐ Anthony, tú dices que siempre imaginaste algo así, por qué no dijiste nada antes.

☐ Porque nadie me hubiera hecho caso. Acuérdate que yo soy el borracho de la familia, el vago que vive de su padre.

☐ ¿Y qué cambio?

☐ Muchas cosas. La primera fue encontrarme con Gene. El me recordó el hombre que algún día fui y también el cambio que hubo en mí después de mi matrimonio.

☐ Eso te lo hubiera podido decir yo.

☐ Sí, pero nunca lo hiciste.

El viejo suspiró profundamente tratando de sacarse del alma la culpabilidad que lo azotaba cada vez que pensaba en lo mal padre que había sido para Anthony.

☐ Sabes papá, cuando me llamaste y me pediste que buscara a alguien para hacer el cambio de propiedad de GALCORP pensé que lo estabas haciendo porque te sentías mal, y viejo, y querías dejarlo todo arreglado en caso de que te sucediera algo. Entonces me di cuenta que yo era mucho más viejo que tú y que solamente me quedaba energía para arreglar una sola cosa, la vida de Paul. Aquel mismo día fui a ver al investigador privado, y a medida que le narraba lo sucedido, me escuchaba a mí mismo como si lo estuviera oyendo por primera vez, y claro, me di cuenta de que era Agnes, tenía que ser Agnes, no había otra explicación. Decidí dejarle ese regalo a Paul antes de morir. Luego tú me llamaste y deje de tomar, y bueno, todo lo demás. Te digo que ahora ya puedo morir tranquilo. Mi diligencia le ha dado a Paul las armas que necesita para vencer a su propio destino, para salirse de su coraza protectora y darle otra oportunidad a su vida, pero el resto lo tiene que hacer el solo.

☐☐☐

— Pauly, tu conociste a tus abuelo hace unos días. ¿Quieres que los invite a que vengan a verte?

Inmediatamente después de decirlo Paul se arrepintió. ¿Y si Cristina no lo aprobaba? Lo dijo porque le salió del alma, pensó en lo feliz que estaría su abuelo de estar ahora mismo allí con ellos. Tenía que tener cuidado, él no poseía ningún derecho sobre su hijo, y todo debería ser consultado con Cristina.

Desde que la vio no pudo seguir prestando atención a lo que el niño le decía, trataba de concentrarse en la conversación con los chicos pero no lo lograba. Una fuerza salvaje lo halaba hacia ella. Sería mejor no acercársele mucho puesto que no estaba seguro de poder contener sus impulsos teniéndola cerca. ¿Qué pensaría ella? Pareció muy normal y completamente neutral cuando vino a la habitación de su hijo. Ella ya se había olvidado de todo, pero sobre todo de él. Al final Agnes había ganado— El niño lo sacó de sus reflexiones.

— Claro papi, eso es una buena idea.

— ¿No crees que tu mamá se enoje?

— Bueno, ella ha estado un poco enojada en estos últimos días, pero creo que ya está bien. Mejor ve y pregúntale, ven yo te llevo porque tú no sabes andar por la casa.

— Pauly, le voy a decir a mis papás que vengan también, ellos no conocen a tu papá tampoco. — Dijo Billy.

— Sí, está bien.

Pauly tomó a su padre de la mano mientras Billy llamaba a su mamá.

☐☐☐

Rosi acababa de entregarle sus *Martini* a todos los presentes cuando la puerta del despacho se abrió y entro Pauly con Paul de la mano. El recinto era amplio, y la claridad otoñal entraba por los amplios ventanales dándole al mismo un toque antiguo y señorial.

— Mami, papi quiere invitar a los abuelos a que vengan para acá. Hola tía Wini, hola tío Lolo. Fíjate mami, tenemos a toda la familia en la casa con nosotros. Billy fue a buscar a tío Gene y a tía Crystal. WOW☐ Qué bueno mami☐ Papi, llama a los abuelos para que vengan.

Pauly se desprendió de la mano de su padre y fue a saludar a sus tíos. La inocencia de este niño hacia posible que todo fluyera con naturalidad. Pauly no hizo ninguna pregunta, no quiso saber nada de antes, para él lo importante era tener a su padre y poder mostrarlo a todos en la familia.

☐ Tía Wini, este es mi papá. Papi, esta es mi tía Wini y este mi tío Lolo. Tú no los conocías, verdad.

Will clavó su mirada en Winona. ☐No te atrevas a decir algo indebido☐ le trató de decir con sus ojos, que luego se movieron hasta Lucas.

☐ Si Pauly, nosotros nos conocemos.

Respondió Lucas con una sonrisa en sus labios. Winona sin embargo no pudo decir palabra, estaba enojadísimo con todo aquello. ¿Cómo podría este tipejo venir a presentarse así, sin más ni más después de haber abandonado a Cristina como lo hizo? Esto tendría que explicárselo alguien luego, porque ella no entendía nada de lo que estaba sucediendo. Una cosa era que se hubieran encontrado, y otra muy distinta es que estuvieran como si nada hubiese ocurrido.

☐ Si Pauly, claro que puedes invitar a los abuelos.

Se oyó decir Cristina, recordándose de cuando *Mr. Darsy* invitó a bailar a *Miss. Bennet* y esta respondió afirmativamente sin darse cuenta de lo que hacía. ¿Existiría alguna similitud entre el cuento de *Henry James* y ellos? Ambos mantenían su orgullo delante de la audiencia, pero ¿Qué pasaría si se encontraran solos?

☐ Gracias ☐

Dijo Paul sacando su teléfono para llamar a su abuelo.

Algo en la mirada de ambos le dijo a Will que tenía que aprovechar la oportunidad para dejarlos solos y que hablaran. ¿Pero cómo hacerlo sin que los interesados se dieran cuenta? Rosi no era problema, a Ali se la llevaría el, pero que hacer con los ☐genios☐☐

☐ Ya vienen para acá.

Dijo Paul. Gracias de nuevo.

☐ Ali, ve a preparar las niñas que ya deben de haber terminado, para que conozcan a los Gallagher. ¿Ustedes trajeron a sus geniecitos?

☐ Will☐

☐ Es una broma☐

☐ No, vinimos solos. No pensamos que esto se convertiría en una fiesta familiar.

Cuidado con lo que dices Winona.

 ¿Están peleando?

Preguntó Pauly, el cual se había quedado en medio de todos ellos pero que con la dinámica de la conversación había sido olvidado.

 No mi amor, tú sabes que tus tíos están siempre bromeando.

 Bueno, puesto que todo está en orden y no nos necesitas para nada, nosotros nos marchamos porque tenemos mucho que hacer.

 Winona ¿Por qué tan rápido?

 Porque tenemos mucho que hacer. Ten cuidado con lo que haces Dijo está mirando directamente a Paul Si nos necesitas nos llamas.

Rosi salió para acompañarlos y quedaron Will, Paul, Cristina y Pauly solos.

 Pauly, le enseñaste a tu padre el libro que hiciste el curso pasado, donde pintaste todos esos aviones volando

 No tío, se me olvidó, pero ahora mismo se lo busco.

 Pauly, no tienes que buscarlo ahora mismo

Le dijo Cristina casi gritándole puesto que el niño ya salía corriendo a buscar su obra.

 Yo voy   A dar una vuelta para cerciorarme de que todo esté bien

 ¿Bien de qué Will, que estás haciendo?

 Es obvio, los estoy dejando solos para que conversen.

 Sigues metiendo la cuchareta donde no debes

 Siempre. *Good luck brother*

Respondió Will mirando a Paul, y salió dejándolos solos en el despacho.

Como dijo la escritora francesa *Georgina Sand*, El otoño es un andante melancólico y gracioso que prepara admirablemente el solemne adagio del invierno. Que bien describió la estación, pensó Cristina. Palabras como melancolía, desconsuelo, y nostalgia eran también aplicadas al reseñarse los meses de Octubre y Noviembre, pero lo más relevante para ella, era que el color de la esperanza, ese verde puro que nace de la fusión del amarillo sol y el azul cielo, desaparecía, siendo sustituido por los colores café, rojizo, y naranja, los cuales caían con las hojas de los árboles abatidos por el viento fuerte que anunciaba el invierno.

Con la mirada fija en los colores que entraban por los ventanales del despacho, Cristina se refugiaba en la reflexión de lo abstracto para evitar la realidad que estaba viviendo.

☐ La diplomacia nunca fue su fuerte.

Dijo Paul refiriéndose a Will.

☐ En eso estamos de acuerdo.

☐ De todas formas esta conversación tenía que suceder.

☐ No necesariamente.

☐ ¿Te sentirías mejor dejando las cosas como están?

☐ ¿Cómo crees tú que están las cosas, Paul?

☐ A medias. Sin embargo, yo estoy feliz de haber encontrado a un hijo que nunca supe que tenía, y que este sea un ser humano maravilloso. Eso es lo más importante para mí, lo demás es secundario.

Claro, ☐Típico de Mr. Darsy☐ pensó Cristina.

☐ Entonces la conversación de la que hablas no tiene por qué suceder.

☐ Tienes razón. Disculpa.

☐ Sin embargo hay algo que es muy importante para mí. Tú dices que estás feliz de tener a Pauly; él a su vez está disfrutando de ti al máximo, pero si esto es solo un interés pasajero, una curiosidad, un ensayo para probar que se siente cuando se es padre, te agradecería que no lo llenaras de ilusiones. Si no planeas estar en su vida de una forma permanente, no lo engañes, ni le prometas cosas que no cumplirás.

☐ Que poco esperas de mí.

☐ Espero lo que la vida me ha enseñado a esperar; ni más ni menos.

☐ Ya. Te comprendo, yo también estoy lleno de dudas y resentimiento por todos estos años perdidos, pero la existencia de Pauly ha vencido mis temores, creo que poco a poco podré superarlos.

☐ Dichoso tú.

☐ ¿Tu no piensas que puedes superar tus dudas?

☐ Yo no tengo dudas, yo tengo recuerdos. El pasado no se borra. A veces elegimos olvidar o encasillar los malos recuerdos en lugares donde nos es difícil percibirlos, pero en lo más profundo de nuestro ser sabernos que están allí, esperando para regresar y doler en cuando los recordemos.

 Pasaste mucho trabajo, verdad.

 El trabajo no fue nada comparado al dolor que me dio verme abandonada.

 Yo sentí lo mismo.

 Imposible, a ti no te secuestraron, ni te drogaron, ni te pegaron golpes, ni te amenazaron con matar a tus seres queridos. Tú no cargaste a un bebe en tu vientre por nueve meses, ni anduviste en la calle hasta encontrar un refugio donde dormir. Tu no trabajaste veinte horas diarias, ni tuviste que soportar las especulaciones de los que te rodeaban y te creían una chiquilla que se embarazó con el primer hombre que encontró. Yo tuve que ganarme el respeto del mundo que me rodeaba, segundo a segundo. Tuve que abrirme paso en un mundo de hombres que no creen que las mujeres de cara bonita puedan ser inteligentes. Que sabes tú lo que yo pase.

 Ya.

 No fui, soy, ni seré nunca víctima de nadie. Siempre tuve la inteligencia y la destreza necesarias para salir adelante, y así lo hice, mucho más rápido y con mucha más fuerza de lo que jamás imaginé.

 ¿Piensas que te abandoné?

 Lo que yo piense o lo que tú hiciste ya no importa.

 Te equivocas, me importa que mi hijo entienda que yo nunca abandoné a su madre.

 Entonces como tú le llamas a lo que hiciste.

 Te hubiese buscado bajo cielo y tierra, pero tu carta no dejaba lugar a duda.

Paul metió la mano en su chaqueta y sacó un sobre arrugado y viejo.

 Aquí está tu carta.

Cristina la cogió. No No Devuélvela, tú no tienes que ver ninguna carta Pero la curiosidad fue más fuerte que su resolución. Sacó el papel del sobre, se veía que había sido manoseado muchas veces. Definitivamente era su letra, pero lo que decía nunca pudo haber salido de ella.

 ¿Y tú creíste que yo escribí esto?

 Me dijeron que tu tenías una carta similar a esta; quisiera verla.

Cristina se levantó y fue hasta la caja fuerte, la abrió y sacó dos sobres, tan viejos y estrujados como el de Paul. Volvió a sentarse frente a él y se las dio.

Paul sacó las cartas. Era su letra, definitivamente era su letra, pero él nunca escribió lo que ahí decía.

☐ ¿Tu creíste esto?

☐ Es obvio que ambos lo creímos.

Paul se levantó de su asiento y caminó hasta la ventana más cercana. El viento elevaba remolinos de hojas naranjas y amarillas. El sol se escondía tras una nube gigante que no dejaba filtrar su claridad. El invierno estaba cerca. Las noches frías de soledad, el pesimismo, y el cansancio de una existencia sin rumbo lo amenazaban una vez más.

Se viró hacia Cristina. La semi penumbra de la tarde que moría formaba un Aló alrededor de su imagen haciéndola más bella y más distante.

☐ Yo no quiero seguir viviendo así.

Sin dejar de mirarla avanzó hasta ella y se sentó a su lado.

☐ No puedo seguir viviendo así.

Muy lentamente movió su mano y la posó sobre la de Cristina que reposaba en el brazo del butacón. Cristina sintió que una corriente de alto voltaje le inundaba su cuerpo. ¿Moriría allí? Sintió la mano de Paul apretarse sobre la de ella. Aquel calor que no sentía desde hacía siglos☐ Volvió a surtir el mismo efecto de antes. Diez años después todavía lo amaba como el primer día. Todo cuanto sufrió no fue suficiente para dejarlo de amar. Estaba loca. ¿Cómo era posible que volviera a exponerse de esa manera a algo tan fugaz como el amor? Sí, ahora era más fuerte, pero no sobreviviría a otra traición.

☐ No sobreviviré a otra desilusión. Mi hijo me necesita, no puedo arriesgarme a destrozar mi corazón una vez más.

☐ Cristy☐

☐ No me digas Cristy☐

Paul tomó la otra mano de Cristina entre las suya.

☐ Cristy, perdóname☐ Por favor perdóname☐ Te lo suplico☐

El nudo que ataba sus miradas, empañadas por las lágrimas se hacía cada vez más fuerte.

☐ Paul, busco y rebusco en mi alma la fuerza para alejarme de ti☐ No puedo capitular ahora que he logrado una vida estable y segura. Crees que solo tú contacto me hará ignorar el pasado. Las palabras no cuentan. Todo cuanto nos dijimos, todo el amor que nos juramos, todo lo olvidamos ante falsas pruebas elaboradas por gente muy inferior a nosotros. Creímos todas estas atrocidades escritas aquí□ Dijo mirando las cartas que todavía se encontraban en sus manos□ ¿Cómo puedes asegurarme que no volverá a suceder?

□ Te lo puedo asegurar porque yo no me separaré de ti nunca más. No me separare ni un día, ni una hora, ni un minuto, ni un segundo; nunca volveré a separarme de ti Cristy, tienes que creerme□

Las lágrimas corrían por las mejillas de Cristina como si un manantial nuevo hubiera nacido después de la erupción de un volcán dormido. Muy suavemente Paul se levantó y la atrajo hacia sí, acurrucándola en sus brazos como a una sirena frágil que hay que proteger durante la tormenta.

Allí, es sus brazos, Cristina lloró todo el dolor acumulado en todos estos años de sufrimiento, angustia y amargura. Sus sollozos la hacían temblar rítmicamente y Paul la sostenía como un gigante quijotesco protegiéndola se los molinos de la vida. Con su cara perdida en el cabello de Cristina el también lloraba, era el mismo dolor, los mismo años y la misma sensación de vencimiento, ante un amor que nunca murió.

Cuanto tiempo paso uno en brazos del otro nunca lo supieron. El ruido de la puerta al abrirse de par en par, con la entrada de Pauly acompañado de los abuelos los devolvió a la realidad. Se separaron rápidamente y se miraron con incredulidad.

¿Estarían soñando?

□ No, no estamos soñando. Yo pensaba hasta hace unos instantes que nuestro amor era muy frágil y por eso no pudo sobrevivir la vil mentira que nos alejó, pero ahora me doy cuenta que estaba equivocado. Nuestro amor fue y sigue siendo tan fuerte que toda la maldad del mundo no ha logrado vencerlo. Nosotros mismo no sabemos qué tan fuerte es este amor nuestro□

Después de una década que pareció un siglo Paul envolvió a Cristina en sus abrazos atrayéndola hasta posar sus labios de los de ella□ □Después de media vida las estrellas aun nos sonríen□, pensó Paul.

□□□

491

Los abuelos Gallagher se detuvieron al verlos. No sabían qué hacer. La felicidad de ver a Paul y a Cristina abrazados y besándose tiernamente los paralizo.

Pauly rompió el silencio.

□ ¿Mami, ya no estás brava con papi? Qué bueno Papi, ahora te puedes quedar a vivir con nosotros.

Pauly no los dejo responder, llego corriendo hasta donde estaban y se abrazó a ellos.

□ ¿Por qué lloran? ¿Todavía están bravos?

□ No mi amor, recuerda que también se puede llorar de alegría.

Le dijo Cristina agachándose para que su cara quedara a la altura de la del niño. Paul hizo lo mismo, diciéndole

□ Tu mamá me perdonó. Hace muchos años, antes de tu nacer unas personas malas nos separaron, me dijeron cosas muy feas de tu mama y a ella también le dijeron cosas horrendas de mí, pero ya todo se aclaró. Ya siempre estaremos juntos, siempre, siempre, y yo podre regocijarme con un hijo tan extraordinario como tú y una esposa tan maravillosa como tu mamá. Todos seremos felices juntos, te lo prometo hijo.

Paulo Coelho dijo que, □Cuando quieres realmente una cosa, todo el universo conspira para ayudarte a conseguirla.□ En aquel momento el universo conspiraba para que todos los seres involucrados en esta historia alcanzaran su sueño.

Detrás de los Gallagher entraron los Smith, Rosi, los Hackman, los Peterson, y aunque nadie los viera, los Quiroga estaban también allí disfrutando de la felicidad de su hija Cristina.

□ Esto hay que celebrarlo en grande. Dijo Rosi. Voy por el champan.

□ No Rosi, no vayas a nada, ven con nosotros, déjame darte un abrazo fuerte como hace tiempo quiero hacerlo.

Le dijo Paul tomándola en sus brazos y apretándola contra su pecho.

Todos lloraban, pero nadie se daba cuenta. Hasta Winona fue a darle un abrazo a Paul, dándole así oficialmente su aprobación.

Sasha saltaba al lado de su ama como hacía tiempo no lo hacía. Estaba vieja y cansada, pero parecía como que una energía nueva la llenara para poder de nuevo disfrutar de la felicidad de Cristina que a su vez la acariciaba con ternura diciéndole.

□ Estoy muy feliz, mi Popi, muy feliz□.

La reconciliación de la familia se convirtió en algo que supero las esperanzas que cualquiera de ellos hubiese imaginado. La felicidad pura no se puede describir, solo se siente y se disfruta con un sentido todavía no descubierto por los anatomistas.

Cuando llego la hora de dormir Pauly insistió que su padre durmiera con él, eliminando así la turbación que sentía Cristina al pensar en la posibilidad de volver a estar íntimamente con Paul. Ya habría tiempo para eso.

Se levantó muy temprano y los dejo a todos durmiendo, tenía que hacer una diligencia que no podía posponer. La neblina de Octubre arropaba el camino de cipreses que conectaba la hacienda con la carretera principal, pero por encima de las nubes se instruía un día soleado.

Cristina llego a *Manhattan* en 20 minutos. Aparco su carro y entro al Precinto de Policía donde tenían a Agnes encarcelada. Pidió verla identificándose como miembro de la familia. A esa temprana hora de la mañana el lugar estaba lleno de los que pasaron la noche esperando por algo que nunca llego. El sitio no podía lucir más lúgubre.

Después de unos minutos la llamaron y un policía la condujo hasta el lugar donde tendría llevaría a cabo la entrevista. Era una habitación alta rodeada de sucias ventanas y dividida por una pared subdividida a su vez en cubículos dotados de teléfonos a cada lado y separados por un vidrio transparente que era lo único limpio del lugar. Como si todos supieran que lo más importante era el reconocimiento de las caras de los allí presentes.

Cristina se sentó a donde le indicaron y espero ver llegar a Agnes. Cuando la puerta se abrió Cristina vio como una mujer vestida con un overol naranja, despeinada y sucia se dirigía hacia ella. Al principio no la reconoció, pero en cuando Agnes levanto la cara reconoció los rasgos duros y repulsivos de la persona que más daño le había hecho en su vida.

Agnes se sentó delante de ella y tomo el teléfono sin esperar que el policía que la acompañaba le diera las instrucciones de que hacer.

☐ ¿A qué vienes imbécil, a reírte de mí?

No señora, eso se lo dejo a sus futuras compañeras de celda. Yo vine a decirle que Paul y yo estamos de nuevo unidos y que somos muy felices con nuestro hijo, que viviremos todo lo que nos queda de vida juntos y que nunca más volveremos a acordarnos de usted. Sin embargo usted se acordara de nosotros todos los días de su vida y nuestro recuerdo hará que su existencia sea un miserable suplicio. Ojala que viva muchos anos. Adiós.

 Vuelve aquí imbécil, a que no me dices eso cara a cara, puta, arribista, degenerada. Los voy a mandar matar a todos

Pero Cristina ya no la oía. Se alegró de haber venido; aquella era una herida que solo podría cerrar lavándola en las turbulentas aguas del olvido. Ahora empezaría a ser feliz

□□□

Al llegar a casa lo primero que vio fue a Paul parado en la puerta de entrada, la estaba esperando.

 Me le escapé a Pauly, nos dormimos muy tarde y esta rendido. Fui a buscarte pero no estaba. Me volví loco No te alejes de mi de esa manera más nunca en tu visa NO PUEDO VIVIR SIN TIN

Cristina le tiró los brazos para atraerlo hacia ella y el la complació besándola tiernamente como había estado anhelándolo por diez largos años. Suavemente apartó su cara de la de ella y le preguntó.

 ¿Fuiste a saldar una cuenta con el destino?

 Fui a enterrar el dolor para siempre.

 Yo también lo intente pero a mí no me salió bien. Si no llega a ser por Will

 Ya mi amor, ya todo eso paso.

 Entonces vámonos ahora mismo para San Ignacio.

Cristina no contestó. Ansiaba estar de nuevo en sus brazos pero no sabía qué hacer con el vacío que le dejaran los diez últimos años.

 Tengo miedo Paul.

 No te preocupes, yo seré valiente por los dos

Epílogo

Cristina no recordaba haber estado tan nerviosa nunca antes en su corta vida. No tenía miedo, solo que su ímpetu no la dejaba relajarse para confiar en que todo saldría bien. Lo habían planeado y ensayado muchas veces y había llegado la hora de ponerlo en práctica.

La mañana estaba cerca y el amanecer con su mágico color dorado entraba en la alcoba tratando de despertar suavemente su interior. Cristina tenía la alarma del reloj para las cinco, pero puesto que no pudo dormir más de una ahora seguida en toda la noche, a las cuatro ya estaba duchándose. Después se había secado el pelo, se había vestido con algo suelto y cómodo y ahora esperaba que fueran las cinco para despertar a Paul que dormía como un oso.

Sabía que Rosi ya estaba despierta y arreglada, esperando verla salir con Paul. Ella se quedaría con Pauly y lo llevaría a reunirse con ellos a las nueve; hoy no habría colegio para él.

Los Smith habían llegado la noche anterior e irían más tarde, junto con los abuelos. Winona y Lucas vendrían más tarde con sus mellizas. Los padres de Rosi esperarían en la casa. De los Hackman solo vendría Crystal y Billy para acompañar a Pauly, Gene y Bailey se reunirían con ellos al medio día.

Cristina dejó que su vista se perdiera a través de las ventanas, vio como ya clareaba y como el color del sol naciente se filtraba por las cortinas entreabiertas; vio que los cristales se veían empañados y nublados por la temperatura de afuera que era mucho más alta que la de dentro de la casa. Ya faltaba poco, sin embargo los segundos le parecían interminables, y luchaba por tranquilizarse y mantener la calma que tanto necesitaba para que todo saliera bien.

 Todo saldrá bien, ya verás.

Se sorprendió al oír la voz de Paul

 ¿Desde cuándo estas despierto?

 No eres la única que no ha podido dormir.

 ¿Por qué no me dijiste que estabas despierto?

 Porque no quería preocuparte más de lo que estas. Ven siéntate aquí conmigo un ratico, ya me voy a levantar y a arreglar para irnos, pero quiero que estés tranquila, todo saldrá bien.

 Lo sé amor, lo sé, pero no puedo evitar estar así

 Esta vez estaré contigo.

☐ ¿Vas a entrar conmigo?

☐ Claro.

☐ ¿Estás seguro?

☐ Por supuesto. Estaré a tu lado en todo momento.

☐☐☐

Cristina Cecilia Gallagher, nació a las siete y catorce minutos de la mañana de un claro y alegre día de verano, en el Hospital Presbiteriano del alto *Manhattan*, en *New York*. Su padre después de prometer a su esposa y pregonar entre todos los allí reunidos que iba a estar presente en el nacimiento de su hija, cayó como un pollo mojado cuando vio que el cirujano tomaba el bisturí para abrir el vientre de su esposa; dicen que tomó más de veinte minutos reanimarlo y que cuando al fin lo pudieron despertar hubo que ponerlo en una silla de ruedas para llevarlo a ver a su recién nacida.

Como era de esperar, el tío Will no podía parar de reírse de su amigo al oír como este había caído desmayado en la sala de operaciones ocasionando un revuelo mayor que la operación de su esposa.

Los amigos que no pudieron venir inundaron la habitación donde descansaba la niña y su mamá con precisos ramos de flores llegados de todas partes del mundo.

Al final del día y después de haber recibido a decenas de colegas y amigos, por fin quedaron los padres y la niña a solas.

☐ Cristy, ¿La has visto? Es perfecta.

☐ Si mi amor, lo sé.

Al fin había cumplido la promesa que un día le hiciera a su padre de ser feliz, y mientras Paul miraba a su hija y le hablaba fascinado con su pequeña presencia, Cristina aprovechó para levantar la vista al cielo, desde donde seguro sus padres la estaban mirando y les dijo:

☐*Mami, gracias por haber cuidado de mí siempre, y Papi, gracias por haberme pedido que fuera feliz, porque ahora sé que la felicidad es el único y verdadero color de la esperanza*☐ ☐

www.ingramcontent.com/pod-product-compliance
Lightning Source LLC
Chambersburg PA
CBHW030238030726
47493CB00023B/89